SANS RETOUR

TOM CLEARLAKE

SANS RETOUR

MOONLIGHT

Du même auteur

L'Essence des ténèbres

Tréfonds

Avides

Sans retour
ISBN : 9782956131670
Moonlight éditions 2021

A mon père,

Les véritables monstres ne sont jamais totalement dépourvus de sentiments. Je crois qu'en fin de compte c'est ça, et non pas leur aspect, qui les rend si effrayants.

Stephen King. La Part des ténèbres.

La civilisation ne peut exister sans quelques contraintes. Si nous suivions toutes nos impulsions, nous nous entretuerions.

Bret Easton Ellis. American psycho.

1

L'hiver avait tardé à venir cette année. Les montagnes du Nord-Ouest, troublées dans leur sérénité, hébergeaient encore des nuées d'oiseaux migrateurs. Le matin dans les forêts, leur chant était hésitant. La nature retenait son souffle chaque année un peu plus. Aussi, quand le froid s'abattit sur le Montana, même les anciens n'y croyaient plus. Une poignée d'entre eux seulement avaient senti ce qui arrivait.

Le blizzard. Le pire qu'ils allaient connaître.

Kalispell, Montana,
8 janvier 2020

Bradley Thompson descendit du van aux couleurs de CNN, visiblement de mauvaise humeur. Le vent chargé de flocons fouetta son visage et lui arracha un rictus acide. Il remonta son col et ajusta son oreillette.

– Brad, le direct est pour toi dans deux minutes.

Le présentateur météo vedette aurait bien aimé garder la capuche de son manteau, mais sa maquilleuse personnelle était déjà plantée en face de lui, en train de lui poudrer le nez. Ils avaient garé le van derrière un grand panneau publicitaire qui battait sous les rafales enragées.

– J'ai passé l'âge pour ces conneries, merde, dit Bradley dans son micro-oreillette en se foutant de qui pouvait l'entendre en régie.

– Courage, Brad, bientôt la quille.

– Pourquoi ils n'ont pas envoyé Paquita Sanchez à ma place. Elle a vingt ans de moins. C'est déjà une planquée ?

– Brad, c'est à toi dans dix… neuf… huit…

Il s'éclaircit la gorge et émit une profonde vocalise, pareille au barrissement d'un éléphant en route vers sa dernière demeure. Une petite lumière verte s'éclaira au-dessus de la caméra braquée sur lui. La voix de Kaithlyn Mitchell, la présentatrice du prime time, s'éleva dans un haut-parleur.

– Bonsoir, Bradley.

– Bonsoir, Kaithlyn.

– Vous êtes actuellement en direct de Kalispell, dans le Montana. Cette ville située au cœur de la chaîne du Nord-Ouest est touchée par un blizzard sans précédent. Pouvez-vous nous dire quelle est la situation sur place, Bradley ?

– Eh bien, chère Kaithlyn, ce matin, trois jours après le début de l'intempérie, c'est encore un avant-goût d'apocalypse glaciaire auquel ont droit les habitants de Kalispell et de sa région. La neige n'a fait que redoubler d'intensité. Tous les habitants sont confinés chez eux depuis deux jours. Et nous saluons au passage la coordination exemplaire des forces de l'ordre et des services de la ville qui gèrent au mieux cette situation de crise. Les magasins sont évidemment fermés. Si l'intempérie se prolonge, il est prévu de mettre en place un dispositif afin de délivrer aux locaux les ressources indispensables. Toutes les routes ont été bloquées. Les rafales dépassent les quatre-vingt-dix kilomètres par heure, comme vous pouvez le voir sur ces images tournées il y a quelques minutes par notre caméraman.

– Effectivement… Est-ce que des victimes sont à déplorer à Kalispell, Bradley ?

– Hélas, oui. Les services d'urgence comptent huit morts, dont cinq dans des accidents de circulation. Après seulement trois jours de tempête, le bilan est très lourd pour cette ville qui comprend moins de vingt mille habitants.

– Pouvez-vous nous dire si l'intempérie va se déplacer ou si elle aurait tendance à stagner sur la région ?

– Comme vous pouvez le voir sur l'image satellite, la perturbation semble s'être installée sur le nord de l'Idaho et l'ouest du Montana, à cheval entre les deux États. Mais nous prévoyons un déplacement probable vers le sud, dans la semaine qui vient. Si c'est le cas, espérons que la tempête perdra en force en descendant sur l'Utah, et notamment vers la ville de Salt Lake City.

– Images terribles de ce que la nature peut nous faire subir… Bradley, nous sommes de tout cœur avec les habitants de Kalispell et de sa région. Espérons que ce blizzard, qui sévit depuis trois jours, cessera bientôt… Passons maintenant à la page sportive, avec Will O'Hara qui va nous parler de baseball. Il s'est rendu ce matin à la session d'entraînement des Sea Dogs de Portland.

À quelques rues de là, dans la salle de pause du commissariat de Kalispell, le capitaine Kelley appuya sur le bouton off de la télécommande. La présentatrice de CNN fut aspirée dans le vide noir qui se fit sur l'écran.

– Ras-le-bol de ce merdier, maugréa Douglas Kelley.

Il se leva et traîna sa grande carcasse jusqu'à la fenêtre. Ses 58 ans n'avaient pas diminué sa carrure de footballeur. Son regard gris, éteint, se porta sur le parking enfoui sous la neige. Cinq véhicules de patrouille gisaient sous quasiment un mètre de poudreuse. Les effectifs étaient réduits depuis la veille, et ces maudits flocons continuaient de tomber de plus belle, portés par ce vent infernal. Le supermarché *Walmart* avait été pillé dans la nuit. Les trois petits salopards qui avaient fait le coup avaient pris leur temps. Des ados. On les voyait sur les enregistrements des caméras de surveillance en train de s'amuser à faire des courses de chariots dans les allées du magasin tout en faisant leurs emplettes, puis d'affubler le cow-boy à l'entrée de dessous féminins en dentelle rose. Beaucoup moins drôle que ça : deux vagabonds avaient été retrouvés en état de congélation avancé au petit matin, sur le perron de l'église Saint-Matthew. C'était sans compter les appels incessants des habitants qui paniquaient, saturant les lignes des services d'urgence. La jauge de patience du capitaine Kelley indiquait la réserve. Remplir son réservoir avec du whisky n'était pas la meilleure des initiatives – il n'avait plus descendu un verre depuis l'enterrement de sa femme, deux ans plus tôt – mais, bon sang, il en avait vraiment besoin.

Il se servit un scotch et retourna devant la fenêtre. Le spectacle de la ville figée sous la neige exerça sur lui une étrange attirance, entre peur et fascination. Il but son verre et alla s'en servir un autre.

Au moment où il portait son whisky à ses lèvres, le téléphone sonna. *Pas possible d'avoir la paix plus de cinq minutes, bon Dieu.*

L'espace de trois sonneries, il hésita, mais finit par décrocher.

– Bonjour, capitaine.

– Bonjour, Mary. Dites-moi, quelle nouvelle catastrophe vient s'ajouter au grand livre des emmerdes de Kalispell ?

La jeune agente en poste à la réception émit un petit rire pincé.

– J'ai une personne en attente qui insiste pour parler à un gradé, chef.

Kelley prit une profonde inspiration.

– Eh bien, dites à cette personne que je ne réponds qu'aux cas importants, Mary.

– C'est ce que j'ai fait. Et à deux reprises, chef. Mais il m'assure que c'est une urgence.

– Une urgence. Et ce monsieur a-t-il eu la délicatesse de se présenter ?

– Oui. J'ai noté son nom. Attendez... C'est M. Ray McDowell. Comptable et assistant de M. John Gardner.

Kelley se raidit sur son fauteuil.

– John Gardner... de la T&J Gardner Company ?

– Oui, je crois bien qu'il a mentionné ce nom aussi, chef.

– Passez-le-moi tout de suite, Mary. Merci.

Il y eut un clic dans le combiné. Trois secondes plus tard, un autre clic.

– Bonjour, ici le capitaine Kelley. Que puis-je faire pour vous, monsieur ?

– Bonjour, capitaine. Je suis Ray McDowell. J'appartiens au groupe T&J Gardner. Je me suis permis d'insister pour vous parler, car nous rencontrons un sérieux problème.

Kelley s'éclaircit la gorge.

– Je vous écoute, monsieur McDowell.

– Notre directeur et président, John Gardner, ainsi que sa famille et six de ses amis et collaborateurs occupent le lodge d'Eagle Nest depuis une semaine. Et cela fait maintenant trois jours que nous sommes sans nouvelles d'eux.

– Qu'entendez-vous par « sans nouvelles d'eux » ?

– Je veux dire que nous n'avons plus aucun contact téléphonique. J'ai essayé plusieurs fois de joindre M. Gardner, en vain. Sa ligne personnelle est déconnectée du réseau.

Kelley fronça les sourcils.

– Vous avez perdu le contact depuis trois jours, vous dites… Cela correspond au début de la tempête.

– C'est en grande partie la raison de notre inquiétude, capitaine.

– Eagle Nest, dit Kelley. Si je ne me trompe pas, cette demeure se situe en montagne, au cœur des forêts du Kootenai. C'est bien ça ?

– Exactement, capitaine. Dans votre juridiction.

– Avez-vous essayé d'appeler un des proches des Gardner ou un de leurs amis qui les accompagnent là-haut ?

– Oui. Aucun d'eux n'est joignable. Le problème est le même quand je compose leur numéro. Ils sont déconnectés du réseau.

– En effet. C'est inquiétant.

– Oui, fit McDowell, au regard des conditions météorologiques extrêmes, nous avons de bonnes raisons de nous soucier de leur situation là-haut, et de leur sécurité.

– Il y a sûrement une explication rationnelle à cette coupure des communications, dit Kelley.

– Très certainement, capitaine.

– Il est fort probable que ce soit une panne de leur récepteur. Mais je ne veux pas m'avancer sans avoir plus d'éléments.

– Comment envisagez-vous la suite, capitaine ?

– Je vais référer du problème à notre équipe d'intervention en montagne qui dispose de deux hélicoptères, mais je vous avoue qu'avec ces conditions météo, leurs appareils sont cloués au sol. Et ils ne pourront rien tenter tant que le blizzard durera.

– Qu'allons-nous faire, dans ce cas ?

– J'ai bien peur que nous ne puissions rien faire d'autre qu'attendre, monsieur MacDowell.

Il y eut un silence de plusieurs secondes au bout de la ligne.

– Mais soyez rassuré, reprit Kelley, je vais transmettre les informations aux secouristes qui mobiliseront tous les moyens à leur disposition pour agir le plus rapidement possible.

– Très bien. Je vous remercie pour votre aide et votre écoute, capitaine. J'espère que nous pourrons très vite démêler la situation.

L'officier de police raccrocha le combiné et resta immobile et silencieux un moment. Il fixa longuement son whisky posé devant lui. Sans le regarder vraiment. Le lodge d'Eagle Nest était situé à plus de mille quatre cents mètres d'altitude. Kelley imaginait difficilement ce que pouvait donner le blizzard dans un coin si reculé, en pleine montagne. Sûrement quelque chose de plus hostile qu'ici, en ville. Il prit son verre et le but machinalement, sans plaisir. Il n'eut aucune envie de s'en servir un troisième.

2

23 janvier

Douglas Kelley et ses hommes gérèrent la crise du mieux qu'ils purent. Finalement, elle fut moins terrible que prévu. Une fois que les habitants eurent écouté les consignes de sécurité et restèrent confinés à leur domicile, aucun incident ne fut à déplorer dans les rues de Kalispell. Chaque jour que dura l'intempérie, à 18 heures tapantes, Ray McDowell appelait le capitaine pour savoir s'il y avait du nouveau. Chaque jour, ce dernier lui répondait avec embarras que c'était le *statu quo* et qu'il fallait attendre que les conditions météo se stabilisent pour envoyer une équipe de secours héliportée à Eagle Nest.

Le blizzard s'acharna durant dix-huit jours sur l'ouest du Montana. Le record était pulvérisé. Un matin, le soleil s'éleva, majestueux, au-dessus des montagnes. Et lorsque ses rayons vinrent frapper les toits de la ville, une foule de gens sortit et entreprit, pelle en main, de déneiger les rues. Les véhicules, recouverts de presque deux mètres de neige, ressemblaient à d'énormes moutons paissant le long de ce que l'on devinait être des voies de circulation. D'autres riverains, désemparés, restaient dans leur jardin, enfoncés dans la poudreuse jusqu'à la taille. Un sourire béat illuminait leur visage tandis qu'ils admiraient le spectacle. Tous avaient oublié à quel point un simple lever de soleil pouvait être merveilleux.

– Grizzly 1 à capitaine Kelley… Grizzly 1 à capitaine Kelley.

Le capitaine bondit sur le récepteur et s'empara du micro.

– Grizzly 1, ici Kelley, je vous écoute.

– Nous survolons la zone. Nous aurons le lodge d'Eagle Nest en visuel dans approximativement cinq minutes.

– Très bien, je reste à l'écoute, Grizzly 1.

Le capitaine se cala fermement dans son fauteuil de bureau et attendit. Ces cinq minutes furent les plus longues qu'il eût jamais vécues. Depuis dix-huit jours maintenant, la famille Gardner était isolée dans ce lodge de montagne, en plein blizzard. Dix-huit jours qu'elle ne donnait plus aucun signe de vie. Tous les scénarios possibles défilaient dans la tête du capitaine. Et s'il y avait eu un problème grave ?

Douglas Kelley avait passé vingt-cinq ans dans la police. Il avait débuté comme stagiaire, employé par la ville pour aider au commissariat à des tâches administratives. Rien de passionnant mais, dès le départ, le métier d'inspecteur était dans sa ligne de mire. Il avait dû attendre deux ans avant de porter son uniforme d'agent assermenté. Vingt-trois ans après, il s'était hissé au rang de capitaine. Une ascension sans faute. Douglas Kelley était un flic exemplaire, comme on dit. Consciencieux au possible.

Il ne pouvait s'empêcher de penser qu'il y avait eu un problème grave, là-haut. Puis il en vint à se persuader que son professionnalisme lui donnait trop d'imagination. C'était sûrement ça. Durant ces cinq interminables minutes, il dut déployer tous ses efforts pour rester assis au fond de son fauteuil.

L'hélicoptère Bell 429 de secours en montagne filait sous un ciel bleu immense, ses rotors ronronnant en vitesse de croisière au-dessus des reliefs blancs boursouflés de neige. La vision de ces étendues immaculées, vierges de toute impureté, inspirait le calme, la puissance. Jim Lambert était serein. Ce serait son trente-huitième hélitreuillage. Il connaissait la manœuvre sur le bout des doigts. Le ciel était limpide. Il n'y avait pas un pet de vent. Tout ne pouvait se dérouler que parfaitement. À l'arrière du cockpit : Franck et Anton, binôme indivisible, rompus eux aussi aux interventions de ce type. Ils descendraient au sol pour accrocher les personnes à secourir. Graham, médecin secouriste, s'occuperait de les remonter et les réceptionnerait dans l'appareil.

Quand ils arrivèrent sur la position, Jim Lambert dut faire deux survols de la zone pour apercevoir l'habitation. Vue du ciel, on ne distinguait que les bords de la toiture, et encore fallait-il avoir l'œil perçant. Le reste de la demeure était complètement enfoui sous la neige.

– Grizzly 1 à capitaine Kelley.

– Ici Kelley, je vous écoute Grizzly 1.

– Nous sommes au-dessus du lodge. Je vois que des balises de détresse ont brûlé sur le toit. Ils ne vont sûrement pas tarder à se manifester, capitaine.

– Parfait. Je reste à l'écoute.

Lambert aperçut une silhouette sur le rebord d'une des rares fenêtres encore dégagées. C'était un homme, de taille moyenne à grande, il portait une combinaison à bandes fluorescentes. Son visage était dissimulé sous un passe-montagne et des lunettes de ski. Il s'empressa de sortir sur la neige qui affleurait l'appui de fenêtre. Lambert nota qu'il marchait maladroitement. L'homme s'enfonça dans la poudreuse et ne chercha pas à aller plus loin. Il fit de larges signes de bras vers l'hélicoptère.

– Capitaine Kelley, un premier occupant du lodge est sorti.

– Parfait !

– Nous allons procéder à l'hélitreuillage. Je reviens vers vous dès que possible pour vous donner les premiers éléments.

Lambert plaça l'hélicoptère en vol stationnaire au-dessus de la surface plane qui apparaissait dans le prolongement du toit, en amont. Il s'adressa à son équipe à l'arrière :

– Franck, Anton, vous êtes OK pour descendre ?

– On est bons, Jim.

– D'accord. Quand vous voulez, les gars.

– C'est parti.

Anton descendit le premier, accroché au câble. En quelques secondes, il se réceptionna dix mètres plus bas, raquettes aux pieds. Le câble remonta et Franck descendit à son tour. Anton courut vers l'homme emmitouflé.

– Bonjour, nous sommes les secours en montagne, hurla-t-il sous le bruit assourdissant des rotors. Nous allons vous faire monter dans l'hélicoptère. Comment vous sentez-vous ?

L'homme fit signe de la main qu'il n'allait pas bien.

– Y a-t-il d'autres personnes à l'intérieur ?

– Oui, s'efforça de crier le rescapé. Elles sont toutes dans la maison. Elles attendent. On n'a rien mangé depuis des jours.

– Ça va aller, vous êtes tirés d'affaire, répondit Anton en lui tapant sur l'épaule. Dirigez-vous vers mon collègue qui va vous installer sur le câble pour vous monter dans l'hélicoptère. Nous allons nous occuper des autres. Ne vous faites pas de souci.

Anton orienta l'homme vers Franck et courut jusqu'à la fenêtre. Il retira ses raquettes et posa le pied sur la moquette épaisse d'un couloir. Plusieurs personnes étaient assises à même le sol. Il en compta huit. Leurs visages étaient très pâles, leurs joues creusées. Hormis une lassitude profonde, ils n'exprimaient aucune émotion. Leurs yeux éteints regardaient vaguement dans sa direction ou fixaient le sol. Dans le regard de certains, il crut lire de la peur.

– Bonjour, je suis Anton. Nous sommes l'équipe de secours chargée de vous ramener à Kalispell. Comment vous sentez-vous ? Êtes-vous en état de marcher ?

Ses questions restèrent sans réponses.

Il fit quelques pas pour se mettre en retrait et parler discrètement à son collègue dans son micro :

– J'ai huit personnes avec moi. Cinq femmes, un homme, un jeune gars, et un enfant d'une dizaine d'années. Ils sont conscients mais très affaiblis. Ils ne répondent pas à mes questions. Certainement en état de choc.

– Est-ce qu'on fait descendre la civière ? demanda Franck.

Anton constata que deux d'entre eux s'étaient levés. Le jeune homme, qui devait avoir la vingtaine, et une femme, la quarantaine. Son teint était livide, et ses cheveux bruns en désordre. Elle marmonnait des paroles inaudibles. Certains rassemblaient leurs forces pour se mettre aussi debout.

– La plupart semblent être en état de marcher. J'en vois trois qui ne bougent pas mais qui ont l'air conscients. À première vue, pas de blessé. Je te confirme ou non la civière dans un instant.

– Parfait. Envoie-moi les deux premiers. Je les récupère à la fenêtre pour un premier voyage.

– OK.

Le jeune homme qui s'était levé s'avança vers le secouriste d'un pas mal assuré.

– Comment te sens-tu, mon gars ?

– Mal… Nous avons passé des jours sans manger.

– Tu arrives à marcher ?

– Oui.

– Très bien. Passe la fenêtre au bout du couloir, mon collègue t'attend. Il te guidera.

– D'accord. Merci.

La femme s'approcha, hésitante, apeurée. Anton dut la soutenir pour qu'elle tienne debout.

– Venez avec moi, madame. Je vous conduis jusqu'à mon équipier. Ça va aller. On va vous faire monter dans l'hélicoptère, d'accord ?

Elle hocha la tête.

Elle marcha jusqu'au rebord de la fenêtre, et Anton l'aida à le franchir. Une fois qu'elle fut dehors, Franck la prit en charge. Anton sentit alors quelque chose s'agripper à sa jambe. Il se retourna et vit un enfant qui tirait sur sa combinaison.

– Monsieur, je veux y aller aussi.

Ce petit bonhomme était le plus vivace de tous. Mais il était quand même bien pâle. Anton lui sourit.

– Il faudra attendre ton tour, bonhomme.

Dehors, Franck attacha le jeune homme au câble, Graham l'hélitreuilla rapidement, puis ce fut au tour de la femme.

– N'ayez pas peur, tout est sécurisé, nous avons l'habitude, madame.

Le filin se tendit et elle s'éleva parmi les nuées de neige soulevées par les pales, jusqu'à l'ouverture latérale de l'appareil. Une fois en haut, Graham la réceptionna, la détacha et fit redescendre le câble.

– Quel âge as-tu ? demanda Anton à l'enfant.

– J'ai 10 ans, monsieur.

– Et tu t'appelles ?

– Je m'appelle Tim.

– Moi, c'est Anton. Enchanté, Tim.

Une jeune femme s'approcha timidement derrière le petit garçon.

– Et elle, c'est ma sœur Samantha, dit-il en désignant celle-ci du pouce. Elle a 16 ans.

La voix de Franck s'éleva dans l'oreillette :

– Anton, tu peux en envoyer deux autres.

– OK.

Le secouriste s'adressa aux deux jeunes :

– Samantha, Tim. Allez-y, passez par la fenêtre, mon équipier vous attend dehors. Il va vous faire monter dans l'hélico.

Le petit garçon et sa sœur traversèrent le couloir, enjambèrent le rebord et rejoignirent l'autre secouriste. Quand ils furent à l'intérieur de l'appareil, celui-ci fit rugir ses moteurs et s'éleva au-dessus de la vallée, dans un nuage scintillant de neige. Il disparut derrière les montagnes pour effectuer un premier voyage vers le centre médical régional de Kalispell.

Graham contrôla le pouls des cinq rescapés et prit leur tension. Tous étaient en hypoglycémie et un premier examen clinique montrait des carences nutritives importantes. Il leur fit avaler un mélange de vitamines et de minéraux, puis leur proposa des boissons chaudes et des sandwichs. Ils étaient littéralement morts de faim.

Graham plaça des écouteurs sur la tête de l'homme à la barbe sombre, broussailleuse. Ses joues étaient creusées et ses yeux d'un bleu pâle, délavé. Malgré sa maigreur, John Gardner en imposait encore.

La voix de Jim Lambert s'éleva dans le casque :

– Bonjour, vous êtes monsieur John Gardner ?

– Oui, c'est moi.

– Le capitaine de la police de Kalispell, Douglas Kelley, souhaite vous parler.

– Oui. Bien sûr.

Deux déclics suivis de grésillements parasites résonnèrent dans l'écouteur.

– Monsieur Gardner, bonjour. Ici le capitaine Kelley.

– Bonjour, capitaine. Et merci. Nous n'aurions pas tenu longtemps sans votre intervention.

– Nous ne faisons que notre devoir, monsieur Gardner.

L'officier marqua une pause et reprit :

– C'est votre assistant, M. McDowell, qui m'a contacté, car il s'inquiétait de ne pas parvenir à vous joindre. Et avec cette tempête, nous nous sommes dit que vous aviez peut-être de sérieux problèmes. À ce propos, qu'est-ce qui a causé cette coupure du réseau ?

– Une branche d'arbre s'est abattue sur la parabole pendant la tempête.

– C'est bien ce à quoi nous avions pensé, dit le capitaine. Tout ce qui compte à présent, c'est que vous soyez sains et saufs.

– Oui. Encore une fois, merci. On a cru y passer.

Il y eut un blanc de plusieurs secondes. Kelley reprit :

– Il y a un point que je voudrais éclaircir, monsieur Gardner. Le pilote de l'hélico m'a informé que l'intervention faisait état de neuf personnes à hélitreuiller au total. Ce qui m'amène à vous demander ce que sont devenues les cinq personnes manquantes, sachant que M. McDowell m'a averti que vous étiez quatorze dans le lodge au début de votre séjour. C'est exact ?

– Oui. Nous étions bien quatorze au départ.

Le capitaine Kelley entendit John Gardner inspirer profondément.

– Cinq d'entre nous ont décidé de rejoindre la ville à raquettes. Ils sont partis à la faveur d'une accalmie du blizzard en pensant que cela allait s'arrêter. Ils supportaient très mal l'isolement. Et ils s'étaient mis en tête de prévenir les secours de notre situation.

Plusieurs secondes furent nécessaires au policier pour évaluer les mots de John Gardner.

– Ces cinq personnes ont donc quitté le lodge et n'y sont pas revenues ?

– Exactement, capitaine.

– D'accord. J'ai une autre question, monsieur Gardner. Mais dites-moi d'abord si cela vous incommode d'y répondre. Vous devez être exténué.

Il y eut encore un blanc au bout de la ligne. Le capitaine Kelley fronça les sourcils.

– Monsieur Gardner ?

– Oui…

– J'aurai une dernière question à vous…

– Je suis désolé, l'interrompit John Gardner, je suis en effet dans un état de fatigue extrême. Ne pourrions-nous pas parler de tout ça quand j'aurai récupéré ?

– Bien entendu, monsieur, lui répondit Kelley à contre-cœur. Je vais mandater un de nos agents pour venir prendre vos déclarations. Je ne veux pas vous importuner avec ça, mais c'est la procédure lorsqu'il y a disparition de personnes.

– Je comprends. Il n'y a aucun problème.

– Très bien. Il ne me reste plus qu'à vous souhaiter un bon rétablissement, monsieur Gardner. Ainsi qu'à vos proches et amis.

– Merci.

Le capitaine coupa la communication, et resta avec une foule de questions sans réponses. Cinq personnes avaient quitté le lodge pendant le blizzard. Ne fallait-il pas être fou ou complètement inconscient pour espérer atteindre à pied Kalispell, qui se trouvait à une trentaine de kilomètres de l'habitation, par une tempête pareille ? John Gardner avait expliqué qu'« ils supportaient très mal l'isolement ». Pourquoi ? La curiosité de Kelley était piquée au vif.

L'hélicoptère se posa sur l'héliport du service des urgences du centre médical de Kalispell. Les rescapés furent allongés sur des brancards et amenés à l'intérieur pour recevoir les premiers soins. Graham Smith, le médecin secouriste de l'équipe Grizzly 1, transmit ses instructions par radio à son collègue des urgences, et l'appareil repartit aussitôt pour aller chercher les quatre autres personnes. Le second hélitreuillage se déroula sans accroc et, une demi-heure plus tard, les neuf résidents d'Eagle Nest étaient au complet. Après avoir fait une pause, ainsi que le plein de kérosène, l'équipe de secouristes remonta dans l'hélicoptère, qui décolla en direction des montagnes. Jim Lambert fit plusieurs boucles au-dessus de l'itinéraire que les disparus auraient pu emprunter pour rejoindre Kalispell à raquettes, sans résultat.

Les rescapés furent placés en observation, alités et sous perfusion. Il n'y avait pas de risque vital engagé, mais il fallait rester très vigilant, car certains présentaient, en plus de carences graves, un état psychologique inquiétant.

Le lendemain, au cours de la matinée, ils reçurent chacun la visite d'un médecin psychiatre. Ce dernier conclut que six d'entre eux montraient des signes de traumatismes plus ou moins profonds. Les trois autres étaient en état de choc psychotraumatique lourd.

3

Le jour même dans l'après-midi, le capitaine Kelley fut informé de leur état de santé. Globalement, il n'était pas bon. Le médecin-chef de l'unité des urgences n'avait pas donné de détails. Kelley avait prévu d'aller prendre lui-même leurs dépositions, mais il s'était ravisé. Il fallait faire preuve de tact, les ménager. Après ce qu'ils avaient vécu, c'était évident. Il avait donc décidé d'envoyer un agent en uniforme. Un gars discret qui ne se montrerait pas insistant. Il ne s'agissait en aucun cas d'un interrogatoire – les Gardner et leurs amis n'avaient rien à se reprocher, Kelley en était certain –, mais de quelques questions formelles qui viseraient simplement à éclaircir les circonstances dans lesquelles ces cinq personnes avaient quitté le lodge pour tenter de rejoindre Kalispell à raquettes.

Le capitaine Kelley pensa à cet agent qui avait été muté de Portland récemment. Pourquoi lui était-il venu en tête ? Le type était si discret qu'il ne se rappelait même plus son prénom. Il n'était dans le service que depuis un mois. Une fois ou deux, ils avaient vaguement échangé. Un gars très poli, mais peu loquace. Kelley consulta le fichier de ses effectifs, passant en revue les agents jusqu'à tomber sur la photo d'un homme au visage plein, aux traits francs et réguliers. Ses yeux étaient d'un bleu sincère, derrière des verres de vue épais. Ses cheveux blonds bouclés étaient lissés en arrière, visiblement au moyen de gel coiffant. Les lunettes qu'il portait n'étaient pas récentes : de vieilles montures argentées Ray-Ban, de style pilote. Son visage en lui-même semblait avoir été modelé pour être anonyme. Hormis cette paire de lunettes, une telle absence de particularités aurait presque pu constituer un signe particulier. Il n'avait pas l'air bien éveillé, ou peut-être était-il enrhumé le jour de la photo. Il avait 32 ans et mesurait un mètre soixante-dix-huit pour quatre-vingt-quatre kilos. Corpulence normale. Un peu de ventre. Il ne fumait pas. Ses états de service étaient bons.

– Wesley Colbert, dit le capitaine de police à mi-voix.

Son nom aussi était des plus communs. Le shérif l'avait affecté avec ce grand gaillard de Terence Gray, pas un foudre de guerre lui non plus, mais un gars qui faisait son boulot. L'agent Colbert serait parfait pour cette mission. Kelley se leva, contourna son bureau et alla prendre des feuilles blanches dans un paquet de format A4. Il les glissa dans la réserve de l'imprimante et retourna s'asseoir pour entamer la rédaction du dossier qu'il intitula sobrement « Eagle Nest ».

Les routes étaient maintenant ouvertes à la circulation. Kalispell revenait peu à peu à la vie. Dans le Montana, on avait l'habitude de la neige mais, sacré nom d'un chien, jamais on n'en avait vu autant.

Le véhicule de patrouille numéro quatorze roulait à faible allure dans une rue d'un quartier résidentiel. Le bitume était maculé de verglas, en plus de la couche blanche compressée par les engins de déneigement. Le soleil était voilé par une épaisseur de nuages uniforme et tenace qui plongeait la ville dans un bain gris monotone. L'agent Terence Gray mit son clignotant et se rangea à droite, là où il put, contre le bord de la chaussée. Celle-ci n'était constituée que d'un amoncellement de neige grisâtre dépassant la hauteur du toit du véhicule. Terence dégagea sa carcasse imposante du Ford Ranger. Il jeta un regard placide vers le ciel : « Possible que ça retombe », et ajusta sa confortable casquette de police doublée de fourrure qui lui couvrait les oreilles. Il passa des gants chauds et prit une grande et virile bouffée d'air glacial, du haut de son mètre quatre-vingt-quinze.

De son côté, l'agent Wesley Colbert eut du mal à sortir, la portière du côté passager butant contre le mur de neige. Il rentra le ventre et parvint à s'extirper de l'habitacle pour rejoindre son collègue.

– Tout va comme tu veux, Wes ?

– Ça va bien. Merci, répliqua-t-il en rajustant son uniforme.

– OK, c'est au vingt-cinq. Juste là.

Terence lui désigna du doigt une boîte à lettres penchée qui émergeait, misérable, du mur de neige sur la chaussée d'en face – si on pouvait encore appeler ça une chaussée. Un étroit couloir fermé par un petit portillon rouillé avait été dégagé à la pelle à côté de la boîte aux lettres. Il serpentait jusqu'à un pavillon modeste, à peine visible sous la masse de poudreuse qui pesait sur son toit et qui s'était accumulée contre ses murs, au gré des caprices du blizzard.

– Emily Vaughan est une habituée. Elle a toujours une bonne raison de faire appel à nos services.

– Je vois.

– Elle est veuve. J'imagine qu'elle a besoin de soutien. Ça doit être pour ça qu'elle nous appelle pour un oui ou pour un non.

– Sûrement, concéda Wesley tout en restant très vigilant à ses déplacements sur le sol gelé.

Alors qu'ils traversaient la rue, il nota que Terence était très à l'aise dans sa locomotion sur la voie transformée en patinoire. Il déduisit que son assurance était due à ses chaussures de sécurité équipées d'une semelle cloutée spécial hiver. Il lui fallait une paire comme celle-là. Quand ils auraient réglé le problème de Mme Vaughan, il lui demanderait les références et la marque pour se procurer les mêmes sur Internet, en cochant l'option de livraison sous vingt-quatre heures. Terence poussa le petit portillon, qui émit un grincement douloureux. Wes suivit son collègue le long de la tranchée hasardeuse, probablement creusée par Mme Vaughan elle-même. Il déduisit que cette femme ne devait avoir personne d'autre que son chat, Edgar, pour lui tenir compagnie. Chat qui était d'ailleurs la raison de cette intervention. Terence gravit les marches deux à deux. Il allait sonner à la porte quand celle-ci s'ouvrit.

– Dieu soit loué, vous voilà enfin. Je vous en prie, faites vite avant que ce corniaud dévore mon Edgar ! dit une petite dame rondelette d'un air affolé, en leur montrant du doigt la direction à suivre.

Terence s'engouffra dans la maison. Wes le talonna, une main posée sur la crosse de son arme à sa ceinture. Ils se ruèrent à travers un salon occupé par une quantité surprenante de mobilier aussi hétéroclite qu'inutile, prenant soin de ne rien renverser sur leur passage.

– Ils sont dans le jardin, faites vite !

Des salves d'aboiements hargneux s'élevaient de dehors. Terence poussa une porte vitrée, traversa une véranda et descendit quelques marches pour se retrouver planté dans la neige jusqu'aux cuisses.

– Et merde, jura-t-il.

Wes nota que, dans la poudreuse, les chaussures cloutées spéciales hiver de son collègue perdaient toute efficacité. Sous le seul arbre du jardin de Mme Vaughan, un bulldog massif faisait des bonds sur place, s'élevant au-dessus de la neige et retombant dans un ballet aérien grotesque. L'objet inaccessible de sa quête était un chat noir ébouriffé de peur, cramponné sur une branche. *Certainement le nommé Edgar*, déduisit très logiquement Wes.

Terence hésita. Wes le vit mettre une main sur la crosse de son taser. Finalement, il opta pour son calibre 38, le dégaina, le pointa en l'air et tira deux coups rapides. Le chien détala aussitôt et disparut en sautant très haut au-dessus de la clôture du fond pour atterrir dans le jardin voisin d'où Wes le vit à nouveau bondir très haut, pour franchir une autre palissade. *C'est incroyable l'énergie que peuvent déployer ces bêtes.*

– Mon petit Edgar…

Mme Vaughan avait les yeux humides et la voix chevrotante. Depuis la véranda, elle tendait les bras vers le matou apeuré. Terence se fraya un passage jusqu'à l'arbre en tâchant de prendre un air héroïque. Le chat était monté plus haut après le coup de feu, mais ce géant de Terence n'eut aucune peine à arriver à sa portée.

– Edgar, ici… Viens, n'aie pas peur.

Emily Vaughan se tourna vers Wesley, de grosses larmes roulaient sur ses joues à présent.

– Merci, messieurs. Oh… merci du fond du cœur.

Terence récupéra le chat qui se laissa attraper docilement et le rendit à Emily Vaughan. Le petit félin se mit à ronronner quand elle entreprit de le frotter contre son visage.

– Et voilà, mission accomplie, madame Vaughan, dit Terence.

Il gratifia Wes d'un clin d'œil et d'une tape sur l'épaule qui le fit vaciller sur le côté.

– Vous prendrez bien quelque chose de chaud à boire avant de repartir, proposa gentiment la septuagénaire, serrant encore son Edgar contre elle.

Wes jeta un regard interrogateur à son collègue. Terence agita les mains devant lui.

– C'est très aimable, madame Vaughan, mais nous avons beaucoup de travail ce matin. Allons-y, Wesley.

Les deux agents regagnèrent la porte d'entrée et la franchirent sans s'arrêter. La vieille dame les interpella avant qu'ils ne s'éloignent :

– S'il vous plaît, coincez ce chien et envoyez-le à la fourrière une bonne fois pour toutes ! Il fait des dégâts chez tout le monde dans le quartier.

Terence s'arrêta et se retourna vers elle.

– Savez-vous qui est le propriétaire du chien, madame Vaughan ?

– Oh que oui ! Et vous le connaissez très bien aussi. Ce salopard d'Angus Doherty qui est maintenant derrière les barreaux !

– Je vois, répliqua Terence avec un sourire en coin. Cela expliquerait les larcins de son animal.

– Exactement. Tel maître, tel chien ! vociféra Emily Vaughan. Coffrez ce maudit clébard, vous rendrez un grand service aux habitants du quartier !

– Hum…, fit Wes en ajustant ses lunettes.

– Nous ferons notre possible pour le trouver et l'empêcher de nuire, soyez-en certaine, madame Vaughan, dit Terence en reprenant son parcours vers le véhicule.

Wes lui emboîta le pas.

Ils remontèrent en voiture alors qu'Emily Vaughan vociférait encore en agitant les bras. Terence fit tourner la clé de contact et prit la direction du poste en évitant de la regarder.

– C'est pas la meilleure saison pour intégrer l'équipe, Wes.

– Je suis bien d'accord sur ce point. Mais un agent de terrain doit s'adapter à tout.

– Exactement. Y a beaucoup de blizzards à Portland ?

– Jamais des comme ça en tout cas, répondit Wes.

Terence le vit du coin de l'œil sortir un petit carnet et un stylo.

– D'ailleurs, à propos de météo, reprit Wes, peux-tu me donner les références de tes chaussures à semelles cloutées ? Il m'en faut des comme ça.

Terence regarda Wes, puis les chaussures de Wes, puis les siennes, et lui répondit, amusé :

– Ce sont des Caterpillar Icebreaker, tu les trouves facilement sur le Net.

– D'accord, parfait, c'est noté. Merci.

Un moment passa et Terence vit que son collègue continuait à noircir avec minutie les pages de son carnet.

– Excuse ma curiosité, mais tu notes quoi, là ?

Wes suspendit son écriture.

– Oh, rien de bien intéressant. Quelques détails au sujet d'Emily Vaughan, de son chat et du bulldog en divagation appartenant à un certain… zut, j'ai oublié son nom.

– Angus Doherty, dit Terence en tentant de lorgner dans le carnet.

– Do… her… ty, épela Wes en griffonnant.

Il se gratta derrière l'oreille avec son stylo.

– Qu'a fait ce type pour être derrière les barreaux ?

– Conduite en état d'ébriété, insulte à agent et défaut de permis. Il était en récidive.

– D'accord.

Wesley nota encore quelques lignes et remit son carnet dans sa poche portefeuille, sous le regard incrédule de Terence.

Le silence se fit dans l'habitacle du véhicule de patrouille. Terence alluma la radio sur une station qui passait un morceau de country. Il trouvait son nouvel équipier bizarre. Bizarre mais gentil.

– Tu aimes la country, Wesley ?

– Oui, beaucoup. C'est très relaxant comme musique.

– OK, dit Terence en souriant. Alors on va bien s'entendre.

4

Le capitaine Kelley fit irruption dans la salle de pause et se servit un café. Cinq agents prenaient leur repas, dont Terence et Wes. Tout en versant son jus dans son mug « *Who's the boss?* », le capitaine jaugea ses cinq hommes du coin de l'œil.

– Agent Colbert, lâcha-t-il après avoir maintenu une bonne minute de suspense. J'ai une mission pour toi. Tu me rejoindras dans mon bureau.

– J'arrive tout de suite, capitaine.

– Prends le temps de finir ton assiette. Y a pas le feu, Colbert, dit Kelley avant de sortir.

– D'accord, merci.

Wes termina ses nouilles chinoises aux champignons noirs rapidement. Un curieux silence emplissait la salle de pause. Seules ses baguettes émettaient des petits tintements sur son bol. À voir son teint aussi rouge qu'un poivron, il était très gêné. Les autres gars le regardaient à la dérobée. Il se leva et fit un signe à son équipier.

– À tout à l'heure.

Terence lui répondit d'un simple hochement de tête tout en mâchonnant une frite trempée dans du ketchup.

Wes longea le long couloir jusqu'à la porte du bureau du capitaine Kelley sur laquelle il frappa à deux reprises.

– Entre.

Il franchit le seuil et alla s'asseoir sur le fauteuil que lui indiquait son supérieur. Ce dernier termina de taper sa phrase sur son clavier et scruta son agent un court instant, non sans une certaine curiosité.

– Comment ça se passe dans le service depuis ton arrivée, Colbert ? On n'a pas eu le temps de faire un premier point.

– Bien. Très bien, capitaine, dit-il en se grattant le haut de la joue d'un geste nerveux, ce qui fit monter et descendre ses lunettes plusieurs fois.

– En dehors de toute cette neige, comment trouves-tu Kalispell ?

– Bien. Très jolie ville, chef. Je m'y sens comme chez moi.

– Tu viens de Portland, c'est bien ça ?

– Exact, capitaine.

– Petite question indiscrète : pourquoi t'ont-ils muté ?

– Je n'ai pas eu de vraie réponse à cette question, capitaine. Et ce n'est pas faute d'avoir demandé.

Kelley jeta un coup d'œil sur l'écran de son PC.

– Il est mentionné dans ton dossier : incompatibilité. Problèmes d'intégration dans l'équipe. Tu as quelque chose à me dire là-dessus ?

Wes s'était mis à fixer le linoléum imitation marbre noir.

– Colbert… Ça va ?

Ce dernier décolla difficilement ses yeux du sol.

– L'incompatibilité, je crois que c'est à cause du fait que je ne parle pas beaucoup. Mais je ne vois pas en quoi cela a justifié ma mutation.

– Je te rassure, cette décision n'appartient qu'à la police de Portland. Ici, je n'ai relevé aucun souci de ce genre. Ni aucun autre problème, d'ailleurs.

Kelley observa encore un instant son agent avec attention. Il poursuivit, sans le lâcher du regard :

– D'autant plus que ton équipier dit que tu es un bon élément. Gray étant lui-même un bon agent, je ne peux que confirmer ton intégration dans l'équipe.

– Merci, capitaine.

L'officier de police prit entre ses mains le petit paquet de feuilles devant lui. Il le tapa sur la tranche pour les aligner.

– Parfait parfait. Bien, parlons boulot, maintenant, Colbert.

Il posa les imprimés sur le bureau et les fit glisser jusque sous les yeux de son agent.

– Tu as sûrement entendu parler de la famille Gardner. « Les rescapés du lodge d'Eagle Nest. »

– Oui, en effet. Des bruits de couloir, sans plus. Cinq personnes ont été portées disparues, si je ne me trompe pas.

– C'est exactement ça. Tu te rendras à l'hôpital, demain matin, 10 heures, pas avant. Au service des urgences, on t'indiquera l'aile où les Gardner et leurs proches sont gardés en observation.

Wes acquiesça en parcourant les imprimés sommairement.

– Tu sais qui sont les Gardner ? demanda Kelley d'un air grave.

– Oui. La famille Gardner est à la tête d'un groupe de sociétés dans le secteur du bois.

– Exactement. Et un groupe qui pèse très lourd. Ici, dans le Montana, la T&J Gardner Company donne du travail à un paquet de gars. Donc, il te faudra les ménager. Tu me suis ?

– Oui. Je comprends, capitaine, dit Wes en feuilletant le reste du dossier.

– Ils ont passé presque trois semaines là-haut, en plein blizzard, et quasiment sans nourriture… Enfin, tu liras le dossier ce soir chez toi, tranquillement.

Wes parcourut encore quelques lignes.

– Je t'ai noté des instructions et quelques questions à leur poser, reprit le capitaine, mais attention, s'ils ne répondent pas, tu n'insistes pas. Fais preuve de tact et d'amabilité. Ces personnes sont en état de choc, il ne faut pas en rajouter. C'est entendu, Colbert ?

– Compris, capitaine.

– Parfait. Il faut que j'y retourne.

L'officier de police se leva. Son agent l'imita aussitôt.

– Les gamins qui ont dévalisé le supermarché ont été pincés, expliqua Kelley. Deux d'entre eux sont mineurs. Je vais leur remonter les bretelles, ça leur suffira pour cette fois, à moins que le procureur en décide autrement.

Wes ne fit aucun commentaire. Ils quittèrent le bureau et se séparèrent au bout du couloir.

À la fin de son service, Wes regagna le parking où l'attendait sa fidèle Buick gris métal qu'il entretenait scrupuleusement. Le modèle Century de 1990. Il l'avait achetée à un très bon prix à un collègue retraité de Portland. Ce dernier ne l'avait que très peu utilisée. Le moteur tournait comme une horloge, l'habitacle était comme neuf. Il se glissa sur le similicuir du siège et tâcha de se détendre quelques minutes. Depuis sa mutation de Portland, il stressait beaucoup. Son supérieur l'avait mis sur la touche sans prévenir. Maintenant que se passerait-il si ça n'allait pas, là non plus ?

Le soleil était descendu depuis un moment derrière l'horizon irrégulier des sommets. Une faible lueur rougeâtre dans le ciel laiteux était tout ce qui restait du jour. Wes se ressaisit, démarra et s'engagea prudemment sur les voies lisses et blanches, où plus aucun véhicule ne s'aventurait à cette heure. *Avec ce froid, les gens préfèrent ne pas sortir de chez eux. Et ils ont bien raison*, pensa-t-il en parcourant les rues désertes. Il franchit les cinq kilomètres qui le séparaient de son domicile et se gara sur la bordure déneigée du jardin.

Il louait un modeste deux pièces dans une maisonnette à la sortie est de la ville, en bordure de forêt. Quand il descendit de sa voiture, le minuscule caniche blanc de Mme Pearson, véritable détecteur de mouvements sur pattes, se mit à japper derrière l'une des fenêtres du rez-de-chaussée, produisant à chaque aboiement une petite tache ronde de buée, qui apparaissait et s'effaçait aussitôt, devant son museau collé à la vitre. Wes lui fit un signe amical de la main. Le canidé dressa les oreilles, intrigué, cessant d'aboyer l'espace de quelques secondes. Il regarda passer l'agent en uniforme puis reprit ses jappements de plus belle. Wes monta les escaliers en se demandant comment la génétique animale parvenait à engendrer des chiens aussi petits.

En entrant dans son logement, l'odeur de vieux tabac incrustée dans les murs le fit grimacer. Il avait pourtant nettoyé le deux pièces de fond en comble. C'était le frère de Mme Pearson qui habitait là avant lui. Andrew Pearson était décédé au cours de l'année, d'un cancer du poumon. Sa sœur avait hésité avant de se décider à louer. « Andrew est encore là, je l'entends siffloter parfois, je vous assure, Wesley. » Oui, et il doit aussi fumer quelques clopes pendant que je suis au boulot, avait eu envie de lui rétorquer Wes. Il avait gardé cette mauvaise plaisanterie pour lui. Hormis cet inconvénient tenace, le logement était douillet et confortable. Wes profitait de la chaleur du poêle à bois qui remontait de chez Mme Pearson. Il laissait même une fenêtre entrouverte de temps à autre pour ne pas avoir trop chaud. Le bois de chauffage, dans l'ouest du Montana, ce n'était pas ce qui manquait.

Il ôta ses chaussures dans l'entrée, se servit un verre de lait et versa un peu de nourriture dans l'aquarium où son poisson rouge évoluait en cercles rapides, signe qu'il avait faim.

– Alors, Garp, ta journée était comment ? lui chuchota Wes en tapotant son index sur le verre.

Il s'allongea dans le canapé du coin salon sous un portrait d'Agatha Christie, au sourire aussi énigmatique que celui de *La Joconde*. Wes était fan. Il avait lu et relu tous ses romans. Il aimait tout autant Arthur Conan Doyle, mais il trouvait que Sherlock Holmes manquait de caractère.

Wes tenta de se reposer un moment. Cette mission que lui avait confiée le capitaine Kelley ne quittait pas ses pensées. Elle tournait dans sa tête comme Garp dans son aquarium. Quelque chose le travaillait dans ce dossier. Il n'avait fait que le parcourir dans le bureau du capitaine, cependant le peu qu'il avait lu avait suffi à lui mettre la puce à l'oreille. Et cette puce était en train de le démanger sérieusement. Au point qu'il se leva et alla chercher la chemise plastifiée marquée du sigle de la police de Kalispell. Il revint s'asseoir et lut intégralement son contenu, douze feuillets au total. Il y avait peu d'éléments sur les faits en eux-mêmes. Il s'agissait en grande partie d'informations diverses sur les quatorze personnes et du rapport de l'hélitreuillage produit par l'équipe Grizzly 1. Wes reposa les imprimés sur la table basse devant lui et se frotta le visage énergiquement de ses mains.

Une première question se posait : pourquoi cinq personnes avaient-elles décidé, en pleine tempête de neige, de quitter le lodge et de rejoindre Kalispell à raquettes ?

Sachant que la ville se trouvait à environ trente kilomètres de l'habitation, cela revenait presque à vouloir se suicider. Est-ce que ces personnes n'étaient plus lucides ? *Possible.* John Gardner avait déclaré, à sa sortie du lodge, qu'elles « supportaient très mal l'isolement ».

Avaient-elles consommé de l'alcool ? Leur inconscience était-elle due au manque de nourriture ?

– Possible aussi, murmura Wes.

Depuis deux jours, les hélicoptères de secours tournaient au-dessus de la zone, à leur recherche. Même si personne ne le disait ouvertement, tout le monde savait qu'il n'y avait que peu de chances de les retrouver vivantes.

Wes ouvrit à nouveau la chemise et regarda une à une les quatorze photos d'identité. Il les examina très attentivement. S'obstina à chercher une réponse sur les visages inconnus. Une réponse à la seule vraie question qu'il se posait maintenant : que s'était-il passé là-haut, pendant les trois semaines qu'avait duré le blizzard ?

5

25 janvier

Le lendemain matin, à 10 heures tapantes, Wes descendit de sa Buick et posa le pied sur le sol gelé du parking du centre médical régional de Kalispell. Il remarqua tout de suite les vans des chaînes de télé garés çà et là parmi les voitures. *Ils ne perdent pas de temps, ceux-là.* Il remonta le col de son blouson et traversa l'étendue goudronnée sous un ciel gris et lourd, une mallette contenant un PC portable de service à la main. Un attroupement s'était formé en haut des marches de l'entrée. Perdu dans ses pensées, il ne réalisa qu'il était en uniforme et que ces personnes étaient des journalistes qu'une fois arrivé au pied des escaliers. L'un d'eux le vit s'approcher et le fixa un bref instant, écarquillant les yeux. Il tapa sur l'épaule de son collègue et il y eut alors un mouvement de masse, des cris confus, étouffés dans l'agitation. Tous se ruèrent sur l'agent de police qui gravissait les marches, leur perche de micro en avant, telle une charge de guerriers samouraïs armés de lances.

– Monsieur l'agent ! Venez-vous pour la famille Gardner ?!

Les questions fusèrent de tous côtés.

– Monsieur l'agent ! Ici !

– Qui sont les disparus d'Eagle Nest, monsieur l'agent ?!

Wes suivit les instructions du capitaine à la lettre quant à la conduite à tenir avec la presse.

– Je n'ai rien à déclarer.

Personne ne sembla avoir entendu ce qu'il venait de dire. Les caméras tournaient et les micros étaient braqués vers lui.

– Monsieur ! Que pouvez-vous nous dire à propos des rescapés d'Eagle Nest ?

Wes fronça les sourcils, serra les poings et força le passage jusqu'au sas d'entrée. Quatre de ses poursuivants s'engouffrèrent derrière lui.

– Monsieur l'agent, s'il vous plaît !

Il se retourna et se dirigea vers eux, une main posée sur la crosse de son arme. Les quatre journalistes le fixèrent sans se démonter, mais avaient tout de même cessé d'avancer vers lui.

– Sortez rejoindre vos collègues, messieurs. Je ne répondrai à aucune question.

Il leur désigna la porte du doigt et resta dans cette position jusqu'à ce qu'ils obtempèrent, après un bref moment d'hésitation. Le calme revint dans le vaste hall carrelé de marbre blanc. On aurait presque pu entendre le cœur de Wes qui battait dans sa poitrine aussi fort qu'une grosse caisse. Deux jeunes infirmières le regardèrent passer et lui sourirent. Il leur rendit la politesse et leur demanda de lui indiquer l'accès au service des urgences. Ce qu'elles firent, d'un air émoustillé.

Le docteur Lawson, un grand homme décontracté au visage oblong, qui portait des lunettes identiques à celles de Wes, lui dit de le suivre avant même qu'il ait formulé sa requête. Un policier, ce ne pouvait être que pour les Gardner.

– Voilà, c'est ici. Ils sont répartis dans les chambres dix-huit, dix-neuf et vingt.

– Je vous remercie, docteur. Pouvez-vous me dire dans laquelle se trouve John Gardner ?

– La dix-huit. Mais je vais vous demander de ne pas rester trop longtemps avec eux. Ils sont encore faibles et sous perfusion, pour certains.

– Je me contenterai de prendre leurs déclarations. Mais je ne sais pas pour combien de temps j'en aurai.

– Essayez de faire au plus court. Ah, j'allais oublier : quatre d'entre eux ne sont pas en état de dialoguer.

– Pourquoi ça, docteur ?

– Ces quatre personnes ont été mises sous tranquillisants. Leur état psychologique était critique.

– Je comprends. Je ferai au mieux, docteur.

Le médecin s'éloigna, laissant l'agent de police face à la chambre numéro dix-huit.

Colbert prit une profonde inspiration, tapa à la porte et entra. Les stores baissés plongeaient la pièce dans la pénombre. Seule une veilleuse produisait une faible lueur jaunâtre, au-dessus d'un des trois lits. Sous la lumière, Wes reconnut John Gardner. Il l'avait déjà vu à la télévision. Ce dernier leva les yeux du livre qu'il tenait devant lui, posé sur ses jambes, et l'observa derrière des verres en demi-lune. Les deux autres personnes dans les lits voisins étaient endormies, à en juger par leur immobilité. Des bips émis par le matériel médical s'élevaient dans un silence épais.

Wes s'avança vers John Gardner.

– Monsieur Gardner, bonjour. Je suis l'agent Wesley Colbert. Je viens pour prendre vos déclarations.

– Bonjour. On m'a prévenu de votre visite.

Colbert souleva une chaise et la rapprocha du lit. Il resta debout à côté, hésitant à s'asseoir.

– Il s'agit simplement d'une formalité, monsieur, dit Wes, embarrassé. Étant donné que plusieurs personnes ont disparu, c'est la procédure habituelle.

– J'ai été informé de cela aussi, agent Colbert.

Il se décida à prendre place sur la chaise.

– Dans ce cas, si vous voulez bien, nous pouvons commencer.

John Garner hocha la tête.

Wes sortit l'ordinateur de sa housse et le posa sur une table à roulettes qu'il plaça en face de lui. Il démarra le PC et s'éclaircit la voix.

– Tout d'abord, monsieur Gardner, quelle était la raison de ce séjour ?

– Il s'agissait de vacances en famille. Cependant j'avais prévu de réunir certains de mes plus proches collaborateurs pour évoquer un nouveau projet. Je les ai donc invités à se joindre à nous pour cette semaine.

– Vous souvenez-vous quand la tempête a commencé ?

– Cela s'est levé à la fin du deuxième jour. Vers 17 heures.

– Quelle a été votre réaction ?

– J'ai pris les directives qui s'imposaient en prévoyant que cela allait peut-être durer.

– Quel genre de directives, monsieur Gardner ?

– J'ai constitué une équipe pour aller chercher le bois de chauffage, qui se situait à cinq cents mètres du lodge, dans la grange. Nous avons fait un stock important en prévision.

– Pouvez-vous me dire quand vous avez commencé à manquer de nourriture ?

– J'ai décidé que nous devions nous rationner dès le quatrième jour. Sally, ma femme, avait amené juste assez pour la semaine que nous devions passer. Nous pensions trouver de quoi manger dans la réserve, mais elle était vide. Alors, nous avons divisé ce qui restait de provisions pour avoir de quoi tenir plus longtemps. Mais cela n'a pas suffi.

– Ce qui explique les carences alimentaires graves dont vous souffrez.

– Effectivement. Ç'a été très difficile sur la fin. Nous avons vraiment cru que nous allions y passer.

Wes entendit un bruit derrière lui. Quelqu'un avait bougé dans l'un des lits. Il se retourna mais ne distingua pas d'autres mouvements. Les deux personnes allongées étaient encore plongées dans le sommeil.

– Abordons maintenant le sujet des cinq personnes aujourd'hui portées disparues, monsieur Gardner. Pouvez-vous me dire quand elles ont quitté le lodge, et pourquoi ?

– Le quatrième jour, Steven Riley et sa compagne, Jenny Mills, ont pris la décision de rejoindre Kalispell à raquettes et à skis.

Wes tapa les mots de Gardner et se suspendit.

– Il y a donc eu deux personnes qui ont quitté le lodge en premier ?

– En effet. Steven et Jenny étaient des sportifs expérimentés, d'excellents skieurs, et ils connaissaient parfaitement la montagne.

– Qu'est-ce qui a motivé leur décision ?

– Ils avaient pour objectif de prévenir les secours. Ils étaient convaincus que rester dans le lodge sans rien tenter était insensé. Ils se sont mis en route pendant une accalmie, déterminés et confiants quant à leurs chances de rejoindre Kalispell. Je ne me suis pas opposé à leur décision.

– Ont-ils emporté avec eux des provisions ?

– Oui. Nous avons cru en eux. Nous leur avons donné de la nourriture à chacun, de belles rations.

Wesley leva les yeux de son écran et considéra John Gardner avec attention pendant un bref moment.

Il revint à son rapport et reprit :

– Après eux, trois autres personnes se sont donc mis en tête de rejoindre Kalispell, c'est bien ça, monsieur Gardner ?

– Oui. Bien que je m'y sois opposé.

– Pourquoi cette opposition ?

– Phil Sewell, Owen Horton et son épouse Christine n'étaient pas suffisamment expérimentés pour tenter une telle expédition. Je les ai sommés de ne pas partir.

– Mais ils ne vous ont pas écouté.

Gardner acquiesça d'un air grave.

– Ils ont quitté le lodge le matin du sixième jour, à l'aube. Et à l'insu de tous.

– Pourquoi sont-ils partis puisque les deux premiers s'étaient déjà lancés dans une mission pour alerter les secours ?

– L'isolement, la tempête qui faisait rage dehors, ajoutés au manque de nourriture... Tous les trois stressaient énormément.

– Y avait-il des tensions, des conflits entre vous ou parmi les autres personnes ?

– Non. Enfin, pas au point de les pousser à quitter le lodge.

– Il y a donc eu des tensions ? demanda Wes en levant les yeux vers John Gardner.

Ce dernier hésita une fraction de seconde avant de répondre :

– Je ne vous cache pas que nous stressions tous. La situation était très difficile à vivre. Vous pouvez sûrement imaginer, en pleine montagne, le vent qui hurlait en permanence, nous n'avions plus de nourriture et aucun moyen de communiquer avec l'extérieur… Nous ne savions pas si nous nous en sortirions vivants.

– En effet, j'imagine, dit Wes d'un ton plat.

Il cessa de marteler son clavier et fit une courte pause avant de reprendre :

– Après le départ du second groupe, vos rations vous ont permis de tenir combien de jours encore ?

– Phil, Christine et Owen ont fait main basse sur ce qui restait, fit Gardner en fronçant les sourcils. Ils ne nous ont presque rien laissé.

– Vous voulez dire qu'ils vous ont volé vos réserves ?!

– C'est ce qu'ils ont fait, oui.

Tout commençait à bouillonner dans la tête de Wes.

– Avec le peu qui vous restait, combien de jours avez-vous tenus ?

– Deux jours plus tard, nous n'avions plus rien à manger.

– Deux jours plus tard, répéta Wes en tapant ces mots. Vous avez donc passé douze jours ensuite sans la moindre nourriture, avant que les secours n'interviennent ?

– Exactement.

Wes s'absorba dans son rapport l'espace d'un instant.

– Monsieur Gardner, au début de votre déclaration, vous dites que vous avez pris « les directives », cela signifie-t-il que c'était vous qui commandiez ?

– Oui. Cela s'est fait naturellement. N'allez pas imaginer que je me suis imposé, monsieur Colbert. Je dirige le groupe, et la majorité des personnes qui étaient à Eagle Nest pour ce séjour travaille pour moi.

John Gardner fixa Wes, comme pour appuyer son autorité.

– Loin de moi cette idée, monsieur Gardner. Les cinq personnes disparues sont-elles toutes des employés ?

– Steven Riley et Jenny Mills sont des entrepreneurs indépendants avec qui nous allions signer un important contrat. Phil Sewell travaille pour le groupe en tant que commercial. Owen Horton est un financier qui gère les investissements du groupe. Christine est son épouse. Elle dirige un cabinet de chirurgie esthétique.

– Vous avez fait état plus haut de tensions pendant la durée de l'isolement.

– Oui, il y avait des moments très difficiles, en effet.

– Y a-t-il eu des disputes, ou de vrais conflits ?

– Non, seulement du stress. Nous étions solidaires.

Wes observait John Gardner en essayant de ne pas être trop intrusif.

– Monsieur Gardner, vous dites que vous étiez solidaires... Dans ce cas, pourquoi ces trois personnes sont parties en pleine tempête, sans vous informer de leur départ, et en vous volant des rations de nourriture ?

– Je croyais avoir été clair sur ce point, dit Gardner d'un ton plus ferme. Ces personnes ne supportaient pas l'isolement. Elles avaient peur de ce qui pouvait arriver si la tempête durait encore. Il est probable qu'elles aient pris cette décision dans un état de panique.

Les doigts de Wes s'étaient mis à trembler en tapant les mots du dirigeant, tandis qu'une foule de questions se pressaient à la porte de son esprit.

– Monsieur Gardner, est-ce que...

Ce dernier l'interrompit en levant la main :

– Je vous prie de m'excuser mais je suis exténué. Je pense avoir déclaré tout ce que je pouvais dire. Et je vous avoue qu'il m'est très difficile de parler de tout ça.

John Gardner étendit le bras et appuya sur un bouton au mur. Un petit témoin rouge se mit à clignoter au-dessus du lit.

– Je comprends, monsieur. Il n'y a aucun souci, nous en resterons là.

La porte de la chambre s'entrebâilla et une infirmière entra discrètement.

– Vous avez appelé, monsieur Gardner ? demanda-t-elle à voix basse.

– Oui. Je ne me sens pas bien. Auriez-vous encore un de ces comprimés, s'il vous plaît ?

– Bien sûr, monsieur, je vais vous chercher ça.

Wes referma son PC et se leva.

– Je vous remercie pour le temps que vous m'avez accordé, monsieur. Je vous dis au revoir, peut-être, et vous souhaite un bon rétablissement.

– Merci.

Il quitta la chambre et pressa le pas pour rattraper l'infirmière.

– Mademoiselle, s'il vous plaît.

– Oui ?

– Pourriez-vous m'indiquer les personnes qui sont en état de faire une déclaration et celles qui ne le sont pas ? Le docteur m'a dit que quatre d'entre elles sont sous tranquillisants.

– Vous venez de voir M. Gardner, il me semble, dit l'infirmière.

– C'est cela, répondit Wes.

– Vous ne pouvez pas vous tromper : les quatre autres personnes éveillées sont dans la chambre vingt.

– D'accord, merci, mademoiselle.

Wes décida de s'octroyer une pause. Il fallait maintenant laisser les mots de Gardner infuser dans son esprit. Sa déposition était parfaitement cohérente, mais Wes ne pouvait s'empêcher de chercher une faille. Il parcourut les couloirs baignés de lueurs de néons et d'effluves de médicaments jusqu'au distributeur de boissons. Il y introduisit une pièce d'un dollar, pressa un bouton et attendit que son gobelet se remplisse de chocolat au lait. Il le récupéra et alla s'asseoir sur un alignement de sièges, où il resta un moment immobile, en proie à une désagréable incertitude. John Gardner avait été clair tout au long de sa déposition. Il n'avait montré aucun signe de nervosité. Cependant, Wes avait la nette impression qu'il ne lui avait pas tout dit.

6

<u>2. Déposition (extrait) de Timothy Gardner, 10 ans, fils cadet de John et de Sally Gardner, en présence de son père. Centre médical régional de Kalispell. 25 janvier 2020. 10 h 36.</u>

Agent Wesley Colbert : Bonjour, Timothy, je vais te poser quelques questions très faciles. Tu veux bien y répondre ?

Timothy Gardner : Je ne me sens pas très bien. Mais je vais essayer.

W. Colbert : Dis-moi, Timothy, que s'est-il passé dans la maison quand la tempête a commencé ?

Tim Gardner : J'ai eu très peur. Et tout le monde a eu peur aussi, même les grands. Le vent faisait beaucoup de bruit. Et la neige tombait, tombait, ça s'arrêtait pas. Mais papa a tout arrangé.

W. Colbert : Et, dis-moi, Timothy, est-ce qu'il n'y avait que la tempête qui te faisait si peur ? Ou est-ce qu'autre chose t'a fait peur ?

Tim Gardner : Euh Non. Que la tempête.

W. Colbert : Tu es sûr, Timothy ?

Tim Gardner : Oui, sûr.

W. Colbert : Est-ce que tu sais que des grandes personnes sont parties pendant la tempête ?

Tim Gardner : Oui.

W. Colbert : Est-ce que tu sais pourquoi ces grandes personnes sont parties, Timothy ?

Tim Gardner : Non.

— — —

3. Déposition (extrait) de Ted Gardner, 20 ans, fils aîné de John et de Sally Gardner. Centre médical régional de Kalispell. 25 janvier 2020. 10 h 54.

W. Colbert : Décrivez-moi le début du séjour, Ted.

Ted Gardner : Vous voulez dire, les deux jours avant la tempête ?

W. Colbert : Oui.

Ted Gardner : Tout allait très bien. Nous étions partis pour passer une semaine agréable. On ne pensait vraiment pas qu'une telle météo allait gâcher nos vacances... Je ne vois pas quoi ajouter.

W. Colbert : Pouvez-vous me parler de la panne de réseau, Ted ?

Ted Gardner : Mon père, Steven et Jack sont partis à raquettes jusqu'à la grange pour voir ce qui s'était passé au niveau du récepteur, car plus personne n'arrivait à se connecter. Quand ils sont revenus, ils nous ont annoncé que l'antenne avait été détruite par une branche d'arbre qui était tombée sur le toit. Il était impossible de la réparer. À partir de là, nous nous sommes retrouvés coupés du monde, puisque la route était bloquée.

W. Colbert : Combien de temps s'est écoulé entre la panne de réseau et le départ de Steven Riley et de sa compagne Jenny Mills pour aller chercher les secours ?

Ted Gardner : Je ne sais pas, je dirais quatre jours. Je crois que le blizzard fait perdre la notion du temps.

W. Colbert : Est-ce que Steven Riley et sa compagne Jenny Mills ont annoncé qu'ils allaient tenter de rejoindre Kalispell par leurs propres moyens ?

Ted Gardner : Oui. Steven Riley en a parlé un soir ou deux avant qu'ils partent.

W. Colbert : Y avait-il des tensions, voire des conflits, au sein du groupe ?

Ted Gardner : Pas de conflits, mais plus les jours passaient et plus nous étions stressés. Oui, il y avait des tensions. Nous avions tous peur.

W. Colbert : Pouvez-vous me dire entre quelles personnes vous avez remarqué ces tensions ?

Ted Gardner : C'est difficile à dire. En fait, tout le monde était angoissé, surtout vers la fin. Il n'y avait personne qui n'était pas affecté, et ça se répercutait sur nos relations.

W. Colbert : Est-ce que le départ de Steven Riley et de Jenny Mills était dû à ces tensions ?

Ted Gardner : Non. Steven et Jenny étaient déterminés à aller chercher des secours.

W. Colbert : Vous rappelez-vous quand l'autre groupe, constitué par Phil Sewell, Owen et Christine Horton, a quitté le lodge ?

Ted Gardner : Deux jours après Steven et Jenny. Nous nous en sommes rendu compte un matin, en ne les trouvant nulle part dans la maison. On a déduit qu'ils étaient partis dans la nuit, parce que personne ne les a entendus.

W. Colbert : Ils n'avaient donc pas prévenu qu'ils quitteraient le lodge ?

Ted Gardner : Non.

W. Colbert : Est-ce qu'ils sont, eux aussi, partis pour aller chercher des secours ?

Ted Gardner : Non. Du moins, ils n'en ont rien dit.

W. Colbert : Dans ce cas, pour quelle raison ont-ils quitté le lodge, en plein blizzard ?

Ted Gardner : Je ne sais pas. Cela a surpris tout le monde. Peut-être parce qu'ils n'arrivaient plus à tenir, mentalement, et qu'ils ont craqué.

--- --- ---

4. Déposition (extrait) de Samantha Gardner, 16 ans, fille de John et de Sally Gardner. Centre médical régional de Kalispell. 25 janvier 2020. 11 h 21.

W. Colbert : Samantha, peux-tu me dire quand la tempête a commencé ?

Samantha Gardner : C'était deux jours après notre arrivée dans le lodge. En fin d'après-midi. Nous revenions d'une balade à raquettes.

W. Colbert : Comment as-tu réagi quand la tempête s'est levée ? Et quelle a été la réaction du groupe ?

S. Gardner : J'ai eu très peur. Tout le monde a plus ou moins paniqué.

W. Colbert : Pourquoi ?

S. Gardner : Tout s'est mis à trembler et à bouger. La maison vibrait de partout. On était rassemblés dans le salon et on pensait que même les murs n'allaient pas tenir !

W. Colbert : Est-ce que, parmi vous, tu as remarqué quelqu'un qui avait un comportement anormal ?

S. Gardner : Un comportement anormal ?

W. Colbert : Oui. Je veux dire, des excès de panique, de nervosité ou de violence.

S. Gardner : Non. Mais je vous avoue qu'il m'était difficile de juger de l'état des autres, car on avait tous très peur.

W. Colbert : Est-ce qu'il y avait des cris, des disputes ?

S. Gardner : Non

W. Colbert : Samantha, est-ce que ça va ?

S. Gardner : Je... Je ne me sens pas bien... Je suis désolée.

W. Colbert : Est-ce que tu veux qu'on arrête là ?

S. Gardner : Oui. S'il vous plaît.

--- --- ---

5. Déposition (extrait) d'Ashley Murray, 20 ans, fille de Jack et de Gina Murray. Centre médical régional de Kalispell. 25 janvier 2020. 11 h 46.

W. Colbert : Est-ce que des groupes se sont formés, durant l'isolement ? Je veux dire : est-ce que des personnes préféraient rester avec d'autres en particulier ?

Ashley Murray : Non. Parfois, les hommes s'occupaient de certaines tâches, à l'extérieur, comme aller chercher le bois, par exemple. Mais en dehors de ça, nous étions tous ensemble.

W. Colbert : Dans ce cas comment expliques-tu le départ de Steven et de sa compagne Jenny ?

A. Murray : Ils s'étaient mis en tête de rejoindre Kalispell, pour alerter les rangers de notre situation. Mais je crois aussi qu'ils avaient fait de cette expédition une sorte de défi sportif.

W. Colbert : Et selon toi, Ashley, pour quelle raison Phil, Christine et Owen ont-ils choisi de partir aussi ?

A. Murray : Je pense que ces trois-là n'avaient plus les idées claires. Phil avait peut-être une bonne condition physique, mais il ne connaissait rien à la montagne. Owen avait presque 60 ans, et sa femme avait à peu près le même âge. Ils n'avaient pas le physique pour suivre Phil.

W. Colbert : Ils sont partis en emportant une bonne partie de ce qui vous restait comme ration. Que penses-tu de leur geste ?

A. Murray : Ils étaient assez fous pour marcher jusqu'à Kalispell à raquettes, et dans un blizzard à décorner les bisons, alors je n'ai pas été surprise qu'ils aient volé de la nourriture.

W. Colbert : Est-ce qu'ils se disputaient avec vous, ou avaient un comportement anormal la veille de leur départ ?

A. Murray : Non. Nous n'avons rien vu venir. Et au matin, ils n'étaient plus là.

Wes relut attentivement les dépositions. Un élément restait inexpliqué : la raison qui avait poussé le second groupe, constitué de Phil Sewell, d'Owen et de Christine Horton, à se lancer dans une telle expédition. Si toutefois rejoindre Kalispell avait été leur objectif. Tout cela n'avait pas de sens. Wes avait la conviction qu'il manquait quelque chose dans ce dossier. Un autre détail venait ajouter à l'étrangeté des faits : l'état psychologique de certains rescapés. *Des chocs psychotraumatiques lourds...* D'accord, la tempête faisait rage dehors. D'accord aussi pour les carences en nourriture, et le stress de ne pas savoir comment ni quand ils se sortiraient de là. Mais de là à ce qu'ils soient marqués au point de garder de telles séquelles...

Il était encore trop tôt pour parler de ses doutes au capitaine Kelley. Il lui fallait plus d'éléments. Mais où les trouver ? Il n'y avait aucune enquête d'ouverte, et le secret médical l'empêchait d'avoir accès aux observations des médecins.

Ce soir-là, il termina sa journée et prit le volant avec une sensation d'inachevé. Distrait par ses pensées, il ne vit pas un feu passer au rouge et faillit créer un accident sur l'avenue principale de Kalispell. Le comble pour un agent de police. Le chauffeur du semi-remorque, qui évita de justesse son pare-chocs, finit sa course dans un remblai. Pour une fois, elle servait à quelque chose, cette maudite neige. Le camionneur l'insulta de tous les noms et lui fit comprendre qu'il avait pris sa plaque d'immatriculation. Wes ne s'était même pas arrêté, estimant que le poids lourd et son conducteur n'avaient subi aucun dommage. Dès le lendemain, au poste, il établirait lui-même une main courante pour faire état de l'incident.

Il passa le début de la soirée à recouper les dépositions, pour la troisième fois. Mais il ne trouva rien de plus que ce qu'il savait déjà, ou, du moins, ce qu'il supposait. N'y tenant plus, il appela son équipier. Il fallait qu'il parle de ses doutes à quelqu'un. C'était trop énorme.

– Hey, Wes. Qu'est-ce que je peux faire pour toi, mon vieux ?

– Salut, Terence. Ce matin, je suis allé prendre les dépositions de la famille Gardner. Tu savais ?

– Un peu que je savais. Les nouvelles vont vite ici.

– Écoute, j'ai l'impression qu'il s'est passé quelque chose dans ce lodge. Et que les Gardner ne m'ont pas tout dit.

– Tu es sérieux ?

Wes n'entendit soudain plus le son de la télé de Terence, à l'autre bout du fil.

– Je ne plaisante jamais avec le boulot, Terence.

– Qu'est-ce qui te fait croire ça ?

– D'abord, le fait que cinq personnes se soient lancées dans une expédition de trente kilomètres à raquettes, en pleine tempête.

– Oui, j'ai entendu ça, aussi. Et ça m'a paru bizarre, en effet.

– Et puis, les médecins parlent de chocs psycho-traumatiques. Pourquoi de telles séquelles alors qu'ils n'ont fait que rester isolés dans un lodge ?

– Ils n'avaient plus de nourriture. J'imagine mal comment je prendrais la chose, dit Terence en regardant ses hamburgers frites qui l'attendaient sur la table.

– Si seulement je pouvais avoir leur dossier médical, j'en aurais le cœur net.

– Wes, j'ai l'impression que tu te fais des idées. Que veux-tu qui se soit passé d'autre, là-haut ?

– Je ne sais pas, Terence. Mais je veux éclaircir cette affaire. Pour moi, quelque chose ne tourne pas rond là-dedans.

Il y eut un silence au bout de la ligne.

– Terence, tu es là ?

– Oui, oui. J'étais en train de penser à un truc.

– Quoi donc ?

– Ma cousine Mia est infirmière. Elle bosse justement à l'hôpital. Peut-être qu'elle pourrait te donner des infos.

– Bon sang, oui ! s'écria Wes.

– Je t'envoie ses coordonnées.

– Je te revaudrai ça, Terence. Merci.

– C'est rien. Et puis, cette histoire commence à m'intriguer aussi. Tiens-moi au courant si tu as quelque chose.

– Évidemment. Je vais profiter de mes deux jours de repos pour contacter Mia.

– D'accord. Je te souhaite une bonne nuit, Wes.

– Une bonne nuit à toi aussi, Terence.

Il était tard. Wes attendrait le lendemain pour appeler Mia. Il avait besoin de décrocher, de ne plus penser à toute cette affaire. Inutile d'essayer de se mettre au lit dans cet état. Il se leva et alla s'asseoir sur le rebord de la fenêtre du salon. Dehors, très haut dans le ciel noir, une grosse lune argentée déversait ses rayons blancs sur les toits de Kalispell. Le vent glacé tourmentait les quelques arbres squelettiques en bas, dans le jardin couvert de neige. Wesley resta là un moment, ignorant le froid qui venait l'enlacer, jusqu'à ce qu'il se rende compte qu'il était en T-shirt. Il rentra au chaud et décida de visionner un film. Il fallait qu'il se change les idées. Il aurait préféré lire mais il était encore bien trop agité. Il sélectionna un épisode de *Columbo* dans sa vieille collection de DVD. Il connaissait quasiment toutes les répliques du lieutenant par cœur mais, ce soir, il ne s'amusa pas à les réciter en même temps que les acteurs. Lorsque le générique défila, il enchaîna avec un autre épisode, qu'il visionna avec la même détermination à ne plus penser à cette affaire. Par la fenêtre, le cercle de la lune stagnait au-dessus du jardin. Elle semblait l'observer, tel un grand œil ivoire dépourvu d'expression. Quand il inséra un troisième épisode de *Columbo* dans le lecteur, son état d'agitation avait cessé. Peu à peu, la fatigue eut raison de lui et il s'endormit avant la fin, bercé par les lueurs pâles qui enveloppaient son visage.

7

Mia s'installa sur une banquette et saisit la carte qu'elle étudia en experte. Ses yeux brillaient et ses joues s'empourpraient au fil de son analyse méticuleuse du menu. On eût dit de belles pommes dans lesquelles Wes aurait volontiers croqué. Une serveuse affichant un sourire de pub pour dentifrice vint prendre les commandes. À l'opposé de son cousin Terence, qui était un géant, Mia était plutôt petite de taille, un peu boulotte, mais très bien faite. Ses cheveux bruns mi-longs dansaient au-dessus de ses épaules. Son petit minois était en permanence orné d'un sourire. Wes estima qu'elle devait avoir dans les 25 ans au plus, vu l'énergie débordante qui l'animait.

Terence lui avait confié que sa cousine raffolait de crèmes glacées. Aussi, quand Wes lui avait proposé de se retrouver au *Ceres Bakery*, où elle n'allait pas d'habitude, elle avait aussitôt relevé le défi. Mia était une fidèle du *Sweet Peaks*, un autre bar à glaces de Kalispell où elle se rendait un jour sur deux, parce que manger de la glace est un art qu'il faut pratiquer en laissant un minimum de quarante-huit heures entre chaque performance. Sinon, le plaisir s'évanouit comme neige au soleil, avait-elle dit très sérieusement à Wes lorsqu'ils s'étaient parlé au téléphone, plus tôt dans la matinée. Flirter n'était pas le propos de leur rencontre, cependant Wes la trouvait délicieuse.

– Alors, lança Mia d'un ton pétillant, puis-je connaître le fin mot de ce rendez-vous surprenant, agent Colbert ?

– Eh bien, voilà. Je suis chargé d'une affaire dont vous avez peut-être entendu parler : les rescapés du lodge d'Eagle Nest.

Elle ouvrit tout grand ses superbes yeux noisette.

– Oui, bien sûr ! Je travaille dans un service voisin de celui où ils sont soignés.

– Vraiment ? s'étonna Wes.

– Oui ! Je suis dans le service de réanimation. Vous savez, les gens qui sortent du bloc opératoire, et ceux qui ne vont pas très bien, genre dans le coma, tout ça tout ça…

– Oui, je vois.

Mia lui dessina un grand sourire.

– Dans ce cas, reprit Wes, peut-être que vous pourriez m'aider.

– Mais avec plaisir. Nous pourrions peut-être commencer par nous tutoyer, qu'en pensez-vous ?

Wes allait lui répondre que oui, bien évidemment, quand une autre serveuse s'interposa entre eux et annonça, entre deux mâchouillements de chewing-gum :

– Une Coffee Sundance pour madame. Une Vanilla Moonbeam pour monsieur.

Elle déposa devant chacun d'eux les énormes coupes emplies de compositions dégoulinantes de chocolat, de caramel et de crème fouettée. Wes eut l'impression qu'il participait à un concours de glaces de l'extrême. Il devait maintenant osciller ou se surélever de quinze bons centimètres pour apercevoir Mia, qui paraissait être entrée en hypnose face à son monstre glacé.

– Tu veux qu'on en parle après ? lui demanda-t-il.

– Je… oui, c'est ma première fois ici et… waouh.

Wes considéra le dessert posé devant lui avec une curiosité détachée. C'était beau et, jusqu'à un certain point, appétissant. Une dizaine de minutes plus tard, il pouvait enfin voir Mia sans se contorsionner.

– Comment as-tu appris que la famille Gardner se trouvait dans le service à côté du tien ?

– Elle est dans une aile qui est en lien avec les urgences, et nous autres en réa travaillons aussi avec les urgences. Et puis, on en a parlé à la télé. Tu penses bien, avec tous ces journalistes qui font le pied de grue à l'entrée, la nouvelle s'est vite répandue !

– Je suis en quête d'informations qui me permettront d'éclaircir cette affaire, lui confia Wes à mi-voix.

– Je ne saisis pas très bien. En quoi cette affaire demande à être éclaircie ?

– Les cinq disparus, Mia. Les Gardner affirment que ces personnes auraient quitté le lodge pour rejoindre Kalispell, chaussées de raquettes de neige, en plein blizzard...

– Tu penses que ce n'est pas la vérité ?!

– Je n'ai pas de certitudes pour l'instant. Mais Kalispell se situe à trente kilomètres de l'habitation. Est-ce que tu trouves normal de vouloir parcourir une telle distance à pied, avec de telles conditions météo ?

Elle le regardait avec des yeux ronds.

– Non, effectivement.

Elle engloutit une énorme cuillère de glace, comme pour faire passer tout ça.

– Mia, il me faut des informations sur les Gardner, notamment sur leur état psychologique. Est-ce que tu serais en mesure de me procurer ça ?

– Tu sais que ces informations sont confidentielles, Wes ?

– Oui. Mais parfois, la vérité se fait au prix de certains écarts.

Elle prit une nouvelle portion de glace, pour mieux réfléchir, cette fois-ci. Presque une minute passa.

– Je pense pouvoir t'aider. Mais il faut que tout ça reste entre nous. Si jamais ma hiérarchie apprend que j'ai violé le secret médical, je suis bonne pour trouver un autre boulot.

– Il est préférable pour moi aussi que mon chef n'apprenne pas ça.

– Je te fais confiance, Wes.

– Tu peux, crois-moi.
– Mon cousin Terence m'a dit que tu étais un gars réglo.
Il hocha la tête.
– Je vais voir ce que je peux faire pour t'aider, Wes.
Elle lui fit un clin d'œil complice.
– Parle-moi de toi, reprit-elle. Tu m'intrigues.
– C'est bien la première fois qu'une fille me dit ça.
– Il faut un début à tout.
– Je viens de Portland.
– Ça, je sais.
– J'ai 32 ans. Je vis seul, avec mon poisson rouge, Garp.
Elle s'esclaffa.
– Continue !
– Je bois au minimum un litre de lait par jour. Et je suis passionné d'enquêtes policières. Tu me diras, pour un flic, quoi de plus normal ?
– Génial ! Encore.
– J'ai toujours un petit carnet et un stylo avec moi. Je note tout un tas de trucs, tout le temps.
– Tu ne l'as pas encore sorti, ton carnet.
– Justement…
Il mit la main dans la poche de son blouson et en extirpa son fameux calepin. Il y griffonna quelques mots tandis que Mia aspirait bruyamment le fond de sa coupe avec une paille.
– À ton tour, lança-t-il en refermant son bloc-notes.
– Mia. Infirmière. 23 ans. Habituellement assez timide. Mais là, je ne sais pas pourquoi… peut-être parce que ton uniforme me fait penser à mon cousin. Ça me rassure.
– Vous êtes proches ?
– On se voit de temps en temps. Mais ados, on était tout le temps fourrés ensemble.
– Tu as grandi à Kalispell ?
– Ouaip, m'sieur l'agent.
– Une passion dans la vie ? Un hobby ?
– Oui. Les glaces.

Elle rit encore. Ses lèvres étaient comme deux tranches de fruit rouge, fraîches et sans doute sucrées, et son rire une matinée de printemps. Wes se sentait bien en sa compagnie.

– Et je collectionne aussi les mésaventures amoureuses, ajouta-t-elle en faisant la moue.

– Je suis un solitaire, lâcha-t-il. Les filles me trouvent bizarre.

– Je suis bizarre, moi aussi ! Bizarre contre bizarre, les effets s'annulent.

– Nous sommes donc tout à fait normaux, déduisit-il avec un sourire.

– D'une banalité outrageante. Des individus lambda. Deux quidams de base.

Ils rirent et échangèrent un regard interminable, jusqu'à ce que leur attention soit attirée vers l'avenue, où un conducteur abusait de son klaxon, visiblement pour réveiller celui de devant qui n'avançait pas malgré le feu passé au vert.

– On pourrait se faire un truc un de ces quatre, ça te dit ? lui proposa Wes quand leurs yeux se reconnectèrent.

– Un truc genre quoi ?

– Bowling… cinéma. Et après on irait peut-être manger quelque chose.

– Je suis partante !

– Super.

Wes jeta un coup d'œil discret à sa montre.

– Mia, j'aurais aimé rester plus longtemps, mais il va falloir que j'y aille. J'ai promis à Mme Pearson, la propriétaire de mon logement, de l'accompagner au cimetière pour fleurir la tombe de son frère.

– Tu es un ange. Quant à moi, je travaille cet après-midi.

– Je te dépose ?

Ils se levèrent tous les deux.

– Non, ça ira, merci. L'hôpital est à une dizaine de minutes à pied, en passant par le parc.

Ils quittèrent le bar et se firent un petit signe quand Wes contourna sa Buick pour s'installer au volant. Il la regarda s'éloigner et ne fit tourner la clé de contact que lorsqu'elle eut disparu au détour d'une rue.

8

Dans la pénombre de la chambre dix-huit, John Gardner s'efforçait à penser clairement. Le traitement qu'on lui donnait le shootait à tel point qu'il avait du mal à bouger. D'un côté, il avait besoin de ça. D'un autre, il lui fallait toute sa tête pour réfléchir. Anticiper. Tout s'était bien passé jusque-là. Il fallait que ça continue. Il entendit Sally remuer dans le lit d'à côté. Parfois, elle parlait dans son sommeil. Que pouvait-elle dire ? Et si une infirmière avait entendu quelque chose… Cela lui était arrivé à deux reprises. Il l'avait patiemment écoutée et n'avait rien perçu de compréhensible, Dieu merci. Elle bougea à nouveau. Il s'assit tant bien que mal et appuya son dos contre la tête de lit. Elle s'agita encore, puis passa son bras hors des draps et se redressa pour s'asseoir sur le bord du sommier. Ses yeux fixaient le sol. Il la regarda attentivement, scruta ses plus infimes gestes. Elle releva la tête vers lui.

– John… tu es là ? dit-elle d'une voix faible.

– Oui, je suis là, ma chérie.

Elle se leva et marcha vers lui en tâtonnant devant elle. Son visage était pâle. D'une pâleur cadavérique.

– John, j'ai peur.

Elle s'approcha en boitillant. Il ne la reconnaissait plus. Elle était si maigre qu'il en frissonna.

– Viens. Viens près de moi et dis-moi ce qui ne va pas.

Il lui ouvrit les bras. Elle s'assit sur son lit et se reposa sur son torse. Il eut l'impression de tenir un oisillon contre lui.

– Je ne sais pas… Je ne… Je n'arrive pas à me rappeler… Tout est noir.

– Plus rien ne peut nous arriver. Tu n'as rien à craindre.

Elle se mit à pleurer. Il la serra contre lui.

– Ça va aller, ma chérie.

Il la berça, tout en sentant la rage qui montait au fond de lui, comme un feu prêt à tout dévaster. Ses doigts tremblèrent quand il passa sa main dans son dos pour la réconforter.

La porte de la chambre s'entrouvrit et le visage d'une infirmière se dessina dans le filet de lumière.

– Monsieur Gardner, vous avez de la visite. M. McDowell.

– Oui. Je le reçois dans quelques minutes.

– Bien, monsieur. Je le fais patienter.

La porte se referma sans bruit.

– John, j'aimerais rentrer à la maison.

– Nous allons rentrer très bientôt, mon amour. Le médecin a dit qu'il nous gardait encore quelques jours, trois ou quatre, pas plus.

– Où sont les enfants ?

Elle se redressa et les chercha du regard dans l'obscurité.

– Ils sont dans une autre chambre. Ils vont bien. Tu les as vus hier. Repose-toi, je vais parler à Ray.

Elle se détacha de lui et retourna s'allonger dans son lit. Lorsque John passa la porte, les néons du couloir l'aveuglèrent. Il fut saisi d'un violent mal de tête, et déambula sur quelques mètres comme un aveugle sans sa canne. Quand sa vision redevint à peu près claire, il vit approcher son assistant, Ray McDowell. Ses cheveux roux faisaient ressortir ses yeux très bleus, deux saphirs sertis dans un visage joufflu. À 42 ans, McDowell gardait l'apparence d'un étudiant écossais fraîchement diplômé de Cambridge, nourri au pudding et rompu aux bonnes manières. Il marchait vite, était essoufflé et affichait un air inquiet de circonstance.

– John, comment te sens-tu ?

– Mieux, mais encore patraque avec ces cachets.

– Bien. Tu seras d'attaque pour faire face à la presse ?

– J'aurais préféré m'en passer, mais oui.

– Cette interview ne peut plus attendre, John.

– On fera ça en fin de journée. 5 heures. Ça me laissera le temps de préparer mes réponses.

– Parfait.

McDowell lui donna une tape amicale sur l'épaule.

– Dites donc, vous nous avez fichu une sacrée trouille ! Comment va Sally ? Elle récupère ?

– Elle se remet doucement.

– Et les enfants ?

– Ils vont bien, merci, Ray.

– Parfait. Je serai là pour arbitrer un peu, au cas où les journalistes seraient trop pressants. Ça va bien se passer. L'essentiel est que vous alliez tous bien.

– Je te rappelle quand même que cinq d'entre nous ont disparu, répliqua John en se demandant si son assistant n'était pas sous amphétamine.

– Oui. C'est malheureux. Mais ne perdons pas espoir, il y a encore des chances qu'on les retrouve.

John se posa cette autre question : allait-il continuer avec ce gars ? Il était excellent quand il s'agissait de chiffres, en revanche, au niveau de la communication et des relations, il était à côté de la plaque. Il le garderait peut-être, mais simplement comme comptable.

– Je ne pense pas, Ray, dit John en regardant vaguement au bout du couloir.

Des infirmières parlaient entre elles et leur jetaient des coups d'œil curieux.

– Pardon, John ? Tu ne penses pas quoi ?

– Je ne pense pas qu'on les retrouvera.

Ray bredouilla, voulut dire quelque chose. John reprit avant lui :

– Je n'ai pas pu consulter la Bourse, comment vont nos affaires ?

– Nos actions sont en légère baisse. On n'est pas encore dans le rouge, mais tout va reposer sur toi.

– J'ai l'habitude maintenant, répliqua John d'un ton froid.

– Oui, tu es un vrai roc.

Ray allait lui donner une autre tape amicale mais il se ravisa.

– Bien. Je vais retourner dans ma chambre. Ma femme a besoin de moi auprès d'elle. Je me prépare pour 17 heures. À tout à l'heure, Ray.

– D'accord. On se retrouve en bas.

John repartit vers la chambre, entra et referma la porte doucement. Il se dirigea vers le lit de Sally et s'assit près d'elle, passa la main sur sa joue et voulut y déposer un baiser mais il eut peur de la réveiller, alors il se releva sans bruit et marcha jusqu'à la salle d'eau. McDowell lui avait amené des affaires de rechange et le nécessaire de toilette.

John brancha la tondeuse et entreprit d'égaliser sa barbe, qui en avait bien besoin. Il ôta sa robe de chambre et son T-shirt. Ses côtes étaient apparentes, comme le reste de son ossature. Sa musculature était si asséchée qu'il aurait pu servir pour un cours d'anatomie. Il avait du mal à se reconnaître. Quant à son visage… il s'approcha de la glace. *Bon sang, je pourrais jouer dans un film de morts-vivants*. Il avait perdu en tout quatorze kilos. Même ses yeux, au fond de leurs orbites cernées de noir, avaient changé. Son regard était éteint. La flamme du pouvoir qui y brillait était maintenant réduite à une étincelle. Froide, distante. Mais elle luisait encore. « Rien ne peut venir à bout d'un Gardner, fils. » Les paroles de son père prenaient tout leur sens. Il aurait été fier de lui. Johnny avait su gérer ce cauchemar. Johnny avait parfaitement maîtrisé le cours des choses. Pourtant, c'était inconcevable. Il n'arrivait pas à intégrer ce qu'ils avaient vécu là-haut. Qui aurait pu y croire ? Personne.

Parce que tout cela était inhumain.

Quand il sortit de la salle d'eau, Sally était à nouveau assise sur le bord de son lit, immobile, la tête baissée.

– John, je l'entends encore.

Il sentit un froid courir le long de sa colonne.

– Qu'est-ce que tu entends ?

Il savait de quoi elle parlait. Parce qu'il l'entendait encore, lui aussi. Chaque fois qu'il fermait les yeux pour relâcher la pression. Chaque fois qu'il essayait de s'abandonner au sommeil.

– Le blizzard, John. Je l'entends encore souffler… comme si nous étions toujours là-haut.

– Ça finira par cesser. Nous rentrons bientôt, ma chérie… Ça s'arrêtera tôt ou tard.

– Promets-moi une chose, John.

– Oui.

– Promets-moi que nous ne risquons plus rien, les enfants et nous.

– Je te le promets. Ce cauchemar est terminé.

9

Il ajusta le col de son blouson et vissa l'une de ses casquettes fétiches au logo du groupe sur sa tête. Sally s'était rendormie. Dans le premier lit, Nataly Adkins était encore inconsciente. Les appareils auxquels elle était reliée émettaient des bips à intervalles lents et réguliers. John longea le couloir du service, passa un sas et descendit deux étages en empruntant les escaliers. Il s'attendait à voir le hall d'entrée grouiller de monde, mais les lieux étaient calmes.

Ray McDowell palabrait avec le chef de la sécurité des bureaux de Portland, qui avait fait le déplacement. Un jeune vigile en costume trois-pièces scrutait les alentours d'un œil d'aigle. Deux agents de police en uniforme se tenaient dehors et faisaient barrière devant le troupeau de journalistes qui piétinait. Quand John traversa le hall pour rejoindre son assistant, les lueurs des flashs fusèrent depuis l'extérieur.

– Bon, allons-y, dit John, impassible. Après ça, je dois appeler notre médecin de famille. Je vais tout faire pour poursuivre les soins à notre domicile.

McDowell acquiesça, ils se dirigèrent d'un pas dynamique vers le sas d'entrée, suivis par le chef de la sécurité et le vigile. L'air frais revigora John et il se sentit presque bien face aux appareils qui le mitraillaient.

– Monsieur Gardner !

– Monsieur Gardner, comment s'est passé cet isolement dans le lodge d'Eagle Nest ? Est-il vrai que vous et votre famille avez enduré près de trois semaines sans manger ?

– Tout d'abord, je tiens à féliciter l'équipe de secours et les forces de police de Kalispell pour la rapidité de leur intervention en hélicoptère. Sans eux, nous ne serions pas là aujourd'hui. Pour répondre à votre question, nous avons en effet passé la majeure partie de ces dix-huit jours d'isolement sans nourriture. Mais l'essentiel est que nous nous en soyons sortis. Cinq d'entre nous n'ont pas eu cette chance. Ils sont en ce moment même perdus, quelque part en montagne.

– Monsieur Gardner, qui sont ces cinq personnes qui ont tenté de rejoindre Kalispell pour prévenir les secours ?

– Phil Sewell et Owen Horton sont de proches collaborateurs, Christine est l'épouse d'Owen. Steven Riley et Jenny Mills sont des entrepreneurs avec qui nous avions un projet commun.

– Monsieur Gardner, quel est votre état de santé ? demanda un autre journaliste. Vous semblez très amaigri. Qu'en est-il de votre activité à la tête de la T&J Gardner Company ?

– En dehors de quelques kilos perdus, je suis en bonne santé. Je me sens déjà d'attaque pour signer ce contrat prévu avec la province canadienne d'Alberta. La T&J s'apprête à conquérir de nouveaux marchés, et elle est plus que jamais au sommet sur son secteur.

– Quel est l'état de santé de votre famille et celui des autres rescapés ?

– Ma femme et mes enfants se remettent bien, ainsi que mes amis et les collaborateurs présents avec nous. D'ici à quelques jours, cela ne sera plus qu'un mauvais souvenir. Tout ce que je peux ajouter, c'est que nous sommes tous très heureux d'être de retour.

Il afficha un large sourire et tendit un poing en l'air en signe de victoire.

– Monsieur Gardner, s'il vous plaît !

– Je vous remercie, dit John.

– Monsieur Gardner !

Il s'éloigna vers l'entrée, accompagné du chef de la sécurité. McDowell leva les mains et prit la parole pour calmer la cohue des journalistes :

– M. Gardner retourne maintenant auprès de ses proches. Cet entretien est terminé. Merci de votre compréhension.

John quitta McDowell pour remonter à l'étage. Dans l'ascenseur, il évita son reflet dans le miroir. Son cœur pulsait sec. Des coups irréguliers, cahotants. Cette interview dans l'air glacé, ces vautours qui cherchaient la faiblesse, la chair à vif. L'adrénaline parcourait ses veines. Une sensation cuisante. Sur ses épaules pesait une fatigue inhumaine. Par moments, il décrochait de la réalité et se retrouvait en train de flotter dans une sorte de demi-rêve, un espace incertain où les situations, les objets, les personnes, n'avaient plus aucun lien entre eux, et les sons lui parvenaient de très loin. Il se demandait alors si ce qu'ils avaient vécu là-haut, dans ces montagnes, avait été réel. Le psy lui avait dit que cela pouvait arriver, qu'il ne fallait pas paniquer, que ces phases iraient en diminuant.

La porte s'ouvrit. Il remonta le couloir d'un pas mal assuré, croisa une infirmière. Une blondinette dont le sourire avait quelque chose d'acide.

– Monsieur Gardner, est-ce que ça va ?

– Ça va… Merci.

– Vous êtes sûr ?

– Oui. C'est juste un passage à vide.

Elle posa sa main sur son épaule.

– Venez, je vais prendre votre tension.

– Je viens de vous dire que ça va.

– Très bien, monsieur, comme vous voudrez.

– Je voudrais rester sans visites pour le reste de la journée.

– C'est noté, monsieur.

Il se dirigea vers la chambre dix-neuf. Il devait parler à son ami Jack Murray. Une forte douleur au crâne le fit chanceler et il dut s'appuyer quelques secondes contre un mur. Il se remit en marche et arriva devant sa porte, tapa deux coups sur le battant en bois et la poussa. Les ténèbres de la pièce furent dérangées un bref instant par la lumière du couloir. Il entra et referma la porte sans bruit. Derrière la large fenêtre, l'encre de la nuit se répandait dans les rues de Kalispell.

Son ami était allongé, sous perfusion.

– Jack…, l'appela-t-il à mi-voix.

Il se rapprocha du lit.

– Tu m'entends ?

Jack remua sous les draps, ouvrit vaguement un œil, puis l'autre, chercha à percevoir les formes autour de lui.

– John… c'est toi ?

– Oui. Comment te sens-tu ?

John regarda vers le lit voisin où Gina, l'épouse de Jack, était profondément endormie. Son souffle allait et venait, très régulier, parasité par des sifflements. Le docteur Lawson lui avait administré des neuroleptiques, car elle faisait de violentes crises d'hystérie.

Jack mit un moment avant de formuler sa réponse :

– Pas très bien… Je suis complètement engourdi. J'ai… j'ai du mal à parler.

John entendit la respiration de son ami s'accélérer.

– Détends-toi. Ça ira mieux au fil des jours.

Jack hocha la tête avec difficulté.

– Est-ce que… tout s'est bien passé, John ?

Ce dernier regarda derrière lui, vers la porte de la chambre, avant de répondre tout bas à son ami :

– Oui. Jusqu'à présent, ça va.

Jack émit un soupir de soulagement. Il essaya de se redresser un peu sur son lit.

– John… Je crois que… que Gina a perdu la raison. J'ai peur que, dans son délire, elle…

Il ne termina pas sa phrase.

Le silence se fit entre les deux hommes.

– Quand allons-nous rentrer chez nous ? demanda Jack.

– Le docteur a parlé de trois ou quatre jours.

John jeta encore un coup d'œil derrière lui et reprit plus bas :

– Un policier est venu m'interroger.

Jack le fixa d'un regard ahuri. Il entrouvrit la bouche pour parler mais aucun mot n'en sortit.

– Et il a aussi questionné les enfants.

– Quel genre de… de policier ?

– Un simple agent. Il était en uniforme.

– Que voulait-il savoir ?

– Il m'a posé un tas de questions, notamment sur les disparus.

Jack parla encore plus bas :

– Est-ce que la police suspecte quelque chose ?

– Non, je ne pense pas. Elle recueille automatiquement des dépositions en cas de disparition, c'est la procédure. Mais ce policier faisait du zèle.

– Et les enfants… qu'ont-ils dit ?

– Ils ont dit ce qu'il fallait. Tout va bien.

– Alors, pourquoi j'ai l'impression que… que tu es inquiet, John ?

– Je suis inquiet comme toi. Qui ne le serait pas, après ce qu'on a vécu ?

Jack saisit la main de son ami et la serra très fort dans la sienne.

– Je fais des rêves atroces, John…

Des larmes brillèrent au coin de ses yeux.

– Bon sang… je ne sais pas si je tiendrai le coup.

– L'infirmière a dû te donner des cachets pour le stress, non ?

Jack acquiesça. Les larmes coulaient maintenant le long de ses joues osseuses.

– Quand le psy est venu me voir, reprit-il d'une voix tremblante, j'ai… j'ai failli craquer. C'est tellement lourd à porter.

– Est-ce qu'il a senti que tu étais à bout ? Enfin… que tu cachais quelque chose ?

Jack le regarda intensément.

– Non… du moins, je l'espère.

– Les entretiens avec les médecins sont sous le sceau du secret médical, dit John. On n'a rien à craindre de ce côté-là.

– Tu veux dire qu'on peut leur parler de…

– Jack, on ne parle de ça à personne. Personne, tu m'entends ?

Il hocha la tête. Un long silence suivit.

John se leva et se dirigea vers la porte. Il adressa à son ami un dernier regard avant de sortir. Un regard froid. Jack essaya de dire quelque chose, mais ses mots restèrent étouffés dans un sanglot. La lumière du couloir trancha avec l'obscurité de la chambre, et John disparut derrière la porte qui se referma.

10

« Véhicule quatorze... Un accident a eu lieu au croisement de la rue principale et de la cinquième est. Deux conducteurs impliqués, dont l'un semble être en état d'ébriété. Vous êtes dans le coin. C'est pour vous. »

– On y est dans cinq minutes, Mary, répondit Terence en appuyant sur l'accélérateur.

Wes s'accrocha à la poignée du plafonnier.

– Vas-y mollo, quand même, lança-t-il à son équipier.

Terence aborda un virage à une allure sportive. Le Ranger chassa de l'arrière et se rétablit à la sortie.

– Fais-moi confiance, je connais cette caisse mieux que personne.

– OK, mais sois prudent quand même.

– Relax. Tu vas me déconcentrer dans ma conduite.

Quand ils furent en vue de l'intersection, ils aperçurent une colonne de fumée noire s'élever au-dessus des deux véhicules encastrés l'un dans l'autre, au milieu de la voie.

– Un pick-up Dodge Ramcharger..., estima Terence, et une vieille Chevrolet. À ton avis, Wes, laquelle est celle du type bourré ?

– Je dirais le pick-up.

– C'est ce que je pense aussi, dit Terence en approchant à vitesse réduite avec les gyrophares allumés, mais sans sirène.

Il serra le frein à main et ils descendirent pour se diriger vers les deux voitures. Wes se sentait très à l'aise sur la neige gelée. Il portait pour la première fois ses chaussures à semelles cloutées, un vrai plaisir. Le capot du colossal

Ramcharger avait en grande partie dévoré celui de la Chevrolet. Les deux conducteurs échangeaient dans des éclats de voix. Un grand bonhomme en tenue de garagiste, atteint d'obésité, gesticulait face à un petit monsieur d'une soixantaine d'années, à la calvitie prononcée. Chacun rejetait la faute sur l'autre. Le type bourré était sans conteste le mécano.

Wes et Terence arrivèrent à leur hauteur. Les deux hommes considérèrent les agents de police sans interrompre le moins du monde leur engueulade.

Vous m'avez coupé la route, monsieur ! vociférait le petit chauve à lunettes.

– Je ne t'ai rien coupé du tout ! C'est toi qui as fait un écart au milieu de la voie, empaffé !

Terence s'approcha en levant les mains devant lui.

– Messieurs, s'il vous plaît, calmez-vous. Nous allons démêler le problème. Nous sommes là pour ça.

Wes avança derrière son équipier, une main sur la crosse de son taser. La situation fut, en effet, rapidement démêlée, grâce à la réaction inattendue du gros mécano qui pointa son index vers Terence et lui intima clairement « d'aller se faire mettre ». Il se retrouva au sol dans les cinq secondes qui suivirent, puis menotté par un Terence expéditif et fâché. Le dépanneur arriva peu après l'arrestation. Il estima que les deux véhicules accidentés étaient irrécupérables et informa leurs propriétaires qu'ils seraient classés comme épaves dans l'heure. Il les chargea ensuite sur le plateau de son camion. Le petit monsieur chauve, propriétaire de la Chevrolet, repartit avec le dépanneur. Terence et Wes remontèrent en voiture avec le mécano qui, après contrôle de son identité, se révéla être Bill Cortez. Ce type avait un casier judiciaire long comme le bras. L'affaire était bouclée. Terence reprit la route en direction du poste de police.

– Au fait, avec tout ça, j'ai oublié de te demander si tu avais parlé à ma cousine Mia.

– On est allés manger une glace ensemble.

– Alors, comment tu la trouves ?
– Elle est adorable. Et très mignonne.
– Qu'est-ce qu'elle a dit, pour les infos sur les rescapés d'Eagle Nest ?
– Elle va faire son possible.
– Très bien.
Wes consulta son portable. Il avait reçu deux SMS. Le premier avait été envoyé par Mme Pearson, sa propriétaire. Elle lui demandait de l'aide pour déplacer un gros meuble chez elle, car une souris avait fait son trou juste en dessous, dans le plancher qui était pourri à cet endroit. Le deuxième message venait d'un numéro inconnu : « Salut, Wes, c'est Mia, j'ai des infos pour toi. Rappelle-moi à ce numéro avant 18 heures. »
– Justement, lança Wes, ta cousine m'a envoyé un SMS. Apparemment, elle a quelque chose.
– Qu'est-ce qu'elle dit ? s'enquit Terence, intrigué.
– Elle me demande de la rappeler.
Wes composa le numéro.
– Mets le haut-parleur. Je veux entendre ça.
– Service de réanimation, bonjour.
Wes reconnut la voix de Mia.
– Salut, Mia. C'est Wes. Comment vas-tu ?
– Wes ! Ça va, impec. Et toi ?
– La routine. On vient d'arrêter un chauffard. Alors… tu as quelque chose ?
– Oui. Un truc énorme. Tu avais raison ! Une amie est en lien étroit avec un médecin interne du service où les Gardner sont en observation, si tu vois ce que je veux dire.
– Je vois.
– Tiens-toi bien. Elle a réussi à mettre la main sur l'une de ses notes, un enregistrement vocal. Je t'en cite mot pour mot un passage : « Nous émettons des réserves sur les causes réelles de leurs traumatismes. Au regard des symptômes que présentent certains, et plus particulièrement au vu de leurs troubles psychologiques, nous pensons qu'il est très probable

qu'ils aient été témoins de faits d'une violence extrême, voire qu'ils en aient eux-mêmes été victimes. Nous supposons que les explications qu'ils nous ont données quant au déroulement de ces trois semaines d'isolement sont inexactes, ou incomplètes. »

– Je le savais, dit Wes.

– Bon sang, mais qu'est-ce que c'est que cette affaire ? lâcha Terence.

– Je ne sais pas, Terence, lui répondit Mia, mais c'est juste énorme.

Il s'est passé quelque chose là-haut, dit Wes. Quelque chose qu'ils ne veulent pas avouer.

– OK, admettons que ce soit vrai, admettons que ces neuf personnes n'aient pas dit la vérité, reprit Terence. Tout ce que nous avons pour étayer cette hypothèse est un enregistrement dérobé par une amie de ma cousine à un médecin interne. Ce qui est complètement illégal. Et, en plus de cela, ces notes du toubib sont inexploitables à cause du secret médical. Si tu utilises cette pièce pour démentir leur déposition, tu es viré sur-le-champ, Colbert. Tu sais ça ?!

– J'en ai bien conscience, Terence. Cependant, cet enregistrement nous indique clairement une zone d'ombre dans le dossier.

– Une zone d'ombre ?! s'exclama Mia dans le haut-parleur. Moi, je dirais plutôt que c'est carrément un trou noir, ce truc !

– Qu'est-ce que tu comptes faire avec ça, Wes ? demanda Terence.

– Je ne peux rien en faire de façon concrète, mais ça confirme bien mes doutes. Je vais continuer à chercher la faille, parce que je suis certain qu'il y en a une, quelque part. Et je ne la laisserai pas passer.

11

Le docteur Lawson essaya de se montrer diplomate devant l'insistance de John Gardner.

– Monsieur Gardner, il me semble que votre sortie du service d'observation est prématurée. Vous me dites avoir récupéré et vous sentir en pleine possession de vos moyens, je l'entends, mais j'estime que ce n'est pas encore le cas de vos proches.

– Docteur, je suis à la tête d'un groupe d'entreprises qui ne me laisse pas le loisir de gaspiller mon temps. Comprenez-moi, je dois reprendre au plus tôt mes fonctions pour éviter de lourdes pertes.

Le médecin étudia son patient assis en face de lui, derrière son bureau, avec une attention soutenue.

– J'entends bien, monsieur Gardner, j'entends bien. Mais encore une fois, je vous fais part de mon inquiétude au sujet de votre femme, et de Gina Murray. L'état de Nataly Adkins et de Jack Murray est aussi très préoccupant. Je vous conseille vivement de rester encore. Je pense qu'une semaine de plus est indispensable.

– Une semaine ! Vous m'aviez parlé de trois ou quatre jours lors de notre dernier entretien.

Le docteur joignit les paumes, s'avança et posa ses coudes sur son bureau.

– Monsieur Gardner, soyez raisonnable. Votre activité ne passe tout de même pas avant la santé de votre famille, n'est-ce pas ?

John fixa le docteur d'un regard d'acier.

– Ma femme ne se remettra pas plus vite en restant ici, à l'hôpital. C'est d'ailleurs elle qui me demande, plusieurs fois par jour, quand nous rentrerons chez nous.

– Monsieur, nous disposons de tout le matériel et des soignants dont votre épouse et vos proches ont besoin. En vous laissant partir et réintégrer votre domicile, vous faites courir à votre famille des risques dont vous n'êtes apparemment pas conscient. Encore une fois, monsieur Gardner... montrez-vous raisonnable.

– Justement, docteur, j'ai eu notre médecin de famille, le docteur Jenkins, au téléphone, il y a moins d'un quart d'heure. Et il a en ce moment même notre dossier médical sous les yeux, qui lui a été transmis par votre collègue, le docteur Richard Collins. Croyez-moi, il est en train de l'étudier avec le plus grand soin. Et il m'a d'ores et déjà confirmé qu'il pourra mettre en place un suivi médical approprié à notre domicile, avec tout l'équipement nécessaire. Est-ce que vous me pensez toujours déraisonnable, docteur ?

Le médecin resta interdit l'espace d'un instant. Il se renfonça dans son fauteuil.

– Très bien. Je vois que vous êtes un homme prévoyant, monsieur Gardner.

– Je ne me suis pas retrouvé à la tête du groupe que je dirige par hasard, monsieur.

– Dans ce cas, je pourrai signer vos papiers de sortie quand le jour et l'heure auront été fixés.

John se leva.

– Cet après-midi. 14 heures. Merci.

Il tourna les talons et quitta la pièce, sans laisser au docteur Lawson le temps d'ajouter quoi que ce soit.

Ce dernier resta pensif un moment. Il étendit son bras d'un geste lent au-dessus de son bureau et décrocha son téléphone. Il composa un numéro interne.

– Oui ?

– Salut, c'est Lawson.

– Alors ?

– Tu as transmis le dossier à leur toubib ? dit Lawson d'un ton las.

– Et que voulais-tu que je fasse d'autre ? Gardner me l'a demandé. Il en avait parfaitement le droit.

– Tu pouvais lui expliquer qu'il fallait attendre, je ne sais pas, trouver une excuse pour gagner du temps, non ?

– C'est ce que j'ai essayé de faire. Mais je n'ai jamais vu un homme aussi buté.

– C'est le moins qu'on puisse dire. Il vient de quitter mon bureau. Et je signe les papiers de sortie pour cet après-midi, 14 heures.

– Merde.

– J'ai presque envie d'aller parler de tout ça au shérif.

– Une minute. Tu oublies qui est la famille Gardner, mon vieux. Ce gros balourd de shérif leur mange dans la main.

– Oui, mais il est flic avant tout, non ?

– Lawson, s'il n'y avait pas le secret médical, cette situation ne serait pas ce qu'elle est. Mais nous devons nous incliner, on ne fait pas le poids face aux Gardner. Quoi qu'il se soit passé là-haut, on n'en saura jamais rien. Il faut accepter ça. C'est tout.

– Tu te dégonfles.

– Écoute Lawson, j'ai une femme et trois gosses à nourrir. Et le projet d'ouvrir un cabinet, ici, à Kalispell. Oui, je jette l'éponge.

– Tu as probablement raison, Richard.

– Je ne sais pas si j'ai raison, mais c'est comme ça que je vais faire. Libre à toi de chercher à remuer la merde. Parce que c'est bien de ça qu'il s'agit.

– Tu penses à quoi ?

– Je ne pense à rien de plus que des histoires de famille. Des histoires sur lesquelles nous n'avons légitimement aucun droit de regard.

– Putain, Richard, c'est plus qu'une simple histoire de famille. Et tu le sais !

– Apparemment, on n'a pas du tout le même point de vue sur la situation, Lawson. Je suis désolé mais je vais devoir raccrocher. On en reparle.

Le médecin reposa le téléphone sur son socle et mit quelque temps avant de retrouver son calme habituel. Il se leva et fit quelques pas dans son bureau. La position de Collins sur ce dossier était plus que médiocre. Mais peut-être valait-il mieux laisser les Gardner régler leurs affaires entre eux.

Il s'alluma un cigare et contempla un moment les étendues enneigées derrière la baie. Le visage émacié de Sally Gardner lui apparut. Il ne pouvait s'empêcher de penser à elle, à son refus d'être auscultée et à son état psychologique inquiétant. Elle s'était comme repliée dans son propre monde. Un monde qu'elle avait recréé de toutes pièces. Assemblage de souvenirs, d'objets familiers, d'instants agréables de son enfance. Il avait échangé avec le psy à son sujet. Et lui aussi était très préoccupé par son état. Mais il devait se résoudre à signer leur bon de sortie et à laisser aux Gardner ce qu'ils voulaient garder dans leur cercle intime. Collins avait raison finalement. C'était peut-être plus prudent. Il écrasa son cigare et quitta son bureau.

12

Terence et Wes s'étaient arrêtés pour prendre un café au *Moos' Saloon*. Leur journée était terminée et, comme beaucoup d'autres, Wes l'avait trouvée plate et sans grand intérêt. Comparée à Portland, Kalispell semblait être placée sous un dôme qui isolait ses habitants de toute forme de criminalité. Mais à présent, il y avait « matière à élucider ». Wes avait un objectif.

Kelley avait peut-être pensé qu'il était l'agent idéal pour aller prendre les dépositions des Gardner. C'était sûrement pour ça qu'il l'avait envoyé. Le petit nouveau, docile et arrangeant. Mauvaise pioche, capitaine.

À Portland, Wes avait élucidé pas moins de douze affaires de meurtres, avec son pote Henry Hicks qui bossait au labo de la police scientifique. Certes, ce n'étaient pas de gros dossiers, mais un homicide reste un homicide. Peu importe le rang que la victime occupe dans la société. Du moins, dans les textes, c'est ce qui est écrit.

Dernièrement, Wes avait été à l'origine de l'arrestation d'un vagabond anonyme suspecté d'un meurtre – lors de sa garde à vue, cet homme avait été baptisé Bill Detroit par les collègues parce qu'il n'avait aucun papier sur lui et aucune idée de sa véritable identité, pas plus que du lieu où il était né, et encore moins de sa date de naissance. Il venait de Detroit, où il avait passé la majeure partie de sa vie. Et comme tout le monde l'appelait Bill là-bas, il avait gardé ce prénom. Bill Detroit, donc, avait tué Sam Perry, un SDF comme lui, à ceci près que Sam Perry était sa vraie identité.

L'affaire n'avait pas fait beaucoup de bruit, pour ne pas dire aucun. Un clochard qui en tue un autre, au cours d'une nuit d'hiver glaciale. Pas de quoi fouetter un chat.

Wes s'était engagé dans la police avec l'objectif de rentrer dans la section criminelle. Mais, par deux fois, il avait été recalé au concours. Il n'avait pourtant pas fait d'erreur, à part aux tests de terrain. Son point faible était le tir en situation réelle. Il avait beau s'entraîner, répéter les bons gestes, les réflexes ne venaient pas. Ses mains commençaient à trembler dès qu'il pointait son arme sur une de ces cibles à forme humaine. Il n'était cependant pas un mauvais tireur. Wes attribuait cette défaillance à la pression considérable qu'il se mettait lui-même en vue de réussir ce concours. Il n'avait pas insisté et ne s'était pas représenté l'année d'après. Mais sa passion pour les enquêtes criminelles restait enracinée en lui, et pour rien au monde il n'aurait cherché à s'en défaire.

Alors, il avait mis sur pied une sorte de section secrète, au sein de laquelle opéraient deux agents : Henry Hicks et lui-même. Tous les deux s'étaient engagés ensemble dans la police. Henry, lui, avait réussi son concours d'entrée dans la section scientifique. Il avait accès à la plupart des dossiers criminels de Portland. Wes ne s'occupait que des affaires classées. Ces meurtres qui n'avaient jamais intéressé personne, comme celui de ce vagabond, Sam Perry, retrouvé étranglé un matin, sous un amoncellement de détritus au fond d'une rue.

Wes ne travaillait ni pour l'argent ni pour la gloire, mais simplement parce que cela le rendait heureux. Il se sentait vivre. Il se sentait utile. Et lorsque le commandant devait féliciter quelqu'un pour sa perspicacité et sa faculté à déceler la faille dans un dossier classé, c'était Henry qui recevait ses louanges. Pour Wes, c'était très bien comme ça. Dans l'ombre de Hicks, il pouvait s'adonner à sa passion et apprécier à sa juste valeur son statut d'inspecteur anonyme des affaires non élucidées. Il n'était d'ailleurs pas sans éprouver un malin plaisir à voir Henry récompensé à sa place. Et puis il y avait eu cette mutation, aussi inattendue qu'injustifiée aux yeux de Wes, et de Henry, qui perdait son équipier et seul véritable ami. Depuis son arrivée à Kalispell, Wes se demandait si la section secrète Hicks-Colbert n'avait pas été la cause de son transfert. Si c'était le cas, quelle erreur avaient-ils commise pour que leur activité soit démasquée ?

– Hou, hou, agent Colbert, tu me reçois ?

Henry et les bureaux de Portland s'évaporèrent. Wes se retrouva dans ce bar de Kalispell. Une odeur de café délicieuse lui flattait les narines. En face de lui, Terence agitait sa main comme pour faire signe à quelqu'un qui se trouvait très loin.

– Tu penses à quoi ?

Wes réajusta ses lunettes et se ressaisit.

– Je crois que je vais parler de mes doutes au capitaine Kelley.

– Et que vas-tu avancer comme élément ? L'enregistrement que la copine de Mia a piqué à son amant ? Autant donner ta démission, ça ira plus vite !

– Non. J'expliquerai de façon claire au capitaine ce qui me fait penser que John Gardner ne nous dit pas la vérité. Tout simplement.

– Ben, voyons. Kelley va te demander du concret. Tu vas lui apporter quoi, comme preuve ?

– Une seconde, Terence ! Toi-même, tu m'as dit que la disparition de ces cinq personnes te paraissait suspecte, non ?

– Oui… Mais tu n'as rien qui prouve quoi que ce soit.

– Je suis certain que le capitaine Kelley a tiqué, lui aussi, sur cette affaire. Toute personne capable de réflexion trouverait ça louche, non ?

– Tu n'as pas tort sur ce point, mais encore une fois, Wes, tu n'as…

– Je n'ai aucune preuve. Je suis d'accord. Mais il faut faire état de nos doutes au capitaine. Si nous ne le faisons pas, le dossier va être fermé, et il sera trop tard. Il faut tout faire pour éviter ça.

– Et comment comptes-tu t'y prendre, Sherlock Holmes ?

– Pour l'instant, je ne sais pas. Mais si une enquête était ouverte, le procureur signerait un mandat pour investir le lodge. Et si Gardner cachait vraiment quelque chose, ce dont je suis quasi certain, alors nous trouverions forcément des preuves là-haut, à Eagle Nest.

– C'est pas notre boulot, Wes. N'oublie pas qu'on est de simples agents. Faut redescendre sur terre, mon vieux.

Wes se résigna à accepter la situation. Parce que c'était tout ce qu'il pouvait faire.

Terence termina sa tasse de café et se leva.

– Au boulot ! Je te rappelle qu'on doit passer voir Mme Vaughan qui aurait aperçu un individu louche rôdant dans le quartier.

– Génial, lâcha Wes, dépité.

Ils quittèrent le bar sous les flocons qui voletaient dans un ciel pâle et silencieux.

*

John poussait son ami devant lui, assis dans une chaise roulante. La tête de Jack était inclinée sur le côté, un filet de salive s'écoulait du coin de sa bouche et dessinait de petits serpentins sur le col de son pyjama. Ses yeux étaient à demi fermés. Son visage amolli évoquait un masque de sérénité synthétique. Jack devenait paranoïaque. Il voyait des policiers partout depuis que John lui avait parlé de cet agent, de ses questions et des dépositions. John avait l'impression qu'il pouvait craquer à tout instant. Il avait pris les devants et lui avait recommandé de demander au docteur Lawson d'augmenter sa dose de tranquillisants. Un conseil de John équivalant à un ordre, Jack s'était exécuté. Et puis, il lui avait confié qu'il se sentait mieux dans cet état.

Ray McDowell, flanqué de quatre hommes en tenue d'ambulancier, échangeait avec le docteur Lawson au bout du couloir. Les infirmières allaient et venaient entre les chambres, telles des abeilles besogneuses, transportant les affaires des Gardner et celles de leurs amis, pour les déposer devant la porte de l'ascenseur. Les enfants attendaient sagement, assis en rang d'oignons sur les sièges près du distributeur. Tous sirotaient une canette de boisson gazeuse à la paille, contenant leur impatience de quitter l'hôpital pour rentrer à la maison.

– Ashley va beaucoup mieux, tu as vu ça, John ? marmonna Jack en désignant sa fille.

– Oui. Les jeunes récupèrent à une vitesse…

Ray McDowell salua John et Jack d'un signe de la main. Il laissa le docteur Lawson et vint les retrouver.

– Tout est prêt, John. Vous n'avez plus qu'à descendre, les ambulances vous attendent en bas, devant l'entrée.

– Très bien. Et pour Sally, Gina et Nataly ?

– Les brancardiers vont venir les chercher.

– Le jet est prêt ?

– Il vous attend à l'aéroport privé de Glacier, John. Les moteurs sont chauds.

– Très bien.

Les rues défilaient derrière la vitre de l'ambulance. Sous les flocons, les flashs colorés des gyrophares se reflétaient dans les devantures des commerces. Les images glissaient sur les iris acier de John. Tout se passait comme il l'avait prévu. Sally était allongée sur un brancard à côté du siège où il était installé. Il tenait sa main dans la sienne, la sentait frémir par moments.

Elle ouvrit les yeux.

– Où sommes-nous, John ?

– Dans une ambulance. Nous rentrons à la maison.

La main de Sally se resserra.

– Où sont les enfants ?

– Ils nous suivent, dans le véhicule de derrière. Tout va bien, ma chérie.

Elle cligna des yeux plusieurs fois et regarda autour d'elle. Les tubes de la perfusion qui s'agitaient, la porte, les fenêtres.

– Nous sommes dans une…

– Une ambulance, oui. Ne t'inquiète pas.

– Mon chéri…

Elle lui sourit.

– Je ne m'inquiète pas tant que tu es près de moi.

– Je le serai toujours.

– Je t'aime, John.

– Je t'aime aussi.

Il se pencha et vint poser ses lèvres sur les siennes.

Le jet était paré au décollage. La piste s'étirait devant l'avion, ruban sombre découpé dans le grand blanc. Les turbines fumaient et sifflaient au ralenti. John demanda au steward à partir sans attendre et, moins de cinq minutes plus tard, l'appareil s'ébroua et se mit en mouvement, puis gagna de la vitesse. Quand il pointa son nez vers le ciel terne et s'éleva enfin, John sentit que quelque chose était resté en bas, derrière eux. Il ne savait quoi exactement, et c'était aussi bien qu'il n'arrive pas à le définir.

Mais d'autres choses s'étaient cramponnées, incrustées au plus profond de lui. Des images très claires, comme des flashs, lui apparaissaient par moments. Aveuglantes, telle cette maudite neige et sa lumière froide. Tranchantes, comme ces éclairs qui striaient la nuit, lacéraient ces chairs ouvertes et tordaient ces bouches dans des cris muets. Et ces cœurs qui battaient, battaient, battaient, qui persistaient. Cette vie qui luttait sans trêve… parce que le corps, l'organisme ne réfléchissent pas, parce que la survie domine la raison. Au-delà de toute peur. Elle ne recule devant rien. Elle ne connaît aucune limite.

Une fois de plus, le cauchemar reprit forme, sans qu'il puisse l'en empêcher. La porte d'Eagle Nest s'ouvrit et le happa à l'intérieur. Elle se referma en claquant derrière lui, comme une mâchoire. Et il se retrouva dans cet estomac froid et lugubre, qui puait le sang et la peur, à se faire lentement digérer.

ENFER BLANC

1

Tout avait commencé par un jour froid et humide d'automne, ce genre de journée que seul l'Oregon peut connaître. Nous étions le 30 novembre 2019, pour être précis. L'année qui venait de s'écouler.

Ted Gardner était assis à la fenêtre de sa chambre. Il observait des moineaux dans le grand peuplier du jardin quand la berline grise de son père avait surgi dans l'allée. Surpris, les oiseaux s'étaient envolés. Il était 15 heures et, d'habitude, John ne revenait pas de son bureau avant 20 heures. Ted le vit descendre de voiture, l'air grave, et marcher jusqu'à la maison. Il n'avait pas même pris le temps de rentrer la Lexus au garage. Quelque chose n'allait pas. Intrigué au possible, le jeune homme avait bondi dans ses pantoufles et évacué sa chambre pour dévaler les escaliers vers le rez-de-chaussée.

John franchit la porte d'entrée et annonça à sa famille d'un ton plat, mais solennel :

– Grand-oncle Jeffrey nous a quittés.

Samantha et son petit frère de 10 ans, Timothy, interrompirent leur partie sur la console de jeux. Ils se levèrent d'un bond, manette à la main.

– Il est parti où ? demanda Tim, très sérieux.

Ted eut envie de rire. Il parvint à se maîtriser.

Sally Gardner délaissa la dinde qu'elle était en train de farcir. Elle s'essuya les doigts sur son tablier et tendit son bras vers son plus jeune fils.

– Mon chéri, viens ici.

Tout le monde regarda Tim traverser le salon vers maman. Et Tim, marchant d'un pas hésitant vers sa mère, regarda tout le monde. À voir sa moue, il se demandait certainement quelle avait pu être cette bêtise qu'il venait de faire.

Sally s'accroupit face à lui et passa une main sur sa joue.

– Grand-oncle Jeffrey n'est plus de ce monde, Timothy. Il nous a quittés pour aller au paradis, avec les anges... Tu comprends ?

Tim regarda sa mère avec de grands yeux et vit une larme glisser sur sa joue. Il se mit à pleurer à gros bouillons et à beugler. Une vraie sirène d'alarme. Il ne lui manquait plus qu'un gyrophare sur la tête. Samantha prit un air triste et alla se blottir dans les bras de son père.

Ted resta assis sur la première marche de l'escalier, observant le drame familial en train de se jouer avec ce détachement serein qui caractérise le philosophe. Au cours de sa jeune existence, les fois où Ted avait vu grand-oncle Jeffrey se comptaient sur les doigts d'une main. Leur dernière rencontre avait eu lieu l'année précédente, à l'occasion d'une visite au centre gériatrique privé où il résidait. Oncle Jeffrey voyageait beaucoup, mais c'était avant sa maladie d'Alzheimer. Terminées les vacances en Thaïlande, les plages de Moorea ou celles des Maldives. Adieu les hivers dans les hôtels de luxe des stations alpines suisses. Ted ne se souvenait pas même d'avoir échangé deux mots avec lui ce jour-là. Jeffrey ne parlait plus. Il ne faisait que bougonner. Personne ne comprenait rien à ce qu'il disait, sauf quand il se mettait à crier : « Vous n'êtes qu'une bande de cons ! » ou bien : « Foutez-moi le camp avant que j'appelle l'infirmière pour qu'elle vous botte le cul ! », et autres variantes du même registre.

Sally fit chauffer des cookies au four et servit le thé. Tout le monde se retrouva assis à table. Un moment de silence embarrassant suivit, jusqu'à ce que John prenne la parole :

– C’est triste, les enfants, mais, vous savez, Jeffrey a bien vécu. Il allait vers ses 90 ans. C’est un bel âge. Et puis, il n’avait plus toute sa tête. C’est peut-être mieux comme ça.

– Paix à son âme, dit Sally d’une voix douce en se signant.

Tim se régalait de cookies, à des lieues maintenant de son moment d’émotion précédent. John annonça ensuite, d’un ton détaché :

– Il nous a légué le lodge qu’il avait dans le Montana.

Et il ajouta :

– Il nous y avait invités il y a deux ans, mais Timothy avait eu sa rougeole. Ce serait bien d’aller y passer une semaine, lors des prochaines vacances.

– Oh oui, c’est une excellente idée, dit Sally.

– J’ai pensé qu’on pourrait proposer aux Murray de se joindre à nous. Et peut-être à d’autres amis, ajouta John.

*

L’enterrement de grand-oncle Jeffrey fut une journée incroyable. Ted fit la connaissance de petits-cousins du Connecticut qui étaient au nombre de neuf et avaient entre 12 et 17 ans, en plus d’être de formidables têtes de mules. L’interminable cortège de limousines affrétées par l’entreprise de pompes funèbres traversa Waterbury. Cette fin de matinée était ensoleillée, mais froide. Les quelques passants regardaient défiler les véhicules aux vitres fumées, se demandant peut-être quelles célébrités se trouvaient derrière elles et où se rendaient toutes ces voitures. Après l’enterrement, il y eut un grand repas dans l’immense maison de famille des cousins. Tout était calme et silencieux jusqu’à ce que les cuivres de l’orchestre explosent et se mettent à jouer des vieux standards de jazz, et du blues aussi. Les dernières volontés de Jeffrey. Son départ vers les cieux, dans la tradition New Orleans. Ce choix étonna quelques-uns des plus pincés, mais l'ambiance se réchauffa rapidement, et pour beaucoup ce fut une belle surprise.

Jeffrey n'était pas né dans le delta du Mississippi. Il avait vu le jour dans le Dakota du Nord. Mais son plus vieux rêve avait été de jouer du sax dans un groupe de swing. Cinquante années plus tard, il n'était jamais monté sur scène autrement que vêtu d'un costume impeccable, pour des discours lors de meetings professionnels. Il lui avait suffi d'aligner un nombre record de zéros à son chiffre d'affaires pour être une star dans le business. Jeffrey avait développé un certain goût pour la démesure, mais il n'avait jamais dépassé la limite politiquement correcte. Un minimum de discrétion est de mise quand on brasse une telle masse d'argent. D'une façon curieuse, les médias évitent de trop parler de ce genre de célébrités. Sauf quand ces dernières se lancent dans la politique et se retrouvent à la tête de pays comme les États-Unis.

Après quatre mariages, qui avaient donné le jour à cinq enfants, quatre divorces et un nombre astronomique de relations extraconjugales, Jeffrey s'était retiré dans le lodge d'Eagle Nest, bâti cinq ans avant sa mort, dans les chaînes montagneuses du Nord-Ouest. Une demeure colossale parmi tant d'autres, dont il était l'heureux propriétaire et dans laquelle il ne vécut qu'une seule année. Frappé par la maladie, il avait intégré ce centre gériatrique dans le New Hampshire, où il avait fini ses jours.

Jeffrey était le « J » de la T&J Gardner Company.

Le « T », grand-père Travis, le père de John, avait tiré sa révérence huit ans avant Jeffrey. Les frères Gardner avaient fait fortune dans le bois. Leurs coupes s'étendaient de l'État de Washington jusqu'à celui du Montana, en passant par l'Oregon, l'Utah et l'Idaho. Ils s'étaient lancés dans cette aventure en 1952, avec pour seuls investissements la force de leur jeunesse et une détermination inébranlable. « Petit, gagner son pain en coupant le bois, disait grand-père Travis, c'est pas sorcier. Si tu arrives à abattre un arbre, tu peux en abattre deux. Et si tu peux en abattre deux, rien ne t'empêche de continuer. »

Les empires financiers s'établissent souvent sur des bases très simples. La T&J avait explosé dans le secteur du bois puis élargi ses activités aux domaines voisins, comme la construction et le papier, entre autres. La compagnie avait ensuite donné naissance en 1984 à la T&J Gardner Corporation, qui avait fait son entrée dans la finance et qui, deux décennies après, jouait dans le haut du tableau. À présent, Jeffrey n'était plus là. John reprenait officiellement la présidence du groupe, même s'il dirigeait déjà depuis cinq ans l'exploitation forestière, activité souche de la T&J.

Un peu plus d'un mois plus tard, un dimanche matin, alors que le soleil s'élevait paisiblement dans un ciel vaste et bleu, toute la famille embarqua dans la Jeep Cherokee à destination des montagnes de la chaîne du Nord-Ouest, dans l'État du Montana.

Isolée dans les forêts du Kootenai, la propriété de grand-oncle Jeffrey dépassait quatre cents hectares. Une fois l'artère principale quittée, une voie à l'asphalte craquelé grimpait en longeant une vallée sauvage, puis une route forestière sinuait sur une quinzaine de kilomètres pour atteindre le plateau où se trouvait le lodge. Les enfants avaient passé la plus grande partie du trajet à dormir et étaient maintenant tous éveillés, et tous très sages. Impressionné, Timothy regardait les immenses sapins Douglas défiler à flanc de montagne. Samantha parcourait les pages d'un manga, le casque de son baladeur collé sur les oreilles. Ted était concentré sur une partie d'échecs contre son ami William, sur son Smartphone.

Sally posa une main sur la cuisse de John avec une mine soucieuse.

– Tu as bien dit à Jack et à Gina de prendre leur 4 × 4 ?

– Ne t'inquiète pas. Jack a l'habitude des routes difficiles. Tu as déjà oublié leur chalet au lac Tahoe ?

Le visage de Sally s'apaisa. Un sourire s'y dessina.

– John, comment oublier ça ? On y avait passé un séjour si agréable.

Il garda les yeux sur la route et repensa vaguement à ces vacances.

– Papa. La neige est tombée, regarde ! s'écria Timothy, désignant les plaques blanches sur les pentes bordant la route.

– L'hiver est clément, cette année, dit John.

Sally parcourut les forêts du regard.

– C'est vrai. Et c'est même assez étrange pour un début de mois de janvier, tu ne trouves pas ? dit-elle.

– Le dérèglement climatique, intervint Ted.

– Quoi qu'il en soit, reprit John, le dernier bulletin météo prévoit un temps relativement beau pour toute la semaine. C'est le principal.

Sally approuva d'un hochement de tête.

– Tu as sans doute raison.

John vit du coin de l'œil la moue sur son visage.

– Tu voudrais que tout soit parfait, ma chérie. Mais il faut aussi accepter les imprévus. Au pire, ce ne sera pas un peu de grisaille qui nous gâchera cette semaine. Regarde ce ciel, ajouta-t-il en désignant l'azur au-dessus du vert sauvage.

Sally hocha à nouveau la tête et s'efforça de gommer l'inquiétude de ses traits. Dans ce ciel dégagé, elle ne voyait que les nuages qui filaient au loin.

Ted secoua son Smartphone et fronça les sourcils.

– Papa, je n'ai plus aucun réseau !

– Pour info, nous sommes à trente kilomètres de Kalispell, qui est la ville la plus proche, Ted.

– On va passer une semaine sans connexion ?!

Samantha décolla un écouteur d'une de ses oreilles et attendit la réponse de son père, figée.

– Une semaine sans Internet vous aurait fait le plus grand bien… Mais je vous rassure, le lodge est équipé d'un récepteur satellite.

Une vingtaine de minutes plus tard, après avoir grimpé des lacets à n'en plus finir, Eagle Nest, une imposante demeure aux façades de bois et de pierre, bâtie sur trois niveaux, apparut au détour d'un col. La maison se dressait au milieu d'une vaste clairière entourée de sapins animés par le vent, telle une forteresse.

– Super ! s'écria Timothy.

Ted et Samantha se regardèrent et échangèrent un sourire radieux.

– C'est un vrai lodge, les enfants, annonça fièrement John. La dernière folie de Jeffrey.

Il avança le tout-terrain jusque sous l'auvent du porche d'entrée somptueux.

– La température est de deux degrés. Tout le monde se couvre avant de sortir.

Ted et Samantha passèrent leur doudoune et allèrent faire quelques pas sur les étendues de pelouse recouvertes par endroits d'épaisses plaques de neige. Timothy les suivit en trottinant, fasciné par le petit nuage blanc qui émanait de sa bouche à chacune de ses expirations.

– Chéri, c'est..., souffla Sally sans trouver les mots.

– Tu connaissais Jeffrey, il a toujours eu un penchant pour la démesure. Et tu n'as encore rien vu. Il y a un couloir de natation de vingt-cinq mètres au niveau inférieur. Et un spa, évidemment.

– Évidemment, répéta-t-elle, époustouflée.

John fit jouer la clé dans l'énorme porte de bois sculpté et poussa l'un des battants, non sans effort. Ils foulèrent le parquet du hall, en mahogany, couvert de tapis amérindiens, et entrèrent dans le grand salon où une colossale cheminée de pierre attendait qu'on vienne enflammer un tas de billots de bois disposé dans le foyer.

– Trois mille mètres carrés, dix chambres, douze salles de bains, quatre cheminées, autant de salons, un cinéma, une salle de sport à côté de la piscine… Je t'avoue que je trouve ça pas mal.

Sally tournait sur elle-même, contemplant la décoration autochtone accrochée sur les murs en pierre apparente.

– C'est incroyable, John.

Il s'accroupit devant l'âtre et cliqua sur un allume-feu pour faire naître une flamme sous les bûches. Le bois se mit à crépiter et s'embrasa, dégageant un halo de chaleur qui s'étendit peu à peu autour d'eux dans l'immense salon.

Ils s'assirent dans le canapé de cuir face aux flammes qui dansaient. Les lueurs projetaient des ombres douces sur les traits de Sally. À 40 ans, son visage ressemblait à celui d'une poupée de porcelaine, de celles qui se vendent à prix d'or et que les collectionneurs s'arrachent. Ce visage que John aimait contempler quand elle était endormie, dépourvu de la moindre imperfection, à la peau laiteuse, délicate, aux boucles auburn et aux yeux bleus perçants. John l'avait trouvée parfaite à la seconde où il l'avait rencontrée.

Sally posa sa tête contre l'épaule de son époux.

– Je sens que nous allons passer un séjour merveilleux, mon amour.

2

John et son fils allaient et venaient entre la cuisine et le porche d'entrée, transportant les provisions que le livreur avait déposées. Sally répartissait consciencieusement la nourriture dans les rangements de la maison.

Samantha fit irruption, suivie de près par son jeune frère.

– Maman !

– Qu'y a-t-il, ma chérie ?

– Tim me harcèle pour que je l'accompagne faire de la luge. C'est ridicule ! Il n'y a presque pas de neige.

Sally observa la croûte blanche sur la pelouse, à travers la fenêtre.

– Sam, s'il te le demande…

Elle se tourna vers sa fille et posa sa main sur son épaule.

– Il n'a que 10 ans. Et tu en as 16. C'est à toi d'être patiente avec lui. Montre-lui l'exemple, d'accord ?

Samantha acquiesça en faisant la moue. Elle prit la main de son jeune frère qui s'était cramponné à sa jambe, telle une huître sur un rocher.

– Allez, viens, Tim. On va faire de la luge.

John entra dans la cuisine, chargé d'une caisse isotherme remplie de produits surgelés.

– Voilà une très bonne idée, Sam, lui lança-t-il avec un clin d'œil. Je préfère ça que de vous voir jouer à la console. Vous trouverez les luges accrochées au mur, dans le garage.

John déposa la caisse sur l'îlot et se rapprocha de Sally sans bruit, alors qu'elle plaçait des conserves sur une étagère. Il l'entoura de ses bras épais et l'embrassa dans le cou. Elle aimait ce côté brusque chez lui, sa barbe drue, ses mains puissantes. Comme tous les Gardner, John avait fait ses armes dans le bûcheronnage. Ce n'était qu'à la mort de son père, lorsqu'il avait hérité de la direction du groupe, qu'il avait raccroché les gants et échangé sa tronçonneuse contre un costume trois-pièces et un attaché-case. Il s'était révélé être un excellent dirigeant et, sous sa tutelle, la T&J Gardner Company avait maintenu son monopole, malgré la crise que le secteur du bois traversait. Deux succursales avaient été ouvertes, l'une à Toronto, l'autre à Pittsburgh.

Sally émit un gémissement quand John, toujours derrière elle, glissa une main sous sa robe et la fit remonter à l'intérieur de sa cuisse. Elle aimait cette force qu'il contenait mal parfois, le sentir tout contre elle, plein de ce désir brutal. Elle aimait l'homme de pouvoir qu'il était devenu.

– Chéri..., lui murmura-t-elle, les enfants sont à côté.

– Regarde par la fenêtre, lui dit-il au creux de l'oreille, Sam et Tim font de la luge, et Ted est descendu visiter le niveau inférieur.

Des bruits de pas s'élevèrent dans l'escalier.

Sally fit volte-face, se séparant de l'étreinte de son mari. Elle saisit une boîte de conserve pour la poser sur une étagère d'une main tremblante.

Ted traversa le grand salon vers la cuisine, un sourire ébahi aux lèvres.

– J'aurais jamais cru ça d'oncle Jeffrey !

– Quoi donc ? lui demanda son père.

– La salle de sport, la piscine... Il y a de quoi s'entraîner pour les Jeux olympiques !

– Petit, les Gardner sont tous des champions, répliqua-t-il en lui tapant sur l'épaule. Tu devrais le savoir puisque tu en es un... Le lodge te plaît, fiston ?

– Oui, p'pa, terrible, mais pour la connexion au Net, c'est pas top.

– J'allais justement mettre en marche le récepteur. Nos invités arrivent d'ici deux heures et il vaut mieux qu'on soit connectés au réseau, s'ils essaient de nous joindre. Tu viens avec moi ?

Sally se retourna pour les regarder tous les deux s'éloigner, bras dessus, bras dessous. Son cœur continuait de battre très fort. Elle passa sa main dans son cou et se massa la nuque, y sentant encore le souffle brûlant de John. Elle se trouva soudain fatiguée. Les heures de route y étaient pour beaucoup. Délaissant le rangement des provisions, elle s'accorda quelques minutes de repos dans le canapé du grand salon. Le sommeil était en train de l'envelopper quand la sonnerie de son téléphone portable lui annonça la réception d'un message, depuis le fond de son sac à main posé sur un tabouret de la cuisine. Elle n'eut pas le courage de se lever tout de suite et profita encore de quelques minutes de calme. C'était sûrement Gina qui avait essayé de la joindre. Elle en déduisit que John avait bien établi la connexion. Un souci en moins à cocher sur sa liste.

Oui, elle souhaitait que tout soit parfait. Du moins que tout se passe au mieux. Était-ce déplacé pour une mère que de vouloir cela pour sa famille ? John lui reprochait souvent, trop souvent, cette addiction au sans-faute. Selon lui, cela pouvait justement devenir un obstacle au bon déroulement des choses. Il disait qu'une part de risque et d'improvisation était nécessaire, que vouloir tout contrôler était en soi une source d'insatisfaction. Sur ce point-là, elle reconnaissait qu'il n'avait pas tort. Pas vraiment tort, du moins. Mais grand Dieu, elle ne pouvait pas s'en empêcher. Sally Gardner ne se mettait jamais en colère, mais parfois ça bouillonnait gentiment dans sa petite cocotte-minute. Alors, pour chasser le mal, elle récitait des *Notre Père* à mi-voix. Sa soupape pour évacuer le trop-plein de vapeur.

Elle se leva d'un bond et alla jusqu'à son sac pour y consulter son Smartphone.

« Coucou, Sally ! Nous venons de passer Missoula. Le temps est splendide, la route magnifique, les forêts encore plus belles que dans l'Utah ! Je suis impatiente de vous revoir. Alors, ce fameux lodge ? Nous sommes parvenus à convaincre Ashley de venir. Quelle joie de tous nous retrouver ! »

Gina Murray avait joint une photo au SMS, on y voyait Jack, son mari, au volant, derrière ses Ray-Ban, un sourire discret au coin des lèvres, avec son air effacé et ses cheveux bruns coiffés en arrière qui lui donnaient curieusement l'allure d'un grand ado de 45 ans. Et Ashley, leur fille, toujours aussi belle, avec sa chevelure noire et ses yeux sombres qu'elle tenait de Gina, pure Italienne. Songeuse, Ashley regardait les forêts par la fenêtre. Si Sally se souvenait bien, elle allait sur ses 20 ans. Oui, c'était bien ça, car elle n'avait que quelques mois de plus que Ted.

Sally pianota sur l'écran de son portable.

« Gina, ma chérie, nous sommes aussi tous très impatients de vous revoir ! Le lodge est incroyable. Contente de voir qu'Ashley est de la partie et que vous faites bonne route. Ici, il fait aussi très beau, mais tout de même bien froid ! La cheminée crépite et le champagne est au frais… Nous vous attendons ! »

Située à quelque cinq cents mètres du lodge, une grange à la façade extérieure rustique se dressait parmi les sapins. Derrière la porte, elle abritait les équipements les plus modernes. Au rez-de-chaussée se trouvait un vaste garage pouvant accueillir une vingtaine de véhicules et un véritable terrain de basket-ball. À l'étage, la *guesthouse*, un loft de quatre cents mètres carrés qui n'avait rien à envier au luxe du lodge.

Ted et son père étaient au sous-sol.

– Voilà, nous sommes connectés. Vérifie ton portable, dit John en refermant une armoire électrique illuminée de diodes.

Ted regarda l'écran de son Smartphone et constata avec un grand sourire que la barre de réseau était au maximum. Son appareil se mit tout à coup à sonner et à vibrer, débordant de tous les textos que son ami William Brown lui avait envoyés depuis l'interruption soudaine de leur partie d'échecs.

– Dis donc, Ted… toi et Will…

– Quoi ?

– Vous êtes vachement proches, on dirait.

– Papa ! s'esclaffa Ted en tapant sur l'épaule de son père.

– OK, quelques informations d'ordre technique, maintenant.

Il désigna du doigt un énorme générateur, au centre du sous-sol.

– Tu vois ce gros bébé, là ? C'est lui qui fabrique toute l'énergie dont la propriété a besoin. Comme tu as dû le deviner, le lodge s'autoalimente. Il est totalement *off-grid*, c'est-à-dire indépendant du réseau électrique public. On a des panneaux solaires sur le toit de la grange et sur quelques-uns de ceux du lodge. On a une bobine hydroélectrique qui tourne dans le torrent, plus bas dans la vallée. Et on a bien sûr ce générateur dont le courant est stocké dans ces accumulateurs.

Il désigna une rangée de gros boîtiers électriques noirs.

– On ne manquera jamais d'électricité avec tout ça, dit Ted.

– Jeffrey ne faisait pas dans la demi-mesure, fiston. Viens avec moi.

Ils traversèrent le sous-sol vers une porte à double battant. Lorsque John l'ouvrit, une forte odeur de résine sauta aux narines de Ted.

– Voilà le stock de bois.

Les parois de l'entrepôt étaient couvertes de billots empilés jusqu'au plafond. Des entassements de bûches s'élevaient au milieu de la salle, formant des allées, toutes destinées à alimenter les cheminées du lodge.

– Au total, il y a cinq cents stères de bois ici.

– Ça ne fait pas un peu beaucoup ? demanda Ted.

– Tu oublies que tu es dans le stock de bois de Jeffrey Gardner. Et il faut savoir qu'à cette altitude les températures sont basses huit mois sur douze.

– En parlant de températures, il ne fait vraiment pas chaud ici.

– Tu as raison. On va faire un voyage pour amener du bois au lodge. Ça nous réchauffera.

Ted approuva d'un large sourire. Il aimait ces instants passés avec son père, cette complicité qu'il y avait entre eux. Dans ces moments, ils étaient comme de vrais potes. Mais Ted savait aussi que son père pouvait se montrer d'une implacable sévérité s'il enfreignait les règles.

Ils entassèrent des bûches dans une remorque attachée à un quad. John cliqua sur un interrupteur et une porte de garage s'ouvrit sur une pente en béton au fond de l'entrepôt. Ils grimpèrent sur le tout-terrain et tractèrent le chargement à vitesse réduite pour ne pas en perdre dans la montée. La porte se referma automatiquement derrière eux.

Tandis qu'ils roulaient sur le chemin de terre vers le lodge, Ted s'enivra du parfum des forêts. Il apprécia la chaleur des rayons de soleil sur sa peau, le vent balayait ses cheveux bruns qu'il laissait pousser, non pour suivre une quelconque mode, mais parce qu'il se sentait libre avec cette tignasse. Ted était un gentil rebelle. Il n'avait jamais été un adolescent difficile. Non, bien au contraire, son enfance et son adolescence s'étaient écoulées comme sur une barque portée par les eaux d'un fleuve paisible. Sans remous, sans surprises. Très tôt, il avait eu conscience de la chance qu'il avait d'être né dans une famille aisée et en avait tiré une certaine sagesse. Il se revendiquait écolo et comptait peut-être se spécialiser plus tard dans le domaine des énergies renouvelables. Ses résultats scolaires dans ses études littéraires étaient excellents. Ted était d'un naturel candide et d'une gentillesse authentique. Un peu trop gentil, du point de vue de son père, qui aurait voulu que son fils se passionne, comme lui, pour le bûcheronnage. Ted l'avait quelques fois suivi en forêt. Il avait bien essayé de couper du bois, mais cela ne l'avait guère emporté. Lorsqu'il voyait un arbre tomber, il pensait à la forêt amazonienne, c'était plus fort que lui.

Cela faisait maintenant presque une heure que Tim faisait de la luge sur les quinze mètres de neige glacée qui bordaient l'allée. Tim et Sam se ressemblaient beaucoup. Tous les deux étaient bruns, et avaient des yeux noisette rieurs. Samantha était fluette, et pas très grande pour son âge. Tim était devenu potelé, et il était lui aussi plutôt petit de taille. Cependant cette ressemblance était bien leur seul point commun. Et souvent, ils se chamaillaient.

Samantha s'était assise sur un rocher et chattait avec Emily, une copine du collège. De temps à autre, elle s'assurait d'un coup d'œil que son enquiquineur de frangin glissait sans risque. Tim descendait, puis remontait la pente à pied, inlassable, tirant sa luge derrière lui, au comble du bonheur.

Sam avait fait une minividéo de lui. Elle l'avait intitulée : « La débilité même en action », et l'avait partagée avec Emily. « Ça commence très jeune », lui avait répondu son amie. Samantha avait renchéri : « Et ça ne s'arrange pas avec le temps. » Emily avait conclu par : « Sam, les hommes sont stupides. Il faudra t'y faire. »

Quatre coups de klaxon s'élevèrent plus loin dans la vallée. Samantha se tourna et vit arriver un 4 × 4 Chevrolet blanc. Le tout-terrain longea l'allée et stoppa sous la porte cochère du lodge. Jack, Gina et Ashley Murray en sortirent pour aller retrouver John, Sally et Ted. Ceux-ci les accueillirent par de longues accolades, dans des effusions de rires et de compliments. Samantha mit fin au chat avec Emily et se leva pour aller prendre Tim par la main, interrompant ses descentes en luge. Ce dernier tenta bien d'obtenir son indépendance, mais sa sœur se montra intraitable, ce qui l'emplit d'un profond désespoir.

Cet après-midi-là, pour la première fois de sa toute jeune existence, Tim entrevit la voie triste et monotone qui grimpait en pente douce vers le monde des adultes.

3

John Gardner fit tinter une coupe de cristal à l'aide d'une petite cuillère pour attirer l'attention de tous.

– S'il vous plaît, tout le monde ! Je vous informe que le champagne est en train de se réchauffer. Donc, par ici, les amis, ne le laissons pas plus attendre !

Tim était assis dans un pouf près de la cheminée. Il se consolait en sirotant un verre de grenadine quand le troupeau de grandes personnes débarqua en pays conquis dans le salon.

Il y avait les Murray. Jack travaillait avec papa. Mais ils étaient aussi amis. Tim l'avait vu à plusieurs reprises à la maison. Ashley était là aussi. Il la trouvait très mignonne mais ne le lui avait jamais dit. Parce qu'elle était beaucoup plus grande que lui. Ashley et Samantha étaient assises au bar de la cuisine et discutaient comme deux grandes dames, un peu à la manière de maman et de Gina, qui ne se quittaient pas d'une semelle chaque fois qu'elles se retrouvaient. Et il y avait aussi d'autres grandes personnes qu'il n'avait jamais vues et qui attisaient sa curiosité. Alors, Tim se leva et, son verre à la main, navigua à travers les invités pour les scruter de plus près.

L'autre couple d'amis, arrivé après les Murray, était les Horton : Owen était un trader et un homme d'affaires de 57 ans et son épouse, Christine, était à la tête d'un cabinet de chirurgie esthétique. Owen était plutôt grand de taille, élégant, crâne dégarni et flegme britannique hérité d'un père londonien. Il gérait les investissements de la T&J depuis une quinzaine d'années et avait savamment fait fructifier le capital du groupe. Christine Horton était une femme discrète, gracieuse dans sa robe sombre, elle avait aux lèvres un sourire effacé. Ses cheveux blancs noués en une longue tresse ne ternissaient en rien un visage agréable mais peu expressif.

– Mes amis, lança John, je propose de lever nos verres à la mémoire d'oncle Jeffrey qui, sans le vouloir, nous a tous réunis dans ce magnifique lodge d'Eagle Nest pour une semaine que j'espère mémorable. Oncle Jeffrey, où que tu sois, repose en paix !

Chacun leva sa coupe de champagne, et tout le monde trinqua solennellement.

– John, lui murmura Christine Horton, cette demeure est réellement divine. Je n'aurais jamais soupçonné Jeffrey d'avoir autant de goût, vraiment sublime.

– Il avait fait appel à un designer d'intérieur, si ma mémoire est bonne.

– Eh bien, je ne peux que te demander de me donner le nom de cet homme, si tu le connais.

– Je tâcherai de le trouver et te le transmettrai avec plaisir, Christine.

Gina glissa à Sally :

– Owen Horton n'a pas pris une ride depuis le mariage de leur fille, il y a cinq ans. Il semble même avoir rajeuni, c'est incroyable.

– Oui. Christine y est certainement pour quelque chose, lui retourna Sally avec un petit rire amusé.

Jack Murray et Owen Horton parlaient investissements et fluctuations boursières dans un jargon d'affaire qu'eux seuls pouvaient comprendre. Samantha et Ashley, l'une à côté de l'autre, chattaient avec leur meilleure amie respective sur leur Smartphone. Timothy s'enivrait d'un énième verre de grenadine et, se rendant compte qu'aucun adulte ne le surveillait, sentit naître en lui l'idée de sortir pour remonter sur sa luge et reprendre ses glissades. Un sourire radieux lui illumina le visage.

Ted venait de terminer une partie d'échecs contre Will, qu'il avait gagnée. Il était assis dans le divan, pensif, avec son verre de champagne et un bol d'olives noires dans lequel il piochait avec la régularité d'un métronome.

– Comment ça va, Ted ?

Ashley Murray était venue s'asseoir à côté de lui. Il était si absent qu'il ne l'avait pas vue.

– Ashley…, bien, merci. Et toi ?

Il l'avait toujours trouvée jolie, avec ses grands yeux en amande, ses longs cheveux noirs et sa bouche pulpeuse qu'elle avait maquillée ce soir d'un rouge sombre. Un peu spéciale, mais jolie.

– Ça va, lui répondit Ashley.

Elle détourna ses yeux de lui et contempla les flammes pendant un moment.

– Je termine mes études d'arts graphiques, reprit-elle, ramenant son regard vers lui. Et toi, toujours en lettres ?

Elle portait un jean slimmy noir qui moulait parfaitement ses jambes et se tenait légèrement cambrée, mais sans exagérer, mettant ses seins en valeur sous son bustier en laine, noir lui aussi, qui laissait apparaître son ventre où brillait un piercing à son nombril. Ted se rappela leurs années de collège, elle était pom-pom girl et, à l'époque, elle ressemblait à toutes les jolies filles du bahut, sans plus. La dernière fois qu'il l'avait vue remontait à deux ans. Maintenant, avec son look de vamp, elle était carrément sexy.

– Toujours en lettres. Ça roule, finit-il par lui répondre.

Elle fit papillonner ses cils en lui souriant.

– Tu vas faire quoi, après ? lui demanda-t-il en restant super cool et totalement détaché.

– Après quoi ?

– Après ta dernière année d'arts graphiques.

Elle le fit attendre quelques secondes.

– J'ai le projet d'ouvrir une galerie.

– Ah ouais ? Des toiles ?

Elle hocha la tête, faisant s'agiter ses cheveux noués, avec une certaine sensualité dans le regard.

– Cool. Tu me montreras ça..., lui balança-t-il avec un clin d'œil. Laisse-moi deviner. Tes toiles, c'est de l'abstrait ?

Elle acquiesça.

– Génial. J'aime beaucoup Basquiat. Ça y ressemble ?

La question l'amusa.

– Je ne sais pas si je peux me comparer à Basquiat, mais disons que, globalement, je suis plus sombre, plus monochrome, mais tout aussi expressive, oui.

– Ténébreuse... charnelle... je vois beaucoup de noir, et du rouge. Je me trompe ?

Elle hésita, surprise. Ce Ted Gardner était bien différent de celui qu'elle avait connu. Et perspicace en matière de peinture. Où était passé le geek constamment perdu dans ses pensées, d'une timidité maladive ?

– Oui, pas mal de noir, du rouge aussi... et d'autres tons très obscurs, poursuivit-elle en étudiant son visage.

Il avait toujours été beau gosse. Mais ses allures de premier de la classe jouaient contre lui. Maintenant, il était craquant, avec ses yeux sombres et ses longs cheveux bruns bouclés, une vraie gueule d'ange.

– Et toi, Ted Gardner, vas-tu un jour nous pondre un livre ?

Il avait quelques écrits sous le coude, évidemment. On ne suit pas des études littéraires sans s'essayer à l'écriture.

– Possible.

– Laisse-moi deviner : un essai de philosophie.

– Peut-être. Je ne sais pas encore, mais ça se pourrait bien.

Ils restèrent un instant, le regard rivé dans celui de l'autre. Un moment de silence se fit. Une muse commune à leurs arts voletait peut-être au-dessus d'eux. Ils se tenaient si proches l'un de l'autre qu'ils auraient pu s'embrasser. La clochette de la porte d'entrée tinta et fit s'évaporer ce moment irréel.

John annonça :

– Mes amis, un nouvel arrivage de convives ! Steven Riley et Jenny Mills. Ils sont fringants, ils sont jeunes, ils sont sportifs et… ils sont bourrés de talent. Tous les deux ont monté une start-up en publicité et communication. La T&J va les accaparer très bientôt. On ne peut pas les laisser courir comme ça dans la nature !

John ouvrit grand la porte et accueillit le couple de trentenaires qui salua tout le monde d'une révérence, déclenchant un concert de tintements de cuillères sur les coupes. Le désinvolte Steven Riley, longs cheveux blonds, yeux bleus et teint hâlé de surfeur californien, en tenue hyperdécontractée, affichait le sourire de conquérant des aventuriers de la Silicon Valley. Jenny Mills, sa petite amie et associée, jeune brune féline à la silhouette élancée, était tout aussi cool. En dehors de leur activité professionnelle, ils couraient les épreuves sportives à travers le monde.

– Soyez les bienvenus, lança John.

Tim observa le troupeau de grandes personnes qui entoura les nouveaux venus. Les échanges reprirent de plus belle, des discussions bien trop compliquées pour un jeune garçon qui ne rêvait que de luge.

Ted se leva et tendit sa main à Ashley.

– Tu viens ?

– Où on va ?

Elle lui donna sa main. Il la tira à lui.

– On pourrait aller marcher un peu dans la forêt, proposa-t-il. Il fait vachement chaud près de cette cheminée, tu trouves pas ?

Elle sourit.

– D'accord.

Peu de temps après l'arrivée du couple de publicitaires sportifs, Phil Sewell, un cadre de 34 ans de la T&J, poulain de John Gardner et célibataire affranchi, grand, brun, type latin, impeccablement bodybuildé, fit une apparition remarquée au volant d'une rutilante Ford GT40. Moins d'une demi-heure plus tard, il fut suivi par Nataly Adkins, 31 ans, manager officiant à la succursale de la T&J à Portland, une grande brune très classe, un peu froide, vêtue d'un tailleur noir de chez *Lanvin* et de talons aiguilles. Avec ces deux derniers venus, la liste des convives était complète. John déclara que les festivités pouvaient commencer.

4

– Elle te plaît ? lui demanda John.

– Délicieuse, commenta Phil.

Ce dernier leva discrètement son verre pour répondre au clin d'œil que Nataly Adkins venait de lui adresser depuis l'autre bout du grand salon, où elle discutait avec Jack Murray et Owen Horton.

– Elle est à toi pour une semaine, lui dit John à voix basse. Considère-la comme un cadeau, pour ton coup juteux sur le lot des cinquante abatteuses négociées avec Matsumori.

– C'était du tout cuit.

– Explique-moi comment tu t'y es pris, lui demanda John.

– Tout est parti d'une erreur faite par un programmeur de la chaîne de montage. Tu connais les Japonais, laisser s'ébruiter un défaut de fabrication sur une série de leurs machines aurait nui à l'image de perfection qu'ils entretiennent. Le programmeur a été licencié avec un gros chèque, pour son silence. C'est Hiro, le commercial avec qui j'ai sympathisé lors d'un salon à Vancouver, qui m'a donné le tuyau. Il suffisait de reparamétrer l'ordinateur pour rectifier le problème. Notre assureur a constaté qu'effectivement cette manip ne remettait pas en cause la sécurité des machines, et il a validé, avec un petit chèque à l'appui, bien sûr.

– Bien joué.

– Je fais mon boulot, papa.

– Et tu le fais parfaitement.

Phil Sewell savoura une autre gorgée de champagne tout en observant discrètement Nataly Adkins qui, dans son tailleur chic, prenait de temps à autre des poses suggestives. Elle savait qu'il la regardait. Jack Murray et Owen Horton n'étaient pas insensibles à son charme, mais s'appliquaient à maintenir une discussion politiquement correcte. Tout en jouant avec eux, elle jetait à Phil des regards appuyés.

John interrompit leur drague à distance et fit signe à Phil de le suivre pour rejoindre Sally, Gina et Christine qui échangeaient avec Steven Riley et Jenny Mills.

– Merci, les gars, plaisanta l'entrepreneur au look de surfeur, je commençais à me sentir seul.

– Phil, tu ne connaissais pas Steven, dit John pour faire les présentations.

Les trois hommes firent quelques pas à l'écart.

– Steven a réalisé la dernière campagne de pub et la communication pour nos deux scieries de Toronto et de Pittsburgh.

Les deux jeunes loups échangèrent une poignée de main énergique en se jaugeant du regard.

– Oui, j'ai parcouru les chiffres, dit Phil, de l'excellent boulot.

– Merci. Pour ma part, j'ai entendu dire que tu étais le meilleur commercial de la T&J, le complimenta Steven, à son tour.

– Ah bon, il y a d'autres commerciaux à la T&J ? s'étonna Phil avec un clin d'œil pour John. Mais ils font quoi ?

John plaça sa main sur l'épaule de son champion.

– C'est la question que je me pose aussi. Vous allez sûrement bosser ensemble, tous les deux. Sur le projet d'implantation en Alberta.

– Ce sera un plaisir.

– Je m'en réjouis également.

– Messieurs, les interpella Sally d'une voix douce, nous feriez-vous l'honneur de revenir par ici nous tenir compagnie ?

– John, si je peux me permettre, souffla Phil à l'oreille de son boss, ta femme est sublime.

– Un véritable joyau, Sewell. Mais contente-toi de la regarder.

Tim s'était assoupi dans le canapé du salon, face à la cheminée où des braises rougeoyaient et crépitaient doucement. Le troupeau d'adultes était encore à table quand il fut réveillé en sursaut par un éclat sonore dans l'âtre. Il se demanda ce qui avait pu causer ce bruit et chercha ensuite à comprendre comment les grandes personnes pouvaient passer autant de temps à parler de choses si incompréhensibles. Ne trouvant aucune réponse à ces deux questions, il se rendormit.

Ted et Ashley étaient sortis sur la terrasse. La nuit était claire. Les constellations offraient à leur regard une parure de diamants dans l'écrin noir de l'infini. Ashley avait préparé un joint. Pendant un moment, Ted se sentit largué. Est-ce qu'elle cherchait à se donner un genre ? Non, Ashley Murray était définitivement l'une des filles les plus cool qu'il connaissait. Il avait déjà fumé de l'herbe une fois, avec Will, à titre purement expérimental. Cela ne l'avait pas plus emballé que ça.

– J'aime la nuit. Pas toi ? dit Ashley.

– Souvent, je griffonne le soir. La nuit m'inspire.

– Quel genre de griffonnage ? lui demanda-t-elle.

– Des essais, des petits poèmes, rien de très abouti. Et toi ? Il t'arrive de peindre la nuit ?

– Ça m'arrive. Parfois, j'ai… comme des visions. Des tableaux m'apparaissent, dans le désordre. C'est comme des pièces de puzzle.

Ted tenta de s'imaginer à quoi pouvaient ressembler ces apparitions. Elle lui passa le joint.

– J'ai écrit un truc qui s'appelle « La nuit », dit-il.

– Un poème ?

– Ouaip.

– Je t'écoute.

– T'es sûre que tu veux entendre ça ?

– Pas de chichis entre nous, Gardner.

Il tira une bouffée qui illumina son visage de rouge pendant un bref instant, et toussa plusieurs fois en recrachant la fumée. Ashley sourit.

– Je te récite mon poème à condition que tu me montres tes peintures.

– Tope là. J'irai chercher ma tablette après.

Elle lui tendit vaguement sa paume. Leurs deux mains se rejoignirent en un impact mou et insonore.

– « Je suis un oiseau de nuit.
J'ai bien essayé de me poser
Sur la branche frêle du jour.
Mais le jour est confus, agité,
Je lui préfère sans détour
Les mystères de l'obscurité,
Où tout est incertain, indéfini,
Où je me sens immergé
Dans une joie profonde,
Où je me laisse porter
Sur les ailes de la nuit
Dans ces ténèbres démesurées,
Parmi le cortège silencieux,
Des formes plongées dans l'ombre,
Toutes mes questions insensées
Restent sans réponses
Face au vide des cieux,
Face à l'infini.
La nuit,
Obscure promesse,
Seule vraie richesse
De celui qui a perdu son âme
À force de voyager
Sur les rivages dissimulés,
Sur le tranchant des lames.
La nuit,

Ma seule amie,
Mon refuge,
À jamais. »

– Alors ? T'en penses quoi ?

– C'est très beau.

– Tu es gentille, merci.

– Non, c'est vraiment bien.

Du coin de l'œil, il vit qu'elle contemplait le ciel, mutique. Il en déduisit qu'elle avait réellement apprécié.

– J'attends…

– OK, je reviens, dit-elle en se levant.

Le jeune poète resta en compagnie des étoiles qui scintillaient tout là-haut, jouissant pleinement de l'instant après cet hommage qu'il venait de déclamer à leur intention. Il l'entendit revenir quelques minutes plus tard et se redressa pour s'asseoir en tailleur. Elle s'installa à ses côtés et lui tendit sa tablette. Leurs mains se frôlèrent.

– Celle-ci, je l'ai appelée *Perdition*.

Ted cligna des yeux, ébloui par la clarté de la surface lumineuse de l'écran. Quand sa vision se fut accommodée, il discerna un océan aux eaux très sombres. Une silhouette longiligne se trouvait sur une embarcation de fortune. Les traits étaient hachurés. La dominante était un gris lugubre. L'homme paraissait se déchirer par endroits. Son corps partait en lambeaux, des morceaux éthérés qui se dispersaient dans l'air. Le radeau était malmené sur des flots obscurs, parmi des vagues à l'écume très blanche, seule couleur lumineuse du tableau. Le visage du personnage n'avait pas d'yeux ni de nez, seulement une bouche, béante… figée dans un cri. La tempête faisait rage autour de lui. Une de ses mains tenait un gouvernail improbable, l'autre, dans un effort désespéré, était tendue vers le ciel, peut-être vers des dieux indifférents à son sort.

Elle avait un don, c'était certain. Cette toile était profonde, réellement émouvante. Ashley avait trouvé sa voie.

– C’est magnifique.

– Merci.

Elle lui sourit, et il vit briller dans ses yeux le reflet des étoiles accrochées dans le ciel. Une bourrasque gelée balaya la terrasse. Elle frissonna. Il se leva et lui prit la main.

– Rentrons au chaud.

Peu avant minuit, les adultes sortirent de table. Tout le monde était exténué. Après ces heures passées en voiture pour rejoindre le lodge, le champagne, puis le vin produisaient des effets soporifiques. Chacun regagna sa chambre à l’étage. Les pièces de la demeure s’éteignirent une à une.

Au-dessus des forêts, dans la voûte céleste, le tissu de lumière des constellations continuait sa lente rotation. Le froid était encore descendu. Sa lame glaciale fauchait le peu de vie qui subsistait dans les bois. Bientôt, ce fut au tour de la lune d’être emportée par des hordes de nuages noirs… Une à une, les étoiles disparurent à leur tour et le ciel, les arbres et les montagnes ne furent plus qu’un même espace obscur, sans forme distincte. Alors, les premiers flocons se mirent à tomber.

5

John ouvrit un œil, étira le bras au-dessus de lui et appuya sur l'interrupteur des stores. Le rideau noir remonta le long du mur de verre, déversant une lueur très blanche dans la chambre. Trop blanche. Il tiqua, se frotta les yeux et se redressa pour s'asseoir sur le bord du lit. Il pressa à nouveau l'interrupteur pour arrêter le volet à la moitié de son parcours. Sally remua et se tourna en poussant un gémissement comparable à celui d'un petit animal. Elle lut 7 h 52 sur l'écran du réveil, se blottit sous les couvertures et ne bougea plus. La vision des forêts couvertes de blanc arracha à John un sourire. Plus un rictus qu'un véritable sourire, en fait. Les parties de luge de son enfance s'étaient effacées de sa mémoire depuis bien longtemps. Sa réaction était d'ordre professionnel. Quand la neige tombait, les coupes de bois étaient à l'arrêt. Après quelques vagues secondes – il avait le crâne pris dans un étau –, constatant que le temps était gris clair et paraissait stable, il se dit qu'une randonnée à raquettes pour tous serait une bonne idée.

Owen, vêtu d'une robe de chambre écossaise à carreaux, longea le couloir vers la salle de bains la plus proche, sa brosse à dents et un tube de dentifrice à la main. Au détour de son chemin, il tomba nez à nez avec Gina, habillée d'une nuisette en soie noire très courte, et très légère. Leurs regards se croisèrent et il lut une délicieuse surprise dans ses grands yeux bruns encore soulignés de mascara.

– Hum… Eh bien, bonjour, miss Murray.

Elle le frôla de près et, quelques mètres plus loin, ne lui retourna qu'un sourire par-dessus son épaule avant de disparaître dans l'encadrement d'une porte de chambre.

– *Parfaite et exquise ingénue italienne*, murmura Owen en entrant dans la salle de bains où s'évanouissait un nuage de fragrances florales.

Phil enchaînait des longueurs de crawl dans une eau à température idéale. L'avantage avec la cocaïne, c'est qu'on est toujours en super forme. L'inconvénient, c'est qu'on a tendance à se croire immortel. Et le jour où on arrive au bord du précipice, lancé à pleine vitesse, il est trop tard pour freiner. Son médecin lui répétait d'être prudent avec ça. Phil se foutait de ses conseils. Il en avait besoin. Pour être au top. Tout le temps.

Ses deux dômes de silicone parfaitement galbés, recouverts d'une peau bronzée aux ultraviolets, se dessinaient à la surface du jacuzzi, parmi les bulles. Nataly était folle de ses nouveaux seins. Elle les contemplait, les pressait, les faisait rebondir. *Waouh. Quel bonheur.* Deux mois étaient passés depuis l'opération et les hématomes s'étaient complètement résorbés. Elle faisait des selfies de sa poitrine en rafales et les partageait avec toutes ses copines. « Jolis nibards, Nataly ! » « Ils sont subliiiimes, ma chérie. » En fait, elles étaient toutes mortes de jalousie. Ils lui avaient coûté une fortune, mais le travail de son chirurgien avait atteint un tel degré de perfection qu'elle serait allée jusqu'à payer le double. Elle se serait même prostituée pour lui. Ce type, elle le vénérait. « Docteur Remmings, je crois que vous êtes Dieu. »

Elle pensait à sa bouche, maintenant. Oui, bientôt elle lui confierait ses lèvres. Pour que, de son souffle divin, il en fasse l'instrument de séduction ultime. Ensuite, au fil des années, elle s'en remettrait à lui pour toutes les autres parties de son corps. Elle se laisserait modeler, sculpter par lui, aveuglément. Il serait son Michel-Ange, elle serait son marbre organique. Jusqu'à ce qu'il ait fait d'elle une créature parfaite.

Elle revint à elle et cligna des yeux plusieurs fois. Chaque semaine passée depuis l'opération les rendait encore plus beaux, plus souples et plus fermes à la fois. Elle les contempla et se remit à les caresser un moment, puis sortit du jacuzzi et s'enveloppa dans une serviette avant d'aller dans la cabine de sauna. Les pierres brûlantes produisirent un nuage de vapeur quand elle versa un godet d'eau dessus. Elle ouvrit sa serviette pour s'allonger sur le banc de bois, puis la reposa sur elle, tout en gardant ses seins à l'air libre, à portée de son regard. C'était leur premier sauna. Comment vivraient-ils cette expérience inédite ? Elle se laissa aller en restant vigilante aux sensations qui parcouraient sa poitrine.

Un moment indéterminé passa. Trois coups retentirent contre la porte et la sortirent de sa torpeur. Phil fit glisser le panneau vitré et entra dans la cabine.

Elle ne bougea pas d'un pouce, juste un très léger mouvement de la tête et des yeux, pour le regarder approcher et s'installer sur le banc en face d'elle. Elle détailla sa masse de muscles dessinés au scalpel, qui se détendit quand il s'assit puis s'adossa contre le bois brûlant.

Il fit traîner sur son corps ses yeux sombres, s'attarda sur ses jambes, son ventre et, pour son plus grand plaisir, se focalisa un instant sur ses seins. Le silence qui suivit était plus révélateur que tous les compliments qu'il aurait pu lui faire. Avait-il remarqué le remodelage chirurgical ? Ou appréciait-il simplement la perfection de leur courbe. La veille au soir, ils étaient assis à quelques chaises de distance et avaient passé le dîner à échanger des regards qui en disaient long. Ce que Phil ignorait était que John avait dit à Nataly la même chose à son sujet : « Il est là pour toi, pour ce contrat que tu as négocié avec le promoteur de Seattle. C'est un vrai loup, comme tu les aimes. »

Elle lui sourit.

– Mademoiselle Adkins.

Ils se saluèrent de la tête.
– Monsieur Sewell.
– Matinale…
– Le monde appartient à ceux qui se lèvent tôt.
Sans aucune retenue – elle n'en attendait pas de sa part –, il promena à nouveau son regard sur elle.
– Et sportive, à ce que je vois…
– Je m'entretiens.
À son tour, elle ne se gêna pas pour passer en revue sa musculature : pectoraux, abdominaux parfaits, pas une once de gras. Ses yeux descendirent vers ce qu'elle devinait sous la serviette de coton blanc, ses cuisses puissantes.
– Sportif, toi aussi, apparemment.
Il hocha la tête.
Leur regard resta l'un dans l'autre un moment.
– On pourrait faire un peu d'activité physique tous les deux, ça te dit ? proposa-t-il en lui faisant un clin d'œil.
– J'en serais enchantée, lui retourna-t-elle tout bas.
Phil se rapprocha d'elle avec un sourire coquin. Délicieusement surprise, elle constata qu'il avait effectivement tout du jeune loup tel qu'elle les prisait. La température déjà élevée du sauna monta de plusieurs degrés quand il vint s'asseoir près d'elle et passa ses doigts dans ses cheveux, son cou, les fit glisser sur sa poitrine, pinça entre son index et son pouce le bout de ses seins. Un jeune loup affamé qui ne perdait pas de temps.
Des pas retentirent dans le couloir et Sally apparut à l'entrée de la salle. À regret, Phil retira ses mains du corps brûlant de désir de Nataly. Sally leur fit signe quand elle les aperçut.
– John propose à tous de faire une randonnée à raquettes pour la journée. Ça vous tente ? leur lança-t-elle de loin.
Ils répondirent que oui, bien sûr, ils seraient de la partie.

Il était 11 heures et le grand salon était inondé par une lumière vive émanant des étendues immaculées au-dehors.

Tout le monde s'était couvert chaudement et se tenait prêt pour la sortie organisée par John, telle une formation d'astronautes attendant l'ouverture du sas pour s'élancer à la surface de Mars. À l'extérieur, le vent soufflait, mais sans excès, et les chutes de neige de la nuit avaient cessé. Le ciel était d'un blanc uniforme.

John en tête, la colonne progressait à flanc de vallée entre les arbres aux branches lourdes de neige. Ces derniers temps, il se laissait aller. Il n'allait plus courir le week-end et ses repas d'affaires étaient copieusement arrosés. Il regrettait ce manque de discipline. Son cœur cognait trop fort et il était essoufflé. Le logiciel GPS installé sur son mobile fonctionnait parfaitement, mais après cette neige qui était tombée, difficile de se repérer avec certitude. Il avait décidé de ne faire qu'une petite boucle de quatre heures, auxquelles s'ajouterait une heure de pause pour se restaurer. Il se retourna vers le groupe pour s'assurer que tout le monde suivait bien. Steven, le jeune entrepreneur californien, accéléra sa foulée pour venir à sa hauteur.

– On dirait qu'Owen et son épouse sont à la traîne. Peut-être qu'on devrait ralentir pour les laisser nous rejoindre.

– On va faire ça, lui répondit John.

Il avisa un replat où affleurait un rocher sous les arbres et ajouta :

– On en profitera pour faire une pause et manger. Ce coin sera parfait.

– D'accord. Je vais prévenir les autres, dit Steven.

Le jeune homme fit demi-tour pour se diriger vers le groupe, mais il s'arrêta et revint sur ses pas.

– John ?

– Oui ?

– Il y a quelque chose qui me travaille depuis un moment, depuis qu'on est partis, en fait.

John se détourna de la carte sur son Smartphone et le regarda avec attention.

– Quoi donc ?
– Je connais la montagne et j'ai l'impression que quelque chose ne tourne pas rond avec la météo.
– À quel niveau ?
– La pression atmosphérique. Elle était assez élevée au départ, ce matin, puis elle est redescendue. Et maintenant elle est remontée.
Steven était équipé d'une montre de sport GPS à capteurs. Il avait les données barométriques sous les yeux. John avait un simple chronographe au poignet, mais il avait eu cette intuition. Il avait perçu ce grand calme qui enveloppait les forêts. Tout était étrangement immobile. Bien sûr, il était tombé une cinquantaine de centimètres de neige… mais il y avait *autre chose*. L'air était lourd. La brise s'était arrêtée. Il ne restait qu'un vide improbable qui occupait l'espace autour d'eux.
Steven s'éclaircit la voix.
– Je ne voudrais pas paraître alarmiste, John. Mais ça m'inquiète.
Le grand chef inspira profondément et balaya les vallées d'un regard d'aigle.
– Je t'avoue que je trouve le temps curieux, moi aussi, mais il n'y a rien d'alarmant. Il ne nous reste que deux heures de marche pour rentrer.
Il ajouta :
– Nous allons terminer cette randonnée tranquillement. Inutile d'inquiéter les autres avec ça.

Un moment plus tard, sous un ciel si bas qu'il se confondait avec le blanc des sommets, le groupe se restaurait. John repensait au dernier bulletin météo, qui avait annoncé un temps stable, avec quelques passages nuageux. Ces prévisions ne correspondaient pas avec ce ciel au-dessus d'eux, qui s'assombrissait au fil des heures. John n'était pas un montagnard, mais il savait une chose : plus on monte en altitude, moins le temps est prévisible. Une constante en montagne.

Il regardait maintenant Sally filmer Tim et Samantha, tous les deux riant aux éclats, dévalant la pente sur la même luge. Ted et Ashley étaient assis à l'écart du groupe et discutaient l'un à côté de l'autre. Il aurait aimé entendre ce qu'ils se disaient. Gina et Christine échangeaient en pouffant auprès de leur époux respectif, encore pris dans des tergiversations d'ordre financier, sans doute. Steven et Jenny affrontaient Phil et Nataly dans une bataille de boules de neige.

John ne pouvait s'empêcher de lever les yeux pour scruter l'horizon et ces traits sombres qui marbraient le ciel de veines obscures, au loin. Il n'aimait pas du tout ça. Cette impression qu'une menace approchait. Quelque chose de lourd.

6

Les nuages s'étaient gonflés de protubérances ténébreuses. Une masse obscure pesait maintenant au-dessus du groupe. Les premiers grondements de tonnerre s'élevèrent alors. John donna l'ordre à tout le monde de presser le pas. Quand ils arrivèrent au lodge, le ciel n'était plus qu'un amas de fureur en suspension. La température avait chuté. L'orage avait cessé et la pression atmosphérique s'était subitement relâchée.

Le vent commença soudain à se lever.

D'abord une rumeur, sourde, hésitante… qui se changea rapidement en un vrombissement continu, puissant. Et les flocons se mirent à tomber. Le bois des poutres du lodge se mit à grincer au rythme des rafales harassant les forêts. Sally prit la main de John qui regardait, par la fenêtre de la cuisine, les sapins malmenés par le vent.

– Bon Dieu, John, c'est une tempête qui est en train de se lever.

– Je vois bien, chérie.

– Mais qu'est-ce qu'on va faire si ça s'aggrave ?

– Il n'y a rien d'autre à faire qu'attendre que ça passe.

– Je veux dire si ça s'aggrave *vraiment*, John.

– Nous sommes en sécurité à l'intérieur, chérie. Le lodge est bâti pour résister à ce type d'intempéries.

Il se tourna vers elle et posa ses mains sur ses épaules.

– Ne t'inquiète pas. Ce genre de perturbations est fréquent en montagne. Ça va aller… D'accord ?

Elle hocha la tête sans trop de conviction.

Il déposa un baiser sur son front, la prit dans ses bras et lui répéta tout bas :

– Ça va aller.

Une heure plus tard, tout le monde s'était réuni dans le grand salon. Le vent hurlait de plus belle. La neige tombait encore plus fort. Des flocons énormes, qui filaient à l'horizontale et venaient s'écraser sur la baie vitrée, tels des bourdons albinos ivres. La toiture grinçait et, de temps à autre, on pouvait même sentir le sol vibrer.

Samantha accourut vers son père quand il rejoignit le groupe près de la cheminée.

– Papa, le réseau portable est hors service !

– C'est noté, Samantha, je vais aller jeter un œil au récepteur dès qu'il y aura une accalmie.

– Mais papa, j'étais en communication avec Emily et je…

– Samantha ! Est-ce que tu as pris le temps de lever le nez de ton Smartphone pour voir ce qui tombe dehors ?

Elle ne trouva rien à répliquer. Son père ne haussait la voix que rarement. Et il venait de l'appeler par son prénom entier, à deux reprises. Chose qu'il ne faisait jamais. Tim vint se coller à elle. Pour une fois, elle trouva l'étreinte de son jeune frère agréable, rassurante même.

Par moments, le vent soufflait si fort que ses mugissements descendaient à travers le conduit de cheminée, agaçaient les flammes et éjectaient des braises hors de l'âtre. Sally disposa des torchons humides devant le foyer pour éviter que le plancher soit brûlé. Chacun essayait de paraître serein. Mais, derrière les masques, on lisait l'inquiétude et, si l'on scrutait plus attentivement, la peur.

– Et dire qu'hier encore la neige manquait…, lança John pour détendre l'atmosphère.

– Oui, on est servis ! s'exclama Jack.

Une vague de rires artificiels déferla et le silence retomba, ponctué par le souffle grondant, au-dehors. Gina sursautait à chaque grincement dans la charpente.

– Que diriez-vous d'un chocolat chaud et d'une partie de bridge ? Ou de Trivial Pursuit ? proposa Sally avec un grand sourire.

– Oui, avec plaisir, répondit Christine.

– Excellente idée, chérie.

Tout le monde approuva avec un entrain exagéré, hormis Ted et Ashley qui se tenaient à l'écart, dans un coin du salon. Ils discutaient sans se soucier le moins du monde de la tempête. Au contraire, cela semblait même les amuser.

– Ashley Murray, lança Ted d'un air inspiré, je voulais que tu saches, avant que nous ne périssions tous ici, que tu es la fille la plus cool que je connaisse.

Elle lui sourit et répliqua :

– Ted Gardner, ce sera pour moi un honneur que de mourir aux côtés d'un grand poète tel que vous.

Ils partirent dans un fou rire d'une minute au moins.

– Et si c'était la fin du monde ? dit Ted, d'un coup très sérieux.

– Oui, peut-être qu'il y a des tempêtes comme ça partout sur terre, en ce moment même, lui retourna Ashley en prenant un air effrayé.

– C'est top ! s'exclama Ted. Ça voudrait dire qu'à partir de maintenant on évoluerait dans un monde post-apocalyptique !

– Ouais. Le chaos total !

– Pour survivre, on devrait aller piller des grandes surfaces.

– Et s'armer aussi, pour buter tous ceux qui auraient l'idée de piquer la bouffe avant nous.

– Il manquerait plus que des zombies, pour que tout soit parfait, renchérit Ashley en s'esclaffant.

– Mais regarde par là.

Ted pointa son menton en direction des visages graves des adultes.

– On les a, nos zombies !

Ils rirent aux éclats, sans la moindre retenue, jusqu'à s'apercevoir que le groupe de zombies avait les yeux braqués sur eux.

– On peut savoir ce qui vous amuse tant ? demanda John.

– Oui, venez par ici, tous les deux, dit Sally, nous faire partager votre joie.

Ted et Ashley se regardèrent, interloqués. Ils réprimèrent un nouveau fou rire et se levèrent pour aller s'asseoir près de leurs parents.

– Fais-moi voir ton museau, dit Gina à Ashley en lui soulevant le menton.

Gina s'abstint de dire tout haut ce qu'elle pensait des yeux rougis et de la mine enfarinée de sa fille. Dans sa jeunesse, elle-même n'avait pas été la plus sage des adolescentes. Donatella, sa grand-mère paternelle, avait eu beaucoup de mal avec elle. Les parents de Gina étaient morts dans un accident de voiture alors qu'elle n'avait que 8 ans, et Donatella l'avait prise en charge. La jeune fille était volage, n'écoutait pas sa grand-mère. Cette dernière était d'une génération qui ne tolérait pas le moindre écart de la part de sa progéniture, ce qui avait compliqué l'éducation de l'adolescente. « Petite dévergondée, vas-tu arrêter de courir après tous les garçons du village ? » Gina ne se sentait pas dévergondée. Elle avait besoin de ça. Sa vie n'était qu'un gouffre qui lui creusait le ventre depuis que ses parents l'avaient laissée. Chacun de ses actes, chaque chose qu'elle entreprenait consistait à combler ce vide.

Des larmes lui montèrent aux yeux au souvenir de son adolescence italienne. Elle pinça le nez de sa fille et se contenta de souffler à son oreille, avec tout l'amour qu'elle avait pour elle : « *Ti amo tanto, mio cuore.* »

Owen leva la main pour prendre la parole :
– Je pense qu'un briefing de la situation s'impose.
– À ce propos, j'ai une question, dit Steven. Est-ce que quelqu'un a consulté la météo avant que le réseau soit hors service ?
John ne laissa pas le malaise s'installer.
– Mes amis, le mauvais temps ne va pas durer. Le dernier bulletin local annonçait effectivement des perturbations sur la région, mais aussi une amélioration dans la nuit.
– Des perturbations ?! s'exclama Gina. Mais, *ce truc*, qu'il y a dehors…
Elle désigna du doigt le mur de vitres bombardé de flocons.
– C'est ce qu'on appelle une tempête !
Jack leva les yeux de l'écran de son portable.
– Je pense que la priorité est de réactiver la réception satellite pour rétablir la connexion au réseau.
– Oui, pour que nous puissions être en mesure de contacter nos proches ou… des *secours*, par exemple, lança Christine.
Elle avait insisté sur le mot « secours ».
John tempéra d'un signe des mains et répliqua avec fermeté :
– Allons, Christine, nous n'avons aucune raison de nous inquiéter, même si cela devait empirer. Parce que, d'une part, ce lodge a été conçu pour résister à des conditions extrêmes. Et d'autre part, comme je vous l'ai dit, une accalmie est prévue.
Il se leva et reprit avec énergie :
– J'ai besoin de deux volontaires pour creuser un chemin dans la neige jusqu'à la grange, afin d'aller chercher du bois et de réactiver le récepteur satellite. Steven, il me semble que tu t'y connais dans ce domaine.
Le jeune Californien hocha la tête.

– Je saurai dépanner le système si c'est dans mes compétences, oui.

– Parfait. Jack, tu nous accompagnes ?

– Oui. Bien sûr.

– OK, allons nous équiper, dit John. Il y a des combinaisons dans la remise.

7

John déplia sa capuche par-dessus son passe-montagne, ajusta ses lunettes de ski et se retourna vers ses deux équipiers. Jack était prêt, emmitouflé lui aussi comme un scaphandrier. Steven était paré. Il leva son pouce à l'intérieur de sa moufle pour confirmer.

John tourna la clé dans la serrure et tira à lui un battant de la porte d'entrée. Un nuage de flocons s'insinua dans le hall. Tous les trois eurent cette même impression que, là dehors, quelque chose vivait, de la plus monstrueuse des manières, pour arriver à émettre de tels hurlements. Le thermomètre accroché au mur extérieur affichait moins douze degrés.

– Allons-y.

John s'élança en tête de l'excursion, tenant fermement en main une pelle à déneiger. Steven et Jack lui emboîtèrent le pas, armés eux aussi d'une pelle. Devant la porte cochère, des congères s'étaient déjà formées, la couche de neige approchait un mètre. Les bourrasques les déstabilisaient au point de les renverser. John enfonça la pelle dans la poudreuse et entama leur chemin vers la grange qui se trouvait à environ cinq cents mètres. Ça n'allait pas être une partie de plaisir. D'autant plus qu'il leur fallait prévoir un couloir suffisamment large pour que le quad et sa remorque chargée de bois puissent passer.

La visibilité était quasiment nulle. John se repérait grâce à l'éclairage extérieur du lodge. La nuit était tombée, et c'était une chance, car la lueur des projecteurs n'aurait pas été visible en plein jour. Sans s'en écarter, il creusait en suivant la ligne de points lumineux qui jalonnaient le chemin vers la grange. Après une bonne centaine de mètres déblayée à un rythme soutenu, John marqua une pause pour reprendre son souffle. Son cœur battait à tout rompre et il étouffait dans sa combinaison. Il se décida à passer le relais à Steven. Ce dernier réattaqua le couloir avec toute la rage de ses 32 ans. Incroyable et athlétique Steven Riley. Après une performance de presque trois cents mètres impeccablement rectilignes, le jeune Californien planta sa pelle dans la neige et tomba à genoux, à bout de souffle. Jack prit la tête de la progression. Les projecteurs extérieurs de la grange étaient en vue. John se retourna et vit que les lumières du lodge avaient disparu derrière le rideau de flocons.

Dans le grand salon, seuls le crépitement des flammes et le grondement de la tempête se faisaient entendre. Tous s'étaient à peu près faits à la situation et semblaient maintenant rassurés quant à la solidité des murs, malgré leurs grincements sous les assauts du vent. Samantha et son jeune frère jouaient aux dames. Owen lisait un roman. En bon gentleman, il affichait un air parfaitement serein et détaché. Exténuée après leur randonnée, son épouse était montée s'allonger. Sally et Gina étaient dans la cuisine et s'occupaient de faire chauffer le repas. Ted, Ashley et Jenny étaient dans la salle de cinéma devant le dernier *Star Wars*. Phil et Nataly faisaient l'amour dans une chambre.

Gina se sentait très attirée par Owen. Elle ne trouvait pas de raison bien claire à cela. Il était élégant et raffiné, certes, mais il n'avait rien de terriblement séduisant. De son côté, Owen lui retournait discrètement des regards intéressés.

– Je t'ai vue, lui souffla Sally à mi-voix.

Gina sursauta et fit volte-face vers son amie qui fila en riant et alla déposer un plat au four. Owen leva le nez de son livre pour les observer un très court instant.

– Il est très charmant, vint chuchoter Gina à l'oreille de Sally.

– Mais, tu ne vas tout de même pas…
– Je ne sais pas ce qui me prend, murmura Gina. Je crois que c'est cette tempête qui me met dans un état pas possible.

La grange n'était plus qu'à une cinquantaine de mètres. Les rafales de vent paraissaient augmenter et les flocons avaient redoublé. Les trois hommes étaient forcés de crier pour s'entendre. Jack repassa la pelle à John qui termina en force jusqu'à la porte d'entrée. Une fois à l'intérieur, ils se défirent de leur attirail et purent souffler un peu.
– Nom d'un chien ! s'exclama Jack. J'ai cru qu'on n'y arriverait jamais !
– On a fait le plus gros, dit John. Ça va, Steven ?
– Je suis OK.
– Bon. Il n'y a pas une minute à perdre. Le terminal du récepteur satellite est au sous-sol, avec la réserve de bois et le quad. Suivez-moi.
Ils traversèrent le parking à petites foulées, descendirent les escaliers et se retrouvèrent face à l'armoire vitrée qui abritait les panneaux de contrôle du lodge. De nombreux témoins lumineux étaient au rouge clignotant.
– OK, fit Steven, d'après ce que je vois, le système ne détecte aucune panne interne.
– Je ne comprends pas, s'étonna John. D'où vient le problème dans ce cas ?
– La parabole, dit Steven. Ça ne peut venir que de là.
– D'accord, lança John. On va se diviser pour gagner du temps. Jack, commence à charger la remorque de bois derrière le quad.
– Très bien.
– Steven, tu me suis. On monte sur le toit pour vérifier la parabole.
John grimpa le premier à l'échelle, suivi par son équipier. Arrivés en haut, il déverrouilla l'accès et poussa pour l'ouvrir mais, comme il l'avait supposé, le battant était bloqué par la neige.

– Il va falloir que tu m'aides, viens à ma hauteur.

Steven gravit quelques barreaux et plaça ses mains sur la trappe à côté de celles de John.

– Un, deux, trois...

Ils poussèrent ensemble de toutes leurs forces. La plaque de métal se souleva lentement. Des monceaux de neige leur tombèrent dessus. Ils maintinrent l'effort jusqu'à ce que le vent rabatte brutalement le battant sur le toit.

– Bon sang, John, tu sais où se trouve la parabole ?! cria Steven dans le grondement et les flocons qui s'engouffraient dans l'ouverture.

– Oui. À une dizaine de mètres devant nous, contre la cheminée.

– Tu la vois ?!

– Non. Je vais m'encorder pour y aller. Tu vas m'assurer d'ici.

– OK.

John passa une corde autour de sa taille, puis entre les barreaux de l'échelle. Steven attrapa l'autre bout.

– J'y vais.

John se hissa sur la couche de neige et commença à progresser à quatre pattes en direction de la cheminée, le long de l'arête du toit. Le blizzard soufflait si fort qu'il n'aurait pas risqué une seconde de se tenir debout. Il chemina encore sur quelques mètres, le dos voûté. Quand il releva la tête, ce qu'il vit lui arracha un cri de stupeur. Une énorme branche de sapin s'était écrasée sur la cheminée. Il n'en restait plus qu'un tas de pierres écroulées. Quant à la parabole... *Il n'y avait plus de parabole. Nulle part !* Il rebroussa chemin vers la trappe, se glissa dans l'ouverture, essoufflé, les tripes nouées.

– Qu'est-ce qui se passe ?! s'écria Steven.

– La parabole a été emportée, répondit John, blême.

– Emportée ?!

Hagard, John regardait l'arête du toit qui disparaissait sous les tourbillons de neige.

– Oui, emportée… Une branche d'arbre… Une énorme branche d'arbre s'est écrasée sur la cheminée.

– Nom de Dieu ! jura Steven.

– Tu sais ce que ça veut dire ?

Le jeune entrepreneur resta sans voix.

John répondit pour lui :

– Ça veut dire que nous sommes complètement isolés. Plus de connexion à Internet. Plus aucun moyen de communication. Et avec cette neige, la route est bloquée.

8

Quand les trois hommes franchirent l'entrée du lodge, tout le monde s'était rassemblé dans le grand salon. John hésita. Il ne savait pas comment présenter la chose. Il se défit de sa combinaison et prit un air sûr de lui. Du moins, le plus sûr de lui possible.

– Qu'y a-t-il, John ? lui demanda Sally à voix basse, sentant bien que quelque chose n'allait pas.

Il éluda la question de son épouse et alla rejoindre les autres. Steven et Jack étaient tendus. Ils ne cherchaient pas à le dissimuler. Cela aurait été difficile.

C'était à John de faire l'annonce. Après un instant d'hésitation, il se décida à prendre la parole :

– Nous sommes allés jusqu'au terminal pour rétablir la connexion. Mais on fait face à un problème plus important que ce qu'on pensait.

– Quel est le souci ? demanda Owen.

– La parabole a été fauchée du toit par une branche d'arbre.

Tous les visages blêmirent d'un coup.

– Nous n'avons aucun moyen de réparer ça, ajouta John.

– Mais il suffirait de la remettre en place, non ?

– Elle a été détruite, Owen. Les câbles ont été arrachés. Et on n'a aucune pièce de rechange.

Un silence lourd comme du plomb s'abattit. Les mugissements du vent ressemblaient à un chant de victoire lugubre.

– Dans ce cas, qu'est-ce que tu envisages de faire ? demanda Owen.

– Attendre que la tempête cesse. Voilà tout ce qu'on peut faire.

Sally se leva, arborant un sourire choisi dans son petit catalogue de sourires factices de circonstance. Elle proposa avec entrain :

– Je vais faire des cookies. J'aurai besoin d'une assistante ou deux. Des volontaires ?

Gina et Jenny la rejoignirent. Les autres restèrent sur les canapés du grand salon, tous dans leurs pensées.

Encore un long moment de silence.

Et toujours ce même chant sinistre du vent.

– Quoi qu'il en soit, dit John, ne laissons pas cette tempête gâcher notre séjour. D'ici demain, elle aura très certainement cessé.

– Oui, John a raison, lança Steven, amusons-nous ! Après tout, nous sommes venus passer une semaine à la montagne. On ne va pas se plaindre de voir quelques flocons tomber !

Ces paroles remirent un peu de lumière sur les visages. Mais intérieurement, la tension demeurait. Le vent paraissait augmenter encore, par à-coups. À présent, son cri ressemblait à celui des Stukas allemands lorsqu'ils piquaient sur les positions alliées. Impossible de s'y faire. Et cette neige, qui ne s'arrêtait pas, qui recouvrait tout.

Bientôt le lodge disparaîtrait sous un manteau immaculé. Et tous se retrouveraient emmurés vivants dans ce paysage de carte postale, pensa Owen. Comble de l'absurdité. L'image le fit sourire.

Le moment du repas fut l'occasion pour John de donner un coup de fouet indispensable à la soirée. Il monta sur une table basse et proclama tout haut :

– Chers amis, veuillez, je vous prie, procéder vers le comptoir où nous attendent un somptueux apéritif et des amuse-gueules. La neige tombe et le vent souffle dehors, mais ici, crénom de nom, il fait bon vivre ! Et nous allons festoyer comme il se doit !

L'alcool aidant, l'atmosphère se réchauffa.

Au menu du soir : bœuf bourguignon, légumes sautés à l'ail et aux herbes, tranches de bacon fumées et grillées au feu de bois, cheddar fondu dégoulinant sur des pommes de terre, canard laqué et sa sauce aux champignons noirs. Il fallait bien ça après cette éprouvante journée. On remplissait les flûtes de champagne et les verres de vin rouge français millésimé. La fête filait bon train. Les rires fusaient. Steven et John amusaient la galerie, enchaînant les blagues et les pitreries. Phil ne tarda pas à se joindre à eux. Le trio ne tarissait pas, encouragé par tout le monde.

On ne laissait pas de verre vide, c'était la consigne. Même Timothy eut droit à une coupe de champagne, que Sally s'empressa de lui retirer des mains. Ted et Ashley étaient aux anges. Gina semblait presque saoule. Owen et Christine se modéraient, pas très à leur aise dans cette débâcle. Jack avait maintenant rejoint le trio qui chantait, ou plutôt qui vociférait en chœur dans le karaoké : *Walk of Life* des Dire Straits, puis *Hound Dog* d'Elvis Presley, *Miss You* des Rolling Stones. Ils s'agitaient, dansaient, braillaient, comme pour chasser la rumeur infernale du vent. Comme pour exorciser leur peur.

Dehors, sourde à leur tapage, Dame Nature ne faisait que gronder, souffler… Inlassable, elle couvrait de neige les forêts, les vallées, les montagnes… et cette insignifiante petite maison de bois d'où sortaient des notes de musique étouffées.

9

Malgré la dose d'alcool qui coulait encore dans ses veines, John était bien éveillé. Le réveil affichait 5 h 28. Il n'était arrivé à fermer l'œil que trois heures. Sally était plongée dans un sommeil profond. Il alluma une veilleuse au pied du lit, de son côté, et se tourna vers sa femme. La faible lueur orangée lui permit de distinguer son visage dans la pénombre. Il aimait la regarder dormir. Sa beauté immobile, silencieuse, avait quelque chose qui touchait au divin. Dans ces moments, il prenait conscience de sa propre bestialité. Elle était si fragile. Et lui pouvait se montrer si brutal. Si maladroit. Lors de ces instants de pure contemplation, il n'osait pas la désirer. Il ne faisait que l'observer. Il se sentait impur. Un véritable monstre. Une larme se forma au coin de son œil. Cela lui arrivait parfois, dans ces moments-là. Il ne lui avait jamais confié ces instants. Il le ferait un jour. Il s'était juré qu'il le ferait un jour.

Il se leva en silence et passa dans la pièce voisine, le bureau d'oncle Jeffrey. Il l'avait laissé comme il l'avait trouvé. Les étagères en chêne massif étaient chargées d'œuvres d'art importées des quatre coins du monde. Sa collection représentait bien sa personnalité atypique, voire multiple. Jeffrey s'intéressait à tout aux derniers temps de sa lucidité, avant que sa maladie se développe. Statuettes indiennes bouddhiques, instruments de musique aborigènes, couronnes solaires incas, tablettes égyptiennes gravées de hiéroglyphes…

John repensa à son oncle et sourit. Il marcha jusqu'à l'immense baie qui donnait sur le fond de la vallée, en plein jour, et lorsque le temps était clair. L'éclairage extérieur du lodge était resté allumé. Mesure de sécurité automatique du système en cas d'intempérie. Mais tout ce qu'il pouvait voir dehors était un nuage de particules blanches en mouvement, à travers une croûte de glace et de neige agrégée sur la gigantesque vitre.

Il s'assit dans le fauteuil de bureau et le fit pivoter face à ce tableau vivant. La vision aurait pu être féerique s'il s'était agi d'une création en 3D sur un écran.

Mais non, c'était bien la réalité.

Il se laissa aller en arrière dans le siège et se rappela l'échange qu'il avait eu avec le gérant de ce restaurant routier, à la sortie de Kalispell, dans lequel ils s'étaient arrêtés pour déjeuner.

– Vous n'êtes pas du coin, hein ?

– Nous venons de Portland.

– On n'a pas beaucoup de touristes par chez nous. Vous allez où comme ça ?

– Jusqu'au lodge d'Eagle Nest.

– Je croyais que M. Gardner ne l'occupait plus.

– Je suis son neveu. John Gardner. Mon oncle est décédé récemment.

L'homme s'était montré surpris, puis avait affiché un air attristé de convenance.

– C'est malheureux. Je n'étais pas au courant. Toutes mes condoléances.

Et il avait ajouté en tendant sa pogne à John :

– Je suis Vic Brooks. Je connaissais bien votre oncle. Un de mes fils a même coupé du bois pour la T&J, comme pas mal de jeunes gars du coin. Il lui est arrivé plus d'une fois de s'arrêter pour manger ici, vous savez. C'était un sacré bonhomme, et tout le monde l'aimait bien dans la région. Vous avez repris le lodge à sa suite ?

– Oui.

– Vous allez résider ici à plein temps ?
– Non. Nous ne sommes venus que pour un séjour d'une semaine.

John se frotta machinalement le visage avec ses mains. S'il restait trop longtemps dans ce fauteuil, il finirait par s'endormir. Le ballet des flocons dans la baie était hypnotique.

Ce Vic Brooks avait sans doute raconté à qui voulait l'entendre sa rencontre avec le neveu Gardner qui lui avait appris la mort de son oncle et qui venait séjourner une semaine avec sa petite famille dans le lodge dont il venait d'hériter. L'information était très sûrement venue aux oreilles du shérif du coin. Avec ce blizzard incroyable, ce dernier avait peut-être déjà signalé aux équipes de secouristes la présence des Gardner à Eagle Nest, ou il ne tarderait pas à le faire. Il était donc plus que probable qu'une patrouille héliportée serait envoyée pour faire une reconnaissance au-dessus du lodge afin de s'assurer que la tempête n'avait pas mis en péril ses occupants. Encore fallait-il que les conditions météo permettent à un hélico de décoller. Et pour l'instant, c'était loin d'être le cas.

– Chéri.

Il s'éveilla en sursaut. Le mur de verre n'était plus qu'un vaste écran blanc, rétroéclairé par la lumière du jour. Sally se tenait dans l'encadrement de la porte du bureau.

Il secoua la tête.

– Je me suis endormi. Quelle heure est-il ?
– Bientôt 9 heures. Je ne t'ai pas réveillé.
– Bon Dieu, que ce fauteuil peut être confortable.

Elle lui dessina un sourire pâle, s'approcha et vint s'asseoir sur lui.

– Mon chéri.

Elle passa ses mains autour de son cou. Il sentit qu'elle frissonnait.

– Tu as froid ?

Elle fit non de la tête et lui donna un petit baiser.

– C'est cette tempête qui te contrarie, c'est ça ?

Elle acquiesça en se blottissant contre lui.

Il glissa ses doigts dans ses cheveux et eut l'impression de tenir Samantha dans ses bras, comme chaque fois que Sally avait besoin d'être rassurée.

– Ma princesse. Tout va s'arranger.

Ces mots auraient dû suffire à la réconforter, mais il sentit qu'elle était encore tendue.

– Je n'ai pas un bon pressentiment, John.

Il prit délicatement sa tête dans ses mains et l'amena devant ses yeux. Le regard de Sally se porta derrière lui, vers l'écran gelé. Une sensation glacée le saisit. La dernière fois qu'elle avait eu un mauvais pressentiment remontait à cette sortie qu'il devait faire avec le club des supporters des Los Angeles Lakers, l'équipe de basket dont il était un fan inconditionnel.

Cela faisait trois ans maintenant. L'accident avait coûté la vie à trente-huit personnes. Seuls trois voyageurs avaient survécu. Le chauffeur avait fait une embardée sur un pont qui enjambait le fleuve Columbia. Le car avait percuté la rambarde de sécurité et avait plongé dans le vide pour s'écraser cinquante mètres plus bas sur les rochers. Le peu de témoignages recueillis auprès des conducteurs présents au moment du drame mentionnait que le chauffeur avait voulu éviter un cerf qui courait sur l'asphalte et avait subitement traversé la route.

Ce jour-là, John avait dû annuler son voyage pour aller voir jouer les Lakers. Sa secrétaire avait fait une erreur dans son planning. Elle lui avait programmé un rendez-vous qu'il n'avait pas pu reporter. Cette étourderie lui avait très certainement sauvé la vie.

– Qu'est-ce qui te fait penser ça, Sally ?

Les yeux de sa femme décrochèrent de la baie et revinrent vers les siens.

– Je ne sais pas. Je le ressens.

– Il ne peut rien nous arriver tant que nous restons à l'intérieur. Et qui serait assez fou pour sortir ?

Elle demeura silencieuse. Mais il sentait bien qu'elle gardait quelque chose, cachée au fond d'elle. Et il n'aimait pas du tout ça.

Elle soupira et reprit d'un ton plus léger :

– Autre chose : j'ai surpris Ted et Ashley en train de fumer de l'herbe.

Il sourit.

Elle lui donna une tape sur l'épaule.

– C'est tout l'effet que ça te fait ?

– Nous avons tous les deux fait ce genre de bêtise dans notre jeunesse. Tu ne m'as pas avoué un jour avoir essayé ça lors d'un concert des Pink Floyd, avec Gina ?

Elle lui pinça la graisse du ventre.

– C'était un concert de Genesis. Tu ne retiens jamais mes confidences !

– OK. Voyons voir si, toi, tu retiens bien les miennes, madame le crabe.

Il lui pinça la cuisse en retour.

– Aïe ! C'est pas du jeu, protesta-t-elle. Tu ne m'as pas posé la question !

– Oups, tu as raison. Si tu donnes une bonne réponse, tu auras le droit de me pincer deux fois.

Elle hocha la tête en riant.

– Mais tu ne seras pas obligée de le faire, ajouta-t-il.

– Je ne me priverai pas de ce plaisir !

Il réfléchit un moment.

– Quelle voiture est-ce que je conduisais quand je me suis fait arrêter en revenant du mariage de mon ami Peter Bowman ? Arrestation qui m'avait valu de passer la nuit dans une cellule de dégrisement d'un sinistre commissariat de San Francisco.

Sally s'absorba l'espace de cinq secondes, pas plus.

– Une Ford Thunderbird blanche flambant neuve, pour laquelle tu avais déboursé neuf mille huit cents dollars, ce qui était, en 1988, une somme considérable pour un jeune homme de 19 ans.

Elle n'attendit pas que son mari valide sa réponse pour lui pincer le ventre.

– Aïe !

– À ce jeu-là, tu es sûr de perdre à tous les coups, mon chéri.

– Je sais. C'était surtout pour te donner mon opinion à propos du joint de Ted et d'Ashley.

– Ce qui signifie ? s'enquit-elle en faisant papillonner ses cils.

– Qu'on a tous les deux fait notre quota de bêtises. Surtout moi. Et que je suis donc très mal placé pour le réprimander.

– Dans ce cas… qu'est-ce que le grand chef décide ? lui demanda-t-elle en posant sa tête contre son épaule.

– Pour ma part, je classe l'affaire. Si tu le surprends encore avec un joint, j'irai lui parler. Mais tel que je le connais, ça n'arrivera pas de sitôt.

Les poutres du lodge grincèrent sous le vent qui redoubla pendant quelques secondes. Sally ne réagit pas. Du moins, pas d'une façon perceptible. Elle s'efforça de chasser son mauvais pressentiment le plus loin possible et pensa à des souvenirs heureux. Celui de la naissance de Timothy, qui faisait poindre à chaque fois une joie immense en elle. Un sourire éclaira son visage, et elle s'assoupit sur le torse de John. Mais au fond d'elle, la graine de la peur était en train d'éclore.

10

Ted et Ashley s'éveillèrent ensemble, avec la bouche pâteuse et des maux de tête pas possibles. Ted n'aimait pas boire. Perdre sa lucidité l'agaçait. Ashley trouvait ça moche, elle aussi, mais ils s'étaient laissé entraîner par le mouvement du groupe. Comme quoi, les adultes ne montrent pas toujours l'exemple à suivre. Ils étaient montés à l'étage pour être tranquilles. La musique du karaoké était assourdissante, et ce n'était pas du tout le genre de truc qu'ils écoutaient. Plus tard, la mère de Ted était entrée dans la chambre et les avait sermonnés pendant un bon quart d'heure à propos du joint. Ils avaient ensuite beaucoup ri et parlé, de choses très superficielles. Tous les deux avaient eu très envie de s'embrasser. Ils s'étaient finalement endormis l'un contre l'autre, sagement, en regardant les flocons à travers la fenêtre au-dessus d'eux.

Le jour s'était levé depuis longtemps mais la masse en mouvement du blizzard n'en laissait filtrer qu'une pâle lueur. Ted fixait le carré de lumière au-dessus d'eux. Le rendu était presque gris.

– Et si c'était vraiment la fin du monde ? suggéra-t-il.

– Qu'est-ce que tu veux dire par « fin du monde » ? demanda Ashley, encore à demi éveillée.

– Je me dis qu'on est peut-être en train de vivre une sorte d'apocalypse, causée par la nature qui déchaînerait les éléments pour mettre un terme à l'absurdité de notre civilisation.

– Possible, répondit Ashley, intéressée par l'idée.

– Et une fois que l'humanité aurait disparu, la vie reprendrait lentement, et l'évolution générerait une autre espèce douée de conscience.

– Et d'intelligence, ajouta-t-elle.

– Chose qui nous fait défaut.

– Je suis d'accord.

Leurs regards convergèrent vers le carré vitré et la lueur blafarde qu'il déversait sur eux.

Ahsley pivota vers lui et lui murmura :

– Si c'était vraiment la fin, peut-être qu'on ferait mieux d'en profiter pour…

Perdu dans ses pensées, Ted ne saisit pas tout de suite. Il se tourna vers elle et chercha dans ses yeux la suite de sa phrase. Quelques secondes indécises défilèrent. Il lui sourit, se pencha vers elle et passa ses doigts dans ses cheveux, puis vint doucement poser ses lèvres contre les siennes. Leurs mains se joignirent et leurs corps se rapprochèrent pour partager la même chaleur. Leur baiser se prolongea un temps indéterminé et, lorsque leurs bouches se séparèrent et que leurs yeux s'ouvrirent pour continuer cette fusion délicieuse, tous les deux comprirent qu'ils allaient s'aimer. Et qu'aucune fin du monde ne viendrait interrompre ce qui était en train de naître entre eux. Ils restèrent un moment les yeux dans les yeux, en silence.

– Tu penses à quoi ? demanda Ashley.

– À rien.

– On pense toujours à quelque chose.

– Non, vraiment… Je ne suis pas bien réveillé, c'est tout.

Il lui sourit, se frotta le visage et s'étira.

– Peut-être qu'on devrait se lever et aller rejoindre les autres, proposa Ashley, histoire de savoir où en est cette fin du monde.

– Bonne idée.

Après le repas de midi, John, Jack et Owen échangeaient autour d'un café.

– La priorité est l'approvisionnement en bois, dit John. Les cheminées chauffent les trois quarts de l'habitation. Sans bois, nous n'irons pas loin.

– Il y a bien des convecteurs électriques, non ? s'étonna Owen.

– Uniquement dans quelques pièces, salle de bains et chambres. Mon oncle était bûcheron. S'il s'était écouté, il n'aurait pas fait installer de système de chauffage.

Jack et Owen échangèrent un regard sans faire de commentaires.

– Il va nous falloir entretenir régulièrement le passage qu'on a creusé pour le quad et la remorque hier, proposa Jack, surtout si ça continue à tomber comme ça.

Tous les trois acquiescèrent et se tournèrent vers la baie, où le rideau de neige en mouvement obscurcissait le jour.

– À vue d'œil, je dirais qu'on a déjà un mètre, évalua John. Et j'ai l'impression que ce n'est pas près de s'arrêter.

– J'ai discuté avec Steven Riley hier soir, reprit Jack. Même si nous n'étions plus très lucides, il m'a dit avoir fait des calculs, basés sur des courbes de pression atmosphérique. Je vous avoue que je n'ai pas tout compris… mais sa conclusion était, je cite ses mots : « Nous sommes face à une perturbation météorologique majeure. »

– Steven Riley est farfelu. On évitera d'affoler tout le monde avec ses prédictions, dit John.

Jack et Owen sourirent.

– À combien de kilomètres sommes-nous de la route principale ? demanda Owen.

– Plus de trente, lui retourna John.

– Elle est forcément déneigée, non ?

– Elle devrait l'être. Mais il y a autant de chances pour qu'elle ne le soit pas.

– Cette tempête sévit peut-être sur toute l'Amérique du Nord…, dit Jack.

– Même si c'est le cas, ça ne change rien à notre situation, répliqua John.

– Si nous étions connectés, nous saurions s'il s'agit d'une intempérie locale ou si le périmètre s'étend plus loin.

– Oui. Mais nous ne le sommes pas, Jack.

Owen leva la main.

– Combien de temps nous faut-il pour consommer une remorque entière de bois ?

– Une remorque nous permet tout juste de nous chauffer pour deux jours. Mais on ne va pas attendre d'avoir épuisé le peu que nous avons ramené. Il faut faire le plein de bois jusqu'à remplir la réserve. On ne sait pas combien de jours ça va durer.

– Je suis d'accord. Il faut anticiper, approuva Owen.

– À ce propos, s'enquit Jack, qu'en est-il de la nourriture ?

John tiqua sur la question.

– On a de quoi tenir encore cinq jours.

Jack et Owen le regardèrent, interloqués.

– Mais… Jeffrey avait bien un stock, non ?! s'étonna Jack.

– Effectivement. Il en *avait* un. Il disposait d'un cuisinier qui lui préparait ses repas. J'ai vérifié dans la chambre froide. Elle est vide.

Owen et Jack restèrent stupéfaits.

– J'imagine qu'il s'est fait livrer tous les plats qui lui restaient au centre gériatrique, reprit John. Je me rappelle qu'il me disait que ce qu'on leur donnait à manger était infect.

Jack secoua la tête pour remettre ses idées en place.

– D'accord. Ça signifie qu'au-delà de cinq jours nous n'aurons plus rien à nous mettre sous la dent.

John leva les mains pour rassurer ses amis.

– Nous n'avons aucune raison de croire que cette tempête puisse durer plus de cinq jours, c'est très peu probable.

– Mais nous devons envisager le pire, répliqua Owen. Et même si cela cessait demain, nous serions encore bloqués plusieurs jours avant de trouver une solution pour rejoindre la ville, ou que des secours arrivent.

John et Jack approuvèrent.

– C'est pourquoi je propose de commencer dès aujourd'hui à rationner la nourriture qui reste, déclara Owen.

– Proposition validée, conclut John.

Un moment de silence se fit entre les trois hommes.

– Pour demain, quel est le programme ? demanda Jack.

– Nous allons nous scinder en deux équipes : toi, moi, Phil et Steven, on va approvisionner la remise de bois.

Jack acquiesça.

– Owen, avec Sally et les autres, vous établirez un menu quotidien par personne. Il faudra diviser ce qui nous reste en ration pour une période de quinze jours. Mieux vaut prévoir large. Nous n'avons pas droit à l'erreur.

Phil et Nataly ne décollèrent pas du lit de toute la journée et passèrent celle-ci à se livrer à des jeux amoureux. « La neige, ça finit toujours par fondre », disait-il. Et, s'adressant à elle : « Si elle ne fond pas assez vite, on pourra toujours t'envoyer dehors, t'es tellement chaude que tu pourrais ouvrir la voie jusqu'à la route en te roulant dedans. » Nataly le trouvait quand même un peu lourd par moments, mais qu'est-ce qu'il pouvait lui faire prendre son pied. Ce mec, c'était l'extase incarnée.

Aujourd'hui pourtant, et bien que Phil lui eût encore fait l'amour comme un dieu, elle n'était pas arrivée à l'orgasme. Toute cette neige dehors, qui s'accumulait contre les murs du lodge, et ce vent qui hurlait sans interruption… Nataly commençait à se sentir à l'étroit. Elle se leva pour aller boire. Le contenu du verre passa difficilement. Elle retourna près de la fenêtre et regarda à nouveau derrière le rideau, pour constater que c'était bien ce vide blanc qui était à l'origine de son malaise.

Elle revint vers le lit et s'y assit. Phil ronflait. Il avait l'air d'un ours, avec sa barbe naissante et sa bouche entrouverte.

Elle eut envie de sourire, mais la barre froide qu'elle sentait en travers de son estomac l'en empêcha. De la peur, voilà ce que c'était. Elle avait peur de ce qu'il y avait dehors. La sensation lui rappela aussi quelque chose de son enfance, mais elle ne sut définir quoi. Pourquoi cette crainte ? Cette demeure était une forteresse. Aucun risque qu'elle cède sous la pression. Elle se rallongea et vint se blottir contre Phil qui ne ronflait plus, mais qui dormait encore profondément. Il émergea à moitié, se tourna, passa un bras mou autour d'elle, puis sombra à nouveau. Une phrase qu'elle avait lue lui revint : « Toutes les peurs sont irrationnelles, par nature ». Sa réaction n'était pas fondée. Elle essaya bien de se rendormir, mais n'y parvint pas. Alors elle se répéta cette phrase en boucle, comme un mantra, et s'appliqua à respirer lentement. Au bout d'un long, très long moment, ses yeux se fermèrent enfin.

11

La lueur du jour tira Owen d'un sommeil léger. Il n'avait quasiment pas bu la veille. L'alcool n'avait jamais eu aucun attrait sur lui. Et cela ne faisait pas bon ménage avec le travail. Owen était un homme appliqué et rigoureux. Bien entendu, cette semaine était placée sous le signe de la détente, tout au moins avant que survienne la tempête. Cependant, il savait que John ne l'avait pas invité que pour passer du bon temps. Le grand chef ne lâchait jamais le gouvernail. L'expansion de la compagnie au Canada était ce qui se cachait derrière la façade de ce séjour.

Owen se redressa et s'assit sur le côté du lit sans bruit. Christine dormait encore. Il enfila ses pantoufles, alla jusqu'à la fenêtre et poussa du doigt un pan de rideau pour entrevoir dehors les flocons charriés par le blizzard. Le vrombissement était si permanent qu'il s'y était fait. Il ne s'inquiétait jamais. Son métier, c'était de prévoir. Dans les affaires, le hasard n'a pas sa place. La plus petite information peut avoir des répercussions boursières. Tout doit être minutieusement décortiqué.

Il examina d'un œil objectif la couche de neige qui recouvrait une bonne partie du rez-de-chaussée du lodge. Estima qu'elle atteignait une hauteur d'un mètre cinquante. Cette demeure était solidement bâtie, elle essuierait cette tempête sans le moindre problème. Le regard d'Owen se perdit un instant dans le grand blanc. Il pensa à Jack, à cette rivalité qui était en train de se creuser entre eux. John leur avait parlé d'une coopération dans le projet d'expansion au Canada, mais Owen voyait clair dans le jeu du *big boss*. Il les mettait tous les deux en compétition. C'était évident. Et très habile. John tirerait forcément le meilleur bénéfice de cette stratégie. Mais qui de Murray ou de Horton serait éjecté le premier du train en marche ? Il passa la main sur sa joue et se dit qu'un coup de rasoir électrique était indispensable pour bien commencer cette journée.

Une fois sa toilette effectuée, il descendit se faire chauffer un thé à la cuisine. Le blizzard n'avait pas faibli, cependant il remarqua que les craquements dans la charpente du lodge se faisaient moins entendre. L'explication la plus logique qui lui vint, et la plus incroyable, était que la couche de neige, qui s'était amoncelée contre les murs, stabilisait la maison et réduisait sa prise au vent.

Il arriva au bas des escaliers et se figea.

Gina était dans la cuisine.

Elle était assise sur un tabouret, accoudée au bar, vêtue d'un simple kimono de soie gris. Délicieuse. Ses cheveux longs, d'un noir de jais, cachaient son visage et glissaient dans son dos à chacun de ses mouvements. Son attention paraissait mobilisée par un verre d'eau dans lequel fondait de l'aspirine.

– Bonjour, miss Murray.

Elle eut un léger sursaut.

– Owen, bonjour, je ne vous avais pas entendu.

Il ouvrit un placard pour y récupérer une boîte de thé.

– Vous étiez dans vos pensées ?

Elle se leva.

– C'est cette tempête. J'ai très mal dormi.

Elle alla prendre une boîte de biscuits, dans ce même placard d'où Owen venait de sortir le thé, et laissa sciemment la boîte lui échapper des mains. Celle-ci tomba aux pieds du gentleman.

– Owen, j'ai peur…, improvisa-t-elle.

À l'instant où il allait ramasser la boîte, elle se jeta littéralement dans ses bras. Il passa ses mains autour de ses hanches, sentit sous ses doigts la soie glisser sur la chair, ferme et chaude. Il hésita un instant et se décida à l'embrasser. Ils échangèrent un baiser furtif et maladroit.

– Pardon, je suis désolé.

Il retira ses mains de sa taille.

– J'en avais envie aussi, lui avoua-t-elle, troublée.

Il se détourna et ouvrit la boîte de thé. Ses doigts tremblaient. Il en versa à côté de la théière.

– Je ne pense pas que nous devrions donner une suite à cela, dit-il, au comble de la confusion.

Gina ne sut quoi dire. Elle attendait de lui qu'il se montre plus cavalier. Cette tempête la mettait dans un tel état que tout devenait subitement possible. Dangereusement possible. *Je suis folle, Jack est à l'étage, en train de dormir.*

– Ce serait plus raisonnable, ajouta Owen, espérant qu'elle fasse un pas vers la déraison.

Le mugissement du vent s'éleva brusquement et poussa une nouvelle fois Gina à réagir en se jetant dans les bras d'Owen. Lorsqu'elle leva les yeux vers lui, frissonnante de peur et de désir, littéralement plaquée contre lui, il n'eut d'autre choix que de l'embrasser à nouveau. Cette fois, leur baiser n'eut rien d'accidentel, et plus rien de maladroit. Les lèvres de Gina étaient comme ces cerises chaudes et sucrées sur lesquelles on tombe en mordant dans une part de clafoutis tout juste sorti du four. Owen s'en rassasia longuement. Leurs bouches ne se décollèrent qu'une dizaine de secondes plus tard.

– Owen, je ne m'explique pas ce qui m'arrive clairement, mais… Mais je me sens très attirée par toi.

L'espace d'un instant, il chercha en lui les mots pour exprimer à son tour ce qu'il ressentait et finit par lui répondre très simplement :

– Je le suis aussi, Gina.

Le relief qu'elle sentait en dessous de sa ceinture le confirmait bien.

– Nous allons faire une bêtise, ajouta-t-il.

– J'en meurs d'envie, lui murmura-t-elle au creux de l'oreille.

Un bruit de pas s'éleva à l'étage, puis dans les escaliers. Ils se séparèrent. Gina fila dans le couloir où elle ouvrit la première porte qu'elle trouva : celle d'un cellier où étaient entreposés des produits d'entretien. Elle était essoufflée, ses jambes la soutenaient à peine, elle passa les mains dans ses cheveux, se demanda qui était cette personne qui devait maintenant être dans le salon. Elle resta immobile, incapable de sortir de cette pièce suffocante, face aux bouteilles de cire liquide pour bois, la poitrine serrée, le cœur battant la chamade.

– Bonjour, monsieur Horton, lança Timothy en traversant le salon puis la cuisine, où il ouvrit le frigo pour s'emparer du seul pot de crème de noisette qui s'y trouvait et de la brique de lait.

– Bonjour, Tim, lui répondit Owen, affichant un flegme de surface en se servant du thé.

Il regarda Tim se préparer sa ration de petit déjeuner, tout en se demandant où avait pu aller Gina. Puis il alla s'asseoir avec son thé et son roman dans son fauteuil habituel. Il eut bien du mal à rentrer dans sa lecture, mais extérieurement se donna l'air de dévorer le livre. Les sursauts enragés du blizzard venaient ajouter à sa tourmente intérieure. Il pensa à sa femme, puis aux hanches de Gina, au contact de la soie sous ses doigts. Pétri de culpabilité, il referma subitement son livre et remonta dans la chambre.

Christine dormait encore. Il l'observa, immobile, durant un instant, se dirigea vers le lit sans bruit et se glissa sous les draps. Son épouse remua et marmonna quelques mots incompréhensibles. Elle se tourna vers lui et ouvrit les yeux.

– Où étais-tu ?

Il lui sourit affectueusement.

– J'ai été réveillé par la tempête. Tu n'as pas entendu ce vacarme tout à l'heure ?

– Non, j'ai dormi comme une pierre.

Il passa la main sur son front et dans ses cheveux.

Christine sentit une maladresse inhabituelle dans le geste de son mari.

– Tout va bien, mon chéri ?

– Hormis cette tempête, tout va bien.

– Non, ça ne va pas, Owen. Je vois bien que tu es préoccupé.

Il prit une longue inspiration.

– Écoute, ma chérie, je suis inquiet, bien évidemment, mais je suis de l'avis de John. Même si la situation peut paraître difficile, nous sommes à l'abri dans le lodge. Nous n'avons qu'à attendre. Des solutions se présenteront quand cette tempête aura cessé.

– Tu en as trouvé une ?

Les hanches de Gina dansaient sous ses doigts.

– De ?

– Une solution, Owen.

– Une solution ?

Il tourna ses yeux perdus vers son épouse.

Celle-ci lui murmura :

– Chéri… où es-tu ?

Il se ressaisit.

– Justement, Christine, je cherche. Je cherche. Et pour l'instant, je t'avoue que je n'ai rien en tête.

Puis il ajouta, se contentant de lui répéter ce que lui avait dit John :

– Généralement, des patrouilles héliportées survolent les zones touchées par les tempêtes. Donc, selon toute logique, tôt ou tard, un hélicoptère survolera le lodge. Il nous suffit d'être patients et d'attendre que la météo revienne à la normale.

Cette réponse parut contenter Christine puisqu'elle se blottit contre lui et n'insista pas. Les pensées d'Owen purent alors retourner vers Gina. Et il se prit à imaginer la suite de leur aventure.

Samantha ne tarda pas à faire son apparition dans le salon. Tim et elle partageaient la même chambre à l'étage. Depuis sa déconnexion forcée d'Internet, Sam s'était rapprochée de son jeune frère. Ils n'avaient jamais été aussi complices.

Le grand salon se peupla au fil des minutes. D'abord Sally et John, qui avaient pris le temps de faire l'amour ce matin ; puis Phil et Nataly, qui affichaient les stigmates d'une nuit très courte ; Steven et Jenny, comme à leur habitude frais et dispos ; Jack, Ted, Ashley… Les visages enfarinés se succédaient, et aucun ne s'étonnait plus du niveau de neige. La crainte s'était estompée. Tous se sentaient à l'abri, comme dans un cocon. Et puis, en règle générale, ce genre d'intempérie ne se prolonge pas plus d'un jour, voire deux. La suite des événements allait leur montrer qu'à toute règle, il y a des exceptions.

12

Gina se sentait capable de battre un record de brasse. Elle avait le couloir de natation pour elle seule. Son esprit était en ébullition. Elle fit un effort pour se concentrer sur sa nage et fixa un point loin devant elle, au niveau du rebord opposé de la piscine. La dernière fois qu'elle s'était sentie aussi surexcitée avait été la veille de son mariage.

Juste au-dessus de l'eau, dans la baie vitrée, la silhouette d'une congère colossale se dessinait. Une vague, couleur bleu glace, haute de presque deux mètres, stoppée net. Arrêt sur image inquiétant. Le monstre semblait l'observer. Gina n'avait jamais raffolé de la neige. Ce qui était normal pour une Latine qui avait passé son enfance et une partie de son adolescence sous le soleil de Calabre. Elle arriva au bout du bassin, évita de lever les yeux vers le bloc de neige, puis repartit pour une autre longueur.

Elle ressentait avec une acuité surprenante les remous de l'eau sur sa peau. C'était très étrange. Décidément, elle n'était pas dans son état normal. La pulsion à laquelle elle avait cédé au petit matin avec Owen ne faisait que le confirmer. Elle fit une pause et souffla profondément. Dehors, le vent rugissait et faisait vibrer le mur de verre. Elle passa les mains dans ses cheveux et s'aperçut qu'elle tremblait. À l'autre bout de la piscine, derrière la vitre, la chose l'observait encore, dans une immobilité cruelle.

Comme si cela attendait quelque chose.

Elle se ressaisit – *ce n'est qu'un bloc de glace, idiote...* Elle agrippa l'échelle, posa ses pieds sur les escaliers et sortit de l'eau. Sally marchait sur un tapis de course dans la salle de sport. Gina s'empara d'une serviette au passage, se sécha, passa son legging, un bustier, sauta dans sa paire de baskets et s'empressa d'aller rejoindre son amie. L'horloge à diodes rouges accrochée au mur de la salle de fitness affichait 10 h 28.

– Dis donc, tu es en forme, toi, ce matin, dit Sally.

Gina remarqua tout de suite que sa voix était plus haute que d'habitude.

– Je te retourne le compliment, ma chérie.

– Tu as bien dormi ?

– Très peu. Je n'ai pas arrêté d'être réveillée par ce maudit vent, lui répondit Gina.

– Ça fait longtemps que tu es debout ?

– Depuis 6 heures… J'ai essayé de me rendormir, mais il n'y avait rien à faire.

Sally reprit, d'un sourire pétillant :

– J'ai croisé quelqu'un ce matin. Et ce quelqu'un m'a parlé de toi.

Owen Horton avait-il manqué de discrétion au point de trahir leur début de liaison ? Elle choisit de ne pas confier ça à Sally.

– Qui donc ? s'enquit Gina en grimant l'étonnement.

– Owen. On dirait que tu lui as aussi tapé dans l'œil.

– Owen t'a parlé de moi de bon matin ? Et que t'a-t-il dit ?

– Il voulait savoir si je t'avais vue ce matin.

– Ah bon… Et que lui as-tu répondu ?

– Que je ne t'avais pas encore croisée.

Elle crut déceler une pointe de jalousie dans les yeux de Sally. Owen avait flashé sur sa meilleure amie, et pas sur elle. Gina la regarda attentivement. Non, elle était bien trop soumise à son cher et tendre époux pour avoir ce genre de pensée. Sally n'avait que John dans son cœur. Elle ne l'avait jamais trompé… Ou alors, elle ne le lui avait jamais confié.

Gina l'observa encore à la dérobée. Elle avait accéléré sa marche sur le tapis de course. La sueur commençait à perler sur son front. Gina l'avait toujours trouvée sexy. Ce qui était craquant chez elle, c'est qu'elle ne le faisait pas exprès. Elle ne faisait rien pour se rendre attirante, sexuellement parlant. Mais elle l'était. D'une façon tout à fait naturelle. D'une façon délicate. Gina avait même éprouvé plusieurs fois de l'attirance pour elle. Encore une fois, elle se ressaisit. Sally Gardner n'aurait jamais, grand Dieu, non, la moindre expérience homosexuelle au cours de sa vie. Gina enfourcha le vélo à côté du tapis de course où Sally se défoulait et se mit à pédaler.

– Comment tu le trouves, toi ?

– Qui ça ? Owen ?

– Qui d'autre ? répliqua Gina.

Sally rougit. Ou bien c'était la marche.

– Gina, tu sais très bien que…

– Je *sais* que tu le trouves attirant.

Sally resta muette, soufflée.

– Excuse-moi. Parfois, j'oublie que tu es une petite épouse modèle, renchérit Gina.

Sally fronça les sourcils et rougit vraiment cette fois.

Gina sentit, trop tard, qu'elle avait dépassé les limites. *Mais qu'est-ce qui m'a pris ?!*

– Oui ! Je suis désolée, répliqua Sally, contrairement à toi, je ne m'envoie pas en l'air avec la moitié des hommes que je croise !

Sur ces mots, elle éteignit le tapis de course et quitta la salle de sport. Gina resta plantée là, comme une imbécile, sur le vélo. Sa remarque avait été franchement désagréable, et elle s'en voulait. Elle continua à pédaler bêtement. Du bout du couloir de natation, la silhouette de glace l'observait encore.

Une sensation froide la saisit. Elle comprit alors. Elle comprit à quoi était due cette excitation qu'elle éprouvait depuis l'aube, et cette agressivité stupide qu'elle avait eue envers Sally. C'était de la peur. Une peur sournoise, tapie au fond d'elle. Le blizzard exerçait sur cette maison et sur ses occupants une pression qui croissait au fil des heures.

Sally traversa le salon comme un courant d'air et monta à l'étage. Tous la regardèrent passer, étonnés. Elle longea le couloir, interminable, y croisa Christine, qui n'eut pas même le temps de lui adresser un mot, arriva dans la chambre, verrouilla la porte derrière elle, se défit de sa paire de baskets et fila dans la salle de bains, où elle s'enferma. Elle se débarrassa de sa tenue de sport et de ses dessous qu'elle laissa à même le sol et entra dans la douche. Malgré la porte de verre fermée et le bruit de l'eau qui s'écoulait, elle l'entendait toujours.

Il l'avait poursuivie jusqu'ici. Il ne la quittait pas.

Ce vent soufflait directement depuis les enfers.

Le séjour idyllique qu'elle avait préparé avec tant de soin était en train de tourner à la catastrophe. *Cette tempête ne s'arrêtera donc jamais !* Elle s'assit sur le banc de marbre et se prit la tête entre les mains. *Et maintenant Gina... ma meilleure amie...* Elle fondit en larmes.

Le maigre repas du midi se déroula dans un silence accablant. Certains tentèrent bien d'y insuffler un peu de vie, mais ce fut peine perdue. À présent, chacun regardait son assiette et tressaillait à chaque bourrasque.

– Ça n'a pas l'air de faiblir, lança Jack Murray d'un ton qui se voulait détaché, en piquant un morceau de viande.

– Ça finira bien par s'arrêter, répliqua John. Après tout, ça n'a commencé qu'avant-hier.

– Ce qui va bientôt faire trois journées complètes. Personnellement, je trouve que ça fait beaucoup, dit Christine.

– On a déjà vu des tempêtes souffler plus longtemps, fit remarquer Steven.

– Merci, Steven, c'est très rassurant, lui rétorqua-t-elle.

– Plusieurs jours ? Combien exactement ? demanda Ted.

– Douze. C'est le record, il me semble, répondit Steven.
– Waouh, s'écria Timothy.
Le visage de Christine se ferma.
John leva les mains pour attirer l'attention à lui.
– Les probabilités pour que cette tempête dure jusqu'à douze jours sont quasiment nulles. Une telle chose n'a dû arriver qu'une seule fois depuis que la météo a été inventée. Ne nous mettons pas de telles idées en tête.
– D'accord, John. Mais à voir la force des vents et les chutes de neige, c'est parti pour durer…, ajouta jack.
Jenny Mills donna un coup de coude discret à son compagnon et lui murmura à l'oreille :
– Dis-leur ce qu'on a prévu de faire.
Steven s'éclaircit la voix et leva la main.
– Nous avons décidé, Jenny et moi, de tenter quelque chose, dès qu'il y aura une accalmie, déclara-t-il tout haut.
Tous les regards se tournèrent vers lui.
– On t'écoute, Steven, dit John.
L'entrepreneur californien se mit debout.
– On a vu qu'il y a des raquettes et des skis de randonnée en bas, dans la salle de sport. Alors, comme on est tous les deux sportifs, avec Jenny, on va essayer de rejoindre Kalispell à skis et à raquettes, pour aller chercher des secours, ou au moins pour prévenir la police de notre situation ici.
– C'est beaucoup trop risqué, dit John d'un ton grave.
– Je ne vois pas d'autre moyen pour entrer en contact avec la civilisation et demander de l'aide, John. Si tu as une autre solution, nous t'écoutons.
John se figea l'espace de quelques secondes. Ce jeune insolent défiait son autorité.
– Steven, répliqua John, très calme. J'ai informé Ray McDowell, mon assistant, ainsi que ma secrétaire personnelle de notre séjour ici. Si nos vacances devaient se prolonger au-delà d'une semaine, ce qui ne se produira jamais, McDowell tenterait forcément de me contacter pour

savoir pourquoi je ne suis pas au bureau. Et il appellerait de lui-même les autorités en constatant que je suis injoignable.

– J'ai aussi prévenu ma famille, ajouta Sally.

John reprit :

– Et je pense que nous ne sommes pas les seuls à avoir averti nos proches. Levez la main, s'il vous plaît, ceux qui l'ont fait.

Toutes les mains se levèrent, hormis celles de Phil et de Steven.

Ce dernier reprit :

– D'accord, John. Mais selon moi, cette solution d'attendre qu'on alerte les secours à notre place ne me semble pas la meilleure.

John se mit debout.

– Ça suffit ! Nous ne resterons, de toute façon, pas bloqués ici plus d'une semaine, tout simplement parce que cette tempête ne battra pas ce fichu record ! Lorsque le temps se sera stabilisé et que la perturbation sera définitivement passée, nous pourrons agir, en installant des fusées de détresse sur le toit, pour commencer. Mais pour l'instant, personne ne quittera ce lodge tant qu'il y aura le moindre risque. C'est compris, Steven ?

Le jeune entrepreneur ne chercha pas à s'opposer plus longtemps. Il hocha la tête docilement.

– Parfait ! lança John pour mettre un terme à ce début de mutinerie.

La tension montait au fil des heures, et le troupeau devait être mené avec fermeté. Il ne fallait pas hésiter à donner quelques coups de bâton pour éviter qu'il se disperse. John se faisait un devoir de jouer le rôle du bon berger. Sa position de chef ne pouvait souffrir de la moindre remise en question. Et il entendait bien maintenir cette autorité naturelle et chaleureuse que ses amis appréciaient chez lui, il en était certain. Tout rentrerait bientôt dans l'ordre. Ce maudit blizzard ne pouvait pas durer éternellement.

13

Steven avait besoin de se défouler. Un trop-plein d'énergie, ou plutôt un trop-plein de colère à évacuer. *Quel con, je rêve ! Et dire que je dois bosser avec ce* Tyrannosaurus rex *téléporté de la préhistoire !* Il fouilla dans ses bagages pour trouver une tenue de sport, ne se rappela plus où il l'avait rangée, s'énerva, jura entre ses dents, empoigna son sac de voyage, le retourna au-dessus du lit et le secoua pour en vider le contenu. Il ôta son jean baggy et sa chemise hawaïenne pour sauter dans un jogging, enfiler un T-shirt et passer sa paire de baskets – vêtements qu'il portait les trois quarts du temps, parfois même pour aller au bureau.

Il dévala l'escalier discrètement jusqu'à l'étage inférieur. Dehors, le niveau de neige obturait les fenêtres presque totalement, ne laissant qu'une bande de jour blanchâtre d'à peine dix centimètres de large. La salle de fitness était déserte, et c'était parfait. Il avait besoin d'être seul. Il grimpa sur le tapis de course et entama sa séance par un footing. Progressivement, il augmenta la vitesse à mesure que ses muscles se réchauffaient, jusqu'à l'allure de course, et il enchaîna des accélérations. Maintenant, il ne pensait plus. Il n'était plus que mouvement. S'il était resté là-haut, il aurait certainement fait une bêtise. Mais au-delà de cette discussion houleuse avec le *big boss*, il y avait cette oppression qui pesait de plus en plus lourd sur son mental. Sa poitrine était comprimée, il n'arrivait pas à trouver son souffle habituel. Il n'avait encore jamais éprouvé cette sensation. C'était donc ça, la claustrophobie.

Il se foutait de l'interdiction de John Gardner de quitter le lodge. Dès que le temps le permettait, il partirait à skis avec Jenny pour aller chercher des secours. Et pour s'extirper de cette prison en rondins. Au fil des heures, les murs du lodge lui semblaient se resserrer autour d'eux.

Jenny remplit sa tasse et essaya de ne pas montrer la gêne qu'elle éprouvait. Steven avait quitté la table avant la fin du repas, et elle sentait peser sur elle les regards. Elle termina sa part de tarte aux pommes, but son café, se leva et salua tout le monde d'un sourire poli. Elle monta dans la chambre où elle pensait trouver son compagnon. Voyant le contenu de son sac en vrac sur le lit et ses vêtements en boule par terre, elle déduisit qu'il s'était changé pour aller s'entraîner. Son désaccord avec John était sans aucun doute à l'origine de cette séance de sport improvisée. Jenny connaissait Steven mieux que personne. Depuis quatre ans, ils habitaient ensemble dans une maison moderne sur les hauteurs de Bel Air. Derrière ses airs super cool, Steven dissimulait un paquet de dynamite, et quand une situation conflictuelle se présentait, il pouvait exploser sans prévenir. Elle passa une tenue de sport et descendit à la salle de fitness.

Jenny savait ce qu'était le blizzard, même si c'était la première fois qu'elle vivait une tempête aussi intense. Elle avait grandi à Whistler, la station de ski canadienne où étaient fréquemment organisés des championnats. C'était d'ailleurs lors d'une épreuve de ski qu'elle avait rencontré Steven. Elle connaissait parfaitement la montagne, mais elle se sentait quand même inquiète.

Steven était en sueur et courait à allure soutenue. Il ne l'avait pas entendue arriver. Elle s'assit sur un rameur et entama une séance sans forcer. Il ralentit le rythme et s'aperçut qu'elle était là. Il marcha quelques minutes pour reprendre son souffle en se passant une serviette sur la tête.

– Toujours partante pour faire ce qu'on a dit ?

Jenny décéléra pour lui répondre :

– Toujours partante. J'espère juste que ça ne va pas ruiner notre contrat avec Gardner.

– Au contraire. Quand on reviendra avec une équipe de secours, il ne pourra que nous remercier.

– Il faut vraiment que tu travailles ta diplomatie, chéri.

Steven ne dit rien et regarda sa montre.

– Bon, on peut faire une séance de muscu pendant une heure, et ensuite enchaîner avec quelques longueurs de nage pour se détendre, ça te va comme programme ?

Elle lui répondit par un sourire.

– Steven…

– Quoi ?

– Il faut vraiment que tu fasses un travail sur toi à ce niveau. Tu t'emportes beaucoup trop vite.

Il se détourna d'elle et s'allongea sur un banc pour faire des abdominaux. Elle ne le quitta pas du regard jusqu'à ce qu'il termine sa série.

– J'en ai conscience, finit-il par lui avouer. Crois-moi, je fais de mon mieux pour me maîtriser.

– Steven, je te parle d'un vrai travail… Je voudrais que tu viennes voir Mary avec moi quand j'irai à ma prochaine consultation.

– Eh ! Tu ne vas pas me faire aller consulter une psy simplement parce que je ne me laisse pas faire. Tu as bien vu qu'il a engagé le rapport de force, non ?

– Tu n'as pas tort. Mais tu diriges désormais une entreprise. Il faut que tu te montres plus souple, plus pro. D'autres situations de ce genre peuvent se présenter. On a besoin de ce contrat avec la T&J.

Steven se relâcha et laissa tomber ses bras.

– D'accord, d'accord. Tu as gagné. Je t'accompagnerai à ta prochaine consultation pour voir ta psy. Si nous ne sommes pas transformés tous les deux en bonshommes de neige d'ici là, ajouta-t-il avec un clin d'œil.

– Tu as rentré l'itinéraire jusqu'à la ville sur le GPS ? lui demanda-t-elle.

Il acquiesça.

– Trente-quatre kilomètres. Deux cols à passer… et pas des moindres. On a bien fait d'emporter le matériel de couchage.

– Ça va nous faire une sacrée rando, dit Jenny.

– On doit pouvoir boucler ça en deux jours.

– Steven, on ne peut tout de même pas se mettre en route avec ce blizzard.

– Non, bien sûr que non. On attendra que ça se calme un peu.

La lumière du jour déclina rapidement. Les nuées blanches qui balayaient le lodge disparurent jusqu'à ce que les projecteurs extérieurs les invitent dans leur halo. Le regard fixe de John se portait vers la baie du salon, comme s'il pouvait trouver des réponses à ses questions dans le tournoiement incessant des flocons.

– À quoi tu penses, John ?

John cligna des yeux et s'extirpa de ses calculs.

– Au stock de bois.

Jack ne comprit pas où il voulait en venir.

– Quel est le problème ?

– Demain, le couloir qu'on a creusé sera recouvert si ça ne s'arrête pas. Je suis allé voir, il l'est déjà à moitié. Il faut anticiper et continuer à ramener du bois.

– Mais on a déjà rempli une bonne partie de la réserve avant-hier.

– Ça ne suffit pas. Il faut la remplir complètement. Et le garage aussi.

– Tu penses que ça ne cessera pas ?

– Mieux vaut prévoir le pire, Jack. Tu es prêt à y retourner ?

John parlait d'une voix atone. Jack prit une longue inspiration.

– Je suis prêt.

Il ne l'était pas. Il était épuisé. Cet enfermement agissait sur eux comme un siphon dans lequel toute leur énergie s'écoulait. C'était encore bien pire qu'une simple fatigue physique. Les ailes blanches d'une créature vampirique recouvraient Eagle Nest. Et lorsque cette chose s'envolerait, elle ne laisserait derrière elle qu'une carcasse de bois exsangue de vie.

– Il faut demander à Owen et à Phil de se joindre à nous, ainsi qu'à ce blanc-bec de Riley. Tu peux t'occuper de les mobiliser ?

– Je m'en charge.

Il se leva avec difficulté. Pas évident de donner l'impression qu'on est motivé quand les batteries sont à zéro. Il avait aperçu Phil qui flirtait avec Nataly. Bras dessus, bras dessous, ils étaient entrés dans la salle de cinéma. Jack s'éclaircit la voix bruyamment pour manifester sa présence en pénétrant dans la salle obscure. Les deux tourtereaux visionnaient un film d'Alfred Hitchcock. Il s'approcha des larges épaules de Phil et posa sa main sur l'une d'elles.

– Désolé de t'interrompre, Phil, mais on va avoir besoin de toi.

Sewell pivota vers Jack en s'accoudant à la rangée de sièges et le dévisagea en clignant des yeux, ébloui par le projecteur.

– Si je peux me permettre : besoin de moi pour quoi faire, Jack ?

– On doit refaire des voyages de bois avec le quad et, pour ça, il faut encore déneiger le passage.

– Tu veux dire du bois pour les cheminées ?

– C'est ce que je veux dire, oui.

– OK.

Il embrassa Nataly dans le cou et lui chuchota quelque chose à l'oreille qui la fit sourire, puis se leva et quitta la salle derrière Jack.

– J'ai une question qui me vient à l'esprit : on aurait pu attendre que le blizzard se calme un peu, non ? demanda Phil.

Jack le dévisagea.

– Ça n'a pas l'air de beaucoup te préoccuper.

– Pourquoi est-ce que tu me dis ça ?

Phil affichait une désinvolture détestable.

– Tu as conscience qu'une tempête record est en train de nous enfouir sous la neige, Sewell ?

– Écoute, Jackie, je trouve que vous exagérez un peu avec toutes ces précautions. On est encore loin de la fin du monde. Ce ne sont pas quelques flocons qui…

– C'est bien ce que je pensais : tu es un inconscient, Sewell, l'interrompit Jack.

– Hé, relax, OK ?! Je ne fais que suivre les consignes du grand chef : « Pas de panique, amusez-vous, la maison a été conçue pour résister à ce genre d'intempérie. »

Jack ignora ces mots et se remit en marche vers le salon.

– On va être combien pour cette corvée de bois ? Ne me dis pas qu'on n'est que deux, ajouta Phil.

Jack ne prit pas la peine de se tourner vers lui pour répondre :

– Tout le monde est mobilisé.

Les deux hommes rejoignirent John qui était dans la cuisine et remplissait cinq verres d'une généreuse dose de whisky.

– Ça va nous donner un coup de fouet.

– Je vais prévenir Steven et Owen, dit Jack.

– Ted est descendu chercher Steven à la salle de sport, fit John.

– OK. Dans ce cas, il ne me reste plus qu'à trouver Owen.

Jack traversa le rez-de-chaussée, la bibliothèque, puis la salle de jeux où les jeunes jouaient au billard.

– Je cherche Owen. Vous ne l'auriez pas vu, des fois ?

Samantha fit non de la tête.

– Je l'ai vu monter à l'étage, tout à l'heure, dit Timothy.

Jack grimpa les escaliers. *Il est certainement dans sa chambre avec son épouse.* En longeant le couloir, Jack sentit flotter dans l'air une fragrance d'ambre et de jasmin qu'il aurait reconnue entre mille : le parfum subtil de sa femme. Elle était sûrement dans cette salle de bains devant laquelle il se trouvait. Il poussa la porte. La vision qu'il eut face à lui le plongea tout entier dans un bain glacé.

Owen Horton était pantalon baissé et chemise ouverte, en train de prendre Gina. Elle se tenait dos à lui, robe retroussée, reins cambrés et mains appuyées contre le carrelage mural en mosaïque.

Ils ne l'avaient pas entendu.

– Gina…, souffla Jack, sans voix.

Owen sursauta. Gina poussa un cri en voyant son mari sur le pas de la porte. Owen se retira d'elle et se rhabilla en moins de deux secondes. Elle réajusta sa robe et marcha vers son mari.

– Chéri. Je ne sais pas ce qui m'a pris. Je t'en prie, ne…

– Pourquoi… Gina ? parvint-il à dire.

Elle fondit en larmes.

Il pointa Horton du doigt.

– On reparlera de ça.

Il attrapa sa femme par le bras et l'amena jusqu'à leur chambre. La porte se referma en claquant.

Owen resta dans la salle de bains, livide. Il était littéralement pétrifié et crut un instant que son cœur allait sortir de sa poitrine.

14

– Pourquoi ? répéta Jack d'une voix glacée.

Gina était assise sur le lit. Il était debout, à moins d'un mètre, face à elle. Elle n'osait pas lever les yeux vers lui et se tenait la tête dans les mains.

– Regarde-moi ! cria-t-il, la faisant sursauter.

Elle obéit.

– Chéri… Pardon. Tu sais que je t'aime.

– Comment tu peux dire ça ?! Ce type était en train de te… Tu fais ça alors que je suis là, à quelques mètres ! Et avec un type que tu ne connais que depuis deux jours ! J'ai de la peine à croire que tout ça est réel… C'est un cauchemar. Je vais me réveiller.

Il se mit à marcher de long en large dans la pièce.

– Jack, je me fous de ce type. Il n'y a que toi qui comptes.

Il s'arrêta net et répliqua :

– Et Ashley ! Tu as pensé à elle ?!

Gina se reprit le visage dans les mains et se remit à pleurer.

– Pardon, Jack.

Il s'assit sur le lit, à côté d'elle, et respira profondément pour se calmer. Il y eut un blanc de plusieurs secondes. Elle n'osait pas tourner la tête vers lui. Elle sentait comme un mur infranchissable érigé entre eux.

– Gina… tu m'as déjà trompé avant ça ? Dis-moi la vérité.

– Jack, non… Je…

– Toutes ces fois où tu me disais être avec une amie, ou retenue chez tes parents pour le repas.

Elle n'eut pas la force d'essayer de le convaincre et se réfugia dans les pleurs. Il détourna ses yeux d'elle pour chasser la douleur qui montait en lui chaque fois qu'il la regardait. Jamais il ne lui ferait le moindre mal. Non, si quelqu'un devait payer, c'était Horton. Parce qu'il n'avait eu aucune retenue, aucun respect. Il avait piétiné leur couple, souillé à jamais leur amour.

Il se leva et sortit de la chambre, mû par une volonté obscure, comme extérieure à lui-même, qui lui commandait de chercher Horton et de lui faire payer.

– Jack ! Où vas-tu ?!

Il longea le couloir, encore sous le choc, erra sans trop savoir ce qu'il ferait en trouvant Owen. La salle de bains. Personne. Il continua jusqu'à la chambre des Horton. Personne non plus. Il descendit les escaliers, s'arrêta au bout du hall et jeta un œil dans le grand salon. Horton était là. Il échangeait avec John sur le canapé, face à la cheminée. Phil et Steven étaient au bar et buvaient leur verre de whisky.

Les yeux de Jack se posèrent sur un trophée de chasse exposé sur le mur, juste en face de lui : une ramure de cornes. Probablement celles d'un orignal. Sans réfléchir, il les décrocha et se dirigea vers Horton. Les bois de l'animal devaient bien peser dans les dix kilos. Horton et John ne l'avaient pas entendu. Ils étaient tournés vers le foyer, dos à lui. À cet instant, Jack n'avait plus conscience de ce qu'il était en train de faire. Il leva au-dessus de la tête d'Owen le trophée de chasse d'oncle Jeffrey. Le plus haut qu'il put.

Un hurlement s'éleva dans les escaliers :

– Jack ! Non !

Mais Jack resta sourd à l'injonction de sa femme.

Horton eut tout juste le temps de se retourner. La charge de l'orignal fantôme s'abattit sur lui et percuta sa tête de plein fouet. Et s'abattit encore. Owen roula au sol en émettant un cri étouffé. John s'interposa avant que Jack porte le troisième coup. Il le ceintura et l'entraîna avec lui vers le fond du salon.

Owen gisait sur le tapis. Inconscient. Du sang s'écoulait de son oreille droite. Il était blanc. Ses yeux étaient grands ouverts. Son corps agité de secousses. Sa bouche s'ouvrait et se fermait comme celle d'un poisson sorti de l'eau. Peut-être essayait-il de prononcer des mots. Ou plus simplement de respirer. Phil et Steven accoururent vers lui.

– Owen, cria Steven, tu m'entends ?!

Ses yeux roulaient dans ses orbites. Il ne voyait même pas les deux hommes penchés sur lui. Steven le plaça sur le côté, en position latérale de sécurité, comme il l'avait appris durant sa formation de secouriste.

– Owen, est-ce que tu m'entends ?! répéta Steven.

Aucune réponse. Pas même un son. Pourtant, sa bouche était ouverte. Steven approcha son oreille. Il respirait.

John ceinturait toujours Jack qui n'émettait aucune résistance.

– Tu es devenu fou ? Qu'est-ce qui t'a pris ?!

Pour seule réponse, Jack regarda son ami. Ses yeux étaient ceux d'un homme perdu. Il ne comprenait pas. Un cri retentit à l'entrée du salon. Christine courut vers son mari et se jeta par terre près de lui.

– Owen !

Elle se tourna vers Steven et Phil, désemparés.

– Que s'est-il passé ?!

Aucun des deux ne dit mot. Ils n'avaient même pas vu l'agression. Owen parut un instant reprendre conscience. Sa main se serra autour du bras de son épouse. Il bredouilla des syllabes incompréhensibles. Puis ses muscles se relâchèrent et son bras retomba au sol. Il avait perdu connaissance. Et sa respiration s'était arrêtée. Christine commença à paniquer. Elle trouva son pouls. Extrêmement faible. Elle connaissait parfaitement les premiers gestes de réanimation, mais tout s'embrouillait. Les images dansaient autour d'elle comme si elle était ivre. Son cœur cognait contre ses tempes.

– Mon Dieu, aidez-moi, murmura-t-elle d'une voix chevrotante.

Malgré sa fébrilité, elle se pencha au-dessus de son mari et entama une première série de bouche-à-bouche. Alterna avec une série de compressions thoraciques, prit sa main dans la sienne. Bouche-à-bouche, deuxième série de compressions. Elle n'avait plus une goutte de salive. Elle lui serra la main mais n'eut aucune réponse en retour. Troisième tentative. Owen tressaillit. Toussa. Ses yeux fixèrent le plafond. Son regard alla vers sa femme.

Merci, mon Dieu !

– Owen… parle-moi.

Elle passa sa main sur le visage de son mari, froid, en sueur. Des sons confus émanèrent de sa gorge. Elle serra sa main. Il serra la sienne en retour.

– Tenez, Christine. Faites-le boire.

Steven lui tendit un verre d'eau. Christine souleva la tête de son mari et porta le verre à sa bouche. Owen but quelques gorgées avec difficulté.

– Ma… ma tête…

– Je suis là, chéri. Ça va aller.

Elle s'adressa à Steven :

– Que s'est-il passé ?!

– Je crois que Jack l'a frappé, avec ces cornes. Nous n'avons entendu qu'un grand bruit.

Christine frissonna en voyant par terre le trophée de chasse. Elle imagina le pire. L'hémorragie interne. Il n'avait aucune plaie sur le crâne mais du sang s'écoulait d'une de ses oreilles.

John emmena Jack plus loin dans le couloir.

– Tu as failli le tuer, Jack ! Pourquoi ?!

– Je l'ai surpris dans une salle de bains, à l'étage… avec Gina.

John scruta son ami, puis Gina qui était assise sur les marches, en pleurs.

– Il… Il la sautait. Il sautait ma femme comme une traînée, dit Jack, le regard vidé de toute émotion.

John ne sut quoi dire. Il s'imagina à sa place.

– Jack, écoute… Je te comprends. Mais il faut que tu restes maître de toi, mon vieux, d'accord ? Nous sommes déjà dans une situation pas possible. Cette tempête est en train de nous rendre fous ! Il faut qu'on reste soudés si on veut s'en sortir, OK ?!

Jack était hagard.

– Nous perdons du temps, Jack ! La neige est en train de recouvrir le couloir qu'on a creusé. Il faut qu'on se mette au travail !

– Oui. D'accord, John. D'accord.

– Je te fais confiance.

– Tu as ma parole.

John relâcha sa prise.

– OK, rejoins Phil et Steven. Commencez à vous préparer pour sortir. Il n'y a plus de temps à perdre.

John l'accompagna vers la cuisine et fit signe à Phil et à Steven d'être vigilants, puis il retourna vers le salon où Christine était toujours près d'Owen.

– Christine, est-ce qu'il s'en sort ?

– Oui. Il est commotionné, mais il n'a pas de blessure grave apparemment.

– Parfait. Owen… Tu m'entends ? C'est John.

Les yeux vitreux d'Owen s'orientèrent vers son ami.

– John… Je t'entends, oui.

– Très bien. Ma question va te paraître stupide, mais comment te sens-tu ?

Owen esquissa un sourire blafard.

– Comme quelqu'un qui… qui vient de recevoir un jeu de cornes d'orignal sur le crâne.

John n'avait pas envie de rire.

– D'accord, Owen. Je vais te porter jusqu'à la chambre, OK ?

Owen hocha la tête.

Il le souleva et le mit debout en tenant son bras autour de son épaule. Owen prit appui sur ses jambes et marcha tant bien que mal. John le conduisit à l'étage, l'allongea sur le lit et s'adressa à Christine :

– Je vais rejoindre les autres. S'il y a quoi que ce soit, préviens-moi tout de suite.

– D'accord.

Il laissa Christine et redescendit pour aller s'équiper d'une combinaison. Les autres l'attendaient près de l'entrée. Les murmures se turent quand John approcha. Jack était à l'écart du groupe.

– Voilà le programme, lança John. Dans un premier temps, on va déneiger le couloir. Ensuite, on se divisera en deux équipes. Deux gars qui chargeront la remorque dans la grange et deux autres qui la déchargeront dans le garage. C'est d'accord ?

Tous approuvèrent, même si ce n'était pas vraiment une question.

– Allons-y.

15

Cela faisait maintenant deux heures qu'ils s'y étaient mis. Derrière eux, le couloir qu'ils avaient déblayé commençait déjà à être recouvert d'une couche blanche. Le blizzard devenait corrosif. Comme l'acide ronge le métal, tôt ou tard, il percerait leur armure. Il s'attaquerait à leur chair. La chair rose et tendre de leur cerveau. Et cela continuerait, autant que durerait cette tempête. Cela continuerait jusqu'à ce qu'ils deviennent fous, sans même en avoir conscience. Car c'est le principe même de la folie.

Jack s'acharnait à déblayer la neige. L'image d'Owen prenant sa femme par-derrière n'arrêtait pas de tourner dans sa tête. Malgré cela, il regrettait ce moment de folie, lui qui exerçait un contrôle parfait sur sa vie et sur celle de sa famille. Il avait décroché de la réalité et avait commis l'irréparable. Il se rassura comme il le put en pensant qu'Owen s'en tirerait avec quelques points de suture.

John enchaînait les allers-retours avec le quad entre la grange et le lodge. Les billots de bois remplissaient les trois quarts du garage, désormais. Steven lui avait suggéré que « cela faisait peut-être trop ». Remarque à laquelle John avait répondu : « Riley, fais ce que je te dis. N'évalue pas mes décisions. » Ce jeune con commençait vraiment à lui chauffer les oreilles.

À l'intérieur, les autres s'activaient en répartissant le surplus de bois près des quatre cheminées de la demeure. Ils empilaient les bûches en petits tas, le long des murs. Ce serait plus pratique. Il n'y aurait plus qu'à les disposer dans le foyer.

Gina se sentait mal. Christine l'évitait et, lorsqu'elle la croisait, lui jetait des regards haineux. Même Sally paraissait s'être rangée du côté de Christine. Et Ashley, sa propre fille, elle aussi, la regardait bizarrement. Gina avait essayé de parler à Sally dans la cuisine quand elles avaient fait une pause. Mais son amie l'avait ignorée. Alors, elle avait laissé tomber le bois qu'elle portait et était montée dans sa chambre pour pleurer toutes les larmes de son corps.

Quand vint l'heure de se restaurer, tout le monde était exténué. Le stress, ajouté à la faim et à la fatigue de la corvée de bois, apparaissait sur les visages. Des masques vides d'expression. Dehors, la tempête continuait, invariable, cruelle, sans limites. Le repas ne consista qu'en une tranche de jambon, un morceau de pain et un autre de fromage. Comble du luxe, il y avait un dessert : quatre noix par personne et un fruit au choix. Poire ou orange. Christine était montée s'occuper d'Owen, alité depuis l'incident. Il récupérait avec difficulté. La cohésion du groupe en avait pris un coup. Les tensions se répercutaient, s'amplifiaient. La réalité était distordue derrière la loupe monstrueuse de cette chose qui s'acharnait sur eux, à l'extérieur.

John se leva en brandissant son verre, fit signe à Sally de remplir ceux de leurs invités et s'adressa à tous :

– Ce n'est plus qu'une question de temps. Tôt ou tard, la tempête s'arrêtera, nous le savons. Et nous pouvons maintenant compter sur un stock de bois qui nous permettra de tenir jusqu'à ce que la météo revienne à la normale.

Steven voulut parler. John lui jeta un regard d'acier qui le cloua sur sa chaise.

– N'oubliez pas que l'alcool est une source de calories importante, ajouta John, donc n'hésitez pas à vous servir. Il reste encore quelques bouteilles. Cela rallongera nos maigres réserves de nourriture.

Personne ne fit de commentaires. Personne n'avait de questions. Tous grignotèrent leur ration et burent leur verre dans un silence de cathédrale. Chacun dans ses pensées. Dans la grande baie, à travers la couche de glace qui marbrait la fenêtre, on distinguait encore les lueurs de l'éclairage extérieur. Le bois crissait. Le métal se tordait en gémissant. La structure entière luttait sous la pression de plusieurs tonnes de neige.

Ce moment indicible fut interrompu par le carillon de la porte d'entrée qui sonna, à deux reprises. Tout le monde resta interloqué, se regarda. John se leva d'un bond. Hésita. Il se figea un instant sans savoir quoi faire ou dire.

Le carillon retentit encore une fois.

La flamme de l'espoir se ralluma au fond de lui. Il pressa le pas et alla ouvrir la porte du lodge.

Trois hommes se tenaient là, dans l'entrée.

Pantelants. Essoufflés. Visages brûlés par le froid. Regards absents. Ils étaient au bout de leur vie. Les nuées de neige tourbillonnaient autour d'eux. Ce n'étaient pas des rangers, et encore moins une équipe de secours. Ils étaient vêtus de peaux de bêtes, de cuir tanné, portaient des ceintures de cartouches, des fusils en bandoulière, étaient chaussés de mocassins doublés de fourrure, et de raquettes de neige.

Des trappeurs.

Ils scrutèrent John avec une drôle de curiosité dans le regard. Quelque chose d'animal. Ils ne bougèrent pas d'un pouce le temps que dura leur analyse méticuleuse de l'homme qui tenait la porte.

John se sentit soudain dans une position très inconfortable. Comment ces types étaient-ils arrivés là ? S'ils s'étaient perdus dans le blizzard, et c'était forcément le cas, il faudrait leur venir en aide. Ce qui impliquait de partager avec eux le peu de nourriture qui restait.

– Salut, mon gars, dit le plus costaud des trois, celui qui se tenait en avant des deux autres.

L'homme arborait un sourire qui se voulait avenant. Son visage était rude, anguleux, sa dentition en mauvais état. Son cou était celui d'un bœuf. Et ses yeux d'un bleu vif évoquèrent à John deux éclats de glace.

– Salut, fit John dans sa barbe, sur la défensive. Qu'est-ce qui vous amène ?

Le trappeur ignora la question et se tourna vers ses compagnons, puis il reporta son regard vers John.

– C'est ta piaule ?

John n'avait pas dû bien entendre.

– Pardon ?

– C'est à toi, cette baraque ?

John se demanda un instant ce qu'il pouvait répondre à cette question. Il fronça les sourcils. Les deux autres n'arboraient pas le sourire que le premier faisait l'effort d'afficher. Le deuxième était à peine moins grand et moins fort que celui qui parlait. Son regard était dur, et noir. Sa barbe était couverte de gel. Il était encore moins engageant que son homologue. Le troisième, plus petit et maigrelet, lunettes à double foyer sur le nez, était blafard et en sueur. Il n'exprimait, lui non plus, rien de sympathique.

John évalua rapidement la situation. Ces types auraient pu travailler pour lui sur une coupe de bois. Il adopta leur langage.

– Cette baraque est à moi, en effet. Qu'est-ce que vous êtes venus faire ici, les gars ?

– On s'est perdus dans cette putain de tempête. Voilà ce qui nous amène, m'sieur.

John hésita.

– Vous chassez ?

– On a des têtes de représentants en produits ménagers ? lança le deuxième, pas vraiment sur le ton de la blague.

John ne se démonta pas.

– Non, bien sûr. Vous êtes des trappeurs.

– Ouaip, m'sieur. On est des trappeurs. Et on s'est perdus dans cette diablerie de tempête, reprit le premier.

John les scruta encore pendant un instant.

– Ce serait pas trop vous demander de nous accorder l'hospitalité, m'sieur ?

– On ne va pas vous laisser dehors avec un temps pareil. Déchaussez vos raquettes et entrez, messieurs.

Les trois hommes s'exécutèrent et le suivirent dans le hall. Ils observèrent l'intérieur en tournant sur eux-mêmes, admiratifs. L'un d'eux émit un long sifflement.

– On peut dire que c'est une sacrée belle demeure, m'sieur…

– Gardner. John Gardner.

L'homme retira son gant et lui tendit sa main à la peau crevassée.

– Dillard. Stanley Dillard.

Ils échangèrent une franche poignée.

– Mais vous pouvez m'appeler Stan.

John lui fit un clin d'œil et les invita à le suivre dans le grand salon.

Tous les regards se tournèrent vers les trois hommes vêtus de peaux de bêtes, hirsutes, mal rasés, et qui exhalaient des odeurs à la limite du supportable. Sally resta un instant figée, ne sachant pas comment se comporter. Jack, Gina, Phil et les autres s'efforcèrent à ne manifester aucune réaction particulière.

– Prenez place, je vous prie, dit John en leur indiquant une banquette.

Sally s'empressa de disposer une couverture sur le canapé avant qu'ils ne posent leur derrière dessus.

– Merci, m'dame. C'est très aimable à vous.

Elle retourna au grand costaud un sourire pincé.

– Vous souhaitez boire quelque chose, messieurs ? proposa-t-elle.

– En fait, on aurait surtout envie de grignoter un truc. Est-ce que vous auriez…

Stanley Dillard expédia un puissant coup de coude dans les côtes de son compagnon avant qu'il termine sa phrase. Ce dernier ne dit plus un mot, se tenant le flanc de douleur.

– Oui, on aimerait bien un petit remontant, lança Stanley Dillard. Tequila, vodka, whisky... ce que vous avez. On n'est pas difficiles, pas vrai, les gars ?

– Oh, ça, c'est bien vrai, confirma l'autre.

Le troisième, le maigrelet à lunettes, n'était pas communicatif. Sally le trouvait vraiment très pâle. Il se contentait d'acquiescer.

– Très bien. Je vous amène ça, leur dit-elle.

Timothy observait les trois hommes avec de grands yeux. Ils ressemblaient beaucoup aux personnages de son livre d'images de Davy Crockett. Il en était tout bonnement époustouflé.

John rejoignit son épouse dans la cuisine.

– Bon sang, John ! s'exclama-t-elle à voix basse.

– Qu'est-ce que je pouvais faire ? Refermer la porte et les laisser dehors ?

– Non, mais tu as pensé à la nourriture ?!

Sally remplit des verres de tequila en tremblant.

– Nous ferons au mieux, dit John.

– Oui, nous allons devoir diviser les rations.

– Nous n'avons pas le choix, chérie.

Elle ne dit rien et disposa les boissons sur un plateau, puis retourna vers le salon où elle distribua les verres à chacun. John resta un moment dans la cuisine, accoudé à l'îlot central. Il rumina durant une minute cette erreur qui n'en était pas une et rejoignit les autres qui trinquaient avec les nouveaux arrivants.

– Alors... racontez-nous un peu, lança John en s'emparant d'un verre. Vous chassiez dans les forêts quand la tempête s'est abattue ?

Stanley Dillard le considéra avec une drôle de lueur dans le regard.

– Exact. Avec ce qui tombe, nous n'avons pas retrouvé le chemin vers notre cabane. Alors, on a continué à marcher, sans savoir où on allait. Jusqu'à ce qu'on voie les lumières de votre belle maison.

– On peut dire que vous avez de la chance, dit Jack.

– Ça, oui ! répliqua le trappeur. En continuant comme ça, on serait morts de froid cette nuit même. Impossible de faire du feu avec ce putain de vent !

Ces dernières paroles jetèrent un froid dans le groupe.

Une bourrasque s'engouffra dans la cheminée et emplit le salon de son hurlement sinistre, comme pour répondre à l'insulte de Stanley Dillard. Un silence terrible s'ensuivit.

Sally s'éclaircit la gorge. Sa voix dérailla un peu.

– Vous êtes parents ? demanda-t-elle aux deux autres trappeurs qui ne s'étaient pas présentés.

– Oui, ce sont des cousins, déclara Stan Dillard à leur place.

– Joe Dillard, dit-il en désignant son acolyte de droite, qui lui ressemblait vaguement. Et Will Dillard, en indiquant du menton le petit à lunettes, un cousin éloigné par ma mère. Il est du Michigan.

Les deux concernés ne lâchèrent pas un mot. Ils secouèrent la tête, histoire de montrer qu'ils étaient bien en vie, qu'ils n'étaient pas de simples modèles empaillés que Stan Dillard trimballait partout où il allait.

Ce dernier posa son verre et reprit :

– Si je peux me permettre, nous avons fait une longue marche dans la neige, m'dame, avec cette tempête qui nous a usés jusqu'à la moelle. Et pour tout vous dire, nous sommes morts de faim…

La gorge de Sally se noua. Ses préceptes de parfaite maîtresse de maison étaient face à une situation impossible. Les mots ne venaient pas. Le bug.

John se leva, décidé à jouer la carte de la franchise.

– Stan, nous avons un sérieux problème avec la nourriture. Nous voici bloqués ici depuis quatre jours, et cela n'a pas l'air de s'améliorer. Nous avons donc rationné le peu de provisions qui nous restent de manière à tenir une douzaine de jours.

Le trappeur agita la tête bêtement, attendant que son hôte en arrive au point crucial. Parce qu'il sentait bien qu'il voulait en venir quelque part.

– Nous ne sommes pas en mesure de vous offrir un repas décent, finit par lâcher John.

Dillard avait connu pire dans sa vie. Ce que venait de lui dire ce richard le fit sourire. Intérieurement.

– Nous nous contenterons de ce que vous nous donnerez, m'sieur Gardner.

16

John essayait de fermer les yeux et de s'endormir. Mais il savait que la nuit allait être longue, que c'était peine perdue de s'obstiner. Le sommeil n'est pas quelque chose qui vient quand on l'appelle, comme un animal de compagnie. En fait, c'est une drôle de bête, extrêmement sauvage. Et il suffit qu'on se mette en quête de la débusquer pour qu'elle se rende insaisissable. Sally était immobile, allongée près de lui. Elle ne dormait pas, elle non plus.

– Ces hommes ne m'inspirent aucune confiance, John.

– Je t'avoue que je me pose aussi des questions à leur sujet. Mais nous devons faire avec, maintenant.

Elle tourna son visage vers lui. Malgré l'obscurité de la chambre, il devina son regard. La peur dans son ventre.

– Tu as vu leur accoutrement ?

– Ce sont des trappeurs, chérie.

– Même les trappeurs ne s'habillent pas comme ça. Ils semblent sortis du siècle dernier.

– Certains d'entre eux ont gardé leurs vieilles coutumes. J'ai eu l'occasion d'en voir des comme ça, dans les forêts.

Sally croisa les bras. Elle pouvait être parfois très têtue.

– Et leur vocabulaire, tu as bien entendu comme moi, non ? reprit-elle, déterminée à trouver à ces types quelque chose qui n'allait pas.

– Je suis d'accord. Ils auraient pu se montrer plus corrects.

– Ah, tu reconnais ça ?

– Oui. Mais ce sont des trappeurs, chérie.

– Mais cela ne justifie en rien leur grossièreté !

Il n'insista pas.

– Je n'aime pas du tout leurs manières, John, ajouta-t-elle.

– Je te comprends. Mais on ne peut pas les mettre dehors, dit-il d'une voix calme.

Elle se mura dans le silence.

Une poignée de minutes passa. Il y eut soudain un bruit à l'étage du dessous. Un bruit de métal sur le carrelage. John regarda le réveil. 0 h 42. Un objet avait chuté sur le sol de la cuisine. Il bondit hors du lit. Sally alluma la lampe de chevet et sortit des couvertures aussi. John alla chercher son arme de poing, un neuf millimètres qu'il emportait toujours dans ses déplacements.

– Chéri, qu'est-ce que tu fais ?!

– Je descends voir ce qui se passe en bas.

– Je parlais de ton revolver.

– On ne sait jamais.

Il chargea son arme et franchit la porte vers le couloir qui menait à l'escalier, attentif au moindre son. Sally le talonna.

– Je préfère que tu m'attendes ici, lui murmura-t-il.

Elle fit non de la tête et s'avança pour le suivre.

– Sally, je ne sais pas ce qui se passe en bas. Tant que je n'ai pas évalué la situation, tu restes dans la chambre.

Il la repoussa doucement vers la porte et lui embrassa le front. Sally croisa les bras et le regarda s'éloigner en faisant la moue. Il se déplaça en silence jusqu'à l'escalier. Un autre bruit attira son attention. Un bruit de plastique cette fois. De couvercle en plastique, exactement.

Quelqu'un est en train de se servir dans les réserves de nourriture !

Il accéléra le pas, arriva au bas des marches, glissa comme une ombre contre le mur du couloir pour parvenir près de l'entrée de la cuisine. Et là, il entendit.

Dans l'obscurité, on ingérait, mâchonnait, déglutissait…

John s'avança encore et vit alors non pas une, mais deux silhouettes qui se tenaient debout, face au meuble en chêne de la cuisine. Deux bêtes qui se nourrissaient.

Il cliqua sur un interrupteur mural et pointa son arme droit devant lui, dans leur direction. Les deux trappeurs restèrent figés de surprise dans la lumière soudaine.

– Posez ces plats tout de suite !

Le plus grand des deux, Stan Dillard, le dévisagea en levant un sourcil. Il garda à la main un récipient qui contenait des parts de fromage. L'autre trappeur mâchonnait un morceau de pain.

– Posez ce fromage et ce pain immédiatement ! hurla John.

Dillard ne bougea pas d'un pouce.

– Qu'est-ce que tu vas faire avec ça, Gardner ? Tu sais te servir de ce truc ? lui demanda-t-il très calmement, dessinant sur sa face roussie un début de sourire hideux.

John hésita. Ses mains se serrèrent sur la crosse. Une boule froide se forma au fond de son ventre.

– Tu vas poser ce fromage, Dillard. Et ton ami va poser ce pain. Ou je vous garantis que vous allez le regretter, c'est clair ?!

Dillard regarda Gardner droit dans les yeux. Son sourire répugnant était maintenant complet. Ses deux lèvres boursouflées de gerçures s'étiraient salement de chaque côté, dévoilant ses chicots. Les poils de sa barbe étaient ornés de petits morceaux de fromage.

– Posez cette nourriture ! ordonna John, tout tremblant.

Sans quitter John de ses deux globules bleu sombre et sans se départir de son rictus ignoble, Dillard prit entre ses gros doigts une part de fromage dans le Tupperware, la porta très lentement à ses lèvres et se mit à la mastiquer en fixant John. Derrière lui, son acolyte reproduisit son geste en croquant une bouchée de pain.

L'index droit de John se contracta sur la gâchette.

Le coup de feu claqua, assourdissant. La balle perça l'aluminium de la porte du réfrigérateur, à quelques centimètres de l'oreille de Dillard. Les deux hommes posèrent la nourriture et firent deux pas en arrière.

– Levez vos mains en l'air !

Dillard souriait encore, mais il avait pâli.

– Levez vos putains de mains en l'air ! ordonna John, vibrant des pieds à la tête.

Les deux hommes perçurent avec une clarté saisissante ce qui se passait dans la tête de ce type : il avait basculé de l'autre côté. Là où la peur dévore la lucidité. Là où l'index presse la détente jusqu'à épuisement des balles dans le chargeur. Clic, clic, clic, clic…

Dillard leva lentement ses mains au-dessus de sa tête. Son sourire s'était effacé. Son acolyte l'imita comme son propre reflet. John resta sur place. Agité de secousses nerveuses, ne sachant quoi faire. Les deux trappeurs ne bougèrent pas non plus. L'estomac de Dillard le tenaillait encore. Ces amuse-gueules n'avaient fait qu'éveiller son appétit. Ses yeux se dirigeaient vers le plat de portions de fromage. Revenaient vers Gardner. Son arme. Le plat de fromage. Gardner…

Dillard baissa lentement les bras.

– Garde tes mains en l'air !

Il les remonta aussitôt. John se dit que la meilleure chose à faire maintenant était de les enfermer quelque part.

La cave serait parfaite.

– Allez, avancez par là !

Il leur indiqua la direction du couloir. Dillard se mit en mouvement, suivi par son comparse.

– Descendez, leur ordonna-t-il quand ils se trouvèrent face aux marches menant au sous-sol.

Les deux hommes obéirent.

John actionna un interrupteur dans l'escalier. En bas, une lampe éclaira une cave d'environ quarante mètres carrés. Le sol était en marbre gris. Trois pans de mur étaient occupés par des cases de bois faites pour accueillir des bouteilles de vin. Mais toutes étaient vides. Au milieu de la pièce se trouvaient une table et quatre chaises en bois rustique.

– Asseyez-vous.

Les deux hommes prirent place sur les chaises.

John recula tout en les gardant en joue et s'assit sur les marches de l'escalier. Il maintint le canon de son arme bien aligné sur eux.

– Qu'est-ce que tu vas faire maintenant, Gardner. Nous buter ?

John serra les dents. Ils n'avaient qu'à essayer de bouger, pour voir. Ces salauds s'étaient rassasiés de plus de la moitié des rations, divisant par deux les chances de survie de tous les occupants du lodge. Il les observa durant un moment, tentant de percer la couche noire qui les enveloppait d'un mystère poisseux.

– Vous n'êtes pas des trappeurs.

Le sourire infâme de Stan Dillard se dessina à nouveau sur sa face taillée au burin.

– Tu es moins con que ce que je pensais, Gardner.

La mâchoire de John se serra encore d'un cran.

– Alors, vous êtes quoi ?

Dillard semblait savourer la peur qu'il lisait dans les yeux de John. Pourtant, c'était lui qui le tenait en joue.

Quelqu'un accourut en haut dans le couloir.

– John ! Qu'est-ce qui se passe ?!

Steven.

– Je suis en bas, Steven. Dans la cave !

Soudain le noir complet envahit la pièce.

John ouvrit le feu à l'aveugle. Deux coups. L'instant d'après, il n'eut le temps que de percevoir un choc sur son crâne.

Et puis plus rien.

17

Il ouvrit les yeux avec difficulté. Eut l'impression que sa tête allait exploser. La lumière dansait autour de lui. L'ampoule pendait au-dessus de la table et tournait au bout de son fil. Ses mains étaient liées. Froides. Le sang ne passait plus. Ses poignets le cuisaient, écorchés par une corde serrée au maximum. Ses chevilles étaient aussi ligotées. Il était solidement attaché à l'une des quatre chaises. Celles sur lesquelles étaient assis les deux trappeurs, un moment plus tôt.

Les deux trappeurs qui n'étaient pas des trappeurs.

Il mit quelques secondes pour reconstituer le cours des événements. Il n'avait détourné son attention des deux hommes qu'une demi-seconde. Cela avait suffi à Dillard pour briser l'ampoule. Il y avait des morceaux de verre sur la table et au sol. Il l'avait remplacée par une autre qu'il avait dû prendre dans une pièce en haut. *Combien de temps suis-je resté inconscient ?* John pensa soudain à sa femme. À ses enfants. Son cœur se serra.

Il entendit un gémissement, bref et étouffé. À sa droite. Il tourna la tête. Steven Riley. Il était amoché. Son œil droit était fermé, noir et gonflé. Son arcade ouverte dégoulinait de sang. La pulpe de ses lèvres avait éclaté sous un coup, ou plusieurs. Sa tête pendait en avant, entre ses épaules. Il était inanimé.

Une voix faible s'éleva :

– John…

À gauche. Jack. Il n'avait pas l'air blessé. Pas au visage en tout cas. Mais il était complètement sonné.

– Jack, qu'est-ce qui s'est passé ?!

Ce dernier fit un effort désespéré pour ouvrir la bouche… mais ce fut quelqu'un d'autre qui répondit à sa place, depuis un recoin obscur de la cave.

– Je vais te raconter ce qui s'est passé, Gardner.

John reconnut la voix de Stan Dillard. Il était là depuis un moment. Il les observait.

– Tu as commis une grosse erreur en oubliant de nous attacher à ces chaises.

John ne dit rien, éprouvant dans son estomac la désagréable sensation de l'échec. Il l'entendit se lever.

Dillard sortit de l'ombre et s'avança vers lui.

– Tu avais vu juste, Gardner. On n'est pas des trappeurs.

Il se planta devant Steven, se pencha vers lui, souleva sa tête en plaçant le canon de son arme sous son menton. Scruta sa peau abîmée.

– Qui êtes-vous, alors ?

Il retira son flingue sous le visage de Riley qui retomba mollement. Puis il se redressa et vissa son regard glacial dans celui de John.

– Il y a trois jours, on était encore des numéros.

– Je… ne comprends pas, bredouilla John.

– C'est comme ça qu'on appelle les hommes en prison, par le numéro qu'on leur a attribué à leur entrée.

– D'accord, souffla John, ne sachant quoi dire d'autre.

– D'accord quoi ? lâcha Dillard entre ses dents serrées.

– Je comprends que ce que vous avez vécu a dû être difficile. Et que…

– On n'a pas besoin de ta compréhension, Gardner.

– Je ne vous juge pas. Vous êtes des hommes au même titre que nous. C'est pour cette raison que je vous ai ouvert la porte du lodge.

Dillard le transperça du regard.

– Comme c'est gentil... Et tout à l'heure, tu étais prêt à nous descendre.

– Vous avez presque mangé à vous deux la moitié des rations que nous avions faites. Cette nourriture est notre seule chance de survie. Vous devriez penser, vous aussi, à...

Dillard le saisit par le col et le tira à lui brutalement. Son haleine empestait.

– Écoute-moi de toutes tes oreilles, Gardner. On n'en a rien à foutre de ta survie. On a passé deux putains de jours à marcher dans cette putain de tempête. On était morts de faim. Tu piges ?!

– OK, je pige, dit John à demi étranglé. Je pige.

– Ce qui reste dans ton frigo. Cette baraque entière. Et tout ce qui y a dedans. Y compris ta femme... Tout ça nous appartient maintenant. C'est compris ? lui murmura Dillard dans un souffle glacé.

John sentit soudain la panique monter.

Sally... Samantha...

– Ne faites pas de mal à ma femme et à mes enfants. Je vous en prie !

Dillard ne répondit rien. Il le relâcha d'un coup, lui tourna le dos et remonta l'escalier. Au passage, il éteignit la cave. John s'imagina que l'un de ses complices était peut-être là, quelque part dans l'obscurité, et qu'il restait pour les surveiller.

Une peur viscérale s'empara brusquement de lui. Son cœur cherchait à sortir de sa cage thoracique. Il hurla :

– Sally !

Dans sa tête, des questions en rafales. Toutes plus horribles les unes que les autres. Quel genre de crime avaient commis ces hommes ? Meurtres ? Viols ? Autant d'interrogations qui restèrent fichées en lui, telles des lames froides, affûtées comme des rasoirs. Sans réponse. Mieux valait s'abstenir de demander.

– Je crois qu'ils les ont tous enfermés dans la bibliothèque, bafouilla Jack en revenant à lui.

– Ils leur ont fait du mal ?

Il n'eut que le silence pour réponse.

– Réponds-moi, merde ! hurla John.

– Je… je ne sais pas.

La voix de Jack était très faible.

– Qu'est-ce qu'ils t'ont fait ?

– Un coup… derrière la tête… je crois.

– OK, écoute, Jack, chuchota John. Il faut que tu restes conscient. À trois, on aura plus de chances de se tirer de là. Tu m'entends ?!

Mais Jack ne répondit rien.

– Jack !

– Je vais… je vais essayer. John, désolé.

Les paupières déjà lourdes de Jack se fermèrent. Il s'affaissa sur la chaise et sombra.

Une vague noire déferla dans la poitrine de John. Une forme de désespoir chargé d'impuissance. Subitement, un cri déchira le silence du lodge. Cela venait d'en haut. Impossible de mettre un nom sur la voix.

– Sally ! Ted ! Samantha ! hurla John.

La seule réponse qu'il eut fut celle du vent.

Un sifflement saccadé. Comme un rire moqueur.

Il essaya de se débattre, en vain. La corde ne fit que mordre avec plus de force ses plaies aux poignets. Il s'époumona à nouveau, tel un loup pris au piège. Jusqu'à s'épuiser.

Il se jura de tuer ces types. Cria de rage. Encore et encore. Puis il se mit à pleurer et à marmonner des prières. Même s'il n'avait jamais prié. Même s'il savait qu'aucun miracle ne les sortirait de là. Il continua de sangloter doucement. Dehors, le chant morne de la tempête l'accompagnait. Au bout d'un moment, son cerveau procéda à une sorte de déconnexion. Et ce fut le noir dans son esprit. Une espèce de paralysie mentale. Plus rien. Nulle part. Comme une coupure automatique déclenchée par un système de sécurité interne.

Mais ses yeux restèrent ouverts.

Dans l'obscurité.

18

Ralph Bates, le troisième trappeur qui n'en était pas un, avait été chargé par Stan de surveiller les gosses. Il était très nerveux, diminué par la faim et par une blessure au mollet. Il avait reçu une balle pendant l'évasion. Tirée par un gardien. Ralph n'avait jamais séquestré personne de sa vie. Il avait été arrêté pour des viols. Douze au total. L'un d'eux s'était terminé en meurtre, accidentellement. Un mal de ventre très douloureux lui vrillait les intestins. Une infection, peut-être. De la peur, aussi. Il suait. Retirait ses lunettes toutes les dix secondes pour s'éponger le visage avec un vieux mouchoir.

Les gosses se tenaient tranquilles. Ils étaient attachés ensemble et formaient une grappe de marmaille obéissante. Ils le regardaient, terrifiés, sans souffler mot. L'attention de Ralph s'était concentrée sur l'une des filles. Elle s'appelait Samantha, qu'elle lui avait dit. Il n'arrêtait pas de la mater. Ses petits seins sous son sous-pull moulant. Cinq ans, qu'il avait passés à l'ombre. L'autre fille, celle qui s'appelait Ashley, était pas mal aussi. Mais trop âgée à son goût. La petite Samantha était délicieuse. Toute fraîche, toute jolie avec ses joues qui rougissaient quand il la regardait trop longtemps. Elle lui faisait presque oublier la douleur. Et la faim qui lui vrillait les tripes.

Stan l'avait prévenu.

– Bates, fils de pute, pas de saloperies avec les gosses ou tu auras affaire à moi.

Il valait mieux lui obéir, à Stan. Ce type-là était un vrai putain d'exterminateur comme la société n'en fabriquait que rarement. Il avait été incarcéré pour des meurtres en série. En avait reconnu vingt-six, mais son dossier était encore ouvert. Il était à la fois condamné et en préventive, ce qui lui permettait d'échapper à la chaise en attendant son jugement définitif. Stan était vraiment à part. La grande classe. Il ne tuait pas pour du fric. Il avait une éthique. Son objectif, sur le long terme, était de « débarrasser la terre de la vermine », qu'il disait. Stan avait des règles. Il ne jouait pas avec ses victimes. Il ne faisait que mettre un terme à leur existence. Parfois, il les torturait, mais c'était rare, qu'il disait. Il les choisissait selon des critères bien précis. Selon « le taux de pourriture qu'elles avaient dans le cœur ». Il s'en prenait autant aux hommes qu'aux femmes. Sans distinction sociale ou raciale. Il n'avait pas de mode opératoire habituel. Pas de préférence pour l'arme qu'il utilisait.

Et c'était cette absence de particularité chez Stan qui avait compliqué le travail des flics. Ils avaient mis des années pour le coincer. Même maintenant, ils étaient encore bien loin de savoir combien de personnes il avait réellement refroidies. Les investigations dureraient des années. Et il ne serait peut-être jamais jugé.

À présent, cela ne faisait plus aucun doute.

Parce que Stanley Reed était libre.

C'était lui qui avait pris la tête de l'évasion. Tout avait été improvisé. Comment aurait-il pu prévoir la sortie de route du car qui les transportait vers le pénitencier supermax de Florence, dans le Colorado – l'un des établissements les plus sécurisés au monde. Ce matin-là, avant de monter dans le véhicule de transfert, tous les détenus avaient entendu parler, à la radio, d'une tempête qui faisait rage à l'est, dans les montagnes. Mais au départ de la prison fédérale de Seattle, pas le plus petit flocon ne tombait, et aucun vent ne soufflait. Ils étaient loin de s'imaginer les conditions que le bus aurait à traverser. Et ils n'avaient aucune idée de l'itinéraire qu'il emprunterait.

Malgré son mal de ventre et sa blessure au mollet, Ralph avait le sourire en repensant à l'évasion.

Quelle putain de chance on a eue !

Tout s'était passé très vite. Le chauffeur avait perdu le contrôle dans une courbe en descente. Il roulait pourtant à vitesse réduite, et les pneus étaient équipés de clous. Mais cela n'avait pas empêché le véhicule de décrocher, emporté par le vent qui soufflait à décorner les bœufs. Le bus avait dérapé sur une bonne cinquantaine de mètres avant de défoncer la glissière de sécurité et de faire le grand saut. Les secondes qui avaient suivi étaient gravées dans la mémoire de Ralph. Après avoir chuté dans le vide, le bus avait fait une dizaine de tonneaux, au moins, et s'était littéralement déchiré pour s'immobiliser au fond d'un ravin.

Stan avait réussi à attraper les clés de leurs menottes et de leurs entraves dans la poche d'un des gardiens qui gisait, mort, tout près d'eux, empalé sur un morceau de tôle. Il avait aussi récupéré les deux armes de poing à sa ceinture. Deux Smith & Wesson 500 Magnum. Stan l'avait ensuite libéré, lui, Ralph Bates, un détenu pourtant insignifiant, ainsi que le voisin d'à côté, Joe Raines, simplement parce que tous les deux étaient encore vivants. Et peut-être aussi parce qu'ils auraient plus de chances de rester en vie à plusieurs. Autour d'eux, le bus éventré envahi par les rafales chargées de flocons n'abritait plus que des cadavres en combinaisons orange.

Stan, Joe et lui s'étaient extraits non sans mal de cet amas chaotique de métal, de chair et de neige. Il devait probablement s'y trouver quelques survivants blessés, mais tous les trois n'avaient pas eu le temps de jouer les bons samaritains. Ils s'étaient mis à courir comme ils le pouvaient, dans la poudreuse qui les engloutissait à chaque pas. Plus loin, alors que l'épave disparaissait derrière eux, dans le blizzard, quatre coups de feu avaient claqué. Un éclair de douleur avait traversé la jambe gauche de Ralph. Un gardien avait tiré dans leur direction. La balle s'était logée dans son mollet. *Putain, ça faisait mal*. C'était vraiment pas de veine. Mais ils étaient libres. Une liberté qui leur avait comme explosé à la gueule. Une liberté qui les avait propulsés dans une dimension où les mots « douleur », « froid », « peur » n'existaient plus. Ralph suivait le groupe sans le ralentir. C'était à peine s'il boitait. Le froid lui engourdissait tellement les membres qu'il ne sentait plus la balle fichée dans sa jambe.

Ils avaient ensuite parcouru cinq kilomètres, peut-être plus, se frayant un chemin dans la neige avec ce vent infernal face à eux ; puis avaient franchi un premier col, étaient redescendus dans une vallée et avaient longé une rivière qui charriait des blocs de glace gros comme des boîtes à lettres. Plus bas, ils avaient pu la traverser à la faveur d'un tas d'arbres couchés en travers de son lit. La chance leur avait à nouveau souri, un ou deux kilomètres après le cours d'eau, quand ils étaient tombés sur cette cabane de trappeurs.

Elle était inoccupée. Vingt mètres carrés, deux lits équipés de matelas miteux, un poêle à bois en état de fonctionner et quatre boîtes de spaghettis à la sauce tomate qu'ils avaient fait tiédir dans une casserole et englouties en moins de cinq minutes. Dans un meuble, ils avaient trouvé des peaux de bêtes tannées, quelques vieux habits de trappeur, des raquettes, des mocassins, ainsi que deux fusils, qui paraissaient en état de fonctionner mais qu'ils n'avaient pas essayés. Le moindre coup de feu aurait pu les faire repérer. Des ceintures de cartouches de calibre douze les accompagnaient.

Après le repas, Stan avait décidé que le groupe devait se remettre immédiatement en route. Ils ne prendraient pas le risque de se faire rattraper par les hordes de flics qui étaient très certainement à leurs trousses désormais. La neige avait déjà recouvert leurs traces ou ne tarderait plus à le faire, ce qui était à leur avantage. L'inconvénient était que le blizzard, qui s'était encore levé, rendait leur progression extrêmement difficile. Ralph ne s'était pas plaint une seule fois de la balle dans son mollet, ce qui l'avait fait remonter dans l'estime de ses deux comparses. Pour eux, Bates n'était pas un homme. C'était un violeur. Moins qu'un clébard.

Ils s'étaient remis en chemin alors que le jour déclinait, sans la moindre idée de la direction qu'ils suivaient. Stan s'appliquait à longer le flanc de la montagne à leur droite, en espérant que cela ne les fasse pas revenir sur leurs pas et tomber nez à nez avec les flics.

Certains disent que la chance n'existe pas, que les événements ont tous une raison prédéterminée de se produire. D'autres proclament l'existence de Dieu. D'autres encore parlent simplement de probabilités. Quand Stan Reed, Joe Raines et Ralph Bates aperçurent les lumières du lodge d'Eagle Nest briller dans la nuit, ils étaient si épuisés et frigorifiés qu'ils parvenaient à peine à mettre un pied devant l'autre. Leur vie ne tenait plus qu'à un fil. Mais à la vue de ces lumières, ils surent que ce fil ne romprait pas cette nuit-là. Et c'était bien tout ce qui comptait pour eux. Ils saisirent cette chance que le destin, Dieu ou les lois du hasard leur offraient, sans se poser de questions.

– Monsieur Dillard ?

Les pensées de Ralph s'évanouirent. Il secoua la tête. La douleur lui sauta dessus comme un félin affamé. Il grogna. L'un des mioches l'avait appelé par ce nom stupide que Stan leur avait donné à tous les trois.

– Qui m'a appelé ? beugla-t-il.

Ashley leva la main d'un geste timide.

– Moi, monsieur Dillard.

– Qu'est-ce que tu veux ?

Elle hésita.

– Est-ce que vous pourriez nous donner un verre d'eau, s'il vous plaît ? C'est pour Timothy. Il a soif et il n'ose pas vous le demander.

Timothy avait les yeux rivés au sol, effrayé au point d'être incapable de lever la tête vers cette grande personne qui les avait attachés avec une corde. Tim pensait que ces trois hommes étaient des amis de Davy Crockett, le vaillant trappeur qui n'a peur de rien. Mais s'ils avaient vraiment été des collègues de Davy, celui-là ne les aurait pas ligotés. Parce qu'on ne ligote pas ses amis. Sauf pour jouer. Mais on doit les détacher quand le jeu est fini. Et ce monsieur n'avait pas l'air de jouer. Non. Il avait l'air méchant pour de vrai.

Ralph Bates, *alias* Will Dillard, se leva et boita jusqu'à l'une des salles de bains pour remplir un verre d'eau et le donner à ce petit gars. Il ouvrit le robinet et laissa couler l'eau froide tout en se regardant dans la glace. Ce visage aux traits étrangement juvéniles, mais livide, aux joues creusées par la faim et le stress. Il ne se reconnaissait plus. C'était une impression très dérangeante. Ses yeux noirs, grossis par les verres à double foyer de ses lunettes, roulèrent et se fixèrent avec attention sur son reflet. C'était presque lui, le taulard psychotique qu'il était encore quelque quarante-huit heures plus tôt. Cependant, il y avait quelque chose de changé. Au fond de ses yeux, il ne sut dire quoi exactement. C'était peut-être simplement le fait d'être libre qui lui donnait cette impression. Son visage grimaça. La douleur dans son mollet jaillit d'un coup. Elle n'avait fait qu'augmenter depuis qu'ils étaient au chaud dans cette piaule. Il jura entre ses dents et resserra la bande de chiffon ensanglantée autour de sa blessure, puis prit le verre et retourna dans la chambre.

Il le posa aux pieds de Timothy.

– Tiens, petit.

Timothy regarda la grande personne en lui signifiant qu'il ne pouvait pas s'emparer du verre parce qu'il était attaché.

Ralph Bates scruta le gosse un moment sans comprendre pourquoi il ne buvait pas. Deux nuits de sommeil ne lui auraient pas suffi à retrouver sa lucidité. Réalisant que l'enfant était ligoté, il se baissa et détendit le lien qui entourait les bras de Timothy. Ce dernier attrapa le verre et le but à petites gorgées. Lorsqu'il l'eut terminé, il le reposa sagement au sol devant lui. Ralph resserra la corde autour du morveux et allait s'éloigner quand la voix du gamin s'éleva derrière lui :

– Je peux avoir quelque chose à manger, s'il vous plaît, monsieur ?

Il lui répondit sans se retourner :

– Pas pour l'instant, petit.

Il sortit, donna deux tours de clé et claudiqua le long du couloir jusqu'à une autre porte qu'il déverrouilla. Cette pièce était aussi une chambre, plus grande que celle où les mioches étaient enfermés. Il y entra et ferma derrière lui. Attachés en groupe dans un coin se trouvaient les adultes. Ils ouvrirent tout grand les yeux quand il s'approcha d'eux. Des yeux dans lesquels on ne lisait qu'une seule chose : la terreur. Et c'était compréhensible. Stan avait montré l'exemple à ne pas suivre en tabassant Phil Sewell, qui avait tenté de se détacher.

– S'il vous plaît…

L'un de ces richards stupides avait parlé.

– Qui c'est qui cause ? demanda Bates en cherchant dans le tas.

La même voix s'éleva à nouveau, très faible :

– S'il vous plaît… donnez-nous de quoi manger.

Bates se pencha au-dessus de Christine. La tête de son mari reposait contre elle. Il était recroquevillé en position fœtale, endormi apparemment.

– C'est toi, la vieille, qui viens de l'ouvrir ?

– Oui. S'il vous plaît. Mon mari est au plus mal. Il a besoin de reprendre des forces. Je vous en prie.

– Désolé, m'dame. On est un peu limite en bouffe.

Il lui tourna le dos et se dirigea vers la porte.

– Monsieur Dillard. Écoutez, je peux vous aider.

Ralph fit volte-face.

– Quel est l'abruti qui vient de parler encore ?

– Moi, monsieur Dillard.

Bates s'avança vers le jeune gars costaud qui levait la main. Celui auquel Stan avait refait le portrait. Cet imbécile n'avait pas compris la leçon. Il se campa au-dessus de lui.

– T’as dit quoi, mon pote ? J’ai pas bien entendu.
– J’ai dit que je pouvais vous aider, répéta Phil.
– C’est-à-dire ?
– Vous êtes recherchés par la police, n’est-ce pas ?
– Comment tu peux savoir ça, Ducon ?
– Vous portez une combinaison de détenus sous vos habits de trappeur.
Ralph resta cloué un instant. Ce type avait une sacrée paire de couilles.
– En quoi tu pourrais nous aider ?
– Vous avez besoin d’argent. Et je peux vous en procurer, dit Sewell.
Ralph le scruta l’espace d’un instant.
– Pour l’instant, c’est pas de fric dont on a besoin.
– Mais que vous faut-il d’autre, alors ? lança Phil.
Bates s’éloigna en boitant pour quitter la pièce.
– La même chose que toi. La même chose que tout le monde ici…
Il se retourna sur le seuil avant de fermer la porte.
– De la nourriture. Voilà ce qu’il nous faut.

19

Stan Reed, Joe Raines et Ralph Bates étaient attablés dans le coin repas attenant à la cuisine. Ils prenaient leur temps pour siroter leur verre d'alcool. Au milieu de la table, une bouteille de tequila à demi vide. Cette bouteille, c'était le menu du soir sous forme liquide. Leur dernier repas. La réserve d'alcool d'oncle Jeffrey était désormais épuisée.

Stan réfléchissait depuis un bon moment, les yeux fixés sur la grande fenêtre qui bordait la table. Les flocons qui dansaient dans l'éclairage extérieur le fascinaient. Après huit années avec pour seul horizon des murs de béton, le spectacle était addictif.

– On fait quoi, maintenant ? demanda Joe.

– Tu proposes quoi, toi ? répliqua Stan.

Joe avait passé quasiment autant de temps que Stan derrière les barreaux. Il avait pris quinze ans pour quatre assassinats lors d'une série de règlements de comptes entre bandes de motards rivales, à Detroit. Les tourbillons de neige exerçaient sur lui à peu près la même attraction.

– Je crois qu'on n'a pas vraiment le choix. Faut se magner de décamper d'ici. T'en penses quoi ?

– Oui. Exactement ! s'exclama Ralph, les flics sont certainement en train de…

– Ferme-la, Bates, lâcha Stan d'un ton plat.

Bates la ferma.

Stan but un peu de tequila et prit son temps pour répondre à Joe :

– Je suis d'accord. Il faut décamper au plus vite.

Joe avala une rasade à son tour et reposa lentement son verre sur la table.

– Le problème, c'est qu'on n'a pas la moindre foutue idée d'où on se trouve.

– On devrait pouvoir mettre la main sur une carte dans cette baraque, dit Stan.

– Je vais m'occuper de ça, proposa Joe.

– On a eu une veine pas possible de tomber sur cette cabane et sur ce lodge, ajouta Stan.

Ralph leva le doigt pour parler. Stan et Joe le regardèrent.

– On t'écoute, Bates.

Il s'éclaircit la voix.

– Il nous faut une boussole. On ne peut pas se mettre en route avec le blizzard. Même si on trouve une carte.

– Et pourquoi ça, Bates-la-science ? lui balança Joe.

– Parce qu'on tournerait forcément en rond sans boussole et qu'on crèverait de froid et de faim comme des cons.

Joe le dévisagea en grimaçant.

– Il a raison, dit Stan.

Ralph leva encore la main.

– Je sais fabriquer une boussole.

– D'accord. Dans ce cas, mets-toi tout de suite au boulot.

Ralph porta son verre à sa bouche, le descendit, le reposa en le tapant sur la table avant de se remettre sur pied pour accomplir sa mission.

– Si tu veux mon avis au sujet des flics, dit Joe, je pense qu'ils nous croient morts.

– J'ai pensé aussi à ça. Ça a dû leur prendre entre deux et trois heures, maximum, pour arriver sur le lieu de l'accident et trouver le bus au fond du ravin.

– Exact, dit Joe, donc deux heures, c'est toute l'avance qu'on avait sur eux.

– On est là depuis vingt-quatre heures, répliqua Stan. Je ne vois que deux possibilités : soit ils nous cherchent encore et ils ont loupé le lodge…

– … soit ils ne nous cherchent plus.

– La deuxième option est la bonne, dit Stan. Ils ne peuvent pas avoir loupé cette baraque. Elle apparaît forcément sur leurs cartes.

– S'ils ne sont plus à nos trousses, c'est donc qu'ils nous croient morts, déduisit Joe.

– Ou ils attendent que le blizzard fasse le boulot. Ils reprendront la traque une fois qu'il aura cessé.

– Possible aussi qu'ils ne disposaient pas des effectifs et des moyens adaptés pour suivre notre trace, dit Joe. Sans hélico, il leur aurait fallu des soldats entraînés et équipés pour nous traquer dans ces montagnes, avec cette putain de tempête.

– Les fédéraux, lâcha Stan. Si les flics nous cherchent, c'est le FBI qu'on a au cul.

– Donc, c'est bien ce que je disais : il faut se grouiller de décamper d'ici.

– Exactement, dit Stan.

Joe s'empara de la bouteille et remplit les verres.

– On n'ira pas bien loin avec ces deux flingues si les feds débarquent.

– C'est sûr. Mais ils ramasseront quand même quelques pruneaux.

Les deux hommes échangèrent un clin d'œil, saisirent leur tequila et la descendirent cul sec. Dehors, le vent redoubla. Des craquements s'élevèrent dans la charpente.

– Cette foutue tempête ne s'arrêtera donc jamais ! râla Stan.

Ralph fit irruption dans la cuisine. Il tenait quelque chose dans la main qu'il brandit en l'air et plaqua sur la table, sous le nez de ses complices.

– Regardez ce que j'ai trouvé, les gars !

Bates déplia le document. C'était une carte.

– Parfait, dit Stan, assieds-toi. Sers-lui un coup, Joe.

Ce dernier remplit le verre de Bates d'un air mauvais.

Ils se penchèrent sur la carte.

– Regardez, là, c'est la route qu'a empruntée le bus de transfert. Elle traverse la forêt de Kaniksu, dit Stan en posant son index sur le papier plastifié. Ils ont dû modifier l'itinéraire à cause d'une route bloquée… Ici ! C'est là que le bus a quitté la route. Ici, le crash au fond du ravin. Là, on a longé la rivière. La cabane de trappeurs doit se trouver par là. On a suivi la vallée ici… Voilà, regardez. Ce petit carré. C'est le lodge.

– Si ce point est le lodge, alors on est au milieu de nulle part, dit Joe.

Stan prit son temps pour évaluer les distances d'après l'échelle de la carte. Son visage se ferma.

– Kalispell, c'est la ville la plus proche, et elle est à environ trente kilomètres… Quel merdier.

– On fait quoi ? lâcha Joe.

Stan regarda ses deux complices.

– Une chose est sûre : on ne peut pas se mettre en route avec ce temps. On finirait congelés avant d'avoir atteint Kalispell.

– On doit attendre que ça se calme. On n'a pas le choix, dit Bates.

Le silence s'abattit entre les trois hommes.

– Attendre…, maugréa Raines. J'aime pas cette option.

– Tu veux tenter ta chance dehors, Joe ? Vas-y. On te retient pas.

Joe ne répliqua rien.

– Attendre, c'est pas ça, le vrai problème, dit Ralph.

– C'est quoi alors ?

– Y a plus rien à manger, et on est bloqués dans cette piaule, voilà le vrai problème.

Les mots de Bates résonnèrent dans l'atmosphère chargée de tension. Et le silence se referma à nouveau sur eux. La faim était si constante qu'ils arrivaient presque à ne plus la sentir. Stan avait l'air de réfléchir en contemplant les flocons qui tournoyaient à l'extérieur.

Son visage s'éclaira subitement.

– Pour la nourriture, je vois une solution.

Joe et Ralph scrutèrent leur complice. Ce dernier les fixa aussi, attendant qu'ils devinent ce à quoi il avait pensé.

– On t'écoute, Stan.

Pour réponse, Stan regarda en direction des étages du lodge. Les yeux de Joe et de Ralph se mirent à briller.

Stan lâcha d'un ton froid :

– On a des réserves de viande qui débordent, là-haut.

Ses deux comparses hochèrent la tête.

– Pourquoi on n'y a pas pensé plus tôt ? s'étonna Joe.

– Peut-être les restes d'humanité qui subsistent au fond de nous.

– J'aime ton sens de l'humour, Stan.

20

Samantha s'était assoupie, épuisée, à force de pleurer. La tête de Timothy reposait contre son épaule. Il dormait profondément, lui aussi.

Ashley s'était serrée contre Ted. Elle grelottait.

– Je lui demanderai une couverture quand il reviendra, lui murmura-t-il.

– J'ai peur, Ted.

– On va s'en sortir. Ils ne nous ont pas fait de mal jusqu'à présent. Il n'y a pas de raison que ça change.

– Mais tu as vu les yeux de ce type ? C'est un fou !

– Je crois que ces hommes se sont évadés de prison, dit Ted. Ils portent des combinaisons de détenus sous leurs habits.

– Si tu cherchais à me rassurer, c'est raté.

– Ils ne sont pas fous. Au contraire, ils savent parfaitement ce qu'ils font.

– Ils sont dangereux, Ted. Je le sens. Et complètement imprévisibles.

– Ashley, restons positifs. Il faut coopérer avec eux. Aller dans leur sens et, en même temps, guetter les possibilités de leur échapper, d'accord ?

Elle opina de la tête, mais n'était pas convaincue.

– Tu dis qu'ils ne nous ont pas fait de mal. Mais ils ne nous donnent rien à manger.

– Ils ne nous donnent rien parce qu'il n'y a plus de nourriture du tout. Y compris pour eux.

Elle garda le silence pendant plus d'une minute.

– On va mourir de faim, Ted.

– Pour ma part, je n'ai pas faim. Tu as faim, toi ?

– Je suis bien trop terrifiée pour ça.

– Le corps humain peut tenir une cinquantaine de jours sans manger. Ça nous laisse encore de la marge, dit-il.

Un bruit de serrure se fit entendre. La porte de la chambre s'ouvrit sur Will Dillard, « le boiteux », comme l'avait surnommé Ashley. Elle baissa la tête pour éviter son regard. Il entra, ferma à clé derrière lui et s'avança en claudiquant vers eux. Sa respiration était rauque, son souffle court. Elle avait raison. Ce type était fou. Ses gros yeux noirs roulaient derrière ses lunettes, examinant ses otages, cherchant à déceler une tentative de se détacher, un début de mutinerie.

Il s'approcha de Samantha et s'assit à côté d'elle. La renifla à la manière d'un chien. Ted se débattit en le voyant faire, eut envie de hurler. Ashley avait fermé les yeux.

Le boiteux leva la main vers le visage endormi de Samantha. Ses doigts lui effleurèrent les cheveux.

– T'es tellement jolie…, lui chuchota-t-il.

Samantha se réveilla en sursaut. Elle poussa un cri suraigu à la vue de cette face hideuse qui l'observait de près.

– Petite conne, t'as failli me crever les tympans !

– Laissez-la ! se révolta Ted.

Le boiteux le pointa de l'index.

– Toi, ferme-la ! Ou tu vas dérouiller.

Il se retourna vers Samantha et la regarda, derrière ses gros verres sales.

– Tu n'as pas à avoir peur, ma jolie.

Samantha gardait ses yeux rivés au sol. Tout son corps frémissait. Il passa une main dans ses cheveux, lui caressa le cou. Elle était paralysée.

– Je ne suis pas méchant, tu sais.

Il fit glisser ses phalanges sur sa joue.

– On pourrait être amis. Rien ne nous en empêche…

Il effleura ses lèvres.

Samantha ouvrit la bouche et la referma sur ses doigts, serrant ses mâchoires de toutes ses forces. Il poussa un cri de douleur en retirant sa main.

– T'es pas commode, hein, ma jolie !

Il l'empoigna par les cheveux et la tira à lui.

– Mais tu vas apprendre à être gentille, lui souffla-t-il dans l'oreille.

La porte de la chambre s'ouvrit. Bates sursauta. Il lâcha Samantha. Joe Raines était là, sur le seuil. Il lui jetait un regard noir.

– Amène-toi, j'ai besoin de toi.

Bates s'exécuta dans la seconde. Il se retourna vers les jeunes en quittant la chambre.

– Restez bien sages, les enfants. Papa revient.

La porte claqua.

Samantha se remit à pleurer. Elle avait dans sa bouche le goût répugnant des doigts de ce monstre.

– Qu'est-ce qui se passe ? demanda Ralph, sentant son complice nerveux.

– Stan a dit qu'on doit sélectionner le plus costaud du groupe. Et le lui amener.

Ralph se gratta le crâne.

– OK.

Il sortit la clé de la chambre d'à côté et fit signe à Joe de le suivre. Ralph n'était pas très à l'aise avec l'idée de tuer un type pour le bouffer. Mais c'était ça ou mourir de faim. La question ne se posait pas. Son estomac était si serré qu'il devait avoir la taille d'un caillou. Ils marchèrent jusqu'à la chambre, Ralph donna un tour de clé dans la serrure.

Le groupe d'otages adultes n'avait pas bougé. Épuisés par le manque de nourriture et le stress, la plupart d'entre eux étaient endormis. Nataly, ligotée à côté de Phil, sanglotait en silence.

– C'est lequel ?

– Lequel quoi ? demanda Ralph.

– Tu m'as dit que tu en avais vu un plus costaud que les autres.

Il lui désigna aussitôt Phil du doigt.

– Celui-là.

Joe scruta Phil des pieds à la tête. Ce dernier sommeillait. Nataly poussa un cri de peur en les voyant approcher. Joe ignora la fille, s'avança vers Sewell et lui balança un coup de pied pour le réveiller.

– Que… que voulez-vous ? demanda Sewell, la bouche pâteuse, le regard vitreux.

Joe se baissa et le détacha.

– Tu vas te lever et descendre avec nous. Notre chef veut te parler.

Phil obéit et se releva avec difficulté. Ses jambes semblaient être en plomb, ses côtes et sa mâchoire le faisaient souffrir. Les deux hommes le firent avancer devant eux.

Dans le couloir, il se retourna pour leur demander :

– Pourquoi veut-il me parler ?

– T'occupe, lui répondit Raines.

Dans le grand salon, une bâche de plastique pour voiture était déployée au sol, par-dessus les tapis. Stan se leva en entendant les trois hommes approcher.

– Avance, ordonna Joe à son otage.

Phil marcha vers Stan et s'arrêta face à lui, au milieu de la bâche. Ce dernier l'examina de haut en bas et hocha la tête à l'attention de ses deux comparses.

Phil se sentit soudain très mal à l'aise.

– Est-ce que tu suis un traitement médicamenteux ? lui demanda Stan en tournant autour de lui.

– Pardon ?

Il n'avait pas compris la question. Surtout son sens.

– Est-ce que tu prends des médicaments ? Je parle d'un traitement médical quotidien, précisa Stan.

Phil hésita.

– Non. Pourquoi ?

– Est-ce que tu te shootes ?

Phil resta un moment interdit, cherchant à cerner la raison de cet interrogatoire.

– Réponds, imbécile ! gueula Ralph derrière lui.

– Non ! Non, je ne me shoote pas… Enfin, il m'arrive de prendre un peu de coke, de temps à autre.

– OK, dit Stan, qui était passé dans son dos.

Quelques secondes de silence s'écoulèrent. Seul l'éternel blizzard grondait, impassible.

– Pas de maladie infectieuse ? De virus ?

– Non ! Mais bon sang, pourquoi cet interrogatoire ?!

Stan sortit un revolver et le pointa sur la nuque de Phil. Le coup de feu claqua. La balle de gros calibre broya ses vertèbres cervicales, emporta sa trachée et déchira son artère carotide au passage, laissant une ouverture béante au niveau de sa gorge, d'où se déversa un flot de sang qui inonda la bâche. Phil tomba à genoux et s'effondra, tué sur le coup.

– Aidez-moi à l'empaqueter, leur ordonna Stan.

Ralph resta un instant immobile, fasciné.

Joe lui donna un coup de coude dans les côtes.

– Eh, t'as entendu ?!

Les trois hommes s'affairèrent à rouler le corps de Phil dans la bâche. Stan l'entoura solidement d'une bande adhésive qu'il avait trouvée dans l'outillage de la remise. Joe et Stan attrapèrent ses pieds et le tirèrent jusqu'à la porte en aluminium de la chambre froide.

– On va le mettre là-dedans ? s'étonna Ralph.

– À ton avis, lâcha Joe.

– Quand il sera congelé, ce sera plus facile pour le découper. Tu piges ?

– Et puis, c'est de la barbaque, ajouta Stan, et la barbaque, ça se garde au frais.

Ralph avala sa salive, la gorge serrée.

– On aurait dû le saigner avec une lame, dit Joe. Le coup de feu nous a peut-être fait repérer.

– Si les flics avaient dû débarquer, ça ferait longtemps qu'ils l'auraient fait, répliqua Stan.

Ils traînèrent le corps de Phil au milieu de la chambre froide et le laissèrent là. Stan referma la lourde porte, rabattit les loquets, la verrouilla et glissa la clé dans sa poche. Il scruta ses deux complices. Pour un gros dur à la tête d'un gang de motards, Joe n'en menait pas large. Quant à Bates, il avait la trouille mais était excité comme une pucelle. L'espace d'un instant, Stan se demanda à quoi lui servaient ces types.

Ils retournèrent vers la cuisine et s'assirent tous les trois dans le coin repas pour profiter de ce qui restait au fond de leur dernière bouteille. Stan se laissa de nouveau aller face au spectacle des flocons emportés par le blizzard. Personne n'avait envie de parler. Et c'était très bien comme ça.

21

La détonation traversa John comme un éclair.

– Sally ! Ted ! Samantha ! hurla-t-il.

Ses mots se perdirent dans l'obscurité de la cave. Il entendit Steven gémir, comme un animal blessé pris au piège. Jack était peut-être mort. Le coup qu'il avait reçu derrière le crâne pouvait avoir causé une hémorragie interne.

John réalisa que Dillard et ses complices ne lui avaient pas cogné dessus. La seule raison qu'il voyait à cela était le fait de sa situation à la tête d'une société. *Ils ne veulent pas m'abîmer, peut-être pour me soutirer de l'argent.* Il fallait qu'il soit en bon état s'ils lui demandaient d'aller se présenter dans une banque. Ou peut-être projetaient-ils de le prendre en otage afin d'assurer leur fuite. Mais ils avaient trouvé le lodge au hasard, dans la tempête. Ils ne pouvaient donc pas avoir connaissance de son statut de dirigeant. Il déduisit ensuite qu'Eagle Nest en disait plus long au sujet de sa fortune que tous les magazines financiers que ces trois gars auraient pu lire. Donc il était évident qu'ils…

Un cliquetis interrompit ses réflexions. La porte s'ouvrit, déversa dans les escaliers la lumière blanche du hall, puis se referma. John entendit un pas lourd peser sur les marches de bois, les faisant grincer une à une. Un bruit métallique résonna. Celui d'un briquet à essence. Une flamme prit forme dans l'obscurité. John plissa les yeux, tenta d'identifier l'homme qui approchait. Il se rappela qu'il avait vu Phil Sewell allumer un cigare avec un briquet semblable.

– Qui est là ? lança John dans les ténèbres.

Quelqu'un tira une chaise et s'assit. Le bois grinça sous le poids de l'inconnu qui se tenait maintenant face à lui.

Une main crevassée alluma une bougie avec la flamme du briquet et referma celui-ci d'un coup sec. La moitié de la face de Dillard se dessina dans la lueur jaunâtre. Ses yeux inexpressifs de squale firent courir un froid dans le dos de John.

– Tu veux savoir ce qui s'est passé là-haut, hein, Gardner ? Pourquoi ce coup de feu… ?

John ne parvint pas à former un mot. S'il avait pu bouger, il se serait jeté sur cet homme pour le mordre au visage. Il avait envie de dévorer cette face horrible. Littéralement. De n'en laisser que les os. La faim était peut-être à l'origine de cette pulsion. En partie, sûrement.

Stan Reed croisa les bras et les posa sur la table. Ce monstre respirait la sérénité. Le lodge était sous son contrôle. Il était tout-puissant.

– Ne leur fais pas de mal, Dillard, ou je te jure que je te tuerai de mes mains.

Un sourire cruel fendit le visage du psychopathe.

– Le dernier qui m'a menacé s'est retrouvé avec une lame enfoncée sous le menton qui ressortait sur le sommet de son putain de crâne. Tu visualises le tableau ?

John serra les dents.

– Maintenant, Gardner, explique-moi d'où tu sors le fric pour te payer une piaule comme celle-là.

– Je dirige une société de bûcheronnage.

– Ça marche bien, on dirait.

– C'est une grosse boîte.

– Tu as un coffre ici ?

– Non. C'est une maison secondaire.

– Vous avez bien emporté un peu de liquide avec vous.

– On doit avoir mille dollars.

– Parfait. Où sont-ils ?

John hésita.

– Dis-moi d'abord ce qui s'est passé en haut.

Le sourire glacé de Dillard s'étira d'un cran supplémentaire.

– On a solutionné le problème de l'alimentation.

John sentit un vide se creuser en lui.

– Vous… vous avez quoi ?

– Il faut que je te fasse un dessin, Gardner ?

John ne pouvait pas croire ce que ce malade insinuait. Ce n'était pas possible.

– Vous avez… tué quelqu'un là-haut pour…

– Tu aurais fait la même chose à notre place. La survie, Gardner. Tu me remercieras, puisque vous en profiterez aussi.

John tenta de garder sa lucidité. Il lui semblait que sa raison était en train de le quitter. Et qu'il ne la retrouverait jamais.

– Qui ?! Qui avez-vous tué ?

– Un grand costaud, la trentaine.

– Phil, souffla John.

– Où est le fric, Gardner ? Les mille dollars en espèces.

John pensa à Phil. Au coup de feu. À ce qu'ils projetaient de faire de son corps. S'ils ne l'avaient pas déjà fait.

Sa poitrine se serra.

– Vous êtes… des monstres.

Dillard tapa violemment du poing sur la table. John sursauta.

– OÙ EST LE FRIC ?!

– Dans notre chambre. Le sac à main de Sally. Et dans mon portefeuille, il y en a aussi. Ne leur faites pas de mal. Je vous en prie. Si c'est de l'argent que vous voulez, je pourrais vous en donner plus. Beaucoup plus.

– Fais ce que je dis et tout se passera bien.

Sur ces mots, Stan se leva et s'éloigna en emportant la bougie pour éclairer ses pas. Le halo de lumière flotta vers le fond de la cave, puis s'éleva et disparut. Et l'obscurité envahit à nouveau les lieux.

22

– Ils l'ont tué…, dit Nataly à mi-voix.

Ses yeux hagards étaient fixés sur la porte de la chambre. Elle semblait ne plus être là. À côté d'elle, la place qu'occupait Phil un moment plus tôt. Un espace vide, froid, qu'elle évitait de regarder. Au sol reposait la corde qui entourait Phil avant qu'ils le détachent et qu'ils l'emmènent. Gina et Sally pleuraient en silence. Jenny tentait de se concentrer pour trouver un moyen de s'échapper de cette chambre. Christine n'avait pas bougé. Elle était à bout mentalement, et exténuée. Elle tenait la tête de son mari contre son ventre. Owen était à demi conscient. D'un geste mécanique, elle lui caressait les cheveux.

– Ils l'ont tué…, murmura encore Nataly.

Jenny continuait ses déductions à voix basse. Les mots s'enchaînaient très rapidement :

– Ces types sont des évadés… La police est à leur recherche. Ils doivent être, non, ils *sont* à coup sûr dans les parages, avec des chiens, sur leur piste… Non, les chiens sont inefficaces dans la neige… Mais ces malades ont tiré avec une arme à feu. La police les aura sûrement entendus. Des agents vont débarquer. C'est certain… La police va venir et…

– Ils l'ont tué, répéta Nataly, plus fort.

– Et ils te tueront, toi aussi, si tu cries comme ça, murmura Jenny. Si tu rameutes la police ici… ils nous tueront tous, sans la moindre pitié… parce que tu les auras fait repérer. Parce que les flics…

– Ils l'ont tué !

– Ferme-la !! cria Jenny.

Nataly tourna ses yeux inexpressifs vers elle.

– Tu veux qu'on y passe tous ? lui lança Jenny. Et puis qui te dit qu'ils l'ont tué ?

Sally sortit de ses sanglots.

– Pourquoi lui mentir ?! Tu sais comme elle qu'il est mort, Jenny. Ils sont venus le chercher… et il y a eu cette détonation. Et puis plus rien.

Nataly se remit à pleurer.

Gina releva la tête et dit d'une voix éteinte :

– Vous n'avez pas compris, ils vont *tous* nous tuer, les uns après les autres. Phil n'était que le premier. Et qu'ont-ils fait de John, Jack et Steven ? Peut-être qu'ils sont déjà morts…

Sally se signa et entama une prière à mi-voix.

Un silence de tombeau s'abattit ensuite, pendant un moment interminable. Owen ouvrit un œil et étira son bras pour chercher la main de son épouse. Christine la lui donna dès qu'elle comprit ce qu'il voulait.

– J'ai mal, soupira-t-il. Est-ce qu'on va avoir quelque chose à manger ?

Christine laissa échapper une larme et passa une main sur le front de son mari.

– Non, mon amour. Il faut attendre.

Sally se pencha pour parler tout bas à son amie :

– Gina, je veux que tu saches que je ne t'en veux pas pour ce qui s'est passé. Tu es et tu resteras à jamais ma meilleure amie. Je t'aime comme ma sœur.

Elles se regardèrent et échangèrent un sourire qui leur réchauffa à peine le cœur. Plus les heures passaient, plus leurs forces diminuaient. Si elles avaient pu se prendre dans les bras l'une de l'autre, elles l'auraient fait. Elles se seraient unies pour générer de la chaleur. Ils se seraient tous unis pour chasser les ténèbres glacées qui envahissaient chaque recoin, chaque parcelle d'espace. Ces trois hommes ne pouvaient être que des envoyés de Satan, pensa Sally. Elle reprit à mi-voix sa récitation des psaumes.

John était parcouru de frissons glacés et de crampes. La tempête paraissait avoir faibli depuis que l'aube s'était levée. Cela faisait maintenant sept jours qu'elle avait commencé. Mais le blizzard n'était rien à côté du mal qui s'était abattu sur eux ensuite. Le pire des fléaux. Ces trois abominations étaient-elles là par hasard ? Même le plus athée et le plus logique des hommes garde en lui une sphère dans laquelle il a fabriqué ses propres croyances. Déités bricolées au fond du garage, substituts de pratiques spirituelles à travers lesquelles il se pose ses questions, prie maladroitement et attend que des réponses lui parviennent, en provenance de voies mystérieuses.

John se demandait maintenant si ce qui lui arrivait n'était pas une punition divine, ou une épreuve. Il consacrait tout son temps à son activité. Les intérêts de la T&J Gardner passaient avant toute chose.

Il se rappela ce contrat qu'il avait signé pour l'acquisition d'une importante zone de coupe au nord du Montana. Peu de temps après, les représentants d'une tribu autochtone appartenant au peuple Ksanka l'avaient contacté pour avoir un entretien. John leur avait demandé la raison de cette audience. Les Ksankas faisaient état de leur droit à l'occupation de huit cents hectares de terrain qui chevauchaient la zone de coupe gérée par la T&J et la parcelle sur laquelle leur tribu était établie. John leur avait répondu par un courriel très bref que ce terrain lui avait été cédé pour exploitation par l'État du Montana, et qu'il n'y aurait aucune discussion possible au sujet d'une quelconque revendication à l'occupation des sols. Les Ksankas l'avaient relancé à deux reprises par courriel et par téléphone. Relances auxquelles il n'avait pas donné suite.

Un matin, en arrivant au bureau, John avait aperçu un attroupement inhabituel devant l'entrée. Alors qu'il traversait le parking, un agent de sécurité avait accouru vers lui, l'air embarrassé, et l'avait informé que des représentants de la tribu amérindienne Ksanka s'étaient réunis devant l'entrée. Leur chef, « Soleil-calme », un vieillard qui avait peut-être 100 ans, orné de plumes et de perles multicolores des pieds à la tête, et son jeune intendant, « Loutre-qui-pense-bien », vêtu lui aussi de l'apparat cérémoniel, étaient assis en tailleur devant l'entrée principale, avec d'autres membres de leur tribu. Ils récitaient des incantations en faisant brûler des herbes. La fumée était censée dissiper les mauvais esprits qui infestaient les lieux. John était passé devant eux et avait gagné son bureau sans s'arrêter, sans même les regarder. Il avait à nouveau refusé de les recevoir et avait donné l'ordre au service de sécurité de les reconduire vers la sortie du site et de veiller à ce qu'ils ne reviennent pas. Le reste de sa journée s'était déroulé à peu de chose près comme d'ordinaire.

Une semaine après, les machines de la compagnie avaient pris le contrôle des huit cents hectares de forêt sur lesquels vivaient les Ksankas. Ceux-ci avaient été contraints d'abandonner leur village et de partir. Moins de six mois plus tard, tous les arbres de cette zone avaient été abattus, emportés et débités. Une parcelle presque insignifiante pour la T&J.

Ligoté sur cette chaise, dans l'obscurité de la cave, John ne pouvait que très difficilement repousser l'idée qu'une malédiction le frappait. Il se demanda ensuite si la faim n'était pas en train de le faire délirer. S'il y avait quelqu'un à blâmer, ce ne pouvait être que lui-même. L'espace de cette culpabilité s'étendit alors à sa propre famille. Et il réalisa que ses machines ne dévoraient pas que des arbres. Il pensa à Ted, à Samantha et à Timothy, à leur visage souriant. Des larmes coulèrent sur ses joues. Ses enfants étaient heureux, ils ne manquaient de rien. Mais le bonheur d'un adolescent ne s'achète pas avec des biens matériels. Le temps qu'il leur accordait était insignifiant. Si leur visage, pendant ces moments, portait le masque du bonheur, en dessous se cachait la tristesse. Lui ne voyait que leur joie apparente. Mais il savait. Il savait au fond de lui, sous son propre masque, que les machines de coupe de la T&J Gardner dévoraient aussi l'espace de sa vie de père.

Le bruit de la serrure de la cave s'éleva dans l'obscurité. Un halo de lumière, une lampe électrique cette fois, descendit l'escalier, s'orienta vers lui, l'aveugla. Une douleur vive lui traversa le crâne. Il plissa les yeux. La lampe resta braquée sur lui. Le bruit de pas se rapprocha et l'homme s'assit sur la chaise. La lampe s'éteignit.

– J'ai trouvé un peu plus de mille dollars, là-haut, Gardner.

John ouvrit les yeux. L'obscurité enveloppait à nouveau la cave. Un tintement métallique. Dillard fit rouler la pierre du briquet à essence et enflamma la bougie sur la table.

– Je suis prêt à vous donner plus d'argent, si c'est ce que vous voulez. Mais épargnez ma famille.

Stan observa John avec attention. Sa face à demi éclairée affichait une curiosité intense.

– L'argent ne signifie rien pour moi.

– Si vous ne voulez pas d'argent, alors que voulez-vous ?

Dillard laissa passer un moment de silence.

– Tu sais pourquoi j'ai été arrêté, Gardner ?

– Je n'en ai aucune idée.

– J'ai été inculpé du meurtre de vingt-six personnes.

Les mots de Dillard foudroyèrent John.

– Et tu sais pourquoi j'ai tué ces vingt-six personnes, Gardner ?

Ce dernier fut incapable de parler.

– TU SAIS POURQUOI CES VINGT-SIX PERSONNES SONT MORTES, GARDNER ?! hurla Stan.

– Je n'en sais rien, souffla John à mi-voix, terrifié.

– Parce qu'elles faisaient partie de ma liste, lui répondit-il froidement. MA LISTE… tout le travail de ma vie.

– Vous… vous avez établi une liste de personnes, bredouilla John.

– Une liste de personnes à tuer, termina Stan.
– Mais sur quels critères ? souffla John.
– Leur nuisibilité.
– C'est-à-dire ?

Les propos de Dillard étaient si inconcevables qu'ils généraient, en réaction, la curiosité de John, malgré lui. Dans la lueur de la bougie, le visage rugueux de Stan Dillard s'adoucit. Sans doute en raison de l'intérêt que John portait à ses confidences.

– J'ai toujours eu un don pour repérer les brebis galeuses dans le troupeau. Certaines apparaissent sans qu'on ait à les chercher ; d'autres, en revanche, se dissimulent… Tiens, par exemple, une nuit, alors que je déambulais dans New York : ce toxicomane bourré qui faisait la manche de manière agressive, insultant les personnes qui ne lui donnaient pas de pièce. Nuisibilité affichée ou dissimulée ?

John balbutia :
– Affichée ?
– Évidemment.

Il continua :
– Cette vieille qui parlait toute seule en donnant à manger aux pigeons, dans un parc de Boston ?

John ne se prononça pas, même s'il devinait la réponse.

– Dissimulée, lâcha Dillard d'un ton froid. Je l'ai suivie jusque chez elle. Elle habitait un modeste appartement dans une rue du South End. Après cinq jours de surveillance, à trois reprises, j'ai vu remonter cette gentille petite vieille chez elle avec un chat aux bras. Lors de ma visite de son appartement – j'avais pris l'habitude de me déguiser en agent de la poste pour pénétrer chez les individus que j'évaluais –, j'ai pu constater qu'il n'y avait aucun chat chez elle. Tu sais pourquoi, Gardner ?

John fit non de la tête.

– Parce qu'elle les empoisonnait et se débarrassait de leur dépouille dans son vide-ordures.

John chercha quelque chose à dire. Rien ne vint. Il avait juste envie de hurler.

Après quelques secondes, Dillard reprit :

– Ce type, la cinquantaine, début de calvitie et petites lunettes rondes, très propre dans son uniforme blanc, derrière le comptoir de cette pharmacie de Pittsburgh, affichant son sourire blanc de commerçant irréprochable. On lui aurait donné le bon Dieu sans confession. Ce type allait aux putes tous les vendredis. Chaque fois qu'il embarquait une fille, c'était en taxi et pour l'emmener dans un motel. Un motel différent à chaque fois. Et à chaque fois, il portait une perruque différente, parfois une fausse moustache, parfois une barbe. Il variait aussi les tenues vestimentaires. Ce type confectionnait des mélanges de médicaments qu'il s'arrangeait pour faire ingérer à la fille. Celle-ci ne se réveillait qu'au petit matin, sans le moindre souvenir de ce qu'elle avait pu vivre durant la nuit. Ce salaud disposait une caméra de type professionnel dans la chambre. Et il s'amusait avec la fille jusqu'à l'aube, sniffant de la coke, lui faisant faire tout ce qui lui passait par la tête et lui distribuant des coups de cravache si elle exécutait mal ses ordres.

Il fit une pause et fixa John, guettant une réaction à ce qu'il lui confiait.

– Est-ce que je pourrais avoir un verre d'eau ? demanda John.

– Non.

John garda la tête baissée. Pour éviter ses yeux déments.

– Je ne suis pas un criminel, Gardner. Je suis né à Philadelphie, dans une famille qui aurait pu être heureuse. Mon père était conducteur de train, mais il était alcoolique. Ma mère était enseignante. Mon frère est devenu délinquant. Quant à moi, j'ai fait des études de droit. Je suis un bon gars, Gardner.

Dillard respirait plus fort.

– Je voulais devenir juge. Mais ça n'a pas été possible.

Un silence.

– Tu sais pourquoi ça n'a pas été possible, Gardner ?

– Je... Non, je ne sais pas.

– Parce que j'ai osé dire un jour à mes professeurs ce que je pensais du système. De la corruption qui pourrit l'Amérique, et plus généralement le monde... Alors, ils m'ont écarté comme un malpropre. J'ai été mis sur la touche. Exclu à jamais. Parce que j'avais osé dire la vérité.

John croisa son regard, y vit luire une rage enfouie qui faisait peu à peu surface.

– Personne n'est innocent, Gardner. Tout le monde participe au mal dans ce monde. Il y a ceux qui l'accomplissent, et il y a ceux qui ferment les yeux. Les seconds sont peut-être les pires. Avec les années, ma liste s'est allongée. Chaque jour, j'y ajoutais un nom. Et je trouvais avec de plus en plus de facilité mes coupables. Si bien qu'à la fin... je ne cherchais même plus à assembler les éléments de leur culpabilité. Mon acuité était telle que je les décelais d'un simple regard.

– Cette femme qui trompait son mari et lui soutirait de l'argent. Ce flic qui relâchait les revendeurs pour garder leur came et la revendre à son compte. Cette baby-sitter qui maltraitait les enfants dont elle avait la charge. Ce pasteur qui forniquait avec des gosses de 12 ans. Ce chauffeur de taxi qui rallongeait systématiquement ses parcours. Cette petite vieille qui maudissait la terre entière. Cette caissière de supermarché qui volait des dessous sur son lieu de travail... Tous coupables. Je n'avais qu'à les regarder, Gardner. Je n'avais qu'à les regarder, pour savoir.

Dillard était essoufflé. Il fit une pause.

– Je suis devenu ce juge que je voulais être, Gardner. Par la seule force de ma volonté. Au-delà de la justice des hommes, corrompue par la politique et l'argent. Au-delà de toute autorité. Regarde-moi. REGARDE-MOI ! hurla-t-il.

John dépassa sa peur et leva les yeux vers lui. Et il vit alors dans ce regard toute la folie qui emplissait son être.

– Et maintenant, je me suis libéré de cette parodie de justice à la faveur d'une tempête de neige. Donc par la volonté de Dieu. Je me retrouve de nouveau face à l'un de ces êtres misérables, pareil à ceux que j'ai condamnés et exécutés autrefois… Et je veux savoir : de quel mal es-tu coupable, John Gardner ?

Il dévisagea John en inclinant la tête sur le côté, peut-être pour mieux déceler ce que renfermait son esprit.

– Je vous ai ouvert ma demeure. Je vous ai sauvé la vie, Stan. À vous, ainsi qu'à vos compagnons. Je ne suis coupable de rien.

Dillard l'observa en silence pendant un moment encore.

– Je lis dans ton âme, Gardner. Et je ne tarderai pas à savoir ce que tu y dissimules, tout au fond…

– Écoutez, Stanley, je comprends votre point de vue. Et je comprends ce par quoi vous êtes passé. Mais je n'y suis pour rien. Je vous demande d'épargner ma famille, et les occupants de ce lodge. Nous vous avons ouvert notre porte. Vous seriez morts de froid si nous ne l'avions pas fait.

– C'est drôle, Gardner. J'ai l'impression que tu te crois supérieur. Je ne suis qu'un malade qu'il faut soigner, un fou bon à enfermer, c'est ça ?

– Non, je vous demande juste de ne pas leur faire de mal. Et je vous propose même de vous aider en vous donnant de l'argent.

– On verra ça. Continue de te comporter en gentil papa, et ne la ramène pas.

Il se leva et tapota la joue de John, puis souffla sur la bougie, alluma sa lampe et s'éloigna vers l'escalier.

– Dillard.

– Quoi ?

– Je peux savoir pourquoi mes deux amis sont inconscients ?

– Une certaine Christine Horton, là-haut, avait des somnifères dans ses bagages. On leur en a donné pour qu'ils la ferment. Ils n'arrêtaient pas de se lamenter. Alors maintenant, silence, ou tu y auras droit, toi aussi, c'est compris ?

– Oui… C'est compris.

Le faisceau de lumière s'éloigna, emportant l'ombre monstrueuse au loin. La porte de la cave s'ouvrit et se referma. John put respirer à nouveau. Il tremblait de tout son corps. Il essaya de bouger, se contorsionna sur la chaise, de toutes ses forces, mais la corde le comprima et ne se détendit pas d'un millimètre. Ce malade avait l'habitude d'attacher, de séquestrer ses victimes. John cessa de lutter et rassembla toute l'énergie qui lui restait pour concevoir un plan. Sortir de cette cave. Par tous les moyens. Il n'avait qu'un seul objectif en tête : protéger sa famille.

23

Dans son suaire de glace, la mort descendait depuis la masse de ténèbres du ciel en prenant son temps, scrutant les occupants de cette misérable mansion en affûtant sa faux. Parfois, ses ricanements sifflaient dans les stalactites accrochées au rebord du toit. Stan Reed, Joe Raines et Ralph Bates étaient assis à cette même table. Dehors, le jour déclinait. Le chant monotone du vent faisait naître en eux une lassitude insupportable.

Mais la douleur de la faim allait bientôt cesser.

– Tu as fait ce que je t'ai dit, Bates ?

– C'est fait, Stan. Tout est en place dans la cuisine.

– OK. Allons-y.

Reed se leva, suivi par ses deux acolytes. Il sortit la clé de la chambre froide de sa poche et l'inséra dans la serrure, défit les loquets, fit tourner la clé et tira sur la poignée. La porte s'ouvrit et libéra un nuage glacé dans le couloir. Un frisson parcourut l'échine de Ralph. Stan et Joe entrèrent, empoignèrent le corps de Phil Sewell, un de chaque côté, et ressortirent. Ralph les suivit en boitillant.

– C'est un sacré morceau. On est tranquilles pour un…

– Ferme-la, Bates.

Ils déposèrent le corps rigide sur l'îlot central de la cuisine, recouvert d'une autre bâche que Ralph avait préparée. Au moyen de ciseaux de bricolage, Stan découpa le plastique qui entourait Phil Sewell. Lorsque son visage apparut sous l'éclairage du plan de travail, sa peau était aussi blanche et lisse que du marbre. De minuscules cristaux de glace scintillaient à sa surface.

– Soulève-le, Joe, je vais retirer la bâche.

Joe s'exécuta et Stan enleva le plastique gris foncé qui enveloppait le corps. Il découpa ensuite les vêtements rigidifiés par la congélation. Ses doigts ne tremblaient pas. Les tissus gelés craquèrent sous la lame du ciseau. L'évaporation de la glace montait en volutes vers les lampes au-dessus d'eux. Quand il eut terminé, le corps nu et blanc de Phil Sewell évoqua à Stan une statue grecque. Il couvrit les parties génitales avec un torchon. Malgré la faim qui le tenaillait, Stan constata à quel point un cadavre restait un cadavre. Il n'y avait absolument rien d'appétissant là-dedans. Il jeta un œil à Joe et à Ralph qui étaient tous les deux aussi blancs que Phil Sewell.

Mais la faim était tenace. Pesante. Derrière chacun de leurs gestes. Elle attendait. C'était pour ça qu'ils avaient tué cet homme. Pour mettre un terme à cette douleur intenable.

Pour survivre.

– T'as prévu une façon de le, euh... de le cuisiner, Stan ?

Joe eut envie de dire à Ralph de la fermer, mais sa question était pertinente.

– On va se tailler des tranches dans une de ses cuisses et se faire cuire ça à la poêle, lui retourna Stan, pragmatique.

– Comme des putains de steaks ! lança Joe avec un sourire qui dévoila ses chicots.

Leur cœur se mit à battre plus fort. Et leur visage retrouva des couleurs. Stan était concentré. C'était une première. Il appréciait chaque instant.

– Bates, tu sais où est rangé l'outillage ? lui demanda Stan.

– Dans l'atelier, à côté du garage.

Stan hocha la tête sans quitter le corps des yeux. La cuisse gauche.

– Il me faut la scie circulaire. Vas-y.

Jenny fut réveillée en sursaut par un bruit de moteur. L'appareil tournait à plein régime.

– Qu'est-ce qu'ils sont en train de faire ?

Ce fut au tour de Sally, de Gina, puis de Nataly et de Christine d'être tirées de leur torpeur.

– C'est un moteur électrique, dit Christine.

– Ça ressemble à une perceuse, ou un outil dans le genre. Vous avez beaucoup d'outils dans le lodge ? demanda Jenny à Sally.

– Je ne sais pas du tout. C'était notre premier séjour ici.

L'appareil vrombissait par intermittence. S'arrêtait, reprenait, les faisant sursauter à chaque fois.

– À quoi bon chercher à savoir quel est cet appareil ?! s'exclama Gina.

– C'est vrai… ça ne nous sert à rien, dit Nataly, des larmes plein les yeux.

Le moteur se tut pendant un moment, et cessa.

Le souffle morne du vent revint.

– Ils fabriquent quelque chose, suggéra faiblement Owen. Peut-être une antenne, ou un moyen de communication artisanal.

– Ça ressemblait à un outil de découpe, dit Christine.

– Je dirais plutôt qu'ils ont saboté un réseau de câbles, justement pour éviter qu'on soit en mesure de communiquer avec l'extérieur, supposa Jenny.

Puis elle reprit :

– Écoutez, je pense avoir trouvé un moyen de nous détacher. Ce miroir, au-dessus de nous. Il suffirait d'ébranler le mur derrière nous pour le décrocher.

– Vous pensez peut-être que les murs sont en papier mâché ! lança Christine, ironique.

– Il faut qu'on essaie ! s'exclama Jenny. Si nous nous y mettons tous… avec des morceaux de ce miroir, nous pourrons couper les cordes. On ne va pas rester là, sans rien faire, et attendre la mort, merde !

Seule Gina hocha la tête. Les autres regardèrent Jenny quelques instants, hébétés, et baissèrent les yeux. Ils avaient beaucoup trop peur et étaient trop épuisés pour approuver son plan. Celle-ci tenta de se pencher en avant pour frapper le mur de son dos. Mais Nataly, attachée à elle, d'un côté, et Christine, de l'autre, restèrent immobiles, prostrées. Le désespoir était en train de gagner la partie. Jenny abandonna et se laissa aller à un état végétatif. Elle était, elle aussi, à bout de forces.

Un laps de temps indéterminé passa. Peut-être une heure. Peut-être deux. Jenny s'était assoupie. Quelque chose la sortit à nouveau de son demi-sommeil. Cette fois, ce ne fut pas le bruit d'un moteur. Ni un quelconque autre son.

Ce fut une odeur.

Une odeur de cuisine.

Elle ouvrit les yeux et réalisa que ce n'était pas un rêve. La sphère olfactive ne fonctionne pas dans les rêves. Quelqu'un faisait à manger en bas. Et elle ne mit pas longtemps à reconnaître le genre de plat qu'on préparait.

C'était une odeur de viande grillée.

Mais où ont-ils trouvé de la viande ?!

Et avant même qu'elle se décide à réveiller les autres, une déduction atroce se fit dans son esprit.

Phil Sewell.

– Non... C'est pas possible... Je suis endormie. C'est un cauchemar, murmura-t-elle.

Mais elle avait parfaitement conscience d'être éveillée, et que tout cela était la réalité.

Elle reprit ses calculs à voix basse, les mots sortaient en rafales, en mode accéléré :

– Ce sont des trappeurs - ils avaient de la viande avec eux - non - ils n'avaient rien chassé - ils l'ont dit - comment auraient-ils pu trouver du gibier en pleine tempête ? - ils ont demandé de la nourriture - Sally ne leur a donné que de l'alcool - ils ont volé nos rations - et raflé les bouteilles qui restaient - ils ont pillé nos provisions en pleine nuit - ils étaient affamés - comme nous - Ils ont…

Elle s'arrêta un instant, haletante, la poitrine serrée, face à l'inexorable vérité qui restait, comme un fond d'écran sur son mental.

Ils ont tué Sewell pour sa chair.

Christine s'éveilla, puis son mari. Owen cligna des yeux plusieurs fois, inspirant à pleins poumons pour humer cette odeur de cuisine inattendue. Gina se figea. Sally eut la même réaction.

– Vous sentez ça ? s'exclama Gina.

– Comment c'est possible ? murmura Sally.

– Bon Dieu…, souffla Christine, faites que ce ne soit pas ce à quoi je pense.

– Dieu ne peut plus rien pour nous, répliqua Jenny. Il faut qu'on trouve un moyen de nous détacher, ou nous y passerons tous !

Nataly regardait chacune d'elles, sans pouvoir émettre un son. Elle tentait de rejeter cette idée qui était en train de forcer les portes de sa conscience... *Mon Dieu... C'est Phil...*

Gina poussa un cri et fondit en larmes. Christine voulut parler. Sa bouche s'ouvrit et se referma sur un soupir.

Personne ne dit plus rien. Mais chacun savait. Cette odeur qui montait de la cuisine, c'était un peu de Phil Sewell qui s'élevait vers les cieux.

24

Stan mâchait en prenant son temps, appréciant la chaleur qui se diffusait dans son corps. Les précieuses calories contenues dans cette chair. Joe avait terminé sa deuxième assiette. Une autre tranche de cinq cents grammes environ.

– Je me sens mieux, dit-il d'un ton plat.

Stan n'émit aucun commentaire.

Ralph avait le nez dans son assiette.

– C'est très bon, lâcha-t-il entre deux bouchées.

La poêle refroidissait sur la cuisinière. La fumée en suspension dessinait des spectres qui s'étiraient sous la lampe du coin repas.

Repu, Joe entreprit de tailler une allumette avec son couteau pour s'en faire un cure-dent. Il leva les yeux vers Stan.

– T'as prévu d'aller vers où si les flics ne nous coincent pas ici ?

Reed fixa son complice un instant. La prison lui avait appris à ne faire confiance à personne. Bien sûr, ils n'étaient plus en taule, mais cette règle fonctionnait aussi à l'extérieur. D'autant plus qu'il n'y avait jamais eu aucun lien entre lui et Joe Raines, juste le fait qu'ils se soient trouvés assis côte à côte dans ce bus de transfert. Le simple fait du hasard.

Sans réponse, Joe reprit :

– Ton frère est toujours dans le sud, hein ?

Stan fixa Joe avec des yeux noirs.

– Qui t'a dit que j'avais un frère ? l'interrogea-t-il d'un ton sec, dissimulant la colère qui montait en lui.

– OK, OK, Stan… Je demandais ça comme ça. J'avais cru entendre que t'avais un frangin.

– Foutaises.

Après un moment, Stan lui renvoya la question :

– Et toi, t'as prévu d'aller vers où ?

– Je suis pas encore fixé. San Francisco, peut-être. J'aime cette ville. Ou Chicago.

Ralph voulut dire quelque chose. Joe lui jeta un regard qui lui fit aussitôt passer l'envie de parler. Le silence revint. Stan se replongea dans la contemplation des flocons à travers la baie.

– On peut pas quitter cette baraque comme ça, en laissant ces richards derrière nous ! lança Joe. Ce Gardner est plein aux as. On pourrait en tirer un paquet de fric.

Stan détacha ses yeux de la fenêtre.

– J'y ai pensé. Explique ton plan.

– Classique : on emmène Gardner avec nous. Bates reste ici avec sa petite famille pour s'assurer de la coopération de papa. On l'accompagne dans une banque pour qu'il fasse un retrait de liquidités. Bates quitte le lodge et libère femme et enfants quand on est à l'abri avec le fric.

Ralph les regardait et les écoutait en se tortillant sur sa chaise. Il brûlait d'envie de s'exprimer. Stan reporta son attention vers la fenêtre. Impassible.

– J'avais prévu quasiment la même chose, dit-il, sans émotion. Et Gardner est prêt à raquer.

– Ça n'a pas l'air de t'emballer comme plan, constata Joe.

– Si, si. Je suis follement excité.

– Tu te fous de moi ?

Le regard éteint de Stan se détacha du spectacle féerique, à l'extérieur.

– Dis-moi, Joe, tu veux aller où avec cette tempête ?

Joe remua les mains, s'emporta :

– Mais bordel. Ça va bien s'arrêter !

Stan l'observa alors qu'il s'agitait.

– Oui. Tôt ou tard.

Joe se leva d'un bond.

– Ras-le-bol. J'ai besoin de me défouler.

Il quitta la table, traversa le salon et disparut dans l'escalier vers le niveau inférieur. Ralph leva la main pour parler. Stan hocha la tête.

– Je suis d'accord avec le plan de Raines. Mais y a un truc que je voulais te demander, Stan.

– Je t'écoute.

– On a passé plusieurs années en taule, et avec ces jolies filles là-haut... je me demandais si on pourrait pas en profiter un peu.

– Pour l'instant, on essaie de solutionner les problèmes, Bates. Que je ne te voie pas tourner autour d'elles.

Bates acquiesça, l'air misérable.

Dans la chambre, la peur montait au fil des minutes dans le groupe des adultes. Un silence macabre s'était installé. Jenny refusait d'abandonner le combat. Elle s'écria subitement :

– On ne peut pas rester sans rien faire ! On doit tenter quelque chose !

Son cri déclencha les pleurs de Gina et de Nataly de façon instantanée, comme si elle avait pressé un interrupteur.

Christine lui retourna, calme et résignée :

– Quoi qu'on fasse, ce qui va arriver est inéluctable. Rien ni personne ne pourra changer ce qui nous attend.

– J'ai cru comprendre que tu es médecin, dit Jenny d'un ton sec. Tu as sûrement une idée précise du temps qui nous reste si on continue sans aucune nourriture, non ?

– Oui. Dans de telles conditions de stress, nous pouvons espérer tenir encore une trentaine de jours, au maximum, et pour les plus résistants d'entre nous. Nous sommes en ce moment même dans une phase appelée « cétose ». Notre organisme a épuisé toutes ses réserves en glucose et en glycogène. Et à défaut de sucre, il va chercher l'énergie dans les lipides où sont stockés les corps cétoniques transformables en glucose. Il les trouve dans nos réserves de graisse et nos muscles. L'irritabilité, les migraines, les nausées et les crampes que nous ressentons sont dues au changement radical du fonctionnement de notre corps qui s'adapte en puisant dans ses propres réserves.

– D'accord, d'accord, dit Jenny. Donc trente jours au maximum. Ça nous laisse du temps pour trouver des solutions.

– Trente jours, dans le meilleur des cas, précisa Christine. Et même si nous nous en tirons, il y a des risques de séquelles irréversibles. Après dix jours, phase dans laquelle nous entrerons bientôt, les carences en vitamines et en minéraux se feront sentir, ainsi que des problèmes hépatiques et des pertes de lucidité. Après une vingtaine de jours, notre corps entrera dans la phase finale de privation de nourriture. Il luttera pour maintenir son activité cérébrale, sa dernière chance pour trouver un moyen de s'alimenter. Cette phase est appelée « autophagie » : il se repaîtra de ses propres cellules et tissus. Notre amaigrissement s'accélérera. Au fil des jours, les organes vitaux seront menacés. Vue, ouïe, odorat, cœur, respiration seront de plus en plus affectés. Cela se terminera simplement par un arrêt cardiaque.

Jenny ne dit plus rien. L'explication clinique de Christine et le détachement glacial avec lequel elle l'avait énoncée avaient refroidi tout le monde. Gina et Nataly avaient même cessé de pleurer. Du moins, on ne les entendait plus.

25

Steven se débattait dans un cauchemar sans forme, comme une sorte de boue noire, lourde et poisseuse. Cette chose l'enveloppait complètement et rendait tous ses mouvements impossibles. Quelques millimètres seulement, au prix d'efforts surhumains. Puis il y eut une vibration, suivie d'un éclat de lumière. Et l'obscurité épaisse et gluante se referma sur lui.

À nouveau, une vibration.

Et un autre sursaut de conscience, qu'il maintint cette fois pour parvenir à sortir de cette mélasse. Il ouvrit les yeux.

– Steven !

La voix de John.

Il chercha autour de lui, dans la semi-obscurité. La cave n'était éclairée que par la minuscule flamme bleue d'une bougie sur la table. La mèche était presque entièrement consumée.

– Ici !

– John ! s'écria Steven, sentant une espèce de joie monter, du fond de son apathie.

Les mots de John provenaient de sa droite. Steven devinait une forme vaguement humaine, assise comme lui sur une chaise.

– Il vous a fait ingérer des somnifères. Je craignais que tu ne te réveilles plus.

– J'ai mal partout, dit Steven d'une voix faible. Et je donnerais tout pour un morceau de pain. Où sommes-nous ?

– Dans la cave. Jack est là aussi. Mais je ne le vois pas.

John reprit après une pause :

– Steven, ce que je vais te dire va être dur à encaisser. Ces types sont des tueurs évadés de prison.

– Je m'en doutais.

John hésita à poursuivre.

– Ils ont exécuté Phil pour se nourrir de lui.

Il ne perçut aucune réaction. Juste un blanc de plusieurs secondes.

– C'est pas possible.

– C'est ce qu'ils ont fait, Steven.

Encore un moment de silence. Steven essayait d'intégrer l'information. Sa respiration s'était accélérée.

– Il faut trouver un moyen de sortir de là ! s'exclama-t-il.

– Est-ce que tu arrives à bouger ? lui demanda John.

– Non. Je suis fixé à cette chaise. On dirait qu'elle est bloquée au sol. Rien ne bouge. Impossible de me relever. Et toi ?

– Pareil pour moi.

– Où sont les autres ?! s'écria Steven.

– Je ne sais pas. J'ai entendu des cris. Ça venait d'en haut. Ils les gardent enfermés, comme nous. Jack m'a parlé de la bibliothèque.

– Est-ce qu'ils descendent ici pour nous surveiller ?

– Je n'en ai vu qu'un pour l'instant, dit John en parlant plus bas. Celui qui se fait appeler Stan Dillard. C'est leur chef, apparemment. Et aussi le pire des trois.

– Bon sang, tu as une idée de comment on peut se sortir de là ?

– Il faudrait arriver à couper ces liens, et tenter le tout pour le tout, dit John.

– S'ils sont armés, ça va être difficile, répliqua Steven.

– On ne peut pas rester sans agir. Jeffrey a entreposé un fusil dans la remise, près du garage. Si nous mettons la main dessus, nous aurons une chance de changer la donne.

*

Ted se contorsionna. Il y était presque. Sa main cherchait l'ouverture de la poche arrière droite du jean d'Ashley.

– Tu es sûre que tu l'as mis dans cette poche ? lui demanda-t-il.

– Oui, sûre. Je le sens.

Ashley tira sur ses liens pour essayer de se rapprocher encore de lui. Le bout des doigts de Ted était à l'entrée de l'interstice de tissus. Il respira profondément et souffla tout l'air de ses poumons pour diminuer son volume. Il tendit son bras le plus loin possible. Ses doigts glissèrent de deux centimètres dans la poche.

– J'y suis.

– Oui, je sens ta main. N'en profite pas pour me tripoter.

– Désolé, mais il va falloir que je tâtonne un peu. Essaie de te rapprocher encore.

Ashley déploya tous ses efforts. Les cordes comprimaient tellement le haut de son corps qu'elle était sur le point d'étouffer, mais elle gagnait quelques précieux millimètres vers Ted, au niveau de sa taille. Les phalanges de ce dernier effleurèrent la surface de plastique lisse du briquet à gaz.

– Je le sens... Essaie de te décaler un peu vers la droite.

Ashley se tordit du mieux qu'elle put sur le côté.

– Je l'ai !

Les doigts de Ted se refermèrent sur le petit cylindre. Lentement, il le fit glisser hors de la poche d'Ashley et le serra dans sa main, retenant un cri de victoire.

– Et maintenant, tu as un plan ? dit Ashley.

– Je vais attendre minuit passé pour me détacher en brûlant mes cordes, ensuite je vous libérerai tous. Le boiteux a relâché sa vigilance : il n'a pas verrouillé la porte de la chambre. Il y a un escalier escamotable qui monte au grenier. Il est dissimulé derrière une trappe dans le plafond au bout du couloir. On se réfugiera là-haut. On laissera une fenêtre de la chambre ouverte pour qu'ils croient qu'on s'est enfuis par là. Je ferai des traces de pas dans la neige sur le toit et reviendrai en arrière. Qu'est-ce que tu en penses ?

– Oui. Mais une fois dans le grenier, on fait quoi ?

– On sera libres de nos mouvements, ce sera déjà ça de gagné. Pour la suite, je n'ai pas encore réfléchi.

– Ils vont nous chercher partout dans la maison. Ils ne croiront pas aux traces dans la neige.

– Je n'ai rien trouvé de mieux pour faire diversion.

Samantha, qui avait écouté leurs échanges, prit la parole :

– Ted, tu ne vas pas faire ça, vraiment ?!

– Oui, *nous* allons le faire, Samantha.

– Et s'ils nous surprennent pendant que nous quittons la chambre ?

– Je sortirai en premier pour m'assurer qu'ils ne sont pas dans les parages.

– Je suis d'accord, c'est un bon plan, dit Timothy d'une petite voix.

Tous les trois regardèrent Tim. Ils auraient ri s'ils n'avaient pas été en plein cauchemar.

– Après minuit, reprit Ted, je me libérerai et irai voir si la voie est libre. Il faudra que vous soyez prêts. Nous n'aurons pas de deuxième chance.

26

Minuit était passé. Chacun se tenait prêt.

Ted observa ses troupes d'un œil sévère.

Il fit rouler la pierre du briquet sous son pouce.

La flamme attaqua la corde. Tous avaient les yeux rivés sur les fibres qui noircissaient, et qui finirent par s'enflammer. En moins de deux minutes, elles cédèrent. Les visages amaigris et apeurés s'illuminèrent. Ted se défit des liens qui l'entouraient et fit signe aux autres de ne faire aucun bruit. Il s'immobilisa pour essayer de percevoir les sons dans le lodge. La seule chose que l'on entendait était l'immuable et monotone symphonie du désespoir, jouée par le vent.

Ted dit à voix basse :

– Je vais ouvrir la fenêtre, faire quelques pas sur le toit et revenir. J'en ai pour deux minutes. Si vous entendez quelqu'un qui monte, toussez très fort, c'est compris ?

Ashley leva le pouce.

Samantha et Tim hochèrent la tête.

Ted se mit debout et ouvrit la fenêtre au-dessus d'eux. Un nuage de flocons s'engouffra dans la chambre, parsemant leurs cheveux de blanc. Ses mains nues plongèrent dans la couche de neige quand il se hissa sur le rebord. Il progressa difficilement, repoussant des monceaux de poudreuse, s'enfonçant jusqu'aux cuisses. Il parvint à se frayer un couloir, parcourut environ dix mètres et se retourna. La fenêtre de la chambre n'était quasiment plus visible. Dix mètres, cela suffirait pour que leurs ravisseurs croient que les traces continuaient plus loin. Transi de froid, il revint sur ses pas en arrière et chassa la neige de ses habits avant de passer le rebord. Il se réceptionna en douceur sur la moquette de la chambre.

Ashley, Samantha et Timothy le regardaient, ébahis et terrifiés, sans perdre une miette de ses mouvements. Il les enjamba sans faire un bruit et se dirigea vers la porte. Retenant sa respiration, il l'ouvrit et passa la tête dans le couloir. La voie jusqu'à la trappe était sûre. À présent, il fallait faire vite. Il retourna vers les autres et brûla leurs liens un à un, guettant les bruits en provenance de l'extérieur.

– OK, ne dites plus un mot. Suivez-moi, murmura-t-il.

Ted en tête, le petit groupe sortit de la chambre et progressa dans le corridor. Leur cœur battait à tout rompre. Ils arrivèrent au pied de la trappe d'accès. Ted fouilla un placard et en extirpa une longue tige munie d'un crochet à son extrémité. Son père lui avait montré cette trappe lors de sa visite guidée du lodge, mais il ne l'avait pas ouverte. Ted espérait que le mécanisme fonctionnait bien. Il inséra le crochet dans l'interstice au plafond. L'ouverture de la trappe libéra une échelle qui se déploya sans bruit. Tout était parfaitement graissé. Ted attrapa le montant de l'échelle et la fit descendre jusqu'au sol où les deux pieds métalliques s'enfoncèrent dans la moquette épaisse.

– Samantha, vas-y la première.

Sa sœur grimpa les barreaux et disparut en haut, dans le carré noir de la trappe. Ted fit un signe à son jeune frère.

– À toi, Tim.

Timothy escalada à son tour, puis ce fut au tour d'Ashley. Elle posa un pied sur le premier escalier, mais s'arrêta. Elle prit la tête de Ted entre ses mains et lui donna un baiser. Ils se sourirent. Elle détacha ses yeux des siens et grimpa. Ted jeta un œil derrière lui dans le couloir. Aucun bruit suspect. Il gravit finalement les trois mètres jusqu'au grenier.

Une fois à l'intérieur, il actionna la manivelle pour remonter l'échelle. Tout s'était passé à la perfection. Il referma la trappe et alluma le briquet pour éclairer les lieux.

Une vieille lampe à pétrole était posée sur un meuble. Il se leva, souffla sur le fer poussiéreux et enflamma la mèche. Les autres le regardaient sans rien dire. Les ténèbres concédèrent un halo de lumière rassurant. La pièce était vaste et vide, à l'exception de cette commode imposante, d'une très vieille caisse à outils qui avait dû appartenir à oncle Jeffrey et de quelques cartons soigneusement empilés les uns sur les autres. Les poutres massives de la toiture s'entrecroisaient sur la largeur du grenier et disparaissaient dans l'obscurité plus loin. Juste au-dessus d'eux, le toit laissait passer les hurlements de la tempête. D'ici, le blizzard semblait encore plus enragé, et l'on entendait clairement la charpente se plaindre de la torture qu'elle endurait.

– Ted, ils vont nous retrouver, c'est sûr, dit tout bas Samantha. Et ils nous tueront pour avoir essayé de leur échapper.

– Ne crains rien, petite sœur. Pour trouver cette trappe, il faut savoir qu'elle est là. Et ils ne le savent pas. Nous sommes en sécurité ici.

Timothy leva son index.

– Qu'y a-t-il, Tim ?

– J'ai faim, lui avoua-t-il tout bas.

Des larmes montèrent aux yeux de Ted.

– Pour l'instant, on ne peut pas manger, Tim. Il faut être patient, d'accord ?

Son jeune frère lui répondit oui en hochant la tête.

– Qu'est-ce qu'on va faire, maintenant ? demanda Ashley, sans s'adresser à quelqu'un en particulier.

– Oui, c'est une bonne question, ça, dit Samantha en croisant les bras. Peut-être que si on était restés en bas, on aurait eu droit à un peu de nourriture. Mais grâce à monsieur Ted-le-malin, nous sommes bien avancés dans ce grenier !

– Tu veux peut-être redescendre et aller manger à table avec eux, Sam ? Tu sais ce qu'ils mangent ?

Non, Samantha n'en avait aucune idée. Ted se retint de dire tout haut ce qu'il avait déduit. Il se refusait à le croire lui-même. Il chassa cette pensée et essaya de se concentrer pour trouver quoi faire maintenant, pour leur survie. La priorité était de se procurer de la nourriture.

Des voix s'élevèrent en bas, dans le couloir.

Personne ne fit plus un geste. Ted eut le réflexe de tourner la molette de la lampe. Le grenier fut plongé dans l'obscurité. Tous les quatre plaquèrent leur oreille contre la trappe.

– Je t'avais dit de toujours garder les chambres fermées à double tour, imbécile !

La voix de Stan Dillard. Ils l'auraient reconnue entre mille. Il était furieux.

– Ils sont partis par la fenêtre, protesta le boiteux.

Ted se demanda comment ils parvenaient à entendre leur voix aussi clairement depuis le grenier, alors que les trois hommes se trouvaient maintenant dans la chambre.

– Ils n'ont pas pu aller bien loin, vociféra le troisième.

– Regardez ça, les gars, leurs traces filent le long du toit. On n'a qu'à les suivre pour les attraper ! dit le boiteux.

Ted comprit que le son ne provenait pas de la trappe. Il glissa une main dans sa poche et en sortit le briquet pour rallumer la lampe à pétrole.

– Ted, qu'est-ce que tu fais ? chuchota Ashley, affolée.

– Je veux m'assurer de quelque chose.

Il se leva et brandit la lampe devant lui. La flamme éclaira l'espace autour d'eux jusqu'à ce qu'apparaisse la réponse à sa question : une gaine de climatisation. Le conduit rectangulaire en aluminium filait le long de la partie basse de la sous-pente, desservant très probablement toutes les pièces du lodge. La conversation des trois criminels était captée par une bouche de diffusion d'air conditionné, dans la chambre dont ils s'étaient enfuis.

Il retourna s'asseoir avec Ashley, Tim et Samantha, qui attendaient une explication.

– Regardez, chuchota Ted en éclairant la gaine qui s'étendait à deux mètres d'eux. Leur voix est portée par ce conduit d'air conditionné.

Ils entendirent à nouveau le boiteux :

– Leurs traces disparaissent à quelques mètres du bord du toit, comme s'ils s'étaient envolés !

– Envolés ? Je vais voir ça, répliqua Dillard.

Quelques instants passèrent. Dillard était sûrement allé sur le toit.

– Alors Stan, tu as bien vu comme moi ?

– Ce que j'ai vu, c'est qu'ils nous ont bien eus, ces petits salauds !

– Comment ça ?

– Ces gamins sont rusés… très rusés. Ils ont fait ces traces pour nous faire croire qu'ils sont partis par le toit, mais ils sont revenus en arrière et ils ont filé par la porte de la chambre.

– Mais alors, ça veut dire qu'ils…

– Ça veut dire qu'ils sont encore dans le lodge, imbécile.

Ashley, Sam et Tim regardèrent Ted, terrifiés.

– Relax, murmura Ted, ils ne peuvent pas nous trouver.

Ils entendirent des bruits de pas précipités. Le couloir.

Ted fit signe aux autres de le suivre. Il plaqua son oreille sur la ventilation de la gaine. Tous l'imitèrent.

– Ces petits morveux ne sont pas loin, vociféra Dillard. Fouillez toutes les pièces du lodge, ordonna-t-il à ses complices. Cherchez dans le moindre recoin !

27

Les pas des trois tueurs martelaient la moquette du couloir. Ils étaient juste au-dessous de la trappe. Ashley, Ted, Samantha et Tim avaient cessé de respirer.

– Eh ! J'ai trouvé quelque chose ! s'écria le boiteux.

Les deux autres rappliquèrent.

– Quoi ? brailla Dillard.

– On dirait un élastique pour nouer les cheveux, dit le boiteux. Il me semble l'avoir vu sur la fille Gardner.

Le sang de Samantha s'arrêta de circuler. Elle passa la main sur sa tête et s'aperçut qu'elle avait perdu son élastique. Ted lui fit signe de ne pas parler en mettant son doigt devant sa bouche.

– C'est bien ce que je pensais, lâcha Dillard, ils ne sont pas loin.

– On a cherché partout à l'étage, Stan. Ils sont introuvables.

Il y eut un silence.

– Ils sont forcément quelque part.

Encore un silence, plus long celui-ci.

– LES ENFANTS…, cria Dillard.

Les jeunes sursautèrent.

– JE SAIS QUE VOUS ÊTES LÀ !

Il se mit à arpenter le couloir.

– LES ENFANTS, ON VA JOUER À UN PETIT JEU… C'EST D'ACCORD ?

Dillard prit le temps de réfléchir, il y eut une pause de plusieurs longues secondes.

– LE JEU S'APPELLE : « MAMAN-EN-MORCEAUX », lança-t-il d'un ton chantant.

Samantha se retint de crier. Ted serra les dents.

– VOUS ALLEZ VOIR, LES PETITS, C'EST SUPER MARRANT COMME JEU !

Le rire de dément de Dillard emplit le lodge.

– JE VAIS ALLER CHERCHER VOTRE MAMAN, ET ON POURRA COMMENCER…

Timothy se boucha les oreilles.

– OH, J'OUBLIAIS… LES RÈGLES DU JEU. TRÈS SIMPLES : JE VOUS ANNONCE QUEL MORCEAU DE MAMAN JE VAIS COUPER. JE COMPTE JUSQU'À DIX. SI VOUS N'ÊTES PAS SORTIS DE VOTRE VILAINE PETITE CACHETTE, JE COUPE LE MORCEAU ! ENSUITE J'EN ANNONCE UN AUTRE… ET LE JEU CONTINUE.

Le corps entier de Ted se mit à frémir. Samantha sentait des larmes glacées couler de ses yeux. Ashley était pétrifiée. Timothy les regardait tour à tour, les index profondément enfoncés dans ses conduits auditifs.

– Donne-moi les clés, ordonna Dillard, sûrement au boiteux.

Le bruit d'une serrure s'éleva. Une porte s'ouvrit en grinçant. Dillard venait d'entrer dans la chambre où les adultes étaient enfermés.

– Détache-la, lui commanda Dillard.

Ted reconnut l'allure syncopée du boiteux. Puis un gémissement, qui glaça le sang de Samantha. Celui de sa mère. Le front de Ted était en sueur.

Des pas. Qui sortirent de la pièce. La porte se referma. La serrure. Ils étaient dans le couloir.

– LES ENFANTS, VOTRE MAMAN EST AVEC NOUS. ON VA DESCENDRE DANS LA CUISINE POUR COMMENCER LE JEU !

Les pas s'éloignèrent.

– On ne peut pas rester cachés ! Sinon, il la tuera ! s'exclama Ted tout bas.

– Tu veux qu'on se livre à ces monstres ? se lamenta Samantha, en pleurs.

– Voilà ce qu'on va faire : je vais me rendre à Dillard, seul. Et je dirai que vous êtes tombés du toit quand nous avons voulu nous enfuir. Vous resterez ici, dans le grenier.

– Je viens avec toi, dit Ashley. Pas question que tu y ailles seul ! Et puis, à deux on aura plus de chances d'agir.

– Assieds-toi là, et je ne veux pas t'entendre.

Sally gardait les yeux baissés. Elle obéit dans la seconde et s'assit sur le tabouret du bar.

– Attache-lui les deux jambes, ordonna Stan. Et les poignets aussi.

Ralph s'exécuta aussitôt. Il passa une corde autour des chevilles de Sally, la noua d'un coup sec et la fit glisser dans les pieds du tabouret puis remonta derrière elle, jusqu'à ses poignets. À nouveau, il la serra en tirant comme une brute, ce qui arracha un cri de douleur à Sally qui se retrouva contorsionnée dans une posture impossible.

Stan piqua un morceau de viande qui tiédissait dans la poêle.

– T'en veux un peu ? demanda-t-il à Sally qui fixait le sol.

Elle lui répondit non de la tête. Ralph ricana.

Stan prit un moment pour la regarder, tout en mâchonnant. Sa robe de soirée noire, plutôt courte, laissait voir ses jambes jusqu'en haut de ses cuisses. Elle portait un pull échancré qui moulait discrètement ses seins joliment dessinés. Il la trouvait sexy. Mais se taper maman Gardner n'était pas sa priorité.

Il devait d'abord débusquer les mioches.

– LES ENFANTS ! LE JEU VA COMMENCER…, gueula-t-il.

Il se rapprocha de Sally, apprécia la peur sur son visage, sa respiration qui s'accélérait, sa petite poitrine qui pompait l'air désespérément. Et ses yeux… quand elle les leva enfin vers lui. Ses yeux d'un bleu si pur qui semblaient lui dire : « Fais de moi ce que tu veux, mais épargne mes enfants. » Un délice.

– Bates.
– Ouais ?
– Va me chercher la pince coupante dans la remise.
– Ouaip.
Ralph posa son assiette et fila en boitant.
Stan vint murmurer à l'oreille de Sally :
– Tu es sûre que tu n'as pas faim ?
Sally secoua la tête.
– Pourquoi ? Tu es végane ?
Elle se concentra pour ne pas craquer. Les larmes coulaient toutes seules. Ses yeux étaient vissés au sol.
– Eh, je te cause.
Il l'attrapa par sa chevelure et lui releva la tête.
– Pitié, je vous en prie.
Il vint plaquer sa bouche contre ses lèvres, puis huma longuement son parfum, dans son cou et dans ses cheveux. Ce moment d'intimité fut interrompu par Ralph, de retour du garage avec la pince coupante.
– Pose-la sur la table.
Stan lâcha la tête de Sally et tourna autour de lui-même en regardant en l'air.
– LES PETITS… LE JEU COMMENCE !
Il revint vers Sally.
– Je te laisse une chance de les appeler pour qu'ils se montrent. Vas-y.
Sally le fixa sans comprendre, interloquée.
– Qu'allez-vous leur faire ?
– Non, Sally, tu n'as pas saisi. La question est : qu'est-ce que je vais te faire à toi, s'ils ne se montrent pas, tu comprends ?
– Vous promettez de ne pas leur faire de mal ?
Stan hocha la tête. Sally fouilla dans les yeux du tueur. Elle n'y lut qu'une vacuité cruelle.
– Appelle-les ! ordonna Stan.
Sally détourna son regard de lui pour fixer à nouveau le sol. Stan s'empara de la pince coupante.

– APPELLE-LES !

– Samantha, Ted, Timothy… C'est maman ! hurla-t-elle. Venez, je vous en prie !

Ted tressaillit en entendant la voix de sa mère. Il prit la main d'Ashley et la pressa fort.

– Tu es prête ?

– Oui.

Au moment de descendre, il se ravisa. Et si Dillard ou ses complices trouvaient la trappe ? Une solution lui apparut : la gaine d'air conditionné. Tim et Sam étaient petits de taille. Ils pourraient s'y cacher. Ils pourraient même s'y déplacer pour leur échapper.

– Sam, Tim, écoutez-moi.

Il se leva et ouvrit la vieille caisse à outils d'oncle Jeffrey d'où il sortit un tournevis rouillé.

– Voilà ce que vous allez faire : les grilles de la gaine peuvent se démonter avec cet outil.

Il le tendit à Samantha. Pendant quelques secondes, elle scruta l'objet d'un air ahuri.

– Tu sauras te servir de ça, Sam ?

– Euh, oui, tout de même. C'est un tournevis. C'est bien ça ?

Elle prit l'outil des mains de son frère.

– Oui, c'est ça, Sam.

– J'en fais quoi ?

Tim leva la main. Ted et Sam se tournèrent vers lui.

– C'est pour ouvrir la grille de la climatisation. C'est un tournevis, Samantha, dit Timothy d'un ton très professionnel.

– Oui, merci, Tim. J'avais compris.

– OK, dit Ted, donc, vous pourrez ouvrir la gaine et rentrer dedans pour vous y cacher. N'attendez pas que Dillard et ses hommes montent au grenier. Ouvrez la grille dès que nous serons descendus. C'est d'accord ?

Tim et Sam hochèrent la tête.

– Très bien.

Il tendit la lampe à pétrole à sa sœur et se dirigea avec Ashley vers la trappe, dont il actionna le mécanisme d'ouverture en faisant tourner très lentement la manivelle. Quand le passage fut assez large pour qu'il y glisse la tête, il s'assura qu'aucun des tueurs ne se trouvait en bas.

– C'est bon. Allons-y, souffla-t-il à Ashley.

Au moment de déplier l'échelle :

– J'oubliais. Samantha, lorsque vous êtes dans la gaine, pensez à bien refermer la grille derrière vous, c'est compris ?

Sa sœur leva son pouce pour confirmer.

Il continua de tourner la manivelle jusqu'à ce que l'échelle se pose sur la moquette. Le silence qui baignait le couloir avait quelque chose d'anormal. Il descendit le premier, sans réfléchir.

Dans ces moments, la réflexion est à éviter, car elle n'est qu'une excuse que prend la peur pour rendre les choses impossibles. Et puis, il ne s'agissait que d'enchaîner quelques marches, après tout. Rien de bien compliqué. Ce n'était qu'une simple échelle qui conduisait tout droit dans les mâchoires du diable en personne.

28

Stan Reed s'approcha de Sally, empoigna un tabouret au passage et s'assit bien en face d'elle. Très tranquillement. Tout près d'elle. Ses yeux bleu sombre, deux failles ouvrant sur des profondeurs abyssales, étudièrent les traits de sa captive avec une attention obscure. Pendant un très court instant, elle croisa ce regard incompréhensible et tressaillit. Stan, lui-même, n'avait aucune idée de ce qui pouvait se trouver au fond de l'océan de ténèbres qui constituait son âme. S'il en avait une. Il posa le métal glacé de la pince coupante sous le menton de Sally et lui releva la tête. Avant que les deux abysses ne l'engloutissent à nouveau, elle ferma les yeux.

– Quelle beauté…, murmura-t-il.

Il caressa la joue de Sally avec l'outil.

– On croirait un ange tombé du ciel.

Il fit glisser le métal dans son cou, puis le fit descendre dans le col de son pull-over. Sally tremblait comme une feuille. Reed soupesa un sein avec la pince.

– C'est joli, tout ça.

Le souffle de Sally se bloqua. Il se rapprocha de son cou, prit une lente et profonde inspiration pour respirer sa peau, y passa sa langue, sentit la carotide qui palpitait, et le goût âcre, délicieux, de la peur.

Il lui murmura au creux de l'oreille :

– Tes gosses tardent à venir… Dis-moi, quelle est la partie de ton visage que tu préfères ?

Sally ne parvint pas à formuler un seul mot. Elle aurait voulu crier, mais sa gorge était si serrée que plus rien n'en sortait. Tout juste assez d'oxygène pour ne pas perdre connaissance. Stan fit lentement remonter la pince, glacée comme un serpent, le long de son cou, jusque sur sa joue, puis le coin de ses lèvres.

– Laisse-moi deviner… ta bouche ?

Il s'attarda un moment sur la pulpe de ses lèvres, entrouvertes, qui happaient l'air par petites bouffées. Elles frémirent au contact froid de l'acier. Il fit remonter la pince plus haut.

– Ou bien est-ce ce délicieux petit nez ?

– Je vous en prie, ne me faites pas de mal, l'implora-t-elle.

La pince reprit sa trajectoire vers le bas, passa sous le lobe de son oreille. Un bruit attira subitement l'attention de Stan derrière lui. Dans les escaliers.

Les mioches avaient mordu à l'hameçon.

C'était ce petit enfoiré de Gardner et sa copine. Ils descendirent les marches et marquèrent un arrêt une fois arrivés en bas. Le jeune gars regardait sa mère avec des yeux de merlan frit. Stan aurait aimé passer un moment d'intimité plus long avec elle.

– Viens par ici. Viens voir papa.

– Vous n'êtes pas mon père ! cria Ted.

– Reste bien sage si tu ne veux pas que j'amoche ta jolie maman, petit.

– Laissez-la partir ! Nous avons fait ce que vous vouliez !

– Où sont les autres ?

Ted chercha ses mots.

– Ils sont tombés du toit, emportés par la tempête.

– Non ! s'époumona Sally, en pleurs.

Stan le pointa du doigt.

– Ne te fous pas de ma gueule.

– Pourquoi est-ce que je vous mentirais ?

Le tueur agita la pince près du visage de Sally.

– OÙ SONT LES AUTRES ?!

– Je vous dis qu'ils sont tombés du toit !

Stan siffla un grand coup. Ralph Bates rappliqua comme un bon toutou.

– Ramène ces deux-là en haut avec les adultes, grouille. Leur vue me fatigue. Et cette fois, assure-toi de bien les attacher. S'ils s'échappent encore, je te tiendrai pour responsable, c'est clair ?

– Je m'en charge, Stan.

Le boiteux passa derrière Ted et colla le canon de son arme dans son dos.

– Vous aviez donné votre parole, Dillard ! cria Ted. Relâchez ma mère !

– Sois bien content que je ne te tue pas sur-le-champ ! T'as essayé de m'avoir avec le coup des traces bidon, petit salopard. Alors, déguerpis avant que je perde patience.

– T'as entendu ? Avance ! beugla le boiteux. Et toi, passe devant, ordonna-t-il à Ashley.

Sally les regarda s'éloigner sans mot dire, de peur d'attiser la fureur de Dillard. Elle récita une prière en pensée, pour Samantha et Timothy, se refusant à croire ce qu'avait dit Ted. Non, ils n'étaient pas tombés du toit. Curieusement, elle en avait la certitude. Peut-être parce qu'elle avait senti que Ted avait menti à ce monstre.

L'attention de Stan retourna vers Sally. Elle fixa le sol. Tout, sauf ces yeux.

– Ça n'a pas l'air de t'attrister plus que ça, que deux de tes gosses soient passés en mode congélation.

Sally n'eut pas besoin de se forcer pour pleurer. Les larmes coulaient en continu depuis une semaine. Stan détailla ses traits gracieux malgré l'émotion qui s'y lisait et se demanda ce que pouvait cacher ce si joli petit minois. Personne n'est innocent. Personne. Cependant, il n'arrivait pas à deviner ce qui se trouvait derrière cette perfection de surface. Et cela l'irrita. Stan ne concevait pas que la pureté puisse exister sans une contrepartie de ténèbres, un mal dissimulé. Il saisit dans ses mains le visage de Sally pour la scruter, bien en face.

Elle garda les paupières fermées.

– Je te fais si peur que ça ?

Sally hocha la tête nerveusement.

– Ouvre les yeux !

Elle parvint à surmonter la terreur qu'il lui inspirait en imaginant comment il punirait sa désobéissance. Elle releva ses paupières en plusieurs étapes, pour s'accommoder progressivement à cette face hideuse de cruauté, à ce regard maléfique qui la fixait, et à cette haleine pestilentielle.

– Tu vois ? C'est pas si terrible.

Sally acquiesça en tremblant.

Il la trouva si vulnérable, si fragile.

Si délicieusement offerte.

Il s'approcha encore et lui susurra :

– Et si on baisait, maman.

Sally baissa la tête. Elle reprit sa récitation mentale de prières. Il se leva. Elle remarqua le relief sur son pantalon, au niveau de son entrejambe. Il revint avec un couteau à la main. Pendant une fraction de seconde, elle crut que c'était fini. Elle n'eut pas le temps de crier ni même d'avoir peur qu'il avait déjà sectionné la corde.

Il la hissa sur son épaule pour l'emmener dans la première chambre qu'il trouva. Sans même prendre la peine de fermer la porte, il la jeta sur le matelas, trancha le reste de ses liens et arracha son pull-over. Elle était tétanisée. Il découpa sa robe avec son couteau et prit son temps pour déchirer la soie blanche de ses dessous. Quand elle fut entièrement nue, il lia ses poignets au sommier, la regarda remuer dans tous les sens, sourd à ses supplications. Ses seins s'agitaient et ses jambes battaient le lit. Elle hurlait. C'était agaçant. Il improvisa un bâillon au moyen d'un chiffon qu'il lui fourra dans la bouche, puis enroula une bande de scotch de bricolage autour de sa tête. Et il resta assis à cheval sur elle, à la contempler, amusé, tandis qu'elle se débattait, encore et encore. Et cela dura de longues minutes, d'interminables minutes, jusqu'à ce qu'elle s'épuise et cesse de bouger. Désormais, elle était toute à lui.

Du fond de la cave s'élevèrent les beuglements de John. Ils couvrirent ceux de Sally. Des hurlements de fureur, pareils à ceux d'une bête enragée. John se débattait de toutes ses forces, luttait pour ne pas entendre ce que ces monstres faisaient subir à Sally.

Il percevait chacun de ses cris.

Chacune de ses implorations.

Cela sembla ne jamais finir. Les aiguilles du temps s'étaient arrêtées de tourner. Le diable serrait dans sa main le grand chronomètre, un sourire aux lèvres. Et durant cette éternité indicible, les hurlements de damné de John déchirèrent l'espace des pièces abandonnées et s'élevèrent dans les étages.

Tout en haut, sous la charpente qui se tordait sous les assauts du vent, Samantha et Timothy entendaient leur père, presque comme s'il avait été à côté d'eux. Tous les deux pleuraient sans pouvoir s'arrêter. Puis il y eut un grand silence. Timothy releva la tête et regarda sa sœur. Il tira sur son pull-over pour lui parler.

– Dis, on peut rejoindre papa ? Pour l'aider ?

Samantha ne comprit pas tout de suite où son jeune frère voulait en venir.

– Comment ça, Tim ?

Il lui désigna du bout du doigt la gaine d'air conditionné.

– On peut passer par là, dit-il en séchant ses larmes d'un revers de manche.

Samantha regarda Timothy, le conduit de ventilation, et le tournevis qu'elle tenait dans sa main. Elle hésita, se demanda si c'était possible, s'ils avaient une chance d'y arriver. Son cœur se réchauffa d'un coup et un très bref mais intense moment d'espoir éclaira son visage. Elle glissa ses doigts dans les cheveux de Tim et l'embrassa sur le front.

– OK, petit frère. On va essayer.

Elle défit la grille et s'empara de la lampe à pétrole, puis entra la première dans la gaine. Les cris de John recommencèrent. Chacune de ses plaintes était une torture pour eux. Elle laissa passer Tim puis referma la grille derrière elle. Ils rampèrent sur la surface métallique jusqu'à un coude vertical. Samantha tendit la lumière au-dessus du conduit qui filait droit vers les étages inférieurs. Les fixations de la gaine sur deux des côtés leur permettraient de s'accrocher et de descendre.

– D'accord. Tim, c'est pas compliqué. Tu fais exactement comme moi, c'est compris ?

Il acquiesça. Sam entama la descente, suivie par un Tim très concentré. Les cris de leur père avaient cessé à nouveau. Ils crurent l'entendre parler avec quelqu'un, l'essentiel pour eux était de percevoir le son de sa voix, afin de se diriger dans le labyrinthe de conduits. Samantha était fière de Tim, il faisait preuve d'un courage exceptionnel. Peut-être n'avait-il pas conscience du danger. Pas autant qu'elle, du moins.

Un moment plus tard, c'est-à-dire une dizaine de mètres plus bas, Samantha posa le pied avec soulagement sur la gaine. Tim la rejoignit, et tous deux purent progresser à l'horizontale, donc plus rapidement. Mais la voix de leur père cessa encore de résonner dans le conduit. Ils étaient arrivés à une intersection. Trois possibilités : continuer droit devant, prendre à droite ou tourner à gauche. Samantha opta pour une quatrième possibilité, plus sûre : rester ici jusqu'à ce que la voix de John s'élève encore. Tim vint se coller contre elle. Il avait froid. Le manque de calories y était pour beaucoup. Elle n'avait pas chaud elle non plus, mais par chance elle portait sa doudoune. Elle l'ouvrit pour que Tim s'y enfouisse et décida d'en profiter pour faire une pause. Elle souffla sur la lampe à pétrole. L'espace d'un moment, elle parvint à rester éveillée. Plus aucun bruit ne s'élevait le long des parois d'aluminium. Quelques minutes lui suffirent pour rejoindre Tim, dont les yeux s'étaient fermés. Elle s'endormit, son petit frère dans ses bras.

29

Sally était gelée. Son regard cherchait autour d'elle quelque chose de rassurant, un objet qu'elle connaissait, auquel elle aurait pu se raccrocher. Les lieux lui étaient inconnus. Son mental était comme éteint. Tout ce qu'elle ressentait était l'étau du froid qui se resserrait autour d'elle. Le reste de ses sensations n'était qu'un lointain écho. Elle avait du mal à intégrer la vision de ses jambes nues, maintenues écartées par des cordes, de son ventre souillé par la semence de Stan Dillard, de ses poignets meurtris, liés au sommier. C'était l'image d'un autre corps. Ce n'était pas le sien. Elle avait si froid.

John ouvrit les yeux d'un coup et fut aveuglé par le faisceau d'une lampe qu'on lui braquait en plein visage. Derrière, une silhouette l'observait. John ne voyait pas son visage, mais il imaginait le sourire mauvais et les deux billes d'acier de Stan Dillard. Une main lui agrippa les cheveux. Son geôlier lui releva la tête et vint lui susurrer à l'oreille :

– La cour vous reconnaît coupable, John Gardner… Coupable d'avoir abandonné votre famille. Coupable d'avoir troqué l'amour que vous auriez dû donner à vos enfants contre les millions de dollars de bénéfices d'une société. Coupable d'avoir trompé votre femme avec toutes ces maîtresses gloutonnes. La liste est longue, Gardner. Je continue ?

– Comment savez… savez-vous ces choses ? bredouilla John.

Un curieux rictus fendit la face de Stan.

– Tu as débité tout ça dans le désordre pendant que tu étais inconscient. Je n'ai eu qu'à replacer tes mots dans l'ordre. Comme le puzzle vocal d'un ivrogne. C'était assez surprenant, cette confession somnambule. Amusant même. Et je dois dire que, dans l'ensemble, j'ai trouvé ça… *honnête*, de ta part.

Le tueur marqua une pause et reprit tout bas :

– Comment as-tu pu chercher à baiser d'autres femmes, alors que tu avais une telle beauté à disposition ? Explique-moi.

John releva les yeux vers lui. Il voulut parler, mais Dillard ne lui en laissa pas le temps.

– Je l'ai baisée à mort pendant presque une heure. Et je peux te jurer qu'elle prenait son pied.

John hurla de rage et se débattit.

Stan se redressa pour partir, mais il revint lui souffler dans le creux de l'oreille :

– J'oubliais, Gardner, j'ai deux potes, là-haut, qui ont passé pas mal d'années en taule, eux aussi… Tu es d'accord pour qu'ils aient un moment d'intimité avec elle ?

John ouvrit la bouche, mais sa gorge ne laissa échapper qu'une sorte de meuglement prolongé.

Stan sourit de toutes ses dents.

– J'imagine que ça veut dire oui… C'est cool, Gardner. T'es sympa.

Il lui tapa sur l'épaule d'un geste amical et remonta l'escalier, le laissant en compagnie de Steven et de Jack, tous les deux inconscients. Sans doute les avait-il encore drogués. Pourquoi n'avait-il pas aussi mis des somnifères dans son eau ? Sûrement que ce malade voulait qu'il reste conscient, pour subir la torture psychologique qu'il lui infligeait.

La porte de la cave se referma en claquant. John pensa un instant qu'il ne tiendrait pas plus longtemps, que sa souffrance allait faire cesser les battements de son cœur ou sa respiration, que son corps mettrait d'une manière ou d'une autre un terme à la douleur.

Mais y a-t-il une limite physique à la souffrance mentale ?

Il était la preuve vivante que non.

Le lendemain, au cours de l'après-midi, les bourrasques diminuèrent. Les chutes de neige se firent moins denses. C'était encore ce qu'on pouvait techniquement appeler du blizzard, mais une réelle accalmie semblait se dessiner. Cela ne dura qu'une heure. Ensuite, le vent se remit à souffler et à charrier des flocons comme il en tombait depuis le début de la tempête.

Stan, Joe et Ralph étaient dans le grand salon, assis face à la cheminée. Joe avait déniché une bouteille de cognac dans un tiroir de la remise. Elle était maintenant à moitié vide.

– Je suis d'avis de tenter le coup. On fout le camp, dès la prochaine accalmie, dit-il.

– C'est trop tôt, répliqua Stan. Il faut que ça se stabilise encore pour qu'on soit sûrs que ça va s'arrêter.

– Je me suis dit un truc, reprit Joe. On a trente kilomètres de marche jusqu'à la ville. On pourra pas emmener Gardner dans l'état qu'il est, tempête ou pas, il faudra qu'il mange.

– Je n'avais pas pensé à ça, répliqua Stan.

Non, ce à quoi il pensait était de retourner dans la chambre pour prendre du bon temps avec Sally. Il s'ébroua et se concentra sur le plan. Ils allaient emporter le mari avec eux. Joe avait raison : Gardner était déjà affaibli par plusieurs jours de jeûne. Il ne tiendrait pas l'effort sur la longueur. Trente putains de kilomètres séparaient le lodge de la civilisation. Il fallait qu'il reprenne des forces. Un autre petit problème se posait : papa Gardner refuserait de consommer la chair de son ami. Réaction humaine compréhensible. Il faudrait le forcer à manger, comme un gros bébé barbu. L'image fit sourire Stan.

– J'ai vu qu'il y a pas mal de matos en bas, poursuivit Joe. Des combinaisons, des skis de randonnée, des chaussures de neige. On aura de quoi s'équiper.

– Oui, j'ai vu ça aussi. C'est parfait.

Ralph fit couler le cognac dans les verres. Joe le regarda avec le même dédain qu'il aurait eu pour une vieille pute abîmée reconvertie en serveuse.

– Tu as raison pour Gardner, dit Stan. Il faut s'occuper dès maintenant de lui donner de la viande, pour qu'il soit en état de marcher le jour où on se mettra en route.

Joe leva son verre, fit un clin d'œil à Stan et but un peu de cognac.

– Il y a un autre truc qui me fait gamberger, reprit Joe.

– Explique.

– Pas avec Bates au milieu, lança-t-il en désignant leur acolyte du menton.

– Bates, t'as entendu ? Va dans la chambre en haut pour surveiller notre réserve de barbaque.

Ralph s'exécuta sans moufter.

– Je t'écoute, Joe.

– Y a quelque chose qui colle pas dans notre plan. J'y ai pensé tout à l'heure : on va emmener Gardner jusqu'à la ville la plus proche et l'accompagner à une banque pour qu'il retire le fric. Bates va rester avec sa famille et les autres ici, et il ne les libérera et quittera le lodge que si nous sommes en sécurité avec le blé que va nous filer papa Gardner.

– Jusque-là, on est d'accord, confirma Stan.

– Ma question est : par quel moyen on préviendra Bates pour lui dire que tout s'est bien passé et qu'il peut les libérer et quitter le lodge ?

– Effectivement, c'est un problème, dit Stan avec un sourire en coin.

Il ajouta :

– Un problème qui n'en est pas vraiment un.

– C'est-à-dire ? s'étonna Joe.

– Tu ne vois pas la solution ?

– Je t'avoue que non, Stan.

– C'est très simple : une fois qu'on a le fric, on se le partage, toi et moi, et fin de l'histoire. On taille la route, chacun de notre côté.

– On plante Bates…, dit Joe, amusé.

– Exactement.

– Ça m'était passé par la tête.

Les deux hommes levèrent leur verre.

– Tout ça me fait penser à un autre truc, reprit Joe.

– Quoi ?

– Gardner peut nous baiser, lui aussi.

– C'est-à-dire ?

– Il saura que nous n'aurons aucun moyen de contacter Bates, parce que ce foutu lodge est coupé du monde. Il devinera très logiquement que nous bluffons.

Le rictus en coin de Reed se changea en un sourire intégral.

– Joe… Tu penses vraiment que Gardner va essayer de nous baiser ?

– S'il en a l'opportunité, une fois en ville. À sa place, c'est ce que je ferais.

– Tu manques de psychologie, mon pote. Papa Gardner n'est pas en état de tenter quoi que ce soit. Nous avons le contrôle du lodge, de sa famille, de sa vie. Gardner est un chef d'entreprise. Il ne mise que sur des coups sûrs. Il ne prendra aucun risque, crois-moi.

Joe n'était pas vraiment convaincu. Mais il hocha à nouveau la tête. Parce que Stan était le boss.

– Et puis, il y a autre chose qui va nous assurer sa coopération, ajouta Stan. Il dirige la plus importante compagnie de bûcheronnage d'Amérique. Il a tout intérêt à ne pas prévenir la police et à régler l'affaire à l'amiable, avec nous.

Parce que si cette histoire venait à éclater au grand jour, les répercussions sur son business seraient catastrophiques. Tu imagines les titres : « John Gardner va jusqu'à se nourrir d'un de ses collaborateurs et paie les ravisseurs pour se tirer d'affaire ! »

– OK, ça marche, dit Raines. Qui va se charger de le faire manger ?

Stan savoura une gorgée de cognac en contemplant le feu qui crépitait dans la cheminée.

– Je vais m'en occuper, dit-il sans détacher son regard des flammes.

Lorsqu'il eut terminé son verre, il se leva et alla jusqu'à la cuisine, versa de l'huile dans une poêle et alluma le gaz. Il ouvrit le frigo et en sortit une pièce de viande désossée, ce qui restait de la jambe gauche de Phil Sewell, c'est-à-dire plus grand-chose. Une partie de mollet.

– Joe, le frigo est vide. Faudra que tu m'aides à ramener Sewell pour découper l'autre jambe.

– Ouaip, lui répondit son acolyte depuis le salon. Mais là, j'avais prévu de rendre une petite visite à maman Gardner… Tu veux faire ça maintenant ?

– Ça peut attendre, mais faudra le faire avant ce soir.

– D'accord, ça marche.

Stan jeta une part de viande dans la poêle et la fit dorer des deux côtés. Il n'avait pas vraiment faim mais s'en coupa quand même un morceau pour lui et le dégusta avec du poivre vert et des fines herbes. Dans le salon, Joe s'était resservi un autre verre. Le pas irrégulier de Ralph se fit entendre dans les escaliers. Il fit un détour par la cuisine.

– Eh, ça sent bon par ici… Je peux ?

– Touche pas à ça, Bates. C'est pour Gardner. Il doit reprendre des forces pour notre excursion. Faudra attendre pour manger.

Ralph retourna dans le salon et se consola avec une rasade de cognac. Stan déposa la part de viande qu'il venait de faire cuire pour Gardner dans une assiette. Il prit une fourchette et un couteau dans un tiroir, quitta le coin cuisine et longea le couloir, tenant le plat à la main. Il remarqua au passage que le verre de certaines fenêtres du rez-de-chaussée commençait à se fissurer sous la pression de la neige. Il bifurqua à droite vers l'escalier qui descendait à la cave, en sifflotant. Lorsqu'il arriva en vue de l'entrée, il se rendit compte qu'il avait oublié de fermer la porte. Elle était entrouverte et tapait contre le montant, animée par un léger courant d'air. Il était pourtant certain de l'avoir verrouillée. Sa main allait se poser sur la poignée quand il vit une ombre se dessiner sur la porte, en plus de la sienne.

30

Tout se passa très vite.

Stan fit volte-face. L'autre ombre était celle de Gardner. Ce dernier était devant lui, à moins de deux mètres. Les yeux exorbités, la bouche grande ouverte, John entama un cri de guerre démentiel, babines retroussées, dents apparentes – autre détail qui avait son importance : Gardner brandissait au-dessus de sa tête une hache de type professionnel.

Stan lâcha l'assiette de viande et saisit maladroitement la crosse du S&W 500 à sa ceinture. Il n'eut le temps de tirer qu'une seule balle, qui manqua sa cible. La lame épaisse s'abattit sur son crâne, le frappant de plein fouet. Le choc émit un bruit sourd, mais Stan n'était déjà plus là pour l'entendre. Il s'écroula avec la hache enfoncée de tout son tranchant dans son front. Gardner se rua sur son revolver par terre. Il le pointa vers le bout du couloir, le tenant à deux mains, bien fléchi sur ses jambes, comme il l'avait appris durant ses leçons de tir.

Dans les secondes qui suivirent, Joe et Ralph, alertés par la détonation, déboulèrent au bout du corridor, arme en main, pile dans la ligne de visée de John. Ce dernier ouvrit le feu, prolongeant son cri enragé tout en vidant le chargeur du S&W 500. Les deux hommes s'écroulèrent, touchés par plusieurs balles.

John continua de presser la détente du revolver malgré le clic-clic lui indiquant que tous les projectiles avaient été tirés. Les deux tueurs rampaient misérablement vers le fond du couloir, espérant peut-être échapper à leur extermination. En proie à cette même fureur démentielle, John lâcha le révolver et se saisit à deux mains de la hache, mais elle était coincée dans le crâne de Reed et il dut s'y reprendre à deux fois pour l'en extraire en lui bloquant la tête avec son pied. Il courut alors jusqu'à ses deux acolytes et, dans un état de rage maximale, fit s'abattre sur eux une colère d'acier lourde et tranchante. Il ne s'arrêta que lorsqu'ils furent littéralement réduits en morceaux.

Il tomba à genoux, à bout de souffle, dans le sang qui s'étalait autour des deux amas de chair déchiquetée, prit la tête de Bates dans ses mains ensanglantées, lui agrippa les cheveux, serra les dents et grogna comme une bête. Puis tout son corps finit par se relâcher, et il se mit à pleurer.

Durant un long moment, il resta immobile. Jusqu'à ce que l'odeur du sang et la vue des chairs à vif déclenchent en lui une pulsion irrationnelle : dévorer ces corps, apaiser complètement sa haine. Et sa faim.

Il allait le faire quand une main se posa sur son épaule. Il releva la tête, se tourna. C'était Timothy. Il se tenait debout, les bras ballants. Il le regardait en silence. Ses yeux n'exprimaient qu'un vide empli de peur. John resta quelques secondes hagard. Il revint à lui et se redressa sur ses genoux. Il prit son fils dans ses bras.

– C'est terminé… Tim. On les a eus… on les a eus.

Il serra Tim très fort contre lui. L'enfant ne décrocha pas un mot. Ses yeux étaient encore fixes, grands ouverts, ses mains étaient froides. John le souleva, enjamba les corps dépecés, et l'emmena avec lui plus loin. Tim était très pâle.

– Est-ce que ça va, mon bonhomme ?

Après un long silence, ce dernier parvint à articuler des mots :

– J'ai… J'ai peur, papa.

– C'est fini, Tim. Papa les a tués. Grâce à toi. Dis-moi, comment êtes-vous entrés dans la gaine d'air conditionné ?

L'enfant mit encore de longues secondes pour arriver à formuler sa réponse.

– Par… Par le grenier. On était cachés dedans.

– C'est très bien, mon petit champion.

Samantha accourut vers eux. John tremblait encore des pieds à la tête.

– Papa.

– Ma chérie.

Elle les serra fort, tout en pleurant.

– C'est fini, Sam. Tu n'as rien ?

Non. Ça va.

Il embrassa ses enfants longuement. Très fort. Jusqu'à ce que son étreinte génère un semblant de chaleur, au fond de ce gouffre glacé par la mort. Il pensa soudain à Sally.

– Très bien. Allez dans le salon, buvez et réchauffez-vous près du feu. Je vais chercher maman.

Elle ne pouvait être que dans l'une des pièces de ce niveau puisqu'il l'avait entendue depuis la cave.

– Sally…

Il passa devant l'une des baies vitrées et s'arrêta un instant face aux forêts blanches encore prises dans la tempête. La vision avait quelque chose de rassurant, à présent.

– Sally !

Un silence mortuaire figeait les lieux.

Il ouvrit une à une toutes les portes et la trouva dans une chambre réservée au personnel. Elle était étendue sur un lit une place, nue, les poignets et les jambes noués au sommier par des cordes. Ses yeux étaient fixes. La vie avait déserté son regard. L'espace d'un instant, John la crut morte. Frappé par un malaise, il s'appuya contre le mur pour ne pas s'écrouler. Les yeux vitreux de Sally se détachèrent lentement du plafond et s'orientèrent vers lui.

– John…, murmura-t-elle faiblement.

Il se rua vers le lit et la libéra, puis la prit dans ses bras et l'enveloppa d'une couverture.

– Ma chérie…

Le regard de Sally restait absent.

– Parle-moi, Sally.

Son corps était inerte. Ses bras tombaient sur le matelas. John crut un instant qu'il allait craquer. Il serra les dents pour ne pas hurler, passa sa main dans le dos de Sally et la frictionna pour la réchauffer. Mais le froid n'était pas extérieur.

En elle, quelque chose s'était éteint.

Il la porta jusqu'au salon où il l'allongea sur un canapé. Sam et Tim ajoutaient du bois dans la cheminée. Ils se jetèrent sur leur mère en la voyant.

– Maman !

– Restez près d'elle, les enfants.

John se leva et marcha, titubant, vers la cuisine où il se versa un verre d'eau qu'il but d'un trait et en servit un pour Sally. Il était essoufflé, eut un moment d'absence, revint à lui et retourna dans le salon.

Il tendit l'eau à Samantha. Il n'arrivait pas à regarder Sally. Ça lui faisait trop mal.

– Occupez-vous de maman, leur dit-il d'une voix tremblante. Je vais monter pour aller aider les autres.

Il s'éloigna avec l'image des yeux ternes de sa femme fixés sur lui, grimpa l'escalier avec difficulté, se demandant où il avait trouvé l'énergie pour tuer Reed et ses complices. Arrivé devant la porte de la chambre, il s'aperçut qu'elle était fermée. La clé était sûrement dans l'une des poches d'un des cadavres. Il n'eut pas le courage de redescendre pour les fouiller. Alors il recula de quelques pas et, puisant dans ses dernières forces, s'élança vers le panneau de bois, projetant son épaule en avant. Celui-ci céda, et il termina sa course en s'affalant par terre, à quelques centimètres de son fils Ted, d'Ashley, de Christine, d'Owen, de Nataly et de Jenny, tous ligotés et à demi conscients.

– Papa ! cria Ted en revenant à lui.

Ashley émergea à son tour. Et les visages s'illuminèrent un à un en voyant que ce n'était pas le boiteux qui était là, mais John. Ils ne rêvaient pas, c'était bien lui. Il les détacha un à un. L'état d'Owen était critique. Il était blanc comme un linceul et sa respiration était courte.

– J'ai peur que sa santé s'aggrave encore s'il ne reprend pas des forces rapidement, dit Christine d'une voix faible.

Il y avait une solution. John capta pendant un très bref instant le regard de Christine et comprit qu'elle y avait pensé aussi. Cela resta entre eux sans qu'ils osent mettre des mots dessus, comme une confidence inavouable.

31

Les heures qui suivirent la libération héroïque menée par John furent à peine plus lumineuses que celles qui les avaient précédées. Il n'y eut pas de discours du grand chef – ce dernier était effondré au chevet de son épouse. Personne ne trinqua à la liberté – la réserve d'alcool était épuisée. Aucune véritable joie ne se lisait sur les visages. Oui, ils étaient débarrassés de la menace des trois criminels, mais, à l'extérieur, leur principal ennemi continuait de les harasser. Et la question de la nourriture se posait plus que jamais.

Gina s'était retirée dans une chambre inoccupée. Le lit n'avait pas de draps et elle ne voulait pas demander à Sally de lui en donner. Elle se contenterait de la couverture qu'elle avait prise dans un salon. Sally n'était de toute façon plus en état de jouer son rôle de maîtresse de maison. Et Gina souhaitait ne plus voir personne. C'était pour cette raison qu'elle s'était enfermée à clé dans cette chambre. Elle ne supportait plus la situation, à commencer par celle de son couple. Jack l'ignorait complètement. Et les autres se comportaient avec elle comme s'ils avaient affaire à une pestiférée. Et puis… il y avait *les voix*. Elle ne rêvait pas. Elle les entendait aussi clairement que le vent qui mugissait derrière les fenêtres.

Elles l'appelaient.

Elles voulaient qu'elle les rejoigne. Gina leur parlait, par moments. Elles étaient bienfaisantes. Gina leur avait demandé où elles voulaient l'emmener. Les voix avaient ri. Des rires enfantins. Chaleureux. Elles lui avaient répondu :

De l'autre côté, Gina… de l'autre côté…

Dans un monde sûrement plus accueillant que celui-ci, avait déduit Gina. Alors elle s'était mise à les écouter. Sans perdre un seul de leurs mots. Elle commençait à comprendre leurs intentions.

Tu seras mieux avec nous, Gina... Tu seras libre.

Elles ne lui souhaitaient aucun mal.

Plus aucun de ces êtres méprisables ne te fera souffrir. Nous te protégerons d'eux.

Elle était prête à les rejoindre.

– Dites-moi comment faire pour venir dans votre monde.

Il te suffit de le vouloir... de le vouloir de tout ton cœur.

– Oui, je le veux. Je veux quitter cet endroit et venir vers vous. Je n'ai plus ma place ici.

Nous t'accueillerons, tu seras bientôt des nôtres... et nous nous en réjouissons...

– Mon mari est un salaud ! Il ne m'a jamais comprise.

Oui, nous savons cela, Gina... Nous connaissons toutes tes souffrances.

– Ma propre fille me rejette. Moi, sa mère, après tout l'amour que je lui ai donné.

Parle-nous... Nous t'écoutons.

– Je voudrais ne plus être là, je voudrais ne plus être parmi ces personnes.

Il te suffit de venir vers nous. Viens Gina...

– Je crois qu'ils cherchent à me rendre folle.

Oui, parce qu'ils ne te comprennent pas... Parce que tu es différente, Gina.

– Parfois je voudrais qu'il meure. Je voudrais que Jack meure.

Tu peux le tuer si tu veux...

– Mais je l'aime encore.

Elle se mit à pleurer.

Il te rejette, Gina... Il est comme les autres. Ses poings se serrèrent. *Ils cherchent tous à te rendre folle. Ils cherchent tous à te détruire.*

Elle hurla, bondit et se saisit de la table de chevet, la leva au-dessus de sa tête et la fracassa par terre en criant de rage. *Ils cherchent à te faire du mal, Gina.* Elle s'en prit aux rideaux, les arracha de la fenêtre en tirant dessus de toutes ses forces. Elle cria encore, tomba à genoux, agrippa son visage et le serra fort, très fort, enfonçant ses ongles dans sa chair. Elle voulait sortir d'elle-même, ou tout détruire autour d'elle… Elle se releva et s'attaqua aux tableaux de la chambre.

32

La lumière déclinait peu à peu, un bleu vague derrière la couche de glace, annonçant le début du crépuscule. Pour les occupants d'Eagle Nest, le jour et la nuit ne formaient plus qu'une seule continuité, faite de terreur. Mais à présent, l'heure était à l'espoir.

La fin du cauchemar paraissait se dessiner.

Pourtant les visages restaient éteints. Et l'un d'eux manquait à l'appel. John avait suivi les traînées de sang sur le sol. Celles-ci l'avaient conduit jusqu'à la chambre froide. À l'intérieur, en soulevant la bâche qui l'enveloppait, il avait découvert le corps de Phil. Une pellicule scintillante de givre recouvrait son visage blanc, parfaitement serein. Cela lui donnait un aspect précieux, semblable à celui d'une pièce de joaillerie. Le contraste entre cette sérénité et ce qui se trouvait sous son menton était frappant.

Sa gorge avait été comme arrachée. John avait été saisi d'une brusque envie de vomir. Il était parvenu à se retenir, probablement parce qu'il n'avait rien dans l'estomac. Il avait ensuite complètement retiré la bâche qui le recouvrait et constaté que Phil avait été amputé de sa jambe gauche, jusqu'à l'aine. La section était nette, sans la moindre déchirure de tissus ou éclat d'os. John avait remarqué la disqueuse posée dans un coin de la cuisine. Ils s'en étaient certainement servis pour découper leur ami.

John n'était pas resté plus longtemps, car il commençait à avoir très froid. Il était ressorti de ce caveau glacé avec beaucoup de questions, et avec l'impression d'emporter l'âme de

Sewell avec lui, un peu comme ces égyptologues pilleurs de tombeaux.

Qui étaient vraiment ces trois hommes ? Des détenus évadés, d'accord, mais qu'en était-il de leur identité, de leur passé, des crimes qu'ils avaient commis ? John resta assis un long moment sur la moquette du couloir, devant la porte de la chambre froide. Le mugissement du vent venait lui souffler que la tempête était loin de cesser. Et cela l'amena à une autre question qui l'avait suivi depuis cette pulsion qu'il avait ressentie face aux corps mutilés des tueurs. Et cette question-là était de loin la plus difficile.

Était-il possible qu'eux aussi en arrivent à manger leur chair pour survivre ?

Concrètement, si le blizzard devait continuer, combien de jours pourraient-ils encore tenir sans nourriture ? Ils étaient déjà affaiblis au point de ne plus parvenir à penser clairement. Leur motricité était aussi affectée. Combien de temps avant d'être transformés en légumes, incapables de raisonner ni même d'aligner quatre mots cohérents ? La limite de la lucidité pouvait être franchie sans qu'ils en aient conscience. Et lorsqu'ils seraient passés de l'autre côté, ni John ni personne ne serait plus en état de prendre les bonnes décisions. Il fallait anticiper cette échéance avant qu'il soit trop tard.

La réponse était brutale, inéluctable.

Oui. Ils devraient bientôt se nourrir de chair humaine pour survivre. Parce qu'il n'y avait pas d'autre possibilité.

33

Cela faisait maintenant onze jours que la tempête avait débuté. Au cours des dernières quarante-huit heures, elle alternait avec des phases moins violentes, puis revenait à son état initial. La couche de neige dépassait largement deux mètres.

Les moments d'absence de John se faisaient de plus en plus fréquents. Les autres étaient, eux aussi, affectés, mais il lui était difficile d'évaluer à quel point. Gina se tenait enfermée dans une chambre. Parfois, des cris s'élevaient derrière la porte verrouillée de l'intérieur. Elle ne répondait pas quand on essayait de lui parler. Nataly s'était murée dans le silence. Sally semblait avoir épuisé ses réserves de larmes. Son visage n'exprimait plus rien. Elle ne disait pas un mot et restait prostrée, isolée dans une bulle de souffrance. Par moments, de la détresse apparaissait sur ses traits, comme si elle prenait conscience de son état et cherchait à déchirer cette frontière invisible qui la séparait du monde, sans y parvenir. Jenny et Steven, quant à eux, affichaient une détermination optimiste, proche de l'obsession. Le jeune couple demeurait à l'écart des autres. Il leur arrivait même de descendre à la salle de sport. Owen était la plupart du temps inconscient. Christine veillait sur lui, le faisait boire, lui parlait tout bas. Ted, Ashley, Samantha et Tim formaient un pack soudé. Leur jeunesse, et peut-être leur inconscience, semblait avoir tissé un cocon protecteur autour d'eux.

Jack et Steven avaient repris connaissance le jour suivant la libération, émergeant avec difficulté de la léthargie médicamenteuse prescrite par feu le docteur Dillard. Le couple Jack-Gina était brisé, et cela semblait irréversible. Les crises d'hystérie de Gina n'inquiétaient plus Jack. Lorsqu'elle se mettait à hurler et à lui adresser des insultes en italien, Jack encaissait avec détachement. Il avait trouvé un double de la clé de la chambre où elle s'était enfermée. Il était entré et lui avait demandé de descendre avec les autres et de cesser de crier pour rien. Gina l'avait regardé et, sans prononcer un mot, l'avait suivi docilement. Dans le salon, Jack se tenait assis à distance d'elle. Il l'observait d'un regard morne, un peu comme lors de ces après-midis pluvieux, quand il s'attardait sur le panorama de Central Park depuis la fenêtre de son bureau de New York.

*

Steven emmena Jenny dans leur chambre.

– Tiens-toi prête. On va partir.

Jenny le regarda, ne sachant quoi dire, stupéfaite. Steven était essoufflé.

– Mais, tu as vu notre état ? On est complètement à plat, dit-elle.

– Tu oublies quelque chose.

– Quoi ?

– Les courses qu'on avait faites juste avant de venir. Je n'avais pas terminé de vider le coffre de la voiture. Le sac de deux kilos de barres énergétiques en vrac y était resté. Je ne me le suis rappelé que tout à l'heure. Ça a fait tilt !

Les yeux de Jenny se mirent à briller.

– Tu veux faire comme on avait prévu ? Partir sans rien dire aux autres ?! s'exclama-t-elle tout bas.

– Exactement. Parce que Gardner ne nous laisserait pas partir.

– Nous sommes quand même libres de nos mouvements, non ?

– Pas de son point de vue. Pour lui, nous sommes sous son autorité. Et elle n'est pas discutable.

– Je ne sais pas si j'aurai la force, dit Jenny, je suis exténuée.

– Après avoir mangé, tu verras les choses autrement.

– Tu veux partir quand ?

– Dès la prochaine accalmie, il faudra être prêts.

Il s'approcha d'elle et passa la main dans ses cheveux. Il déposa un baiser sur ses lèvres. Elle l'enlaça, et ils restèrent un moment à se regarder dans les yeux.

– J'ai cru qu'ils allaient vous tuer quand ils vous ont conduits dans cette cave, dit-elle.

Une larme roula sur sa joue.

– Ils ne l'ont pas fait, ma chérie.

Il l'embrassa tendrement.

– Steven, ton visage…

– C'est rien. Ça cicatrisera.

Elle se serra contre lui.

John avait rassemblé tout le monde près de la cheminée, dans le grand salon. Le système de ventilation étant obstrué par la neige, les effluves de sang et de début de décomposition des trois corps gagnaient peu à peu les autres pièces. Steven et Jenny descendirent pour rejoindre les autres.

John s'adressa à tous :

– Mes amis, nous avons survécu, et nous ne devons notre survie qu'à notre courage et notre ténacité. Mais notre épreuve ne s'arrête pas là.

Les bras croisés, Steven observait la scène plus qu'il n'écoutait, à demi irrité, à demi amusé par le discours granguignolesque de Gardner. Ses réunions systématiques de chef d'entreprise avaient un côté théâtral qui tournait désormais au ridicule. Gardner était amaigri, hirsute, sa barbe était de travers et son expression celle d'un fou. Sa chemise à carreaux de bûcheron et son pantalon étaient maculés de traces de sang oxydé noirâtres, ce qui le faisait paraître aussi dangereux, voire plus, que les trois criminels qu'il avait massacrés à coups de hache et de revolver. Les autres l'écoutaient, fascinés. Toutefois, Nataly et Christine évitaient ses yeux lorsqu'il les regardait. Peut-être avaient-elles peur de lui. Certainement.

– Notre seul ennemi maintenant est le blizzard. Et nous ne savons pas combien de jours cela peut encore durer. Nous avons été très forts jusqu'à présent. Il faut continuer comme ça.

Il fit une pause et balaya l'auditoire du regard.

– Mais nous sommes face à un problème majeur : cela va faire six jours que nous sommes sans nourriture. Nous savons, et nous ressentons tous, que nous ne pourrons pas tenir longtemps. Et même si la tempête devait cesser demain, il s'écoulerait encore un nombre de jours indéterminé avant que des secours viennent jusqu'à nous. C'est pourquoi j'ai pris une décision qui s'impose d'elle-même.

Il but un peu d'eau et s'éclaircit la gorge avant de reprendre, d'un ton plus ferme :

– Nous prélèverons de la chair sur les corps des personnes mortes et nous nous en nourrirons. Parce que c'est notre seule chance de sortir d'ici vivants.

Des cris d'effroi étouffés s'élevèrent.

– Je ne ferai pas ça ! s'écria Nataly.

Chacun se regarda, stupéfait.

– Ce type est dingue, commenta Steven tout bas à l'intention de Jenny.

– C'est répugnant, dit Ashley.

John leva les mains et reprit, catégorique :

– Je vous demande de ne considérer qu'une seule chose : si nous continuons sans nous alimenter, la seule issue est la mort.

Ces paroles jetèrent un silence de plomb sur le groupe.

Jack se plaça à côté de John.

– Je suis d'accord avec John. Ces monstres se sont bien nourris de l'un d'entre nous ! Est-ce que nous allons nous laisser mourir pour préserver leurs dépouilles, ou notre conscience ? Sommes-nous stupides à ce point ?

Owen leva le bras.

– Je suis d'accord, dit-il faiblement.

John s'adressa à Jack, à mi-voix :

– J'ai besoin d'aide pour transporter les corps dans la chambre froide. Si nous ne le faisons pas tout de suite, la décomposition va les altérer. Je peux compter sur toi ?

– Évidemment, John.

– Parfait.

John reprit tout haut :

– Je comprends que certains soient choqués, ou même opposés à cette décision. Mais encore une fois, je vous demande de penser rationnellement et avec objectivité. C'est le seul moyen que nous avons de survivre. Si quelqu'un a une autre solution, qu'il l'expose.

Puis il souffla à Jack :

– Allons-y, il y a des bâches pour véhicules dans le garage. On les découpera pour transporter les corps.

34

Une autre nuit glaciale, indifférente, enveloppa le lodge. Plusieurs fois, John avait traversé la cuisine, où, sur les feux de cuisson, se trouvait la poêle utilisée par Dillard. L'odeur qui s'en dégageait avait éveillé sa faim. Mais il éprouvait encore de la répulsion à l'idée de passer à l'acte. Cela le rassurait, quelque part. Il n'était pas un monstre. Vu sous un autre angle, il trouvait cette réaction stupide. L'homme se nourrit bien de chair animale sans que cela lui pose le moindre problème. *Mais nous ne sommes pas des animaux.* Pourtant, cette odeur de viande cuite… s'il n'avait pas su qu'il s'agissait de Phil Sewell…

Un calme plat flottait dans le salon. Une impression de sérénité artificielle et inconfortable. Personne ne parlait, sûrement parce que garder le silence était ce qu'il y avait de mieux à faire. Ou parce que personne n'en avait plus la force. Les masques étaient immobiles. Derrière, des bribes de pensées se succédaient aléatoirement. Rien de cohérent. La faim se faisait de plus en plus pressante.

Il était 22 h 18 à la montre de John quand Christine le prit à part :

– John, je suis horrifiée de ce que je vais te dire, mais Owen est très mal. Est-ce que tu vas t'occuper de… préparer ce que tu as annoncé tout à l'heure ? Sinon, je peux essayer de le faire. Parce qu'il faut vraiment qu'il reprenne des forces.

John posa la main sur son épaule.

– Je vais m'en charger, Christine, dit-il, l'air sûr de lui.

Il marcha jusqu'à la chambre froide, se demandant s'il arriverait à le faire, l'ouvrit, passa la tête dedans, examina les quatre corps, ressortit et referma la porte. Il revint ensuite vers le salon sans trop savoir pourquoi il était allé regarder dans la chambre froide.

– Jack, je vais avoir besoin de toi. Mais j'ai une question.

– Je t'écoute, John.

– Lequel d'entre eux va-t-on sélectionner ?

Jack Murray passa sa main dans ses cheveux et réfléchit. Il était aussi déboussolé que John.

– Je ne sais pas. Sûrement pas Phil en tout cas.

– Non, bien sûr que non.

– Le plus logique serait de choisir celui qui était en meilleure santé, dit Jack.

– C'est ce que je pense aussi.

– Celui qui boitait est à exclure.

– Oui, évidemment… Leur chef, Stan Dillard. Voilà notre homme, dit John.

Jack approuva d'un hochement de tête.

Ils restèrent un instant à hésiter.

– OK, dit John. Allons-y.

Ils se dirigèrent vers la chambre froide, John en tête, déterminé. Intérieurement, c'était une autre histoire. Il tira la porte, libérant un nuage glacé qui s'étala à leurs pieds et se répandit dans le couloir. Ils entrèrent. John souleva une bâche pour s'assurer qu'il s'agissait bien de Stan Dillard. Le cuir chevelu du cadavre, marqué par une profonde entaille d'où sortait une matière cervicale rosâtre congelée, le lui confirma.

– D'accord, dit Jack, qu'est-ce qu'on en fait ?

John déglutit, une boule de plomb au creux de l'estomac.

– Il faudra utiliser la disqueuse pour… pour découper son corps. On stockera les morceaux dans le frigo de la cuisine.

Le visage de Jack devint pâle.

– Où va-t-on faire ça ? bredouilla-t-il.

– Quoi ? dit John, largué lui aussi.
– Découper le… son corps.
– Le mieux sera le garage. Il y a un atelier.

John referma la bâche et attrapa une extrémité du corps. Jack fit de même en face. Malgré le froid, leur front était en sueur. Ils empruntèrent un autre couloir pour éviter le salon. Dillard pesait un poids incroyable. Ils durent faire plusieurs pauses avant d'atteindre leur but. Une fois dans le garage, ils le déposèrent sur l'établi. John alla brancher la disqueuse. Ils passèrent tous les deux des lunettes de protection et une blouse blanche imperméable de peinture.

John découpa la bâche et découvrit le corps. Le faciès de Dillard était pétrifié en une statue de cire grotesque et affreuse. La surprise de l'impact de la hache lui avait fait refermer ses dents sur sa langue. Celle-ci était en partie sectionnée et sortait sur le côté, devant sa mâchoire serrée. Ses yeux à demi ouverts lui donnaient une expression d'attardé.

– Est-ce qu'on ne devrait pas lui ôter ses vêtements ? demanda Jack.
– Inutile. Autant gagner du temps. Et pour tout te dire, je n'ai pas envie de faire ça.
– C'est toi qui vois, bafouilla Jack.

John revit Dillard en pensée, quand il le torturait au fond de la cave. Il entendit à nouveau les cris de Sally, quand ce salaud la violait. La haine remonta d'un coup. Les tremblements qui le parcouraient cessèrent, remplacés par les braises de la fureur.

Il démarra la disqueuse et, sans attendre, attaqua la jambe droite de Dillard, juste en dessous de l'os de la hanche.

Ted se réveilla en sursaut.
– Tu as entendu ça ?

Ashley redressa la tête et regarda autour d'elle dans le salon.

– Non. Qu'est-ce que c'était ?

Le bruit de la disqueuse reprit.

– On dirait le même engin que l'autre nuit, dit Ted.

Les autres avaient aussi été tirés de leur sommeil et cherchaient d'où venait le tapage. Les vrombissements continuèrent par intermittence durant une dizaine de minutes, et cela s'arrêta. Un moment plus tard, tous virent passer John et Jack. Ils déposèrent des paquets dans le frigo, ôtèrent leurs gants et se lavèrent les mains dans l'évier. Puis John vint murmurer quelques mots à Christine, qui parut soudain troublée. Elle parla à l'oreille de son mari et, après un moment, se leva et se dirigea vers la cuisine. Elle ouvrit le réfrigérateur et en sortit l'un de ces paquets enveloppés dans des sacs de plastique noir. Ted et Ashley se redressèrent et l'observèrent plus attentivement.

– Ne me dis pas que c'est ce que je pense, dit Ashley.

Christine plaça une poêle sur un feu à gaz et l'alluma.

– Je crois que c'est ce que tu penses, répliqua Ted, avant d'ajouter : et c'est ce que je pense aussi.

Christine prit un couteau dans un tiroir. Son teint était pâle et son visage creusé. Elle se forçait à faire ce qu'elle était en train de faire. Elle sortit le contenu enveloppé de plastique et, dans ce qui semblait être un bloc de viande, elle découpa une tranche. Puis elle jeta de l'huile dans la poêle et y déposa ce qu'elle venait de couper. Le système d'aération inopérant, l'odeur de cuisson se répandit rapidement dans la cuisine, puis dans le salon.

– Quelle horreur ! s'exclama Ashley en remontant le col de son pull pour se couvrir le nez.

– Ça sent exactement comme une entrecôte, dit Ted.

Ashley lui donna un coup de coude.

– Hé !

– Ne me dis pas que tu serais capable de manger *ça* ! lui lança-t-elle en le foudroyant des yeux.

– En dernier recours, je pense que je pourrais le faire.

– Tu es horrible, dit Ashley.

Et elle lui tourna le dos.

– Tu ne ferais pas pareil, toi ?

– Je ne pourrais pas, répliqua-t-elle.

– Je suis de l'avis de Jack, dit-il, ces types ont eu le sort qu'ils méritaient. Et maintenant, c'est à nous de survivre.

Ashley ne répondit rien.

– C'est dingue, reprit Ted.

– Quoi ?

– Tout ça ressemble à un sujet sur lequel on a planché en psycho, l'année dernière.

– Raconte.

– Je vais faire mieux que ça. J'ai encore le cours dans mon PC.

Il se leva et revint moins d'une minute plus tard avec son ordinateur.

– Tiens, le mieux c'est encore que tu le lises directement.

Il ouvrit le fichier et tourna son écran vers Ashley. Elle lut le titre, écarquilla les yeux tout grands.

– Ce sont des faits réels ?!

– On ne peut plus réels. C'est tiré d'un article de journal uruguayen de l'époque.

Elle entama la lecture.

35

L'individu et le groupe face à la survie

« Les survivants cannibales du vol 571. »

Montevideo, Uruguay. Jeudi 12 octobre 1972.

Un Fairchild FH-227 décolle en direction de Santiago du Chili. À son bord, quarante-cinq passagers. Une équipe de rugby et leurs proches. Ils se rendent à Santiago pour un tournoi. L'arrivée sur l'aéroport chilien est prévue le soir même. Cependant, la météo est mauvaise et l'avion doit se poser à Mendoza, en Argentine. Les voyageurs passent la nuit sur place, et l'avion repart le lendemain matin. Santiago n'est plus loin, à quelques dizaines de kilomètres, mais il faut contourner la cordillère. Le pilote connaît ces montagnes et sait combien il est délicat de survoler la « muraille des Andes ». Il s'y niche des tempêtes violentes et des masses nuageuses compactes. Il a prévu, dans son plan de vol, de contourner le massif montagneux, qui est l'un des plus dangereux du globe.

Mais alors qu'il file vers le sud en longeant la cordillère, l'avion entre dans une perturbation. Le pilote va alors virer sur sa droite. Mais beaucoup trop tôt. Et sans même le savoir, il vole tout droit vers les sommets qu'il était censé contourner. Avec un tel avion, il ne peut pas passer. Mais à cet instant, son copilote et lui pensent suivre le plan de vol initial.

Très vite, l'avion traverse des trous d'air. La visibilité est réduite à son minimum. Certains passagers, terrifiés, aperçoivent par moments les parois des montagnes défiler juste derrière les hublots. Le pilote tire sur le manche comme il peut. Mais l'avion est trop lourd. L'aile droite est la première à percuter la montagne, dans un fracas indescriptible. Ensuite, c'est la queue qui heurte une cime et se détache, emportant avec elle les passagers de la partie arrière, happés par le vide. L'avant de l'appareil s'abat sur une pente enneigée et glisse sur un kilomètre et demi, puis s'immobilise.

Il est 15 h 32, et c'est le début d'un cauchemar qui va durer plus de deux mois pour les survivants. Dans la carlingue, des passagers reprennent conscience. L'arrière de l'avion a entièrement disparu, ne laissant qu'une ouverture circulaire béante. À l'avant de l'appareil, des gémissements et des hurlements de douleur s'élèvent, ceux des passagers projetés hors de leur siège au moment du crash. Certains d'entre eux arrivent à bouger, mais d'autres sont morts, disloqués lors du choc. Sur quarante-cinq passagers, trente-trois ont survécu.

Le pilote est mort, et le copilote est gravement blessé, incarcéré dans la tôle broyée du cockpit. Il souffre tellement qu'il demande qu'on lui apporte un revolver pour en finir.

Il fait un froid intenable et la cabine de l'avion, ouverte d'un côté, est leur seul refuge pour s'abriter pendant la nuit. Quand le soleil se lève le lendemain matin, tout le monde a faim, et un constat s'impose : il n'y a aucune réserve de nourriture nulle part, seulement quelques chocolats et bouteilles d'alcool. À la fin de l'après-midi, les survivants ne sont plus que vingt-huit. Cinq blessés sont décédés. Ils les sortent et les déposent dans le froid, avec les autres, près de la carlingue.

Au dixième jour, un coup dur s'abat sur eux quand ils entendent à la radio que les recherches sont terminées. Mais le plus terrible est qu'à présent ils n'ont plus rien à manger.

Ils vont tout essayer : la mousse des sièges, le cuir des valises, les poudres de maquillage, l'eau de Cologne… À un moment, Nando s'approche de Carlito et lui glisse à voix basse : « Je vais manger le pilote. » Et il ajoute : « C'est ça ou mourir de faim, Carlito. » Ce dernier court voir les autres. « Nando est devenu fou ! Il veut manger le pilote ! » et les autres de répondre : « Il n'est pas fou. Nous aussi, on a eu la même idée. » « On n'a pas le choix, Carlito. »

Alors, avec pour couteaux des débris de hublot et des morceaux de carlingue, ils entreprennent de découper un premier cadavre. Celui du pilote.

Gustavo, l'un des survivants, raconte :

« Quand ils sont revenus, ils avaient des petits morceaux de chair dans les mains, Fito m'en a tendu un. Je l'ai pris. La chair était d'un blanc grisâtre, dure comme un bout de bois. Et très froide. Je me suis forcé à penser que ce n'était plus une partie d'un être humain. L'âme de cette personne avait quitté son corps. Pourtant, il m'a fallu du temps. J'évitais de regarder les autres, mais je les voyais du coin de l'œil. Certains étaient assis comme moi, la viande entre les mains, et essayaient de rassembler leur courage pour la manger. D'autres mâchaient avec détermination. J'ai fini par mettre la viande dans ma bouche. Elle n'avait aucun goût. J'ai mâché une ou deux fois avant de me forcer à avaler. Je ne ressentais ni honte ni culpabilité. Je faisais simplement ce qui s'imposait pour survivre. Je comprenais l'ampleur du tabou que nous venions de briser. Mais la seule émotion forte que j'ai éprouvée à ce moment-là fut du ressentiment contre le destin qui nous avait contraints de choisir entre cette horreur-ci et celle d'une mort certaine. » Et quand le corps du pilote sera réduit à l'état de squelette, ils feront pareil avec les autres.

Au dix-huitième jour, pour ajouter à leur malheur, une avalanche vient ensevelir l'épave. Au prix d'efforts surhumains, ils parviendront à s'extraire de la masse de neige, mais huit d'entre eux périront au cours de la nuit.

Les jours et les semaines passent, dans l'horreur de la mort autour d'eux, en eux, et celle de la folie qui les guette. Ils continueront à rationner la chair de ceux qui n'ont pas eu la chance de survivre.

11 décembre. Cela fait deux mois qu'ils sont là. Numa vient de mourir, c'était le plus jeune de l'équipe. Il était très

maigre et très faible. Raphaël est mort aussi, des suites d'une gangrène. Ils ne sont plus que seize. Une idée trotte dans la tête de Nando depuis quelques jours : partir à pied pour aller chercher des secours. Et ce qui le motive peut-être est le fait que, dans le garde-manger, on en sera bientôt à se nourrir de sa mère et de sa sœur. Partir, plutôt que d'affronter ça. Alors, tout le monde se met à préparer l'expédition pour trois des plus déterminés d'entre eux.

Nando, Roberto et Antonio se mettent en route un matin ensoleillé, couverts de plusieurs couches de vêtements et emportant avec eux de l'eau, ce qu'il reste d'alcool et de la nourriture. Le premier col qu'ils vont escalader s'élève à quatre mille quatre cents mètres. Mais à cet instant, ils n'ont aucune idée de l'altitude à laquelle ils se trouvent. L'air se raréfie. Ils s'essoufflent et ont la tête qui tourne. Des pauses fréquentes jalonnent leur progression. Le soir, ils dorment dans une brèche, blottis, à trois dans leur grand sac de couchage, et ils font tourner la bouteille d'eau-de-vie pour se donner du courage. Le lendemain, Antonio abandonne et rebrousse chemin vers l'épave de l'avion.

Nando et Roberto s'obstinent. Et ils marchent ainsi pendant dix jours, dix interminables jours au cours desquels ils croiront mourir plusieurs fois, de faim, de froid, de désespoir. Et puis, un matin, la terre, enfin. Mais pour l'instant, aucune âme qui vive. La viande a pourri et Roberto a attrapé la dysenterie, mais qu'importe, ils continuent à avancer.

Peu à peu, la végétation devient plus dense. Ils sont épuisés et finissent par s'endormir au bord d'une rivière. Quand ils se réveillent, il y a un homme à cheval, sur la rive d'en face. Mais le courant est trop fort. Impossible de traverser. Le cavalier leur envoie du papier et un crayon attachés à une pierre. Nando griffonne quelques mots pour informer le paysan de leur situation. Alors, ils voient l'homme se remettre en selle et disparaître au galop. Ils sont sauvés. Leur attente des secours durera encore dix heures jusqu'à ce qu'ils aperçoivent au loin arriver des cavaliers de la garde montée chilienne. « Nous avons entendu un bruit de foule et avons vu une horde de journalistes qui remontaient le chemin boueux. Ils se sont rués sur nous. » À ce moment, la nouvelle est annoncée et, là-haut, les survivants sont en liesse, car ils l'entendent à la radio. Les journalistes les assomment de questions. « Combien sont-ils, là-haut ? Comment est-ce que vous avez survécu ? Et qu'est-ce que vous avez mangé ? » Nando et Roberto n'avaient certainement pas prévu de répondre si vite à cette question. Nando dira : « Sur ce sujet, on préfère ne pas répondre. » L'urgence est maintenant d'aller chercher les autres. Roberto indique le lieu du crash sur une carte et c'est en hélicoptère qu'ils remontent vers les sommets.

Les médecins seront stupéfaits de leur état de santé après plus de deux mois de survie dans de telles conditions. Certains parleront même de miracle. Mais rapidement, les rescapés des Andes révéleront comment ils ont pu survivre. Malgré la polémique que cela entraînera, le récit de cette expérience humaine unique fera le tour du monde.

36

Christine avait découpé de petits morceaux de viande cuite et les avait servis dans un bol. Elle les prenait entre ses doigts et les mettait un par un dans la bouche d'Owen, un peu comme aurait fait une mère pour son bébé. Ce dernier les mâchait lentement et, à l'entendre gémir, appréciait son repas. Ashley, Samantha et Nataly le regardaient manger avec une expression de dégoût prononcée sur le visage. Owen fut le premier à se nourrir, cette nuit-là.

Le vent diminua peu à peu en fin de soirée. Steven et Jenny se parlaient tout bas. C'était peut-être le début d'une accalmie. Peu après minuit, ils montèrent dans leur chambre.

– Parfait, dit Steven, on va attendre qu'ils soient tous endormis. Il faudra faire attention en récupérant les skis et les raquettes dans la remise.

– D'accord. Ne surtout pas oublier les clés de la voiture, dit Jenny.

Ils échangèrent un sourire complice. Puis un baiser. Puis ils se jetèrent sur le matelas et se déshabillèrent. Ils avaient tellement besoin de se sentir l'un contre l'autre, l'un dans l'autre. L'espoir de se sortir de ce cauchemar faisait affluer la vie en eux, comme un torrent qui coulait à nouveau dans son lit tari par la sécheresse. Ils firent l'amour comme la première fois, ou comme si c'était la dernière.

Plus tard, leurs sacs à dos étaient prêts et leurs tenues attendaient d'être enfilées. L'adrénaline les maintenait dans un tel état d'excitation que leur fatigue avait disparu. Quand ce fut le moment de partir, Steven descendit en premier pour vérifier que personne n'était éveillé en bas. La plupart des occupants du lodge étaient remontés dans leur chambre. Seuls les enfants, Christine et Owen étaient restés dans les fauteuils près de la cheminée. Ils dormaient tous profondément. Steven revint en marchant au ralenti vers la chambre, car sa combinaison faisait un bruit pas possible au niveau des jambes. Ils harnachèrent chacun leurs sacs à dos et se mirent en route. Steven ne pouvait s'empêcher de penser aux quatre corps recouverts de bâches, alignés dans la chambre froide.

Ils descendirent les marches sans un bruit et avancèrent en silence, sur les tapis amérindiens qui habillaient le plancher de bois ciré. Arrivés au bout du couloir, ils purent à nouveau bouger normalement. Puis ils passèrent un autre corridor, d'autres escaliers, et la porte de la remise.

– On y est, dit Steven. Prends les raquettes. Je m'occupe de porter les skis.

Ils remontèrent vers le hall d'entrée. Steven sentit une vague d'adrénaline déferler en lui quand il posa enfin sa main sur la poignée de la porte.

Il l'ouvrit. Le vent s'engouffra dans le vestibule avec des tourbillons de flocons. Il se glissa dehors, suivi par Jenny qui referma aussitôt la porte et espéra que cela n'avait réveillé personne.

Quand ils se tournèrent vers ce qui, en temps normal, était le passage des voitures sous la porte cochère, ils ne virent qu'un monticule de neige qui avait englouti les piliers de l'auvent. Steven enfila ses lunettes, rabattit la capuche de sa combinaison sur sa tête et serra le tout pour s'isoler du vent glacial. Jenny l'imita et leva le pouce pour dire qu'elle était prête.

– On chausse les raquettes, cria Steven à travers le blizzard. On va grimper la pente.

Une fois parés, ils gravirent le mur glacé dans la lueur des projecteurs. Le vent les renversait par moments. La couche de surface était si légère que les raquettes, inadaptées pour une telle poudreuse, s'enfonçaient et rendaient leur progression difficile. L'éclairage fixé dans les sapins était encore en partie visible. Certains projecteurs avaient été engloutis par la masse de neige. Ils parcoururent les cinq cents mètres jusqu'à la grange, boostés par leur adrénaline, et franchirent enfin la porte, à bout de souffle.

– Ça va ? demanda Steven.

– Nickel.

– Parfait. Maintenant, à table !

Une fois arrivés devant leur Ford Mustang, Jenny ouvrit le coffre et ils se jetèrent sur leurs barres énergétiques, croquèrent à pleines dents dans le chocolat savoureux et les céréales dorées au miel.

– Ça fait du bien ! dit Steven en mâchouillant.

– Je n'ai jamais rien mangé d'aussi délicieux ! ajouta Jenny.

Ils ingurgitèrent une série de cinq barres chacun, sans prendre le temps de les déguster, tels deux hamsters emplissant leurs bajoues pour l'hiver. Jenny émit un petit rot.

– OK, dit Steven, comment tu te sens maintenant ?

– Beaucoup mieux, en effet.

– La magie du glucose.

Il regarda sa montre.

– Il est 2 heures. On ne pourra pas se mettre en route avant le lever du jour. Je propose qu'on reste au chaud dans la voiture en attendant.

– Ça me va, dit Jenny en lui donnant un baiser au goût de chocolat.

Ils s'installèrent dans les sièges et les inclinèrent à l'horizontale. Steven alluma la stéréo. Une compil du groupe Eagles était déjà dans le lecteur. Ce serait parfait pour se relaxer jusqu'à l'aube. Jenny prit sa main dans la sienne et ils profitèrent de cet instant de répit avant le grand départ, se laissant aller à un demi-sommeil, sentant affluer en eux l'énergie et la chaleur réconfortante des précieuses calories.

– Steven ?
– Qu'y-a-t-il ?
– Tu ne dors pas ?
– Non, je pensais à ce qui nous attend. J'espère que l'accalmie va se stabiliser.
– Je l'espère aussi.
– En tout cas, ça a bien diminué. Espérons que ça continue, murmura-t-il en lui serrant la main.

Un moment de silence s'écoula.
– Steven.
– Oui.
– C'est horrible ce qu'on a vécu.
– C'est le moins qu'on puisse dire.

Elle se mit soudain à pleurer. Il se tourna vers elle et la prit dans ses bras.
– Eh, qu'est-ce qui t'arrive ?
– Je n'arrive pas à croire que c'est réel, Steven.

Il la serra fort contre lui.
– On s'en est sortis. Ça va aller.
– Mais c'est tellement monstrueux. Les autres sont là-dedans, avec ces corps…
– Ils survivront, c'est le principal. Ça va aller.
– On les laisse et on s'en va comme des voleurs…
– On part aussi pour avertir les secours. Tu n'as pas de raison de t'en vouloir, d'accord ? Tu as été très forte jusque-là. Il faut continuer.

Elle s'apaisa, mais ne pouvait empêcher ses larmes de couler.
– On parlera de tout ça à ta psy quand on ira la voir tous les deux. Ça nous fera du bien, lui murmura-t-il.
– Oui. On fera ça.

Dans la semi-obscurité, un sourire se dessina sur les joues humides de Jenny.
– Tâchons de dormir un peu, il faut qu'on soit en forme pour le départ. Viens par là.

Il la prit contre lui et remua dans le siège jusqu'à trouver une position assez confortable pour tous les deux. En fond sonore, les guitares des Eagles égrenaient leurs ballades légendaires. Il fit tourner la clé de contact jusqu'à éteindre les lumières du tableau de bord et essaya de se relaxer. Jenny se détendit et s'endormit, mais lui n'y parvint pas. Il s'en voulait à mort d'avoir accepté cette invitation de John Gardner. Dès leur premier entretien, le courant n'était pas bien passé avec ce type. Une chose était sûre maintenant : il ne donnerait pas suite à leur collaboration.

37

Un autre jour se leva sur Eagle Nest. Le plus clair depuis le début du blizzard. Le vent soufflait moins fort. On ne voyait du lodge que les angles du toit qui émergeait du manteau gelé. Les flocons volaient encore en formation serrée, mais la visibilité était meilleure. L'accalmie semblait se stabiliser. Devant eux, à moins de dix mètres, la vallée disparaissait dans le voile blanc. Steven avait chaussé ses skis. Jenny le rejoignit un instant plus tard. Il jeta un coup d'œil à la carte sur son portable et se tourna vers elle.

– Tu es prête ?

– Prête.

– C'est parti.

Ils s'élancèrent dans la pente à allure modérée et leurs silhouettes disparurent derrière le rideau de flocons.

John ouvrit les yeux sur Sally. Elle dormait sur le côté, recroquevillée. Si amaigrie que ses pommettes saillaient sur son visage. Il avait si mal au cœur de la voir dans cet état qu'il aurait pu en crever. Ses poings se serrèrent. Elle avait à peine décroché deux mots depuis qu'il l'avait retrouvée dans la chambre, attachée à ce lit. Dans la faible lueur du jour, elle lui évoquait à présent l'image d'une fleur fanée. Il caressa son visage de ses doigts qui tremblaient. Elle ouvrit ses yeux pâles. Son regard était fixe et vide. Il passait à travers lui. Elle resta silencieuse et immobile. Il avait bien essayé de lui parler, mais c'était comme si elle ne l'entendait plus. Au bord des larmes, il se détourna d'elle et se leva. Il alla dans la salle de bains, se laissa glisser dos à la porte et se retrouva assis, les genoux repliés contre lui. Pour éviter de crier de rage et de douleur, il mordit l'un de ses poings, presque jusqu'au sang.

Un moment de vide passa. Il se redressa, tout frémissant, et passa sa main endolorie sous l'eau froide. Dans le miroir, un homme à la face émaciée le dévisageait. Ses cheveux bruns parsemés de blanc étaient dans un désordre impossible, sa barbe suivait le mouvement. Ses joues étaient creusées et des cernes grisâtres alourdissaient ses yeux injectés de sang. Abasourdi, il monta sur la balance et s'aperçut qu'il avait perdu dix kilos. Il ressortit de la salle de bains en évitant de regarder Sally et quitta la chambre.

En arrivant dans le salon, son attention s'arrêta sur la cheminée. Une pensée fit son chemin jusqu'à sa conscience ankylosée. Le bois allait bientôt manquer. Mais dans l'état où ils étaient, et avec cette couche de neige dépassant les deux mètres, creuser un passage jusqu'à la grange était inimaginable. Moins de bois, donc température ambiante plus froide, donc autre facteur d'épuisement. Est-ce que cette descente aux enfers avait une fin ? Dillard et ses acolytes ne tueraient plus personne maintenant. Mais le véritable monstre, celui qui avait poussé ces trois criminels jusqu'à Eagle Nest et qui, comme un dragon, soufflait ce vent glacé et ces maudits flocons, ce monstre-là était encore bien vivant.

Et contre lui, aucun homme ne pouvait lutter.

John s'arrêta devant la vaste baie vitrée entièrement blanche, les bras ballants. Face à son impuissance. Un rayon de lumière grise éclairait un portrait d'oncle Jeffrey sur un mur. Ses yeux bleus rieurs et son sourire affable avaient quelque chose de terrifiant, mais il ne sut expliquer quoi. Il se traîna jusqu'à un canapé et s'y affala. Sur celui d'en face, Christine et son mari, allongé, reposant sur les cuisses de son épouse, étaient en plein sommeil. Dans les grands poufs, Ted, Ashley, Samantha et Tim étaient serrés les uns contre les autres. Leurs paupières étaient fermées. En les voyant si amaigris et immobiles, il eut soudain la vision atroce d'un charnier. La sensation glaçante qui suivit se prolongea et bientôt son envie de dormir s'évapora. Il se redressa, s'assit, puis se leva et alla se servir un verre d'eau. En reposant la bouteille dans la porte du frigo, ses yeux furent attirés par les portions de chair entourées de plastique. Il revit son reflet dans le miroir de la salle de bains. Ce visage creusé au teint livide. Et il décida qu'il devait le faire. Il devait se nourrir. Pour lui, pour sa famille et ses amis. Parce que, s'il ne le faisait pas, la mort viendrait bientôt taper à la porte du lodge.

Et elle les emporterait tous.

Il s'empara d'une poêle, la plaça sur le feu et alluma le gaz, sortit la viande du frigo, un morceau qui devait peser au moins cinq kilos, et le déposa sur une planche à découper. Ses mains affolées se saisirent d'un large couteau de cuisine dans un râtelier. Il fit glisser l'acier dans la chair rouge jusqu'à en détacher une tranche et jeta celle-ci dans la poêle. Ce n'était pas la faim qui l'animait. C'était plus profond. Et beaucoup plus puissant.

C'était l'instinct de survie qui parlait.

Lorsque la tranche fut cuite, il se la servit dans une assiette et s'assit sur la banquette du coin repas. Il la dévora sans réfléchir. Sans aucun plaisir. Sans même avoir conscience du goût que cela avait. Dans les secondes qui suivirent, il sentit les protéines agir en lui, commencer à réparer, à restructurer ses muscles desséchés. Quand il eut terminé, il était si soulagé qu'il eut envie d'en reprendre. *C'est comme le premier bain, Johnny... une fois dedans, on est bien.* La culpabilité le saisit. Il se leva et quitta la cuisine pour couper court à son avidité.

Dans le salon, Christine et Owen avaient été réveillés par le bruit et l'odeur de cuisson. Mais quelque chose n'allait pas.

– John ! cria soudain Christine. Owen n'est pas bien !

Il accourut vers eux.

– Ça a commencé cette nuit. Il se plaignait de maux de tête.

Owen était très pâle et respirait avec difficulté.

– Je vais chercher des antidouleurs.

Il monta les marches et revint moins de deux minutes plus tard, essoufflé, avec une plaquette de comprimés à la main. Il remplissait un verre d'eau quand un violent bruit de toux le fit sursauter.

– Owen ! cria Christine.

John lâcha le verre qui se brisa par terre.

– Christine, qu'est-ce qu'il se passe ?

John vit Owen se contorsionner et la peau de son visage virer au rouge vif.

– Mon Dieu, John ! Il est en train de partir !

– Mais qu'est-ce qu'il a ?!

– Je crois qu'il fait une hémorragie interne !

– Mais c'est impossible ! Pourquoi maintenant ?!

– Le jeûne avait diminué son flux de sang. L'apport soudain de protéines a dû relancer l'hémorragie.

John était incapable de faire ou de dire quoi que ce soit. Owen se débattait, agrippait la robe de chambre de Christine, ses cheveux, ses bras. Elle était en pleurs, impuissante devant la mort qui ne tarderait plus à emporter son époux. Les soubresauts du pauvre Owen se prolongèrent pendant quelques minutes, trois ou quatre, pas plus, et il s'immobilisa, raide. Ses yeux fixaient le néant.

Owen Horton venait de mourir.

Le bruit de son agonie avait réveillé les enfants. Ils observaient la scène et n'osaient pas bouger. John était tétanisé. Jack, qui avait entendu des éclats de voix, dévala les escaliers et déboula dans le salon. Il se figea sur place et devint livide – plus blanc que blanc – en voyant Owen.

– Il est… ? demanda-t-il sans terminer sa phrase.

John hocha la tête.

Jack se dirigea, pantelant, vers un fauteuil et s'y laissa tomber. Il resta un moment absent. Gina fit son apparition.

Voyant Christine et le pauvre Owen, elle mit ses deux mains devant sa bouche et étouffa un cri. Elle remonta les escaliers en courant, tomba, se releva et disparut à l'étage. On entendit une porte claquer en haut. Puis plus rien.

– Je l'ai tué, murmura Jack. Je l'ai tué.

Christine pointa son index sur lui, des braises au fond des yeux.

– Et croyez-moi, vous allez le payer.

– Ce serait mieux que tu viennes, Jack. On pourra parler, dit John à mi-voix à son ami.

John l'aida à se redresser et dut le soutenir pour qu'il tienne debout. Tels deux ivrognes, dont l'un était moins saoul que l'autre, ils allèrent jusqu'à la cuisine et entrèrent dans la remise. John referma la porte.

– Je l'ai tué, John… J'ai tué Horton.

Le monde de Jack venait de s'écrouler. Celui de John était en plein séisme.

– Je vais être condamné pour ça. Et j'irai croupir en prison.

John pressa les épaules de son ami.

– Tu as agi par amour pour ta femme, Jack. Regarde-moi.

Ce dernier leva ses yeux vitreux vers lui.

– Tu n'iras pas en prison. Nous engagerons le meilleur avocat pour te défendre.

– John, c'était un meurtre. J'ai tué Owen Horton. UN MEURTRE, TU ENTENDS ?! Aucune cour ne m'acquittera.

– Écoute, je vais retourner avec les autres et essayer de parler avec Christine.

Jack resta muet. En état de choc.

– L'idéal serait que tu remontes pour ne pas envenimer les choses avec elle. D'accord ?

Jack remua la tête de haut en bas. John sortit et revint dans le salon. Il alla s'asseoir avec Christine, sur un fauteuil qu'il amena en face d'elle. Il se pencha en avant et de sa main – froide et moite –, il couvrit celle de Christine, encore posée sur l'épaule de son mari.

– Christine, il faut que tu sois forte. C'est ce qu'aurait voulu Owen.

Elle sécha ses larmes dans un mouchoir. Ses lèvres s'animèrent :

– Je serai forte, oui, jusqu'à ce que monsieur Murray réponde de ses actes devant une cour de justice. Et jusqu'à ce qu'il soit condamné. Voilà ce qu'aurait aussi voulu Owen, ajouta-t-elle.

John se sentit mal. Il ne savait plus quoi penser. Il se leva et déambula dans le couloir. Le décès d'Owen était la goutte d'eau qui faisait déborder le vase. Un vase empli de mort et de sang. Lorsque la météo serait enfin stable, les secours viendraient les chercher, et le contenu de cette affaire éclaterait au grand jour.

Comment la T&J Gardner encaisserait-elle le choc ? Mal. *Très mal*. Les concurrents du groupe, et ils étaient nombreux, s'empareraient aussitôt des faits. Quelle serait leur stratégie ? Ils auraient l'embarras du choix. Du pain bénit pour eux.

La T&J survivrait-elle à ce séisme ?

Pas si son dirigeant se retrouvait derrière les barreaux, condamné pour avoir tué trois hommes et les avoir en partie dévorés. Une simple comparution dans une affaire criminelle suffirait, même s'il n'était pas reconnu coupable. Les faits qu'il avait commis étaient ceux d'un fou dangereux. Des psychiatres auprès des tribunaux pourraient remettre en cause sa lucidité et établir une perte quasi totale de responsabilité. Si cela se produisait, alors oui, le groupe coulerait à pic.

Il paniqua.

Il n'était même plus sûr de pouvoir prouver qu'il avait massacré ces hommes en état de légitime défense. Et Sewell, pouvait-il démontrer qu'il ne l'avait pas tué, lui aussi ?

Les questions s'enchaînaient dans une spirale qui l'entraînait vers le fond. Il respira profondément, tenta de se calmer.

Une solution lui apparut.

Quelque chose de radical. Mais il n'avait plus le choix : *Faire disparaître les corps.*

Tous les corps.

Dont celui de Sewell. Effacer toute trace de la séquestration et du passage des trois criminels dans le lodge. Sewell aurait pu décider d'aller chercher des secours malgré le blizzard. Et il ne serait jamais revenu. Quant aux trois évadés, ils auraient pu ne jamais avoir tapé à la porte du lodge.

Oui, ça tenait la route. Et il était en position de convaincre tout le monde de faire cette même déclaration.

Mais Owen était mort. Tué par Jack.

Cela voulait dire que Christine désignerait Jack comme étant le meurtrier de son époux. Et cela voulait dire aussi qu'elle ne s'en tiendrait qu'à la stricte vérité. Tenter de la faire changer d'avis était irrationnel.

« Christine, tu veux bien, s'il te plaît, omettre de parler de la mort de ton mari et de son meurtrier ? Ce serait sympa. Et notre version serait beaucoup plus crédible, du coup. Merci. »

Il était encore possible qu'elle accepte de faire la même déclaration que les autres, tout en dénonçant Jack Murray. Pas de détenus évadés tués. Pas de Phil Sewell tué. Pas de corps. Pas de meurtres – hormis celui d'Owen Horton. Pas de condamnation pour John. Pas de scandale médiatique.

Seul Murray irait en prison pour avoir tué Horton. Oui. Mais la T&J survivrait et la famille Gardner ne serait pas anéantie. John considéra cette possibilité avec plus d'attention, en tournant et retournant tous les éléments.

Son visage se décomposa.

Une déduction venait tout démonter.

Le meurtre d'Owen Horton entraînerait une enquête criminelle. John avait lu assez de polars pour savoir ça. La police scientifique procéderait à des investigations poussées dans le lodge. Des prélèvements. Des analyses. Elle découvrirait des traces de sang autre que celui d'Owen. Celui des trois hommes, et celui de Sewell. Il y en avait partout. Elle prélèverait aussi leur ADN.

John se refroidit de l'intérieur. Ses allées et venues dans le couloir s'accélérèrent. Sa respiration se fit plus courte.

Il n'y avait plus qu'une chose à faire.

Effacer toute trace de sang et d'ADN.

Mais est-ce que cela était possible ?

Non.

La multitude des corps, la quantité de sang et de matériel génétique répandue à travers les pièces du lodge rendaient cette tâche impossible.

Il y a forcément une solution ! Il était en sueur et essoufflé tellement il cogitait. Tout reposait sur l'enquête criminelle. Si la police n'était pas mandatée pour investiguer, alors le sang et l'ADN ne seraient jamais découverts. *Logique !* Mais pour que la procédure d'enquête ne soit pas lancée, il fallait que tous déclarent que Phil Sewell *et* Owen Horton étaient partis chercher des secours et, bien sûr, qu'aucun détenu évadé n'était venu taper à la porte d'Eagle Nest. Personne ne pourrait jamais s'imaginer ce qui s'était réellement passé. Mais cela impliquait que Christine accepte de témoigner que son mari s'était joint à Sewell.

Chose qu'elle ne ferait jamais.

John stoppa net ses allers-retours. Il ne voyait plus qu'une solution. Celle-ci résoudrait le problème à sa racine.

38

D'abord, commencer par nettoyer le couloir vers la cave. Des litres de sang avaient séché sur le parquet. John s'attela à la tâche et passa par la remise où il s'équipa d'un balai, d'une serpillière et d'un seau qu'il remplit d'eau bouillante. Il y ajouta de l'ammoniaque, de la soude et de l'eau de Javel. Ce mélange aurait raison des traces du carnage des trois hommes. Ses pensées s'étaient arrêtées. Il n'était plus qu'une masse de détermination en mouvement.

Ce qui était arrivé ici ne sortirait pas de ces murs.

Le temps était compté. Les accalmies semblaient annoncer la fin du blizzard. Un hélicoptère des secours viendrait les chercher et il serait trop tard pour agir. Tout devait être parfaitement nettoyé avant. Même s'il n'y aurait aucun policier pour venir enquêter ici, tout devait cadrer avec la déclaration qu'ils allaient tous faire.

Ses gestes étaient rapides, précis. Son cœur pulsait sourdement. Il pouvait entendre son sang glisser contre les parois de ses artères. Après avoir nettoyé le corridor vers la cave, aidé par les autres, il s'occuperait du reste de la demeure. Des preuves visibles du passage des évadés jusqu'à celles de la séquestration et de tout ce qui avait suivi.

Après une heure de lavage intensif, le couloir était impeccable. Il appliqua une couche de cire sur le parquet pour bien finir. *Parfait, maintenant, réunion de tout le monde dans le grand salon.*

Quand il traversa la cuisine, Ted était assis au bar. Il regardait la poêle sur la cuisinière d'un air pensif. Timothy vint vers son père.

– Papa, Ted dit que c'est comme un bifteck normal, c'est vrai ?

John fit l'effort de répondre à son fils, en dissimulant au mieux sa nervosité.

– Tu as dit ça, Ted ?

– Oui. Il a même ajouté qu'avec du ketchup ça serait délicieux. Il y a du ketchup ici, papa ?

– Petit mouchard, tu vas te taire, oui ! s'écria Ted.

– Il faudra, tôt ou tard, que vous vous nourrissiez, les enfants. Alors si vous ressentez le besoin de manger, allez-y.

– J'ai tellement faim ! s'exclama Tim.

– Bien, je vais vous demander maintenant de m'aider, c'est d'accord ?

Ted et Tim hochèrent la tête de concert.

– Je veux que vous rassembliez tout le monde pour une réunion dans le grand salon, c'est d'accord ?

Ted se leva.

– D'accord. Allez, viens avec moi, le mouchard, lança-t-il en emmenant son jeune frère avec lui.

– Ted, tu as vu Jack ? s'enquit John avant qu'il s'éloigne.

– Oui, il est en bas, dans la salle de sport, papa.

– D'accord.

John descendit les escaliers et longea le couloir de natation pour arriver dans la salle de fitness.

– Jack, tu es là ?

– Ici, John.

Il le trouva assis sur un banc dans le vestiaire.

– Tu as du nouveau ? demanda Jack avec une mine éteinte.

– Je me suis occupé de nettoyer le couloir où ces trois salauds sont morts.

Il avait parlé d'une voix dépourvue d'émotion. Jack le regarda d'un air misérable.

John reprit, tout aussi durement :

– Je vais avoir besoin de toi pour nettoyer le reste : chambre froide, cuisine, cave, chambres…

– Qu'est-ce que tu entends par… par *nettoyer* ? bredouilla Jack.

– Toute cette horreur, Jack. Tout ça doit disparaître. Cela ne s'est jamais produit. Le groupe ne s'en remettrait pas. Et nous serions tous personnellement impliqués dans une affaire criminelle monstrueuse.

Jack resta sonné un instant.

– Tu… tu veux faire disparaître les corps, John ?

– Exactement.

– Celui de… d'Owen aussi ? marmonna Jack.

John fixa son ami d'un regard d'acier.

– Nous devons faire en sorte que la version de tout le monde établisse qu'Owen Horton a quitté le lodge avec Phil Sewell. Qu'ils ont profité d'une trêve du blizzard pour se lancer dans une expédition afin de prévenir les secours.

– Mais… Christine…, souffla Jack.

Il n'arrivait pas à croire ce qu'il entendait.

– C'est là le cœur du problème, répliqua John en scrutant l'expression hagarde sur le visage de Jack.

Et il ajouta :

– Si Christine accepte de ne pas déclarer la mort d'Owen, alors tu ne seras pas inculpé. Et aucune enquête criminelle ne sera ouverte si nous faisons tous la même déclaration.

– Mais elle ne le fera jamais ! s'écria Jack.

– C'est ce que je pense aussi.

Après une pause, John reprit :

– Il y a pourtant une possibilité pour que personne ne déclare la mort d'Owen, Jack.

– Je ne vois pas comment ce serait…

Jack ne termina pas sa phrase. John le dévisageait fixement. Il n'y avait qu'une détermination glaciale dans ses yeux. La déduction se fit subitement dans l'esprit de Jack.

Il eut soudain froid. Et peur.

– C'est la seule façon de résoudre notre problème, conclut John.

Il ajouta :

– Et la seule façon de t'éviter une condamnation pour meurtre.

John paraissait attendre qu'il confirme. Jack était pétrifié. Sa gorge était si serrée que former une phrase entière aurait été impossible.

– Ça va, Jack ?

– Oui… je, euh… ça va.

– Très bien. Tout est clair pour toi ?

Jack leva les yeux et soutint avec difficulté le regard de son ami.

– Tout est clair, John.

39

Quand ils rejoignirent le grand salon, Sally, Gina, Nataly, Christine et les enfants étaient réunis sur les canapés. En plus de leur maigreur, John craignait que leurs facultés mentales commencent à décliner. Il fallait qu'ils se nourrissent, avant de garder des séquelles irréversibles.

– Papa, l'interpella Ted, on n'a pas trouvé Steven et Jenny. On les a cherchés partout. Ils ne sont nulle part.

John encaissa l'information durement et déduisit aussitôt que Riley et sa compagne avaient bravé ses ordres et suivi leur idée de rejoindre Kalispell à raquettes et à skis. Il ne s'y attendait pas. Cela changeait la donne, car s'ils atteignaient la civilisation, en dehors du fait qu'ils préviendraient les autorités de la situation à Eagle Nest, absolument rien ne les empêcherait de raconter ce qui s'y était passé, en fournissant tous les détails de leur séjour sanglant, jusqu'à leur départ. John se rassura en pensant que Steven n'avait aucun intérêt à dévoiler les faits, parce qu'il dirigeait, lui aussi, une entreprise, et qu'il avait un projet de contrat avec la T&J. Mais si Riley et sa compagne étaient retrouvés morts gelés, ce problème épineux était réglé. Il se prit à espérer que cela se termine comme cela. Il n'avait, de toute façon, aucune affinité avec ce type, pas même sur le plan professionnel.

Il descendit jusqu'à la remise de la salle de sport. Si le couple était vraiment parti, alors il se serait équipé sur place, avec le matériel à disposition du lodge. Il voulait en avoir le cœur net. Oncle Jeffrey avait fait l'acquisition d'une quantité incroyable d'articles sportifs. John se mit à chercher, à tout déplacer maladroitement. Il jurait à voix basse. Il ne lui fallut que quelques minutes pour constater qu'il manquait en effet deux paires de skis et deux autres de raquettes. *Ce petit salaud de Riley a bien foutu le camp avec sa garce !*

Il s'assit lentement sur un banc, et prit le temps de réfléchir à son plan. Le départ de Riley et de Mills ne changeait rien à la version que tous allaient donner. Au contraire, Riley et Mills étaient des sportifs confirmés. Très logiquement, ils étaient partis les premiers, et leur décision avait entraîné après eux Phil Sewell qui avait voulu les imiter. Il suffirait à John de faire disparaître une nouvelle paire de raquettes et de skis.

Il ne resterait plus qu'à inclure Owen Horton à l'expédition de Sewell. C'est toujours plus raisonnable de tenter une telle aventure à deux.

Il remonta et rejoignit les autres. Tout se passerait comme il l'avait décidé. C'était son boulot de faire que les choses aillent comme il voulait qu'elles aillent. Lorsque l'on est à la tête d'une société de plus de deux-mille employés à travers les États-Unis et qu'on est le numéro un, parfois, il faut savoir être rude. Adopter des mesures radicales. Il s'éclaircit la voix et prit la parole en entrant dans le grand salon. Tous les regards se tournèrent vers lui.

– J'ai pris une décision en mon âme et conscience, dans l'intérêt de tous et dans celui de la compagnie que je dirige.

Il fit une courte pause avant de poursuivre :

– Nous allons effacer de notre mémoire ce que nous avons vécu ici. Cette horreur doit être oubliée. Enterrée.

Tous les visages étaient graves, à l'écoute.

– Nous allons nettoyer le lodge de fond en comble afin d'effacer les traces des trois évadés et des horreurs qu'ils ont perpétrées dans cette demeure. En supprimant la matière de ce drame, nous *accomplirons* l'oubli. Nous nous en libérerons. Ces fantômes ne pourront pas nous hanter. Parce qu'ils n'auront jamais existé.

Les visages lui semblaient approuver en silence.

– Lorsque les autorités nous demanderont de dire ce qui s'est passé, nous ferons chacun la même déclaration : nous ne mentionnerons, à aucun moment, la venue des trois criminels. Ces hommes n'ont jamais mis les pieds ici. Et nous ne ferons donc pas état non plus du meurtre et de la mort de Phil Sewell. Ni de tout le reste. Nous déclarerons que Steven Riley, Jenny Mills, puis Phil Sewell, ensuite, sont partis pour rejoindre Kalispell afin de prévenir les secours en montagne.

John les observa un à un, à l'affût d'un signe de désaccord. Il n'en vit aucun. Comme il s'y attendait, Christine vint vers lui et le prit à part.

– Par respect du lien professionnel et amical qui vous liait, Owen et toi, j'accepte de faire cette déclaration. Mais promets-moi de dire la vérité sur les causes de la mort d'Owen.

– Je le ferai, Christine, même si je suis divisé. Car Owen a une part de responsabilité dans l'acte insensé de Jack.

Christine baissa les yeux.

– J'aimais profondément mon mari, John. Et je sais qu'il m'aimait aussi.

Elle releva son regard vers lui.

– Je sais aussi qu'il ne m'avait jamais trompée avant ça.

– Je comprends, dit John.

– Je veux lui pardonner cette erreur, parce qu'il me l'a demandé avant de mourir. Et je veux que justice soit faite.

– C'est légitime, Christine. Qui pourrait te donner tort ?

Christine fondit en larmes. John hésita à la prendre dans ses bras. Sans doute s'attendait-elle à ce qu'il le fasse. Mais il ne le fit pas. Parce qu'il n'y avait plus de place pour la compassion en lui. Une seule chose l'accaparait : l'enquête criminelle qui serait lancée si les autorités apprenaient qu'un meurtre avait été commis à Eagle Nest.

Et cette chose-là ne devait jamais arriver.

*

Ashley vint parler à Ted dans le creux de l'oreille.

– Si j'ai bien compris, ça veut dire qu'on va effacer des traces d'homicide ?

– Je crois que c'est ce qu'il a voulu signifier.

– C'est pas possible. Ton père est devenu fou, Ted.

Le jeune homme ne répondit rien.

John leva la main et lança à l'intention de tous :

– S'il vous plaît… Nous allons former deux groupes. Le premier : Jack, Ted et moi, allons nous charger de faire le plus gros du travail. Sally, Nataly, Gina et Christine, avec les enfants, vous allez commencer à nettoyer chacune des pièces avec le plus grand soin, sans oublier le plus petit recoin. Tous les objets, lampes, meubles, poignées de portes, devront être désinfectés avec le mélange de produits qui se trouve déjà dans les seaux. Les vêtements devront passer en machine pour deux lavages consécutifs, à soixante degrés, en ajoutant une dose de Javel. Il y a deux gros aspirateurs dans la remise du garage, commencez par ça. Nous viendrons vous aider dès que nous aurons terminé.

Il fit une pause et reprit :

– J'insiste sur le fait que vous êtes tous très affaiblis. Et je crains que vous n'en ayez vous-mêmes pas conscience… Aussi, je vous demande de faire abstraction de ce qu'est cette nourriture. Vous devez penser à vous préserver avant tout.

Il les regarda tous au fond des yeux, les uns après les autres. Leur visage resta blême. Ted approuva d'un signe discret. Jack fit de même. Ashley et Samantha étaient fermées.

– Est-ce que vous comprenez ce que je vous dis ?

Il n'eut que le silence pour réponse.

Bon Dieu, est-ce que je vais être obligé de les forcer à manger ?!

– Écoutez, quand vous vous sentirez trop faibles pour marcher et participer au nettoyage, alors vous saurez quoi faire.

Et il ajouta plus fermement :

– Si vous ne le faites pas de vous-mêmes, je vous prendrai en charge pour vous aider. Mais je ne vous laisserai pas mourir. J'espère avoir été clair.

Il n'attendit pas de réponse et fit signe à Jack et à Ted de venir.

– Écoutez, les gars, j'aimerais autant que vous suiviez mes instructions avant qu'on commence. C'est d'accord ?

Jack approuva d'un mouvement de tête.

– Ted ?

– Je vais le faire, papa. Mais j'ai une question.

– Dis-moi.

– Comment comptes-tu t'y prendre pour faire disparaître les corps ?

– Je me suis aussi posé la même question, ajouta Jack.

John avait déjà résolu ce problème. C'était même la première chose à laquelle il avait pensé.

– En arrivant à Eagle Nest, avant que la neige recouvre la vallée, les reliefs rocheux autour du lodge étaient bien visibles. J'avais remarqué des couloirs abrupts qui se terminent en éboulis de pierres. Celles-ci s'amoncellent et descendent jusqu'aux premiers arbres des forêts à flanc de montagne. Ces éboulis se trouvent à environ deux kilomètres d'ici. Voilà ce qu'on va faire : on utilisera les luges pour transporter les corps. Sur place, on creusera la neige pour faire un passage qui nous permettra ensuite de retirer suffisamment de pierres pour ensevelir les six corps sous plusieurs mètres. Enfin, il nous suffira de…

Ted interrompit son père :

– Six corps ?!

John se rattrapa :

– Quatre corps. J'incluais par erreur Steven et Jenny, je ne sais pas pourquoi (ce n'était pas Steven et Jenny qu'il comptait en plus). Espérons qu'ils atteignent la ville sains et saufs. Donc… l'un de nous fera un second voyage pour aller chercher le quatrième pendant que les deux autres continueront de déblayer les pierres.

– Je pense que je pourrai le faire, proposa Jack.

– Parfait.

– Pourquoi ne pas les enterrer simplement en creusant dans la terre ? demanda Ted.

– D'abord parce que c'est impossible. La terre est gelée, aussi dure que de la glace, et ensuite parce que, après la fonte, l'emplacement pourrait être repéré en un coup d'œil. Une fois les pierres replacées, la tombe sera parfaitement invisible. Mais avant de la refermer, nous couvrirons les corps de sciure de bois pour isoler l'odeur de décomposition. Il y en a des sacs entiers dans la grange. Soyons certains d'une chose : personne ne cherchera aucun corps nulle part, puisque nous déclarerons que Sewell a tenté de rejoindre la ville par ses propres moyens, à la suite de Steven et de Jenny. Quant aux trois évadés, ces hommes n'ont jamais existé pour nous. Si vous avez des questions, c'est le moment.

– C'est bon pour moi, approuva Jack.

– Tout est clair pour moi aussi, dit Ted.

– Parfait. Dans ce cas, je vous invite à vous ravitailler avant de nous mettre au travail.

40

Sur le parquet du hall d'entrée, à côté des luges et des sacs de sciure, quatre corps reposaient, enveloppés de plastique noir. Deux d'entre eux n'avaient plus tout à fait forme humaine : celui de Sewell, amputé d'une jambe, et celui de Stan Reed, délesté quant à lui de ses jambes, et de ses bras. Les membres prélevés sur Reed avaient été débités en portions de cinq kilos et placés dans le congélateur. Si cela ne suffisait pas, John avait prévu de dépecer d'autres corps. La température extérieure étant de moins dix-huit degrés, les chairs resteraient parfaitement conservées. Jack grelottait dans sa combinaison. Ce n'était pas de froid, ils étaient encore dans le hall. C'était la peur qui agitait son corps, comme un sorcier vaudou secoue son bâton. Pourtant, jusque-là, il n'avait pas montré de faiblesse. Il avait aidé à découper Reed sans aucune hésitation. Au contraire. Il avait même fait preuve d'impatience. Jack Murray avait peur, oui. Mais tout ce qu'il craignait était de se retrouver accusé de meurtre. Et condamné.

John entendit le pas de son fils derrière lui. Ce bon petit gars était allé se nourrir. Il avait meilleure mine à présent, et cela lui réchauffa le cœur. Il se sentait épaulé. Les choses se passaient comme prévu. Tout était sous contrôle.

– Très bien, allons-y, dit-il.

Il rabattit ses lunettes de ski sur ses yeux, resserra sa capuche et ouvrit les deux battants de la porte d'entrée. Le blizzard envahit le hall en rugissant, comme pour les effrayer. Ils sortirent et disposèrent les luges dans la neige sous l'auvent du porche, indifférents aux vociférations de la tempête. Sur chaque luge, ils chargèrent un corps – *c'est curieux cette impression qu'un homme mort pèse deux fois plus lourd que de son vivant*, se dit Ted. Ils laissèrent le buste de Stan Reed pour le dernier voyage que ferait Jack, et ils chaussèrent leurs raquettes.

John vérifia la fixation de la pelle à déneiger sur le sac à dos de Ted. Son fils fit de même sur le sien.

– Et dire que Steven et Jenny sont en train de traverser les vallées avec ce qui tombe, dit Ted.

– Ce sont des inconscients, répliqua John.

– C'est pas croyable, s'exclama Jack en voyant le mur blanc face à eux. Ce truc doit faire trois mètres de haut !

– Ils n'ont aucune chance de rejoindre la ville, ajouta John.

– Ils sont partis pendant l'accalmie de la nuit dernière en pensant que ça allait s'arrêter, dit Ted.

Jack secoua la tête.

– Mauvais choix.

– S'ils ont assez de bon sens et qu'ils ne sont pas allés trop loin, ils feront demi-tour, déduisit John.

Mais il connaissait suffisamment Riley pour savoir qu'il s'obstinerait à continuer.

– Vous êtes prêts ? reprit-il tout haut.

Son fils et Jack levèrent le pouce tous les deux.

– En route. Restez bien derrière moi et marchez dans mes traces.

John attaqua la montée en diagonale pour réduire l'inclinaison. Des coups de vent venaient le déstabiliser et, parfois, il devait se plaquer contre la pente pour ne pas tomber. Régulièrement, il se retournait pour s'assurer de la progression de Ted et de Jack. Chaque mètre gagné était une victoire. Après une ascension qui leur parut interminable, ils arrivèrent en haut.

John reprit sa respiration et fut surpris de se sentir si léger. Ce qui était normal, après les dix kilos qu'il avait perdus.

Jack grimaçait sous l'effort. Ted était essoufflé, mais il suivait sans problème.

John pointa du doigt la direction après avoir consulté la boussole et la carte sur le GPS qu'il portait au cou.

– En route. Nous ne sommes qu'à deux kilomètres de l'objectif.

Ils longèrent le lodge, puis s'éloignèrent du chemin éclairé vers la grange et pénétrèrent les forêts. Leur progression était lente et prudente, assurée par un John qui contrôlait leur position à intervalles réguliers. Le blizzard avait modelé un décor irréel dans les bois. Contraste saisissant entre beauté féerique et piège mortel. Ted marchait d'un pas énergique. Après deux semaines passées enfermé et malgré la situation, il se sentait presque bien. Le vent glacé gonflait ses poumons. D'un autre côté, il trouvait cela paradoxal. Se sentir bien après avoir mangé de la chair humaine… Mais la culpabilité n'avait pas sa place ici. C'était se nourrir, ou mourir. Ted avait fait son choix. Ce bien-être était un remerciement de son corps : merci d'avoir choisi la vie. Il y avait là un sujet de réflexion philosophique intéressant. Mais Ted préféra profiter de l'instant et s'enivrer du parfum âpre des forêts endormies, bercées par le blizzard. Tout cela se passait de réflexion. La pensée était bien futile face à la survie, face aux éléments à l'état brut. Il ne restait qu'une communion silencieuse, faite de sensations. Faite de vent et de neige.

Ils étaient simplement en vie.

Au fil de leur parcours, les arbres se firent plus rares. John leva la main et s'arrêta. Face à eux, la pente devenait abrupte et se volatilisait dans les hauteurs.

– On y est.

John détacha son sac et le laissa tomber dans le manteau blanc. Celui-ci disparut, englouti dans la poudreuse. Il se baissa, en sortit une gourde et but une longue rasade d'eau. Ted et Jack l'imitèrent.

– On est au pied du couloir, reprit John. C'est là-dessous qu'il va falloir déneiger. Et épierrer ensuite. Jusque-là, c'était une partie de plaisir, les gars.

Jack tenait déjà sa pelle à la main, prêt à en découdre.

Depuis que John avait évoqué son plan de nettoyer le lodge, un grand soleil brillait au-dessus de l'horizon de Jack. À l'instant où il avait vu le corps d'Owen, mort sur les genoux de sa femme, il avait réalisé que cela faisait de lui un meurtrier. Son cœur avait failli lâcher. De toute sa vie, jamais il n'avait eu aussi peur ; même pas lors de cette visite d'un immeuble de Brooklyn que le groupe devait acquérir, quand ces deux junkies en manque l'avaient braqué alors qu'il regagnait sa Bentley. Ils étaient repartis avec sa voiture, et lui en métro. Et Dieu sait qu'il avait eu une trouille bleue ce jour-là. Mais être accusé de meurtre et condamné à une lourde peine était l'une des pires choses qui pouvaient lui arriver. C'était l'équivalent de la mort pour un homme d'affaires. Une forme d'anéantissement.

Cette décision inespérée et incroyable de John – de faire disparaître les corps – était pour Jack la seule porte de sortie de ce cauchemar. Alors, tout en grelottant de peur et en serrant cette pelle à s'en faire mal aux phalanges, il se dit que rien au monde ne l'empêcherait de franchir cette porte. Il creuserait autant de trous et y ensevelirait autant de cadavres qu'il faudrait. Tout ce que John lui demanderait de faire. Mais il se sortirait de ce merdier.

– Ça va, Jack ?

Il revint à lui et secoua la tête.

– Oui, ça va, Ted. Merci.

– On va déneiger un passage circulaire de quatre mètres de diamètre environ, cria John dans le vent qui soufflait plus fort.

Sans attendre plus d'instructions, Jack donna le premier coup de pelle, animé par une énergie qu'il contrôlait avec difficulté. Il se mit à creuser à un rythme incroyable. Une vraie machine. John et Ted le regardèrent faire, un instant, surpris, et déblayèrent à leur tour. Après une bonne vingtaine de minutes de travail, les premières pierres apparurent, serties dans une couche de neige tassée et gelée. Essoufflés, tous les trois s'assirent pour faire une pause au fond du trou qui les abritait du blizzard.

– En creusant, je pensais à quelque chose, papa.

– Quoi donc, fils ?

Ted hésita un bref instant.

– Pourquoi ne pas choisir de dire la vérité sur ce qui s'est passé ? Les choses seraient plus simples, non ?

Pour seule réponse, John et Jack jetèrent un regard noir au jeune homme. Ce dernier n'insista pas.

La couche de pierres leur donna plus de mal que la neige. Il s'agissait davantage de blocs de roche que de pierres, et certains devaient peser une vingtaine de kilos. Après une heure d'efforts, ils parvinrent à dégager une cavité de deux mètres de profondeur sur deux de diamètre.

La sépulture béante attendait ses défunts.

– Ça suffira, dit John, épuisé, en s'asseyant sur un rocher.

Ted et Jack, à bout de forces, firent eux aussi une pause. Ils restèrent tous les trois silencieux un moment, comme s'ils se recueillaient. Bientôt, des morts occuperaient ce lieu, à l'endroit où ils étaient assis. John repensa à ce qu'avait dit son fils. *Dire la vérité... Inconcevable ! Il n'a pas idée des répercussions que cela pourrait avoir sur la T&J, et sur la famille. Il n'a pas conscience de ce qu'est un groupe de sociétés. Et je ne sais pas s'il sera un jour capable de le diriger.* Il effaça aussitôt cette réflexion et se dressa sur ses jambes.

– Jack, si tu es d'attaque, retourne au lodge avec une luge et ramène le dernier corps. Pendant ce temps, nous allons nous occuper de descendre les trois autres au fond, avec Ted.

– D'accord.

– Rapporte aussi deux sacs de sciure.

Jack hocha la tête et se hissa vers le haut du trou.

– Tiens, prends ça avec toi, reprit John en lui tendant le GPS.

Ted attendit que Jack s'éloigne pour parler à son père :

– Tout à l'heure, j'ai évoqué le fait que je trouve étrange ta réaction de vouloir dissimuler ce qui s'est passé. Et vous avez fait comme si je n'avais rien dit. Pourquoi ? Je ne suis pas en droit de te questionner sur tes décisions, si je les trouve…

Il chercha le mot approprié.

– … irrationnelles ?

John planta un regard acéré dans celui de son fils.

– Qu'est-ce qui est irrationnel pour toi, dans ma décision ?

– Euh… en fait, tout, papa. Tout est irrationnel. Nous nous retrouvons en train de dissimuler des corps ! D'effacer des traces d'homicide. Et nous nous apprêtons tous à faire une fausse déclaration pour cacher des…

John leva la paume de la main pour stopper son aîné.

– Ted, mon fils, écoute-moi attentivement.

John fit une pause avant de reprendre :

– Ce qui est irrationnel, c'est d'abord cette tempête, qui semble ne pas avoir de fin. Et ce qui l'est encore plus, c'est la venue de ces trois hommes et tout ce qui a découlé de leur arrivée à Eagle Nest. Est-ce que tu penses que je n'aurais pas dû les tuer quand j'en ai eu l'occasion ? Crois-moi, tu aurais fait la même chose à ma place. N'importe quel père de famille l'aurait fait. Essaie d'imaginer ce qu'ils auraient pu faire si je ne les avais pas arrêtés. Certainement des choses encore plus irrationnelles que la décision que j'ai prise. Tu ne crois pas ?

Ted ne put qu'acquiescer face à cette série d'évidences.

– Ma décision est irrationnelle, Ted. Tu as parfaitement raison. Et j'en ai parfaitement conscience. Mais cette décision est la conséquence d'une suite d'événements qui n'auraient, *rationnellement*, jamais dû se produire. Tu comprends ?

Une fois de plus, il était difficile de mettre cet argument en défaut.

– Il faut que tu intègres aussi le fait que je dirige un des groupes les plus puissants des États-Unis. Je n'ai pas droit à l'erreur, Ted. Tu ne peux pas imaginer ce que seraient prêts à faire mes concurrents si je leur donnais la plus petite chance de me mettre hors course. La T&J serait anéantie, et notre famille avec elle. J'aurais aimé qu'il en soit autrement mais les deux ne sont pas dissociables. J'ai tué ces hommes pour vous sauver, et maintenant je vais tout faire, *nous* allons tout faire, pour éviter le pire… Est-ce que tu comprends mon raisonnement ?

Une fois de plus, Ted ne put qu'approuver.

– Maintenant que tu as toutes les informations et que je t'ai donné mon point de vue, est-ce que tu penses que ma décision est irrationnelle ?

– Non, effectivement, papa. Elle ne l'est pas. Mais ce que nous faisons est juste complètement illégal. Je ne pense pas que…

– Ted, l'interrompit John avec autorité, c'est moi qui pense. Et qui prends les décisions. C'est compris ?

Ted ne répondit rien. Il vit dans les yeux de son père toute la détermination qui l'animait. Le vent hurlait au-dessus d'eux et la neige venait parfois s'insinuer dans le trou. Ted ne dit plus un mot. Il regarda, pensif, les trois corps recouverts de plastique, alignés au fond du tombeau de pierres.

Son père n'avait pas choisi cette vie. Travis et Jeffrey avaient fondé la compagnie et, cinquante ans plus tard, en avaient fait un empire financier. Ted se disait parfois que son père avait eu des rêves, adolescent, des projets merveilleux qu'il avait été contraint d'oublier pour suivre la voie toute tracée pour lui. Ted ne pouvait que s'imaginer cela. John n'était pas le genre d'homme à se confier. Sûrement pas à son propre fils. Avait-il des regrets de n'avoir pas pu réaliser ses rêves ? En avait-il même eu ? Ted aimait à le penser. Si c'était le cas, ils n'étaient maintenant plus que des vestiges, des ruines qui s'effritaient sous le vent incessant du temps.

Le cours d'une vie est comme un fleuve puissant qui creuse la terre et dessine les vallées jusqu'à l'océan. L'homme est emporté dessus. Et quand le temps a fait son œuvre, il est difficile de prendre une autre direction. Pour changer les choses à présent, John aurait dû remonter le courant. Et même s'il l'avait voulu, cela aurait été impossible.

Ted le comprenait. Et il l'aimait. Autant qu'un fils pouvait aimer son père. Mais quand la T&J devrait trouver un nouveau dirigeant, Ted choisirait de suivre sa propre voie.

À cet instant, il s'en fit la promesse solennelle.

41

John et Jack soulevèrent le dernier bloc de pierre et le posèrent sur les autres. Le tombeau était scellé. Les trois monstres emportés à jamais vers l'oubli. Et ce pauvre Phil était du voyage avec eux. Personne ne viendrait se recueillir ici en évoquant le souvenir de ces trois hommes. Et si leur disparition endeuillait leur famille – s'ils en avaient une –, John se disait qu'il n'avait fait que leur rendre service.

Ils se hissèrent, l'un après l'autre, hors du tombeau. John tendit la main à Jack, qui avait les jambes engourdies, pour l'aider à grimper. Une fois en haut, tous les trois chaussèrent leurs raquettes.

– On ne rebouche pas le trou de neige ? demanda Ted.

John et Jack échangèrent un regard.

– Le blizzard s'en chargera, dit John.

Ted trouva la réponse de son père curieuse mais il était si épuisé qu'elle lui convint. Ils se mirent en marche en suivant leurs traces à travers les forêts.

Le lodge leur sembla plongé dans un silence de mort à leur retour. Seul un sifflement suraigu persistait dans leurs tympans, résidu du vacarme de la tempête. Les autres étaient à l'étage, affairés au nettoyage. Les petits pas de Tim se faisaient entendre en haut. Il martelait le plancher, courait et bondissait de pièce en pièce. Vu son état d'excitation, John déduisit qu'il s'était nourri. Il voulut se lever du fauteuil pour aller aider, mais il était si fatigué qu'il abandonna l'idée. Ses paupières se fermaient malgré lui. Du coin de l'œil, il vit que son fils et Jack étaient en train de somnoler. Il s'autorisa à sombrer, lui aussi.

Un moment indéterminé plus tard, il ouvrit les yeux et monta prêter main-forte aux autres, laissant Jack et son fils endormis.

Tim accourut vers lui.

– Tout se passe bien, papa. Je vérifie que le nettoyage est bien fait dans toutes les chambres !

– Très bien, bonhomme.

Ce petit avait déjà le sens des responsabilités. À son âge, Ted était un rêveur incurable.

– Où est maman, Tim ?

– Suis-moi.

Tim trottina devant lui pour le conduire jusqu'à la porte d'une chambre, celle où le groupe des adultes avait été séquestré par Dillard le boiteux. John entra. Sally était assise sur le lit, dos à lui. Les mains posées sur ses genoux, la colonne droite, elle contemplait, dans le cadre de la fenêtre, le tableau de la neige qui recouvrait les forêts.

– Tim, va aider les autres. Je vais parler avec maman.

John entra et ferma la porte derrière lui.

– Sally, c'est moi, lui dit-il tout bas en s'approchant.

Elle resta immobile. Ses yeux ne se détournèrent pas de l'extérieur. Il s'assit près d'elle, hésita à lui parler, redoutant son silence.

– Sally… est-ce que ça va ?

Le vide qui suivit l'emplit de douleur. Mais il fallait qu'il essaie à nouveau.

– Ma chérie.

La peine grandit. Son cœur s'alourdit. Il laisserait passer encore un moment, plus long que le précédent, ferait encore une tentative et quitterait la pièce. À l'instant où il ouvrit la bouche pour prononcer une dernière fois le prénom de sa femme :

– Cet endroit est si merveilleux, John.

Il fut saisi par une vague de panique, eut peur d'employer un mot maladroit. Il attendit qu'elle parle à nouveau.

– Je ne me lasse pas de ce spectacle.

Elle détourna le regard de la fenêtre et plongea ses grands yeux bleus dans les siens.

– Ne pourrait-on pas rester ici tout le temps, mon chéri ?

Son silence était encore moins douloureux que ces mots-là. Elle les avait prononcés avec cette voix douce qu'elle prenait dans leurs moments intimes.

– Sally, est-ce que tu te rappelles ces derniers jours ?

L'expression enchantée de sa femme se voila. Elle cherchait dans sa mémoire. Mais rien ne parut lui revenir. Alors, elle se replongea dans le silence et reporta son attention sur la fenêtre. Cette fois, John avait rompu la malédiction. Elle était sortie de sa bulle et avait parlé. Il serra les poings, décidé à la faire revenir à nouveau. Il prit un instant pour réfléchir et reprit :

– Nous ne pourrons pas rester ici, Sally.

Elle se tourna vers lui, avec sa moue capricieuse de petite fille qui n'a pas obtenu ce qu'elle voulait.

– Pourquoi ? fit-elle doucement.

La stratégie de John avait fonctionné. Il la tenait comme un poisson frétillant au bout de sa ligne.

– Tu voudrais rester ici après ce qui s'est passé ? lui lança-t-il.

– Mais… qu'est-ce qui s'est passé, John ?

Elle le fixa en ouvrant grand les yeux.

Il ne lui dit plus rien. La laisser sur cette question était la meilleure chose qu'il pouvait faire. C'était à elle de rompre la cloison qu'elle avait érigée entre le monde et elle. Il lui caressa la joue, lui donna un baiser et se leva.

– John ?

Il quitta la chambre, convaincu qu'elle serait poussée à chercher en elle, et qu'elle trouverait ses réponses.

Jack passait l'aspirateur dans le couloir. Il arrêta l'appareil quand il vit arriver John.

– J'ai contrôlé les pièces du haut. Tout a été fait, John. Je les ai tous envoyés au rez-de-chaussée pour qu'ils commencent le travail en bas.

– Tu as pensé à la trappe du grenier ?

– C'est fait.

– Les gaines d'air conditionné ?

– Non. Seulement les gosses les ont empruntées.

– Il faut effacer leurs traces quand même. Des enfants qui circulent dans des gaines de climatisation, ça risquerait d'intriguer. On doit anticiper une perquisition et des fouilles, même si celles-ci n'auront jamais lieu.

– OK, je vais m'en occuper.

– D'accord.

John marqua une pause et reprit un ton plus bas :

– Tu as pensé à la résolution de notre problème, Jack ?

Murray devint pâle. Il acquiesça. Il y avait pensé, oui. C'était même ce qui accaparait son esprit depuis deux jours, au point de l'empêcher de dormir.

– Quand comptes-tu t'en occuper ?

– Très rapidement.

– Parfait.

Il regagna sa chambre et s'empara de son dictaphone dans sa mallette. Il s'installa dans le fauteuil du bureau face à la baie et alluma la lampe liseuse. La croûte de glace et de neige sur la vitre plongeait la pièce dans une semi-obscurité bleuâtre. John posa son appareil devant lui, sur le bureau, et lança l'enregistrement :

« Le nettoyage complet du lodge est en cours. Le premier étage est OK, selon Jack. Je procéderai à un dernier contrôle. Il faudra être vigilant en vérifiant le rez-de-chaussée. La chambre froide, la cuisine. La hotte aspirante est un piège à matériel génétique : changer le filtre. *Idem* avec l'évacuation de l'évier : laver le siphon. Vider les sacs des aspirateurs. Et les nettoyer pièce par pièce. Je sais que les Dillard ont utilisé la salle de sport. L'un d'eux aura sûrement été tenté de faire quelques longueurs dans la piscine, c'est certain. Il faudra vider puis nettoyer le bassin. Je le remplirai à nouveau en insistant sur la dose de chlore. Ça, c'est pour l'intérieur du lodge, le principal.

À l'extérieur : aucune trace en dehors des corps eux-mêmes. Ils sont à présent parfaitement dissimulés sous les éboulis, à deux kilomètres en amont du lodge. La distance est suffisante pour que la dernière demeure de ces salauds sorte du périmètre de fouille. Même si je suis certain qu'il n'y en aura jamais aucune. Quoi qu'il en soit, une armée de chiens d'avalanche ne sentirait pas leur odeur. La sciure absorbera les effluves de leur décomposition. Penser à nettoyer les luges. »

Il fit une pause, se pinça les sinus entre son index et son pouce et souffla longuement. Il était mentalement vidé. Mais sûr de lui. Il avait pris les décisions qui s'imposaient.

« Troisième point, certainement le plus important : ces trois hommes, peu importe leur nom – "Dillard" était sûrement un faux –, ces trois hommes étaient des évadés. Ce qui implique qu'ils sont, en ce moment même, activement recherchés par la police ou Dieu sait quelle autorité fédérale. Cela signifie que la probabilité est très élevée pour que la police, tôt ou tard, entoure le lodge d'Eagle Nest au feutre rouge sur sa carte. La traque de ces prisonniers durera des années puisque leur corps ne sera jamais retrouvé. Il faut que je les identifie, pour anticiper les actions des enquêteurs. S'ils étaient aussi dangereux qu'ils le paraissaient, leur évasion aura fait du bruit dans les médias. Leur visage est apparu ou apparaîtra dans quantité de bulletins d'informations. Je pourrais également mener des investigations sur le Net. La police a pour habitude de partager les photos des criminels recherchés, dans le but de faire participer les citoyens à leur traque. Il faut que je découvre de quelle prison ils se sont échappés. Et surtout : qui sont ces hommes ? Une autre question se pose ici : comment ont-ils pu se retrouver dans ces montagnes ? Avaient-ils un véhicule ? Si oui, il était sûrement volé. S'il y en a un, je dois mettre la main dessus avant la police et le détruire, car il pourrait les conduire jusqu'ici. »

John stoppa l'enregistrement et reposa le dictaphone sur le bureau. Il se massa la nuque, raidie par tant de stress et de nuits sans véritable sommeil. Il ressentait le besoin insistant de connaître l'identité de ces trois hommes. Et plus particulièrement de celui qui se faisait appeler Stan Dillard. Est-ce que ce besoin était un sursaut de vie de Dillard, une partie de lui qui revenait du monde des morts ? Celle qu'il avait mangée ? John eut soudain la vision effroyable de petits morceaux de chair, au fond de son estomac, qui s'animaient, frémissaient, se rassemblaient pour reconstituer leur corps d'origine en se nourrissant de tout ce qui se trouvait autour, c'est-à-dire ses propres intestins ! Il secoua la tête pour chasser ce délire halluciné et se massa le ventre dans un réflexe absurde. Il fallait garder l'esprit clair, veiller à bien anticiper tout ce qui pourrait faire obstacle à son plan. Cette histoire invraisemblable était devenue un défi, un nouveau challenge pour John Gardner et la T&J. Oui, c'était exactement cela puisque la pérennité du groupe en dépendait. Toute autre considération n'entrait pas en ligne de compte.

42

À l'extérieur, le soleil descendait derrière l'horizon de cet océan de neige, où les montagnes étaient comme des vagues immenses stoppées dans leur course. La tempête montrait quelques signes de faiblesse, mais plus personne ne se laissait tromper par cette nouvelle ruse du blizzard, qui reprenait encore plus fort après chacune de ses accalmies. John regagna le salon. Les autres étaient tous là, autour du feu. La plupart d'entre eux s'obstinaient à refuser de se nourrir : Nataly, Gina, Sally, Samantha et Ashley. Christine était tenue à l'écart, peut-être parce qu'elle avait franchi le seuil et rejoint le clan de « ceux qui mangent des hommes ». Aux yeux des autres, elle était considérée comme bannie de leur microsociété à l'éthique irréprochable. Recroquevillée au bout d'un canapé, autant pour se tenir chaud que pour se cacher, elle pleurait en silence.

Gina était déconnectée, elle murmurait des mots inaudibles, le regard absent fixé sur le sol. Elle s'était rapprochée de Sally. Toutes les deux étaient unies dans une communion aphasique. Ted, Jack et Tim étaient assis à la table du coin repas de la cuisine. Ils avaient lavé leurs assiettes, ainsi que les ustensiles et les plats qu'ils avaient utilisés, et avaient ouvert la seule aération encore dégagée, une petite lucarne découpée en hauteur sous la charpente. Jack était allé chercher l'échelle roulante de la bibliothèque pour l'atteindre.

John traversa le salon pour rejoindre Jack et ses fils. Il fallait maintenant envisager la suite et se remettre au travail. Il fut intercepté par Nataly qui se dressa sur son chemin, les bras croisés. Elle le prit tout de suite à parti.

– John, au nom de tous, du moins au nom de tous ceux qui ont conservé leur intégrité morale, dit-elle en jetant un regard méprisant à Christine, je te demande de faire preuve de bon sens. Nous devons dire la vérité. Je refuse de garder ces horreurs sur la conscience ! Et nous n'avons pas à y être obligés !

John se détourna d'elle, évitant ses yeux qui lui lançaient des éclairs.

– Tu m'entends, John ?!

Elle lui attrapa le bras au passage et le serra au point d'y planter ses ongles.

Il s'arrêta net et la fixa, imperturbable.

– Lâche mon bras tout de suite.

Les serres de Nataly relâchèrent aussitôt leur prise.

– Je pensais que tu avais plus de cran que ça, Nataly. Tu es en train de dérailler. Ressaisis-toi.

– Non, je ne suis pas en train de dérailler, John. Je m'oppose à ta décision !

John la scruta des pieds à la tête et rétorqua d'un ton froid :

– Parce que tu penses peut-être que je vous laisse le choix ? Essaie de voir la réalité en face, ma jolie. Est-ce que tu veux que la compagnie cesse d'exister ? Qui va payer le crédit de ta Porsche et celui de tes nouveaux seins ? Tu as un plan B ? Un poste chez l'un de nos concurrents ? Est-ce que tu…

Elle l'interrompit en criant presque :

– Tu n'es plus lucide, John ! Nous sommes en train de dissimuler des meurtres, de faire disparaître des corps ! C'est à toi de revenir à la réalité ! Merde !

Il se retint de la gifler et se contrôla en inspirant profondément.

– Écoute-moi avec toute ton attention, Adkins. Ma définition de la lucidité se base sur la pérennité de mon groupe et de ses intérêts. Jamais ce qui s'est produit ici ne sortira de ces murs. Et j'emploierai tous les moyens dont je dispose pour ça. Est-ce que je me fais bien comprendre ?

Il la dévisagea d'un air qui n'avait plus rien du John Gardner qu'elle connaissait. Un air qui n'avait même plus rien d'humain. Elle eut l'impression glaçante de se retrouver face à l'un de ces psychopathes qui les avaient séquestrés une semaine durant.

Elle eut soudain peur. Il était capable de tout.

– J'ai bien compris, John.

– Maintenant, rejoins les autres. Et ne te remets plus jamais en travers de mon chemin.

Elle n'insista pas et chancela jusqu'à un fauteuil.

John alla s'asseoir sur la banquette de la cuisine, à côté de Tim. Jack attendait ses instructions, les coudes posés sur la table, les mains l'une sur l'autre.

– Ted, Tim, nous avons à parler avec Jack.

Ted et son cadet opinèrent du chef et laissèrent les deux adultes entre eux.

– Ted, le rappela John.

– Oui, p'pa ?

– Tu es nommé « superviseur du nettoyage ». J'ai noté une liste de tâches à exécuter pour le rez-de-chaussée auxquelles vous n'avez peut-être pas pensé. Vérifie si tout a été fait. Elle est sur le comptoir de la cuisine.

– D'accord, p'pa.

Ted s'adressa à son jeune frère :

– Viens avec moi, le mouchard, on va checker ça.

Tim le suivit, l'air ravi.

Jack avait une question qui lui brûlait les lèvres.

– J'ai vu ton échange avec Nataly. Quel était le problème ?

– Rien de grave. Adkins fait des états d'âme. Elle m'accuse de ne plus être lucide.

Jack ricana.

– Demain, il faudra s’occuper de la disqueuse, la démonter et la nettoyer, reprit John. En espérant que nous n’aurons plus à nous en servir.

– D’accord, c’est noté.

– Quant à moi, je vais aller enterrer les armes des Dillard.

– Avec les corps ?

– Non, je creuserai un nouveau trou. Je pourrai le faire seul.

Jack hocha la tête.

– Autre chose : j’ai repéré deux balles qui ont terminé leur trajectoire dans un meuble du couloir. Elles ont sans doute traversé leur corps.

– Je vais chercher si j’en vois d’autres qui auraient pu finir leur course ailleurs, dit Jack.

– Oui. Pour le meuble percé, il faudra le mettre en pièces et le brûler dans une cheminée. Assure-toi que les projectiles sont bien dedans. Retire-les et jette-les aussi loin que tu peux dehors, en bas, vers la vallée. C’est une chance que les balles n’aient pas terminé dans un mur.

Jack approuva tout en prenant des notes sur un papier. John l’observa griffonner.

Un silence, beaucoup trop long pour Jack, s’installa. Les deux billes d’acier de John luisaient, fixées sur lui. La gorge de Jack se noua. Il savait ce que John lui disait, par ce regard. Il lui répondit oui d’un signe de tête.

43

Seizième jour. Les lueurs de l'aube se frayèrent un passage étroit jusqu'à l'intérieur. Mais ce ne fut ni le jour ni la rumeur sourde du vent qui tirèrent les occupants du lodge de leur sommeil.

Ce fut un hurlement.

Samantha prolongea son cri jusqu'à vider tout l'air que contenaient ses poumons. John bondit du lit et se rua dans le couloir. Sally émergea fébrilement puis se mit en tête de suivre son mari qui avait déjà disparu. John trouva sa fille, debout, face à une porte ouverte. Elle se tenait le visage, toute tremblante, et respirait par à-coups en regardant à l'intérieur d'une salle de bains.

– Sam ! Qu'est-ce qui se passe ?!

Pour seule réponse, Samantha leva un bras et désigna du doigt l'intérieur de la pièce carrelée de marbre blanc. John avança vers sa fille et scruta l'intérieur. La salle n'était éclairée que par le halo blafard de l'aube. Il entra, laissant Samantha, pétrifiée, derrière lui. Pendant un très bref instant, il espéra que ce qu'il devinait dans la lueur naissante, à quelques mètres devant lui, dans la baignoire, n'était pas ce qu'il croyait. Il cliqua sur un interrupteur. La lumière l'éblouit quelques brèves secondes.

Une coulée rouge sombre sinuait sur le blanc virginal du carrelage pour se déverser plus loin dans une évacuation. Ses yeux remontèrent jusqu'à la baignoire. La source de ce ruisseau de sang était un bras.

Le bras gauche de Christine Horton.

Une incision profonde apparaissait à l'intérieur de son poignet. Christine était allongée, nue, dans la baignoire vide d'eau. Son avant-bras droit était entaillé de la même manière. Son corps avait pris la couleur de la pierre. Ses lèvres étaient bleues et fermées, comme ses yeux. Elle paraissait endormie. En paix.

John éprouva le curieux sentiment d'être scindé en deux, émotionnellement. Il y avait un John Gardner au cœur lourd, rongé par le regret, refusant d'écouter le monstre qui lui murmurait que tout se déroulait comme il fallait, que c'était nécessaire. Il chassa cette confusion à la limite de la schizophrénie et observa d'un regard objectif ce qu'il avait devant lui. Dans la baignoire, un couteau gisait. Un couteau de cuisine blanc, en céramique. Christine Horton s'était suicidée en s'ouvrant les veines. Mais elle avait au sommet du crâne une blessure qui avait saigné aussi, beaucoup moins que ses poignets, toutefois suffisamment pour la rendre visible. Cette blessure pourrait soulever des questions. Elle pouvait avoir été causée par une chute, ou par *quelque chose d'autre* qu'une chute.

John quitta la salle de bains, lesté par un poids glacé au fond de son ventre. Samantha était encore dans le couloir. Il eut l'impression d'avoir laissé sa fille devant cette porte depuis une heure au moins.

– Viens avec moi, Sam. Il ne faut pas rester là.

Il la prit par la main et dut la tirer pour qu'elle le suive.

– Elle est… elle est morte, papa ?

– Je crains que oui.

Sally apparut dans sa robe de chambre blanche, tel un fantôme errant dans les couloirs d'un château écossais.

– Que s'est-il passé, Sam ? Pourquoi criais-tu ? lui demanda-t-elle d'une voix éteinte.

– Maman, Christine est morte !

Le visage de Sally marqua une incompréhension totale. Samantha fondit en larmes et se jeta contre elle. Déséquilibrée, Sally fit deux pas en arrière. John la rattrapa avant qu'elle ne tombe. Il les emmena toutes les deux jusqu'à la chambre.

– Restez là, je vais… Je reviens.

Il retourna dans la salle de bains, saisit le pommeau de la baignoire et ouvrit le robinet d'eau chaude. À cet instant, il se rendit compte combien le monstre avait pris le dessus sur sa part humaine : il n'éprouvait pas le moindre sentiment pour cette pauvre Christine. Hormis un soulagement atroce. Il releva le buste du cadavre et passa le jet sur sa tête. Les cheveux blancs reprirent vie en ondulant sous l'eau qui ruisselait dans son dos. Le sang coagulé sur la blessure se détacha du cuir chevelu et glissa jusqu'au siphon.

Nataly fit irruption dans la salle de bains. John sursauta en se retournant vers elle.

– John, que se passe-t-il ?! J'ai entendu Samantha crier et je…

John tenait toujours le pommeau de douche dont l'eau se déversait sur le corps de Christine.

– Oh, mon Dieu ! s'écria Nataly.

– Elle s'est… Elle est morte, dit John, blême.

Nataly resta paralysée, les mains sur son visage. John referma le robinet et se releva. Il la prit par le bras et l'accompagna vers le couloir. Ted, Ashley et Jack arrivèrent en même temps.

– Qu'y a-t-il, papa ?!

Jack resta muet. Son teint était livide.

– C'est Christine… Venez. Descendons dans le salon, s'il vous plaît. Je vous expliquerai.

Mais Ashley était déjà devant l'entrée de la salle de bains. John alla la chercher et l'arracha à cette vision dont elle n'arrivait pas à se défaire.

– Viens avec moi. Descendons.

– John, elle… elle est morte ?

– J'ai essayé de la ranimer, mais il était trop tard. Oui. Elle est morte, Ashley. Elle a mis fin à ses jours.

En bas, tous étaient murés dans le silence. La charge émotionnelle était déjà lourde avant la mort de Christine. À présent, c'était trop. John prit la parole en souhaitant redonner de l'espoir à ses amis. Le John prévenant et attentif au bien-être de tous. Pas l'autre.

– Christine n'a pas supporté la mort d'Owen. Elle s'est suicidée. Cela s'est probablement passé dans le courant de la nuit… Quelqu'un a-t-il entendu quelque chose ?

Personne ne souffla mot.

– Il faut que nous soyons forts, reprit John. Nous avons fait le plus dur du chemin, et la tempête semble faiblir.

– Ça ne s'arrêtera jamais ! s'écria Nataly, en pleurs. Ne dis pas que ça faiblit ! Ça ne s'arrêtera JAMAIS, John, et tu le sais !

John leva les mains pour la calmer.

– Nataly, aucune tempête ne dure éternellement. Ressaisis-toi. Nous partirons très bientôt d'ici. Les secours viendront nous hélitreuiller dès que la météo sera…

– Non, John ! Je ne me ressaisis pas ! Je n'en peux plus. Je veux sortir de cet enfer !

Elle se redressa, agitée de spasmes nerveux, courut vers le hall, ouvrit la porte et se rua dehors, simplement vêtue d'un jean et d'un pull-over. Elle ne portait aux pieds que ses chaussettes de laine. Un cri s'éleva, aussitôt avalé par le blizzard. John se précipita derrière elle et franchit la porte d'entrée.

– Nataly !

Elle était déjà en train de s'acharner à escalader la congère géante. John la rattrapa et la ceintura. Il la ramena de force jusqu'à l'intérieur et fut obligé de l'immobiliser au sol.

– Il faut te calmer, maintenant, Nataly !

En proie à une crise de nerfs explosive, elle redoubla de hurlements, battant des pieds et des mains. La seule solution qui vint à John fut de lui décocher un coup de poing au visage, assez puissant pour la sonner. Il la souleva et la porta jusqu'à sa chambre à l'étage, l'allongea sur le lit et ressortit, non sans avoir verrouillé la serrure.

Il reprit son souffle en descendant les escaliers et rejoignit les autres en réajustant les manches de sa chemise. Tous le regardaient, ahuris.

– Nataly se repose. Elle en avait besoin, lâcha-t-il d'un ton froid. Paniquer comme elle vient de le faire n'est pas la solution. Les vents ont diminué depuis deux jours. Nous y sommes presque. Ce n'est pas maintenant qu'il faut craquer.

Personne ne réagit. Tous le fixaient comme s'ils avaient devant eux un inconnu.

Jack rompit ce silence invraisemblable :

– John, que va-t-on faire du corps de Christine ? On ne peut pas la laisser là.

John s'ébroua. La question de Jack était judicieusement placée.

– Non, bien sûr que non, Jack. Nous allons l'enterrer avec les autres. Et nous enterrerons Owen avec elle. Je pense que c'est ce qu'ils auraient voulu tous les deux.

Personne ne montra de réaction. John hésita. Parler d'intégrer la mort d'Owen et de Christine dans la fausse déclaration – en disant qu'ils s'étaient, eux aussi, joints à l'expédition pour chercher les secours – était prématuré. Il fallait, dans un premier temps, les laisser digérer le suicide de Christine.

John fit signe à Jack d'approcher.

– Nous n'avons pas de temps à perdre, lui murmura-t-il. Viens avec moi.

Une fois qu'ils furent à l'étage, John reprit :

– J'ai préparé des bâches dans le garage. Va les récupérer et amène-les dans la chambre des Horton. Pendant ce temps, je vais chercher le corps de Christine. Elle n'est pas lourde. J'y arriverai seul.

Jack s'exécuta sans poser de questions, le regard bas, pétri de culpabilité.

– Jack.

Celui-ci se retourna.

– Tu as fait ce qu'il fallait.

Assise près du foyer, Sally appréciait la chaleur des flammes sur son visage. Elle revoyait en pensée des images de son enfance. Ces longues promenades sur les berges du fleuve Missouri en compagnie de sa sœur Betty et de leur tout jeune frère, Paul. À cette époque, il pouvait à peine marcher. Sally le portait dans ses bras et le laissait se débrouiller sur quelques mètres quand le sentier s'éloignait assez de la rive. Buddy, le fidèle golden retriever de la famille, les suivait en jappant. Ce souvenir était si réel.

Sally n'était plus là, assise en face du feu.

Sur cette chaise, il n'y avait qu'une enveloppe charnelle vide. Une absence.

Samantha l'appelait pour la faire revenir. Mais les yeux de sa mère restaient fixes, focalisés sur les flammes qui crépitaient et dansaient. Elle se sentait si légère. Si heureuse. Elle ne serait sortie de ces pensées pour rien au monde. Ces souvenirs constituaient peu à peu une douce et rassurante réalité. Bientôt la seule réalité de Sally Gardner.

44

Second convoi funéraire sur luge. Ses raquettes s'enfonçaient tandis que John tirait le corps d'Owen derrière lui, empaqueté dans sa bâche, déployant tous ses efforts pour grimper la pente. Il était exténué, mais hors de question de perdre du temps en repos. Jack suivait derrière, infatigable, véritable bête de somme. Arrivé en haut, John espérait retrouver leurs traces dans la neige, mais elles avaient été entièrement recouvertes. Longer le lodge, puis l'allée vers la grange, obliquer à gauche vers les forêts. Il connaissait le parcours, désormais, cependant il consultait le GPS de temps à autre. Leur progression était sûre et rapide, bien que la visibilité fût encore réduite par les flocons qui volaient partout.

Ils aperçurent enfin l'emplacement où ils avaient enseveli Phil et les cousins Dillard. Un creux circulaire se dessinait dans la surface de poudreuse. C'était une chance, car rien d'autre n'aurait pu leur indiquer l'endroit. L'avantage de déposer les Horton au même endroit était qu'ils n'auraient pas à casser la neige et la glace qui soudaient littéralement les blocs de roche entre eux. Ils avaient eu beaucoup de mal avec ça la première fois.

Jack n'avait pas dit un mot depuis le matin, depuis la découverte du corps de Christine dans la salle de bains. John lui jetait un regard entre deux coups de pelle. Jack creusait d'une manière frénétique, il était tendu à bloc. Parfois, il lançait sa pelletée contre le vent qui lui renvoyait la neige au visage. Sans réagir, il enfouissait sa pelle dans la poudreuse, la soulevait pleine, la replongeait, la ressortait, propulsant des paquets de neige autour de lui…

– Eh, Jack ! Est-ce que ça va ? lui lança John.

Pas de réponse. Le canon à neige était toujours réglé sur débit maximum et balançait de la poudreuse partout.

– Jack ! Tu m'entends ?

Il s'arrêta soudain et regarda John sans rien dire, les yeux hagards. La neige fouettait ses joues rougies par l'effort. Il laissa tomber sa pelle.

John planta la sienne et fit deux pas vers son ami.

– Qu'est-ce qui se passe, mon vieux ?

Le visage de Jack se contracta, et subitement il poussa un cri et tomba à genoux en prenant sa tête dans les mains. Il serra les dents, comme pour contenir une explosion. Le résultat d'une chaîne ininterrompue de souffrance depuis deux semaines.

John se sentit désemparé un instant. Il laissa son ami se vider de ce qu'il devait se vider. Il valait mieux qu'il le fasse ici. À l'intérieur du lodge, il aurait pu faire des dégâts. Il resta donc à distance. Jack enchaîna plusieurs longs hurlements de bête, battant des poings dans le manteau glacé. John reprit sa pelle, sans le quitter de l'œil, et se remit à creuser. Au bout d'un moment, Jack s'immobilisa. Il demeura à genoux, dans la neige. Plus un cri. Plus rien pendant cinq bonnes minutes.

John essaya de rétablir la communication.

– Jack, ça va mieux ?

Son ami tourna la tête vers lui et l'agita de haut en bas.

– J'ai bien cru que tu allais disjoncter, dit John.

Ce dernier se remit à creuser, en restant quand même vigilant. Après un moment, Jack se releva, chancela, puis ramassa sa pelle. Il reprit le déneigement en regardant faire John, comme s'il prenait exemple sur lui. Comme s'il n'avait jamais tenu une pelle de sa vie.

Une dizaine de minutes plus tard, le métal buta sur la pierre. Un sourire grimaçant déforma la face à demi couverte de neige de Jack.

– On y est, John !

Les mots de son ami soulagèrent John d'un poids. Ils échangèrent un bref regard et John vit à nouveau briller la lumière de l'intelligence dans les yeux de Jack, du moins une lueur qui s'en approchait. Les deux fossoyeurs des neiges dégagèrent la cavité, jusqu'à ce qu'apparaissent les surfaces luisantes et noires qui enveloppaient les quatre premiers occupants du tombeau.

Sans un mot, ils saisirent chacun d'un côté le premier corps qui leur vint, celui d'Owen. Ils le déposèrent sur les autres, puis ce fut le tour de Christine. Leurs gestes étaient attentionnés, presque solennels. Ces cadavres étaient précieux. Pour John, ils avaient la valeur de la T&J Gardner Company. Des milliards de dollars. Pour Jack, ils représentaient la garantie qu'il n'irait pas finir sa vie en prison. Quand ils eurent allongé Christine à côté de son mari, ils restèrent en silence pendant un moment. Et Jack fondit en larmes.

– Tu as fait ce qu'il fallait, lui redit John.

Ses mots se dispersèrent dans le blizzard. Jack ne répondit rien et fit un effort pour cesser de pleurer et de renifler.

– On peut se remettre au travail, maintenant, lança John.

Il s'empara d'un sac de sciure de bois et versa son contenu sur les corps. Jack renouvela l'opération en vidant deux autres paquets. Ils entassèrent ensuite les blocs de roche un à un et attrapèrent leur pelle pour recouvrir le trou de neige.

Quand le tombeau fut scellé, Jack demanda :

– On devrait peut-être réciter une prière, non ?

– Je n'en connais pas.

Une bourrasque manqua de les renverser.

– Rentrons, dit John.

Ils attachèrent leur pelle à leur sac à dos, burent un peu d'eau et se mirent en route.

Ted et Ashley s'étaient retirés dans la bibliothèque, avec Samantha et Tim. Jack avait enfermé Gina après une nouvelle crise de nerfs. Il l'avait conduite dans cette chambre où elle avait déjà en grande partie détruit le mobilier. Parfois, on l'entendait hurler comme une démente. Nataly était prostrée. Elle ne parlait pas et restait près de Sally, à côté de la cheminée. Elle ajoutait une bûche dans le feu dès qu'il faiblissait. Sally était partie très loin. Personne ne savait où.

Ashley prit Ted à part.

– Je ne comprends pas comment tu peux soutenir ton père dans sa décision de ne pas déclarer la vérité.

– Il n'a pas le choix, Ash.

– Oui, tu as déjà avancé cet argument. Sa compagnie est sa priorité. Mais… mais ce que nous faisons… ce n'est pas humain. Je veux dire, nous n'aurions pas fait ça si ton père ne nous y contraignait pas.

Ted ne pouvait pas la contredire sur ce point.

– Tu réalises que nous allons devoir vivre avec ça sur la conscience toute notre vie ? reprit-elle. Sans parler du point de vue légal. Nous sommes complices de dissimulation d'actes criminels ! Je crois que tu ne te rends pas compte.

– Une fois de plus, Ashley, je te redis que mon père ne peut pas faire autrement.

Elle était vraiment en colère. Ted mettait son agressivité sur le fait qu'elle était en état de dénutrition avancée. Elle avait la peau sur les os, ses joues étaient creusées et ses yeux cernés de noir. Il comprenait son entêtement à démontrer la gravité et l'incohérence de la situation, mais il n'irait pas contre son père.

– Oui, bien entendu, sa société risquerait de couler, reprit-elle. Mais dis-moi, que penseraient ses actionnaires s'ils apprenaient, après coup, que le dirigeant de la T&J Gardner est un dissimulateur de meurtres ?

– C'est justement pour éviter ça que nous allons tous faire cette déclaration. Personne ne saura jamais rien de ce qui est arrivé.

Ashley croisa les bras et le dévisagea.

– Et si je refuse ?

Maintenant, Ted trouvait qu'elle allait trop loin. Il lui rendit son regard insistant.

– Tu ne le feras pas, Ash.

– Comment peux-tu affirmer ça ? Parce qu'on a passé plusieurs nuits tous les deux à se bécoter ? Tu penses que ça te suffira pour me faire plier ? Tu me connais très mal, Ted Gardner.

Il lui retourna, embarrassé :

– Ashley, dire la vérité équivaudrait à dénoncer le meurtre d'Owen, et donc à envoyer ton père en prison.

Elle scruta Ted pendant un instant, sa respiration s'était suspendue.

– Il n'a jamais voulu le tuer, Ted. C'était un accident.

Des larmes étaient apparues dans les yeux d'Ashley.

– Aucune cour de justice ne considérera les faits comme accidentels, Ash. Tu le sais.

– Tu… tu es aussi monstrueux que ton père, lui jeta-t-elle.

Ted prit sa main dans la sienne.

– Ash, j'ai bien conscience que le mensonge que nous allons tous faire est lourd à porter. Mais j'aime mon père. Et je sais qu'il fait cela parce qu'il nous aime. Et il le fait pour vous aussi.

Il pressa sa main et ajouta :

– Donnons-nous une chance de passer cette épreuve. D'oublier tout ça. Mon père nous a sauvé la vie, Ashley. Ces hommes auraient pu le tuer. Et ils nous auraient sûrement tous tués après.

Elle hocha la tête et le laissa la prendre dans ses bras. Après un moment, elle lui murmura :

– J'ai pensé à quelque chose.

– Dis-moi.

– Depuis septembre, j'ai emménagé dans mon loft. Il est assez grand. C'est peut-être un peu prématuré, mais je suis sûre qu'on pourrait faire quelque chose tous les deux en mêlant nos arts… une sphère créative commune, je sais pas si tu vois…

Ted imaginait très bien le concept.

– Une fusion entre la peinture et la lettre, dit-il. Ça pourrait être pas mal.

– Donc, tu es partant ?

– L'idée est tentante. Oui.

Ils échangèrent un long regard. Ashley se redressa un peu, et Ted l'embrassa.

Tim les observait, intrigué. Il n'avait encore jamais embrassé de fille. Il n'avait même jamais vu personne s'embrasser en vrai, à part papa et maman, mais ce n'étaient que des petits bisous qui ne duraient pas longtemps. Il avait bien visionné des trucs sur Internet, des trucs pas ragoûtants, mais là c'était assez agréable à regarder. Il se dit qu'à son retour à l'école il tenterait de faire pareil. Avec Barbara Kirley, une petite blonde très mignonne qui lui faisait des clins d'œil. Sans doute qu'elle voudrait bien essayer ça avec lui.

– Sam, quand est-ce qu'on rentre à la maison ? gémit-il.

– Bon sang, Tim, mais tu es vraiment né avec un pois chiche dans la tête. On rentrera quand la tempête sera terminée.

Samantha laissa tomber le livre qu'elle lisait. Se concentrer exigeait trop d'effort. Elle s'interrogea sur le goût que pouvait avoir cette viande, se demanda si son état s'améliorerait après en avoir mangé. Sûrement. Mais comment réagiraient Nataly, Gina, et surtout Ashley, si elle osait faire *ça* ? Une véritable trahison du pacte qu'elles avaient fait entre elles. Samantha regarda son jeune frère, animé par son énergie débordante habituelle. Et elle, qui se sentait si fatiguée…

45

John et Jack franchissaient la lisière de la forêt quand il se produisit quelque chose d'inattendu, dans le ciel.

John s'arrêta net.

– C'est pas croyable !

Jack se figea sur place lui aussi.

La neige. Les flocons avaient cessé de tomber. Il ne restait du blizzard que le vent qui persistait, mis à nu. Désarmé.

Le ciel changea encore.

Un espace de clarté s'ouvrit dans la noirceur. On n'apercevait pas encore le soleil, mais la lumière était là. Le blanc immaculé des forêts les éblouissait presque.

– C'est terminé, murmura John.

Un sourire douloureux tira sur sa barbe couverte de minuscules stalactites de glace.

– C'EST TERMINÉ ! hurla-t-il en se laissant tomber à genoux, les poings levés vers le ciel.

Jack était immobile, les bras ballants, souriant béatement.

– C'est terminé, répéta-t-il à mi-voix, en écho au cri de son ami. Terminé.

Et il se mit à pleurer.

L'éclaircie miraculeuse persista presque une heure, puis le ciel s'assombrit à nouveau. Le vent soufflait encore très fort, mais la neige avait bien cessé de tomber. Cela se maintint durant l'heure qui suivit. Et celle d'après.

John se leva, contourna son bureau et alla récupérer les feuilles à la sortie de l'imprimante. Dix-huit, au total. Deux par personne, imprimées recto verso. Dessus figuraient les instructions précises sur ce que tous devraient faire et dire lorsque les secours viendraient les extraire du lodge. Chacun devait apprendre sa version par cœur. Il rangea les papiers dans une chemise et descendit rejoindre les autres.

Un moment plus tard, tout le monde était dans les canapés et planchait sur sa déposition. John avait réglé les choses au millimètre. La première consigne était le silence. Il ne fallait pas parler si l'agent chargé de prendre leur déclaration ne posait pas de question.

Deuxième point, très simple : personne n'était mort à Eagle Nest. Cinq d'entre eux avaient disparu dans la tempête à cause de leur inconscience : Steven Riley, Jenny Mills, puis Phil Sewell, Owen Horton et son épouse Christine. Dernier point important à intégrer : toutes les preuves avaient été effacées, détruites, ensevelies, nettoyées… Donc, il n'y avait aucun risque qu'une personne extérieure, appartenant aux services de police, judiciaires ou autres, puisse penser que de telles choses aient pu se produire. Même l'esprit le plus imaginatif, le plus tordu, n'aurait pu concevoir ce qui s'était réellement passé. Parce que c'était inimaginable. Donc, confiance. Tout irait bien. Il n'y avait aucune crainte à avoir.

John avait aussi prévu que l'équipe médicale qui les prendrait en charge déciderait de les placer en observation dans un service hospitalier. Il fallait donc, dès aujourd'hui, cesser de se nourrir, pour ceux qui le faisaient ; de manière à ne pas être en *trop bonne santé* le jour de leur extraction du lodge par les secours.

John posa son stylo. Quelque chose venait d'attirer son attention. Il chercha autour de lui pour trouver ce qui avait bien pu le distraire de son travail. La baie vitrée était toujours couverte de la même couche de neige et de glace… Ce n'était pas quelque chose de matériel qui l'avait dérangé, mais une *absence de chose.* Pour être exact, une absence de son.

Le grondement du vent avait cessé.

Il se leva et marcha jusqu'au salon. Les autres étaient eux aussi sur le qui-vive. Comme si ce vide sonore pouvait être une menace.

Tous se regardaient, éberlués. La tempête s'était-elle éteinte ? La neige ne tombait plus. Et à présent le vent. Oui. C'était bel et bien terminé.

Sally, Nataly, Samantha et Ashley s'étaient rapprochées et formaient un cercle. Leurs mains s'étaient jointes. La voix ténue de Sally s'éleva :

– Nous te remercions, Seigneur, et te rendons grâce pour avoir entendu nos prières...

John retrouva Jack dans la bibliothèque.

– Bon sang, c'est bien fini, dit Jack.

– Attendons que ça se stabilise avant de nous réjouir.

John regardait par-dessus l'épaule de son ami. Au loin, les vallées apparaissaient. Du blanc à perte de vue.

Une heure passa. Puis deux.

Les montagnes avaient retrouvé leur majesté. L'enfer de la tempête avait été chassé par cette vision monochrome, silencieuse. Cela se maintint. Trois heures. Quatre. Ils n'arrivaient pas à y croire.

Le dragon de glace avait rendu son dernier souffle.

46

Après dix-huit jours d'obscurité macabre, Eagle Nest, étincelant sous sa parure de cristaux, se gorgeait de lumière. Le ciel s'était encore éclairci, et tous attendaient de voir le bleu inespéré. Et le soleil. Enfin. La délivrance.

Sally regardait au loin, vers les vallées. John en était à son quatrième café. Il observait son épouse depuis la cuisine. *Que ressent-elle ? Reviendra-t-elle un jour d'où elle s'est réfugiée ?*

Jack avait laissé Gina sortir de la chambre. Elle paraissait calme. Il pensait que la fin du blizzard était la cause de son état, en apparence, stabilisé.

Gina vint s'asseoir près de Sally et prit sa main dans la sienne. Elle joignit son regard au sien, sans un mot. Sally avait l'air sereine. Ses traits étaient adoucis et ses yeux ne se détachaient pas de l'horizon. Elle était juste là, posée.

Ce qu'elle observait, au loin, c'était son âme qui dansait, qui voletait, légère, dans le grand blanc infini. Et Gina voyait aussi la sienne maintenant… Toutes les deux s'éloignaient, s'élevaient dans la lumière, libres, heureuses de ne plus avoir à porter ce corps trop lourd de souffrance.

Les heures passèrent et le ciel se dégagea encore. Jusqu'à ce que le blanc des derniers nuages se dissolve et que le soleil jaillisse derrière l'un d'eux.

John consulta sa montre d'un geste nerveux. Bientôt midi. Le vent s'était arrêté de façon définitive en début de matinée, autour de 9 heures. Les secouristes avaient certainement planifié une quantité importante de zones à survoler pour cette première journée. Impossible de prévoir quand l'hélicoptère arriverait. Il cligna des yeux et se massa les tempes face à l'écran de son PC. Il n'avait réussi à dormir que quatre heures cette nuit. C'était déjà mieux que la nuit blanche précédente. Il secoua la tête et but une gorgée de café, reprit sa souris en main et continua de vérifier sur sa liste que tout avait été fait. Le moindre oubli, la plus petite incohérence au niveau des déclarations pourrait les faire basculer dans un autre cauchemar, judiciaire celui-ci.

Jack fit irruption dans la pièce. Il était essoufflé mais affichait un air confiant.

– Je viens de terminer de les contrôler.

Il se mit à marcher de long en large devant le bureau.

– Alors ?

– Ils sont prêts, répondit Jack.

– Et Adkins ?

– Elle joue le jeu.

– Parfait.

Jack s'arrêta et porta son regard vers les montagnes.

– Tu penses qu'ils ont réussi à atteindre la ville ?

– C'est peu probable, dit John.

– Je le pense aussi.

– Riley avait une case en moins.

– Mais s'ils y étaient arrivés…

– Alors il faut espérer qu'ils ne diront rien.

– Et s'ils parlent ?

– Les probabilités pour qu'ils aient rejoint Kalispell sont infimes. Restons confiants, Jack. En ce qui me concerne, je parierais gros sur leur mort.

John se rapprocha de son ami.

– Le nettoyage du mixeur ?

– Je m'en suis occupé, répondit Jack. Il est comme neuf.

– La disqueuse ?

– *Idem*.

John versa du café dans une tasse.

– Les siphons de la cuisine et celui de la salle de bains des Horton ?

– C'est fait, aussi.

Il lui tendit la tasse. Jack la prit en le remerciant d'un hochement de tête. John le jaugea du regard. Jack faisait preuve d'un sang-froid surprenant. Il fallait espérer qu'il tienne la route sur la durée.

John contrôla une dernière fois que tout avait été fait. Il descendit chercher les fumigènes de détresse dans le garage et remonta à l'étage dans une chambre, déplaça une table, grimpa dessus et ouvrit la lucarne au-dessus de lui. Il esquiva l'amas de neige qui se déversa et recouvrit la moquette, dégagea le reste de la croûte blanche et se fraya un passage sur le toit. L'air vif et pur, la lumière éblouissante du soleil, la chaleur sur sa peau... Il reprenait vie. Durant quelques minutes, il resta assis dans la neige, sans penser à rien, le regard porté au loin, vers les vallées immaculées, saisi par ce spectacle si merveilleux, si soudain.

Un moment plus tard, il déclencha les quatre balises de détresse qui libérèrent des fumerolles orange dans le bleu du ciel. Et il demeura là jusqu'à ce qu'elles soient consumées, guettant l'horizon. Il attendit encore, bercé par les rayons de soleil, éprouvant un bien-être surprenant. Aucun hélicoptère n'apparaissait au-dessus des sommets. Alors, il se décida à se lever pour redescendre avec les autres. Une fois dans l'ombre du lodge, les cogitations revinrent à l'assaut. Avait-il pensé à tout ? Un bloc de plomb au fond de son estomac était sa seule vraie réponse à cette question.

Il était 14 heures passées quand ils l'entendirent. Un souffle sourd, d'abord, qui s'amplifia et se changea très vite en un grondement puissant.

John se leva en sursaut et courut vers l'étage.

– Ils sont là ! cria-t-il.

Jack était derrière lui, essoufflé, complètement affolé.

– Redescends, lui dit John, et fais monter tout le monde dans le couloir ! Ramasse les brouillons des déclarations et jette-les au feu !

Jack s'exécuta et disparut dans les escaliers. La rumeur s'éleva encore, jusqu'à faire vibrer toute la maison. L'hélicoptère était déjà au-dessus du lodge, en vol stationnaire.

– Tout le monde en haut ! Rassemblez-vous dans le couloir, ordonna Jack.

Tous déployèrent leurs dernières forces pour se lever et monter les escaliers vers l'étage. Jack récupéra les imprimés de chacun et les compta. Il dut s'y reprendre à deux fois. Il suait. Ses doigts tremblaient et son cœur cognait. *Dix-huit.* Il courut vers la cheminée et les jeta dans les flammes. Le papier se noircit et se consuma en l'espace de quelques secondes, emportant avec lui son secret. Le plus atroce qui puisse être gardé. Il resta devant le feu, serrant le tison dans sa main, et s'assura que tous les imprimés avaient bien brûlé, puis il dispersa les cendres.

Dehors, l'hélicoptère se maintenait immobile au-dessus du lodge, tel un énorme bourdon évaluant une fleur. Le souffle de ses rotors soulevait des nuées de neige autour de John. En haut, dans l'appareil, il aperçut deux secouristes qui s'accrochaient à un câble. La boule d'angoisse au fond de son estomac avait doublé de volume. Il resta comme paralysé un moment. Arrivé au sol, le premier sauveteur se détacha du filin et accourut vers lui.

Dans le vacarme assourdissant, il lui cria qu'ils étaient là pour les ramener à Kalispell, de ne pas s'inquiéter, qu'ils étaient sauvés. Pendant un bref instant, l'homme regarda John dans les yeux. Peut-être s'attendait-il à y voir de la joie ou des larmes. Mais John fut bien incapable de manifester une quelconque émotion. Ses traits restèrent aussi figés que des fissures sur un rocher. En dehors d'une peur intense qu'il s'efforçait d'étouffer au fond de lui, il ne ressentait plus rien.

Il écouta les consignes du secouriste en hochant la tête, se dirigea vers le second sauveteur qui lui passa un harnais et l'accrocha au câble. Puis il se sentit comme happé vers le haut et se retrouva, l'instant d'après, assis dans l'hélicoptère, où un autre homme, qui lui disait être médecin et se prénommer Graham, lui prit la tension. Une poignée de minutes plus tard, Ted, Nataly, puis Tim et Samantha embarquèrent à bord. Les rotors accélérèrent et l'appareil s'éleva.

John regarda le lodge s'éloigner en bas, épave ensevelie, et s'éloigner encore, petit monticule blanc parmi tant d'autres… Jusqu'à disparaître dans le relief des sommets.

Il eut un long moment d'absence. Une partie de lui était restée prisonnière des neiges. Aucun d'eux ne retrouverait jamais ce qu'il avait laissé dans ce lodge. Le doute l'envahit à nouveau, accompagné de sa fidèle suivante, la peur. Et il se demanda s'il serait assez fort pour continuer, s'il parviendrait un jour à reprendre une vie normale, telle qu'avait été la sienne, avant Eagle Nest.

SOINS À DOMICILE

1

River Creek
Résidence de la famille Gardner,
2 février 2020

La pièce était vide, cernée par une obscurité épaisse. Il avait beau chercher autour de lui, il n'y avait rien d'autre que cette vieille porte de bois qui se dressait face à lui, menaçante, dans le fracas du vent qui soufflait derrière elle. La tempête s'acharnait, ses hurlements étaient pareils à ceux d'une bête : grognements affamés, mugissements d'impatience. Rafale après rafale, elle harassait le battant, et John savait que celui-ci ne résisterait pas longtemps. Ses ferronneries rouillées cliquetaient, la neige s'insinuait dessous, et le froid glacial venait saisir ses pieds nus. Comme à chaque fois qu'il se retrouvait là, dans ce cauchemar, il sentait la panique monter. Il n'avait pas le temps de penser, de comprendre. Il fallait qu'il survive à cette chose, dehors… La porte battait de plus en plus fort, le bois gémissait à la mort, se tordait. Alors, John avançait vers elle, ses pieds se posaient sur la pierre froide, il attrapait les loquets – des gestes qu'il effectuait presque malgré lui – et il les déverrouillait.

Lorsque la porte s'ouvrait, un silence s'abattait, brutal. Au-delà, John ne discernait plus rien. Le vide complet. Et ce silence, qui aurait dû le soulager, était bien pire. C'était une menace sans forme, faite de ténèbres, qui l'attendait. Happé par ce vide, John franchissait le seuil. Sa peur montait encore, tandis que, sous ses pieds, la pierre disparaissait, remplacée par une surface lisse, sombre, sur laquelle se dessinait son propre reflet. Il marchait et marchait encore, respirant l'air glacé, et le silence obsédant s'intensifiait. C'était comme si tout cela vivait, était mû par une intention machiavélique, avait pour seul but de le rendre fou.

À ce stade du cauchemar, la neige se mettait à tomber. Elle était si légère et voletait avec tant de grâce autour de lui, dans ce silence... Mais cette féerie s'assombrissait bien vite et, d'abord blancs, les flocons changeaient pour un rouge sang macabre, tandis que des effluves d'hémoglobine montaient dans l'air. John se mettait alors à courir, envahi par la terreur. C'était à ce moment que les formes apparaissaient. John gardait ses yeux baissés pour éviter de les voir. Elles prenaient l'apparence de visages, aussi grands que lui, des faces agonisantes poussant des cris et s'étirant, déformées par la douleur. Et s'il avait le malheur de ne pas se réveiller, ces choses prenaient alors la forme de silhouettes humaines. D'une manière horrible, la chair malléable de leur tête avait la faculté de revêtir des traits différents. Tour à tour, dans des métamorphoses torturées, elles devenaient Sally, Jack, Phil... Timothy. Ces êtres difformes se mouvaient vers lui et tentaient, dans des gestes grotesques, de le saisir... tandis que leur masque de peau se modelait selon la volonté obscure du cauchemar. Puis, du fond des ténèbres, derrière le rideau rougeâtre de neige et dans le vent qui se levait, une bouche gigantesque surgissait, d'au moins deux fois la taille d'un homme. Elle s'ouvrait toute grande, parée de multiples rangées de crocs aussi tranchants et acérés que des poignards, et se mettait à claquer d'une façon sinistre, régulière. Le blizzard sanglant déferlait et poussait John vers cette bouche béante, luisante d'une salive infecte. Les créatures métamorphes démentes coordonnaient alors leur attaque en encerclement, et John ne pouvait que sauter dans cette mâchoire avide, seule issue possible.

Il s'éveilla en sursaut, et en sueur, transi de froid. Son souffle était court. Son cœur pulsait, comme s'il avait vraiment couru. Il alluma sa lampe de chevet et en atténua la lumière derrière un oreiller, pour ne pas réveiller Sally. Il se tourna vers elle. Son visage était serein, sa respiration régulière.

Tout va bien. Ce n'était que ce maudit rêve, encore…

S'il faisait abstraction du blizzard qui soufflait toujours dans sa tête, tout allait bien. Du moins, relativement bien. En fait, les deux seuls points positifs étaient les suivants : le premier était qu'ils avaient survécu ; le second était que leur secret était intact.

Il se leva et marcha jusqu'à son bureau.

Cela faisait une semaine maintenant que cet hélicoptère était venu les extraire du lodge. Il lui avait fallu trois jours pour se remettre à peu près, retrouver sa lucidité et prendre les choses en main. Il se félicitait d'avoir décidé de continuer les soins ici, à River Creek, la maison de famille située à l'est de Portland, dans une vallée du mont Hood. Tout le monde avait été transféré de l'hôpital de Kalispell en ambulance, puis en jet jusqu'à Portland, enfin à bord d'autres ambulances pour gagner la demeure.

Il était encore très fatigué, physiquement, mais son esprit était clair. Son acuité était à la hauteur des enjeux. Et les enjeux étaient énormes. C'était sûrement pour ça qu'il se sentait si lucide. Plus que jamais, la pérennité de la T&J reposait sur ses épaules.

Les médecins s'étaient montrés coopératifs, en particulier le docteur Collins. Son collègue, Lawson, l'avait été un peu moins. Il pourrait poser problème. John gardait ça dans un coin de sa tête. Quant aux deux psychiatres qui les avaient vus, ils avaient fait preuve de discrétion. Le bilan de ces quatre jours passés en observation était donc positif. Rien ne filtrerait. D'autant plus que ces médecins, ainsi que les autres intervenants hospitaliers, étaient tous tenus par le secret médical.

Mais il restait une ombre au tableau. Cet agent de police. Il ne se rappelait plus son nom. Ce dont il se souvenait très bien, en revanche, était la méticulosité de cet homme. Au premier abord, John avait cru avoir affaire à un simple d'esprit. Il avait revu son avis quelques minutes plus tard. Les simples d'esprit consciencieux, ça n'existe pas, ou alors ce sont des autistes. L'agent prenait des notes en dehors de son rapport. Il écrivait tout au stylo, dans un calepin. John se rappela combien cela l'avait agacé. Ce flic faisait du zèle. Était-ce lui qui avait rédigé les questions ? Ce genre de détail avait son importance. Elles étaient précises, il savait exactement où il voulait aller et il paraissait adapter la suite de son interrogatoire en fonction de ses réponses. *Interrogatoire…* Non, ce n'en était pas vraiment un, parce qu'aucune enquête n'était ouverte. Mais cela y ressemblait beaucoup.

John enregistra une note dans son dictaphone :

– Demander à McDowell de se renseigner sur cet agent de police dont j'ai oublié le nom.

Ce flic savait. Il n'avait pas le moindre élément pour étayer une quelconque suspicion. Et John était certain qu'il n'avait pas même l'ombre d'une hypothèse.

Mais il savait qu'ils cachaient quelque chose.

John se leva et se servit un verre de whisky. Il regrettait d'avoir parlé à Jack de ce policier et de ses questions. C'était ce qui avait déclenché sa première crise de paranoïa, à l'hôpital. Mais pouvait-on vraiment parler de paranoïa, dans le cas de Jack ? Un paranoïaque est quelqu'un qui fabrique des peurs sans fondement et qui les développe au fil de sa pathologie jusqu'à en faire des réalités.

Jack avait de sérieuses raisons d'avoir peur. Des raisons bien réelles. Deux, précisément. La première était le meurtre d'Owen Horton.

Jack avait agi sous l'emprise de la passion.

Vous aimez votre femme. Elle vous a donné une fille qui a aujourd'hui 20 ans. Votre mariage est heureux depuis toutes ces années. Et brutalement, vous la surprenez dans une salle de bains, avec un autre, en flagrant délit d'adultère. Le cas est assez rare. Généralement, le mari trompé s'aperçoit que son épouse a un amant indirectement, sans être confronté à l'acte en situation. Une cour de justice peut comprendre la réaction du mari s'il agit sans préméditation et concéder à une atténuation de sa peine. Jack pouvait espérer s'en tirer, au mieux, avec une condamnation ferme de cinq années d'emprisonnement, à condition d'être défendu par un ténor du barreau. Il suffisait à John de passer un appel pour confier l'affaire de Jack à l'un des meilleurs avocats d'Amérique. Mais ce ne serait pas nécessaire.

Parce qu'Owen Horton n'était pas mort sous les coups de Jack Murray. Non, Owen avait décidé de rejoindre Kalispell à raquettes de neige, avec les autres.

John leva son verre de whisky. La gorgée descendit avec âpreté. Venait la seconde raison très concrète qui justifiait que Jack soit pris d'angoisse au point de voir des policiers partout.

L'assassinat de Christine Horton. Nouvelle rasade d'alcool, qui passa tout aussi difficilement que la précédente. Il vida le reste du verre d'un trait. Pour Jack, la mort de Christine résolvait le problème du meurtre de son mari, comme une annulation. Du point de vue de John, la disparition de Christine rendait possible la dissimulation des faits qui avaient suivi l'arrivée des trois criminels évadés. Pas de meurtre à Eagle Nest. Pas d'enquête criminelle. Il se resservit un autre verre et le but cul sec. Tout cela n'avait jamais eu lieu. Et qui aurait pu imaginer que de telles choses aient pu se produire ?

Jack avait fait ce qu'il attendait de lui. Il avait parfaitement accompli sa tâche. Aux yeux de tous, Christine avait mis fin à ses jours. Cet acte ne pouvait être que la suite logique du cours de sa vie. Personne n'avait, à un seul instant, douté des conditions de son décès. Le troisième verre glissa sans accroc. Tous avaient consenti à passer sous silence le suicide de Christine et la mort d'Owen. John n'avait pas eu à leur imposer ça. Cela s'était fait d'une façon naturelle. Ils auraient tout donné pour oublier ce qu'ils avaient vécu durant ces deux semaines d'enfer.

La situation était sous son contrôle. Il fallait qu'il se le répète, qu'il s'en assure en se rejouant tout depuis le début. Il avait besoin de sentir son emprise sur le cours des événements. Il y prenait du plaisir maintenant. Son plan ne comportait pas la moindre faille. Il se servit un autre whisky, apprécia une gorgée chaude, délicieuse, puis se leva, termina le verre et attrapa la bouteille au passage. Il traversa les couloirs d'un pas irrégulier, passant devant les chambres d'où émanaient les signaux sonores des appareils médicaux.

Tout est sous contrôle. Il but directement au goulot, abandonna le verre sur un meuble et continua son parcours, la bouteille à la main.

Jack, Gina, leur fille Ashley et Nataly Adkins étaient répartis dans les chambres à l'étage, celles qui donnaient sur le vaste parc de la propriété construite par Travis Gardner, son père, dans la vallée de la rivière Sandy. Leur médecin de famille, le docteur Paul Jenkins, venait une fois par jour pour les soins, assisté par Sandra Collard, une jeune infirmière en stage dans son cabinet. Tout était sous contrôle.

Il termina sa nuit devant un écran télé de la salle de jeux, vautré dans un canapé. D'un œil vague, il regarda une retransmission du dernier match des Lakers, tant qu'il fut en état de le faire. Cette nuit-là, son cauchemar resta noyé au fond de sa bouteille de whisky.

2

– Monsieur Gardner.

John souleva avec difficulté une paupière. Au prix d'un effort considérable, il ouvrit complètement l'œil. L'autre, ce serait pour plus tard. Une silhouette floutée se tenait au-dessus de lui.

– John, est-ce que ça va ?

La paupière gauche finit par réagir à son tour, peut-être par solidarité. Le visage gagna en netteté. C'était celui du docteur Jenkins.

– Paul…, bafouilla John.

– Comment vous sentez-vous, monsieur ?

Les traits du médecin étaient tendus, ses rides toutes plissées à l'horizontale lui donnaient des airs asiatiques.

– Ça va aller. C'est juste que…

Il se redressa avec difficulté. Son crâne était proche de l'explosion.

– C'est juste que j'ai fait quelques excès cette nuit.

Le docteur Jenkins considéra la bouteille vide sur le tapis. John se massa la nuque, les tempes. Il regarda par réflexe l'un des écrans où défilaient maintenant les chiffres de la Bourse en continu.

– Encore ce maudit cauchemar, doc.

– Courage, John.

Le médecin posa la main sur son épaule.

– Ce genre de choses est fréquent après une épreuve difficile.

– Désirez-vous que je vous apporte un café, monsieur Gardner ?

La voix cristalline venait du fond de la salle de jeux, derrière le docteur. Sandra Collard, la jeune infirmière stagiaire, attendait sa réponse avec un sourire, dans l'arche d'entrée de la pièce.

– Oui, merci.

– Souhaitez-vous m'en parler ? demanda le docteur.

– Euh, vous parler de quoi, doc ?

– De votre rêve, John. Peut-être que cela vous aiderait, de l'extérioriser.

Il observa le médecin durant quelques secondes. Subitement, il trouvait à ce visage quelque chose de proche, de sécurisant.

– Depuis combien d'années êtes-vous au service de la famille, Paul ?

Ce dernier inclina la tête de côté. Ses rides se détendirent et de la lumière apparut dans ses yeux. Il avait devant lui John, à 12 ans.

– Cela va faire trente-cinq ans, monsieur.

John resta silencieux, intrigué par ces traits si sereins. Il en avait presque oublié sa migraine.

– Pourquoi me demandez-vous cela, monsieur ?

Il chercha une réponse à cette question.

– Je ne sais pas, Paul…

La jeune infirmière s'approcha.

– Votre café, monsieur Gardner.

Elle posa le plateau sur la table basse en lui offrant une vue panoramique sur le décolleté de sa blouse. Ses seins étaient superbes, leur fermeté excluait toute nécessité de soutien. D'ailleurs, elle n'en portait pas.

– Merci, Sandra.

– Je vous en prie, monsieur.

La migraine revint à la charge, coupant court à une demi-érection. Il ajouta deux sucres dans sa tasse. Paul Jenkins lui ramena un verre rempli d'eau effervescente.

– Tenez, prenez ça.

John avala la boisson sans chercher à savoir ce que c'était. Il réalisa qu'il était bientôt 10 heures. Dans un sursaut maladroit, il se releva et faillit tomber. Le docteur Jenkins le rattrapa à temps.

– Je dois voir ma femme. Est-ce que vous avez fait ses soins ce matin ?

– Oui, c'est fait. L'état de votre épouse est stable. D'ailleurs, j'aimerais m'entretenir avec vous à son sujet, si vous voulez bien m'accorder un…

John laissa le médecin sur place et traversa la salle, en équilibre précaire, s'appuyant contre les rangées de flippers et de jeux vidéo. Il se dirigea avec détermination vers les escaliers.

Un bruit de verre brisé s'éleva en haut.

John pressa le pas tant bien que mal et grimpa les marches. Un cri retentit.

– *Va fanculo… corniuto !*

Gina faisait encore une de ses crises.

John arriva à l'étage et la vit passer en courant devant lui, en hurlant. Son visage squelettique et ses cheveux hirsutes lui donnaient l'apparence d'une possédée. À l'instant où elle aperçut John, elle arrêta net sa course et le fixa, du fond de ses orbites noires. Elle leva alors un index accusateur vers lui.

– Toi… *figlio di putana.* C'est toi qui dois payer !

Et elle se rua vers lui. Il s'apprêta à la bloquer, dans la position approximative d'un stoppeur de football. Il valait mieux, car derrière lui se trouvait l'escalier. Le contact fut rude. John força vers l'avant pour l'entraîner au sol. Elle lui lacéra le visage de ses ongles en hurlant. Malgré son état pitoyable, l'entrepreneur parvint à la ceinturer tandis qu'elle se débattait et poussait des cris stridents. Essoufflé, il manquait de force face à une Gina galvanisée par la démence. Elle réussit à se dégager de sa prise et plongea sa main dans la poche de son peignoir. Quand elle la ressortit, une lame de rasoir y brillait. Ses yeux se plissèrent, tels ceux d'une prédatrice.

– Je vais te saigner comme un porc !

Tremblant de rage, un filet de salive au coin de la bouche, elle se jeta sur lui. John se protégea en mettant les mains en avant quand elle leva la lame au-dessus de lui.

Un bruit bref et sourd retentit.

Gina s'affala sur lui. Sally se tenait debout devant eux. Elle brandissait une énorme poêle en fonte. John se dégagea du corps inerte de Gina. Il se releva, marcha en boitant jusqu'à sa femme.

– Mon chéri, souffla-t-elle.

Il la serra dans ses bras. Elle lâcha la poêle.

– Elle voulait te faire du mal, reprit-elle d'une voix atone. Je ne laisserai personne te faire de mal.

– Je crois qu'elle aurait pu me tuer, dit John.

Jack déboula du couloir. Il jeta un coup d'œil à John, à Sally, puis à Gina, sans manifester la plus infime des réactions. Il repartit comme il était venu, le regard absent. Le docteur Jenkins monta les marches jusqu'à eux.

– Bon sang, que s'est-il passé, John ?

Alors qu'il lui expliquait les faits, Gina remua, tenta de se relever, mais n'y parvint pas. Elle essaya de ramper, peut-être pour regagner sa chambre, et s'effondra. Paul Jenkins se baissa et ramassa la lame de rasoir.

– C'est avec ça qu'elle vous a attaqué, John ?

Ce dernier acquiesça. Le médecin poursuivit d'un ton sérieux :

– Je crois qu'il va falloir prendre les mesures qui s'imposent.

– Vous pensez à quoi ?

– Pour moi, la seule solution est un internement. Son état est grave. J'allais justement vous en toucher un mot.

Jenkins l'invita d'un signe discret à se retirer.

– Sally, je dois parler avec Paul. Je te rejoins.

Le docteur Jenkins attendit qu'elle s'éloigne et continua à mi-voix :

– Je me pose beaucoup de questions depuis ces derniers jours, John. Cela va vous paraître peut-être déplacé mais j'ai besoin de savoir ce qui s'est passé.

John le dévisagea.

– Je ne vous suis pas, docteur. Que voulez-vous dire ?

Le médecin soutint son regard.

– John, l'état mental de Gina Murray est extrêmement inquiétant, celui de son mari l'est aussi, sans parler de votre femme Sally. Vous-même êtes au plus mal. Je ne vous avais jamais vu boire comme cela auparavant.

– Que sous-entendez-vous, Paul ?

– John, je vous connais depuis votre enfance.

– Soyez direct, docteur.

– Je pense que vous ne m'avez pas tout dit à propos de ces dix-huit jours d'isolement.

Le visage de John se ferma.

– Il ne s'est rien passé d'autre que ce que je vous ai raconté, docteur.

Jenkins tenta un sourire compréhensif.

– Allons, John. Vous me faites confiance, n'est-ce pas ?

– Vous savez ce qu'on dit à propos de la confiance dans les affaires, docteur ?

– Très bien. Je n'insiste pas.

– Je ne vous cache rien, Paul.

Le médecin resta silencieux durant un instant. Il reprit :

– Je vais descendre et appeler l'hôpital pour Mme Murray. Le plus tôt sera le mieux.

– Parfait.

John rejoignit son bureau pour consulter son courrier et appeler sa secrétaire. Un mail de Ray McDowell venait d'arriver : « Information concernant le policier de l'hôpital de Kalispell. »

« John, j'ai pu trouver des éléments concernant ce policier qui avait pris vos dépositions. Il se nomme Wesley Colbert, il est simple agent. Il a 32 ans. Récemment transféré de Portland, mais je n'ai pas les raisons de cette mutation. Je sais qu'elle a été soudaine. Toutefois, aucun incident n'émaille son parcours au sein de la police. Il a été bien accueilli à Kalispell, et ses états de service sont bons jusqu'à présent. Il habite le deuxième étage d'une maison à l'est de la ville, dont la propriétaire est une vieille dame du nom de Lucy Pearson. C'est apparemment un homme assez solitaire, qui ne fait pas parler de lui.

Je peux mettre un privé sur le coup si tu veux des renseignements plus précis. J'en ai contacté un qui a travaillé dans la police de Portland et qui sera à même de nous donner plus d'informations. J'attends ton feu vert. »

À peine John avait-il terminé de lire le mail que Jack fit irruption dans la pièce.

– J'ai entendu votre échange avec le docteur, tout à l'heure, dit-il à voix basse.

John évalua les mots de son ami dans son esprit brumeux. Il alluma un cigare et prit le temps de se resservir un verre.

– Ferme la porte et prends une chaise, Jack.

Celui-ci jeta un dernier coup d'œil dans le couloir et s'exécuta.

– Tu prends un whisky ?

Jack hocha la tête. John lui remplit un verre et le posa devant lui. Il retourna s'asseoir.

– Le toubib va vraiment faire ça, John ? Il va vraiment faire interner Gina ? demanda-t-il en parlant beaucoup plus vite qu'à son habitude.

– J'aurais préféré que cela n'arrive pas.

– Merde, John, on ne peut pas faire ça !

– Je comprends que ça t'attriste. Mais tu vois une autre solution ?

– Ce qui me préoccupe n'est pas de la savoir enfermée, John. Elle m'a trahi. Et il m'a fallu vingt ans pour me rendre compte que je m'étais marié avec la pire des salopes. En ce qui me concerne, notre relation est terminée.

– Alors, quel est le problème ?

Jack siffla son verre avant de répondre :

– Le problème, c'est qu'elle peut tout raconter aux psys qui vont s'occuper d'elle !

John répliqua, un sourire froid accroché aux lèvres :

– Tu penses vraiment que le personnel hospitalier prendra le délire d'une schizophrène démente pour une réalité ?

Il y eut un blanc dans la tête de Jack.

– OK, finit-il par répondre, OK… Tu as raison. Je ne voyais pas les choses sous cet angle.

– Et si tu veux mon avis, ta femme ne parlera de ça à personne.

Quelques secondes passèrent. Jack contemplait son verre vide.

– Tu en veux un autre ?

Il hésita.

– Non… ça ira comme ça. Je préfère garder le peu de lucidité qui me reste.

– Comme tu veux. Pour ma part, ça ne m'empêche pas d'être lucide.

Jack ne répondit rien.

– Bien, revenons à nos affaires, reprit John en se resservant. Tu as quelque chose de nouveau du côté de Steven Riley et de sa copine ?

– Toujours le *statu quo*. Sa boîte tourne en effectifs réduits. J'ai contacté son collaborateur. Ni lui ni Jenny Mills n'ont donné signe de vie.

– Très bien.

– Tu avais raison, dit Jack.

– Tu pensais qu'ils s'en sortiraient ?

– Ils étaient sportifs, spécialisés dans le ski, à un niveau élevé, il me semble.

– On est bien peu de choses quand la nature se déchaîne, Jack.

– C'est triste. Mais c'est peut-être mieux pour nous.

– Sûrement.

– Tu crois que Riley n'aurait pas joué le jeu ?

– Riley aurait tout balancé sans hésitation, lui répondit John, catégorique. Je ne pouvais pas encadrer ce type. Et c'était réciproque, d'ailleurs.

On tapa à la porte du bureau.

– Oui ?

Le docteur Jenkins entra et s'adressa à Jack d'un ton embarrassé :

– En vue de l'internement de votre femme, j'ai contacté la clinique psychiatrique de Marquam Hill et leur ai transmis un premier bilan de son état. J'ai bien sûr fait part de l'agression portée contre John. Au vu de ce dernier élément, ils acceptent de la prendre en charge.

Jack était blême.

– Il vous faut ma confirmation ? demanda-t-il.

– Oui, une ambulance est prête à l'y amener. Si vous y consentez, bien entendu…

Jack inclina la tête pour approuver et emboîta le pas du médecin pour aller signer les papiers.

Peu avant midi, John fut prévenu par le gardien en poste à l'entrée de la propriété de l'arrivée de l'ambulance. Il donna son accord pour laisser passer le véhicule et le suivit sur l'écran depuis son bureau. La voiture parcourut à faible vitesse la voie qui traversait le parc jusqu'à la porte cochère de la demeure. Deux ambulanciers, dont l'un devait mesurer deux mètres et avait des allures de catcheur mexicain, sortirent et se présentèrent sur le perron.

Jack était en bas. Il faisait les cent pas quand la clochette électronique de l'entrée émit un tintement cristallin. Le docteur Jenkins ouvrit.

– Bonjour, messieurs. Suivez-moi, je vous prie. La personne se trouve dans une chambre, au premier.

Les deux hommes vêtus de blouses blanches passèrent devant Jack sans lui accorder d'attention. Le grand Mexicain portait une sorte de sac de voyage, blanc lui aussi. Jack voulut leur emboîter le pas, mais il n'en eut pas le courage.

Des cris retentirent en haut, qui le firent sursauter.

Une poignée de minutes plus tard, les deux ambulanciers descendirent les escaliers, encadrant Gina. Il recula de quelques pas en arrière dans la pièce attenante. Gina traversa le vestibule de marbre blanc, dans cette robe blanche que les deux hommes lui avaient enfilée, sous une camisole de force. Comme si elle avait senti le regard de son mari, elle tourna la tête vers lui. Ses yeux cernés de noir le foudroyèrent, et le cœur de Jack se glaça. Il détourna son attention d'elle et fixa le sol. La porte d'entrée s'ouvrit et se referma. Des bruits de portière s'élevèrent dehors, un léger ronronnement de moteur diesel, et le silence, lourd, aussi profond qu'un abysse.

Jack se laissa tomber dans un fauteuil et y resta un long moment. Il aurait voulu hurler, mais rien ne sortit, aucune larme non plus. Il avait la sensation qu'une partie de lui avait été arrachée.

3

– Hicks, j'écoute.
– Salut, Henry, c'est moi.
– Wes ? Quelle bonne surprise !
– Comment vas-tu, vieux frère ?
– Ça roule, et toi ? Kalispell, ça se passe comment ? Vous avez essuyé un sacré blizzard, dis-moi.
– Oui, une tempête record, mais on s'en est bien sortis. Justement, je t'appelle au sujet d'une affaire sur laquelle je travaille.
– Laisse-moi deviner, une affaire officielle, ou bien…
– « Les rescapés d'Eagle Nest ». Ça te dit quelque chose ?
Wes entendit son collègue pianoter sur son clavier.
– Non, mais… Attends, je suis dessus : « Durant les dix-huit jours qu'a duré le blizzard sans précédent qui s'est abattu sur le Montana au début du mois de janvier, John Gardner, le dirigeant de la T&J Gardner, sa famille, ainsi que dix proches et collaborateurs ont survécu à un isolement forcé dans le lodge d'Eagle Nest… »
Henry finit mentalement la suite de l'article. Wes termina son mug de café au lait.
– OK, déclara Henry après sa lecture du billet. Effectivement. C'est du lourd. Cinq personnes portées disparues… Dis-moi tout, Wes.
– Je suis allé prendre les dépositions des Gardner et de leurs amis, au centre médical de Kalispell. Et j'ai la certitude qu'ils ne disent pas la vérité sur ce qui s'est passé durant ces dix-huit jours.

– Tu penses que ces cinq disparitions pourraient avoir des causes criminelles ?

Ce n'était pas une question. Hicks avait parfaitement compris où Wes voulait en venir.

– Je ne peux rien affirmer pour l'instant, Henry, mais ce dont je suis certain, c'est que les Gardner dissimulent des faits.

– Et si tu m'appelles à ce sujet, c'est donc que tu as besoin de ton vieil équipier pour t'assister dans tes investigations. Je me trompe ?

Wes laissa échapper un rire. Quel plaisir de retrouver son ami dans de telles circonstances.

– C'est tout à fait ça, Henry.

– D'accord. Mais dis-moi, les faits se situent dans le Montana… En quoi je peux t'être utile ?

– John Gardner a fait transférer sa famille et ses proches à leur domicile, près de Portland.

– Transférés… Tu veux dire qu'ils ont quitté l'hôpital en ambulance ?

– C'est ça. Et ils sont suivis à River Creek, la demeure des Gardner, par le médecin de famille. Un certain Paul Jenkins.

Il y eut un silence, Wes entendait presque Henry réfléchir.

– C'est curieux. N'étaient-ils pas encore en observation médicale ?

– En effet, confirma Wes.

– Mais qui a pris la décision de les transférer au domicile des Gardner ?

– John Gardner lui-même.

Wes savourait l'intrigue qui était en train de naître dans l'esprit de son ami.

– Vraiment curieux, dit Henry. Et, selon toi, pourquoi il aurait pris cette décision ?

– Je ne sais pas exactement. Mais si je suis mon hypothèse qu'il cache des choses, faire transférer tout le monde dans la maison de famille lui aurait permis d'éviter de s'exposer au regard et aux questions des médecins. D'autant plus que, selon mes sources, des bruits de couloir montrent des *incohérences* entre l'état de santé des Gardner et les faits qu'ils évoquent dans leurs dépositions.

– D'accord, Wes. Ne m'en dis pas plus. Je suis preneur. Envoie-moi le dossier complet, je vais commencer à plancher dessus.

– Ça marche.

– Tu as des consignes, dans l'immédiat ?

– Oui. Place une alerte sur les noms des neuf rescapés dans la presse locale. L'idéal serait d'engager une surveillance étroite sur eux, mais étant donné que je suis dans le Montana… Donne-moi l'info s'il se passe quoi que ce soit à leur sujet.

– Très bien, Wes, je m'en occupe. J'attends le dossier.

– Je te l'envoie dans la journée.

4

Nataly Adkins avait la sensation que son corps était une masse de plomb. Elle était enfoncée au fond de ce matelas trop mou, inconfortable au possible.

– S'il vous plaît !

Pour la quatrième fois, elle appelait. Et cette fois encore, personne ne vint. Sa bouche était pâteuse, son haleine la rebutait. Elle avait si soif qu'elle aurait vidé un jerrycan entier. Il y avait bien ce pichet d'eau et ce verre posés sur une table, à quelques mètres du lit, mais, exténuée comme elle l'était, et avec cette perfusion accrochée au bras, elle n'espérait pas se lever pour aller se désaltérer. Tous ses membres étaient aussi engourdis qu'après une anesthésie générale.

– Est-ce qu'il y a quelqu'un ?!

Un moment plus tôt, elle avait entendu du bruit dans le couloir, mais maintenant plus rien. C'était à se demander si elle ne devenait pas folle. Quand elle s'était réveillée dans cette pièce, un médecin était penché au-dessus d'elle. Ses seuls mots avaient été : « Tout va bien, madame, je change votre perfusion. Ça va aller. » Après ça, les petites gouttes translucides avaient recommencé à tomber, une à une, et un rideau noir s'était abattu devant ses yeux. Elle ignorait combien de temps elle avait dormi.

La porte de la chambre s'ouvrit. John resta dans l'encadrement, la regarda sans rien dire.

– John, souffla-t-elle.

Elle eut l'impression qu'il fouillait en elle.

– Que… que veux-tu ?

Il l'observa fixement durant quelques secondes encore.

– Je venais simplement voir si tu te remettais bien, Nataly.

Son ton était glacé.

– John, je ne comprends pas. Nous sommes dans ta maison de River Creek, n'est-ce pas ?

– Exact.

Le visage de Nataly se crispa.

– Où sont les autres ?

– Tout va bien, Nataly.

Il vint s'asseoir sur le lit, près d'elle.

Il empestait le whisky.

– Les autres sont dans les chambres voisines. Tu connaissais notre propriété de River Creek ? Je t'y avais emmenée au moment de ton embauche, il me semble…

Il passa sa main sur sa joue. Elle se contracta.

– John, pourquoi sommes-nous ici, et pas à l'hôpital ?

– Les hôpitaux sont ennuyeux à mourir. Et la nourriture y est exécrable. Tu ne penses pas que, pour une convalescence, River Creek soit le lieu idéal ?

Elle détourna ses yeux des siens.

– J'aimerais rentrer chez moi, John.

Il jeta un regard vers la perfusion. Une sentinelle à son chevet.

– Tu n'as pas encore fini de récupérer, Nataly. Le docteur Jenkins ne te laisserait pas partir.

– J'ai besoin d'être chez moi, John. Je veux me retrouver, oublier ce cauchemar.

Il se leva et marcha jusqu'à la fenêtre, poussa du doigt l'un des rideaux et contempla un instant le parc recouvert d'une fine couche de neige.

– Je suis désolé, Nataly, mais pour l'instant, c'est prématuré.

Elle rougit, se redressa comme elle put dans l'oreiller.

– Et que se passe-t-il si je décide de partir sans l'accord du médecin ?

– Ce ne sera pas possible parce que je m'y opposerai. Je suis ton employeur, et tu es sous ma responsabilité.

– D'accord ! aboya-t-elle. Et combien de jours de convalescence ton docteur me prescrit-il ?

– Il a parlé d'une semaine.

– Non. Je ne suis pas d'accord ! s'écria-t-elle. Je me sens très bien et je vais te dire mieux…

Elle arracha la perfusion et sortit du lit.

– Je prépare mes affaires et je m'en vais tout de suite !

Un filet de sang coulait de l'intérieur de son avant-bras et gouttait par terre. John ferma la porte de la chambre à clé, de l'intérieur.

– Nataly, reste allongée, je te le demande une dernière fois. C'est pour ton bien.

Elle saisit le pied de la perfusion et voulut le jeter sur lui. Il l'esquiva sans difficulté.

– Très bien, si c'est ce que tu cherches…

Il s'avança vers elle, déterminé.

Elle regarda autour d'elle, paniquée. La seule chose qui lui vint à l'esprit fut la fenêtre. Sans lui laisser le temps de la rattraper, elle se rua vers celle-ci, l'ouvrit, et monta sur le rebord.

– Si tu approches, je saute tête la première !

Il leva ses mains devant lui.

– OK, Nataly, je reste où je suis.

– Tu vas me laisser rentrer chez moi ?

– Tout ce que tu voudras.

– Pourquoi est-ce que tu nous as transférés ici ? Qu'y a-t-il dans cette perfusion ?!

– Tu deviens parano, Nataly. Est-ce que tu t'imagines que le docteur Jenkins est là pour t'empoisonner ?

Elle prit une longue inspiration.

– John, est-ce que tu as conscience de ce que nous avons vécu là-haut, de ce que tu nous demandes de garder en nous ?

Elle le dévisageait avec une singulière expression d'incompréhension.

– EST-CE QUE TU AS CONSCIENCE DE ÇA ?! hurla-t-elle.

– Nataly, calme-toi et descends de cette fenêtre. Tu penses que, si tu t'écrases en bas, les problèmes seront réglés ?

– Le mien le sera, en tout cas !

Ses pieds dansaient au bord du vide.

– Tu peux rentrer chez toi si c'est ce que tu souhaites.

Elle se figea.

– Jure-moi que tu me laisseras partir.

– Nataly, tu es libre de tes mouvements. Je ne t'ai jamais gardée prisonnière. C'est toi qui t'imagines ça ! Tu as simplement besoin de quelques jours de convalescence, c'est tout ce que je veux pour toi.

Elle digéra les mots de John avec dégoût.

– D'accord, lâcha-t-elle, comme si un marché venait d'être conclu entre eux.

Elle se fléchit et posa un pied sur la moquette écrue tachée de sang. Il fit mine de la soutenir mais elle se dégagea d'un mouvement d'épaules.

– Je vais y arriver toute seule.

– Très bien. Si tu as besoin de moi, tu n'as qu'à appeler.

Pour seule réponse, elle hocha la tête tandis qu'il s'éloignait et sortait de la chambre, laissant dans son sillage une odeur d'alcool détestable. Il laissa la porte entrebâillée.

Elle se rua dessus et la ferma à clé. Ses jambes la soutenaient à peine. Elle reprit son souffle, le dos collé au mur. *Cet homme est un monstre.* Et maintenant ? Des fringues. Elle fouilla dans la penderie : un tailleur gris sombre, un pull blanc, des dessous de soie blancs, sans doute des vêtements qui appartenaient à Sally. Ils étaient un peu serrés pour elle mais ils feraient l'affaire. Il y avait aussi une paire de talons, quasiment à sa pointure. Quelqu'un avait préparé ça pour elle. Ce constat la rassura un peu : John avait bien prévu de la laisser partir. Sur ce point-là, il lui avait dit la vérité. Elle ne prit pas de douche et s'habilla à la hâte. Partir au plus vite était son seul objectif. Elle s'aspergea quand même de l'eau sur le visage et se brossa les dents, à deux reprises. Lorsqu'elle se regarda dans la glace, elle remarqua qu'un ouragan semblait être passé dans ses cheveux. *Seigneur Jésus !* Ses traits étaient cadavériques. Elle paraissait avoir 15 ans de plus. Elle nettoya le sang séché sur son avant-bras et fit son possible pour retrouver une apparence humaine.

Son portable était chargé à vingt-huit pour cent. Ce serait suffisant pour appeler un taxi. Elle but deux verres d'eau d'affilée, sans lesquels elle aurait été incapable d'aligner deux mots tant sa bouche était sèche. La standardiste lui annonça que le chauffeur passerait la prendre dans les quinze minutes qui suivaient. L'attente était justifiée par la distance qui séparait la propriété des Gardner de Portland. Elle pensa à sa Porsche, restée à Eagle Nest, et se mordit la lèvre en se demandant dans quel état elle la retrouverait. Elle s'assit sur le bord du lit et essaya de se relaxer en respirant longuement, comme Jonathan, son coach de yoga, le lui avait appris. Elle ne pouvait s'empêcher de fixer l'horloge posée sur la table de chevet toutes les trente secondes en moyenne. Après huit respirations, elle se releva d'un bond. Ne fallait-il pas être stupide pour improviser une séance de méditation dans de telles circonstances ? Elle préféra faire les cent pas dans la chambre, jetant un regard nerveux derrière les rideaux chaque fois qu'elle passait devant la fenêtre. Quand elle vit enfin le taxi s'arrêter sous la porte cochère, elle faillit pousser un cri.

Elle fila en bas, espérant ne croiser personne. Mais John était là. Il l'attendait dans le hall d'entrée carrelé de marbre noir et blanc, ultime pièce adverse sur l'échiquier. Un fou noir. Au-dessus de lui, la main du démon attendait pour jouer le dernier coup. Il s'avança vers elle, lui barrant le passage.

Elle le trouva pitoyable. Ses vêtements lui étaient trop larges. Il était débraillé. Sa barbe était à l'état sauvage, et il puait. Un vrai clodo imbibé d'alcool. Elle s'arrêta net devant lui et le défia des yeux.

– Je vais avoir besoin de toi très vite, Nataly.

– Besoin de moi pour quoi faire ? répliqua-t-elle, amusée par son ton autoritaire.

– Notre succursale de Calgary qui ouvre bientôt, la sélection des nouvelles recrues.

Elle hésita l'espace d'une fraction de seconde à poser sa démission sur-le-champ, mais se ravisa. Un demi-sourire se dessina sur la face de son patron, comme s'il avait deviné sa pensée.

– Je t'appelle dès que je suis dispo. Mais ce ne sera pas avant deux bonnes semaines.

Elle se remit en marche et le contourna pour se diriger vers l'entrée. La liberté était à moins de deux mètres quand la main de John se referma sur son poignet.

Il la tira à lui d'un geste brutal et l'amena sous sa barbe. Il était répugnant.

– Pas un mot de tout ça. À personne. C'est compris, Adkins ?

Elle évita son regard.

– C'est compris, John.

Il lâcha son bras.

Elle franchit la porte, le cœur serré, sentant comme un serpent aux écailles glacées qui glissait le long de sa colonne. Elle grimpa dans le taxi et donna son adresse au chauffeur. L'homme embraya et le véhicule se mit en route. Elle se retourna et vit la silhouette immobile de John, dans l'entrée. Il regardait le taxi s'éloigner. Ses yeux étaient ceux d'un fou. Elle consulta ses messages sur son portable. Rien d'urgent, hormis sa mère qui était très inquiète de rester sans nouvelles. Elle lui envoya un SMS pour la rassurer : « Tout va bien, maman, je rentre à la maison. »

Une dizaine de secondes plus tard, le téléphone émit un bip. « Comment peux-tu dire que tout va bien après ce que j'ai vu aux infos ? Vous avez passé dix-huit jours sans rien manger dans ce lodge des montagnes du Kootenai. »

« Oui, mais nous avons été pris en charge par une très bonne équipe médicale qui nous a remis sur pied. Maintenant, je peux te confirmer que nous sommes tous en pleine forme, maman. »

« D'accord, si tu le dis, ma chérie. Je suis rassurée. J'espère te voir bientôt. Je te préparerai un plat d'aubergines gratinées comme tu les aimes. Et on accompagnera ça d'un petit vin rouge italien. Ça te va ? »

« C'est parfait, maman. »

Nataly rangea son portable dans son sac et porta ses yeux vers la route. L'image de John dans l'entrée était encore là. Impossible de la chasser. Elle essaya de se détendre et ferma les paupières. En repensant à ce qu'ils avaient traversé, elle fut prise de nausée. Tout cela était irréel. Qui pourrait la croire si elle racontait ça à quelqu'un ?! Elle respira à fond et tenta de se calmer, de faire le vide. Mais John la regardait encore depuis l'entrée de River Creek, gravé dans son mental. Elle ouvrit la boîte de comprimés que lui avait laissée le docteur Jenkins, en renversa une dizaine qui roulèrent sous le siège avant. En prit trois d'un coup. Les anxiolytiques firent leur effet brusquement, elle s'allongea sur la banquette arrière et sombra, comme assommée.

5

– Je ne comprends pas comment mon père a pu laisser faire ça, dit Ashley, les joues humides de larmes.

Ted ne sut pas quoi dire. Il revit Gina, hurlant, essayant de griffer son mari tandis que les ambulanciers tentaient de la maîtriser. Ashley se trouvait en bas dans la salle de jeux, avec Tim et Sam, quand sa mère avait été emmenée.

– Je crois qu'il n'avait pas le choix, Ash. C'est le docteur Jenkins qui a pris la décision.

– Tout ça ne serait jamais arrivé si on était restés à l'hôpital de Kalispell.

Ted garda le silence, conscient de la douleur qui se peignait sur le visage d'Ashley.

Elle croisa les bras et poursuivit, les sourcils froncés :

– J'ai vu passer ton père ce matin, tu dormais encore. Il était 7 heures à ma montre. Il avait une bouteille dans la main. Il a regardé dans la chambre, il m'a regardée, je l'ai vu, et il a bu de cette bouteille. Et je suis sûre que ce n'était pas de la limonade, Ted.

– Oui, j'ai remarqué des verres vides. Je crois qu'il s'est mis à boire.

– Tu crois ? Non mais il faudrait être aveugle ! Et privé d'odorat, surtout !

– Je vais essayer d'aller lui parler.

– Pour quoi faire ?

– Je ne sais pas, répondit Ted. Pour savoir ce qu'il a décidé. Il ne va pas nous garder éternellement. Ça va faire une semaine.

– Au point où j'en suis, rater les cours n'est plus un problème, mais je commence à flipper ici. J'aimerais autant rentrer chez moi et tenter de reprendre une vie normale !

– Je t'avoue qu'il m'inquiète, moi aussi. Et ma mère qui ne dit pas un mot et qui passe ses journées cloîtrée dans leur chambre…

– Et tu as vu Samantha ? Elle pleure tout le temps.

– Je sais. Il n'y a que Tim qui est à peu près bien.

– Et si on partait, Ted ? On n'a qu'à faire ce à quoi on avait pensé.

– Aller dans ton loft ?

Elle acquiesça.

– On pourrait emmener Sam et Tim avec nous ? ajouta-t-elle.

– Pour ça, mon père ne sera jamais d'accord. Mais tous les deux, c'est possible.

– Est-ce que tu crois qu'il pourrait nous empêcher de partir ?

– Je ne sais pas, lui répondit Ted, préoccupé par la question.

– Donc, tu es partant ?

– Je le suis, oui, bien sûr.

Ils échangèrent un baiser. Leurs lèvres étaient froides.

Jack parcourait toutes les pages internet qu'il pouvait trouver, à la recherche d'affaires juridiques traitant de crimes passionnels. Il avait besoin de prévoir le pire, de mettre en place une stratégie de défense s'il se retrouvait arrêté et jugé pour meurtre. Sur le bureau de John, une bouteille de Ballantine's entamée lui faisait les yeux doux. Après tout, rien ne l'empêchait de se servir un verre, même si cela allait contre son « *self-contract* », comme il l'appelait. En temps normal, Jack appréciait la rigueur de sa discipline. Il gérait son temps parfaitement, organisait tout des semaines à l'avance. Sa vie n'était qu'un vaste planning. *Time is money.*

On n'évolue pas dans la haute finance si on n'est pas accro à la perfection.

Il se remplit quand même un verre. Gina lui reprochait d'être coincé. « Chéri, tu as besoin de te détendre. Et ça tombe bien parce que j'ai une idée pour ce week-end… » Combien de fois avait-il cédé à ses caprices ? Sorties en boîte de nuit ultrachic (avec robe haute couture de circonstance), semaines de vacances improvisées en Europe dans les hôtels les plus luxueux, locations de yacht avec équipage pour une virée dans les Caraïbes… Il ne les comptait plus. Et pendant qu'il trimait, parfois toute la nuit, madame se faisait baiser par Dieu sait qui, Dieu sait où. La garce. Le plus incroyable dans tout cela avait été sa certitude d'avoir épousé la femme parfaite.

Il se versa un shot de whisky, le but d'un coup et tapa le verre vide sur le bois du bureau, comme font les vrais poivrots. Il s'en servit un second et allait le descendre quand John entra.

– Jack ! Ça alors, mon vieux, attends…

John sortit son Smartphone et immortalisa l'instant.

– Si on m'avait dit qu'un jour je surprendrais Jack Murray en train de se déchirer au Ballantine's sur mon propre bureau.

Il avança, suivant une trajectoire en zigzag aléatoire, jusqu'à son ami.

– Nous voici à l'aube d'un jour nouveau, Jack. D'ici trois semaines, les troupes de la T&J Gardner marcheront sur le Canada !

– Le paradis des bûcherons, dit Jack, essayant de rentrer dans l'euphorie alcoolisée de son patron.

– Laisse-moi deviner, tu planchais sur des achats de zones de coupes en Alberta, je me trompe ? dit John en tanguant.

Il se rattrapa en s'asseyant sur le coin du bureau, se pencha vers l'écran et s'empara de la souris.

– Jack… Qu'est-ce que c'est que ce truc ?

– Je… je me documentais, John.

– Pourquoi est-ce que tu visionnes ça ?

Malgré son état, John comprit la raison de ses recherches sur Internet. Son allégresse se dissipa. Il redevint subitement John Gardner.

– On a fait ce qu'il fallait. *Tu* as fait ce qu'il fallait, Jack. Rien de ce qui s'est passé là-haut ne remontera à la surface. Rien !

Il ne tanguait plus. Son visage s'était assombri.

– Je dois anticiper cette éventualité, même si je pense aussi qu'elle ne se produira pas, rétorqua Jack.

– Si tu le pensais vraiment, tu ne perdrais pas ton temps avec ces conneries. Je te connais comme si je t'avais fait.

Jack avala une gorgée de whisky.

– J'ai la trouille, John. Voilà tout.

John attrapa la bouteille de Ballantine's et se resservit.

– Ça me rappelle la fois où on était à Salt Lake City, dans cet hôtel. Le… Ah ! J'ai oublié le nom de ce fichu hôtel.

– *Le Grand America.*

– Ouais, c'est ça. Tu t'étais mis en tête que la compagnie qui voulait nous confier la déforestation sur la voie d'un pipeline cherchait à nous baiser. Tu avais passé deux jours entiers à éplucher leur foutu contrat. Bordel, tu en tiens une couche, Jack !

– Chevron Corporation.

– Quoi ?

– C'est le nom de la compagnie pétrolière qui nous avait confié la déforestation du tracé de leur pipeline.

John regarda son ami comme s'il avait devant lui un extra-terrestre et lui balança :

– Et méticuleux comme tu es, monsieur Perfecto, tu n'as pas été foutu de voir que ta femme avait un amant à tous les coins de rue !

Jack saisit la bouteille et se resservit un coup.

– Exact. C'est ce que je me disais aussi, à l'instant où tu m'as rejoint, répliqua-t-il en levant son verre et en lui faisant un clin d'œil.

Il but son whisky cul sec.

– Tu deviens un vrai dur, Murray.
– Je suis à bonne école.
– J'allais oublier : Adkins est partie.
– Partie ? s'étonna Jack.
– Elle est rentrée chez elle en fin de matinée, en taxi.
– Mais, elle était encore sous perfusion, il me semble, non ?
– Elle l'a elle-même retirée de son bras avant de m'annoncer qu'elle retournait chez elle. J'en ai vu des filles têtues, mais celle-là en est une belle.
– Elle a encore une dent contre toi, dit Jack.
– Une dent ? Tu veux rire, elle me boufferait tout cru.
– Dans quel état d'esprit vous êtes-vous quittés ?
– Tout ce que je peux te dire est qu'elle est montée dans son taxi et que le taxi a quitté la propriété.
Jack reposa lentement son verre sur la table basse.
– Tu penses qu'elle pourrait…
– Je ne pense pas.
– Ce serait peut-être préférable que j'aille lui parler, proposa Jack.
– C'est-à-dire ?
– Une simple visite amicale, pour évaluer sa position par rapport à tout ça. Et pour m'assurer qu'elle gardera le silence.
John réfléchit vaguement, oscillant à droite et à gauche sur le bord du bureau.
– C'est une bonne initiative.

6

Ashley se réveilla en pleine nuit, le cœur battant à tout rompre. Son front était moite, ses cheveux plaqués sur sa peau. Elle se redressa et resta assise un instant, passa ses mains sur son visage, son corps, pour se rassurer, pour être certaine qu'elle était bien là, entière, dans ce lit. Tout cela n'était qu'un autre de ces cauchemars. Oui, ce n'était qu'un rêve. Mais quelque chose l'avait suivie, depuis l'intérieur de ce rêve. Le souffle lugubre du blizzard. Comme si le vent pouvait avoir une volonté propre, il alternait, tantôt strident, tantôt grave, il la cherchait, s'insinuait partout, la torturait. Elle alluma une petite lampe qui dégagea dans la chambre un faible halo. Elle avait besoin de lumière, car cela chassait le fantôme du blizzard. À côté, Ted dormait encore. Ses yeux fermés s'agitaient sous ses paupières closes. Son visage se contractait par moments. Lui aussi faisait peut-être un cauchemar.

Dans son rêve, Ashley flottait au-dessus d'une surface blanche qui devait être de la neige. Une lumière très vive irradiait de partout. Elle avait conclu qu'elle flottait, ou qu'elle volait, puisque, lorsqu'elle se retournait, aucune trace n'apparaissait derrière elle. Elle sentait l'air sur ses joues, et cette vitesse était grisante. Ce rêve était des plus agréables. Du moins, le début du rêve. Parce qu'ensuite son allure diminuait, très progressivement, jusqu'à ce qu'elle se retrouve immobile, suspendue à environ un mètre au-dessus du manteau neigeux. C'était à ce moment-là que les choses basculaient. Un bras jaillissait de la surface blanche, aussi vif qu'un serpent qui attaque. Au bout de ce membre, une main puissante lui attrapait une cheville et resserrait aussitôt sa prise. La douleur, même si ce n'était qu'un rêve, était fulgurante, et à cet instant elle devait certainement crier dans son sommeil. Elle était alors emportée dans l'étendue épaisse et froide.

Cette matière, qu'elle pensait être de la neige, glissait contre sa peau, un peu comme de l'eau. En éprouvant son contact, elle comprenait qu'elle était nue. Les choses allaient ensuite très vite. Elle percevait un souffle, comme un appel d'air, généré par une masse noire, une ombre, qui traversait son champ de vision, aussi rapide qu'un éclair de ténèbres dans cette blancheur irréelle. Elle sentait alors des picotements, au niveau d'une de ses cuisses, ou bien à la base de son bras, voire de son cou, et, dans les secondes qui suivaient, sa jambe, son bras, ou sa tête, se détachait de son corps, puis son sang se mélangeait à la matière lumineuse. Le plus atroce, c'est qu'elle restait parfaitement consciente. Et cela continuait avec un autre de ses membres, puis un autre, et encore un autre. Et le souffle de ces lames noires, imperceptibles, montait, tandis qu'elles la découpaient. Ashley s'éparpillait en pièces, de plus en plus petites, tout en étant spectatrice de ce qui lui arrivait. Et son sang se répandait partout autour d'elle, colorant le blanc de rouge… C'était là qu'elle se réveillait. Mais le vent la suivait. Elle continuait de l'entendre, parfois pendant des heures, surtout la nuit.

Ted remua à côté d'elle. Ses yeux s'ouvrirent à peine. Il la regarda un bref instant et lui sourit. Il était adorable, tellement tendre et attentionné. Elle fit un effort pour lui rendre son sourire. Il ouvrit les yeux, plus grands cette fois, passa sa main sur son ventre, puis la fit remonter et caressa l'un de ses seins. Elle se laissa faire. Le contact de Ted chassa les ombres qui flottaient encore autour d'elle. Il se rapprocha et vint embrasser le bout de son sein. Elle prit sa tête dans ses paumes et la pressa contre sa poitrine. Il était encore à demi endormi. Sa bouche était si chaude sur sa peau moite et refroidie par la peur. Elle eut soudain très envie de lui. L'autre main de Ted remonta le long de sa jambe, passa à l'intérieur de sa cuisse, qu'elle écarta pour qu'il immisce ses doigts en elle. Il se releva et l'embrassa dans le cou. Elle prit son pénis en main et constata qu'il était en effet bien éveillé à présent. Il la retourna sur le côté, elle sentit son souffle chaud dans sa nuque, le souffle brûlant du jeune mâle, chargé à bloc de désir. Elle se cambra en arrière et le dirigea jusqu'à ce qu'il entre en elle. Elle le sentit passer avec une intensité inhabituelle, et la chaleur de Ted se diffusa, depuis son vagin jusque dans son ventre. La vague s'éleva et l'emplit tout entière, tandis qu'il allait et venait derrière elle, butant contre ses fesses avec ardeur, la caressant de son autre main. Elle se sentait si bien, pleine de lui. Il la mordait dans le cou, s'enivrait du parfum de ses cheveux. Elle se laissa partir peu à peu, son corps montait en température et ses reins donnaient de l'amplitude au va-et-vient de Ted. Puis la chaleur se concentra au fond de son ventre, comme dans les profondeurs d'un volcan, le magma entrait en fusion. Le plaisir grandit et grandit encore, dans une ascension vertigineuse, et explosa, irradia de partout en elle, hors d'elle. Elle jouit en étouffant ses cris dans les oreillers, et Ted ne tarda pas à la rejoindre. Ils s'enlacèrent et restèrent allongés un long moment, à profiter de l'instant, haletant tous les deux en rythme, tels deux jeunes chiots repus de jeux.

Quelques minutes plus tard, elle lui demanda, tout en fixant le plafond d'un air absent :

– Tu l'entends, toi aussi ?

– Quoi donc ?

– Ce vent de malheur.

– Par moments… oui.

– Est-ce que tu fais des rêves ? Je veux dire de mauvais, très mauvais rêves.

– Ça m'arrive.

– À quoi ils ressemblent ?

– Quoi ?

– Tes rêves, à quoi ils ressemblent ?
– Tu veux vraiment que je te raconte ça ?
– Si je te le demande…
– C'est pas très fun, je te préviens.
– On parle de cauchemars, donc vas-y, je suis prête.
– Tu me raconteras le tien, après ?
– Oui.

Il prit une profonde inspiration et se lança. Visiblement, ça lui coûtait de confier cela à quelqu'un. Mais Ash n'était plus simplement *quelqu'un*, elle était sa petite amie. Et on peut tout dire à sa petite amie. Du moins, on ne peut rien lui refuser, n'est-ce pas ?

Ted entama, l'air grave :

– On est dans le lodge, réunis près de la cheminée. Le feu brûle fort. Les flammes jouent avec les ombres sur les visages. Tout le monde est immobile et silencieux. Il n'y a que moi qui cherche à comprendre, qui me rends compte que tout cela n'est qu'un rêve. Les autres ressemblent à des marionnettes sans vie.

– Est-ce que j'y suis, moi aussi ?

Il hocha la tête.

– Toi, Sam, Tim et les adultes.

Il continua :

– Vous êtes posés là, sur les canapés, et semblez attendre quelque chose, je ne sais pas quoi, et ça me rend nerveux au fil des minutes. J'essaie de vous parler, de vous faire réagir, mais rien. Vous ne bougez pas d'un poil et ne m'entendez pas. C'est là que je m'aperçois que vos yeux sont vides et noirs. Au début du rêve, je n'avais pas vu ça. Vos yeux ont changé après. Ils ressemblent à… tu sais, comme des orbites de crâne.

Elle hocha la tête.

– Vraiment flippant comme truc. Là, je m'éloigne de vous, parce que je commence à avoir la trouille. Et au moment où j'emprunte l'escalier pour descendre au niveau inférieur, trois coups résonnent. Un bruit sourd, qui me remue bizarrement l'estomac. Je cherche autour de moi, en début de panique. Trois autres coups s'élèvent, et à ce moment je comprends que quelqu'un, ou quelque chose, tape à la porte du lodge.

Il regarda Ashley et constata qu'elle attendait la suite, horrifiée.

– Je n'ai aucune envie d'aller ouvrir. Mais au lieu de descendre à la salle de sport – je ne sais pas du tout ce que j'y aurais fait –, je reste vissé sur place. Et trois autres coups résonnent contre la porte. C'est là que l'un de vous se lève, comme revenant à la vie, animé par le marionnettiste qui s'était absenté. Il se dirige vers le hall, vers la porte d'entrée plus exactement. Et là, trois autres coups déchirent le silence.

– Il n'y a pas le bruit du vent ?

– Non, pas pour l'instant, uniquement celui des flammes qui dévorent les bûches, et ces maudits coups qui s'élèvent, de plus en plus forts, et me fichent une peur bleue. Mais je ne bouge pas d'un pouce, parce que je suis comme englué dans le sol. Pourtant, crois-moi, à cet instant, je donnerais tout pour retrouver mes jambes et décamper… Et celui qui s'est levé continue de marcher vers la porte, avec la lenteur d'un zombie sous tranquillisants. Les murs, le sol tremblent encore sous les coups, trois de plus. Il pose enfin sa main sur la poignée et l'ouvre toute grande… Et là, dans l'encadrement béant de l'entrée, il n'y a rien, le vide absolu.

– Rien du tout ?!

– Le noir complet. Et le vent qui souffle dans ce gouffre sans fond.

– Et que fait-il ?

Ashley avait agrippé le poignet de Ted et le serrait, sans s'en rendre compte.

– Il reste immobile. Il se demande comme moi ce qu'il y a de l'autre côté. Et brusquement… quelque chose l'attrape et il disparaît, emporté dans le vide. La porte se referme aussitôt, comme si une main l'avait tirée de l'extérieur.

– Waouh…, s'exclama-t-elle à mi-voix.

Ses ongles étaient maintenant plantés dans l'avant-bras de Ted.

– Il disparaît comme ça, pouf ? souffla-t-elle.

– C'est ça. Il est là, devant cette porte ouverte sur le noir complet, et pouf. Il n'est plus là. Et la porte se referme.

Ted dégagea son bras.

– Super flippant, dit-elle.

– C'est clair.

– Et après ?

– Tu ne devines pas ?

– Euh, pas vraiment. En fait, j'ai pas trop envie d'essayer.

– Ensuite je tente de m'échapper de là où je suis planté, mais impossible. Et trois autres coups retentissent. Un autre se lève et se dirige vers l'entrée. Je voudrais l'en empêcher, j'essaie de lui crier d'arrêter, de ne pas aller ouvrir. Mais il n'entend rien du tout. Il va jusqu'à la porte et l'ouvre, comme le précédent.

– Et il disparaît aussi ?

– Exactement. De la même manière.

– Waouh.

– Ce truc qui les attrape dehors est si rapide que ça se fait presque instantanément. Je n'ai jamais vu quelqu'un se volatiliser à cette vitesse.

– Et après ?

– Tous y passent, les uns après les autres. Et je ne peux rien faire pour empêcher ça. Quand tout le monde a disparu derrière cette maudite porte, je peux à nouveau bouger. Mais trois autres coups résonnent, lentement ceux-ci, peut-être parce que ce seront les derniers. Je comprends que c'est mon tour. Je fais tout pour résister, je m'agrippe aux meubles, à la rampe de l'escalier et à un moment, je vois passer mon reflet dans le miroir de l'entrée. Mes yeux sont noirs et vides, et plus aucun son ne sort de ma bouche… Malgré moi, ma main se pose sur la poignée de la porte, tandis que le sol vibre sous mes pieds à chaque coup. La porte s'ouvre. Et c'est là que je me réveille.

Ashley le regardait avec des yeux ronds, les lèvres entrouvertes.

– Le plus fou, c'est la netteté des images, ce rêve est tellement… *réel.*

Il y eut un long silence, empreint de réflexion.

– À ton tour.

Elle lui raconta son rêve en détail. Il en sortit aussi impressionné qu'elle.

– On pourrait peut-être faire quelque chose d'intéressant, reprit-elle sur le ton d'une proposition.

– Quoi donc ?

– Faire de nos rêves un projet créatif.

– C'est-à-dire ?

– En faire une œuvre. Je peindrais notre univers onirique et tu y apporterais les mots pour le décrire, sous forme de poèmes peut-être…

– Tu verrais ça comment ? Les mots sur la toile ?

– Oui. Je peindrais tes textes sur le rêve.

Il visualisa son idée, puis son visage s'éclaira.

– Un jeu entre rêve et réalité…

– Exactement, dit-elle. Le contraste de la pensée face aux visualisations de l'inconscient.

– L'idée est plus que séduisante. On commence quand ?

Elle lui fit un sourire radieux.

– Allons voir ton père, dès qu'il fera jour, et tirons-nous d'ici.

– Ça marche.

7

Le taxi déposa Nataly devant sa maison. Elle hésita en tapant le code du portail, dut s'y reprendre à deux fois. Elle suivit le chemin de dalles de pierre qui traversait son jardin japonais, endormi sous une dizaine de centimètres de neige, franchit la porte d'entrée et parcourut le hall d'un pas incertain. Les tableaux, la déco moderne, l'odeur subtile d'encens qui imprégnait les lieux… elle eut l'impression d'être une étrangère dans sa propre maison. Sans même retirer son manteau, elle se laissa tomber sur un divan. Elle allait s'assoupir quand un bruit la sortit de sa torpeur. Un crissement qui venait de la cuisine. Elle se leva et traversa le salon. *Oh mon Dieu, je t'ai complètement oublié !* Au bas de la baie vitrée donnant sur le jardin, Ozzy, son chat au poil noir comme la nuit, griffait la fenêtre. Il avait perdu de sa superbe après presque un mois d'absence. *Avec ce froid dehors…* Le voisin était censé lui donner à manger, mais elle le trouva bien amaigri. Elle fit glisser la baie et le laissa entrer. Il émit un petit miaulement enroué, peut-être un merci. Elle se fléchit et le prit dans ses bras. Elle n'avait plus aucune force. Il fallait qu'elle mange quelque chose, même si elle n'avait aucune envie d'avaler quoi que ce soit. Les grands yeux jaunes d'Ozzy se posèrent sur elle un bref instant, et le félin sauta au sol en la griffant de ses pattes arrière. Il lui en voulait. Son portable vibra dans sa poche. Un SMS de sa mère : « Ma chérie, ce serait quand même bien que tu passes me voir ce soir, si tu es rentrée. Je suis inquiète. Rappelle-moi quand tu as ce message. J'aimerais entendre ta voix. »

Durant un instant, Nataly se demanda si elle ne devait pas tout raconter à sa mère, ou même à la police. Elle s'était engagée vis-à-vis de John et, quoi qu'elle pût penser de lui – quasiment plus rien de positif, à présent –, il était son employeur. Mais elle n'avait pas seulement peur de perdre son poste. Elle avait aussi peur de lui. En repensant à ce qu'il avait fait à ces hommes, là-haut, elle frémit. Et ces rêves affreux qu'elle faisait, accompagnés du blizzard qui revenait chaque nuit la hanter… Le poids de ce secret pesait de plus en plus lourd.

Elle composa le numéro de sa mère. Après deux sonneries, sa voix s'éleva dans l'appareil :

– Bonjour, maman.

– Ma chérie. Je viens de lire encore un article dans la *Tribune*. Il faut absolument que tu viennes me parler de tout ça. Oh, mon Dieu, quand je pense que j'ai failli te perdre…

Des gémissements étouffés s'élevèrent dans le téléphone.

– Maman, tu n'es pas en train de pleurer ?

Mary Adkins souffla dans un mouchoir avant de répondre :

– Tiens donc, je vais me gêner, ma fille.

– Maman, je suis en vie, tu n'as plus à t'inquiéter. Tout va bien, d'accord ?

– Oui, tu es en vie. Mais tu as failli ne plus l'être.

– Certes, mais il n'y a pas lieu de te rejouer le drame en continu.

– Nataly ! Tu ne sais pas ce que c'est d'être mère !

– Oui, mais je peux te comprendre quand même, maman. S'il te plaît, cesse de te tourmenter pour rien.

– Ma fille, ce n'est pas rien, tout ça. Je crois que tu…

Nataly l'interrompit d'un ton ferme :

– Très bien maman, tu veux que je vienne manger avec toi ce soir ?

– Oh oui. Tout est déjà prêt. Il ne manque plus que toi.

– D'accord. Je passerai aux environs de 19 heures. Ça te va ?

– Oui, c’est parfait, ma fille.

– Très bien, je te dis à tout à l’heure alors.

– Oui, à tout à l’heure, mon cœur.

Elle entendit sa mère parler alors qu’elle retirait le téléphone de son oreille.

– J’allais terminer l’appel, maman.

– J’ai dit : qu’est-il arrivé à ta voiture toute neuve, ta Porsche, tu étais bien montée dans ce lodge avec, il me semble, non ?

– Elle est restée là-haut. Je la ferai redescendre quand la route sera dégagée.

– Ah, d’accord. Très bien. Mais comment vas-tu te déplacer en attendant ?

– J’ai encore mon 4 × 4.

– Ah oui, j’oubliais.

– Maman, je vais te laisser. Je te dis à tout à l’heure, 19 heures, d’accord ?

– Oui, c’est très bien. Tu es parfaite, comme toujours, ma petite chérie. Je t’attends ce soir. Je ne t’embête plus. À tout à l’heure.

Nataly coupa la communication et s’effondra sur la première chaise venue. Ozzy la regardait depuis le canapé du salon d’un air profondément intrigué. Sa maigreur devait la rendre méconnaissable à ses yeux. Elle se leva et se traîna jusqu’au placard où elle rangeait ses croquettes, lui en remplit une coupelle et la lui déposa dans son coin habituel. Elle lui changea son eau aussi. Le petit félin ne se fit pas prier pour venir se rassasier.

Dormir était la seule chose qu’elle souhaitait, maintenant. Si seulement elle avait pu éviter le dîner avec sa mère. D’un autre côté, cela lui faisait du bien qu’elle se soucie encore d’elle, qu’elle la dorlote. Mais c’était un peu trop parfois.

Elle se déshabilla, laissant ses vêtements à même le sol, devant le lit de sa chambre. Au moment où elle allait se glisser sous les draps, son téléphone sonna. *Elle ne va plus me lâcher jusqu’à ce soir.*

L'écran de son Smartphone affichait : « Numéro inconnu ».

– Oui, allô ?

– Bonjour, Nataly, c'est Jack.

– Jack… Jack Murray ?

– Oui. J'espère que je ne te dérange pas.

– C'est-à-dire que j'allais… Qu'est-ce que je peux faire pour toi, Jack ?

– J'aimerais qu'on se voie, pour parler.

– Parler ? Mais parler de quoi ?

Il y eut quelques secondes de silence.

– Eh bien, j'aimerais connaître ta position par rapport à ce que nous avons vécu là-haut. Tu es chez toi ? À Portland ?

– Je, oui, mais Jack, je suis épuisée. Je n'ai ni l'envie ni l'énergie d'évoquer le sujet. J'aimerais oublier tout ça. J'aimerais que ça ne se soit jamais passé. Voilà ma position.

– D'accord, je comprends, Nataly. Je ressens exactement la même chose.

– Très bien, lâcha-t-elle, sentant ses yeux qui se fermaient tout seuls. Dans ce cas, je vais raccrocher, Jack.

Elle mit fin à la communication sans avoir bien cerné la raison de cet appel de Murray. Le sommeil l'emporta dans un puits sans fond. Elle n'en remonta que six heures plus tard.

Il était 17 h 27 et le jour déclinait. Elle se leva à regret et se prépara pour le dîner chez sa mère, sans joie et sans véritable envie. Une couche de maquillage était indispensable pour amoindrir les séquelles d'Eagle Nest. Malgré tout le soin qu'elle apporta à son *make-up*, son visage resta marqué. Ses yeux bruns étaient plus grands, mais pas vraiment plus beaux. Ils étaient creusés, cernés de noir. Le rendu était globuleux. Ses pommettes étaient saillantes, et les os de ses tempes et de sa mâchoire se dessinaient d'une manière affreuse. Sans parler de ses implants mammaires qui ressortaient grossièrement, telles deux moitiés de pamplemousse glissées sous la peau distendue de sa poitrine. Elle s'éloigna du miroir. Son reflet lui était insupportable. De retour dans la chambre, elle enfila un fuseau stretch, un débardeur qu'elle aurait pu mettre pour une séance de sport, un pull en laine gris sombre, des bottines choisies au hasard parmi sa multitude de paires de chaussures. Ozzy était sur le lit. Il l'observait toujours avec cette même curiosité dérangeante.

– On dirait que tu ne m'as jamais vue, le chat.

Ce dernier inclina sa tête sur le côté, l'air de dire : « Mais qui es-tu ? » Elle fut prise d'un rire nerveux.

La nuit était tombée quand elle sortit. De légers flocons voletaient dans le vent glacé. Elle resta un instant sur le parvis de l'entrée et respira longuement. Après tout, elle était heureuse d'aller retrouver sa mère, même si elle savait qu'au cours de la soirée il n'y aurait pas que des moments agréables. Elle donna un tour de clé dans l'immense porte de verre et descendit les marches jusqu'à son parking souterrain. L'éclairage blanc des néons se déclencha, révélant les quelque cent mètres carrés dédiés au rangement des véhicules. Sa BMW X5 anthracite l'attendait. Elle cliqua sur l'ouverture automatique en approchant du tout-terrain. Un bruit sec résonna en un bref écho. *Le déverrouillage des portières ne fait pas ce bruit d'habitude*, pensa-t-elle en regardant son jeu de clés. À l'instant où elle posait sa main sur la poignée, un bras la ceintura tandis que quelque chose comme un chiffon se plaqua très fort sur sa bouche et sur son nez, coupant sa respiration et la forçant à inhaler la substance qui imbibait le tissu. Elle se débattit pendant un moment, puis cessa de lutter et perdit connaissance.

Son champ de vision était réduit au minimum par les deux ouvertures de la cagoule qu'il portait. Une cagoule de chasse aux motifs de camouflage qu'il avait dénichée dans les affaires de son père, au grenier. Lui n'avait jamais porté un tel vêtement. Il n'avait même jamais chassé. Il respirait vite, et mal. C'était une chance qu'elle ne l'ait pas entendu arriver derrière elle. Sa respiration était aussi bruyante que celle d'un sanglier poursuivi par une meute de chiens. Il était parcouru de frissons glacés. Ce n'était plus de la peur à ce stade, seulement de l'énergie. Une surcharge.

Il traîna le corps inerte de Nataly jusqu'au coffre de son 4 × 4, l'ouvrit et le déposa à l'intérieur, puis retourna chercher le jerrycan d'essence qu'il avait laissé plus loin. Il lui lia les mains et les pieds en passant la corde dans son dos. Il avait visionné des tutoriels de bondage en ligne. Il voulait faire les choses au mieux. Inutile de se dissimuler le visage : elle n'avait pas fait installer de système de télésurveillance chez elle. Du moins son parking n'en était pas équipé. Mais elle aurait pu le reconnaître et lui échapper. Il lui couvrit la tête d'un sac de patates en toile. Il avait piqué l'idée aux djihadistes. On les voit en enfiler sur leurs otages dans certaines vidéos en ligne, avant leur décapitation. Il prit le volant, transpirant à grosses gouttes sous le tissu en laine synthétique, introduisit la clé de contact, démarra et cala en enclenchant la première. *Merde ! Concentre-toi...* La deuxième tentative fut la bonne, les pneus crissèrent et la X5 quitta son emplacement. Le rideau métallique s'ouvrit quand le véhicule passa devant une cellule photoélectrique, puis se referma derrière lui. Le portail à l'entrée s'ouvrit à son tour à l'approche du 4 × 4. Son cœur battait si fort qu'il pouvait l'entendre.

8

Il ne croisa aucun véhicule ni aucun passant en sortant de la propriété. La neige tombait plus fort. Il mit le clignotant et s'engagea sur la route à allure normale, se demanda un peu tard ce qu'aurait pu imaginer un voisin de Nataly en apercevant un individu cagoulé au volant de son 4 × 4. Il prit la route 26 vers l'est en direction des montagnes. Il avait repéré l'endroit idéal sur une carte et l'avait entouré au marqueur rouge. Celle-ci était dans sa poche intérieure. Il hésita à s'arrêter pour la sortir et la déplier sur le siège passager, mais préféra continuer et s'éloigner encore. Plus loin, il retira la cagoule et put enfin respirer. Il avait bâillonné et attaché Nataly solidement avec cette corde, mais à présent il doutait de la résistance de ses nœuds et craignait qu'elle ouvre le coffre de l'intérieur. Il repéra un parking sur le bord de la chaussée, décéléra et s'y engagea. Le lieu qu'il avait choisi pour se débarrasser d'elle était encore à une heure de route. Il descendit et alla contrôler le coffre. Ses liens étaient intacts. Il remonta au volant et reprit son itinéraire, plus confiant. Cinq kilomètres plus loin, des coups retentirent à l'arrière, suivis de cris étouffés, et d'autres coups, puis des mots, inaudibles. Il jura. Elle était parvenue à ôter son bâillon : « Je… …ous en… …ri », « Ne… …e aites a d… mal ». Elle appelait à l'aide, suppliait, geignait.

Il était trop tard maintenant. Trop tard pour qu'elle comprenne qu'elle était insignifiante et qu'elle représentait un danger pour le groupe. Et pour lui.

Sur le plan du travail, Adkins était pourtant irréprochable. Quel gâchis, John pensait même à elle pour la direction de la succursale canadienne de Calgary. Mais il ne s'agissait plus de boulot, désormais. Il était question d'une affaire criminelle qui pouvait les conduire tout droit en prison, et pour un paquet d'années. Adkins aurait tout balancé. John ne le voyait pas. Il semblait attaché à elle. Peut-être même qu'elle était sa maîtresse. Il fallait prendre une initiative. Ne pas laisser cette garce les dénoncer.

Ces derniers jours, cette pensée ne l'avait pas quitté. Jack s'imaginait déjà au fond d'une cellule, en train de se faire élargir le cul par un gang de Blacks bodybuildés. Un type comme lui en prison était de la barbaque jetée aux requins. Il fallait qu'il se sorte de ce merdier. S'il avait parlé à John de son projet de supprimer Adkins, il s'y serait opposé. Mais John, lui, n'avait pas le meurtre de deux honnêtes personnes sur la conscience. Non, John avait tué trois hommes qui avaient échappé à la justice américaine, trois vraies menaces pour la société. Il pourrait plaider la légitime défense devant une cour. Il avait sauvé les occupants du lodge. John était un héros. Et lui n'était qu'un moins-que-rien. Sa femme s'était fait baiser par un vieil Anglais dans une salle de bains. Et il avait tué cet homme. Si seulement il avait vu clair. Gina avait des amants, et ce depuis des années. Il en avait la certitude maintenant. L'audace de cet adultère avec Horton était évocatrice. On ne trompe pas son mari de cette manière si on n'est pas déjà une salope aguerrie.

Ses mains gantées serraient le volant tellement fort qu'il en avait mal aux jointures. Des larmes lui brouillèrent la vue. Il repensa à Gina dans cette camisole de force, à ses injures. Sa démence avait frappé d'un coup, aussi soudaine et violente que la foudre. Il était scindé en deux. Il y avait, d'un côté, le Jack qui avait encore des sentiments pour sa femme, qui pouvait lui pardonner. Et il y avait, de l'autre, celui qui aurait préféré la tuer, elle, plutôt qu'Owen Horton. Le Jack qui se trouvait derrière le volant était le second.

Dans le faisceau des phares, les flocons se pressaient à mesure que le 4 × 4 prenait de l'altitude. Un froid glacial s'engouffrait par la vitre entrouverte, du côté passager. Le parfum des forêts était grisant. Par moments, il se sentait très lucide, presque bien ; à d'autres, des pensées mauvaises le traversaient. Il remarqua qu'elle s'était arrêtée de vociférer dans le coffre. Quand il arriva en vue du point entouré de rouge sur la carte, la crainte et le doute s'emparèrent à nouveau de lui. Le tableau de bord indiquait 20 h 08. Les probabilités pour qu'un véhicule emprunte cette route forestière à cette heure étaient infimes. Il s'engagea sur le bas-côté et roula tout droit sur une vingtaine de mètres, puis stoppa le tout-terrain au bord du précipice.

Il prit une grande bouffée d'air, repassa sa cagoule, sortit et fit quelques pas en moulinant les bras et en respirant très fort, puis retourna vers le 4 × 4, la peur au ventre. À l'instant où il ouvrit le coffre, un objet indéterminé le percuta en pleine tête. Le choc le sonna. Il tituba en arrière, parvint à rester debout, en équilibre précaire. Il n'y voyait quasiment plus rien. Les ouvertures des yeux avaient été décalées sur le côté. Il replaça la cagoule juste à temps pour se rendre compte que Nataly se ruait sur lui en poussant un cri enragé. L'objet qu'elle brandissait était le cric de son véhicule. Il eut le réflexe de la frapper à l'épaule, ce qui lui fit lâcher son arme. Elle se mit alors à courir en direction de la route en appelant au secours. Il se lança à sa poursuite, la rattrapa et l'empoigna par les cheveux. Elle se débattit en s'égosillant, tenta de le taper, de le griffer. Il lui administra un coup de poing au visage qui la fit chuter. Malgré la violence de l'impact, elle continuait de gesticuler et de hurler. Ses cris résonnaient dans le crâne de Jack. Il fallait que ça s'arrête. La fureur s'empara brusquement de lui. Il se fléchit et, grognant comme une bête, souleva un bloc de roche que la Providence avait placé là, juste à côté. Il le leva très haut, au-dessus d'elle, et l'abattit de toutes ses forces.

Les cris de Nataly cessèrent d'un coup. Ses bras et ses jambes s'agitèrent de tremblements nerveux, mais cela ne dura pas. La roche avait remplacé sa tête. Dessous, une bouillie de chair, d'os et de matières cervicales s'étalait dans la neige. Il tomba à genoux, demeura un temps hébété, ne sachant que faire, puis il se ressaisit et déplaça le rocher pour constater qu'il ne restait quasiment plus rien du visage d'Adkins. Ce n'était plus qu'une vague ébauche, dans le désordre. Un brouillon rouge qui aurait pu être esquissé par Picasso dans sa période cubique.

Il se releva, chancela, prit une profonde inspiration et chargea le corps d'Adkins sur son épaule pour la transporter jusqu'à la voiture et l'installer au volant. Maladroitement, il tenta de recomposer son faciès de ses mains tremblantes, modelant la masse sanglante informe, d'où pendait un globe oculaire rebelle, qui ne voulait pas rentrer à sa place. Dans un bref instant de lucidité, il réalisa que tenter bêtement de recomposer le visage d'Adkins était inutile, car la X5 allait être dévorée par les flammes, sortir de route, et faire une quantité record de tonneaux et de vrilles avant de s'écraser au fond de ce ravin. Il passa la ceinture de sécurité autour d'elle et retourna chercher le jerrycan d'essence dans le coffre. Il n'avait plus qu'à espérer que la neige recouvre les traces de sang à l'endroit où elle était morte. Il plaça une cale reliée à une corde sous la roue avant, de manière à la retirer à distance quand la voiture serait enflammée, pour que celle-ci se mette à rouler en suivant la pente jusqu'au précipice. Il relâcha le frein à main et vida les dix litres d'essence à l'intérieur et sur la carrosserie, sous l'œil luisant de Nataly qui pendouillait sur son épaule. Il aurait juré qu'elle le regardait. L'odeur de carburant était suffocante. Il versa le reste du jerrycan tout en s'éloignant du véhicule, sortit de sa poche la boîte d'allumettes, en craqua une et la jeta sur le filet d'essence. La flamme bleue glissa jusqu'au 4 × 4. Il courut se mettre à l'abri, tenant la corde de la cale fermement. Le souffle de la déflagration illumina la nuit. Il tira d'un coup sur la cale qui se dégagea. L'énorme boule de feu qu'était devenue la X5 commença à rouler lentement vers sa dernière destination. Elle disparut derrière le rebord enneigé. Le fracas de la carrosserie sur la roche diminua progressivement, et ce fut à peine s'il entendit le choc final, tout en bas.

Le front trempé de sueur et la gorge serrée, il se releva et marcha jusqu'à la corniche pour regarder dans le précipice. Une lueur jaune crachait des gerbes de feu en émettant des sifflements. Il observa la combustion un moment, fasciné par ce qu'il venait d'accomplir, et soulagé d'un grand poids. Le lendemain, quand le jour se lèverait, il ne resterait du véhicule qu'une carcasse de métal noire. La route n'étant que très peu fréquentée, un certain nombre de jours passerait avant que quelqu'un repère l'épave.

Il épongea sa transpiration du revers de sa manche et se mit en marche en direction de Portland. Il puait l'essence. Cela faisait deux jours qu'il n'avait pas fermé l'œil. Il attendrait d'avoir parcouru au moins dix kilomètres avant d'appeler un taxi. Il profiterait de la banquette arrière pour dormir, ou essayer du moins. Il retira son blouson. Plus loin, il le jetterait à l'écart du passage. Les flocons, qui avaient presque cessé, venaient caresser son visage. Son cœur battait sourdement. Il sentit qu'il avait une blessure au crâne. Cette garce n'y était pas allée de main morte. Elle ne dénoncerait personne à présent. Il avait parfaitement anticipé le problème, et il se félicitait de l'avoir résolu avec tant d'efficacité.

Jack Murray, tu es infaillible.

Tout en marchant, il serra les poings très fort et prit une profonde inspiration. Il poussa alors un long et douloureux cri. Il y avait quelque chose d'animal là-dedans. Son hurlement s'éleva dans le ciel sombre, chargé de tension.

Il se sentait différent. Libéré d'un poids qu'il portait depuis tant d'années. Sa vie de financier asservi serait bientôt enterrée. Il marchait d'un pas puissant, respirant à pleins poumons cet air limpide, dans la nuit noire. Très loin, les lumières de Portland brillaient. Il avait l'impression que cette ville lui appartenait déjà.

9

Wes avait terminé sa journée, il profitait d'un moment de repos dans le canapé de son modeste salon. Dans son aquarium, Garp exécutait des boucles gracieuses, d'une régularité parfaite.

Son téléphone sonna, le tirant en sursaut de sa rêverie. Sur l'écran, le nom de Hicks s'affichait. Le cerveau de Wes passa aussitôt en mode investigation.

– Salut, Henry. Tu as du nouveau ?

– Salut, Wes. En effet, je t'appelle pour ça.

– Je t'écoute.

– Nataly Adkins a été tuée dans un accident de voiture. J'ai lu ça ce matin dans la rubrique « faits divers » de la *Tribune*. Une sortie de route dans les montagnes au sud-est de la ville.

Wes prit un instant pour assimiler l'information, une autre pièce du puzzle venait de s'emboîter dans l'ensemble.

– Je m'attendais à quelque chose comme ça, dit Wes calmement. Je vais me libérer pour venir à Portland.

– Qu'est-ce que tu as derrière la tête ?

– On va mener notre enquête.

– Si je comprends bien, notre équipe est à nouveau opérationnelle ?

– À moins que tu décides de ne pas me suivre, oui.

– Ça marche, Wes.

– Parfait. Est-ce que tu as des éléments sur l'accident ?

– Pour l'instant, peu de choses. La voiture est sortie de route dans un lacet et a plongé dans le vide. Elle a fait plusieurs tonneaux et s'est crashée une centaine de mètres en contrebas. Je te transfère des photos que j'ai pu obtenir de la compagnie d'assurances de la victime.

– Le véhicule a brûlé, je suppose.

– Entièrement.

– Et Nataly Adkins était au volant ?

– Oui. Elle a été identifiée.

– Comment la sortie de route a-t-elle été expliquée ?

– Perte de contrôle du véhicule.

– L'état de son corps ?

– Complètement calciné.

– Comment l'ont-ils identifiée ?

– La plaque minéralogique du 4 × 4. Elle en était la propriétaire, une BMW X5. Il n'y avait aucune autre personne à bord. Les collègues supposent donc que c'est elle qu'ils ont désincarcérée de l'épave. D'autant plus qu'elle n'est plus joignable nulle part. Portable, lieu de travail, domicile… Et sa mère qui l'avait invitée à manger l'attend toujours.

– Il n'y a pas eu d'autopsie, présuma Wes.

– Non, l'accident est avéré. Le dossier est classé.

Wes se leva et marcha jusqu'à la cuisine.

– Tu m'expliques ce qui te travaille ? lui demanda Henry.

Wes se dit que Nataly Adkins avait une trentaine d'années, donc encore de bons réflexes. Mais après cet isolement de dix-huit jours dans le lodge, elle était probablement diminuée. Il versa du café dans le filtre et lança la cafetière.

– Wes, tu es là ?

– Oui. Excuse-moi, je faisais du café. Je vais en avoir besoin.

– Qu'est-ce que tu penses de tout ça ?

– Dans le contexte, je pense que cet accident est une curieuse coïncidence, Henry, qui demande à être étudiée de près.

– Je peux aller faire des prélèvements sur l'épave d'ici deux, trois jours. Pour le corps, ça va être plus compliqué. Mais je vais faire mon possible.

– D'accord. De mon côté, je vais poser dix jours de congé. J'expliquerai que ma mère n'est pas bien. Ce qui est vrai. Elle déprime un peu depuis ma mutation.

– Ah, ah, s'esclaffa Henry, j'imagine mal Lisa Colbert en dépression. Je crois que ça l'amuserait beaucoup de t'entendre dire ça.

Wes sourit en pensant à sa mère.

– Oui, je le crois aussi. Je vais loger chez elle pendant ces dix jours. Tu viendras manger un soir ?

– À condition qu'elle nous fasse son… Ah zut, le nom m'échappe tout le temps.

– Son gratin dauphinois.

– Oui, voilà !

– Je ne manquerai pas de le lui dire.

– Parfait, j'ai hâte de te revoir, vieux frère.

– Pareil pour moi, Henry.

Une dizaine de minutes plus tard, Wes réceptionnait les photos de l'épave du 4 × 4 dans ses mails, ainsi que des informations de base que Hicks avait glanées. Le véhicule avait été trouvé deux jours après la sortie de route, déduction faite d'après la déclaration de la mère de la victime, Mary Adkins, qui avait invité sa fille à manger ce soir-là. On discernait assez nettement les traces de roues qui, au lieu de suivre le virage, tiraient tout droit jusqu'au bord de l'abrupt. La neige était peu tombée depuis l'intervention des services pour extraire l'épave.

La première chose à faire était de se rendre sur les lieux de l'accident sans délai. La météo locale n'annonçait pas de nouvel épisode neigeux pour les deux jours à venir. Wes s'empara de son portable et appela le capitaine Kelley.

– Bonjour, capitaine, c'est l'agent Wesley Colbert.

– Colbert, bonjour. Que se passe-t-il ?

– Je vais devoir poser plusieurs jours de repos, capitaine.

– Est-ce qu'il y a un souci ?

– Oui. C'est ma mère qui est malade.

– Ah, rien de grave, j'espère ?
– Disons que ça pourrait être pire.
– Je comprends. Pour combien de jours vas-tu t'absenter ?
– Dix jours, capitaine. Je vais en profiter pour me reposer un peu aussi, je n'ai pas pris de vacances depuis longtemps.
– Aucun souci, Colbert. Donne-moi ta période pour ces dix jours.
– C'est-à-dire qu'il vaudrait mieux que j'y aille en urgence. Depuis la mort de mon père, il y a deux ans, elle est très fragile. Elle a déjà fait une bêtise, une fois…
– Quelqu'un est avec elle en ce moment ?
– Non, enfin, oui, sa voisine est avec elle, mais, disons que ce serait mieux que j'y sois moi-même.
– C'est toujours préférable de poser les jours à l'avance, pour le planning, Colbert. Mais puisqu'il y a urgence…
– Oui, je ne voudrais pas qu'il y ait un problème.
– Dans ce cas, pars tranquille, nous allons nous arranger.
– Merci, capitaine.
– C'est normal, Wesley. Je te souhaite qu'elle se remette très vite. Donne-moi des nouvelles quand tu seras à Portland.
– Je n'y manquerai pas, capitaine.

Deux heures plus tard, Wes chargeait dans le coffre de sa Buick un sac de voyage contenant le strict minimum ainsi qu'un autre renfermant son « matériel de mission », comme il l'appelait. Il avait confié la garde de Garp à Mme Pearson, qui avait accepté volontiers de s'occuper du poisson. « Ce sera avec plaisir, Wesley. Vous êtes si aimable, et ça nous fera un peu de compagnie, à moi et à Hercule. Prenez bien soin de votre maman. » Elle avait versé quelques larmes sur le perron de l'entrée en agitant sa main quand il avait pris la route. Hercule, quant à lui, s'était mis à faire des petits bonds sur place comme s'il avait été monté sur ressort, tout en jappant. Allez comprendre les caniches.

La nuit était claire et calme. Il était 21 heures passées quand Wes s'engagea sur l'Interstate 90 en direction de

Spokane. Il ferait une halte dans un motel lorsque son corps le demanderait, récupérerait quelques heures et reprendrait le volant. Mais pour l'instant, il profitait de sa lucidité pour réfléchir à la raison principale de ce voyage : la mort de Nataly Adkins. Une première question évidente se posait : pourquoi le 4 × 4 avait-il continué en ligne droite alors que la piste enchaînait lacet sur lacet ? Deuxième question : où se rendait Nataly Adkins ? N'était-elle pas censée passer la soirée en compagnie de sa mère ? De plus, le domicile de Mary Adkins se trouvait à Portland, dans la direction opposée, à deux heures de route du lieu de l'accident, cela n'avait pas de sens !

Il n'avait pas encore tous les éléments en main pour faire la lumière sur ces zones d'ombre, et il évitait de se fier à son intuition. En bon enquêteur, Wes ne considérait que les preuves concrètes. Mais au vu du contexte, l'hypothèse de l'assassinat de Nataly Adkins était plus que tangible. Au bout d'un moment, il cessa de cogiter et alluma la radio sur une station de country. Il se laissa bercer jusqu'à Ritzville où il s'arrêta dans un vieux motel.

Mia avait essayé de l'appeler à deux reprises. Elle lui avait envoyé un SMS : « Salut Wes, comment vas-tu ? Je me disais qu'on pourrait faire quelque chose demain, un ciné, par exemple, et puis manger ensemble. Que dirais-tu de découvrir mes talents de cuisinière ? À plus. » Il lui répondit à regret : « Mia, j'ai dû m'absenter pour aller à Portland. Ma mère est malade, je vais lui rendre visite et voir un médecin avec elle. J'aurais aimé déguster un de tes petits plats avec toi. Ce n'est que partie remise. Je t'embrasse. » Quelques minutes plus tard, il s'endormit dans le grand lit d'une chambre pour deux personnes, la seule de libre de l'établissement. Il profita d'un sommeil réparateur bien que la nuit fût très courte. Aux premières lueurs du jour, il se leva, fit une toilette sommaire et prit un jus d'orange, un chocolat au lait et un généreux pancake au miel. Il se remit en route, remonté à bloc, déterminé à faire toute la lumière sur la mort de Nataly Adkins.

Il arriva sur les lieux de l'accident en milieu d'après-midi. Un vent glacé refluait à flanc de montagne et le ciel gris atténuait la visibilité. Il se gara un kilomètre en contrebas et abandonna sa Buick, enfila un bonnet et entreprit de grimper la côte à pied, sur le bord de la route. Quand il arriva dans le lacet où le 4 × 4 avait plongé dans le vide, il inspecta avec attention les traces de roues, encore visibles dans la neige, et nota un fait qui lui avait échappé sur les photos : la voiture avait quitté la voie dans le sens de la montée. Ce qui impliquait qu'elle bénéficiait d'une adhérence accrue au moment de l'accident. Encore un élément qui allait contre l'hypothèse de la perte de contrôle du véhicule. Il s'approcha avec prudence du bord. Saisi de vertige, il ne resta qu'un bref instant à scruter le ravin. Une minuscule marque rectangulaire noire bien nette se dessinait en bas.

Il revint vers la route et s'accroupit pour regarder plus attentivement le relief du manteau neigeux. Il vit alors qu'il y avait d'autres traces. Celles-ci étaient presque effacées par la neige qui les avait recouvertes et, à première vue, on pouvait les prendre pour des irrégularités du sol. Wes s'avança et tourna autour des marques, laissant un rayon de deux mètres entre elles et lui, pour les garder intactes. Elles étaient concentrées sur une zone située à l'extérieur de la roue gauche du 4 × 4. C'était exactement comme si un individu s'était approché du véhicule au moment de son passage, pour parler au conducteur. Cela n'avait pas de sens. Sauf si la voiture s'était arrêtée. Wes réalisa alors que ces traces pouvaient aussi bien être celles du conducteur lui-même. Ce qui était tout aussi invraisemblable.

Il contourna les traces et passa derrière le tout-terrain qu'il imaginait là, devant lui. D'autres traces apparaissaient entre les deux lignes des roues. Wes recula pour avoir une vue d'ensemble.

Son talon buta sur quelque chose.

Il perdit l'équilibre et se rattrapa juste avant de chuter. Du bout du pied, il tapa dans cet objet qui avait failli le renverser. Celui-ci était solidement bloqué dans la neige gelée. Il s'agenouilla et le dégagea de ses mains. Une surface noire apparut, métallique, des écrous, une tige filetée. Les gestes de Wes s'accélérèrent, sa respiration se fit plus courte.

L'objet était un cric. Wes resta comme paralysé un instant. Toutes les hypothèses jaillissaient et tournaient dans sa tête, si bien qu'il lui était impossible de tirer de ce bouillonnement quelque chose de clair.

Il dut se contenter de sortir ce cric de la neige et de l'envelopper avec précaution dans un sac plastique transparent.

10

Il reprit la route vers Portland, sélectionna Hicks dans ses contacts et lança l'appel.

– Wes, alors, tu as posé tes dix jours ?

– Je suis sur la route. Je viens de me rendre sur le lieu de l'accident.

– On peut dire que t'es un gars qui ne perd pas de temps.

– Tu es libre ce soir ?

– Tu oublies que tu parles à un geek célibataire de 35 ans. Quelle question, oui, évidemment.

– J'ai du nouveau, Henry. Rejoins-moi chez ma mère, vers 7 heures, on dîne ensemble.

– Du nouveau ? Tu m'en dis plus ?

– On se retrouve tout à l'heure, c'est mieux que tu voies par toi-même.

– Tu veux me faire mariner, c'est ça ?

– Pas du tout. À tout à l'heure, Henry.

– OK, à tout', Wes.

S'il y avait bien quelqu'un que Lisa Colbert ne s'attendait pas à voir arriver, c'était son fils Wesley. Ses cheveux teints en blond platine étaient sous le contrôle d'une armée de bigoudis en prévision de la soirée be-bop du lendemain, au club des Joyeux Sexagénaires Intrépides.

Wes gardait une clé de la maison mais il préféra s'annoncer et pressa le bouton de la sonnette sur le perron de l'entrée. Il aimait lui faire ce genre de surprise mais regrettait de n'avoir pas eu le temps de lui acheter un petit quelque chose. Cet oubli serait très vite réparé.

La mine de Lisa Colbert s'illumina quand elle ouvrit la porte et vit son fils devant elle.

– Wes ! Est-ce que je suis en train de rêver ou c'est bien toi ?!

– C'est bien moi, m'man, lui répondit-il en écartant les bras, avec un large sourire.

Ils échangèrent une interminable accolade.

– Comment vas-tu, mon petit ?

Elle prit son visage entre ses mains et plongea ses yeux bleus perçants dans les siens.

– Très bien, m'man. Et toi ? Tu as l'air en forme, on dirait.

– Comme d'habitude, mon bébé.

– Maman, s'il te plaît…

– Hou, oui, c'est vrai, il n'aime pas qu'on l'appelle comme ça.

Elle lui pinça les joues en riant.

– Allez, entre, on va mourir de froid.

Wes suivit la silhouette fluette et gracile de sa mère à travers les pièces du grand pavillon qu'elle habitait seule depuis le décès de son mari. George Colbert, ancien courtier d'assurances, était mort d'une cirrhose, deux ans plus tôt. Il avait toujours été plus ou moins dépendant de la bouteille, même si son alcoolisme restait relativement acceptable, comme le disait Lisa. George n'avait jamais franchi la limite, celle qui sépare le gentleman éméché de la brute bourrée. Cela n'avait cependant pas empêché l'alcool de le tuer. Souvent en déplacement pour son métier, George n'avait pas été très présent à la maison. Wes avait été affecté par sa mort. Un sentiment écrasant d'impuissance à changer les choses pesait encore aujourd'hui sur ses épaules.

Lisa prépara du thé. Wes s'assit à la table de la cuisine et regarda sa mère. Elle se faisait une joie de le retrouver et s'adonnait à une sorte de ballet, virevoltant autour de lui, prenant ici des tasses, là des cuillères, une boîte de thé, des soucoupes. Elle entretenait sa forme par des séances de gymnastique en ligne quotidiennes et sortait tous les jours pour marcher, au moins une heure, avec son éternelle amie et voisine, Debra Friedmann. Toutes les deux se livraient une compétition savante dans des domaines aussi variés que le sport, la cuisine, la séduction, et à peu près toutes les autres activités mondaines. Lisa n'avait jamais bu une goutte d'alcool. Elle n'avait eu que Wes et lui avait donné une éducation stricte, mais juste. Il y avait entre elle et lui un lien qui allait au-delà de la simple relation mère-fils. Wes lui confiait, à peu de chose près, tout de sa vie, et ce depuis sa plus tendre enfance.

– Toujours deux sucres dans ta tasse, avec un nuage de lait, mon cœur ?

Wes hocha la tête en contemplant la dernière création de sa mère, exposée sur un chevalet dans la véranda transformée en atelier de peinture moderne.

– Ça représente quoi, m'man ?

– J'ai voulu matérialiser mon aura. Qu'est-ce que tu en dis ?

– Tu as terminé ? Ou bien…

– Oui, la toile est finie. Tu n'aimes pas ? Dis-le.

– Si, si. C'est assez… Comment dire… Explosif.

– Oui ! C'est exactement ça, Wes, répliqua-t-elle en riant aux éclats.

Il inclina la tête sur le côté pour tenter de mieux saisir l'essence de l'œuvre.

– Ça te ressemble, oui. Au niveau de l'énergie que ça dégage.

Il trouvait le tableau agréable maintenant qu'il en connaissait le sens. Lisa lui servit sa tasse et s'assit avec la sienne, en face de lui.

– Qu'est-ce qui t'amène à la maison, mon chéri ? Raconte tout à maman.

Il ne savait pas jusqu'où les choses pouvaient aller dans cette affaire. Aussi, il préféra ne pas l'impliquer, pour sa sécurité.

– Je viens aider Henry sur un dossier dont certains éléments correspondent avec une enquête située dans le Montana.

Ce n'était pas vraiment un mensonge.

– Ah, encore une de vos investigations secrètes ?

– C'est ça, maman. Et je te demanderai de garder ça pour toi.

Elle fit le signe de fermer sa bouche d'un coup de fermeture Éclair.

– Je serai aussi muette qu'une carpe. Et puis, tu sais, personne ne m'a jamais rien demandé au sujet de tes activités, en dehors de tante Agatha et d'oncle Thomas, bien sûr.

– Maman, tu ne parles de ça à personne, d'accord ?

– D'accord, c'est noté, enregistré, imprimé, monsieur l'agent secret.

Wes acquiesça et but une gorgée de thé.

– Alors, parle-moi un peu de Kalispell. Ce blizzard, ç'a dû être terrible, non ?

– Infernal, je n'ai jamais vu autant de neige. On a quand même fait du bon boulot. Tu as suivi les infos ?

– Oui. Je voulais t'appeler à ce sujet mais, comme j'avais reçu ton message dans lequel tu me disais que tu allais bien, et de ne pas m'inquiéter… Et comment se porte Henry ? reprit-elle.

– Bien, mais tu pourras lui demander en personne puisque je l'ai invité à manger ce soir.

– Quel plaisir ! Tu as bien fait.

– D'ailleurs, ce serait super si tu pouvais faire ton gratin, m'man.

– Oui, c'est une excellente idée !

Elle se leva et commença à s'affairer avec entrain dans la cuisine.

– Et tu m'avais parlé d'une petite amie, comment s'appelle-t-elle déjà ? Léa ? Clara ?

– Elle se prénomme Mia, maman. Et pour l'instant, c'est juste une amie, rien de plus.

– Ça me fait plaisir, même si vous n'êtes qu'amis. Tu sais, j'avais mal pour toi de te voir tout le temps seul, ici, à Portland.

Wes but de son thé. Il n'était pas seul à Portland. Il y avait Henry, et Garp aussi. Et il se sentait très bien comme ça. *Est-ce que je suis ce qu'on appelle un célibataire endurci ?*

Sa mère l'observa d'un air curieux.

– Tu es encore perdu dans tes pensées, mon fils. Ce n'est pas comme ça que tu conquerras le cœur de Mia. Les filles aiment les hommes pratiques, terre à terre, Wes.

– Maman, je ne cherche à conquérir aucun cœur. Je réfléchissais simplement à mon travail.

Le tintement cristallin de la sonnette d'entrée s'éleva.

– Ce doit être ton ami, Wes.

Il se leva et alla ouvrir. Henry affichait un sourire d'une blancheur éclatante. Ses cheveux bruns, habituellement en désordre, étaient coiffés avec soin. Derrière ses lunettes de vue œil-de-chat, ses yeux noisette brillaient comme ceux d'un enfant au soir de Noël. Ils s'embrassèrent en se tapant dans le dos et en riant. Henry était sur son trente-et-un. Il portait un long manteau gris, un pantalon à pince de couleur sombre et des chaussures de cuir noir. Pour un geek de son âge, cela signifiait beaucoup de choses, d'abord sa joie de retrouver son ami, ainsi que Lisa sûrement, et son plus vif intérêt pour l'affaire Eagle Nest.

– Wes, l'air du Montana te réussit, on dirait !

– Portland me manquait.

Il lui fit un clin d'œil.

– Ça fait plaisir de te revoir, Henry. Entre, maman est là.

Lisa vint à leur rencontre.

– Henry, dans mes bras, mon grand !

– Lisa, vous êtes resplendissante. Ces bigoudis vous vont à ravir.

– Oh, merci, Henry, dit-elle, faisant semblant de se recoiffer. Allez, venez vous asseoir, le thé est chaud.

– *Alors ?* dit Henry à l'oreille de son ami sur le chemin de la cuisine.

– Je te montre ça après le thé, répliqua Wes.

Ils s'assirent tous les deux. Lisa remplit leur tasse.

– J'ai l'impression d'avoir encore face à moi ces deux gamins qui faisaient les quatre cents coups dans le quartier. Qu'est-ce que vous manigancez ? Dites-moi tout.

Henry éclata de rire. Wes sourit à demi, préoccupé par sa découverte du cric. Cet objet ne s'était pas retrouvé là par hasard.

– Rien, maman. Je t'en parlerai si notre enquête aboutit. Pour l'instant, nous n'avons pas trouvé d'indice intéressant.

Deuxième clin d'œil à Henry. Ce dernier contenait son impatience avec peine. Il termina sa tasse de thé, la reposa avec lenteur sur la table, croisa les bras et regarda son ami d'un air de défi. Wes descendit aussi la sienne, en silence. Durant une poignée de secondes, ils se jaugèrent des yeux, à la manière de deux hors-la-loi dans un saloon avant le règlement de comptes et le générique de fin.

Wes se leva.

– M'man, excuse-nous, on te laisse quelques minutes. Il faut que je parle à Henry.

– Oui, oui, c'est ça. Allez-y, je vous appellerai quand le gratin sera prêt.

Henry suivit cérémonieusement son ami. Tous deux grimpèrent l'escalier jusqu'à l'étage et entrèrent dans la chambre de Wes.

De vieux posters de super-héros, issus de comics signés Stan Lee, tapissaient encore les murs de la pièce, y compris le plafond en sous-pente. Wes cliqua sur l'interrupteur d'une lampe en forme de réverbère sur lequel était appuyée une panthère rose fumant une cigarette, vêtue d'un imperméable et d'un chapeau à la Humphrey Bogart. Un vieil ordinateur Macintosh Classic de 1991 que George Colbert avait donné à son fils en cadeau d'anniversaire pour ses 14 ans trônait sur le bureau.

– Tu as toujours ce char d'assaut ? s'exclama Henry.

– Oui, et il fonctionne encore parfaitement. Seulement sans connexion au Net, hélas…

Le visage de Henry redevint très sérieux.

– OK, Wes, vas-y, déballe.

Wes s'empara de son sac de voyage et le posa sur le lit.

– Comme je te l'ai dit, cet après-midi, avant d'arriver à Portland, je me suis rendu sur le lieu de l'accident.

Il fit glisser la fermeture et ouvrit le sac.

– Voilà ce que j'ai trouvé.

Il sortit le cric, emballé dans son sachet transparent, et le déposa sur la couverture avec précaution. Henry écarquilla grand les yeux.

– C'est… un cric, balbutia-t-il.

– Exact. Et il y a fort à parier que ce soit celui du véhicule de Nataly Adkins.

Pour seule réponse, Henry déglutit.

– Il faudrait qu'on puisse déterminer ça, dit Wes.

– Je l'emporte au labo ?

– Il est à toi.

– OK, parfait, dit Henry sans détacher son regard de l'outil, comme hypnotisé.

Un moment de silence s'écoula.

Henry reprit, à mi-voix :

– Tu penses que Nataly Adkins a pu être…

– Assassinée, dit Wes. Cette hypothèse devient de plus en plus plausible. Il y avait de nombreuses traces de pas dans la neige, à l'endroit des marques de roues du 4 × 4…

– Attendons de voir ce que ce cric va nous apprendre, suggéra Henry.

Wes sortit de son placard un vieux sac de sport en toile et le tendit à son ami. Ce dernier y rangea l'outil avec soin.

La voix de Lisa monta d'en bas :

– Les enfants, à table !

– Allons-y, dit Wes. Je commence à avoir un petit creux, pas toi ?

– Tu plaisantes ? répondit Henry en tenant son ventre à deux mains. J'ai sauté mon quatre-heures pour l'occasion.

11

Le lendemain matin, Wes avait à peine ouvert les yeux que sa décision était prise. Il fallait mettre à profit ces dix jours à Portland sans en perdre un seul. Il irait à River Creek, la propriété des Gardner, et engagerait une surveillance étroite des lieux et de leurs occupants. Si cette famille avait emporté un secret loin de Kalispell pour que personne ne le découvre, alors, en se rendant là-bas, Wes aurait toutes ses chances de faire la lumière sur cette affaire.

Lisa dormait quand il descendit dans la cuisine prendre un petit déjeuner rapide. Il jeta un œil dehors. Le soleil ne s'était pas encore levé. Un brouillard épais effaçait les silhouettes des arbres, enveloppant le jardin dans une atmosphère bleue irréelle. Il avala un bol de céréales, une orange, un thé, mit son sac de matériel à l'épaule et marcha à pas de loup jusqu'à la porte pour sortir.

– Wes ?

Il sursauta et fit volte-face. Sa mère était plantée au bas des escaliers, en robe de chambre, les bras croisés. Il eut la drôle d'impression d'être un cambrioleur pris en flagrant délit.

– Je te trouve bien matinal, mon chéri. Où vas-tu comme ça ?

– Je vais retrouver Henry, on a prévu d'aller faire une petite rando.

– Une petite rando… C'est drôle, vous ne m'en avez pas parlé hier soir.

– On a décidé ça en toute fin de soirée, m'man. Tu étais déjà couchée.

Elle le scruta en plissant les yeux. Wes n'aimait pas ça. Du temps de son adolescence, ce regard était l'introduction à un interrogatoire de type CIA.

Le visage de sa mère se détendit. Elle se rappela qu'il avait 32 ans.

– D'accord, Wes. Vous serez de retour pour midi ?

– Pas sûr, je comptais t'appeler pour te prévenir.

– Bon. Eh bien, à tout à l'heure, si vous êtes là pour manger. Amusez-vous bien, Henry et toi.

Il lui fit un petit signe et sortit pour rejoindre sa Buick dans l'allée.

– N'oublie pas que je ne serai pas à la maison ce soir, je vais à ma soirée be-bop avec Debra, lui lança-t-elle sur le pas de la porte alors qu'il montait en voiture.

– C'est noté, m'man.

Il donna un tour de clé dans le barillet de contact, le moteur se mit aussitôt à ronronner, fidèle comme un gros chat débonnaire. Il le laissa tourner un moment, se frotta les mains pour les réchauffer, attendant qu'un peu de chaleur se fasse dans l'habitacle frigorifié avant de se mettre en route.

La pensée du cric, trouvé à côté des traces de roues, une dizaine de mètres avant le précipice, revenait le travailler. Si le 4 × 4 avait tiré droit pour plonger dans le vide après être sorti de route, comment un cric pouvait-il s'être retrouvé sur le côté de la trajectoire du véhicule ? Nataly Adkins devait sans aucun doute agripper son volant à deux mains tandis que la X5 l'emmenait tout droit vers la mort. Elle ne pouvait donc pas avoir balancé ce cric par la fenêtre. Et puis, pourquoi l'aurait-elle fait ? Non, impossible. D'autant plus que l'outil se trouvait à droite des traces de roues, à l'opposé de la place du conducteur. Il était probable que le cric ait été jeté depuis la route, par un automobiliste qui s'en serait débarrassé, peut-être parce que l'accessoire était cassé ou défaillant. Henry vérifierait ce point en premier lieu.

Le système de ventilation de la Buick dégageait maintenant un souffle chaud agréable. Wes embraya et roula vers la périphérie est de Portland. Le brouillard se dissipa peu à peu pour laisser apparaître le bleu du ciel. Les premiers rayons de soleil jaillirent au-dessus des montagnes.

River Creek devait son nom à la rivière Sandy qui traversait la propriété de trente hectares d'est en ouest. La demeure, bâtie dans un style *craftsman* impeccable, comptait trois niveaux, pour ce que pouvait en voir Wes depuis son poste d'observation : une butte constituée de gros rochers amoncelés et de végétation, en partie couverte de neige.

Il avait monté sa lunette télescopique et zoomait sur ce qui devait être le living-room de la résidence. Les aménagements intérieurs respiraient l'opulence, pour ne pas dire le luxe : mobilier en bois massif, lustres de cristal, canapés de cuir brun et au moins trois cheminées imposantes en pierre brute. La plupart des pièces baignaient dans une lumière chaude. Wes ne voyait qu'une partie de l'immense demeure. Certains endroits échappaient à son champ d'observation.

Il se disait que la vie à River Creek devait être bien agréable, tout en se demandant à combien s'élevait la note d'électricité du mois, quand il vit passer John Gardner qui traversa un couloir d'un pas incertain pour entrer dans une pièce, tenant une bouteille à la main, et en ressortit pour pénétrer dans une autre.

Premier constat : Gardner était ivre.

Il semblait être seul dans la maison. Aucun véhicule ne stationnait à l'extérieur. Toutefois, le garage devait être immense, d'après les dimensions de la propriété.

Son Smartphone vibra. C'était Henry. Il prit l'appel dans la seconde.

– Salut, Wes.

– Henry, alors ?

– J'ai quelque chose. Plusieurs choses même… et c'est du lourd.

– Je t'écoute.

Il y eut un silence.

– Henry ?

– Oui, je suis là. Deux petites secondes, j'ai tout noté sur une feuille au stylo. Pas question de laisser de trace dans mon ordi. Je suis au labo. J'ai terminé les analyses sur le cric.

Le cœur de Wes avait doublé ses battements.

– Tiens-toi bien, Wes.

– Vas-y.

– D'abord, le cric que tu as trouvé est bien un cric de BMW X5. Le constructeur allemand les fabrique lui-même. Chaque type de véhicule a un cric adapté. Logique, le poids d'une X5 demande un support plus résistant que celui d'un coupé sport. Ensuite, et c'est là que ça devient vraiment intéressant : l'outil était porteur de matériel génétique, et pas n'importe quel type de matériel. Il s'agit de cuir chevelu.

– Bingo, s'exclama Wes tout bas.

– J'ai entré l'ADN dans les fichiers. L'individu n'est pas connu des services. Mais je peux te confirmer un point : c'est un ADN masculin.

– Il y a donc de grandes chances pour que Nataly Adkins ait été accompagnée d'une autre personne au moment de l'accident !

– Oui, assura Henry. Un homme. Et si du cuir chevelu se retrouve sur le cric, c'est donc que l'outil a sûrement servi à porter un coup.

– La voiture s'est arrêtée, dit Wes, et une lutte a eu lieu entre Adkins et cet homme.

– C'est probable, en effet, dit Henry.

– Ce qui est sûr, c'est que ce type est reparti par ses propres moyens, en laissant derrière lui Nataly Adkins brûler au volant de son véhicule, cent mètres plus bas.

– J'irai faire des prélèvements sur l'épave du 4 × 4 cet après-midi.

– Parfait. De mon côté, je suis en train de surveiller le domicile des Gardner.

– Tu as quelque chose ?

– Oui, John Gardner, et il est sérieusement alcoolisé.

– Pour un dirigeant de société, de bon matin, ça fait désordre.

– C'est signe qu'il accuse le coup, dit Wes. Et ça tend à confirmer qu'il s'est passé quelque chose de grave.

Quelques secondes de silences s'écoulèrent.

Wes reprit :

– J'ai la conviction que l'accident de Nataly Adkins est un meurtre déguisé. Et il y a de fortes probabilités pour que la mort de cette femme soit liée avec ce qui s'est passé à Eagle Nest. Ce qui s'est *réellement* passé.

L'attention de Wes fut attirée par du mouvement, plus bas, dans l'allée. Une voiture se déplaçait à travers les arbres du parc.

– Henry, je te laisse. Un véhicule approche.

– OK, si tu as besoin d'identifier le conducteur, tu me donneras le numéro de la plaque. À plus tard, Wes.

– Je te rappelle au cas où. Bye.

Une grosse berline de marque Lexus stoppa sous la porte cochère. Wes n'avait pas réussi à voir l'immatriculation. En revanche, il reconnut tout de suite l'individu qui en descendit pour entrer dans la résidence : Jack Murray.

Celui-ci reçut un accueil distant de John Gardner. Les deux hommes se déplacèrent jusqu'au salon. Gardner se servit un verre d'alcool, en proposa un à Murray, qui déclina d'un geste de la main. Gardner resta debout, à côté de la cheminée. Murray était assis sur le bord d'un canapé. Il se tenait droit et parlait en agitant les mains. Gardner l'écoutait avec attention, le visage grave.

– Elle nous aurait dénoncés, John, c'est sûr. Cette garce nous aurait balancés !

– Comment tu as fait ça ? souffla John, sans voix.

– J'ai simulé une sortie de route. Tout s'est parfaitement déroulé. C'est un accident. Ils en ont parlé aux infos locales.

John était abasourdi.

– Un accident, John, répéta Jack, perdant de son assurance au fil de ses explications. Tiens, regarde.

Il tendit à son boss le journal déplié sur l'article qui traitait du fait divers.

John le lut sans le lire vraiment. Les mots défilaient devant ses yeux fiévreux. Il était bien question « d'une sortie de route accidentelle, due à une perte de contrôle du véhicule ». Alors, pourquoi se voyait-il déjà face à un juge d'instruction, accompagné de ses avocats ?

– Tu as pris cette initiative dans mon dos, Jack ! vociféra-t-il, furieux.

Il s'abreuva de whisky.

– Tu aurais toi-même pris cette décision tôt ou tard, John ! Si tu l'avais entendue, cette putain, au téléphone. Elle essayait de me convaincre que tout était oublié, qu'elle ne dirait rien à personne ! J'aurais dû enregistrer notre échange pour te le faire écouter.

– On aurait pu s'y prendre autrement pour la dissuader de parler. Tes crises de paranoïa vont finir par nous coûter cher, Murray !

John vit le visage de Jack changer subitement. Il fixait quelque chose qui se trouvait en haut, derrière lui. John fit volte-face, manqua de tomber, se rattrapa à un pied de lampe. Au-dessus d'eux, dans le passage qui enjambait le salon, Samantha les observait, tétanisée. Elle partit en courant quand son père l'appela :

– Samantha ! Ma chérie !

Elle fila vers la chambre de ses parents. La porte claqua, la serrure se verrouilla de l'intérieur. John se rua dans l'escalier, talonné par Jack, totalement désemparé.

– Samantha !

John tambourina sur le battant de bois. Elle s'était enfermée avec sa mère. Sa propre fille avait peur de lui. Il pensa à Tim, paniqua. *Où est-il ?!* Un moment de confusion douloureuse suivit. Il tambourina encore à la porte.

– Samantha, reprit-il d'une voix doucereuse. Ouvre-moi. Je vais t'expliquer. Maman est avec toi ?

Il n'eut que le silence pour réponse.

Jack le regardait sans trouver quoi dire.

– OUVRE-MOI, SAM ! cria John.

Il tapa plus fort.

– John, peut-être que…

– Ferme-la, Jack.

C'est alors qu'il le vit. Un petit œil brillant dans l'entrebâillement d'une porte.

– Tim.

John s'accroupit, posa un genou au sol et fit signe à son fils de venir. La porte s'entrouvrit à peine, Tim hésita, il sortit dans la lumière et avança vers son père qui lui tendait les bras. Les yeux de John se brouillèrent de larmes. Il serra son fils très fort contre lui.

– Papa, pourquoi tu criais et tu tapais dans la porte ?

John prit avec douceur la tête de Tim entre ses mains tremblantes.

– Tim, mon bonhomme…

John ne termina pas sa phrase. Il s'effondra en sanglots. Ses bras comprimaient Tim si fort que celui-ci avait du mal à respirer. Il le lâcha et se vautra par terre, comme s'il se prosternait aux pieds de l'enfant. Tim se mit à pleurer, lui aussi. Il se baissa et enveloppa son père… Ils restèrent comme cela un long moment, jusqu'à ce que John ait épuisé toutes ses larmes, jusqu'à ce que la douleur noire qui l'habitait batte en retraite, chassée par ce trop-plein d'amour qu'il contenait au fond de lui et qui jaillissait maintenant. Il releva ses yeux rougis, renifla et essuya, d'un revers de manche, sa barbe poisseuse. Tim le serrait encore contre lui. John se remit debout, prit son fils aux bras. Jack les suivit, comme une ombre distante. Ils descendirent les escaliers et traversèrent le salon vers la cuisine.

– Tu sais ce qu'on va faire, Tim ?

Il lui avait dit ça comme quand ils jouaient tous les deux. Le visage de l'enfant s'éclaira.

– Des crêpes !

– Comment tu as deviné ?

– Je sais pas, lui répondit Tim.

John ne put empêcher les larmes de couler à nouveau.

– Des crêpes au sirop d'érable, avec de la crème fouettée, comme tu les aimes.

– *Les meilleures crêpes du monde !* s'exclamèrent-ils à l'unisson.

Wes décolla son œil de la lunette. Il ouvrit son calepin avec fébrilité et prit des notes. Les Gardner étaient en plein drame familial. La fille avait surpris une discussion houleuse entre le père et son collaborateur, Jack Murray. Elle était partie se réfugier quelque part, à l'évidence dans une chambre. Wes avait gardé l'image de son visage, son expression de surprise, teintée de peur et de dégoût… *Qu'avait-elle entendu qui l'avait poussée à fuir son père ?*

Durant le reste de l'après-midi se joua une parodie de famille heureuse, menée par un John Gardner loufoque. Sally Gardner fit une apparition fantomatique. Elle demeura assise à l'écart pendant près de trois heures, statufiée. Son regard éteint se portait vers la cuisine, elle paraissait ne pas connaître ces personnes. Par moments, ses lèvres s'animaient. Wes déduisit qu'elle ne pouvait que se parler à elle-même, ou à un interlocuteur imaginaire. Murray quitta River Creek peu avant 17 heures à bord de la Lexus. Wes parvint à relever la plaque d'immatriculation. Il l'envoya par SMS à Henry. La voiture appartenait à John Gardner. Environ une heure plus tard, Wes répondit à l'appel de son équipier.

– Henry, tu as du nouveau ?

– Oui, et c'est encore un coup gagnant. J'ai procédé à des prélèvements de peinture calcinée sur le 4 × 4. Les analyses sont formelles. Le véhicule a été détruit par une combustion d'essence.

Wes ne fit pas le rapprochement tout de suite.

– De l'essence, Wes.

– J'y suis. La BMW X5 de Nataly Adkins était un diesel.

– Exactement.

– Ce qui veut dire que le véhicule n'a pu être incendié que volontairement. On a notre preuve que cet accident est une mise en scène ! souffla Wes au comble de l'excitation.

– Oui, et cet élément à lui seul pourrait suffire à faire remonter ce dossier sur une procédure officielle, dit Henry d'un ton grave.

Un silence indécis se fit entre les deux agents.

– On fait quoi, Wes ?

– Si l'enquête devient officielle, Gardner le saura. Et s'il est impliqué de près ou de loin dans le meurtre de Nataly Adkins, il aura tout le temps d'anticiper.

– Exact. Je vois d'ici l'armée d'avocats qui se dressera face à nous.

– Dans ce cas, mieux vaut continuer notre petite cuisine, Henry. Avançons lentement, mais sûrement, jusqu'à trouver des preuves qui nous permettront d'identifier des suspects et de faire le lien avec Eagle Nest.

12

Deuxième jour.

Début de la surveillance : 7 heures.

La météo est bonne. Visibilité parfaite.

7 h 42. Gardner descend à la cuisine pour déjeuner. Il ne semble pas alcoolisé. Il n'ajoute pas de whisky dans son café comme il l'a fait hier. Il le boit debout, face à la baie du salon. Il contemple le parc. Il a l'air préoccupé, mais déterminé. Il se sert un autre café et monte à l'étage, dans une pièce qui doit être son bureau. Le store à lamelles ne m'offre qu'une vision partielle de la pièce. Je distingue Gardner assis, en face d'écrans. Il se met au travail. Toujours pas d'alcool, mais je ne peux l'affirmer avec certitude. Je discerne des bouteilles posées çà et là.

8 h 28. Samantha Gardner se prépare un petit déjeuner. Son jeune frère Tim la rejoint. Ils mangent ensemble. Tim Gardner est souriant et joueur. Samantha semble affectée. Elle ne parle que très peu avec lui.

Ma surveillance d'hier me laisse supposer que la demeure n'est occupée que par quatre personnes : John Gardner, sa femme Sally, leurs deux enfants Tim et Samantha. Pourtant, à leur transfert de l'hôpital de Kalispell, ils étaient neuf. Ma question est de savoir où logent Ted Gardner, Ashley Murray, Jack Murray et son épouse Gina. Je me rendrai au domicile des Murray.

9 h 16. Un véhicule 4 × 4 de marque Chevrolet se gare devant la maison. Un homme d'une soixantaine d'années au moins, grand et sec, le crâne dégarni, en sort et se présente à la porte de la demeure. Il passe une blouse blanche le temps que Gardner vienne lui ouvrir. Après contrôle du numéro minéralogique de la Chevrolet par Henry, cet homme est Paul Jenkins, le médecin de famille. Les deux hommes échangent quelques paroles dans le hall d'entrée. Le docteur vient consulter les Gardner, il prend la tension de John et celle de son fils Timothy. Il les écoute avec attention en notant dans un carnet. Les deux hommes se rendent ensuite à l'étage.

10 h 43. Départ du médecin. Il remonte dans son véhicule et quitte la propriété.

11 heures. Un véhicule utilitaire blanc se gare sous la porte cochère. Il s'agit du gardien en poste à l'entrée de la résidence. Il apporte le courrier et le remet en main propre à John Gardner.

11 h 17. Arrivée d'un coupé BMW gris métal. Le véhicule est celui de Ray McDowell, l'assistant de John Gardner. Celui-ci échange longuement avec Gardner dans le salon. Ils boivent un verre, le premier de la journée pour Gardner, sauf erreur. La discussion est unilatérale. Gardner parle avec autorité. McDowell acquiesce à tout ce qu'il dit.

11 h 49. Gardner est allé chercher Samantha et Tim pour préparer le repas de midi. McDowell participe. L'atmosphère se veut conviviale. Les sourires sont forcés, hormis ceux du jeune Tim.

12 h 34. Sally est descendue les rejoindre. La famille passe à table. Le repas se prend dans une bonne humeur relative, mais le cœur n'y est pas. Gardner et McDowell sont les seuls à échanger. Gardner enchaîne verre sur verre, du vin rouge. Sally Gardner est vaseuse. Ce n'est qu'une hypothèse mais cela doit être le traitement que lui donne le docteur Jenkins qui la plonge dans cet état second.

13 h 18. Fin du repas, McDowell prend congé. Gardner lui remet des documents rangés dans des chemises avant de le raccompagner à la porte.

13 h 25. Le coupé gris de McDowell quitte la propriété. John Gardner regagne son bureau et se remet au travail. Il en sort à 16 h 14 pour descendre dans le salon et prendre une bouteille de vodka. Il remonte dans son bureau et s'y enferme.

Le portable de Wes vibra. Il interrompit ses notes.

– Salut, Wes.

– Henry, quoi de neuf ?

– Quelque chose qui va t'intéresser : Gina Murray est actuellement internée dans un établissement psychiatrique.

– Comment tu as eu l'info ?

– Tu te souviens d'Al Griffith ?

– Si je me rappelle, bien sûr ! Ils faisaient une belle équipe, Gigi Morelli et lui. Leurs méthodes valaient ce qu'elles valaient, mais ils coffraient pas mal de salauds, et ils laissaient les bons dehors.

– C'est vrai, dit Henry. J'ai donné à notre ami Griffith le signalement de la Lexus que Murray a utilisée hier. Griffith patrouillait dans le coin. Il l'a suivi. Murray s'est rendu tout droit à la clinique psychiatrique de Marquam Hill. Il est entré dans l'hôpital et en est ressorti un peu plus de trente minutes après. Vu les rapports des psys de Kalispell concernant Gina Murray, j'en ai déduit que c'était peut-être à elle qu'il rendait visite. Ensuite, j'ai demandé de l'aide à Patricia, tu sais la fille qui est souvent à l'accueil.

– Oui, je vois.

– Patricia a composé le numéro de Marquam Hill sur son portable. Elle s'est présentée comme une amie de Gina Murray et a demandé s'il était possible de lui parler au téléphone.

– Et ça a marché, devina Wes avec un sourire en coin.

– La standardiste lui a répondu qu'il fallait faire une demande de visite, parce que l'état de santé de Gina Murray ne lui permettait pas de communiquer par téléphone.

– Parfait. Il faudra identifier le médecin qui s'occupe d'elle dans cet hôpital.

– Je m'en charge.

Wes reprit après une pause :

– Est-ce que Griffith a continué à filer Murray quand il a quitté l'hôpital ?

– Oui. Il a réintégré son domicile, une maison dans King's Heights.

– D'accord, dit Wes. Il ne nous reste plus qu'à localiser Ted Gardner et Ashley Murray, les deux derniers manquant à l'appel.

– Il est possible qu'ils soient ensemble, vu leur relation, que tu as mentionnée dans le dossier.

– Oui, sûrement.

– Je m'en occupe, conclut Henry. Je vais essayer de les localiser à partir de leur numéro de portable.

– OK, on se rappelle ce soir, quand je serai rentré.

– D'accord, à ce soir, Wes.

Il reprit sa surveillance, perturbé par une masse de nuages noirs qui arrivaient au loin. Il s'emmitoufla au fond de sa capuche doublée de laine, espérant que la neige ne vienne pas compliquer les choses. Une dizaine de minutes plus tard, les flocons se mirent à tomber en rangs serrés. La visibilité de l'intérieur de River Creek devint quasi nulle en l'espace de quelques minutes. Il dut se résigner à quitter son poste d'observation et à rentrer chez lui.

Il fit un détour par le centre pour acheter à sa mère un nouveau chevalet de peinture. Il avait remarqué que celui qu'elle utilisait était une antiquité qui tenait à peine sur ses pieds. En sortant de la boutique, il reçut un appel de Mia.

– Salut, Wes.

– Mia, comment vas-tu ?

Il y eut un blanc.

– Je vais bien. Mais je n'ai pas compris ton silence de ces derniers jours.

– Je suis à Portland. Je travaille d'arrache-pied sur l'affaire Eagle Nest, avec un collègue.

– Tiens donc, je te croyais à Portland parce que ta mère était malade.

– Ma mère va très bien, Mia. Je ne devrais pas te dire ça, mais nous avons découvert que Nataly Adkins est morte dans un accident de la route, il y a quelques jours. Et nous avons la preuve qu'il s'agit d'un meurtre déguisé.

– Incroyable ! Vous êtes sur la piste d'un suspect ?

– Pas pour l'instant, mais nous y travaillons.

Wes reprit :

– C'est pour cette raison que je ne t'ai pas rappelée. J'en suis désolé, Mia.

– Je comprends, dit-elle d'une voix plus chaleureuse. Tu reviens dans combien de jours ?

– J'en ai pour une semaine encore.

– OK. Fais attention à toi, Wes.

– Oui. Ne t'inquiète pas. Surtout, ne parle à personne de ce que je viens de te dire.

– C'est compris. Tu peux me faire confiance, Wes.

– Tout va bien pour toi ?

– Ça va. Le train-train habituel.

– Bon, je me remets en route. Il faut que je dorme quelques heures, je suis mort. Je te rappelle très vite.

– D'accord. À très vite, Wes.

13

Troisième jour.

Début de la surveillance : 7 h 12.

La neige a cessé pendant la nuit. Les prévisions météo pour la journée annoncent des chutes éparses. Le temps sera couvert. J'espère que la visibilité restera telle qu'elle est. 7 h 24. Les fenêtres de River Creek s'éclairent. Gardner se rend dans la cuisine pour se faire du café. Il semble clair et sobre, plein de bonnes intentions. Il remonte dans son bureau et se met au travail.

8 h 31. Tim et Samantha descendent prendre leur petit déjeuner. Leur père les a sûrement déscolarisés. Samantha a l'air d'aller un peu mieux. Gardner ne bouge pas de son bureau.

11 heures. Le gardien de l'entrée se présente à la porte de la maison. Gardner vient lui ouvrir. Ça semble être une habitude. Le gardien lui remet le courrier. Gardner passe les lettres en revue. Il s'arrête sur l'une d'elles. Son visage se ferme, il fronce les sourcils. Hier, il a attendu d'être dans son bureau pour lire son courrier, mais, maintenant, il décachette cette lettre qui a attiré son attention.

LE PRIX DU SILENCE

1

Les jambes de John se mirent à trembler, et subitement elles ne répondirent plus. Il s'affaissa sur le banc du hall d'entrée, tout près de lui. La lettre dansait dans sa main. Des sueurs froides glissaient dans son dos. Les mots inscrits sur le papier ne se formaient dans son esprit que lorsqu'il les relisait. Sitôt que ses yeux s'en détachaient, son mental se déconnectait.

Cela tenait sur quatre lignes.

Les caractères étaient dactylographiés en gras et en majuscules énormes. Le regard perdu de John allait et venait, de la lettre au vide… la lettre, le vide…

JE SAIS CE QUE TU CACHES, GARDNER.
TU VAS PAYER EN ÉCHANGE DE MON SILENCE.
SALOPERIE DE MEURTRIER CANNIBALE.
TU VAS PAYER.

Il se leva en s'appuyant contre la paroi, traversa le grand salon, sous les yeux de Samantha et de Tim qui le regardèrent passer, hébétés. Il monta les escaliers, essoufflé, sans avoir conscience du lieu où il allait. Son bureau, peut-être. Non, en enfer, il n'y avait pas d'autre destination possible. Il marchait, avec cette lettre à la main, le long de ce couloir au parquet de bois précieux. Les murs s'effondraient déjà autour de lui. Bientôt, son empire ne serait plus qu'une ruine.

Sa paume glacée agrippa la poignée, il entra et s'enferma à double tour, resta le dos collé à la porte. Le sol tanguait. Il se rua sur son bureau, se remplit un verre, le vida, s'en servit un autre, s'empara du téléphone.

Murray… c'est cette ordure de Murray !

Ça ne peut être que lui.

– John, bonjour.

– Salut, Murray, dit John en serrant les dents.

Silence. Attendre que ce traître parle, qu'il se démasque lui-même.

Un instant passa. Il l'entendit hésiter.

– Tout va bien, John ?

– Non, tout ne va pas bien, Jack.

– Qu'est-ce qu'il t'arrive ?

– J'aimerais te voir. Aujourd'hui.

– Tu as une heure de préférence ?

– Maintenant.

– Euh, d'accord. Je termine un travail et j'arrive.

John coupa la communication.

Il se servit un autre verre et pensa : *Pourquoi chercherait-il à me faire chanter alors qu'il est lui-même l'auteur de trois meurtres ?*

La réponse était évidente : qu'il soit impliqué dans des homicides ou non ne changeait rien. Il lui extorquerait une somme d'argent colossale, des centaines de millions, peut-être plus encore. Sa voracité n'aurait aucune limite, parce qu'il aurait la certitude d'être payé, quoi qu'il demande. Avec cette fortune, il irait se refaire une vie sous une nouvelle identité, à l'autre bout du monde. Et quand la police viendrait taper à sa porte pour l'arrêter, ce salaud serait déjà dans un fauteuil de première classe, des milliers de mètres au-dessus de l'océan.

John saisit la bouteille de whisky et la jeta contre un mur où elle se brisa en morceaux. Il poussa un cri de rage.

La ligne interne de la propriété sonna. C'était le gardien à l'entrée. Il l'informa qu'une lettre venait d'arriver par Chronopost. John lui demanda de la lui amener tout de suite.

Moins de cinq minutes plus tard, le gardien se présenta à la porte de la maison. John prit le courrier qu'il lui tendait et le remercia. Il referma la porte, s'assit sur le banc et retint son souffle avant d'ouvrir l'enveloppe.

RETROUVE-MOI À 17 HEURES.
AU PARC DE WASHINGTON.
VIENS SEUL.
MUNIS-TOI DE LA SOMME DE DIX MILLIONS DE DOLLARS, EN PETITES COUPURES, DANS UN SAC DE SPORT NOIR. TU M'ATTENDRAS SUR LE BANC PRÈS DE LA STATUE DE SACAJAWEA.
ATTENTION, GARDNER : SI TU ESSAIES DE ME DOUBLER, LES FLICS DÉBARQUENT CHEZ TOI POUR TE COFFRER.

La terreur que lui avait inspirée la première lettre se changea en quelque chose de plus concret : un poids glacé sur l'estomac, comme s'il avait été rempli de plomb. Il fouilla dans le capharnaüm qu'était devenu son bureau et trouva une bouteille de gin aux trois quarts entamée. Il la vida en quelques gorgées, mais cela ne l'aida pas à aller mieux. Il s'affala dans le canapé, l'image floue de l'horloge indiquait 13 h 07. Murray ne tarderait plus à venir.

2

Wes tenait Gardner dans l'oculaire de sa lunette d'observation sans le quitter d'un millimètre. Le dirigeant était en train de craquer. Une lettre, une simple lettre avait déclenché un état de panique que Gardner réussissait encore à contrôler, mais il était à la limite. Et un deuxième courrier était arrivé, qui venait ajouter à sa tension. Si seulement Wes parvenait à mettre la main dessus. Quelques secondes suffiraient pour les photographier…

Il entendit un bruit de moteur plus bas, dans le parc. Il braqua ses jumelles sur la route. Un véhicule montait vers la maison : la Lexus que Gardner avait prêtée à Murray. Ce dernier se gara sous le porche et gravit les marches d'un pas pressé.

John ouvrit la porte et fit signe à Jack d'entrer, sans même le saluer. Murray était sur la défensive. Au téléphone, il avait clairement senti que quelque chose n'allait pas.

Il n'avait aucune idée de ce qui l'attendait.

– John, que se passe-t-il ?

La face blanche de Jack, à l'expression sciemment pitoyable, attisa la rage qui bouillait dans le crâne de l'entrepreneur. Ce dernier referma la porte d'un geste brusque.

– Viens dans mon bureau, répliqua-t-il d'une voix aride. Je t'expliquerai là-haut.

Il fit un détour par la cave où il s'approvisionna en alcool. Jack le suivit comme son ombre, ne sachant quoi penser. Ils montèrent à l'étage et franchirent la porte du bureau. John la verrouilla d'un tour de clé. Il n'adressa pas un mot à Jack, pas un regard, ouvrit un tiroir et en sortit un revolver.

– John, que fais-tu ?!

– Ferme-la et assieds-toi là.

Il pointa le canon de son Colt 45 sur la tête de Jack. Ce dernier s'écrasa sur la chaise qu'il lui désignait et leva les mains, de plus en plus misérable.

– Maintenant, tu vas me dire à quoi tu joues, Murray.

Jack déglutit avec difficulté.

– John, je ne… je ne comprends pas.

– Espèce d'ordure, et ça, tu le comprends ?

John brandit la lettre devant lui. Jack lut les quatre lignes dans un murmure hésitant.

– Une lettre de chantage…, bredouilla-t-il.

– Que tu as écrite ! cria John.

– C'est du délire, John… Je t'en prie, reviens à la raison.

– Je sais que c'est toi, Murray, brailla-t-il.

– Non, John. Ce n'est pas moi ! Comment peux-tu penser que…

– FERME-LA !

Il fit deux pas vers lui et plaqua le canon sur son front. Jack ferma les yeux. Les portes du ciel étaient en train de s'ouvrir. Son cœur battait au point d'exploser.

John arma le revolver. Une tache sombre s'agrandit au niveau de l'entrejambe de Jack.

– Pitié, John ! Je t'en prie… Je n'ai pas écrit cette lettre !

John serrait le pistolet dans son poing. L'acier tremblait contre le front en sueur de Jack.

– Qui d'autre aurait pu l'écrire alors ?! Mon fils ? Ta fille ? Ta femme qui est enfermée chez les fous ? QUI D'AUTRE QUE TOI ?!

– Pourquoi aurais-je fait ça ?! J'ai tué trois personnes pour que le secret soit gardé ! Je serais le premier à être condamné si cette affaire venait à éclater au grand jour !

– Avec dix millions en poche, tu pourrais t'acheter une nouvelle identité ! Et un aller simple vers un pays où aucun flic ne te chercherait plus !

Jack parvint à lever le regard vers lui.

– Je n'ai pas écrit cette lettre, crois-moi. Je ne suis pas à l'origine de ce chantage.

John le regarda dans les yeux. Il disait la vérité.

– Si ce n'est pas toi, alors qui ?!

Les yeux de Jack cherchèrent, s'agitèrent de gauche à droite. L'index de John se détendit, il relâcha la gâchette et retira le canon de sa tête.

– Je ne sais pas. Peut-être qu'Adkins a eu le temps de parler à quelqu'un…

John resta planté en face de lui. Son bras qui tenait l'arme était parcouru de secousses nerveuses.

– Que comptes-tu faire, John ?

– Il faut suivre mot pour mot les consignes de cette lettre, bredouilla John.

Il chancela en contournant son bureau et se laissa tomber dans son siège.

– Va à la banque et occupe-toi de faire le retrait des liquidités. Je vais appeler le caissier pour lui confirmer l'opération. Nous avons à peine plus de trois heures devant nous.

– Je m'en charge, dit Jack.

Un silence pesant s'abattit dans la pièce.

– John.

– Quoi ?

– Il faudra s'attendre à ce qu'une nouvelle demande arrive.

– C'est certain. J'imagine que ça continuera tant que je paierai… Mais je donnerai à cet individu tout l'argent qu'il voudra. Parce que je ne peux rien faire d'autre.

Jack sentait encore le cercle de métal froid du Colt 45 sur son front. Il ne parvenait pas à penser clairement. Mais la logique des faits se passait de réflexion.

Il déduisit à mi-voix :

– Les seules personnes à avoir eu connaissance de ce qui s'est déroulé là-haut sont nos proches… Il ne peut pas s'agir de l'un d'entre eux. C'est impossible.

– Pourtant, l'un d'entre nous est un traître, dit John d'une voix éteinte. Et ce salaud nous tient.

3

Wes sélectionna Henry dans ses contacts et lança l'appel. Ce dernier répondit après deux tonalités :

– Wes, alors ?

– On a du nouveau, Henry. Gardner a menacé Murray avec un revolver. J'ai cru qu'il allait le tuer. Sa réaction a été provoquée par la lecture d'une lettre.

– Une lettre ?

– Oui. Son comportement a changé de façon brutale quand il a lu ce courrier. Et un autre est arrivé une heure après.

– Que font-ils maintenant ?

– Ils sont dans le bureau. Gardner s'affole, il passe des coups de téléphone non-stop. Pareil pour Murray qui ne décolle pas son portable de son oreille.

– D'accord, d'accord, Wes, calme-toi.

– Bon sang, la réponse est toute proche, Henry. Si seulement je pouvais mettre la main sur ces lettres.

Il regarda dans la lunette d'observation. Murray s'était levé. Il était en train de quitter le bureau.

– Il y a du mouvement, s'écria Wes. Murray s'en va. Il faudrait que je le suive, mais je ne peux pas laisser Gardner.

– Griffith, pensa Henry tout haut.

– Quoi ?

– Griffith, répéta Henry, je vais le contacter et lui demander de filer Murray, comme hier.

– Et que vas-tu lui donner comme explication cette fois ? Il va vouloir connaître le fin mot de l'histoire.

– Je crois qu'on peut lui faire confiance.

Wes n'aimait pas ça. Mais avaient-ils vraiment le choix ?

– D'accord.

– Je l'appelle, dit Henry.

Jack quitta la propriété dans la Lexus en direction de la banque, un établissement qui appartenait au groupe, située dans le centre de Portland. Il ne remarqua pas le véhicule de patrouille qui le suivait à distance. La somme était prête. Il n'aurait plus qu'à apposer sa signature pour repartir avec les millions. Le tableau de bord de la berline affichait 15 h 12. Le temps d'atteindre l'agence, de récupérer l'argent et de revenir à River Creek, il ne serait pas loin de 16 heures, au mieux. John avait rendez-vous à 17 heures pour remettre la somme demandée. C'était serré. Pour compliquer les choses, il y avait des travaux sur le boulevard de Hawthorne. Des véhicules de police étaient stationnés à un croisement. Ce n'était vraiment pas le moment de se faire arrêter pour conduite dangereuse. Pourtant, l'envie de presser l'accélérateur et d'emprunter la voie réservée aux transports en commun le démangeait. Il regardait l'heure toutes les minutes. Sa bouche était un ruisseau tari et il n'y avait pas d'eau dans la voiture. Et ces feux de circulation qui semblaient se synchroniser pour passer au rouge dès qu'il approchait…

Al Griffith se demandait qui pouvait bien être ce type dans la Lexus. Hicks lui avait dit qu'il préparait un mauvais coup. Une histoire de famille. La sœur de Hicks – Griffith ignorait qu'il avait une sœur mais songea qu'elle devait être pas mal – avait eu une brève liaison avec ce gars dans la Lexus. Et ce dernier, très jaloux, lui avait juré que si elle le quittait pour un autre, il « lui ferait payer ». Henry n'avait pas pris les menaces de ce type au sérieux, jusqu'à quelques jours auparavant, quand Sarah, sa sœur, avait reçu une lettre de son amoureux éconduit dans laquelle il stipulait clairement son intention de passer à l'acte en éradiquant le rival. Griffith aurait bien volontiers envoyé balader Hicks si ce dernier ne lui avait pas promis cent dollars pour suivre cette bagnole. Il se demandait maintenant pourquoi Hicks ne lui avait pas directement proposé cette somme, au lieu de le faire chier avec ses histoires de famille.

Jack emprunta la voie d'accès du parking souterrain le plus proche de l'agence. Il était comme ça, Jack. Il prenait toujours ses précautions. Griffith ne se gêna pas pour descendre derrière lui. Grossière erreur de filature. Jack nota tout de suite la présence d'une voiture de police dans son sillage. Il se gara très vite et quitta le véhicule à petites foulées, passant devant la voiture de patrouille et dévisageant Griffith au passage. Le policier n'eut pas le temps de se garer que Jack s'était engouffré dans un ascenseur vers le niveau zéro. Il lui fallut exactement sept minutes et vingt-trois secondes pour entrer dans la banque, aller jusqu'au coffre, y prélever les liasses de dollars comptées et alignées sur une table, ressortir de l'agence bancaire et monter dans un taxi. Une dizaine de minutes plus tard, Griffith prévenait Hicks qu'il avait perdu l'ex de sa sœur. Ce dernier appela ensuite Wes pour lui signaler que Griffith s'était fait semer par Murray. Quinze minutes après ça, Wes voyait un taxi s'engager dans l'allée de River Creek pour déposer Murray. Il portait un sac de sport noir volumineux sur l'épaule. Wes ignorait ce qu'il pouvait contenir, mais il était certain d'une chose : Murray n'avait pas de sac avec lui quand il avait quitté la propriété.

Gardner l'ouvrit dès que Murray le posa sur le bureau. Il en sortit quelques liasses qu'il soupesa et palpa sous la lumière de la lampe. *Mais que vont-ils faire de tout ce fric ?!*

Réponse en image. John enfila un blouson, emporta l'argent et descendit au rez-de-chaussée où il passa un bref appel téléphonique. Un quart d'heure plus tard, un autre taxi faisait son entrée dans la propriété.

Dans un état d'excitation maximale, Wes laissa son matériel de surveillance sur place et courut jusqu'à sa Buick, stationnée plus bas sur un chemin de terre. Il appela Henry tout en démarrant la voiture :

– Gardner quitte la résidence dans un taxi. Il a emporté le sac. Je suis derrière lui !

– Tu as une idée d'où il se rend ?

– Non, mais cet argent va lui servir, c'est sûr.

– Une minute, Wes… Quel argent ?!

Wes accéléra à fond et s'engagea sur la piste, malmenant sa vieille Buick.

– Je t'appelle plus tard pour t'expliquer tout ça et te donncr du nouveau, Henry.

– D'accord, sois prudent.

Wes aborda un premier virage à la limite du décrochage. La Buick chassa de l'arrière, il la redressa et pressa l'accélérateur à la sortie, puis une ligne droite, à pleine vitesse. Après deux autres lacets négociés à une allure de rallye, il déboula sur la route vers Portland, faisant crisser les pneus sur l'asphalte. Il arriva en vue du portail de River Creek au moment où le taxi le franchissait et s'engageait sur la voie. Wes permit à deux véhicules de s'intercaler entre la voiture et lui. La circulation était fluide à l'entrée de la ville. Les passants étaient rares, chose normale avec ce vent du nord qui balayait les rues de son souffle gelé.

Wes remarqua que le taxi quittait l'avenue. Il le suivit en laissant plus de distance. Le chauffeur stoppa sur le bas-côté. Wes le doubla et vit que John Gardner réglait la course. Il mit son clignotant deux cents mètres plus loin et se gara. En descendant de voiture, il aperçut John qui franchissait l'entrée du parc de Washington. Wes pressa le pas pour le rattraper. Il pénétra dans le parc en footing. Il avait perdu de vue Gardner. Il choisit d'emprunter l'allée centrale. De l'autre côté d'une vaste étendue de pelouse, il le repéra à nouveau. Le père de famille était aux aguets, il cherchait quelque chose, ou quelqu'un, du regard. Wes reprit une allure normale et s'arrêta pour faire quelques étirements factices. Gardner s'approcha de la statue de Sacajawea et l'étudia durant un moment. Le policier trouva son comportement étrange. Gardner alla ensuite s'installer sur un banc. Un groupe de touristes japonais fit irruption et mitrailla la statue de prises de vues, puis s'éloigna et passa à la suivante. Gardner regardait sa montre. Il attendait quelqu'un, Wes en était sûr à présent. Il était 16 h 57.

Trois minutes passèrent. Wes s'était, lui aussi, assis sur un banc, dans un angle qui échappait au champ de vision de Gardner. Un homme engoncé dans une parka noire molletonnée, capuche rabattue et bonnet sur la tête, marcha vers Gardner. Il portait un jean délavé et une paire de baskets blanches. À son allure, Wes estima que le nouveau venu devait avoir 30 ans, tout au plus. Il prit place à côté de Gardner. Tous les deux avaient l'air d'admirer la statue. Ils ne se regardaient pas mais Wes vit clairement qu'ils se parlaient. Cela ne dura pas plus de deux minutes.

L'homme à la parka noire se leva. Il prit le sac de sport qui se trouvait entre eux. Et il s'éloigna, laissant Gardner sur ce banc, dans sa contemplation simulée du monument.

La suite logique voulait que Wes suive cet homme, et ce fut ce qu'il s'empressa de faire. L'inconnu marchait beaucoup plus vite que Gardner et jetait des coups d'œil alentour, par-dessus son épaule. Il sortit du parc et s'arrêta pour attendre une rame de tramway. Wes l'imita, se fondant dans le flux d'usagers. Il grimpa dans le wagon voisin. L'inconnu descendit à la station de Centennial. Wes connaissait bien le secteur, c'était l'un des pires de la ville en matière de criminalité. Il laissa l'inconnu à la parka noire prendre de l'avance. La nuit tombait peu à peu sur la ville. Le vent soufflait encore fort et était tout aussi gelé.

L'homme bifurqua dans une rue où s'alignaient des immeubles à loyers modérés. Il regarda derrière lui avant de grimper les escaliers d'une entrée. À aucun moment, Wes n'était arrivé à entrevoir son visage. Il continua son chemin et mémorisa le numéro de l'immeuble en passant devant celui-ci, puis traversa la route et trouva un recoin d'où il put observer les fenêtres de ce bâtiment où l'inconnu venait de se volatiliser. L'une d'elles s'éclaira au quatrième et dernier étage, à droite. Wes attendit un bon quart d'heure avant d'aller jusqu'à l'entrée. Il nota les noms qui figuraient sur le panneau et qui étaient indiqués comme habitant au quatrième étage. Puis il disparut dans la nuit, comme il était venu. Il sauta dans un tram pour regagner sa voiture, laissant infuser dans sa mémoire ces derniers événements. Pensif, son regard fixait les rues qui défilaient derrière la vitre, sa tête dodelinant au fil des irrégularités des rails. Il lui fallait parfois du temps pour que les pièces du puzzle s'assemblent mais, quand il entrait dans cette phase un peu vague, il savait que des déductions très claires suivaient. Il sortit du tram et traversa le parc, repassa devant cette statue où les deux hommes s'étaient sûrement donné rendez-vous. Pour mieux s'imprégner des faits, il s'assit sur ce même banc d'où, une demi-heure plus tôt, l'inconnu à la parka s'était levé et avait emporté avec lui le sac de sport noir.

Ce sac qui devait contenir une somme d'argent considérable. Ce sac qui était la raison de ce rendez-vous.

4

Carlo Torres aurait vendu sa mère pour le centième du fric que contenait ce foutu sac. Il était assis dans son divan et regardait, ébloui, les entassements de liasses. Sa mère n'était plus à vendre depuis quelques années. Rosalita Torres avait décidé d'arrêter le tapin quand son fils avait commencé à ramener suffisamment d'argent à la maison. Depuis deux, trois ans, celui-ci montait des escroqueries juteuses, essentiellement sur le dos de compagnies d'assurances. À 28 ans, il ne s'était encore jamais fait arrêter. Il devait ça à son flair, surtout. Carlo était rusé comme un renard. Il faisait les choses bien. Son seul péché mignon, c'étaient les filles. Il y consacrait beaucoup trop de temps à son goût. Mais il ne pouvait pas s'en passer. Baratineur, beau gosse, des yeux sombres, des traits fins, presque féminins, des cheveux noirs mi-longs, parfaitement lissés en arrière à la gomina, en toute occasion. Carlo était un perfectionniste. Même chose dans les affaires, il ne se risquait qu'à des coups sûrs, avec un minimum de danger, et qui rapportait gros.

Ce coup-là – le coup du sac de fric –, il était tombé dessus à Vegas par le plus grand des hasards, ou presque. Ça s'était fait au cours d'une soirée chez son ami Felipe. Un type inconnu de Carlo – l'anonymat du bonhomme faisait partie du deal – cherchait un gars pour récupérer de l'argent à Portland. Felipe était en affaires avec ce type et connaissait très bien Carlo, ce qui générait un cercle de confiance appréciable. Tout ce que Carlo savait était le jour, l'heure et le lieu où il devrait aller récupérer le sac, puis le livrer au pote de

Felipe. Pour ce simple rôle de coursier, il empocherait cent mille dollars. Un boulot sans risque qui ne demandait aucune préparation et qui lui prendrait deux heures de temps.

Carlo resta un moment à contempler les billets, puis il secoua la tête et referma le sac. À aucun moment, l'idée de se tirer avec l'argent ne lui avait traversé l'esprit. Felipe Ortega n'était pas le genre d'amis à qui on pouvait faire ce genre de blague. Le business de Felipe, c'étaient les faux papiers, il était expert dans le domaine. À la base, le gars qui attendait de réceptionner le fric était venu trouver Felipe pour ses services de faussaire, c'était comme ça que l'affaire s'était montée.

Le téléphone de Carlo sonna. « Numéro inconnu ».

Il prit l'appel.

– Ouais.

– Vous avez récupéré le colis ?

C'était le type sans nom.

– C'est fait.

– Retrouvez-moi dans deux heures, avec le sac, sur le parking situé sous l'échangeur, au bout de l'avenue Mississippi. Une Jaguar noire.

– D'accord, j'y serai, confirma Carlo.

Il profita de l'heure qu'il avait devant lui pour essayer de se détendre, se roula un joint, posa ses pieds sur la table basse, à côté des billets, et se cala au fond du canapé. La tête de ce mec, celui qui lui avait remis l'argent dans le parc, lui disait quelque chose. Cette gueule barbue, osseuse, ces yeux délavés, le genre frappadingue qui réfléchit. Il avait déjà vu ce gars quelque part. Mais où ?

Il était temps d'y aller. Il écrasa son joint et se leva pour aller s'équiper de son flingue, enfila sa parka et ferma le sac. Tout ce pognon lui donnait le tournis.

Seulement huit voitures étaient stationnées sur le parking, dont une Jaguar noire. Un individu attendait au volant. Carlo gara son pick-up plus loin, en descendit et se dirigea vers la Jag, serrant fermement la poignée du sac dans une main et la crosse de son Taurus caché dans une poche. Les abords du parking étaient déserts. À cette heure, les seuls êtres en activité dans ce secteur étaient des chats de gouttière. Carlo toqua trois fois sur la vitre du côté conducteur. Il perçut un mouvement derrière lui. Ce qu'il avait pris pour une silhouette au volant était en fait un blouson accroché à l'appui-tête. Il se retourna. L'homme qui lui faisait face portait un survêtement Adidas. Son visage était dissimulé par un masque en plastique à l'effigie de Barack Obama.

– Dépose le sac à l'arrière, dans le coffre.

Carlo s'exécuta. Quand il revint vers l'homme masqué, celui-ci lui tendit une épaisse enveloppe.

– Vérifie, dit le Barack en plastique.

Carlo prit l'enveloppe, sortit la liasse qu'elle contenait et compta le fric. Une bonne minute lui fut nécessaire.

– Cent mille, dit Carlo, le compte y est.

– Il y aura une autre livraison, d'ici quelques jours, dit Barack.

– OK, répliqua Carlo. Toujours le même *process* ?

L'inconnu hocha la tête.

– Je te préviendrai du jour, du lieu et de l'heure en temps voulu.

– D'accord, conclut Carlo.

L'homme masqué tourna les talons et remonta dans sa Jag. Carlo fit de même. Leurs routes se séparèrent dès le premier croisement.

Carlo gardait toujours une petite bouteille de tequila dans sa boîte à gants, à titre médicinal. Une Herradura Selección. Il stoppa le pick-up dans un coin discret, à cheval sur le trottoir, et savoura quelques gorgées de son élixir.

– *Cent mille dollars...*, murmura-t-il.

Il avait gagné en une demi-journée autant de fric qu'au cours des deux dernières années. Et le gars au masque remettait ça.

– *Dans quelques jours.*

Il n'arrivait pas à bien réaliser. Il inclina un peu le siège en arrière et sirota de sa tequila. Un moment de pur bonheur passa. L'image du type barbu dans le parc lui revint. Et il se rappela.

Il avait vu cet homme à la télé, dans un flash info, une interview en live. Ça remontait à une quinzaine de jours. Ces neuf personnes isolées, sans nourriture, pendant le gros blizzard dans le Montana. Il pianota sur son portable dans la barre de recherche : *« blizzardmontanalodgerescapésinterview »*

L'interview était sur YouTube : 12 816 vues.

Le visage de l'individu qui lui avait remis le sac dans le parc apparut sur l'écran de son Smartphone.

« Monsieur Gardner, comment s'est passé cet isolement dans le lodge d'Eagle Nest ? »

Carlo revint sur Google et pianota « Gardner ». Plusieurs photos du gars apparaissaient en haut des résultats.

– John Gardner, lut Carlo à mi-voix.

Il cliqua sur la première photo qui le renvoya à un article du *Times*. Ce type était à la tête de la T&J Gardner Company. Un putain de milliardaire.

– OK, John Gardner, murmura Carlo, maintenant dis-moi pourquoi Barack Obama te fait raquer…

Il fit tourner la clé de contact et rangea sa bouteille de tequila dans la boîte à gants. C'était du café qu'il lui fallait. La nuit allait être longue.

5

John ne tenait pas en place. Il essayait de se concentrer pour trouver une solution, mais tout allait beaucoup trop vite, autour de lui, dans sa tête. Il enchaînait verre sur verre. L'alcool ne lui faisait presque plus d'effet. L'adrénaline avait pris le dessus. Supprimer le maître chanteur ? Non, ce type qui était venu chercher le sac dans le parc était un intermédiaire. Le suivre lors de la prochaine remise d'argent ? (Parce qu'il y en aurait forcément une autre, et plusieurs autres ensuite.) Non plus. Cet homme était beaucoup trop vigilant pour tenter une filature, d'autant plus que suivre les gens à leur insu n'était pas son métier ni celui de Jack. Payer un privé pour faire le boulot ? Encore fallait-il le trouver et, surtout, lui faire confiance. Non, c'était impossible. Ils ne pouvaient se permettre de divulguer ce secret à quiconque. La seule vraie solution était de découvrir la source, celui ou celle qui était à l'origine du chantage.

Le traître était forcément l'un des leurs.

C'était là, dans leur cercle intime, qu'il fallait chercher. L'un d'entre eux avait imaginé ce stratagème. Froidement, il avait usiné pièce après pièce les rouages de cette machination. Mais qui avait pu faire ça ?! C'était à en perdre la tête. Il en était arrivé à envisager de suspecter son propre fils. Ashley Murray ? Ça n'avait aucun sens. Dévoiler la vérité revenait à dénoncer Jack, son propre père. Quant à Sally… non, c'était inconcevable. Gina pouvait avoir parlé, mais elle n'était plus lucide, au point d'être enfermée chez les fous. Aucun des psys qui la soignaient n'aurait pris au sérieux ses délires. Tim ? Samantha ? Allons, restons dans le domaine du possible. La seule personne capable d'un tel subterfuge était Jack. Mais Jack lui avait dit la vérité. Il le connaissait depuis presque vingt ans maintenant. Jack n'était pas la brebis galeuse du troupeau.

John termina sa bouteille. Il avait envie de hurler, de tout faire exploser. Il lui fallait quelque chose de plus fort que l'alcool. De la cocaïne, voilà ce qu'il lui fallait. Phil lui avait fait découvrir ça au cours d'une de leurs soirées dans une boîte privée, l'un de ces clubs ultra-*hot* où ils allaient de temps à autre. John en avait repris, une fois ou deux. La sensation de puissance n'était pas déplaisante.

– Bordel, oui ! C'est ça qu'il me faut !

Il avait noté les coordonnées du revendeur quelque part, mais où ? Il retourna son bureau de fond en comble et finit par les retrouver, sur un ticket de restaurant, niché dans la pochette qu'il utilisait pour transporter son *laptop*.

Il composa le numéro du dealer d'une main, tout en s'abreuvant d'alcool de l'autre.

– Ouais, c'est qui ? déclara un type d'un ton exaspéré dans le téléphone.

– Gardner, John Gardner. Vous êtes venu une fois chez moi, avec Phil. Je voudrais de la coke, c'est possible ?

– Gardner ? Ton blase me dit rien… Et Phil, je vois pas.

– Phil Sewell. C'est un très bon client à vous.

Le dealer réfléchit un instant et reprit :

– Ah ouais, ça y est. Comment va ce bon vieux Phil ?

John hésita.

– Très bien. Il est parti à New York. Un parent malade.

– OK, il t'en faut pour combien ?

– Dix mille.

Le temps sauta cinq secondes.

– Dix mille, tu dis, hein ?

– Oui, dix mille. C'est bon ?

– C'est d'accord.

– Parfait.

– John Carter, c'est ça ton blase ?
– Gardner. John Gardner. J'habite au village de Mont Hood.
– Ah oui, ça me revient, mec. La super piaule avec le parc et la rivière.
– Oui, c'est ça. River Creek, c'est le nom de la piaule. Tu peux être là dans combien ?
– Je suis pas dispo. Mais je t'envoie quelqu'un. Sois tranquille, c'est la même dope. De la Mex, et elle est quasi pure. Vas-y mollo, surtout si t'as pas l'habitude.
– D'accord, ça marche.
– OK, *hasta luego*, Carter.
– Gardner, mon nom, c'est…
Le dealer avait raccroché.
John resta dans le vague, chercha la marche à suivre. Une idée lui vint. Jack… où était-il passé ?
Il l'appela.
– John, tout va bien ?
– Tu as beaucoup de questions stupides comme ça ?
– Je voulais juste savoir comment tu t'en sortais.
– D'accord. Tu es où ?
– Au bureau. Je termine de vérifier quelques opérations. Pourquoi ?
– Je viens d'avoir une idée : on pourrait placer un émetteur sur le sac, pour la prochaine demande d'argent.
– Un émetteur…, répéta Jack.
– Pour suivre le parcours du sac et remonter jusqu'au maître chanteur, expliqua John.
– Ça me paraît être une bonne idée.
– Trouve un magasin spécialisé et achète le matériel. Pas de limite dans le budget. Rejoins-moi dès que tu l'as.
– Je m'en occupe, John.

6

Carlo était accoudé au comptoir du *Fortune Star* et savourait un *tequila silver bullet*, le second depuis qu'ils étaient arrivés. Son pote Jeff en était à sa cinquième bière. Carlo et lui se connaissaient depuis qu'ils étaient gosses. Ils avaient fait de sacrés coups ensemble mais, avec le temps, Jeff était devenu brouillon. Il picolait trop. Et il avait pris du bide à force de se bourrer de burgers, de frites et de coca. Cela dit, ils étaient encore cul et chemise, même si, depuis deux, trois ans, Carlo préférait faire ses magouilles en solo. Mais ce soir, il avait besoin de l'aide de Jeff sur ce coup-là.

– Si j'arrivais à comprendre pourquoi ce type raque, dit Carlo à mi-voix à son ami.

– Dix millions… tu me charries, mec.

– T'as ma parole, Jeff. Dix putains de millions que j'ai vus passer sous mon nez. Et le type va remettre ça.

– *Madre de Dios*, lança Jeff.

– Tu l'as dit.

– Remarque, pour un milliardaire, dix millions, c'est comme cent dollars, estima Jeff.

Carlo acquiesça.

– C'est bien pour ça que ce Gardner pourra raquer autant de fois qu'on lui demandera, si on arrive à découvrir sur quoi le type au masque d'Obama le fait chanter.

– Putain, mais ça va être hypercompliqué pour avoir cette info, dit Jeff. Comment tu penses t'y prendre ?

– Justement, j'en sais rien, dit Carlo. Je comptais sur toi pour m'aider un peu.

– C'est risqué, ton plan, mec, dit Jeff. Tu veux doubler Felipe Ortega.

– Si on fait raquer Gardner, Felipe n'en saura jamais rien. Même le gars qui fait chanter Gardner n'en saura jamais rien, lança Carlo, sûr de lui.

Jeff réfléchit à l'argument en buvant de son verre. Il connaissait du monde autour de Felipe. Trouver cette info était du domaine du réalisable.

– Je vais voir ce que je peux faire, finit-il par lui assurer.

– OK, dit Carlo, mais attention : pas un mot de cette affaire à personne. Il faut la jouer fine.

– Évidemment. Est-ce que j'ai déjà fait foirer un de nos plans ?

– Pas que je me souvienne, rétorqua Carlo.

Jeff leva son verre. Carlo trinqua avec lui. Ils échangèrent un clin d'œil.

– Et si on allait se faire un billard ? proposa Carlo.

– T'en as pas marre de te prendre des branlées ?

– On va voir ça.

Carlo avait trop bu. Il fouillait ses poches face à la porte d'entrée de l'immeuble. 4 heures du mat'. Il ne trouvait plus ses clés. Il se décida à retourner jusqu'à sa voiture, parvenant tout juste à enchaîner deux pas sans se casser la gueule. Il retrouva son trousseau devant la portière, par terre, se baissa pour le ramasser, et tomba sur les fesses, le dos contre la carrosserie. Il voulut se relever mais eut l'impression que son cul était en marbre. Alors, il resta là quelques minutes. Les étoiles scintillaient tout là-haut, la voûte céleste tournait, tournait… Il se pencha sur le côté et vomit bruyamment. Au bout d'un moment, peut-être une heure, peut-être plus, le vent glacé lui fit du bien et il trouva la force de se mettre sur pied pour rentrer chez lui. Il se vautra dans le canapé et n'en bougea plus.

Une sonnerie retentit. Il maugréa en ouvrant les yeux et s'aperçut qu'il faisait jour, une sale lumière grise qui donnait à son salon un air de vieille photo en noir et blanc. Il jura et tituba jusqu'au téléphone qui persistait à lui vriller les tympans.

– Putain, c'est qui ?!

– Bonjour. Il faudra que vous soyez disponible demain après-midi. Le lieu du rendez-vous pour récupérer le sac est la gare. 19 heures. Le banc qui se trouve près des distributeurs de sandwichs, en face du tableau des horaires.

Carlo secoua la tête, se remit debout et s'empara d'un stylo sur le bar du coin cuisine.

D'accord, c'est noté.

– Bien. Je vous rappellerai quand vous aurez l'argent pour fixer notre rendez-vous.

7

Quelques flocons voletaient dans l'objectif. Cependant, Wes y voyait assez clair pour distinguer l'intérieur de River Creek. Il faisait encore nuit noire, et le froid était plus glacial que jamais. Il avait rejoint son poste d'observation à 5 heures du matin. La veille, il avait tenu jusqu'à minuit avant de capituler. La fatigue et les températures négatives avaient eu raison de lui.

Dans la soirée, Gardner avait reçu la visite d'un type qui dénotait complètement avec le genre de la maison. L'individu était arrivé à moto, une Buell de grosse cylindrée. Un modèle customisé équipé d'un pneu énorme à l'arrière. Wes n'avait pas pu noter la plaque. Le motard était apparu peu après 9 heures du soir. Il était vêtu d'une combinaison de cuir noir, était maigre comme un clou et, lorsqu'il avait retiré son casque, Wes avait vu briller des reflets métalliques sur son visage. Le type était lardé de piercings, du menton au front, en passant par les lèvres, la langue certainement, le nez, les sourcils… Sa face était plus décorée qu'un sapin de Noël.

L'entrevue entre Gardner et cet homme n'avait pas duré plus de cinq minutes. L'individu était entré, avait échangé une poignée de main avec le maître des lieux, puis avait sorti un objet de sa poche et le lui avait donné. Gardner avait alors remis à l'inconnu une liasse de billets de banque en échange. Ce n'est qu'après que ce dernier fut parti et que le premier fut remonté dans son bureau que Wes avait compris la nature de cette entrevue. Ce type à moto était un dealer. Gardner venait de se faire livrer de la drogue. La confirmation de cette hypothèse lui fut donnée dans les minutes qui avaient suivi, lorsque l'entrepreneur avait commencé à ingérer par voie nasale, à même son bureau, une quantité impressionnante de poudre blanche. L'état d'agitation dans lequel la substance l'avait mis amena Wes à déduire qu'il s'agissait de cocaïne. Quand il était rentré se coucher, Gardner était encore dans son bureau, devant ses écrans, en train de se battre pour trouver une solution, probablement.

Wes n'avait dormi que quatre heures. Il ne voulait rien perdre des événements. Gardner, quant à lui, n'avait pas dû fermer l'œil de la nuit. Et c'était compréhensible avec toute la dope qu'il s'administrait. Lorsque Wes avait repris son poste, il était encore devant son ordinateur et s'affairait avec la même nervosité. Il avait peut-être acheté cette cocaïne pour décupler sa vigilance, dans un souci d'efficacité. Wes éprouvait de la pitié pour lui. Gardner lui paraissait se débattre dans une sorte de sable mouvant qui l'engloutissait chaque jour un peu plus. Et plus il gesticulait et tentait de s'en sortir, plus la situation semblait s'aggraver. On dit que certains êtres sont destinés à la souffrance, quoi qu'ils fassent dans la vie. Gardner était peut-être de ceux-là.

Wes pensait de manière simple. De son point de vue, une telle aisance financière ne pouvait être qu'une source de problèmes. Il aurait eu beaucoup de mal à trouver la meilleure façon d'utiliser son argent s'il avait coché les six bons numéros du loto. Il était de ces personnes qui ont, dès le départ, un accès direct au bonheur, sans passer par la case fric. *L'argent n'est pas l'ami de l'homme*, pensa Wes en observant Gardner qui vidait une bouteille de bourbon au goulot.

La sonnette de l'entrée s'éleva. John sursauta. Le son cristallin lui provoqua un mal de crâne aigu. C'était Jack. Il s'arracha à ses écrans et à ses spéculations boursières, se leva. Ses jambes le soutenaient au prix d'un effort constant pour rétablir l'équilibre. Ses muscles étaient endoloris. Avant d'aller ouvrir, il sniffa une dose généreuse de cocaïne sur un coin de bureau. Tout allait beaucoup mieux d'un coup. Il se frappa sur le torse, se mit quelques petites claques et se retint de pousser un cri bestial. Il descendit jusqu'au hall d'entrée en footing, et ouvrit la porte à son fidèle Jack.

– Murray, tu as le matos ? s'enquit-il, arborant un sourire carnassier.

– Bonjour, John. Oui, j'ai tout ce qu'il faut, lui répondit-il, soulevant un sac dans sa main droite.

– Parfait !

Une fois dans le bureau, Jack déballa les articles sur la table basse. Il évita de demander à John s'il avait pris quelque chose. C'était évident. Jack se dit que c'était moins grave que l'alcool, à condition de ne pas mélanger les deux. Il lui faisait quand même un peu peur.

John examina l'émetteur, mesura où il pourrait être dissimulé dans le sac de sport. L'objet était suffisamment minuscule pour être indétectable. Tout ce qu'il fallait était le nécessaire de couture.

– Qu'est-ce que tu en penses ? demanda Jack.

– C'est exactement ce qu'il nous faut.

– Dans le cas où le maître chanteur réitère.

– Allons, Jack. Ce type ne se contentera pas d'en rester là. Nous aurons de ses nouvelles d'ici peu. J'aimerais me tromper, mais ça ne fait aucun doute.

– Gardons espoir.

John ne releva pas cette réplique sur l'espoir. Parfois, Jack était d'un sentimentalisme déroutant.

– Il faut convoquer McDowell, reprit-il. Qu'il commence à voir avec les avocats dans le cas où les choses tourneraient mal. Nous devons prévoir une solution de repli.

– Qu'entends-tu par solution de repli ?

– Si le pire devait arriver, je n'irais pas en prison. Tu as envie d'y aller, toi ?

– Non, bien sûr que non, dit Jack.

– Dans ce cas, il faut anticiper, et organiser notre fuite. Bon sang, j'ai du mal à envisager ça, mais il faudra partir à l'étranger. Suffisamment loin pour être sûrs que la police ne nous retrouve pas, jusqu'à ce que nous ayons réglé le problème.

– Il n'y a aucune raison que cela arrive si nous faisons ce que demande cet homme, John. Son intérêt n'est pas de parler, mais de te soutirer tout l'argent qu'il pourra.

– Qui l'empêchera de nous dénoncer le jour où il estimera qu'il a gagné assez de fric ?! s'emporta John.

– Il n'en aura jamais assez. J'ai confiance en l'avidité de l'homme, dit Jack d'un air serein.

Pas moi ! Je n'ai plus confiance en quoi que ce soit. Va chercher le sac de sport dans la penderie. Il faut y installer l'émetteur, dès maintenant.

Jack s'exécuta. John en profita pour se faire un énième rail de cocaïne.

– J'ai une question qui me travaille, dit Jack en revenant avec le sac. Que comptes-tu faire si nous arrivons à le localiser ?

John serra les dents.

– Je m'occuperai de faire le nécessaire pour mettre un terme à son chantage.

À 11 heures, comme tous les jours, le gardien se présenta à la porte avec le courrier. John descendit le prendre, cachant mal sa crainte. Jack le suivit. L'agent de sécurité remit à John le paquet d'enveloppes et s'en retourna à son poste. Huit lettres au total. John les passa en revue de ses doigts tremblants, jusqu'à tomber sur celle qu'il redoutait de voir. Il ne s'attendait pas à la recevoir si tôt, mais il savait que c'était inévitable. Il s'y était préparé.

Il l'ouvrit et la lut, sentant le fluide froid de la peur se répandre en lui.

REJOINS-MOI À 19 HEURES.
À LA GARE DE PORTLAND.

TU PROCÉDERAS COMME LORS DE NOTRE PREMIER RENDEZ-VOUS : VIENS SEUL, AVEC DIX MILLIONS DE DOLLARS, EN PETITES COUPURES, DANS UN SAC DE SPORT NOIR. TU ME RETROUVERAS PRÈS DU DISTRIBUTEUR DE SANDWICHS, EN FACE DU TABLEAU DES HORAIRES DES TRAINS.
ATTENDS-TOI À ME REVOIR.
ET À ME REVOIR ENCORE.

ORDURE DE CANNIBALE.

8

– Ce salaud nous teste, dit John. Il veut me soumettre, voir jusqu'où il peut aller.

– Une chose est sûre : il n'est pas dans notre entourage, dit Jack. Parce que, si cela avait été le cas, il saurait que tu peux disposer de sommes en liquide bien supérieures. Il aurait demandé beaucoup plus.

– Il n'est pas dans notre cercle de proches direct. Ou il cherche peut-être à brouiller les pistes.

– Et sacrifier le quintuple de ce qu'il aurait pu te soutirer en une seule fois ? Je ne pense pas qu'il soit stupide à ce point.

– S'il continue à exiger dix millions tous les deux jours, il ne sera pas loin du compte.

Jack présenta le sac à John.

– Voilà, c'est terminé.

Ce dernier l'inspecta avec minutie, le retourna, l'examina sous tous les angles. L'émetteur était invisible.

– Parfait.

Jack démarra son ordinateur portable.

– Grâce à ce logiciel que je vais installer, on aura la localisation du sac en temps réel sur la carte de la ville.

– Étant donné que c'est moi qui vais aller apporter l'argent au rendez-vous, dit John, ce sera à toi de suivre le fric. Mais surtout, reste bien à distance.

– Je me déplacerai en voiture. J'attendrai que le signal se soit immobilisé pour me rendre sur sa position.

La sonnette d'entrée retentit.

– Tu attendais quelqu'un ?

– C'est McDowell, dit John en se levant. Pas un mot de tout ça devant lui.

– Évidemment.

Un instant plus tard, le comptable franchissait la porte et était accueilli par John, dont il trouva la mine défaite, sans pour autant lui en faire part.

– Bonjour, John.

– Entre, Ray, montons.

Dans le bureau, où flottait une brume de havane suffocante, Ray constata la présence de Jack Murray et son visage tout aussi blafard que celui de John, encore une fois sans le mentionner. Il ne dit rien non plus sur le champ de bataille qu'était la pièce.

– Bonjour, Jack.

– Salut, Ray.

John tira une chaise à son intention. Ray s'assit.

– Bien. Merci d'être venu si rapidement.

– C'est normal. J'ai cru deviner qu'il y avait urgence…, dit Ray en regardant autour de lui.

John l'observa d'un œil noir. Il sentait qu'il allait poser des questions.

McDowell connaissait assez son patron pour comprendre qu'il était dans un mauvais jour. Un très mauvais jour, au vu du contexte. Ray mit sa curiosité en berne.

– Comme tu me l'as demandé, reprit-il, j'ai fait le nécessaire auprès de tes deux avocats. Ils pourront être là demain matin.

– Et pour ce qui est des liquidités ? l'interrogea John.

– Le caissier est en ce moment même en train de préparer la somme.

– Très bien.

– Un agent de sécurité de la banque le livrera ici, à 15 h 30, très exactement, précisa Ray.

John regarda sa montre. 14 h 36. Il échangea un bref coup d'œil avec Jack. Ray ne put s'empêcher :

– John, est-ce que je peux savoir ce qui se passe ?

Ce dernier se leva.

– Je vais te demander de garder cette opération bancaire confidentielle, Ray.

– Bien évidemment, répondit le comptable en approuvant, comme s'il était de la partie.

John l'invita à le suivre. Ils quittèrent la pièce pour aller au rez-de-chaussée. Devant le silence de son chef, Ray conclut qu'il ne lui restait plus qu'à prendre congé.

– Je ne peux pas t'en dire plus, Ray, dit John en lui ouvrant la porte d'entrée.

– Je comprends.

Ray tourna les talons et descendit les marches vers son coupé BMW garé sous la porte cochère. Le ciel avait viré au gris. Il entendit la porte se refermer dans son dos, dans un claquement sec. Il s'en voulait d'avoir fait preuve d'indiscrétion. Encore une pierre noire qui venait s'ajouter au peu de considération que John avait pour lui. Il s'installa au volant et jeta un dernier regard vers la fenêtre du bureau. La silhouette de John se découpa derrière le store. Il l'observait. Ray détourna les yeux et démarra sans attendre. Il quitta River Creek avec une question sans réponse, qui pesait lourd au fond de lui. Quelque chose de grave se tramait. En s'engageant sur la route vers Portland, il se dit que c'était peut-être mieux pour lui qu'il n'en sache pas plus.

Cette nouvelle lettre qui venait d'arriver avait monopolisé l'attention de Gardner et celle de Murray pendant une bonne vingtaine de minutes. Wes se préparait à suivre Gardner pour sa sortie imminente. S'il avait vu juste, le dirigeant irait bientôt remettre une forte somme d'argent à un individu, quelque part dans Portland.

À 15 h 28, un véhicule utilitaire fit irruption à River Creek. Il arborait le logo de la Bank of Oregon, propriété de la T&J Gardner Corporation. Le fourgon blanc se gara rapidement au bas des marches. Un homme en tenue d'agent de sécurité en descendit. Il portait un sac sur l'épaule. Il sonna à l'entrée et attendit, posant le sac au sol, devant lui. L'individu était équipé d'une arme de poing à sa ceinture. Il ne semblait pas nerveux, mais il était très vigilant. Comme Wes l'avait supposé, le bagage était rempli de billets de banque. Chose curieuse : aussitôt réceptionné par John, Murray s'attela à transférer l'argent dans l'autre sac. Wes avait vu Murray s'affairer sur ce dernier, sans parvenir à comprendre ce qu'il faisait.

Le Smartphone de Wes lui indiqua un appel entrant. C'était Henry.

– Salut, Wes.

– Henry, comment ça va de ton côté ?

– J'ai pu identifier l'individu qui a récupéré le sac des mains de Gardner, dans le parc.

– Parfait.

– Notre homme porte le nom de Torres, Carlo Torres, 28 ans. Il est issu d'une famille de Chicanos. Il est connu de nos services pour des faits mineurs, des bêtises d'adolescent : plusieurs vols dans un supermarché, deux fugues, il avait 14 ans. Le père est décédé, accident de la route. La mère est aussi répertoriée pour des délits sans gravité : marijuana, ivresse. Accessoirement, elle se prostitue. Nous n'avons rien d'autre, mais je vais creuser.

– Vu le tableau, Torres est certainement un délinquant, dit Wes. Ça ne cadre pas avec le chantage sur Gardner, si c'est un chantage.

– Selon moi, oui, il s'agit bien d'un chantage, Wes. Gardner reçoit une lettre, il s'affole, court à la banque retirer une forte somme en liquide et la remet à un type dans un parc. Même chose aujourd'hui.

– Chantage, manipulation, extorsion… Quoi qu'il en soit, Carlo Torres n'est pas l'organisateur. C'est un coup bien trop gros pour lui. Il n'est qu'un intermédiaire.

– C'est ce que je pense aussi, dit Henry.

Il y eut un blanc de plusieurs secondes.

– Wes ?

– Gardner s'en va avec l'argent ! s'écria Wes. Je le suis. On reste en liaison !

– OK.

Wes remballa tout son matériel et courut jusqu'à son véhicule qu'il avait garé au plus près, en prévision d'un départ précipité. La Buick démarra au quart de tour. Il enchaîna les lacets en contrôlant sa vitesse, cette fois. Il arriva à l'embranchement de la route de Portland, emprunta la voie et roula à faible allure, certain d'avoir de l'avance sur Gardner. Il dépassa l'entrée de River Creek et s'arrêta sur le côté, cinq cents mètres plus loin. Il n'eut qu'à patienter deux minutes pour apercevoir dans son rétroviseur la Lexus qui sortait de la propriété. Wes le laissa prendre un peu de distance, attendit que deux véhicules passent, puis s'engagea derrière eux.

Une dizaine de minutes plus tard, John se gara dans le centre et descendit de voiture pour continuer à pied, le sac à l'épaule. Une cinquantaine de mètres derrière lui, Wes avançait parmi les rares piétons, la capuche de son imperméable rabattue. La pluie ne consistait qu'en une sorte de vapeur alourdie de gouttes poussées par le vent. Les éclairages des avenues scintillaient sous l'eau en suspension. Wes s'essoufflait, pressait le pas, parfois au point de faire quelques foulées de course. Devant lui, la silhouette fantomatique de Gardner filait comme une ombre. Plusieurs fois, Wes crut le perdre. Il le vit entrer dans le vaste hall de la gare et commença à courir vraiment pour le rattraper, avant que la foule ne l'engloutisse. Les portes franchies, Wes l'aperçut qui s'était arrêté face au grand panneau des horaires de train. Sans le quitter des yeux, il se mit à couvert derrière un attroupement de voyageurs.

John s'assit sur un banc. Il était exactement 19 heures à sa montre. Il perçut un mouvement à sa droite. Ce fut à peine s'il le vit arriver. L'homme du premier rendez-vous. Il n'était pas sûr de l'avoir reconnu. Il se trouvait à deux sièges de distance. Il portait une casquette des Sea Dogs et une écharpe de laine sombre remontée sur son nez. Une femme obèse vint prendre place entre eux. Elle regarda l'heure, soupira, sortit un sachet de chamallows et se mit à piocher dedans et à mastiquer. John entrevit l'intermédiaire qui déverrouillait son Smartphone. Ses mains étaient gantées. Il se souvint qu'elles ne l'étaient pas lors du rendez-vous du parc. Il prenait des précautions. L'homme à la casquette pianota sur son portable. Il était 19 h 02.

Le téléphone de John sonna.

– Je suis assis à côté de vous, derrière cette femme qui mange des chamallows.

– Oui, répondit John, je vous ai vu.

– Bien. Levez-vous et apportez-moi le sac. Je le prendrai de votre main. Ensuite, repartez vers les portes que vous avez franchies pour entrer dans la gare. Je m'en irai dans la direction opposée. Inutile de vous préciser de ne pas essayer de me suivre. Tout est clair ?

– Je… Oui, c'est clair, bafouilla John.

Il vit l'homme couper la communication et ranger son portable dans son manteau. À aucun moment, il n'avait tourné son regard vers lui.

John agrippa la poignée du sac de sport, se leva, comme piloté par une force extérieure. Sa mâchoire était serrée à bloc. Il suait. Ce type n'était qu'un intermédiaire… mais il aurait aimé le tuer. Il avait emporté son Colt 45. Il le sentait contre lui, derrière sa ceinture. La crosse pressait sur son ventre.

Il tendit le sac à l'homme, encore une fois sans parvenir à voir son visage, pas même ses yeux.

L'inconnu empoigna le bagage et s'éloigna. John resta un instant sur place. Il regarda ce salaud disparaître dans le flot de voyageurs, ne laissant derrière lui qu'un sillage de haine et de frustration. John pensa qu'à cet instant même Jack était en train de suivre la progression du signal : un petit point rouge qui se déplaçait sur la carte de Portland.

– Henry, tu m'entends ?

– Oui, je suis là.

– Gardner vient de remettre le sac à un inconnu. Je suis presque certain qu'il s'agit du même homme. Taille, physique, et il marche de manière identique. C'est Carlo Torres.

– OK, Wes.

– Je fais comme prévu : je vais regagner ma voiture et aller à son adresse pour l'attendre. Si on a vu juste, quelqu'un viendra récupérer l'argent chez lui. Et je serai sur place…

– D'accord. Sois prudent. Je vais regarder quelle patrouille sillonne le secteur. Je me tiens prêt à les alerter en cas de problème.

Wes sortit de la gare et releva sa capuche. Le vent s'était levé et les gouttes de pluie étaient plus lourdes. Il courut vers sa Buick, survolté. La peur était là, tapie dans chaque recoin d'ombre, chaque seconde d'incertitude. Wes sauta dans sa voiture en se demandant jusqu'où tout cela pouvait aller.

9

Le point rouge s'était immobilisé sur la carte. Jack eut un bref moment de panique. Il se trouvait à l'entrée est de la ville, non loin du lieu indiqué par l'émetteur dissimulé dans le sac, à moins de quatre kilomètres exactement. Cependant, il n'était pas sûr de la précision de la géolocalisation. Il jura, regrettant de ne pas s'être procuré du matériel professionnel. Il fit tourner la clé dans le contact et se mit en route.

Wes passa devant l'immeuble où logeait Carlo Torres. Il continua à rouler et le dépassa, sans décélérer. Il se gara cinq cents mètres plus loin, dans une rangée de voitures stationnées, et revint à pied vers le bâtiment. Aucune fenêtre n'était éclairée au quatrième étage où, logiquement, l'appartement de Carlo Torres se trouvait. Il se positionna en face, derrière les feuillages d'un espace vert, à l'entrée d'un pavillon.

Une lueur de phares éclaira la rue. Un pick-up ralentit et pénétra dans le parking souterrain de l'immeuble. Derrière ses jumelles, Wes nota l'immatriculation et l'envoya à Henry par SMS. Quelques minutes suffirent à son ami pour confirmer à Wes que c'était bien la voiture de Carlo Torres.

Le repère rouge était toujours immobile. Selon la carte, il s'agissait de cette rue dans laquelle Jack venait de s'engager, mais il n'avait aucune idée de l'entrée exacte. Le sac et celui qui le transportait étaient dans l'un de ces appartements, mais lequel ? Jack se gara à bonne distance, son véhicule orienté vers la zone d'immeubles. Maintenant, il fallait s'armer de patience. Attendre que le point rouge se remette en mouvement, ou pas, et guetter les environs…

Carlo faisait les cent pas, tournant autour du sac de sport posé sur la table, tel un vautour survolant une carcasse déjà occupée par les hyènes.

– Putain, mais qu'est-ce qu'il fout ? jura-t-il.

Il s'alluma une clope, maudissant son ami.

Jeff était injoignable depuis la veille. Carlo lui avait pourtant bien dit de rester dispo. La dernière fois qu'il l'avait eu, Jeff lui avait confirmé qu'il allait avoir l'info. Un gars qui bossait avec Felipe Ortega allait lui filer le tuyau pour la modique somme de cinq mille dollars. Le renseignement les valait bien. Une fois qu'ils auraient connaissance de l'objet du chantage, ils pourraient, eux aussi, plumer ce putain de milliardaire. C'était du tout cuit : Gardner se retrouverait avec un deuxième maître chanteur sur le dos. Ortega n'en saurait jamais rien, pas plus que le type à qui Carlo remettait le fric. Parce que Gardner ne pouvait se plaindre qu'auprès d'une seule personne. Et cette personne, c'était lui, Carlo Torres. Il était son unique intermédiaire.

Il avait estimé approximativement la fortune de Gardner. Il était sûr de tirer de lui autant d'argent que lui prenait le gars à la Jaguar. À condition d'avoir l'info. Tout reposait sur Jeff.

Son téléphone sonna. Carlo jura en constatant que ce n'était pas son ami, mais ce type qui attendait sa deuxième cargaison de fric.

– Carlo, j'écoute.

– Vous avez récupéré le sac ?

– C'est fait, confirma-t-il en ravalant sa frustration.

– Bien. Retrouvez-moi dans une heure, je viens de vous envoyer les coordonnées GPS de l'endroit.

Il ouvrit la pièce jointe et entra les données dans Maps.

– D'accord, j'y serai.

Le lieu de rendez-vous était une usine désaffectée à la sortie de la ville. Il continua de tourner autour de la table pendant un moment, alla se servir un verre et se força à s'asseoir dans le canapé. Il décida d'appeler Drew, la copine de Jeff. Elle saurait sûrement ce que faisait son mec. *Ils sont peut-être en train de baiser… mais pas depuis vingt-quatre heures, merde !*

– Ouais ? lâcha Drew en mâchant un chewing-gum.

– Salut, c'est Carlo.

– Oh, coucou, mon Carlou, ça va, mon chou ?

– Ouais, ça pourrait aller mieux. Ton mec est avec toi ?

– Non, pourquoi ? Tu le cherches ?

– T'occupe. Il est où ?

– J'en sais rien, Carlo. Il devait passer me prendre hier soir. On avait prévu de se faire un ciné. Et pouf, lapin. Mais c'est pas la première fois qu'il me fait le coup. Tiens, la semaine dernière, pareil, on devait aller au restau, tu sais ce chinois qui vient d'ouvrir à…

– Écoute, Drew, essaie de le contacter, y a urgence. Et demande-lui de me rappeler, OK ?

Il y eut un silence ponctué de mâchouillements. Drew réfléchissait.

– Ça m'inquiète un peu, tout ça, finit-elle par lâcher.

– Ça va aller, Drew, je dois te laisser. Rappelle-moi pour me dire que tu lui as passé le message.

– C'est quoi, le problème, Carlo ? Je suis vachement inquiète maintenant.

– Il n'y a aucun souci, Drew. Je t'expliquerai toute l'histoire quand tu lui auras dit de m'appeler. Allez, à plus.

Il était temps de se préparer et d'aller livrer le sac de fric. Carlo termina son verre de tequila et son joint. C'était devenu un rituel. Il enfila un manteau, prit son arme, referma le sac et quitta son appartement.

Jack fut réveillé par un signal sonore. Le point rouge s'était remis en mouvement. Il éclaircit le pare-brise couvert de buée d'un revers de manche et démarra.

Une voiture s'extirpa de l'entrée d'un immeuble. Le point rouge s'éloignait sur la carte, droit devant la Lexus. Le sac était dans ce pick-up qui filait à bonne allure, c'était certain. Jack sortit de son stationnement pour s'engager derrière lui.

Wes remonta la rue en courant, grimpa dans sa Buick et suivit le véhicule conduit par Torres. Au croisement, il laissa une voiture s'intercaler entre lui et le 4 × 4. Ses mains agrippaient le volant, des frissons couraient dans son dos. Plus loin, il remarqua dans son rétro que quelqu'un le talonnait, ou peut-être qu'il se trompait. Il n'était plus sûr de rien. Le véhicule suspect derrière lui ressemblait à une Lexus. Il fit immédiatement le rapprochement avec Gardner, mais ne pouvait ralentir ou s'arrêter pour vérifier, il aurait perdu Torres qui filait devant à vive allure. Il était environ 10 heures du soir. La circulation était très fluide, et la pluie avait cessé. Torres conduisait beaucoup trop vite, signe évident de nervosité. La Lexus derrière – car c'était bien une Lexus, Wes en était certain maintenant – avait du mal à tenir le rythme.

Deux kilomètres plus loin, elle était hors course.

Wes aperçut le pick-up de Torres bifurquer vers la zone industrielle. Il manœuvra avec tact pour rester hors de son champ de vision, coupant parfois ses phares pour fondre sa Buick dans la nuit.

Torres s'engagea sur une voie abîmée qui conduisait à un grand bâtiment délabré. C'était une ancienne fabrique de papier. L'armature métallique aux verrières toutes cassées évoquait le squelette décharné d'une créature surgie de la préhistoire. Wes stoppa et baissa la vitre. Il pouvait entendre les bris de verre crisser sous les pneus du 4 × 4 de Torres.

Il descendit de voiture, laissa la portière entrouverte pour ne faire aucun bruit et se rapprocha du parking où le pick-up roulait au ralenti. Torres parcourut encore quelques mètres et s'arrêta. Wes se cacha derrière un muret d'où il pouvait contempler la scène à travers le carreau d'une lucarne.

Il y avait un autre véhicule. Wes ne l'avait pas remarqué de prime abord, les lieux n'étaient pas éclairés, et la lune absente. Il crut reconnaître les lignes d'une Porsche, noire ou de couleur très sombre.

Il n'arrivait pas à lire son immatriculation, car, au lieu de jumelles, c'était son arme que Wes avait en main.

10

Carlo descendit du pick-up. Il portait le sac bourré de dollars sur son épaule et marchait vers la silhouette qui l'attendait près d'une autre voiture de sport. Cette fois, ce n'était pas une Jaguar, mais une Porsche Carrera, beaucoup plus puissante. Les affaires tournaient bien pour ce type. Changement de caisse, changement de masque. Ce coup-ci, c'était avec Batman que Carlo avait rendez-vous. Cet enfoiré avait le sens de l'humour.

Le *process* fut le même que la fois précédente. Ça ne dura pas plus de cinq minutes. Il remit le sac au super-héros. Ce dernier lui tendit son enveloppe. Carlo fit le compte : cent mille dollars tout ronds. Batman l'informa qu'ils remettraient ça bientôt. Torres rejoignit son pick-up, Batman sa Batmobile. L'affaire était réglée.

Carlo se mit en route en s'appliquant à rouler moins vite qu'à l'aller. C'était le type qui lui avait donné pour consigne de foncer jusqu'au rendez-vous. Les gants aussi, c'était de lui. Il prenait de plus en plus de précautions.

Wes s'extirpa de sa cachette et courut en sprint jusqu'à sa voiture. Il vit le pick-up et la Porsche de l'inconnu se séparer à la sortie du parking. Il eut le temps de s'emparer de son appareil photo et de déclencher une série de huit prises de vues. La Porsche disparut dans la nuit en rugissant. Wes comprit qu'il n'aurait aucune chance de la suivre. Il n'essaya même pas de s'engager derrière elle et resta à l'arrêt, devant la fabrique de papier, désemparé.

Jack n'avait pas dit son dernier mot. Si la détermination s'était faite homme, elle aurait porté ce soir-là le nom de Murray. Jack Murray. Son PC était posé sur le siège passager. Sur l'écran, les rues de Portland glissaient autour de ce satané point rouge qui bougeait encore plus vite. Il finirait tôt ou tard par s'arrêter. Et Jack serait là pour l'identifier, cet individu qui, à lui seul, menaçait l'empire Gardner. Il imaginait difficilement combien John lui serait redevable pour tant d'obstination, tant d'efficacité. Jusque-là, Jack avait débarrassé la T&J de tous ceux qui pouvaient lui nuire. Oui, il avait tué, et à trois reprises. Mais un homme ne doit-il pas se montrer à la hauteur de ses ambitions ? Il tuerait encore s'il le fallait. Et cette ordure-là, il l'anéantirait avec plaisir. Jack vibrait. Il se sentait vivre. Il était prêt à tout. Il avait laissé sa peur loin derrière lui, probablement là-haut, dans les neiges d'Eagle Nest, rangée dans un placard, comme on raccroche un vieil habit que l'on a trop porté, que l'on ne portera plus.

Le point rouge s'immobilisa enfin. Jack souffla un grand coup. Il leva le pied de l'accélérateur et essaya de se détendre un peu. Il n'était plus qu'à quatre kilomètres du repère. Il regrettait de ne pas avoir emporté d'arme avec lui. Mais ce n'était pas plus mal, cela l'obligeait à rester dans l'ombre, à modérer sa soif de justice. Bon Dieu, ce qu'il pouvait se sentir vivant. C'était presque comme s'il venait de naître au monde.

Il parcourut l'autoroute cinq vers le sud, en direction de Springfield. Arrivé à l'endroit indiqué sur la carte, il ralentit, et sortit de la voie rapide pour emprunter une route secondaire. Il s'arrêta sur le bas-côté. C'était là… à quelques dizaines de mètres près. Pourtant, il n'y avait rien d'autre ici que des bois, pas la moindre habitation. Les lumières de Portland brillaient loin derrière, dans ses rétroviseurs. Il gara la Lexus sur un chemin à l'écart de la route, en descendit et marcha en parallèle à la voie d'asphalte, équipé d'une lampe torche. Après un bon moment de recherche, il finit par repérer quelque chose. C'était une forme sombre, au sol, à l'orée d'un bois. Il s'avança et braqua sa lampe dessus. Il reconnut tout de suite l'objet. Le sac de sport noir. Visiblement, il avait été jeté là.

Jack s'approcha et s'accroupit. Il se saisit du sac.

Ce salopard nous a eus !

Il était vide.

Il l'emporta jusqu'à la voiture et le lança dans le coffre. Désormais, il fallait informer John.

– Jack, donne-moi des bonnes nouvelles.

– Je l'ai perdu, John.

– Comment c'est possible ?! cria-t-il, furieux.

– Je viens de retrouver le sac, vide, sur le bord de la route. Il en a retiré l'argent et s'en est débarrassé. Je pense qu'il a dû faire ça par précaution.

Il y eut un long silence.

– Qu'est-ce que je fais ? reprit Jack.

– Tu reviens. Il faut trouver une solution.

Il voulut lui dire qu'il avait récupéré le sac, qu'ils pourraient peut-être prélever des empreintes, du matériel génétique. Jack avait une connaissance bien placée dans la police. Mais John avait mis fin à l'appel. Il regagna sa voiture, avec tout le poids du monde sur ses épaules.

Cent mille dollars... qui venaient s'ajouter aux cent mille précédents. Carlo aurait dû savourer l'instant. Mais non. En quittant le parking, il ne pensait qu'à deux choses : cette information que Jeff devait trouver. Et Jeff lui-même, qui avait disparu depuis vingt-quatre heures. Mais qu'est-ce qu'il foutait, ce con ? Drew n'avait pas réussi à le joindre. Le téléphone de Jeff était encore sur messagerie. Elle lui avait envoyé plusieurs SMS, sans réponses. Elle avait fait tous les rades qu'il fréquentait, tous les coins où il traînait, en vain. Son mec n'était plus nulle part. Il s'était volatilisé. Elle était folle. À présent, à bord de sa voiture, elle le cherchait partout dans Portland.

11

Quand il reprit conscience, Jeff eut l'impression que son crâne allait éclater. Il ne se rappela pas avoir bu, ou avoir consommé un quelconque produit. Il était clean depuis huit mois. Le seul souvenir qui lui revint était de se trouver dans l'impasse, derrière le *Kit Kat Club*, en train d'uriner contre un mur. Et après, plus rien. C'était vraiment bizarre. Et ce qui l'était encore plus, c'était cette obscurité autour de lui, et ce contact d'un tissu sur sa tête. Et ce froid. Ce froid intense qui lui gelait les os. Dans les secondes qui suivirent, il réalisa qu'il avait les mains liées dans le dos. Elles étaient extrêmement engourdies. Il se rendit ensuite compte qu'il était assis sur une chaise. Les connexions dans son cerveau se faisaient d'une façon très progressive, au ralenti. Maintenant, la situation lui apparaissait assez claire pour qu'il sente la peur monter du fond de son estomac, à la manière d'un serpent glacé parcourant ses intestins.

Un bruit de porte métallique le saisit tout entier. Quelqu'un venait d'entrer dans cette pièce inconnue où il se trouvait. Il perçut des pas, à peine audibles, sentit une présence, près de lui.

Il y eut un souffle, tout près de son oreille gauche, suivi d'un murmure.

– Bonjour, Jeff.

Son sang se figea dans ses veines.

L'obscurité laissa instantanément place à la lumière. Le sac avait été retiré de sa tête. Des néons au plafond l'éblouirent. Une brume épaisse flottait au niveau du sol. Au-dessus de ce tapis laiteux en mouvement se balançaient d'énormes carcasses bovines suspendues par des crochets. Ballet morbide qui fit monter encore la terreur de Jeff. Il tourna la tête, chercha autour de lui. C'est alors qu'il s'aperçut qu'il était nu. Il hurla un grand coup. C'était sorti tout seul. Il recommença, plus longtemps cette fois. Des cris déclenchés par un système de sécurité biologique, activé malgré lui.

Il entendit des pas, sur sa droite.

L'homme entra dans son champ de vision. Un type immense, une masse au visage large, taillé au burin. Son crâne était rasé à blanc. Ses yeux noirs, enfoncés sous des arcades proéminentes, contrastaient avec sa peau très pâle.

L'homme regarda Jeff fixement. Un demi-sourire se dessina sur sa face reptilienne. Jeff se mit à trembloter. Il se débattit, cria encore. Le colosse pointa une arme équipée d'un silencieux sur sa tête.

– Ferme-la tout de suite.

La voix était atone. Le canon du revolver ne bougeait pas d'un millimètre. La conscience de Jeff reprit le contrôle sur le système d'urgence automatisé. Elle activa *illico* ses mâchoires qui se verrouillèrent, étouffant son cri. La vie est une suite de priorités.

– Bien, dit le tueur en baissant son automatique.

Il sortit du champ de vision de Jeff et y entra à nouveau en traînant une chaise derrière lui. Il s'assit bien en face de lui, à deux mètres de distance. Et il resta ainsi, très calme, à l'observer.

Jeff grelottait de plus en plus. Ses dents claquaient dès qu'il relâchait sa mâchoire. Il ne comprenait que trop bien la situation. Du moins l'essentiel de celle-ci. Il savait que ce type allait lui poser des questions. Et il savait qu'il devrait y répondre, sans quoi il ne sortirait pas vivant de cette chambre froide.

L'homme se leva et marcha de long en large, prenant son temps pour poser ses pas sur le sol gelé.

– Tu sais ce qui t'amène ici, Jeff ?

– Non, balbutia-t-il, je… je n'en sais rien.

L'inconnu s'arrêta et le dévisagea.

– Tu te retrouves là parce que tu as trop ouvert ta gueule.

Le tueur fit une pause, le laissant méditer ces paroles. Jeff fouilla dans sa tête. Mais, là-dedans, tout n'était que brouillard.

– Tu cherchais des renseignements à propos d'un certain John Gardner, reprit l'homme. Tu étais bourré à la bière et racontais à qui voulait l'entendre qu'un ami à toi soutirait des millions à ce John Gardner. Et tu souhaitais savoir pourquoi Gardner raquait. C'est bien ça ?

Jeff sentit qu'il valait mieux dire la vérité à ce type.

– Oui… c'est vrai. C'est ce que je cherchais.

– Bien.

L'homme recommença à marcher.

– Je cherche, moi aussi, des informations, Jeff… Et je pense que tu peux me les donner.

– Si je peux vous… vous aider, je le ferai, dit Jeff en grelottant.

Le tueur s'arrêta.

– Qui est cet ami, Jeff ? Celui à qui Gardner remet tout cet argent.

Jeff resta interdit un moment, comme paralysé.

– Tu ne veux pas le balancer, constata le colosse. C'est honorable.

Il se rapprocha de Jeff et reprit, au creux de son oreille, d'un ton beaucoup plus ferme :

– Tu as dix secondes pour me donner le nom de ton ami. Passé ce délai, je commence par te loger une balle dans un genou. Ensuite, je te reposerai la même question. Est-ce que j'ai été clair ?

– Oui… très clair.

– Bien. Il te reste huit secondes… sept… six…

– Carlo Torres, lâcha Jeff dans un souffle.

– Tu peux répéter ? J'ai pas bien entendu.

Le tueur se pencha vers lui et tendit l'oreille.

– Mon ami. Il… il s'appelle Carlo Torres, dit à nouveau Jeff d'une voix chevrotante.

– Parfait.

Il s'éloigna et reprit sa marche. Jeff se mit à sangloter doucement.

– Maintenant, je veux que tu me donnes le nom du type à qui ton ami Carlo livre l'argent de Gardner. Ce type qui est à l'origine du chantage. Donne-moi son nom.

Jeff se lamenta plus fort. Il baragouina quelque chose d'inaudible, entre deux reniflements.

– Encore une fois, je n'ai rien entendu. Respire, Jeff, calme-toi, tout va bien pour le moment. Donne-moi ce putain de nom. Tu as dix secondes… neuf… huit…

– Je ne le connais pas ! s'écria Jeff, en pleurs.

Le tueur s'arrêta et le regarda d'un air étonné.

– Comment c'est possible, ça ? Ton ami Carlo bosse avec lui. Il est son intermédiaire. Et toi, tu bosses avec Carlo. Tu devrais connaître le nom de ce gugusse, Jeff. Cherche bien…

Il se remit à marcher.

– Huit… sept…

– Même Carlo ne sait pas qui est ce type ! cria Jeff en larmoyant.

– Foutaises ! Comment a-t-il pu organiser le chantage s'ils ne se connaissaient pas ?

– C'est… c'est Felipe Ortega qui a monté l'affaire, bredouilla Jeff qui n'avait plus rien à perdre.

Le tueur s'approcha de lui en mettant sa main en cornet sur son oreille.

– Tu as bien dit Felipe Ortega ? C'est bien le nom que j'ai entendu ?

– Oui.

– Nom d'une putain vérolée… Je connais cet enfoiré d'Ortega. On parle bien du même Felipe Ortega, celui qui est de Vegas, le faussaire, c'est ça, Jeff ?

Jeff hocha la tête d'un air misérable et lâcha le morceau entier :

– Oui, c'est bien lui. C'est Felipe Ortega qui a mis Carlo en relation avec ce type. Carlo n'a jamais rien su de ce mec. Ni son nom, même pas son visage. Ce con prenait des précautions pas possibles. Il ne l'avait même pas…

– Une seconde, une seconde, l'interrompit le tueur. Si je comprends bien, Felipe Ortega est la seule personne à connaître cet homme, c'est ça, Jeff ?

– Oui. Ortega le connaît parce qu'il lui a même fait des faux papelards, balança Jeff dans la foulée.

Un sourire béat éclaira le visage du tueur. Il regarda en l'air, comme témoin d'une apparition de la Vierge Marie.

– Chut, tais-toi. Ne dis plus rien, Jeff. C'est parfait.

Un long moment de silence s'écoula. Au sol, les volutes de brume s'étaient couchées, dociles, aux pieds du colosse immobile, en pleine contemplation. On n'entendait plus que le cliquetis des chaînes, au bout desquelles les lourdes carcasses oscillaient.

Jeff tremblait de froid au point de croire que son cœur allait lâcher d'une seconde à l'autre.

– S'il vous plaît… je… pourrais avoir mes habits ? Je crois que je vais… vais mourir de froid.

Le tueur se déplaça vers lui et passa dans son dos.

– Ne t'inquiète pas pour ça, Jeff. Tu n'as plus besoin de vêtements là où tu vas.

Il plaqua le canon de l'arme sur la tête de Jeff et appuya sur la détente. Un seul coup, réduit à un souffle par le silencieux. Aux pieds de Jeff, le sol blanc gelé se recouvrit d'une tache rouge sombre qui s'élargit lentement.

12

La journée avait été bonne pour Felipe Ortega. En plus de ses ventes – il tenait officiellement un sex-shop dans Paradise Road –, cinq clients non officiels étaient venus le voir pour passer commande de vraies fausses cartes vertes américaines. Il coupa l'éclairage intérieur puis extérieur du magasin et actionna la fermeture de la vitrine en sifflotant. Pendant que le rideau descendait, il tapa le code de l'alarme, puis retourna dans son bureau, rangea ses affaires dans son sac et se dirigea vers la sortie de service, à l'arrière de la boutique. Il enfila un bonnet et gagna l'impasse. La température avait bien baissé ces derniers jours. Même en hiver, on avait rarement l'occasion de dire qu'on se les gelait, à Vegas. Il plaça un cigarillo au coin de sa bouche et tira la porte de sécurité à lui. Il allait mettre la main dans la poche de son jean pour en extraire son briquet quand il sentit, derrière sa tête, à la base de son crâne, la pression d'un objet froid.

Devant lui, une flamme jaillit d'un Zippo tenu par une main gantée de cuir noir, éclairant son visage ahuri. Felipe resta de marbre – ici on pensera à un marbre funéraire. Il avança la tête et embrasa son cigarillo sur la flamme. *Peut-être le dernier*, se dit-il, résigné.

Puis, avec son accent mexicain à couper au couteau :

– Je sais pas qui t'envoie, *hombre*, mais je peux te payer le double pour que tu me donnes son nom, et le triple pour que tu ailles buter ce fils de pute.

– L'argent n'a rien à voir là-dedans, Felipe. Avance.

Le Zippo se referma d'un coup sec et le canon se pressa derrière sa tête. Felipe marcha jusqu'au fond de l'impasse où une berline noire était stationnée. Le coffre était ouvert. L'intérieur était recouvert d'une bâche plastique.

– Prends la paire de menottes dans le coffre et passe-les-toi. Referme-les bien.

Felipe s'exécuta.

– Bien. Monte dans le coffre.

– Où tu m'emmènes ?

– On va faire un tour. J'ai des questions à te poser. Monte et ferme-la.

Felipe s'installa au fond du coffre qui se verrouilla aussitôt, l'isolant dans cet espace exigu, obscur, qui s'emplit peu à peu de sa peur, tandis que le taux d'oxygène diminuait déjà.

Le coffre s'ouvrit sur le ciel nocturne. Felipe put à nouveau respirer. Au-dessus de lui, la silhouette du tueur se découpait sur un fond d'étoiles. Son visage impassible observa Felipe un instant. Ce dernier resta prostré dans un coin du coffre.

– Tu attends quoi ? Descends.

– Où on est ?

– Ferme-la et descends.

Felipe obéit. Pétri de courbatures, il sortit en s'aidant de ses mains menottées. Il tenait tout juste debout. Une bourrasque chargée de sable manqua de le renverser. Felipe avait la réponse à sa question : ils étaient quelque part en plein désert du Nevada, sûrement très loin de la route, et plus encore de la ville.

Le tueur le poussa en avant.

– Avance devant moi. On va faire une petite balade.

Felipe se mit en marche. Ils progressèrent un moment, à travers une foule de grands cactus qui se dressaient sous la lune. Une centaine de mètres plus loin, Felipe ne put s'empêcher de gueuler :

– Merde, si tu veux me buter, fais-le maintenant !

Le tueur ne répondit rien et se contenta de lui donner une bourrade pour le faire avancer. Felipe reprit son chemin et commença à pleurnicher comme un gosse. Si l'un de ses gars l'avait vu… Il faisait vraiment pitié.

Le désert sembla subitement disparaître devant eux.

– On est arrivés, Felipe.

Ils étaient à quelques mètres du bord d'un canyon. Assez loin pour que le tueur rattrape Felipe si ce dernier se mettait à courir sous le coup d'une pulsion suicidaire.

– Tu vas me balancer au fond de ce putain de canyon, c'est ça ?

– Non. Je vais te poser deux, trois questions. Je te conseille effectivement d'y répondre.

– OK, vas-y, envoie tes questions, *gringo*.

Felipe avait arrêté de pleurnicher. Il se dandinait bizarrement. On aurait dit qu'il dansait.

– Écoute-moi très attentivement, Felipe, parce que je ne vais pas me répéter.

Felipe hocha la tête. Il cessa ses mouvements grotesques. Le tueur reprit :

– Récemment, tu as mis en relation deux personnes dans une affaire de chantage. Le maître chanteur cherchait un intermédiaire pour récupérer des sommes d'argent importantes auprès de la personne qu'il faisait chanter. Tu lui as présenté une petite frappe de Portland du nom de Carlo Torres pour le boulot d'intermédiaire. Ça te parle tout ça, Felipe ?

Le Chicano opina encore du chef.

– Oui. C'était il y a une dizaine de jours.

– Bien.

Le tueur continua en détachant chaque mot :

– Donne-moi le nom de ce type à qui tu as présenté Carlo Torres.

Felipe hésita un moment. L'inconnu remua le canon derrière sa tête.

– Mon réservoir de patience est à sec, Felipe. Donne-moi son nom.

Un déclic s'éleva de l'arme du tueur. Le Chicano lâcha le morceau dans la seconde :

– Steven Riley. C'était comme ça que ce gars s'appelait.

– Riley. Tu es sûr de ça ?

– Certain. Je me suis occupé de sa nouvelle identité.

– Donne-moi son nouveau nom.

– Jennings. Douglas Jennings.

Dans un silence implacable, le tueur inscrivit les deux noms dans sa mémoire.

– Qu'est-ce que tu vas faire maintenant ? demanda Felipe en essayant de tourner la tête. Tu vas me buter, hein ?

Pour seule réponse, une détonation étouffée s'éleva. La balle projeta un nuage de vapeur rougeâtre dans le vent, emportant avec elle le visage de Felipe dans la nuit.

Le tueur répéta tout bas les deux noms en traînant le corps de Felipe jusqu'au bord du canyon. En s'aidant de son pied, il le poussa dans le vide.

13

Les journées de Sally étaient de longues plages de temps, blanches, soyeuses. Elle les passait sur le lit conjugal, devant des reportages animaliers, ceux qui étaient accompagnés de belles musiques, ou devant la fenêtre du jardin. Parfois, elle se risquait à sortir sur la terrasse de la chambre, quand la météo s'y prêtait. Le vent l'impressionnait. Alors s'il se mettait à souffler, même un peu, elle rentrait. Il faisait remuer des choses au fond d'elle, des formes noires qui tentaient de frayer, de remonter à la surface de sa mémoire.

John entra dans la pièce sans bruit. Elle étudia son expression, sans le dévisager, avec douceur. Il souffrait terriblement depuis qu'ils étaient revenus à la maison. *Pourquoi ?* Elle se sentait si bien chez elle, même si elle n'osait pas sortir de la chambre. Parfois, elle se demandait si elle redoutait tout ce bonheur. Non, quelle question idiote ! Sa seule peur était de le perdre, ce bonheur. Oui, c'était pour cela qu'elle ne quittait pas ce lit. Pour maintenir cette intimité avec ses rêves éveillés. Ses pensées conscientes étaient vagues, indéfinies. Elle se laissait juste flotter dans le passé. Seuls ses souvenirs étaient clairs. Des souvenirs lointains, lumineux. Comme elle aimait se rappeler sa maison d'enfance, les champs alentour où les hautes herbes ondoyaient dans le vent de printemps.

Des souvenirs talismans…

Qui repoussaient les formes noires tout au fond d'elle.

John s'assit sur le lit. Il tenait une bouteille d'alcool, presque vide. Il fixa la fenêtre, le jardin.

– Pardon…, dit-il tout bas.

Sally posa sa main sur la sienne.

– Pardon pour quoi, mon amour ?

Il se tourna vers elle et plongea dans son regard bleu, immense, un océan de mélancolie. Il n'eut pas la force de lui répondre. Il reposa sa tête contre ses jambes et se laissa submerger par le chagrin. Elle passa ses doigts sur son visage rugueux, écorché de peine, sentit ses larmes sous sa peau. Au fond d'elle, ça remuait très fort.

*

Wes décolla son œil de la lunette d'observation et s'allongea dans son duvet. Il contempla un long moment le ciel étoilé. Gardner était monté à l'étage, sans doute était-il allé dans la chambre. Les enfants étaient couchés depuis longtemps. Samantha était admirable de courage. Elle prenait soin de son jeune frère. Depuis deux jours, elle limitait leurs parties de jeux vidéo et faisait lire Timothy, ou le faisait écrire dans ses cahiers. C'était aussi elle qui s'occupait des repas quand son père ne faisait pas livrer des plats cuisinés par un service de restauration à domicile.

À la lumière de sa lampe frontale, Wes nota dans son carnet. Il était temps de faire un point.

« La famille Gardner est dans une situation de survie.

Leur isolement est total. Aucun d'eux, à part John, n'est sorti de la maison depuis ces cinq derniers jours. Le docteur Jenkins n'effectue plus de contrôle. John Gardner a peut-être pris cette décision à l'encontre du médecin. La seule personne à les visiter est Jack Murray. McDowell, l'assistant de Gardner, est venu à deux reprises. Gardner dirige son groupe à distance, depuis son bureau. Il passe la plupart de son temps de travail en visiocommunication avec ses collaborateurs.

Les observations faites au cours des filatures de la veille confirment bien une extorsion de fonds qui a tout l'air d'être un chantage. Toutefois, je n'en ai pas la preuve concrète. Je suis convaincu que celle-ci se trouve dans les lettres que Gardner reçoit avant chaque livraison d'argent. C'est d'ailleurs ce mouvement de réception de courrier et de remise d'argent qui laisse penser que cette extorsion se fait par le biais d'un chantage. Les deux individus opèrent avec méthode et prennent toutes leurs précautions. Preuve en est que le second d'entre eux, qui reste non identifié, a pu déjouer ma filature.

Le premier malfaiteur se nomme Carlo Torres. Cet homme sert d'intermédiaire au second, qui est sûrement le principal bénéficiaire et le cerveau de ce chantage. Le statut de voyou sans envergure de Torres confirme bien son rôle d'intermédiaire.

Gardner sombre de jour en jour dans des états proches de la pathologie. Il devient paranoïaque, j'en ai la conviction. Je le vois à la façon dont il observe Murray, à la dérobée. Murray est peut-être aussi atteint que lui, puisqu'il a ce même comportement. Gardner est de plus en plus tyrannique avec Murray, ainsi qu'avec ses collaborateurs. Je n'ai pas besoin d'entendre leurs échanges pour faire cette déduction, la gestuelle et les signes de communication non verbale de John Gardner sont éloquents sur ce point. Le fait qu'il se soit mis, depuis deux jours, à consommer de fortes doses de cocaïne ne fait qu'aggraver les choses.

Plusieurs questions se posent maintenant. La première est de savoir combien de temps tout cela pourra se maintenir. Combien de temps John Gardner tiendra-t-il sous une telle pression ? À chaque instant, je redoute qu'un drame survienne.

Plus que jamais, les faits qui ont provoqué cette situation m'interpellent. La principale inconnue du problème restant ces deux semaines d'isolement passées à Eagle Nest. »

14

À demi endormi dans son canapé, Carlo tendit le bras pour attraper son portable qui sonnait dans une poche de son blouson. Il entendit des reniflements dans l'appareil.

– Carlo… salut… Je te dérange ?

– Drew, salut. Non, je ne dormais pas. Enfin, pas tout à fait. Tu m'appelles pour Jeff ?

– Oui !

Elle était en pleurs.

– Tu as des nouvelles ?

– Non, justement. Et ça me rend dingue, Carlo. J'ai fait presque toute la ville. Il n'est nulle part.

– Relax, Drew. Il va bien finir par se montrer.

– Non, Carlo. Il lui est arrivé quelque chose, j'en suis sûre.

Il l'entendit sangloter et ne sut quoi lui répondre l'espace d'un instant. Le black-out de son ami le laissait plus que perplexe, lui aussi.

– Mais non, tu verras, reprit-il. On va le voir débarquer, de retour d'une de ses virées. Il sera complètement saoul et sûrement défoncé.

– Je préférerais encore ça que de ne plus le revoir du tout.

– T'inquiète, je te dis. Bonne nuit, Drew.

Carlo termina l'appel. Drew était gentille, mais il était 2 h 38 du matin. Il fallait oublier Jeff, oublier le pactole qu'ils auraient pu ramasser en faisant chanter Gardner, eux aussi. Jeff s'était peut-être fait arrêter pour Dieu sait quel délit – il avait déjà trois emprisonnements à son actif, sans compter une multitude de gardes à vue. C'était l'explication la plus probable de son absence. Carlo devait se concentrer sur du concret à présent, pas sur des illusions. Il avait passé la journée à chercher comment blanchir au mieux ses deux cent mille dollars. Si les rendez-vous avec le milliardaire se poursuivaient, il pouvait rapidement se retrouver avec un demi-million, voire plus. Cette masse d'argent lui imposait de prendre des mesures. D'abord, il devait continuer sa petite vie sans rien laisser paraître. Pas de dépenses autres que celles qu'il faisait d'habitude. Ensuite, il fallait trouver où placer le fric. Sûrement pas dans une banque. Si on se donnait la peine de les chercher, une multitude de business acceptait les investisseurs anonymes. Partir au Mexique était aussi une solution. Les jolis coins ne manquaient pas là-bas, au pays. Et avec une telle fortune en poche, il pourrait passer une bonne partie de sa vie à se la couler douce. Il pourrait même rester là-bas et ne plus revenir.

Impossible de fermer l'œil. Il avait une petite fringale. Il se leva et alla se faire un truc à manger : une part de canard aux olives qu'il déposa dans le micro-ondes. Réfléchir, ça creuse. Il repensa à Jeff et se dit qu'il avait peut-être rencontré un autre problème qu'une simple arrestation. Tôt ou tard, il finirait bien par se manifester, le bougre.

La sonnerie du four le fit sursauter, annonçant la fin du réchauffage de son plat. Il traversa son appartement pour aller dans la cuisine, attrapa son assiette, une fourchette, un couteau dans un tiroir, un verre dans un placard et retourna dans le salon.

Il se figea sur place.

Un homme se tenait assis derrière la table.

La main de cet homme pointait un revolver sur lui.

– Assieds-toi, Carlo.

Ce dernier obéit, posa son assiette sur la table en tremblant. Le verre lui échappa et se brisa par terre.

– C'est mon fric que vous voulez ? s'écria-t-il.

– Non. J'ai deux questions. Je cherche simplement des réponses.

Carlo se maîtrisa au mieux. Son cœur et sa respiration étaient montés dans les tours.

– D'accord, allez-y, pas de problème.

– Tu bosses pour un type qui te paie pour servir d'intermédiaire dans une affaire de chantage. C'est bien ça, Carlo ?

Ce dernier resta paralysé un instant. Comment pouvait-il savoir ça ? Curieusement, il pensa à Jeff.

Il répondit oui en remuant la tête de haut en bas.

– Bien. Maintenant, seconde question : à qui as-tu parlé de cette affaire de chantage, en dehors de ton ami Jeff ?

– Personne d'autre que Jeff, rétorqua Carlo.

– J'ai ta parole ?

– Vous… vous l'avez.

L'homme se leva.

– Bien.

Il visa le cœur de Carlo et fit feu à deux reprises. Celui-ci s'effondra à terre. L'inconnu se rendit ensuite dans la cuisine, y ouvrit le gaz, puis revint dans le salon, où il enflamma un rideau. Il quitta l'appartement sans se presser et sans oublier de récupérer les deux cent mille dollars que sa cible avait laissés en évidence. Une déflagration puissante fit trembler le sol de l'immeuble alors qu'il franchissait le hall d'entrée pour disparaître dans la nuit.

15

Les flammes dansaient dans la cheminée, éclairaient de rouge et d'orange leur peau nue, brûlante. Les lueurs se fondaient sur leurs mouvements. Ils se couvraient de caresses interminables et de baisers tous plus délicieux. Leurs corps fusionnaient, à même le sol, s'emmêlaient l'un dans l'autre, sans trêve. Leur esprit était loin, très loin… Ils avaient abandonné le monde et n'avaient plus qu'un seul désir, celui de s'aimer, de toute leur âme, et de jouir, de toute leur chair. Jenny se releva en s'aidant de ses mains posées sur le torse de Steven, et elle le prit en elle. Elle allait et venait sur lui, haletante, quand elle vit une ombre se détacher dans l'obscurité teintée de rouge et de feu.

Un homme se tenait devant elle.

Elle voulut pousser un cri mais il resta étouffé dans sa gorge. Steven se dégagea sous elle et roula sur le côté pour tenter d'atteindre son arme.

L'inconnu braqua son revolver sur la tête de Jenny, pétrifiée, à genoux devant lui.

Le colosse fixa Steven et lui dit, très calme :

– Bouge encore d'un millimètre… Essaie…

Il arma le chien de son automatique et posa le canon sur le front de la jeune femme. La peur avait durci le bout de ses seins. Ses mains étaient plaquées sur sa bouche, pour y retenir un hurlement. Elle frémissait de tout son corps, perdue entre la jouissance de l'instant précédent et la terreur présente. Le tueur détourna son revolver de la tête de Jenny et le dirigea vers son amant.

– Lève-toi et approche.

Steven s'exécuta. Il se retrouvait nu, face à cet homme armé, aux traits aussi expressifs qu'un rocher, qui le dépassait d'une tête et demie.

Le tueur lui administra un violent coup de crosse.

Le nez de Steven éclata sous l'impact. Il s'écroula à terre en poussant un cri de douleur.

– Relève-toi, ordonna l'homme.

Steven resta au sol, tenant son nez d'où coulait un flot de sang épais.

– RELÈVE-TOI !

Avec difficulté, Steven se redressa sur ses jambes. Le tueur lui saisit le cou de sa main libre et le serra si fort que le visage de Steven vira rapidement au bleu.

– Si tu essaies encore de jouer au héros, je bute ta copine et je te carre un suppositoire métallique dans le cul. C'est compris ?

Steven étouffait, il remua la tête pour dire oui.

– Bien. Maintenant, habille-toi.

Il le relâcha. Steven resta pantelant, respirant comme un asthmatique.

– Habille-toi, toi aussi, ordonna-t-il à Jenny.

L'homme recula jusqu'à un fauteuil en les gardant au bout de son arme. Il s'assit et s'amusa à les observer. Deux jouets détraqués. Ils cherchaient leurs vêtements avec maladresse.

Indifférentes, les flammes continuaient de faire onduler les ombres sur leur corps. Elles tentaient d'atteindre cette troisième silhouette, distante, sans y parvenir. Les yeux noirs du tueur brillaient dans la pénombre, scrutant ses deux marionnettes.

– Dépêchez-vous.

Les deux mots agirent sur eux comme une décharge électrique. Jenny sursauta. Elle ne trouvait plus son soutien-gorge. Steven se décida d'un coup à enfiler son T-shirt qui se couvrit de sang en quelques secondes. Le tueur leva sa masse colossale et empoigna deux chaises d'une main. Il les positionna dos à dos, en face du fauteuil, et attendit que les deux tourtereaux aient terminé.

– Asseyez-vous.

Ils obéirent aussitôt. Il s'approcha d'eux. Les deux chaises étaient disposées sous une lampe au design ultramoderne. Une sorte de cercle lumineux qui évoquait une auréole de sainteté. Le tableau était amusant. Il passa des menottes à leurs chevilles qu'il lia aux pieds des chaises, fit de même avec leurs poignets et relia ensuite les deux chaises entre elles au moyen de mousquetons. Une fois que ses deux cibles furent solidement attachées, il prit le temps de détailler les lieux d'un regard intéressé.

La maison avait sûrement été dessinée par l'un de ces architectes inspirés issus de la dernière génération. Les lignes étaient épurées, l'ensemble tendait vers le cubique. Il trouva le style agréable. Du béton brut, des boiseries sombres. Une piscine dehors, qui se prolongeait à l'intérieur. Un système de sécurité qui lui avait donné du mal pour infiltrer la demeure. Reconnaissance faciale et digitale. Les deux cibles étaient présentes, ce qui avait simplifié les choses. Cependant, l'alarme était quand même activée sur les extérieurs. La maison était isolée en pleine forêt. Idéalement située. L'habitation la plus proche était distante de plus d'un kilomètre. La ville de Springfield se trouvait à vingt bonnes minutes en voiture. Cette résidence semblait avoir été construite pour l'usage qu'il allait en faire. Au programme, rien d'exotique. Du classique : une bonne vieille séquestration, agrémentée d'un interrogatoire.

Il se rassit dans le fauteuil tout en gardant son arme pointée sur eux.

– Tu devines la raison de ma visite, Steven ?

Riley essaya de tourner la tête vers lui, complètement à sa gauche, sans parvenir à le faire entrer dans son champ de vision.

– Je n'en sais foutre rien !

Il cracha rageusement le sang qui envahissait sa bouche.

– C'est du fric que vous voulez, c'est ça ?

Le tueur ne répondit rien. Quelques secondes de silence défilèrent, lourdes comme le plomb.

– Je viens de Las Vegas… où j'ai eu une discussion avec un certain Felipe Ortega.

Il fit une pause et reprit :

– Ensuite, je suis passé par Portland, où j'ai rendu visite à un type du nom de Carlo Torres.

Riley ne montra aucune réaction.

– Tu connais ces deux hommes, Steven, n'est-ce pas ?

Silence. Riley serrait les dents. Jenny se mit à pleurer. Le tueur se leva, paisible. Il s'approcha et marcha autour d'eux, d'un pas lent et sûr.

– Je te précise les règles de cet interrogatoire, Steven. Elles sont très simples : quand je pose une question, tu y réponds tout de suite. Une non-réponse entraîne une sanction immédiate.

– C'est Gardner qui vous envoie, c'est ça ?! Vous bossez pour ce fils de pute !

Le tueur se planta devant Riley, visa son pied droit et pressa la détente. Steven poussa un tel hurlement que Jenny se mit à crier, elle aussi. La jambe droite de Steven remua nerveusement. Une partie de son pied était manquante. Il se contorsionna de douleur, la bouche grande ouverte, mais plus aucun son n'en sortait. Assise dans le dos de Steven, Jenny ne pouvait qu'imaginer ce qui venait de se produire.

Le tueur agrippa les cheveux de Steven d'une main et lui secoua violemment la tête. Il lui souffla à l'oreille :

– C'est ce que j'appelle une sanction immédiate, Riley. Réponds à ma question, petite pédale, ou ton autre pied y passe. Est-ce que tu connais ces deux hommes ?

– Je connais ces… ces hommes, oui, lâcha Steven à bout de souffle.

Le colosse le dévisagea d'un air mauvais.

– Et tu as organisé un chantage avec eux. C'est ça ?

Steven hocha la tête. Les larmes coulaient de ses yeux et se mêlaient à son sang.

– Maintenant, je te conseille d'ouvrir grand tes oreilles. Parce que je ne vais pas me répéter.

– Je... je vous écoute.

– Dis-moi quel était l'objet du chantage que tu exerçais sur John Gardner. Raconte moi tout, depuis le début.

Le tueur sortit un dictaphone d'une de ses poches à zip, posa l'appareil sur un meuble et enclencha l'enregistrement. Steven renifla et braqua ses yeux rougis sur son tortionnaire :

– Tout a commencé par... par un séjour à la montagne, dans le lodge d'Eagle Nest, dont Gardner est le propriétaire. Nous étions quatorze au départ. Au soir du deuxième jour, une tempête de neige s'est levée...

16

Le tueur écouta le récit sans manifester la moindre réaction, et presque sans intérêt. Steven lui livra tout dans les plus infimes détails. À un moment, il lui demanda un verre d'alcool. Le molosse se leva et revint le lui apporter. Il ôta l'une de ses menottes le temps qu'il le boive. Steven reprit sur sa lancée.

Il en était arrivé à leur fuite du lodge à skis quand l'homme s'enquit :

– Comment avez-vous survécu dans cette tempête ? Et quand avez-vous commencé à monter ce chantage sur Gardner ?

– On avait de quoi se nourrir… des barres énergétiques qui étaient restées dans le coffre de notre voiture… et on connaît bien la montagne. Jenny et moi, on est nés sur des skis. On a traversé une première vallée, passé un premier col… Quand la nuit est venue, le vent et la neige ont repris de plus belle. Si on n'était pas tombés sur cette cabane délabrée pour nous abriter, on serait morts gelés. On est restés dans ce refuge jusqu'à ce que la tempête cesse définitivement, trois jours plus tard. Lorsque le ciel s'est dégagé, on s'est remis en route. Arrivés à Kalispell, on a loué une chambre au *Hampton Inn*. On y a passé trois jours. Le deuxième, en fin d'après-midi, je me le rappellerai toute ma vie… on a assisté, effarés, à l'interview télévisée de Gardner, à ses mensonges dans la presse. Ce salaud proclamait que deux groupes de personnes distincts avaient tenté de rejoindre Kalispell à skis et à raquettes. Évidemment, il ne parlait ni du carnage sur ces trois hommes, dont il était l'auteur, ni du meurtre de Phil Sewell, pas plus de celui d'Owen Horton… Non, rien de tout ça. Il affichait ce sourire ignoble, ce sourire de vainqueur, en disant espérer que nous nous en sortirions… J'étais dans un tel état de fureur que j'aurais pu le tuer.

« C'est là que le plan a commencé à s'échafauder dans mon esprit. Je le haïssais. J'ai décidé que nous allions plumer cette ordure… en le faisant chanter. J'étais certain qu'il paierait, pour préserver son groupe de la faillite, car c'est ce qui l'attend si la police apprend la véritable version de l'isolement à Eagle Nest. Avec Jenny, on s'est fait passer pour morts. Aucun coup de téléphone, à personne, pas même à notre famille. Par l'intermédiaire d'un type rencontré un soir dans un bar, j'ai pris contact avec l'un de mes associés en qui j'ai une confiance aveugle. Je lui ai donné la procuration sur mes comptes bancaires et sur mes parts dans ma société en produisant un testament antidaté. Il m'a remis tout l'argent dont je disposais en liquide. On s'est installés à Las Vegas, où ce même ami m'a recommandé Felipe Ortega. J'ai alors contacté cet homme dans le but d'obtenir de lui des fausses pièces d'identité et tous les documents dont nous aurions besoin pour partir, très loin, et commencer une nouvelle vie… avec l'argent de Gardner.

Le tueur se leva. Il se remit à marcher autour d'eux. Jenny s'était murée dans le silence. Elle avait fermé les yeux et gardait la tête baissée, comme déconnectée de la situation.

L'homme se planta devant Steven.

– Ces trois types que Gardner a tués. Comment peux-tu affirmer qu'il s'agissait de détenus évadés, et non de véritables trappeurs ?

– J'ai vu de mes yeux leurs combinaisons orange de prisonniers sous leurs frusques.

– Comment peux-tu être sûr que c'étaient des combinaisons ?

Steven buta sur cette question.

La voix de Jenny s'éleva, d'abord hésitante :

– J'ai entendu deux de ces hommes parler entre eux… Je n'oublierai jamais leurs mots. Le premier disait au deuxième : « Putain, on a réussi à se faire la belle, et maintenant nous voilà coincés comme des cons dans ce merdier, avec les flics qui peuvent débarquer à tout moment. »

Steven ajouta :

– Et il y avait leurs armes, aussi. Ces types détenaient des revolvers de gros calibre. Pas du tout le genre d'armes fait pour la chasse.

– Quel modèle de revolver ?

C'étaient des flingues avec barillet. Ils étaient argentés. Des Smith & Wesson je crois… mais je n'y connais pas grand-chose, en arme.

Le tueur recommença ses cercles autour d'eux. Il s'arrêta à nouveau face à Steven et le dévisagea d'un regard fixe, glacial.

– Qui de vous a pris la décision de découper cet homme pour qu'il serve de nourriture ?

– Gardner, répondit Steven sans l'ombre d'une hésitation. Ce salaud est plus monstrueux que l'étaient ces trois types réunis.

Le colosse resta un instant perplexe, à les observer en silence. Il glissa une main dans l'une de ses poches et en sortit un téléphone cellulaire, pianota dessus et s'éloigna, longea un couloir, entra dans une chambre, ferma la porte et s'assit sur le bord d'un lit, seul mobilier dans cette pièce au design tout aussi impeccable que le reste de la demeure. En face de lui, un immense tableau captura son regard. La toile représentait une sorte de tournesol multicolore dans le bleu sombre de l'espace interstellaire. L'art moderne ne le laissait pas indifférent.

Les intervalles réguliers de la tonalité s'élevèrent dans l'écouteur. Il y eut un déclic. Et le silence.

– Je l'ai trouvé, Mike, dit le tueur.

– Il a parlé ?

– Oui. J'ai un enregistrement de douze minutes.
– Très bien, Josh. Très bien. Envoie-moi cet enregistrement tout de suite.
– Qu'est-ce que je fais d'eux, Mike ?
– Comment ça ? Ils sont plusieurs ?
– Il était avec sa copine.
– Tu restes avec eux. Tu attends. Je te rappelle dès que j'ai entendu l'enregistrement.
– Mike.
– Quoi ?
– Je te préviens. C'est moche.

Le tueur attendit que son interlocuteur termine l'appel. Il transféra ensuite le fichier du dictaphone au portable et le lui envoya. Il rangea son Smartphone et retourna dans le salon.

Steven ne sentait plus sa jambe. La partie extérieure de son pied droit n'était plus qu'une bouillie de chair et d'os en morceaux. Jenny effectuait de profondes respirations pour chasser la peur qui l'étreignait. Elle était agitée de tremblements à répétition. Le colosse revint et se rassit dans le fauteuil, impassible.
– Qu'allez-vous faire de nous ? risqua Steven.
– Vous le saurez d'ici quelques minutes.

Un interminable silence suivit. Steven serrait les dents à s'en faire mal. Il avait l'impression que son pied bouillait dans une casserole. Ni lui ni Jenny n'osaient prononcer le moindre mot. Le colosse ne les quittait pas des yeux. Le crépitement du feu avait pris une sonorité acide. Sa chaleur brûlait les joues de Jenny, couvertes du sel de ses larmes. La lumière rouge sang du foyer se déversait dans la pièce, menaçante.

Le portable du tueur vibra dans sa main. Il accepta l'appel et s'éloigna. Une respiration rapide, hachée, s'élevait dans l'écouteur.
– Tu vas tous les rassembler… et les amener à l'entrepôt de Joey. Fais ça avec deux autres gars. C'est compris ?

– OK, Mike. Quand tu dis « tous », c’est…

– C’est tous. Ces deux-là. Et la famille Gardner au complet. Les gosses, la femme. Toutes les personnes que tu trouveras chez eux, y compris la bonne s’ils en ont une. Même le clébard.

– D’accord, Mike, d’accord. Je m’en occupe.

17

Wes avait regagné son poste d'observation en retard ce matin. Il était exténué. La nuit entière, il avait travaillé sur la plaque d'immatriculation de la Porsche noire, recoupant les huit clichés qu'il avait réussi à prendre quand la voiture avait quitté le parking. Seulement deux lettres étaient visibles. Il avait passé des heures à tenter de recomposer les caractères manquants. À force d'essais, il était parvenu à identifier la plaque. La Porsche était une voiture de location. Elle était la propriété d'une agence spécialisée dans les véhicules de luxe. Aux premières heures de la journée, Wes avait eu le retour de Henry. La Porsche avait été louée sous le nom de Douglas Jennings. Ce dernier était inconnu des services de police. Chose curieuse : il n'était pas non plus répertorié sur les registres civils. Il n'avait aucun abonnement à Internet et pas de ligne de téléphone portable. Pas de carte de crédit. Ce type était un vrai fantôme. Toute cette affaire était en train de l'obséder, au point qu'il envisageait de prolonger ses dix jours de repos.

Ce matin, Gardner ne s'était pas montré. Il n'avait pas mis un pied dans son bureau. Il se reposait peut-être. Samantha et Tim devaient être dans leur chambre aussi. Ils étaient descendus prendre un petit déjeuner et étaient remontés à l'étage. Wes en profita pour s'assoupir un peu.

*

– Bud, tu en es où ?

– J'ai contourné la clôture par le sud, Josh. Je cherche un coin pour avoir une vue d'ensemble sur la propriété. C'est vaste. Quelques caméras, mais ça sera du gâteau.

– Bien. On termine de changer les plaques sur le van et on se met en route. On attendra ton signal pour se présenter à l'entrée et neutraliser le gardien.

– OK.

Le tueur posa le talkie sur le tableau de bord du van et rejoignit son équipier pour l'aider. Moins d'une minute plus tard, la voix de Bud se fit entendre :

– Josh. J'ai repéré une bagnole. Le type s'est garé en bordure du chemin de terre qui passe pas loin de la propriété.

Son collègue s'empara du talkie.

– Tu peux répéter ?

– Un véhicule est arrêté dans le sentier qui longe la demeure.

– Quel genre de véhicule ?

– Une vieille Buick grise. Une Century.

– Peut-être un promeneur ou un chasseur. Note sa plaque et donne-la-moi dès que tu l'as. Essaie de trouver le conducteur.

– Je fais quoi si je le trouve, Josh ?

– On ne laisse aucun témoin potentiel derrière nous. Tu le descends proprement. Et tu embarques le corps dans ta caisse.

– OK, Josh.

Bud examina l'intérieur de la Buick. L'habitacle était propre, comme neuf, la bagnole semblait être sortie de l'usine la veille. Il nota la plaque. Des traces de pas dans la neige filaient vers le bois. Il les suivit, arme en main. Bud était très à l'aise dans ce genre de boulot, sur le terrain. Lorsqu'il bossait avec Josh sur des enlèvements ou des exécutions, il était toujours désigné pour repérer les lieux et surveiller la zone d'opération. Il était petit de taille, sec, athlétique, le visage fin, comme affûté, un regard noir et vif. Josh le surnommait « le rat ». Il avait parcouru cinq cents mètres environ quand il se fixa, comme un chien de chasse à l'arrêt. Il venait d'apercevoir un campement. Une lunette d'observation dépassait au-devant d'une tente. L'optique était braquée vers la résidence des Gardner. Le campement était recouvert de toiles de camouflage neige.

Bud resta un moment indécis. Il décida de rebrousser chemin pour prévenir Josh. Plus loin, il saisit son talkie sans perdre de vue le campement suspect.

– Josh… Josh, tu me reçois ? C'est Bud, fit-il tout bas.

– Qu'est-ce qui se passe ?

– Je crois que je viens de trouver le conducteur de la Buick.

– Très bien. On a fini de monter les plaques. On est prêts à se mettre en route. L'opération ne peut pas être retardée. Si le conducteur repart dans les dix minutes, tu le laisses… S'il reste sur les lieux, tu fais ce que je t'ai dit.

Bud chercha les mots.

– Josh… le conducteur est en planque, dans une tente. Il surveille la baraque des Gardner avec du matos de pro !

– Quoi ?!

– La maison des Gardner est sous surveillance, Josh !

– Une minute, Bud. Calme-toi et donne-moi des détails.

– Je viens de te dire que le conducteur est dans une tente camouflée. Sa lunette d'observation est braquée vers la baraque des Gardner.

– Merde.

Josh réfléchit un moment.

– Je fais quoi, Josh ? C'est sûrement un flic, peut-être même le FBI, à voir le matos.

– Tu as pris la plaque de la Buick ?

– Oui, je l'ai.

– Donne-la-moi tout de suite. Je vais l'envoyer à Tommy. Il va identifier la caisse.

Bud sortit le bout de papier chiffonné du fond de sa poche et épela le numéro minéralogique à Josh. Ce dernier posa son talkie et lança l'appel à Tommy.

Bud fit quelques pas en retrait et se baissa derrière un fourré. La voix de Josh grésilla dans son oreillette :

– Bud, tu es là ? Tommy est en train d'identifier le véhicule. Ne bouge pas d'où tu es.

– Je bouge pas, Josh. J'ai ce fils de pute au bout de mon flingue. Mais je fais quoi s'il me voit ?

– Planque-toi. Il ne doit pas te voir. Si les flics surveillent la baraque, on sera obligés d'annuler l'opération.

– Bien reçu, Josh.

Tommy était un ancien lieutenant de police, maintenant retraité. Il ne lui fallut pas dix minutes pour identifier le propriétaire de la Buick sur son réseau. Il rappela Josh pour lui donner l'information.

– Je t'écoute, Tommy.

– Le véhicule appartient à un particulier. Wesley Colbert. C'est effectivement un gars de chez nous. Mais je peux te confirmer que ce type n'est pas en mission.

– Qu'est-ce qui te fait dire ça ?

– Il est affecté à Kalispell, Montana. Et c'est une bleusaille. Il ne peut pas effectuer cette surveillance pour la police. C'est peut-être un privé à ses heures.

– OK, Tommy. On va gérer la suite.

Le tueur rangea son portable dans sa combinaison et reprit son talkie en main.

– Bud. Tu me reçois ?

– Je t'écoute, Josh.

– Le type est bien flic. Wesley Colbert. Un agent affecté à la patrouille de Kalispell.

– Kalispell, c'est dans le Montana, ça, non ?

– Oui… Ce qui veut dire que s'il surveille vraiment cette baraque, cette surveillance n'est pas officielle.

– Donc, je le descends, Josh ?

– Non.

– Mais j'en fais quoi alors ?!

– On va l'emmener avec les Gardner. On ne peut pas se permettre de tuer un flic. Ça ferait trop de vagues.

– D'accord.

– Neutralise-le et charge-le dans le coffre de sa Buick, avec tout son matériel. N'oublie rien derrière toi. Tu repartiras en nous suivant avec la Buick.

– Et ma caisse ?

– Tu la laisses sur place. Un gars viendra la récupérer.

– OK, Josh.

– Bien. Quand tu as réglé le problème du flic, tu te mets en poste et tu contrôles les alentours à la jumelle. On attend ton feu vert pour tout enclencher.

– D'accord, Josh.

Wes évoluait dans un rêve confus. Il traversait un corridor immense aux parois de béton tristes. Il s'appliquait à poser chacun de ses pas en évitant de faire le moindre bruit. Le long de ce couloir, des portes s'ouvraient, et un être laid, famélique, apparaissait dans l'encadrement, toujours le même, semblait-il. Son teint était aussi gris que les murs, sa peau était sèche, fripée au possible, son nez ressemblait à une énorme pomme de terre. Il fixait Wes de ses yeux ronds et, d'un geste impérieux, lui montrait du doigt le bout du couloir. Il restait dans cette posture autoritaire jusqu'à ce que la porte se referme. Wes se sentait contraint d'aller de l'avant. Il était frappé d'un malaise grandissant alors qu'il avançait, vers une indicible lumière bleuâtre, tout au bout du couloir. Celui-ci paraissait se rallonger, d'une façon quasi hypnotique, au fil de son chemin.

D'habitude, quand Wes faisait ce genre de rêve, il ne tardait pas à être tiré du sommeil. Il en gardait toujours un souvenir indélébile, très désagréable, durant les heures qui suivaient.

Mais ce rêve-ci s'acheva d'une manière inattendue. En fait, Wes ne sut dire s'il s'était réveillé ni s'il était sorti du rêve, car le décor fut soudain plongé dans une obscurité totale. Et puis il n'y eut plus rien d'autre. Une fin inattendue et incompréhensible.

Bud rangea sa matraque télescopique et attrapa les épaules du flic. Il l'extirpa hors de la tente et le plaça sur une bâche plastique. Il s'était dit que, de cette manière, ce serait beaucoup plus simple pour déplacer le corps jusqu'à la Buick. En effet, celui-ci glissa sur la neige aussi facilement que s'il avait tiré une luge derrière lui.

Il déploya tous ses efforts pour le soulever et le déposer dans le coffre. Il pesait son poids, le bougre. Bud retourna au campement, le démonta et rapporta le matériel dans la voiture du flic. Il revint et se plaça en observation, à l'endroit où la tente était montée. Après tout, si ce policier s'était positionné là, c'était certainement parce que le lieu était idéal pour surveiller l'habitation et ses alentours.

Il balaya la zone de ses jumelles et ne releva rien d'inquiétant. Dans la maison, il pouvait voir deux enfants jouer sur un grand écran. Quelqu'un était dans le bureau. Sans doute le père Gardner. Le parc qui entourait la demeure était calme. C'était à peine si les arbres bruissaient dans le vent. Il saisit son talkie.

– Josh, tu me reçois ?

– Je t'écoute, Bud.

– Vous pouvez y aller. Je contrôle le parc et la baraque.

– OK, Bud. On se met en route.

18

Josh était au volant du van. Assis à côté, un gars tout aussi efficace que lui en matière d'enlèvements et d'assassinats. Gustav avait été recruté récemment. Josh n'avait aucune affinité avec ce gars – si tant est qu'un tueur puisse avoir une quelconque affinité avec qui que ce soit –, et certainement qu'il en allait de même pour Gustav à son encontre. Le lien professionnel qui les unissait était suffisant pour garantir le bon déroulement de ce boulot. Gustav ne décrochait jamais un mot. Ça s'expliquait en grande partie par le fait qu'il était hongrois. Ce type était une montagne de muscles de presque deux mètres. Il dépassait Josh de quelques centimètres et était, comme lui, rasé à blanc. Son cou de bœuf était emboîté sur des épaules de footballeur de première ligne. Ses yeux étaient d'un gris passé, son visage carré aussi expressif qu'un hareng sur un étal de marché. Pour l'occasion, Josh et lui portaient des tenues de Portland General Electric. Le van était également aux couleurs de la compagnie.

Quand Randy Shelton, le garde qui officiait à l'entrée de River Creek, vit arriver le fourgon, il s'en étonna, puis chercha dans le registre l'explication de sa venue. Après avoir feuilleté ses notes, il laissa la barrière baissée et sortit de son poste pour aller parler au chauffeur. Ce dernier avait descendu la vitre et agitait une feuille, arborant un sourire d'une blancheur éclatante.

– Bonjour. On n'avait pas prévu d'intervention, dit Randy en approchant du véhicule.

– Bonjour. C’est une urgence. Une surtension nous a été signalée dans votre propriété, répliqua le conducteur en lui tendant le papier.

Randy Shelton prit la feuille et s’aperçut que celle-ci était vierge. Au même instant, le tube d’un silencieux sortit de la portière et se fixa sur son front. Une balle de .45 ACP traversa le crâne de Randy. Son corps tomba mollement à terre. Gustav descendit du van, le porta sur son épaule et le chargea à l’arrière.

Josh parla dans son talkie :

– Bud, on a neutralisé le gardien. Comment ça se présente ?

– Vous pouvez y aller. Tout est nickel.

– Parfait, on entre dans la propriété. Viens remplacer le gardien au portail.

– OK, Josh.

Samantha était en train de se servir un jus d’orange quand elle entendit la sonnette. Il était presque 11 heures. Elle se dit que ce devait être Randy qui apportait le courrier. Aussi, elle ne contrôla pas la caméra et se dirigea vers le hall pour ouvrir la porte.

Deux hommes en tenue d’électriciens se tenaient sur le perron. Ils lui souriaient bêtement. Elle n’eut pas le temps de prononcer un mot que l’un d’eux la saisit et lui plaqua un chiffon sur le visage. Elle se débattit durant un moment interminable et perdit connaissance. Le colosse la souleva et l’amena jusqu’au fourgon. Il la déposa à l’arrière, grimpa dans le véhicule et s’assit sur le corps du gardien, retroussa la manche du pull-over de la jeune fille et lui fit une injection de soporifique. Il rangea le matériel dans une petite trousse, replaça celle-ci dans une poche de sa combinaison, sortit du van et remonta les marches au pas de course pour aller rejoindre son collègue à l’intérieur.

John entendit un cri au rez-de-chaussée. Il ne s’en inquiéta pas, pensant que les enfants jouaient encore à leur jeu de zombies sur la console. Il se leva pour aller se servir un verre et, passant devant la baie donnant sur l'entrée, aperçut un van de la compagnie d'électricité garé en bas des escaliers. Il tiqua. Avant qu'il ait le temps de décrocher son téléphone pour appeler le garde et lui demander ce que faisaient des électriciens sur la propriété, un autre cri s'éleva. C'était encore Timothy. Mais cette fois, John eut une mauvaise intuition. Son sang se glaça. Une *très* mauvaise intuition. Il traversa le bureau pour aller se saisir de son Colt 45.

À cet instant, la porte de la pièce s'ouvrit avec fracas. Un homme massif fit irruption. Il pointa le canon d'un revolver sur lui.

– Reste où tu es.

John s'immobilisa. L'inconnu s'approcha de lui.

– Qui êtes-vous ?!

– Assieds-toi dans ce canapé, lui ordonna-t-il.

– Mais bon sang, qui êtes…

– Ferme-la et assieds-toi, répéta l'homme en désignant le canapé du bout de son arme.

John obéit. Un nouveau cri s'éleva en bas. Il voulut se relever mais à peine eut-il amorcé le mouvement que le colosse lui assena un puissant coup de poing au foie. John se plia en deux, le souffle coupé, et tomba à genoux par terre en se tenant le ventre, essayant de retrouver de l'air.

L'armoire à glace tourna autour de lui d'un pas tranquille.

– Tu es John Gardner, c'est bien ça ?

John hoqueta, tenta de répondre oui, mais ne put qu'agiter la tête de haut en bas.

– C'est ta petite famille ? lui demanda l'homme en lui montrant une photo accrochée au mur.

John hocha la tête en suffoquant.

Le tueur s'approcha du cadre et le décrocha.

– Tu as trois gosses, c'est ça ? dit-il en regardant le cliché avec attention.

John opina à nouveau en se tenant le ventre.

– Où est le troisième ? Celui-là.

Le tueur se baissa, mit la photo devant les yeux de John et appuya son index sur la silhouette de Ted.

– Où est ce gamin ? répéta-t-il, avec plus de fermeté.

– Il n'habite… plus avec nous, bafouilla John, essoufflé.

Un autre cri s'éleva. Cette fois, c'était Sally.

– Laissez ma femme !

L'homme le frappa au visage avec la crosse de son arme.

– C'est moi qui donne les ordres !

John se recroquevilla en gémissant, tenant son nez qui avait émis un craquement sous l'impact. Son sang coulait et se répandait sur le parquet.

– Dis-moi où est ce gosse, vociféra le colosse, ou je vais descendre voir ta femme et je remonterai avec une de ses oreilles. Dis-moi où il est, Gardner.

John tenta de penser, de comprendre ce qui se passait, mais son esprit était paralysé par la peur.

Il obéit, presque malgré lui.

– Donnez-moi un… un stylo sur le bureau et… du papier.

Le tueur s'éloigna un instant, revint et lui donna ce qu'il demandait. John nota en tremblant, à même le sol.

– Fais voir ça, dit le colosse en se penchant pour ramasser le bout de papier taché de sang et lire ce qui y était écrit. Il saisit John par le col, le souleva et le fit asseoir sur le canapé.

– Maintenant, tu vas m'indiquer les coordonnées de ton collaborateur, celui qui porte le nom de Jack Murray.

Le tueur lui tendit le bout de papier.

– Magne-toi. On va pas y passer la journée.

John griffonna sur la feuille. L'homme arracha le papier de ses mains dès qu'il eut terminé et le fourra dans l'une de ses poches.

– Pourquoi… pourquoi faites-vous ça ? Je vous ai remis tout l'argent que vous m'avez demandé.

Le tueur le considéra avec une expression froide.

– Ce n’est pas de l’argent qu’on est venus chercher, Gardner.

John se redressa et soutint le regard de l’inconnu.

– Mais que voulez-vous, alors ?

– Tu le sauras bientôt.

L’homme sortit une trousse noire d’une de ses poches. Il en tira une seringue hypodermique et, sans prévenir, enfonça l’aiguille dans l’épaule de John.

En quelques secondes, ce dernier sentit son corps s’engourdir et sa tête peser de plus en plus lourd. Il s’affaissa sur le côté, contre le canapé. Il lutta tant qu’il put pour ne pas sombrer, pour garder ses yeux ouverts.

Par terre, à un mètre devant lui, gisait le cadre en ébène dans lequel se trouvait le portrait de famille. La photo datait de quatre ans. Un après-midi d’été passé au bord de la rivière. Sally était si belle dans sa robe blanche… Son sourire irradiait. Des larmes se formèrent au coin des yeux de John. Sally avait ses bras autour du cou de Samantha assise devant elle, comme un collier. Elles se ressemblaient presque comme deux sœurs sur cette photo. Tim était allongé dans l’herbe, il riait aux éclats. Son sourire laissait voir une dent qu’il venait de perdre. Ted était debout à côté de sa mère, il avait passé son bras sur l’épaule de Sally et affichait son air joueur.

John se tenait à côté de Ted. Il avait le sourire tranquille du patriarche confiant. En regardant son propre visage, il fut envahi par une sensation acide. Il ne se reconnaissait plus. C’était comme s’il avait rêvé ce bonheur, un jour. Comme si, à présent, ce souvenir, hypothétique cocon que tisse le père parfait pour sa parfaite progéniture, n’avait jamais été réel. Les êtres posant sur cette photo n’avaient peut-être été qu’une famille témoin, dans un catalogue où l’on pouvait acheter ce genre de produit. Il se demanda alors si ce qu’il avait expérimenté en tant que père pouvait être considéré comme de l’amour. La substance que le colosse venait de lui injecter fit son effet. Il l’aurait presque remercié pour ça, pour lui permettre d'éviter cet indicible moment de souffrance, de désespoir. Il ne chercha pas plus longtemps à lutter et détourna ses yeux emplis de larmes du cadre. Ceux-ci se fermèrent, et il se laissa emporter dans l'obscurité.

TROIS PETITS LUTINS

1

Jour 1

Il reprit conscience avec l'impression d'émerger d'une vase noire. La lumière crue d'une ampoule l'éblouit, au-dessus de lui. Sa bouche était pâteuse, emplie d'un fiel fétide. Il était allongé à même le sol. Un carrelage blanc, glacé. Il se redressa, s'assit et tâcha de comprendre où il se trouvait. Sa tête était comme prise dans un étau. Sa main se porta au niveau de son nez meurtri. La douleur qu'il ressentit lui indiqua qu'il était sûrement cassé. Un froid glacial régnait dans la pièce, presque au point d'anesthésier ses sens. Il n'était vêtu que d'un jean et d'un pull en laine noir sur un T-shirt blanc taché de sang – les vêtements qu'il portait quand ces hommes avaient fait irruption à River Creek. Les dernières choses qu'il se rappelait étaient ce type, cette armoire à glace qui lui avait planté une aiguille dans l'épaule… et la photo de famille, au bord de la rivière… Ensuite, c'était le trou noir. À présent, il tremblait de tous ses membres, se sentait à bout de forces. Il regarda autour de lui. Au centre de la pièce, d'une vingtaine de mètres carrés, se trouvait une table de bois massive. Il se releva en s'y appuyant. L'effort lui demanda de mobiliser tout ce qui lui restait de volonté. Une fois debout, il eut beaucoup de mal à se tenir en équilibre.

La pièce était une cuisine. De celles dont sont dotées les collectivités. Peut-être un hôtel, ou un centre de vacances, supposa-t-il, soulagé de constater qu'il parvenait encore à penser. L'endroit était abandonné, à en juger par la poussière qui l'avait envahi et les toiles d'araignées dans les angles.

Des fourneaux en aluminium, des éviers tapissés de plaques de moisissure, des outils de découpe accrochés au-dessus de plans de travail poisseux. Dans la froideur implacable flottaient des relents âcres de décrépitude et autres pestilences inconnues. Ce genre d'odeur qui laisse envisager le pire.

– Bonjour, monsieur Gardner.

John sursauta, fit volte-face. Il était seul dans la pièce.

– Qui est là ? s'exclama-t-il en tournant sur lui-même, cherchant d'où le son provenait.

– C'est justement le sujet de ma première énigme, répondit la voix.

Le timbre était étrange, très grave, d'une tessiture synthétique. La voix était déformée par un filtre qui en augmentait les basses. John conclut qu'elle ne pouvait sortir que d'un système audio. Des haut-parleurs étaient probablement dissimulés au niveau des plafonds. Son cœur commença à battre plus fort. Il pensa à Sally, à Tim, à Samantha.

– Où sont ma femme et mes enfants ? s'écria-t-il.

Il attendit, pétrifié, une réponse. Mais tout ce qu'il obtint fut le silence. Il sentit alors le danger monter autour de lui, comme le niveau d'un liquide corrosif, invisible, qui submergea les lieux, et lui y compris.

– QUE VOULEZ-VOUS ?! hurla-t-il en regardant autour de lui, les poings serrés.

La voix le laissa de nouveau macérer dans sa peur. John marcha en titubant jusqu'à la seule fenêtre de la pièce. Celle-ci était condamnée par une grille d'acier. À travers les carreaux sales, dans le crépuscule qui déclinait, la neige tombait sur un paysage de forêts endormies. Le niveau de terreur monta encore d'un cran. Il fut pris de sueurs froides. N'importe qui aurait trouvé cette vue agréable. Mais pour John, ce n'était rien de moins qu'une fenêtre donnant sur l'enfer.

Il remarqua que la grille d'acier avait été soudée récemment à la fenêtre. Il l'agrippa. Tira dessus de toutes les forces qui lui restaient. Elle ne bougea pas d'un millimètre. Il tira encore, s'acharna, grognant comme un animal enragé. Après plusieurs minutes de lutte, il abandonna. Essoufflé, il se retourna. Une porte à double battant, à l'autre bout de la pièce. Il courut jusqu'à elle. Verrouillée. Il recula de plusieurs mètres en arrière et se rua dessus. Son épaule s'écrasa vainement sur le bois laqué.

– Tu devrais économiser tes forces. Tu vas en avoir besoin.

La voix sans visage avait aussi des yeux. Il chercha une caméra, mais comme les haut-parleurs, celle-ci était parfaitement cachée.

– Qui êtes-vous ?! cria John.

Il y eut un moment de silence, et la voix répondit :

– Trois petits lutins couraient à travers bois
Malgré la faim, la neige, le froid.
Ils poursuivaient leur chemin,
Car derrière eux l'ogre était là.
Alors, à la lisière d'un bois,
Leur apparut soudain
Une grande et belle maison en rondins.
Et le plus dégourdi des trois
Décida pour ses copains…

La comptine résonna dans l'esprit de John à la manière d'un écho surgi du passé. Puis vint la déduction de ce qu'elle signifiait. Sa gorge se serra. Appuyé le dos contre la porte, il se laissa glisser jusqu'à s'asseoir, les genoux repliés contre lui. Son regard resta fixe, perdu dans le vide devant lui.

La voix reprit, aussi tranchante qu'une lame :

– Ma question est : qu'est-ce que le petit lutin a décidé pour ses deux copains ?

La bouche de John s'ouvrit mais aucun son ne put en sortir.

– Chaque bonne réponse ouvre une porte… Chaque porte franchie te rapprochera de ta famille.

John se releva d'un coup. Ses yeux roulèrent dans ses orbites, tels ceux d'un dément. Il prit tout l'élan qu'il put et fonça encore dans la porte, l'épaule en avant. L'impact résonna jusque dans les murs glacés. Un éclair de douleur lui traversa la clavicule. Des larmes vinrent brouiller sa vue. Il gémit, serra les dents, fit quelques pas en arrière, courut et se projeta derechef contre les deux battants qui le stoppèrent net. Pantin ridicule. Nouveau cri de rage, il recula, se rua sur la porte et s'écrasa dessus… Il finit par s'affaler à terre et se mit à frapper le sol de ses poings.

– Ne leur faites pas de mal ! Je vous donnerai tout l'argent que vous voudrez ! Mais ne leur faites pas de mal.

– Ton argent ne m'intéresse pas, Gardner. Réponds à ma question si tu veux avoir une chance de les revoir.

John se recroquevilla sur le carrelage et commença à pleurer doucement, comme un enfant.

La voix insista :

– Qu'est-ce que le petit lutin a décidé pour ses copains ?

– Il… il a décidé d'aller taper à la porte de la maison en rondins, pour… pour demander refuge.

Un déclic métallique résonna dans la pièce.

– Bravo, John. C'est la bonne réponse. Le petit lutin est bien allé taper à la porte de la maison.

John rassembla ses forces et se releva. Il poussa les battants de la porte qui s'ouvrirent en grand et se plaquèrent de chaque côté du mur d'un long couloir filant droit devant lui. Il était jalonné de grosses jarres en terre cuite qui devaient avoir contenu des plantes, autrefois.

John franchit le seuil d'un pas mal assuré et s'engagea dans le corridor. Ses pieds foulaient maintenant une moquette ocre aux motifs hypnotiques. Redoutant d'entendre la voix, il déambula, livide, jusqu'à arriver dans une grande salle.

Des tables dressées s'alignaient, couvertes de poussière. Le vent sifflait à travers les boiseries délabrées des portes-fenêtres, condamnées, elles aussi, par ces mêmes grilles d'acier. Des rideaux blancs ondulaient, inlassables fantômes, dans les courants d'air. Des bouteilles de vin étaient ouvertes, à demi emplies de résidus rougeâtres et, sous les cloches d'argent, certainement que des restes de nourriture subsistaient. Une immense cheminée trônait au fond de la salle. John se demanda à quand remontait le repas et ce qu'étaient devenus les convives lorsqu'un bruit attira son attention.

Dans un canapé, une silhouette remua. John la reconnut aussitôt.

– Jack ! C'est toi ?

Oui, c'était bien Jack. Il émergeait, comme lui dix minutes plus tôt. Il se rappela avoir donné l'adresse de son collègue à la brute qui l'avait anesthésié. Il n'avait pas eu le choix. Ce monstre aurait sans le moindre doute mis à exécution sa menace de couper l'oreille de Sally s'il ne l'avait pas fait.

Ces hommes avaient aussi enlevé Jack.

– John..., marmonna-t-il en se redressant. Où sommes-nous ?

– Je l'ignore. Tout ce que je sais, c'est que nous sommes enfermés ici.

– Bon sang, ma tête va exploser, dit Jack en se massant le crâne.

– Ils t'ont sûrement drogué, comme moi, pour des raisons pratiques.

– Des raisons pratiques ?

– Nous avons été enlevés, Jack. Et on nous a emmenés ici.

– Enlevés ! Mais par qui ?

– Je n'en ai pas la moindre idée.

La voix s'éleva dans la salle.

– John, raconte à ton ami l'histoire des trois petits lutins.

Jack s'agita.

– Qui a parlé ? s'exclama-t-il.

– Inutile de chercher, lui répondit John. Ça sort d'un système audio dissimulé dans les murs.

Jack secoua la tête, comme pour essayer de tout remettre en ordre là-dedans. Il passa les mains dans ses cheveux. Ses doigts tremblaient.

– John… qu'est-ce que c'est que cette histoire de lutins ?! s'écria-t-il.

– Calme-toi, Jack.

– QUI ÊTES-VOUS ?! cria Jack en jetant des regards exorbités autour de lui.

– Ça cherche à jouer avec nos nerfs, murmura John. Ne tombe pas dans le piège.

Jack considéra son ami et se ressaisit.

– D'accord, d'accord. Est-ce que ce truc nous entend ?

– Il nous entend. Et il nous voit.

Le visage de Jack exprima l'incompréhension la plus absolue. John reprit, faisant de son mieux pour garder son calme, lui aussi :

– Jack, je crois que notre présence ici est en lien étroit avec ce qui s'est passé à Eagle Nest.

À l'incompréhension succéda la terreur dans les yeux de Jack.

– Eagle Nest…, lâcha-t-il. Ça n'aura donc jamais de fin.

La voix résonna, plus forte :

– Sois tranquille, Jack. La fin arrive… Elle est toute proche.

– QUE VOULEZ-VOUS ?! hurla Jack.

Il y eut un silence, beaucoup trop long. Même le vent parut suspendre son souffle… Et la réponse s'abattit, comme une sentence :

– Je vais vous regarder crever. Les uns après les autres.

2

John courut de l'autre côté de la salle. Sa respiration était bruyante, sa blessure au nez le faisait souffrir. Il tenta d'ouvrir une porte. Fermée, comme il s'y attendait. De son côté, Jack essaya d'ouvrir l'autre porte de la pièce, verrouillée elle aussi. John examina la serrure sans parvenir à déceler de mécanisme actionné à distance.

– Est-ce que tu as une idée du lieu où nous nous trouvons ? dit Jack en revenant vers lui.

John se redressa et lui fit signe de parler tout bas. Il balaya la salle du regard.

– Ça ressemble à un vieil hôtel…, murmura-t-il, mais si tu me demandes où nous nous trouvons sur une carte, je te répondrai que je n'en ai aucune idée.

– Qu'est-ce qu'on fait, John ? chuchota Jack, perdu.

– Il faut retrouver Sally et les enfants, voilà notre premier objectif.

Jack approuva d'un signe de tête.

Ils continuèrent d'échanger tout bas.

– Est-ce que tu te rappelles quelque chose avant de te réveiller ici ? s'enquit John.

– Oui, j'étais chez moi… il me semble.

– Tu n'en es pas sûr ?

– Si. J'étais chez moi, ça me revient, maintenant.

– Tu étais seul ?

Jack se tenait la tête à deux mains.

– Non. Je… je crois qu'il y avait McDowell avec moi. Oui… c'est ça. On travaillait sur le projet canadien.

– McDowell était avec toi ? Tu es sûr ?
– Certain, John.
– Alors, il est peut-être ici, lui aussi, quelque part…
– Possible, dit Jack.

Il pouvait voir la sueur perler sur le front de John.

– Les dimensions de cette salle de repas indiquent que le bâtiment doit être vaste, estima Jack. Il compte sans doute plusieurs étages.

La voix s'éleva, les faisant tous les deux sursauter :

– Vos messes basses ne vous mèneront pas loin.

John s'éclaircit la gorge et parla tout haut :

– Écoutez. Je ne sais pas pourquoi vous nous avez amenés ici. Mais je suis certain que nous pouvons trouver un accord.

Un rire macabre, saccadé, résonna dans le système de haut-parleurs. John déglutit et reprit, essayant de dissimuler sa peur :

– Si l'argent ne vous intéresse pas, dites-nous en quoi nous vous sommes redevables. Je pourrai faire en sorte de vous contenter, croyez-moi, quelle que soit votre demande.
– Cesse tes négociations stupides. Les minutes s'écoulent, et bientôt le sang de tes enfants s'écoulera aussi.

Les cris et les pleurs de Tim et de Samantha s'élevèrent dans les haut-parleurs.

– Papa ! Papa ! hurla Tim, en larmes.
– Ne leur faites pas de mal ! implora John.
– Dans cette pièce, il y a deux portes, lâcha la voix, menaçante. L'une te conduira à tes enfants… L'autre… Réfléchis. Et fais ton choix.
– D'accord, dit John en se contrôlant, d'accord.

Il se concentra, tremblant des pieds à la tête.

– Nous sommes deux, reprit-il. Est-ce que mon collaborateur peut participer ?
– Il peut participer.
– Très bien. Jack, place-toi devant la porte, celle qui est près de la cheminée.
– Mais John, je…

– Ferme-la, Jack, fais ce que je te dis !

Jack s'exécuta, il marcha jusqu'à la porte. John alla se positionner devant l'autre, située à l'opposé de la salle.

– Choisis une porte, John, commanda la voix.

– Celle qui est près de la cheminée.

Un déclic s'éleva dans la serrure de la porte devant laquelle Jack se tenait.

– Vas-y, entre, lui ordonna John.

La main de Jack hésita en se tendant vers la poignée. Il se retourna.

– Et si ce n'est pas la bonne, John…

– Ouvre-la et entre !

Il posa ses doigts sur la poignée, et poussa la porte.

De l'autre côté se trouvait une pièce plongée dans la pénombre. Il s'y glissa d'un pas incertain. John le vit disparaître dans l'obscurité. La porte se referma derrière lui en claquant.

3

Jack se jeta sur la poignée au moment où un cliquetis métallique s'élevait de la serrure. Il tenta de sortir de la pièce obscure, mais la porte était désormais verrouillée. Il s'acharna sur la poignée, la tira à lui comme un forcené. Le battant ne bougea pas d'un pouce. La voix affolée de John lui parvint depuis la salle de repas :

– Jack, qu'est-ce que tu vois ? Que se passe-t-il ?

– Je n'y vois rien du tout ! La porte s'est refermée à clé !

– Est-ce que tu arrives à entendre les enfants ?

Jack s'immobilisa et retint sa respiration pour mieux écouter.

– Non, John. Je ne les entends pas.

John se retourna et, regardant vers le plafond, s'adressa à la voix :

– Vous m'avez dit de choisir une porte. Et je l'ai fait.

L'inconnu prit son temps pour répondre.

– Tu as choisi la mauvaise porte, John. Comme celle que tu as ouverte à Eagle Nest… pour laisser entrer les trois petits lutins égarés dans les bois. C'était une mauvaise porte. Tu aurais dû les laisser crever de froid. Tu n'en serais peut-être pas là aujourd'hui.

John serra les dents à bloc pour étouffer un cri de rage.

– D'accord, que se passe-t-il maintenant ?

– Maintenant… pour que le jeu continue, il faut que tu fasses revenir Jack dans cette salle.

– Et si on arrêtait de jouer, hurla John, et que vous me disiez qui vous êtes et ce que vous attendez de nous !

– Non, non, John. Ce n’est pas le genre de partie que l’on peut arrêter. Jack va devoir te rejoindre dans la salle. Il faut que vous restiez solidaires, John. Tout comme à Eagle Nest… Rappelle-toi. C’est ce qui vous a permis de survivre, sans nourriture…

– Qu’est-ce qu’il dit, John, je n’entends rien !

La voix sans visage retentit de l’autre côté, dans la pièce plongée dans le noir où se trouvait Jack :

– Jack, tu vas devoir retourner auprès de John. Vous devez rester groupés. John a mal agi. Ce n’était pas très amical comme geste de t’envoyer en éclaireur, en te faisant prendre les risques à sa place.

Jack se mit à trembler.

– D’accord, oui, lâcha ce dernier. Je veux bien retourner avec John. Pouvez-vous ouvrir la porte ?

Il ajouta bêtement :

– … s’il vous plaît…

– John ne t’a pas raconté l’histoire des trois petits lutins, Jack ?

– Euh… non. Je ne… je ne la connais pas.

– Mais si, Jack. Tu connais parfaitement cette histoire. Celle des trois petits lutins qui vinrent taper à la porte de la grande et belle maison de bois… pour échapper au froid.

Jack secoua la tête pour dire non. Au fond de lui, il savait ce que la voix voulait lui rappeler. Mais il était si exténué par le stress et la fatigue que plus rien ne semblait avoir de sens.

– Tu vas devoir te dépêcher de retourner avec John. Parce que, comme pour les trois petits lutins, il ne fait pas bon rester dehors, Jack.

Un déclic se fit entendre dans l’obscurité. Ce n’était pas celui de la serrure. Cela provenait du fond de la pièce. Une sorte de chuintement, qui monta et se prolongea. Le bruit ressemblait au sifflement d’une bouteille de gaz ouverte.

La voix reprit :

– Du monoxyde de carbone est en train de se répandre dans la salle, Jack.

– Que… Quoi ? bredouilla-t-il.

– Il te reste une quinzaine de minutes à vivre, tout au plus, si tu ne sors pas de là.

– Mais bon sang ! La porte est fermée ! Je ne peux pas sortir !

Une ampoule s'alluma au-dessus d'une table.

Jack cligna des yeux.

Sur cette table reposait un hachoir de boucher.

La voix reprit :

– Trois petits lutins
Menacés par le vent et le froid,
Unis comme les doigts de la main,
Se réfugièrent dans la maison de bois…

– Qu'est-ce que ça veut dire ? bafouilla Jack, tout tremblant.

– Je vais t'aider un peu. Tu vois ce hachoir, Jack ?

Sa tête commençait à tourner.

– Je… Oui, je le vois.

– Bien. Alors, écoute-moi attentivement : l'auriculaire, l'annulaire et le majeur d'une de tes mains, peu importe laquelle, joueront le rôle des trois petits lutins. Tu vas te trancher ces trois doigts avec ce hachoir, Jack.

Une boule de glace se forma brutalement dans son estomac.

– Ensuite, continua la voix, tu disposeras les trois petits lutins dans la boîte en bois, que tu vois à côté du hachoir.

Jack était tétanisé. Incapable du moindre mot, du moindre mouvement, de la plus brève pensée.

– Il te reste peu de temps, Jack. Quand le sommeil viendra, dis-toi qu'il n'y aura pas de réveil.

John frappa à la porte.

– Jack, que se passe-t-il ?!

Aucune réponse.

– Jack !

John martela la porte de toutes ses forces.

– Est-ce que ça va ? Réponds !

La voix répondit pour lui :

– Jack est un bon gars, John…

Un cri bref, étouffé, filtra de derrière la porte. Et celle-ci émit un déclic. John vit la poignée de la porte se baisser. Elle s'ouvrit sur Jack. Il était blanc. Il tenait une petite boîte de bois dans sa main. Il avança dans la salle. Derrière lui, un filet de sang maculait la moquette. Il serrait les dents et geignait doucement. John s'aperçut de sa blessure. Il lui manquait trois doigts à sa main gauche.

– Jack, bon Dieu ! Parle-moi. Qu'est-ce qui s'est passé ?

La porte se referma en claquant.

Jack posa la boîte de bois sur une table. Il s'assit sur une chaise, prit une serviette pliée sur une assiette, l'enroula autour de sa main. Ses gestes étaient automatiques. Il ne pensait plus. Il comprima sa blessure, gémissant entre ses dents. Son regard était l'expression même de la vacuité.

4

– À présent que vous êtes réunis, dit la voix, nous pouvons continuer.

Un nouveau déclic se fit entendre dans la salle. L'autre porte venait de se déverrouiller. Jack tenait son moignon mutilé contre lui. Il oscillait d'avant en arrière sur la chaise, marmonnant des mots inaudibles. John se pencha vers lui. Posa sa main sur son épaule.

– Jack, est-ce que ça va aller ? Il faut continuer. Pour Sally. Pour les enfants.

Jack avala sa salive, parvint à aligner quatre mots :

– Ça va aller, John.

– D'accord, avançons.

Jack se leva, tâchant de prendre un air déterminé, s'empara de la boîte de bois et la fourra dans la poche de son pantalon. Peut-être que quelqu'un pourrait l'aider à remettre ses doigts à leur place, s'il sortait vivant de là. John s'approcha de lui et passa son bras sous son épaule pour le soutenir. Ils marchèrent jusqu'à la porte à double battant. John la poussa, le cœur serré, se demandant ce qu'ils allaient trouver de l'autre côté.

Cette pièce était un vaste salon, pourvu, comme la salle précédente, d'une cheminée imposante. Des canapés de cuir usés étaient disposés en angle devant le foyer. Au fond se découpait une arche qui donnait sur une autre pièce, plongée dans la pénombre. Dans celle-ci, John discerna des tables de jeu, un billard, un bar au fond et d'autres fauteuils. La nuit était tombée. Les seules sources de lumière étaient des appliques murales d'où émanaient de faibles halos jaunâtres. La température était encore descendue. Taraudé par la peur et le stress, John ne ressentait plus le froid. L'air était épais, l'atmosphère alourdie par l'angoisse. Jack grelottait par intermittence. Une vague odeur de pourri se répandait. Une fragrance faisandée, pareille à celle d'une viande avariée.

John perçut un bruit. Cela venait de la salle de jeu.

Il lâcha l'épaule de Jack – ce dernier resta planté sur place – et se rapprocha du fond de la pièce. Il appuya sur un interrupteur.

La lumière jaunâtre s'étala sur les murs usés de la salle. À quelques mètres devant lui, un corps était étendu au sol. John le reconnut tout de suite à sa tenue : Randy Shelton, le gardien de River Creek. Une tache de sang coagulé s'étalait sous sa tête. Exactement au milieu de son front apparaissait un trou. Inutile d'être un spécialiste en balistique pour déduire que la blessure mortelle avait été causée par une balle de revolver. L'attention de John fut soudain attirée par un autre bruit, à proximité. Il avança prudemment vers les canapés.

Un autre corps était là, allongé. Mais celui-ci bougeait encore. John fit quelques pas vers la silhouette couchée en chien de fusil. C'était un homme. Il portait une combinaison de neige grise et un pull noir.

Le corps remua à nouveau. John s'approcha. L'homme était inconscient, mais il n'avait pas l'air blessé. Il semblait être en train de revenir à lui. D'un mouvement brusque, il se retourna et ouvrit les yeux sur John, qui ne mit pas longtemps à identifier ce visage poupin, aux verres de vue épais et aux cheveux blonds bouclés.

Cet homme était le policier de Kalispell. Wesley Colbert. L'agent qui était venu prendre leur déposition à l'hôpital. *Mais que fait-il ici ?!* John le scruta, non sans éprouver une certaine répulsion. Wesley Colbert se passa la main derrière la nuque en grimaçant puis, rajustant ses lunettes, il bafouilla :

– Monsieur Gardner ?

Malgré le peu de sympathie qu'il ressentait pour ce policier, John l'aida à se relever.

– Où sommes-nous ? s'enquit Wes.

Il regarda autour de lui, hébété.

– Nous avons été enlevés, répondit John. On nous a enfermés dans cet hôtel abandonné. Toutes les sorties sont condamnées par des grilles. Ma femme et mes enfants sont aux mains d'un fou qui a installé un système de haut-parleurs et nous torture à petit feu.

– Pardon, je n'ai pas bien saisi ce que vous venez de dire, répliqua Wes en lui jetant un regard vaseux.

La voix s'éleva dans la salle :

– Bienvenue, agent Colbert. Avec un flic dans la partie, le jeu n'en sera que plus amusant.

Wes examina le plafond.

– Qui êtes-vous ?!

La voix lui répondit par un ricanement sinistre.

Wes interrogea John du regard, stupéfait. Ce dernier réalisa que les probabilités pour que le policier apprenne la vérité étaient élevées. Mais il comprit aussi que maintenant, l'essentiel n'était plus de protéger le secret d'Eagle Nest. Leur priorité était de sortir de là vivants. Et la sienne, avant tout, était de retrouver sa femme et ses enfants. John expliqua à Wes qu'ils étaient prisonniers et lui décrivit la situation invraisemblable, cet interlocuteur invisible, ce qu'il avait infligé à Jack. Il lut sur le visage de l'agent la même incompréhension qu'il avait ressentie en s'éveillant dans cette cuisine.

Wes se releva et alla constater par lui-même en agrippant de ses mains une grille d'acier fixée à une porte-fenêtre et en tirant dessus aussi fort qu'il put.

– Nom d'un chien, c'est du solide.

Il jeta un coup d'œil alentour et ajouta :

– Il faut trouver un moyen de sortir de là !

Il déambula dans la pièce en étudiant les lieux. John l'observa alors qu'il se rapprochait peu à peu du cadavre de Randy Shelton.

– Eh ! Il y a un homme à terre ici !

L'agent de police s'accroupit devant le corps inerte, constata la blessure par balle à la tête et, dans un deuxième temps, reconnut le gardien de River Creek. Il posa deux doigts au niveau de l'artère carotide de Randy Shelton et pressa celle-ci, sans espérer sentir de pulsation. La peau était glacée. Il attrapa le poignet du gardien et souleva son bras. La rigidité du cadavre lui indiqua que la mort remontait à plus de vingt-quatre heures, peut-être deux jours, estima-t-il.

Il se releva et se tourna vers John.

– Vous avez une explication sur les causes de la mort du gardien de votre propriété, monsieur Gardner ?

– Les personnes qui nous ont enlevés et amenés ici ont sans doute tué Randy pour nous prendre ensuite.

Wes sentait qu'il tenait Gardner. Il le tenait comme un poisson frétillant au bout d'une ligne.

– Est-ce que vous avez une idée de l'identité de ces personnes ou de la raison pour laquelle elles vous ont enlevés ?

– Aucune idée, agent Colbert. Quant à la raison, il est fort probable qu'une demande de rançon suivra.

Wes étudia le visage de John. Il n'y lut pas de dissimulation. Soit il bluffait parfaitement, soit il disait la vérité. Wes était convaincu de la première hypothèse : Gardner mentait.

– Ce que je ne m'explique pas, en revanche, continua John, c'est votre présence ici, agent Colbert. Pourquoi ces hommes vous ont enlevé, *vous aussi* ?

Wes resta muet, ne sachant quoi répondre.

La voix se fit entendre dans la pièce :

– L'agent Colbert était en planque, John. Il surveillait ta maison à la jumelle.

John dévisagea Wes. La tension s'installa entre les deux hommes.

– Est-ce que c'est vrai ? l'interrogea John sans le quitter des yeux.

Wes prit une profonde inspiration et riposta :

– C'est faux. Je souhaitais vous revoir pour vous poser quelques questions. Je me suis présenté à votre propriété, le gardien m'a laissé entrer. Ensuite, il s'est approché de mon véhicule et c'est tout ce que je me rappelle avant de me réveiller dans cette pièce.

– Il ment, John, lâcha la voix d'un ton mauvais. Ce flic te surveillait.

John fronça les sourcils, sans détacher ses yeux de Wes.

La voix reprit :

– Il cherche à découvrir ce que tu caches, John.

Ce fut au tour de Wes de durcir son regard.

La voix continua à semer les graines du mal :

– Sa surveillance était illégale, John. Celle d'un flicaillon en quête de promotion…

– Qu'est-ce que ça signifie, agent Colbert ? l'interrogea John d'un ton raide.

Wes répliqua :

– Je peux aussi vous demander ce que vous cachez, monsieur Gardner. Parce que vous cachez quelque chose, j'en ai la certitude.

Les deux hommes s'affrontèrent du regard jusqu'à ce que les mots tremblants de Jack s'élèvent depuis le salon :

– John… Ça ne cherche qu'une chose : nous dresser les uns contre les autres…

Il avança vers eux en traînant les jambes et ajouta d'une voix éteinte :

– Nous devons rester… solidaires.

À bout de forces, il s'écroula sur une chaise et reprit ses gémissements de douleur, tenant sa main enveloppée dans la serviette blanche dégoulinant de sang.

John et Wes se regardèrent.

– Je pense qu'il a raison, dit John.

Wes hocha la tête.

– Nous n'avons pas d'autre choix que de coopérer.

La voix intervint d'un ton sournois :

– Comme c'est touchant... Nous verrons jusqu'à quel point vous serez solidaires.

Ces derniers mots firent réfléchir John. Toutes les issues étaient condamnées. La température intérieure ne dépassait pas zéro degré Celsius, à voir les nuages de condensation qui émanaient de leur bouche à chacune de leurs expirations.

John leva les yeux vers le plafond.

– Est-ce qu'il y a de la nourriture, quelque part ? demanda-t-il, imaginant déjà la réponse qu'il allait obtenir.

Un rire macabre résonna, et la voix répliqua :

– Voilà enfin une question pertinente, John.

Le bourreau invisible laissa passer quelques secondes, par pure cruauté, et assena :

– Bien évidemment, la réponse est *non*.

Entendant cela, Jack interrompit ses lamentations en sourdine – celles-ci n'étaient plus vraiment motivées par la souffrance, cela ressemblait plus à un mantra qu'il répétait d'une façon machinale. (Au-delà d'une certaine intensité, la douleur continue n'est plus quantifiable par le corps, en termes de sensations. Il en résulte une sorte d'anesthésie par saturation.) Il leva les yeux vers John.

Et John sut qu'il pensait à la même chose que lui.

Le monstre qui se cachait derrière ces haut-parleurs avait sciemment reproduit, ici, les conditions qu'ils avaient endurées à Eagle Nest. Pourquoi ? La réponse qu'il avait donnée était claire : il voulait les voir mourir les uns après les autres.

Une vengeance, songea John.

Mais de quoi se vengeait-il ?

5

Jour 2

Wes arpentait la salle, à la recherche d'un objet qui leur aurait permis de forcer une porte ou une de ces grilles qui condamnaient les fenêtres. John s'était assis dans un fauteuil. Lorsque le froid devenait insupportable, il se levait et faisait quelques pas pour faire remonter la température de son corps. Sa montre indiquait 2 h 51 du matin. Ce qu'il redoutait maintenant était de s'endormir. Le policier allait et venait. C'était un jeune gars solide. Il tiendrait sûrement plus longtemps qu'eux. Mais lui aussi, tôt ou tard, cesserait de s'agiter en vain. Il penserait à économiser son énergie.

– On ne survivra pas dix jours…, lâcha Jack dans un souffle.

John tourna la tête à quarante-cinq degrés vers lui. Le mouvement lui coûtait, mais la remarque de Jack était avérée. Ce dernier poursuivit :

– On était déjà dans un sale état. Et maintenant…

Il s'arrêta pour reprendre sa respiration.

– Et maintenant le cauchemar continue. Et avec ce froid…

– Il faudra se relayer pour dormir, dit John. Sans ça, nous pourrions ne jamais nous réveiller et mourir gelés sans même en avoir conscience.

Jack acquiesça. Un moment empreint de désespoir passa. Le policier s'affairait encore. Il était retourné dans la salle de jeu. Jack l'entendait fouiller, déplacer des meubles.

– Qu'est-ce que tu crois qu'il fait en ce moment ? demanda John, le regard dans le vague.

– De… de qui parles-tu ? l'interrogea Jack.
– Ce monstre. Tu penses qu'il est en train de dormir ?
– À cette heure-ci… c'est probable.
Jack observait l'agent de police, qui était maintenant penché sur le corps de Randy Shelton. John parla tout bas :
– Il connaissait les trois criminels d'Eagle Nest… Je crois qu'il cherche à venger leur mort.
– C'est ce que j'ai conclu aussi, murmura Jack.
– Les trois petits lutins…, ajouta-t-il.
– Oui. Ils symbolisent les trois cousins Dillard, dit John.
Jack dodelina de la tête pour approuver, et la douleur dans sa main se fit plus vive. Il saisit une serviette blanche pour changer son bandage. Un grésillement émana dans le système audio. Le bruit familier d'un morceau de sucre tombant dans une tasse s'éleva dans la salle. Un liquide s'écoula, dans cette même tasse sûrement, et une cuillère tinta en remuant le tout.
La voix résonna dans l'espace glacé autour d'eux :
– Debout. Tas de larves.
Le ton s'était durci.
La porte près de la cheminée émit un déclic.
Wes délaissa le cadavre du gardien et rejoignit John et Jack qui s'étaient levés et se dirigeaient, tant bien que mal, vers la porte déverrouillée.
– Où allez-vous ? leur demanda Wes.
– Nous allons passer cette porte-là, devant, répondit John sans détourner son regard de l'entrée.
– Vous savez où elle mène ?
– Non. Mais elle vient de s'ouvrir, répliqua John.
– Les portes s'ouvrent toutes seules ? s'étonna Wes.
– Oui. Vous allez vous y faire.
John arriva devant l'entrée et posa sa main sur la poignée. Un frisson le parcourut quand il la fit tourner. Il poussa le panneau de bois d'un geste décidé. Face à eux, ce n'était qu'un nouveau couloir, identique à celui qu'il avait traversé

en quittant la cuisine. John en tête, les trois hommes franchirent le seuil et s'y engagèrent.

La voix les fit sursauter :

– Une autre porte va s'ouvrir au bout de ce couloir. Elle vous amènera au sous-sol.

John, Jack et leur compagnon d'infortune pressèrent le pas. Le bruit métallique d'un verrou se fit entendre, à une vingtaine de mètres à droite. John se présenta devant cette nouvelle porte.

– Qu'est-ce que tu attends ? gronda la voix. Ouvre-la.

John actionna la poignée et la poussa. Un escalier de béton descendait dans l'obscurité.

– Tes enfants et ta femme sont en bas, dans ces sous-sols, Gardner. Dépêche-toi... les minutes s'écoulent, et ma patience s'épuise.

Le tic-tac d'une horloge égrenant les secondes s'éleva. John s'engagea dans l'escalier en tâtonnant dans le noir. Ses gestes étaient rapides, il respirait à fond, faisant son maximum pour ne pas craquer. Il descendit les marches, posant ses pieds maladroitement, ses mains s'appuyaient sur les parois gelées, de chaque côté. Jack suivait, sa main blessée posée sur l'épaule de John pour se guider, l'autre sur le mur à sa droite. Wes leur emboîta le pas avec prudence. Bientôt, la lumière du couloir s'éloigna en haut derrière eux. L'obscurité s'épaissit encore et les enveloppa d'un noir profond, insondable.

Après cinq minutes de progression hésitante, John sentit que le sol était à nouveau plat, devant lui. Il continua à avancer tout droit, s'aidant de ses mains sur les parois rugueuses. Une lourde odeur d'humidité s'immisçait dans ses narines à chaque inspiration. La voix de Timothy jaillit, comme un éclair dans ces ténèbres putrides.

– Papa, tu es où ?! Papa !

– Timothy ! cria John.

– Là où il est, il ne t'entend pas, souffla la voix empreinte d'une aigreur toute machiavélique. Je l'ai enfermé dans un placard. Ton mioche braille en permanence, John. En revanche… ta femme…

John serra les dents.

– Je pourrai trancher la gorge de ton morveux rapidement, John, d'un coup de lame, pour avoir enfin la paix, ajouta la voix d'un ton exaspéré. Ce morveux est un calvaire.

– Pourquoi ? POURQUOI FAITES-VOUS ÇA ?! cria John.

Un rire dantesque résonna dans le couloir.

– Pourquoi ? répéta John à mi-voix en tombant à genoux.

La voix lança, impitoyable :

– Je veux que tu trouves la réponse, John. Je veux qu'elle remonte… du fond de…

Elle insista sur ces deux derniers mots :

– … *ton estomac.*

– Qui êtes-vous… MAIS QUI ÊTES-VOUS, bon Dieu ?! hurla John.

Seuls l'obscurité et le silence lui firent écho.

Jack aida son ami à se relever. Tous les trois reprirent leur parcours à l'aveugle.

Un autre déclic métallique résonna. Le son venait de plus loin devant eux, peut-être une dizaine de mètres. Un trait de lumière brillait sous cette nouvelle porte.

John l'ouvrit, cette fois sans une once d'hésitation. Les trois hommes firent irruption dans une pièce au plafond et aux murs de béton. Par endroits, des plaques verdâtres de moisissure avaient colonisé la surface gris sombre. L'une des parois, celle qui leur faisait face, était lisse et leur renvoyait leur reflet. John s'avança et posa sa main dessus. Du verre. À l'instant où ses doigts entrèrent en contact avec la matière glacée, une lampe s'éclaira, de l'autre côté de ce mur transparent. Un cri inhumain s'éleva.

Un homme était solidement attaché par les poignets au mur de béton, derrière lui, par d'épaisses chaînes. Ses bras s'étiraient de chaque côté de son torse, dans la posture d'un Christ sur sa croix. Ses pieds battaient frénétiquement dans le vide, à une vingtaine de centimètres du sol.

Ray McDowell. *Est-ce que c'est lui ?!*

John n'en était pas certain.

– Ray ? l'appela-t-il d'une voix atone.

Oui. C'était bien lui. John le reconnut à sa chevelure rousse, bien que celle-ci fût couverte de sang et en partie scalpée. Son visage était méconnaissable. Ce n'était plus qu'une plaie boursouflée dans laquelle une paire de globes oculaires étaient à demi enfouis, pareils à deux cerises fourrées sur un clafoutis. Ceux-ci s'agitaient dans tous les sens, tandis que de sa bouche gonflée et mutilée émanaient des gémissements étouffés, entre deux gerbes de sang.

John, Jack et Wes restèrent comme soudés à la dalle de béton pendant quelques secondes, incapables de la moindre réaction. Ils tressaillaient à chaque cri que Ray poussait, de l'autre côté du mur de verre.

6

– Ray ! cria John.

En réponse, celui-ci émit une espèce de borborygme rauque, qu'il prolongea par désespoir, sans doute, de n'être pas compris.

La voix s'abattit comme la foudre :

– La partie commence, John. Le jeu s'appelle le « Ray's Body Quiz ».

Une porte se déverrouilla à quelques mètres du pauvre Ray. Elle s'ouvrit sur un mastodonte, véritable tas de muscles qui devait mesurer dans les deux mètres. L'homme était vêtu d'un habit de boucher. Son visage était dissimulé sous un masque blanc de joueur de hockey sur glace. Il portait, par-dessus cet accoutrement, un tablier en plastique noir.

Ce type tenait entre ses grosses pognes, gantées de latex, une disqueuse, et ce n'était pas le petit modèle qu'on trouve en promotion sur Amazon. Non, c'était une vraie putain de disqueuse professionnelle, de celles qui découpent des poutres d'acier sur les chantiers de construction.

La voix demanda :

– Tu es prêt, John ?

Non. Il ne l'était pas. Il tremblait comme s'il avait été branché sur une prise de secteur.

– Que… que voulez-vous ?! cria John. Dites-moi… Que voulez-vous, bon Dieu ?!

La voix éluda sa question par un rire sarcastique.

L'homme à la disqueuse s'avança vers Ray d'une démarche révélant une étonnante bonhomie, ou peut-être que ce dandinement rythmé n'était dû qu'à sa surcharge musculaire.

– Première question, John. Ah, j'oubliais. Les règles du « Ray's Body Quiz » : chaque bonne réponse évite à Ray la perte d'un membre ou d'une partie de son corps. Chaque mauvaise, évidemment, permet à Gustav de tester son dernier joujou.

John resta la bouche ouverte, les bras pendants. C'était à peine s'il respirait.

– C'est bon pour toi, John ?

– Allez-y…, lâcha ce dernier, hagard.

– Bien. Écoute l'énoncé avec attention avant de répondre : le 6 janvier dernier, à environ 7 heures du matin, un véhicule affecté au transfert de détenus quitte la prison fédérale de Seattle, État de Washington. À son bord, vingt-huit détenus, quatre agents pénitentiaires et un chauffeur. Le véhicule a pour destination le pénitencier ultrasécurisé de Florence High, État du Colorado. Après six heures de route, le convoi entre dans le Montana et se trouve confronté à un phénomène météorologique majeur qui le force à changer son itinéraire… Question : quel problème rencontre le convoi de détenus ?

John était au bout du rouleau, mais la réponse était évidente.

– Le blizzard.

Le mot lui avait écorché la gorge.

Des applaudissements s'élevèrent dans les haut-parleurs.

– Bien joué, John. Bonne réponse. Le blizzard. Ce foutu blizzard sans qui nous ne serions pas là aujourd'hui.

En face, le molosse leva la disqueuse à bout de bras et fit rugir le moteur, visiblement mauvais perdant.

– Deuxième question : sur ordre de son supérieur, le chauffeur du véhicule de transfert prend alors la direction du nord, espérant contourner la perturbation. Cela rallongera le trajet, mais c'est la seule voie encore praticable. À 15 h 08, précisément, le contact avec le véhicule est coupé. L'administration pénitentiaire fédérale dépêche quatre voitures en urgence sur place, leurs hélicoptères étant tous cloués au sol par l'intempérie. Quand les véhicules arrivent sur les lieux, ils ne peuvent que constater la sortie de route. Le bus de transfert s'est crashé au fond d'un ravin, une cinquantaine de mètres en contrebas. Lorsque les agents approchent l'épave éventrée, la neige l'a déjà recouverte, en grande partie. Les équipes de secours médicalisées mettront plus de deux jours pour rassembler les corps des prisonniers et ceux du personnel pénitentiaire. Aucun survivant ne sera trouvé. Cependant, après cinq jours de recherches, on constate que des corps manquent au décompte des victimes.

La voix fit une pause et reprit :

– Combien de corps de détenus ne seront pas retrouvés dans l'épave, John ?

Wes fronça les sourcils en regardant John, qui ne mit pas longtemps à donner la réponse.

– Trois corps, dit John, sûr de lui.

– C'est encore une bonne réponse, John. Décidément, tu es incollable !

John vit que l'agent de police le dévisageait.

– Je continue, John. Écoute bien la suite, espèce de raclure de chiottes, le jeu va se compliquer : huit jours après l'accident, c'est-à-dire le 14 janvier, j'ai reçu un courrier de l'administration pénitentiaire fédérale m'informant que mon frère, Stanley Reed, était porté disparu à la suite de la sortie de route du véhicule qui le transférait au supermax de Florence.

Le visage de John se décomposa.

– J'ai été invité à venir récupérer le peu d'effets personnels qu'il avait, retrouvés intacts dans la soute de l'épave. Quand j'ai demandé que le corps de mon frère me soit restitué, afin de l'enterrer décemment dans le caveau familial, on m'a dit que ce n'était pas possible. J'ai alors convoqué mon meilleur avocat pour qu'il intervienne auprès des autorités.

Celles-ci lui ont répondu que le corps de mon frère n'avait toujours pas été retrouvé sur les lieux de l'accident. Question trois : où se trouvait mon frère, ce jour-là, si son corps n'était pas dans l'épave ?

John était livide, ses mâchoires tremblotaient sous sa barbe et il n'avait plus une goutte de salive dans la bouche. Wes ne le quittait pas des yeux.

– J'attends ta réponse, ordure, vociféra la voix.

John lança un coup d'œil à Ray, qui se débattait et grognait de douleur, s'étouffant dans son propre sang. Puis il regarda l'agent de police Colbert. Et enfin, il répondit. Les mots sortirent tout seuls :

– Le 7 janvier, au soir, trois hommes ont tapé à la porte du lodge d'Eagle Nest, où nous passions un séjour en famille, avec des amis. Nous leur avons offert l'hospitalité. Ils étaient affamés et…

– JE T'AI DEMANDÉ OÙ SE TROUVAIT MON FRÈRE, STANLEY REED, EN DATE DU 14 JANVIER, ESPÈCE DE FILS DE PUTE !

– Si votre frère était Stan Dillard, alors il… il était avec nous, dans le lodge, avoua John d'une voix qui déraillait.

– MAUVAISE RÉPONSE, GARDNER.

– Non ! Attendez ! cria John.

– GUSTAV, C'EST À TOI !

Le molosse s'approcha de Ray qui, visiblement, comprit que quelque chose de pire, de bien pire que ce qu'il avait subi jusque-là allait lui arriver. Il émit un hurlement qui se fondit dans le vrombissement du moteur de la disqueuse. L'homme et la machine ne firent plus qu'un pendant un instant. Dans une union charnelle sanglante, la disqueuse, maniée avec dextérité par Gustav, entama la jambe gauche de Ray. John avait pris ses cheveux dans les mains et serrait les poings à s'en décoller le cuir. Ses yeux étaient rivés à cette horreur sans qu'il puisse s'en détacher. Ray vibrait au rythme de la découpe et, très vite, son tortionnaire et lui disparurent derrière le mur de verre qui se couvrit de sang. John, Jack et Wes se regardèrent, ahuris, face à la vitre qui avait troqué sa transparence contre un rouge grenat lumineux.

La voix reprit, contenant sa fureur :

– Le 14 janvier, tu découpais mon frère Stanley en morceaux à la disqueuse, aidé par ton larbin à qui il manque maintenant trois doigts.

John sentit que tout son sang s'était glacé dans ses veines. Son corps n'était plus qu'un bloc de viande froide.

– Gustav, la vitre, ordonna la voix.

Dans la surface rouge du mur de verre se profila une bande transparente qui s'étira sur toute la largeur. Derrière apparut le tueur qui, équipé d'une raclette, enleva le sang de la vitre. Dans son dos, Ray, la bouche grande ouverte d'où plus aucun son ne sortait, tirait sur ses chaînes tandis qu'un jet de sang jaillissait de sa jambe tranchée et se déversait sur le béton. Gustav termina le nettoyage de la surface de verre en sifflotant, comme l'aurait fait un agent d'entretien.

– Le jeu continue, Gardner… Après cette réponse des autorités m'informant que le corps de mon frère n'avait pas été retrouvé, j'ai décidé de mener mon enquête. Je suis rentré en contact avec quelques connaissances à moi qui résident sagement, et pour longtemps encore, dans le très sévère supermax de Florence, prison dans laquelle Stanley devait être transféré s'il n'y avait pas eu ce blizzard pour changer la course du destin…

Le tueur ramassa la jambe de Ray et la déposa sur un établi où il l'empaqueta soigneusement de plastique. John écoutait la voix en regardant, impuissant, Ray se vider de son sang. Gustav plaça un seau sous le jet de sang pour éviter de patauger dedans.

– … Les bruits de couloir, dans une prison, c'est le seul vrai canal de communication. Les gars n'ont que ça pour se transmettre les informations en douce. Ça fonctionne encore très bien, peut-être même mieux que les téléphones portables que certains détenus parviennent à obtenir auprès de gardiens peu scrupuleux. Et les bruits de couloir du supermax de

Florence faisaient état de certains faits concernant cet accident où mon frère avait été porté disparu. Des faits que l'administration pénitentiaire fédérale s'employait à cacher…

Wes dressa l'oreille et releva la tête vers le plafond de la salle. Le tueur emporta la jambe empaquetée de Ray et alla la mettre dans un congélateur plus loin.

– … Les détenus parlaient de trois corps introuvables sur les vingt-huit… Ils évoquaient aussi deux armes de poing, qui avaient disparu de la ceinture d'un des matons… La rumeur disait également que quatre balles manquaient dans le barillet du flingue d'un autre maton. Tout cela amenait les gars à une déduction collective évidente : une évasion avait eu lieu. Trois veinards avaient survécu au crash et en avaient profité pour se faire la belle. Mon frère Stanley était donc peut-être en liberté, quelque part, dans ces montagnes, avec deux autres types… Question numéro quatre, Gardner : qui de vous a été le premier à déguster des morceaux de mon frère à la poêle ?

John jeta un œil vers Wes d'un air misérable et avoua :

– Moi.

– Bonne réponse. Ce qui va permettre à Ray d'avoir une chance de s'en tirer. Gustav, garrote-le.

Le tortionnaire se saisit d'un bandeau élastique sur l'établi et revint vers Ray. Il lui appliqua le garrot autour de sa blessure de manière à stopper l'hémorragie. John, Jack et Wes le regardaient faire, terrifiés. Ray avait eu droit à un sursis. Mais la partie était loin d'être terminée.

7

– M'imaginer que mon frère était en cavale me plaisait. Si c'était bien le cas, il ne me restait plus qu'à attendre qu'une de mes connaissances voie passer Stanley Reed sur son secteur et me prévienne. Stan ne l'aurait pas fait de lui-même. Il avait coupé les ponts avec moi depuis longtemps. Mon frère était un idéaliste. Il poursuivait un objectif noble. Après son arrestation pour les multiples assassinats dont il était accusé, les psys qui avaient étudié son cas le considéraient comme un monstre, l'égal de Charles Manson, mais je le connaissais mieux que quiconque et je savais qu'il ne faisait que poursuivre un idéal de justice. Sa mission : nettoyer la planète de toute cette fange immonde déguisée en honnêtes citoyens. Pour lui, cette catégorie de personnes était, par son nombre, le seul vrai fléau invisible de la société. Je l'admirais pour ça. Pour son courage. Pour sa détermination. Pour son sens de la justice véritable. L'argent ne l'intéressait pas. Et lui… lui me méprisait pour ce que j'étais devenu. Nos routes s'étaient séparées depuis l'adolescence. Puis il avait suivi des études de droit alors que j'étais déjà écroué pour mes premiers coups… Ainsi va la vie.

Mike Reed fit une longue pause et reprit, sur le ton d'une conversation presque anodine :

– Il était peut-être en cavale, et moi je n'avais aucun moyen de le contacter. Vous pensez bien, je lui aurais proposé de l'aider. Une planque, un minimum de fric. Même si je suis certain qu'il aurait refusé. C'était peut-être aussi une chance pour moi qu'il accepte d'enterrer nos différends. Car après tout, Stan était devenu un criminel, comme moi. Nous étions presque sur un pied d'égalité.

Reed émit un profond soupir.

– Pour résumer les choses : j'avais placé beaucoup d'espoir dans la cavale hypothétique de mon frère. Mais je ne pouvais rien faire d'autre qu'attendre. Alors, c'est ce que j'ai fait. J'ai attendu.

Il fit une pause et ajouta :

– Gustav, coupe la main droite de cet enfoiré.

– Vous n'avez pas posé de question ! s'exclama John.

– Non. Mais me rappeler tout ça me met en rogne. Alors, ça vaut bien une main.

Le tueur s'empara de la disqueuse d'un geste souple et la démarra. Il s'approcha de Ray. On eût dit que le monstre tressaillait de plaisir. Il leva sa machine et trancha, en moins de cinq secondes, la main de ce pauvre McDowell. Celle-ci tomba sur le béton telle une feuille morte alourdie par la pluie. Du poignet gauche de Ray, un flot de sang gicla en l'air, aspergeant le molosse. Ce dernier grommela tout en se marrant.

– J'ai attendu, reprit Reed, jusqu'à il y a cinq jours… L'un de mes gars de Las Vegas est venu me trouver. Il m'a informé d'un coup sur lequel on pouvait faire pas mal de fric : un milliardaire se faisait plumer par un type inconnu de nos services. J'ai mis un gars sur le coup. Celui-ci est revenu me voir le lendemain pour me donner plus d'infos. Le milliardaire en question se nommait John Gardner et son maître chanteur lui soutirait des millions. C'est quand j'ai entendu ton nom que tout s'est éclairé. John Gardner… John Gardner… Je me suis rappelé cette famille isolée dans un lodge pendant le blizzard qui avait sévi dans l'ouest du Montana. Ça avait fait la une. Je m'étais vaguement intéressé à ce fait divers parce qu'il avait eu lieu dans le coin où le bus de transfert qui transportait Stanley s'était crashé. Alors, j'ai commencé à me poser des questions : pour quelle raison ce type faisait chanter ce milliardaire ? L'idée de mon gars était de récupérer cette info, puis de zigouiller le maître chanteur pour ensuite prendre sa place… mais il y avait autre chose qui me travaillait. En étudiant cette affaire de plus près, je me suis aperçu que ton lodge se situait à moins de dix kilomètres, exactement, de l'endroit de l'accident du transfert. C'est là que j'ai commencé à penser que l'évasion de mon frère pouvait avoir un rapport avec cette histoire de chantage… Gustav, main droite.

– Non ! cria John.

La tête de Ray pendait en avant entre ses épaules. Peut-être était-il mort, songea John. Il ne bougea pas d'un pouce, n'émit pas même un son quand sa main se détacha de son poignet et tomba par terre devant lui.

Reed reprit :

– Josh est mon tueur le plus efficace. Je l'ai déniché à Chicago, il y a quinze ans maintenant. Cette ville est de loin la meilleure fabrique de truands d'Amérique. Le gars que vous voyez là, avec sa disqueuse, c'est Gustav, comme vous l'avez entendu. Gustav, lui, vient d'Europe, de Hongrie plus précisément… mais je m'égare. J'en étais où déjà ?… Oui, j'ai donc envoyé Josh pour faire la lumière sur cette affaire de chantage. Deux jours plus tard, il faisait parler ce petit minable dont je ne me rappelle pas le nom. Et ce minable lui balançait Felipe Ortega et Carlo Torres. Après avoir fait parler Ortega et Torres et les avoir proprement supprimés, ce bon vieux Josh avait le nom du maître chanteur. Il ne lui restait plus qu'à aller le trouver pour le soumettre à l'un de ses petits interrogatoires dont il a le secret. Question numéro cinq. Écoute bien celle-là. Elle est cruciale : qui est ce maître chanteur ? Je veux son nom, Gardner.

– Comment je pourrais le savoir ?! s'écria John.

Mike Reed émit un ricanement dans son micro.

– Oui, je dois dire qu'elle est vicelarde. Mais donne-moi quand même une réponse, enfoiré.

– Je ne sais pas…, lâcha John.

Il y eut un silence.

– Gustav, la tête.

John se détourna du mur de verre. Jack et Wes l'imitèrent. Le moteur de la disqueuse accélérera à fond. La découpe dura à peine plus longtemps que pour les mains. La lame cessa de tourner. Un bruit bref et sourd se fit entendre. Quelque chose venait de tomber sur le parterre de béton.

En face d'eux, une serrure émit un déclic.

– Ton comptable n'est plus de la partie, John. Mais, derrière cette porte, une surprise t'attend.

John s'avança jusqu'à l'entrée, frémissant comme une feuille dans le vent, suivi par Jack et Wes. Il tourna la poignée et poussa la porte. Derrière eux, Gustav était en train d'empaqueter avec soin la tête de Ray pour aller la mettre au frais.

8

Jour 3

La pièce où ils se trouvaient était semblable à la précédente, trente mètres carrés tout au plus, mais celle-ci n'était pas scindée en deux par un mur de verre. Une entrée se découpait dans la paroi opposée.

John vit la poignée tourner et la porte s'ouvrir.

Un homme passa le seuil, son épaule heurta le montant. Il boitait et se traînait plus qu'il ne marchait. Son visage était marqué par des blessures sanguinolentes, infligées par l'un de ces ravisseurs sûrement. John tiqua. Il lui semblait connaître ce visage, mais il ne parvenait pas à placer un nom dessus. Il fallait dire que le type était bien amoché aussi. Sa propre mère ne l'aurait pas reconnu. Ses cheveux étaient bruns, coupés très court. Son œil droit était poché et sa bouche enflée et tuméfiée, l'une de ses pommettes était balafrée. Les yeux de John s'ouvrirent tout grands.

– Riley ?!

L'homme releva son regard traînant vers lui.

La voix de Mike Reed résonna dans le système audio :

– Voilà, en chair et en os, la réponse à la question numéro cinq, Gardner. Ton maître chanteur.

– John, souffla Steven, visiblement épuisé. Ce type essaie de nous embobiner…

Les yeux de John virèrent au noir.

– Tu étais derrière tout ça, rétorqua John, alors que tout le monde vous croyait morts, Jenny et toi…

Steven leva la main devant lui.

– Attends, John. Tu ne vas pas prendre pour argent comptant ce que ce fou raconte. Il nous a tous capturés et enfermés ici !

John s'approcha de lui. Steven se mit à reculer. La porte claqua derrière lui. Le verrou se ferma.

– Petite vermine, vociféra John en continuant d'avancer, les poings serrés. Je t'ai invité au sein de ma famille. Tu as mangé à ma table. J'allais te proposer un contrat en or.

– John, écoute…

– Je t'ai fait confiance, et toi… en retour, tu m'as planté un couteau dans le dos. Sale ordure.

John se rua sur lui. Steven trébucha en reculant et s'affala par terre. John lui assena un coup de pied dans les côtes qui le fit se replier sur lui-même dans un cri étranglé.

– Saloperie de bordille !

Il lui donna encore un coup et un autre, en pleine face. Wes courut et ceintura John qui se retrouva plaqué au sol et maîtrisé par le policier.

– Reprenez-vous, monsieur Gardner ! lui intima Wes. La justice fera son travail !

John tenta de se défaire de la clé que lui faisait le policier. Wes était encore en pleine possession de ses moyens.

– Vous n'avez pas compris, Colbert ! Nous allons tous mourir ici ! répliqua John à bout de souffle. Lâchez-moi, je vais régler le compte de ce salaud !

Steven rampa en arrière, essaya de se relever, prenant appui sur ses bras qui tremblèrent sous l'effort, mais s'écroula et resta au sol, sonné.

La porte derrière Steven s'ouvrit d'un coup et le molosse fit irruption. Il tenait un revolver par le canon. Il fit deux pas vers Steven, posa l'arme à un mètre devant lui et ressortit. La porte se referma et se verrouilla.

La voix de Reed tonna dans la petite pièce :

– Prends le flingue, Steven. Et descends Gardner.

Steven rampa aussitôt vers le pistolet, se tortillant comme un ver. Jack rassembla ses dernières forces. Il se rua en avant et plongea à terre pour attraper l'arme au moment où Steven mettait la main dessus.

Un coup de feu claqua.

Jack sentit en lui une explosion de douleur, au niveau de son ventre. Du sang s'écoula de sa bouche. En quelques secondes, sa respiration fut réduite à un gargouillement incertain. Il était vautré sur Steven, qui se dégagea, serrant dans sa main le revolver, son dernier espoir.

– Bute Murray ! lança Reed d'un ton follement amusé. Oui ! Bute Murray d'abord !

Les mains de Jack tâtonnaient, essayaient d'agripper Steven qui rampait en arrière. Un voile noir descendait lentement devant ses yeux. Le rideau final. Il le savait. Mais il fallait tenter le tout pour le tout. Il n'avait plus rien à perdre.

– Bute-le ! Bute-moi ce con tout de suite ! Ah, ah ! se marrait Reed derrière son micro.

Wes relâcha John et voulut se relever pour stopper Steven.

Ce dernier se redressa sur un coude, leva le bras et pointa l'arme sur Jack, prit le temps d'ajuster sa tête dans le viseur. BANG ! La balle perfora le front de Jack et emporta l'arrière de sa boîte crânienne qui se répandit sur le béton en une traînée rose-rouge grumeleuse.

– Oui ! Bien visé, Steven ! Bravo ! commenta Reed en applaudissant.

La main de Jack agrippait encore la cheville de Steven et son pied mutilé. Ce dernier tira sur sa jambe, cria de douleur, parvint à se dégager. Rampa en arrière. Se redressa en s'adossant contre le mur. Son cœur battait à tout rompre. Il serrait la crosse de l'arme au point d'avoir mal aux phalanges.

– Descends-les, Steven ! Vas-y ! ordonna Mike Reed dans son micro. Il ne riait plus maintenant.

Steven pointa l'arme vers Wes qui s'apprêtait à lui foncer dessus. Ce dernier se figea et leva les bras en l'air.

Steven dirigea alors le canon du revolver sur John.

9

Son index se plaça sur la détente de l'arme, trembla l'espace de deux secondes et se relâcha.

Il baissa le revolver.

– Espèce de pédale ! Bute cet enfoiré, tu m'entends ?!

Un très bref instant de lucidité avait suffi. Steven regarda en l'air, présenta son poing sous l'œil des caméras invisibles, paume vers le haut, et il releva son majeur.

– Va te faire foutre, Reed, lâcha-t-il avec un sourire.

Pourquoi tuer John ? Il n'éprouvait plus aucune haine contre lui à présent. Tous les deux étaient dans la même situation : ils faisaient face à un ennemi identique.

– Tu vas le regretter, Riley. Crois-moi, tu vas le regretter.

Dans sa salle de surveillance, face aux multiples écrans déployés en demi-cercle, Mike Reed empoigna le gamin par le bras et le tira brutalement à lui.

– Lâchez-moi ! Papa ! cria Timothy.

– Jette le revolver au sol, devant la porte, Riley, ordonna Reed. Sinon, le mioche va passer un sale quart d'heure.

Steven et John échangèrent un regard, après quoi Riley fit glisser l'arme par terre jusqu'à la porte. Celle-ci se déverrouilla et s'ouvrit. Le mastodonte fit un pas dans la pièce, se baissa et ramassa le revolver. Il disparut aussitôt. La porte se referma après lui.

John, Wes et Steven se regardèrent en silence. Au milieu de la pièce, le corps inerte de Jack semblait leur dire : « Restez soudés. C'est votre seule chance de vous sortir de là. »

Timothy fixa Reed droit dans les yeux.

– Mon papa va venir vous trouver et il va vous coller son poing dans la gueule.

Mike Reed ricana.

– Tu en as une sacrée paire, petit. Ça te dirait de bosser pour moi ?

– J'aimerais plutôt mourir, dit Tim en croisant les bras.

– Ah, ah, tu me plais, petit, s'esclaffa Reed.

Il se leva de son siège et prit Timothy par le bras.

– Lâchez-moi !

– Ferme ton clapet. Je t'ai assez entendu.

Reed appuya sur une commande, et la porte de la salle s'ouvrit. Il entraîna l'enfant le long d'un couloir moquetté jusqu'à une porte qu'il ouvrit au moyen d'une clé. Il poussa Tim dans la pièce et referma à clé.

Timothy courut se réfugier contre sa mère et fondit en larmes.

– Ça va aller, mon chéri… Ça va aller, ne pleure pas, lui murmura Sally en le serrant fort contre elle.

Samantha accourut vers eux et les prit dans ses bras. Ted et Ashley étaient blottis l'un contre l'autre, dans un coin de la pièce, qui devait être une ancienne chambre. Le seul mobilier était un matelas deux places, dépourvu de couvertures, jeté au milieu. L'emprise du froid se resserrait sur eux au fil des heures.

Mike Reed surgissait parfois dans l'encadrement de la porte. Il les scrutait d'un œil mauvais et se ruait sur l'un d'eux, comme un fauve affamé. Trois fois, il avait emporté Tim avec lui. Il l'utilisait pour faire pression sur John. L'enfant leur avait raconté en détail ce qui se passait de l'autre côté. « Il y a un couloir, et puis une autre porte, et puis une salle avec plein de télés. Il fait chaud là-dedans. Et le vilain monsieur regarde les télés, il a des ordis aussi devant lui. J'ai vu papa. Dans les télés. J'ai vu Jack aussi… »

Reed avait emporté Sally une fois. Il l'avait ramenée moins d'une heure après, comme on ramène un article défectueux chez un commerçant, pour se le faire rembourser ou échanger contre un autre. Il avait finalement sélectionné Ashley après une brève hésitation entre Samantha et elle. Ashley était un produit satisfaisant, de première fraîcheur. Maman Gardner faisait pâle figure à côté de cette jeune créature.

Il avait emmené Ashley dans sa salle de surveillance. Lui avait demandé de se déshabiller. Elle était partie se réfugier dans un coin de la pièce. Il l'avait alors prévenue de ce qu'il ferait aux autres si elle ne lui obéissait pas. Elle était sortie de sa cachette, s'était avancée, avait levé les yeux vers lui, et l'avait regardé bien en face. Elle n'avait vu qu'un porc répugnant qui salivait à l'idée de la sauter. Il lui avait servi un whisky et lui avait ordonné de boire avec lui. Elle avait obéi. L'alcool avait dissipé sa peur. Il avait mis de la musique. Lui avait demandé de danser. Elle s'était mise à bouger, son verre à la main. Il lui avait commandé encore une fois de se déshabiller. Et cette fois-ci, elle avait obtempéré. Elle s'était effeuillée sans le quitter des yeux. Cette ordure abjecte. Il ressemblait à son frère. Grand, massif. Mais ses yeux n'étaient pas bleus comme ceux de Stan Dillard, non, les siens étaient noirs comme la nuit. Et ses traits étaient encore plus rudes. Il avait vraiment la gueule de l'emploi. Il lui avait inspiré un tableau qu'elle peindrait, plus tard. Quelque chose de très rouge. Il lui avait demandé de continuer à danser. Elle avait presque réussi à être sensuelle. Il s'était approché d'elle. Il respirait fort. Comme un vrai porc. Il l'avait pelotée du bout des doigts et s'était mis à se tripoter à travers son pantalon. Il n'avait rien fait de plus que ça. Ça avait duré quelques minutes, deux ou trois, pas plus. Et il lui avait dit de se rhabiller. Elle lui avait souri en passant son soutien-gorge. Il lui avait dit de rester près de lui, assise, à ses pieds. Elle avait obéi. Ensuite, durant au moins deux heures, il avait observé John et deux autres hommes sur les écrans vidéo.

Elle n'avait jamais vu ces types qui suivaient John. Elle se demanda où était son père. Reed jouait avec eux. Il leur ouvrait des portes, les refermait, les faisait aller de pièce en pièce, les humiliait.

– Quel âge tu as ?

Il se remplit un autre verre.

– Vingt ans, répliqua-t-elle.

Il passa la main dans ses cheveux. Elle se laissa faire.

– T'es joliment carrossée, tu sais ?

Elle lui répondit par un nouveau sourire. Oui, c'était prendre des risques, mais elle était maintenant certaine qu'il ne la violerait pas.

– T'as pas l'air d'avoir peur, dit-il.

– Non, lui rétorqua-t-elle. Et j'avoue que votre compagnie est même assez agréable.

Il rit, comme un corbeau croasse.

– C'est drôle, j'ai comme l'impression que tu te fous de…

Elle l'interrompit en posant sa main sur sa braguette et dit tout bas :

– Peut-être que je peux essayer de faire quelque chose, pour ça.

Sans attendre de réponse, elle se leva, lui piqua son verre et se remit à danser devant lui.

– T'es une sacrée nana, toi.

C'est ce que tous les mccs discnt.

– Je pourrais te garder avec moi, ça te plairait ?

– Pourquoi pas ?

– Tu fais quoi de ta vie, poulette ?

Elle but une gorgée qui passa de travers et toussa. *Poulette, quel con !* Elle continua à danser, sa tête commençait à tourner.

– Je suis artiste. Je peins.

– Viens par ici.

Il la saisit par le bras et la tira à lui comme une brute. Elle se retrouva assise sur ses genoux.

– Moi aussi, je peins. Regarde.

Il lui attrapa le visage et lui tourna la tête vers les télés. De son autre main, il cliqua sur ses commandes. Tous les écrans n'en formèrent plus qu'un. Sur la surface lumineuse pixélisée se dessina le corps de Ray McDowell. Ashley secoua la tête pour que Reed la lâche et qu'elle puisse donner son avis.

– Le rouge comme dominante… associé au gris sombre du béton, c'est très *dark*, commenta-t-elle.

Elle garda sa peur tapie au fond de son ventre.

– Les aspérités, la moisissure, continua-t-elle, tout ça ajoute un côté *destroy*… Et le corps… un sacrifice néogothique, un Christ exécuté par des Romains dopés aux amphètes et adeptes de SM.

Elle tourna ses grands yeux noirs vers lui et poursuivit :

– On peut pas dire que ça inspire la joie, ton tableau.

Cette fille avait une sacrée paire de couilles. Il répliqua, amusé :

– Disons que j'appartiens à cette catégorie d'artistes qui aiment trancher dans le vif.

Elle sirota une petite gorgée de son verre et fit son possible pour ne pas tousser cette fois.

– On est où ici ?

– J'ai hérité de cet hôtel d'un gars qui me devait du fric. Beaucoup de fric. Comment tu trouves ?

– Sympa.

– Je l'ai aménagé pour des raisons pratiques dues à mes activités. J'y fais parfois venir des types qui m'ont causé du tort.

– Je vois.

– Ce type qui me l'a refilé l'avait lui-même racheté pour une bouchée de pain à la famille d'un milliardaire qui était décédé dans l'une des chambres. On l'avait retrouvé noyé dans une baignoire. À l'époque, la presse avait évoqué un suicide. Mais la famille de l'homme d'affaires avait démenti. Sa mort n'a jamais été expliquée.

– C'est glauque. J'adore.

– Ce milliardaire avait fait l'acquisition du bâtiment dans les années quatre-vingt. L'hôtel n'était plus qu'une ruine carbonisée. Un incendie l'avait ravagé dix ans plus tôt. Ce richard était obsédé par cette baraque. Il l'avait fait entièrement reconstruire, à l'identique, d'où le mobilier ringard et les moquettes psychédéliques.

– J'aime bien.

Elle but une autre petite gorgée de whisky.

Il sortit un de ses seins de son soutien-gorge, le prit dans sa bouche, s'amusa à le lécher et joua avec lui un instant. Ashley se demanda s'il sentait le froid qui l'avait envahie.

Elle détourna son attention.

– Donc tu es un… enfin une sorte de… criminel, c'est ça ?

Il délaissa son téton.

– Du point de vue de la loi, on peut dire ça. Mais les lois sont proposées par des hommes qui peuvent en toute légalité envoyer des milliers de gars en massacrer des milliers d'autres, à tous les coins de la planète. Et ces types qui tirent les ficelles ne sont pas des criminels, non… on les appelle des politiciens. Alors disons que je fais, moi aussi, de la politique. De la politique souterraine. Parce qu'il existe un monde dans les bas-fonds de la société, et que les créatures qui y grouillent ont besoin de lois, elles aussi.

Elle reposa son verre presque vide sur le bureau devant elle. Les mains de Reed allaient et venaient sur sa pcau, caressaient ses jambes, ses hanches. Il s'empara de la bouteille et remplit leurs verres. Elle ne savait plus vraiment ce qu'elle faisait. Tout ce qui comptait maintenant était qu'il ne perçoive pas la peur profonde qu'elle ressentait.

10

John était assis sur le béton glacé, adossé au mur, proche de l'épuisement total. Son mental se vidait peu à peu de ses dernières pensées. Il songeait à Sally, à ses enfants, enfermés eux aussi, quelque part dans ces lieux sordides. L'espoir de les retrouver s'était presque éteint. Mais leur image mentale était tout ce qui lui restait. Il ne ressentait plus le froid ni la faim. La peur s'était, elle aussi, dissoute dans le gouffre sans fond de la mort, qui ne tarderait plus à venir.

Wes inspectait la pièce, à la recherche d'un indice, ou plus simplement d'un moyen de franchir cette énième porte en face d'eux. L'espace bétonné dans lequel ils étaient confinés ne dépassait pas vingt mètres carrés. Aussi, il en fit vite le tour. Il se rassit et resta un moment indécis. Une foule compacte de questions piétinait dans son mental. Il observa John un instant, hésita à lui parler, mais ce dernier n'était plus en état de l'écouter. Il pouvait essayer d'interroger Steven Riley, qui en savait sûrement autant que John sur Eagle Nest… Mais à présent, il commençait à lâcher prise sur son enquête. Le seul vrai problème qui subsistait était celui de leur survie.

La voix de Reed s'éleva :

– Ça va, John ? Pas trop la forme, on dirait.

John ouvrit la bouche pour répondre, mais il se ravisa. Parler à ce psychopathe ne pouvait que faire empirer les choses.

Reed reprit :

– Peut-être que manger un petit truc vous aiderait à aller mieux. Gustav a mis des morceaux de ton collègue, Ray McDowell, au frais. Ça vous dit ?

Wes et Steven gardèrent eux aussi le silence.

– Non ? Dans ce cas, levez votre cul…

La porte en face d'eux se déverrouilla.

– … et passez dans la pièce suivante. Le jeu continue.

John rassembla le peu de forces qui lui restait et se releva. Wes fit de même, aida Steven à se mettre debout et l'épaula. John avança jusqu'à la porte et l'ouvrit. Au fond de lui, il espérait que ce serait la dernière, que, derrière elle, la mort l'attendait. Mais elle ne révéla qu'une autre pièce bétonnée, plongée dans une demi-obscurité malsaine. Quand il eut franchi le seuil, son attention fut tout de suite attirée au fond, à sa droite, par un cliquetis métallique. Un murmure monta dans la pénombre :

– Pitié… Aidez… aidez-moi.

Le néon au plafond s'éclaira. John eut un mouvement de recul. Il demeura un instant sonné par ce qu'il vit en face de lui. Wes eut la même réaction. Steven poussa un cri.

Une femme nue, ensanglantée, la peau parsemée d'entailles et de mutilations invraisemblables, était comme prise dans les rouages d'un appareil qui couvrait toute la surface du mur. Elle était accrochée, au-dessus du sol, par des chaînes à ses poignets et à ses chevilles, à cette machine énorme faite de courroies et d'engrenages. John fit un pas vers elle, mais aussitôt la mécanique, dégoulinante d'une huile noirâtre, s'activa en cliquetant. Les chaînes se tendirent et la pauvre femme hurla de douleur.

– Jenny ! cria Steven en claudiquant vers sa compagne.

La voix de Reed gronda comme la foudre :

– Ne fais pas un pas de plus, Riley, ou ta pouffiasse sera réduite en un tas de viande.

Jenny Mills ! John ne l'aurait pas reconnue. Son visage était comme effacé derrière un gribouillage rouge.

– Steven…, balbutia Jenny d'une voix faible.

Ce dernier voulut s'avancer vers elle, mais les chaînes se tendirent. Jenny poussa un cri qui figea Steven sur place.

– Tu l'aimes, ta Jenny, pas vrai, Steven ? dit Reed d'un ton cruel et doux à la fois.

– Ne lui faites pas de mal. Je vous en prie.

– Si tu veux que je l'épargne, il va falloir que tu fasses ce que je te dis.

– Je vous écoute.

– Tu vas terminer ce que tu as interrompu.

Steven ne comprit pas tout de suite. Il resta, hésitant, oscillant sur sa jambe valide, face à Jenny qui le regardait, implorante. Il leva les yeux vers le plafond et demanda :

– Qu'est-ce que je dois terminer ? Je ne comprends pas !

– Je veux un combat à mort, répondit Reed. Toi contre Gardner.

Steven pivota vers John et faillit tomber. Il se rétablit et eut du mal à garder l'équilibre. John le fixait d'un regard vide, les poings serrés. Il était prêt à se battre.

– Non ! cria Wes en s'interposant. Il cherche à nous diviser !

Mais à peine Wes eut terminé sa phrase que les engrenages de la mécanique s'activèrent. Les chaînes se tendirent d'un cran encore. Jenny poussa un hurlement de douleur qui les glaça d'effroi.

– Fais ce que je te dis, Riley, ou ta copine y passe ! Et toi, le flic, reste où tu es.

Les rouages s'actionnèrent de nouveau, et la pauvre Jenny sentit ses bras et ses jambes s'étirer. Les entailles qui couvraient son corps s'ouvrirent plus grand, libérant des filets de sang, et lui arrachant un nouveau cri.

Steven se rua sur John en boitant. Ce dernier attendit qu'il arrive à sa hauteur et lui décocha un direct que Steven, dans une esquive maladroite, parvint quand même à éviter. Il ceintura John et, dans son élan, l'emporta avec lui. John recula et chuta sur le dos. Wes les regardait, impuissant. Au moindre de ses mouvements, la mécanique infernale s'activerait et mettrait un terme aux souffrances de Jenny.

John n'avait pas le choix. Il n'allait pas se laisser battre à mort par Riley. Il avait agrippé les poignets de Steven, au-dessus de lui, et ce dernier gesticulait pour le faire lâcher prise. Steven parvint alors à lui assener un coup de tête. John l'esquiva en partie et s'arcbouta pour le basculer sur le côté. Au prix d'un effort maximal, il le renversa et se retrouva sur lui. Il lâcha son bras et lui donna un coup de poing assez puissant pour le sonner, et encore un autre. Sa haine s'embrasa soudain. Riley roula sur son flanc, se tenant la tête. John se jeta sur lui et le roua de coups jusqu'à ce qu'il n'ait plus la force de cogner.

La voix implacable de Reed rendit son verdict :

– Tu m'as déçu, Riley. Dis adieu à ta Jenny.

Le visage boursouflé de Steven se braqua vers son amour. Il réussit à lui dire, à mi-voix :

– P… pardon.

Les rouages d'acier se mirent à tourner, et les chaînes se tendirent encore. Le cri de Jenny se changea en un borborygme inhumain. La machine aveugle et sourde continua de s'activer, et les chaînes de se tendre. Le hurlement de Jenny cessa soudain. John et Wes détournèrent leur regard. Ils entendirent alors une sorte de déchirement atroce, et quelque chose de vaguement liquide se déversa sur le béton de la pièce.

Le mécanisme s'arrêta.

Steven tendit les mains en sanglotant vers ce qui restait de sa compagne : un amas de chairs difforme qui s'étalait par terre. Les bras et les jambes de Jenny se balançaient au bout des chaînes. Le rire infâme de Reed résonna. Et le bruit du verrou de la porte retentit.

– Relevez-vous, bande de charognes. Le jeu continue.

11

Jour 4

La porte de la chambre s'ouvrit d'un coup. Mike Reed resta sur le seuil, scrutant ses otages d'un œil de tyran.

– Allez, amène-toi, brailla-t-il.

Ashley lâcha la main de Ted. Ils échangèrent un dernier regard. Elle se leva et marcha jusqu'à ce monstre qui l'attendait, comme un prédateur guette sa proie. Il l'attrapa par le poignet et l'emmena dans son antre. La pièce n'était éclairée que par les lueurs bleues des moniteurs de surveillance. Il s'assit à sa console. Elle prit place par terre, à ses pieds. Un moment plus tard, il lança, sans décoller son regard des écrans :

– Tu as peur de moi, hein ?

Elle se concentra pour rassembler le peu d'assurance qui subsistait en elle.

– Pourquoi devrais-je avoir peur ? répliqua-t-elle.

Il rétorqua d'un ton sec :

– Tu sais pourquoi je vous ai fait enlever et emmener ici ?

– Je crois que ça a un rapport avec ce qui s'est passé avec les trois hommes qui sont venus dans le lodge, pendant la tempête.

Il la fixa d'un regard plein d'une haine noire, glaciale.

– Ce type qui boite, là.

Il lui désigna un écran sur lequel apparaissait Steven. Il marchait en rond, sûrement pour lutter contre le froid.

– Il m'a informé de tout ce qui est arrivé dans votre putain de lodge. Tout. Dans le moindre détail. La façon dont

Gardner s'est débarrassé de mon frère et de ses deux amis. Et surtout, la façon dont certains d'entre vous se sont *nourris* de Stan.

– Je… je comprends, bredouilla Ashley.

– Non !

Il tapa un grand coup sur la console. L'un des écrans s'éteignit.

– Tu ne peux pas comprendre !

Il reprit, en s'efforçant de garder son calme :

– Essaie de t'imaginer un frère. Et essaie ensuite de te représenter un groupe de personnes se partageant des morceaux de ton frère autour d'une table.

Ashley déglutit. Effectivement.

Il la regarda longuement, et un sourire démoniaque étira ses lèvres.

– Vous allez tous y passer… À commencer par ceux qui ont bouffé mon frangin.

– Je suis végétarienne, dit Ashley.

Il ricana. Dans ses yeux, elle aperçut toute la cruauté qui emplissait son âme. Il reprit :

– Je te propose un deal : en échange de ta vie, tu deviens mon esclave.

– Votre… *esclave* ?

– Tu seras à moi. Je pourrai disposer de toi quand j'en aurai envie.

– Vous disposerez de moi pour quoi faire ?

En voyant son visage s'assombrir, elle comprit qu'elle venait de lui faire un affront.

– Ce qui me plaira.

Elle se rattrapa en baissant la tête pour lui montrer sa soumission.

– Réfléchis, dit-il en passant sa main sur sa joue, c'est quand même moins pire que la mort, non ?

Elle eut soudain très froid. Il pouvait lui ôter la vie à tout instant. Elle le sentait. Parfois, il regardait ce poignard posé sur la console. Ses yeux détaillaient cette lame et revenaient vers elle. Ce type était fou. Accepter son marché était tout ce qu'elle pouvait faire.

Elle acquiesça, d'un mouvement de tête imperceptible.

– Bien. On est une gentille fille, lui souffla-t-il au creux de l'oreille. Tu verras, tu prendras du plaisir à me servir.

Il se renfonça dans son siège, face à ses écrans, tout en continuant à passer sa main dans ses cheveux, comme il aurait caressé une chienne assise près de lui.

– J'hésite, dit-il, je ne sais pas dans quelle salle les amener maintenant.

Il cliqua sur une commande pour zoomer sur l'intérieur d'une des pièces.

– Ici, nous avons ce qu'on appelle communément « une vierge de fer ». Tu connais ce truc ?

Ashley agita la tête pour dire oui, retenant des larmes froides au bord de ses yeux.

– Et dans cette pièce-là, nous avons une scie circulaire et son tapis roulant. Un appareil qu'on utilise dans les scieries, pour la fabrication de planches. Je pourrai placer l'un de tes trois amis dessus, pour une découpe dans la longueur. Symétrique, impeccable… En cas de mauvaise réponse, bien entendu. Je suis bon joueur.

Ashley sentait la peur comprimer ses tripes. Le contact de la main de ce monstre qui passait sur sa peau lui était insupportable, mais elle s'employait à ne pas bouger, pour lui montrer sa docilité.

– Alors ? s'impatienta-t-il. Laquelle ?

– Je ne sais pas, répondit-elle dans un souffle.

– D'accord. Je vais choisir pour toi.

Il prit un instant de réflexion et se décida.

– La scie. Plus visuel. Plus spectaculaire que la trop classique vierge de fer. T'es pas de mon avis ?

Ashley agita la tête sans décoller ses yeux du sol. Elle ne retenait plus ses larmes, à présent. Elles tombaient et s'écrasaient sur le bois du parquet.

– Eh, je te parle !

Elle releva le visage dans sa direction.

– Oui, la scie est sûrement mieux, dit-elle d'une voix atone.

– D'accord. Va pour la scie.

Il se pencha sur son clavier, activa la commande d'ouverture et brailla dans le micro :

– Debout là-dedans ! On passe dans l'autre pièce.

La peur au ventre, Ashley vit John et les deux hommes franchir le seuil. Ils pénétrèrent dans cette nouvelle salle où la machine de découpe les attendait.

Dans le couloir, un vacarme monta soudain. Des coups contre une porte. Reed saisit son poignard et se leva d'un bond. Le bruit venait de la chambre où Sally et les enfants étaient enfermés. Ashley resta à sa place. Elle regarda Reed courir pour aller voir ce qui se passait. Il se retourna vers elle avant de quitter la pièce.

– Ne bouge pas d'ici. Et ne touche à rien. C'est compris ?

– Compris.

Il sortit et l'enferma à double tour.

Elle attendit quelques secondes, se leva et s'empara de cet énorme cendrier en verre rempli de mégots de cigares qu'elle avait repéré depuis la veille. Ses gestes étaient déterminés. De la sueur commença à perler sur son front. Sa respiration s'accéléra. *Calme… calme, tout va bien se passer*. Reed irait jusqu'à la chambre, l'ouvrirait. Ted lui dirait que Sally avait fait un malaise. Il refermerait la porte en jurant, ou peut-être qu'il prendrait quelques secondes pour contrôler l'état de Sally.

Elle courut se placer sur le côté de l'entrée et attendit.

Dans le couloir, une porte claqua.

Les pas de Reed se rapprochèrent. La clé tourna dans la serrure. Elle se plaqua contre le mur et retint son souffle, serrant le cendrier dans ses mains.

12

Son corps se glaça de la tête aux pieds. Elle se mit à trembler en voyant la poignée se baisser et la porte s'ouvrir. Reed entra. Il s'immobilisa. Il était dos à elle.

Elle abattit le cendrier de toutes ses forces sur son crâne. Reed s'effondra par terre. Elle se pencha au-dessus de lui, terrifiée par ce corps inerte, et plus encore par ce qu'elle venait de faire. Du sang s'écoulait d'une des oreilles de Reed. L'espace de quelques secondes, elle l'observa, haletante. Elle se dit qu'elle l'avait peut-être tué. Un moment de panique suivit. *Qu'est-ce que j'ai fait… merde, mais qu'est-ce que j'ai fait ?!* Elle se ressaisit. Se baissa et fourra sa main tremblante dans la poche du jean de Reed. La ressortit en tenant la clé de la chambre. Se releva. Reprit son souffle. Tout allait trop vite. Elle secoua la tête, comme pour tout remettre en place. La console. Elle courut s'installer aux commandes.

Ses doigts se posèrent sur le clavier. Oisillons sur une branche pendant la tempête. Elle hésita. Ferma les yeux pour mieux se rappeler les quatre lettres et les deux chiffres du code qu'elle avait mémorisés. THUD08. Entrée. Un voyant vert s'alluma au bas de l'écran principal. La pression diminua d'un cran. L'oxygène circulait de nouveau vers ses poumons. Elle se retourna. Reed n'avait pas bougé. Maintenant, elle espérait qu'il était mort.

Elle activa le micro. Fit défiler la liste des caméras. Les mit en marche. Jeta un coup d'œil vers le mur d'écrans. Sur l'un d'eux : John, Steven et l'autre homme. Ils attendaient la mort dans la pièce où se trouvait la scie. Faire vite. Ne pas paniquer.

Elle parla dans le micro à voix basse.

– John… c'est moi… Ashley.

Il leva les yeux vers le plafond de béton.

– Ashley ? s'exclama-t-il.

Steven et Wes se regardèrent, interloqués.

– Oui…, murmura-t-elle. Nous avons très peu de temps.

Une vague de chaleur emplit le cœur de John. *Bon Dieu, merci.*

Ashlcy rcprit :

– Je suis face aux écrans qu'il utilise pour vous surveiller.

– Mais où est-il ? Où es-tu ?!

– Je l'ai assommé… Je… je ne sais pas s'il est encore en vie. Il ne bouge plus. Je suis dans une salle, peut-être à l'étage, je ne sais pas !

– Calme-toi, Ash… S'il ne bouge plus, alors tu ne risques plus rien. Est-ce que tu vois un moyen pour nous libérer ?

– Oui ! souffla-t-elle. Je peux ouvrir et refermer les portes.

– Parfait !

– J'ai repéré un endroit où les tueurs se dirigent, et ensuite ils disparaissent des écrans. J'en ai déduit qu'il y avait une sortie par là. Je vais vous orienter vers cette salle.

Elle actionna une commande, sans être certaine que c'était la bonne. Ses doigts étaient glacés, son front couvert de sueur à présent. La porte se déverrouilla au fond de la pièce, derrière la scie. Un sourire éclaira le visage de John, puis celui de Wes.

– Bien joué, Ash ! lança John. Allons-y !

Ils se retrouvèrent dans une salle vide, semblable à toutes les autres. Une porte se découpait dans le mur de droite, une autre dans celui de gauche.

– Par là, dit Ashley.

Celle de droite se déverrouilla. Les hommes la franchirent pour quitter la pièce. Ashley se retourna. Reed était encore inconscient. Quand ses yeux revinrent vers les moniteurs, elle perçut du mouvement sur un écran, en haut à gauche.

C'était l'un des deux tueurs. Le molosse adipeux qui s'était introduit dans son loft, accompagné de son complice. Ils les avaient drogués. C'était la dernière chose dont elle se souvenait. Cette seringue intradermique qu'ils lui avaient plantée dans l'épaule. Et Ted et elle s'étaient réveillés dans cet hôtel délabré.

Le molosse était affairé à affûter des lames sur un tour. Il sifflotait, pendant que ses prisonniers étaient en train de s'évader. Elle revint vers John, Steven et leur compagnon d'infortune, et actionna une autre commande.

– John, par ici, dit-elle tout bas dans le micro.

Les trois hommes passèrent cette nouvelle porte qui venait de s'ouvrir. Un torrent d'énergie affluait dans le corps de John. Wes ne sentait plus le poids de Steven. Ce dernier traînait la patte, hermétique à la vague de courage qui avait déferlé sur le groupe.

Une autre serrure se déverrouilla. La voix d'Ashley s'éleva :

– Celle-ci donne sur un couloir. Il faudra prendre à droite, tout au bout, et ensuite ce sera la première sortie de gauche.

– D'accord ! lança John en accélérant le pas.

Ashley se retourna pour s'assurer que Reed était encore inconscient. Son corps n'avait pas bougé. Les yeux d'Ashley revinrent vers les écrans. Et ce qu'elle vit lui arracha un cri. Le second tueur traversait une pièce. Il tenait une carte magnétique en main. Il s'arrêta face à une entrée et passa la carte devant la serrure. La porte s'ouvrit. Il poursuivit sa route. Ashley sentit la panique monter.

Elle se rapprocha du micro et dit tout bas, le plus calmement possible pour ne pas transmettre aux trois hommes la peur qui l'avait envahie :

– John, l'autre tueur est dans les sous-sols.

– Où est-il ?

Ashley chercha à localiser la salle où il pénétrait, passant à nouveau sa carte devant une autre serrure. Elle fit défiler les pièces sur l'écran de contrôle et comprit où le meurtrier se situait. Un frisson glacé la saisit. Elle se maîtrisa pour répondre à John :

– Il est à deux pièces du couloir, John. Il… il vient dans votre direction !

13

– Courez ! souffla Ashley.
– D'où arrive-t-il ?! demanda John à mi-voix.
– Il va entrer, au bout du couloir. Revenez en arrière !

Ils firent demi-tour et rebroussèrent chemin aussi vite qu'ils le purent.

– Ici ! dit Ashley.

Elle déverrouilla une serrure, à leur droite.

John la poussa, ils se ruèrent à l'intérieur. La pièce n'était pas éclairée. Ils entendirent une porte s'ouvrir au fond du corridor qu'ils venaient de quitter. Leurs respirations se suspendirent. La porte se referma. John approcha son oreille du cadre. Wes et Steven l'imitèrent. Le silence emplit l'obscurité autour d'eux.

– Ash, chuchota John, tu m'entends ?
– Oui, répondit-elle dans un murmure presque inaudible.
– Que fait-il ?
– Il s'est arrêté au début du couloir. Il consulte son Smartphone.

Elle fit volte-face vers le corps inerte de Mike Reed. Une vibration monta d'une des poches de sa veste. Puis une autre. *Il est en train d'essayer de l'appeler !* Une autre encore… Elle se retourna vers la console et s'approcha du micro.

Un chuchotement à peine compréhensible s'éleva dans l'obscurité :

– John… il est en train d'appeler Reed !

Elle reporta son attention sur le tueur. Ce dernier fixa son portable en fronçant les sourcils, comme si l'appareil était détraqué. Il tapa dessus plusieurs fois. Pianota encore sur l'écran. Le replaça contre son oreille. La vibration à intervalles réguliers reprit à l'intérieur de la veste de Reed, qui restait inanimé. Le molosse balaya le couloir d'un regard vigilant, glissa sa main dans son blouson polaire pour y ranger son téléphone et en sortit une arme de poing équipée d'un silencieux.

– Mike ? lança-t-il d'une voix puissante.

Il se mit à marcher le long du corridor, tenant son pistolet serré dans son poing.

– Mike, tu m'entends ?

Ashley eut un réflexe de recul. Elle cessa de respirer. Le tueur continua d'avancer tout droit, tendant l'oreille. Il braquait son automatique devant lui.

John, Wes et Steven virent le liseré de lumière, sous la porte, s'obscurcir de l'ombre du tueur. Leur sang se figea dans leurs veines.

L'ombre s'immobilisa.

Ashley remarqua que le monstre baissait son regard vers le sol. Il parut se fixer sur quelque chose. Il tourna brusquement la tête à sa droite. Ses yeux se braquèrent sur la porte.

Il les a repérés !

Elle se jeta sur la console et actionna le verrouillage au moment où la main du tueur se portait vers la porte.

– John, par ici ! leur lança-t-elle dans le micro.

Le colosse s'acharna sur la poignée. Ash déclencha l'ouverture de la sortie de la pièce. Les trois hommes se ruèrent vers la porte.

Le molosse s'empara de sa carte magnétique et la passa devant la serrure. À peine l'eut-il désactivée qu'Ashley la verrouilla à nouveau en pressant la commande. De leur côté, John, Wes et Steven se retrouvèrent dans une autre pièce bétonnée, plus exiguë, celle-ci. Une porte émit un clic métallique face à eux.

– Ashley, où ça conduit ?! demanda John, essoufflé.

– Prenez l'entrée de droite après celle-ci. Ensuite, passez toutes les portes que je vous ouvrirai. Ça vous mènera à la sortie des sous-sols. Je vais essayer de le retarder !

Derrière eux s'éleva un fracas qui fit presque vibrer les murs. Faute de pouvoir ouvrir le passage au moyen de sa carte, le tueur avait entrepris de le défoncer. Les trois fuyards prirent de l'avance jusqu'à ce que Josh se décide à utiliser son arme. Il pulvérisa la serrure d'un coup de revolver, entra et se rua vers l'autre porte, restée ouverte. Jurant entre ses dents, il progressait de salle en salle au pas de course. Ces trois charognes passeraient bientôt un très mauvais quart d'heure. Sûrement leur dernier.

– Par ici, John !

Ash déverrouilla l'ultime porte.

– L'escalier est à votre gauche. Logiquement, c'est la sortie des sous-sols !

Ils s'engagèrent dans les marches.

– OK, Ash, mais toi ?

– J'ai la clé de la chambre où sont enfermés Sally, Ted, Sam et Tim. Je les libère et je tâcherai de vous rejoindre !

– Le problème, c'est que nous ne savons pas où nous sommes, dit John en gravissant les escaliers. Ce bâtiment est immense.

– Je dois me mettre en route, dit Ashley. On ne pourra plus se parler.

– D'accord, faisons en sorte de sortir de là et de se retrouver dehors !

– OK !

Elle se leva et quitta le bureau en enjambant le corps de Reed. Son visage était d'un blanc cireux. Le filet de sang qui s'écoulait de son oreille s'était tari. Elle partit sans chercher à savoir s'il était mort ou non. La seule chose qui comptait était de libérer les autres et de s'échapper de cet endroit au plus vite.

John, Wes et Steven déboulèrent dans un vaste hall, au rez-de-chaussée. Ici, les portes-fenêtres et les baies n'étaient pas condamnées par ces maudites grilles d'acier. La lueur du jour, bien que pâle et incertaine, les aveugla un court instant. John revint sur ses pas.

– Wesley, aidez-moi. Nous allons pousser ce distributeur de boissons devant la porte de l'escalier.

Ils entendirent une nouvelle détonation qui monta du sous-sol. Le tueur n'avait plus que le couloir et la dernière porte à franchir avant d'arriver au bas des marches. John se plaça d'un côté de la machine, Wes de l'autre. Ils eurent du mal à la faire bouger. L'appareil devait peser dans les deux cents kilos. Déployant toutes leurs forces, ils parvinrent à le traîner sur quelques centimètres, puis à donner de l'amplitude. Des bruits de pas s'élevèrent dans l'escalier. Ils poussèrent tous les deux un cri de rage en puisant toute l'énergie qui leur restait. Le distributeur glissa jusque devant l'entrée. Une poignée de secondes plus tard, leur poursuivant tenta de l'ouvrir. John et Wes reculèrent. Quatre coups de feu étouffés retentirent et firent tressauter la machine. Puis des bourrades contre la porte. Leur barrage tenait bon. L'appareil ne bougea pas d'un pouce. Le silence retomba, lourd, inquiétant. John et Wes se regardèrent.

– Il est reparti, chuchota Wes.

– Il y a peut-être une autre issue, dit John. Il faut faire vite !

En revenant dans le hall, ils virent Steven écroulé par terre. Pour John, ce salopard pouvait y rester. Il ne prit pas la peine de lui demander comment il se sentait. Mal, visiblement. Il toussait des caillots de sang et son corps était parcouru de frissons. Wes se pencha sur lui.

– Comment vous sentez-vous ?

– Je n'en peux plus…

Son visage était livide. La mort de Jenny l'avait vidé de toute volonté.

– On ne peut pas traîner, lança John à l'attention de Wes.

– On ne va quand même pas l'abandonner là !

Steven se tourna vers Wes en toussant.

– Laissez-moi ici… Je vous retarderai. Je n'ai… je n'ai plus la force.

Wes et John se regardèrent. John hocha la tête. Les yeux de Steven se figèrent sur le plafond.

– Que fait-on maintenant ? demanda Wes.

– Nous allons incendier cet endroit de malheur, décida John.

– J'ai remarqué qu'il y a une remise près de la porte de l'escalier, dit Wes.

– Allons voir ce qu'on peut y trouver.

Le local comptait deux grandes étagères emplies de produits ménagers. Des appareils domestiques, aspirateurs, cireuses, ventilateurs, étaient stockés sous des plastiques transparents, couverts d'une épaisse couche de poussière. Wes dénicha une bouteille d'alcool à brûler. Mais avec quoi l'enflammer ? Il aperçut John qui était ressorti de la pièce. Il était derrière le comptoir de l'accueil. Il ouvrait les tiroirs à la volée.

Le visage de John s'éclaira. Dans un des tiroirs, à côté d'un vieux paquet de Pall Mall entamé…

– J'ai trouvé une boîte d'allumettes !

Wes ressortit de la remise et courut jusqu'à une baie près de l'entrée. Il agrippa un épais rideau aux motifs amérindiens et tira dessus pour le décrocher.

Des bruits de pas s'élevèrent.

Wes fit volte-face et se figea. John attrapa le pied d'une lampe à deux mains et se campa sur ses jambes, prêt à combattre. Le brouhaha s'amplifia. Cela provenait de derrière une porte à double battant, à l'autre bout du hall d'entrée. Wes resta un instant planté sur place, les yeux rivés sur la porte, et se dissimula derrière les rideaux.

Les deux battants s'ouvrirent avec fracas. Ashley, Ted, Sally, Tim et Samantha firent irruption dans le hall. Ils étaient essoufflés. Leur visage amaigri était marqué par la peur. Celui de John s'illumina.

– Sally !

Elle s'arrêta net. *John !* Ses yeux vitreux parcoururent l'espace de la salle. Son regard tomba sur Steven, inconscient. Elle mit une main devant sa bouche.

– John ? lança-t-elle d'une voix éteinte.

– Je suis là !

Il sortit de l'ombre derrière le comptoir et accourut vers sa famille.

– Papa ! s'écria Tim.

Samantha se précipita vers son père et lui sauta au cou.

– Ma chérie.

Il lâcha Samantha et prit tendrement sa femme dans ses bras. Tim vint s'agripper à eux.

– Nous devons y aller ! lança Wes.

John posa un genou au sol et scruta les traits de son fils pour évaluer son état. Son visage était blanc, mais il lui fit quand même un petit sourire.

Wes rassembla le reste des rideaux pour en faire un tas devant une bibliothèque vide d'ouvrages. Plus loin, le corps de Steven était inerte. Ses yeux étaient clos, mais sa bouche entrouverte, grimaçante, happait l'air par petites bouffées.

John reprit d'un ton grave, à l'attention de tous :

– Nous avons très peu de temps. Je sais que vous êtes tous très fatigués. Mais il faudra courir, de toutes vos forces, et ne pas s'arrêter. C'est compris ?

Tous agitèrent la tête pour confirmer. Ashley leva la main.

– John… où est mon père ? demanda-t-elle d'une voix tremblante.

John chercha les mots. Repensa à Jack. À ses yeux grands ouverts qui semblaient le regarder depuis l'au-delà.

– Il est… Il est mort, Ashley. Je suis désolé.

Elle prit son visage dans ses mains et se mit à sangloter.

– Courage, Ash. Allez, tout le monde me suit ! lança John.

Wes dévissa le bouchon de la bouteille d'alcool et vida son contenu sur le tas de rideaux. Le groupe se présenta devant la porte d'entrée. La neige tombait à gros flocons, et le vent soufflait. Le tableau les fit frémir. Le fantôme d'Eagle Nest revenait les hanter. Non, ce n'était plus vraiment lui. À peine un lointain et pâle cousin.

Leur seul vrai ennemi était à l'intérieur. Le tueur avait certainement alerté son acolyte. Sans doute cherchaient-ils une sortie, en bas, dans ces sous-sols labyrinthiques… tels des Minotaures furieux pris à leur propre piège.

14

John rassembla les enfants et Sally devant la porte.

Il fit un signe à Wes. Ce dernier s'éloigna du tas de rideaux en répandant une traînée d'alcool sur le parquet jusqu'à l'entrée. Il attendit que tout le groupe soit sorti. Jeta un ultime regard à Steven et regretta de n'avoir d'autre choix que celui de l'abandonner ici.

Il craqua une allumette et la lança au sol sur la flaque d'alcool. Une flamme glissa sur le bois ciré, vaguelette lumineuse bleue, jusqu'au monticule de tissus imbibé. Wes sortit en courant.

Une explosion de flammes inonda le hall.

Au bas des marches, John se retourna et contempla un instant le ballet de lueurs qui s'intensifiaient. Le feu ne tarderait pas à dévorer le ventre du bâtiment. Wes les rejoignit, essoufflé.

– En route, lança John en désignant les montagnes.

Il se mit à courir dans la neige, droit devant lui, suivi par Sally et les enfants.

– Une minute, John, intervint Wes tout en le talonnant à petites foulées. Vous avez une idée de la direction à prendre ?

– Pas la moindre. Mais je pense qu'il vaut mieux éviter de redescendre en longeant la route. Reed a peut-être déjà appelé ses complices.

– Bon sang, on ne sait même pas où on est, lâcha Wes, désemparé.

John s'arrêta et balaya du regard les forêts de pins couvertes de blanc qui s'étalaient devant eux.

– Je dirais : quelque part dans le Colorado.

Résigné, Wes lui emboîta le pas. Derrière eux, une déflagration ébranla le sol sous leurs pieds. Les vitres de la façade de l'hôtel éclatèrent. John stoppa et se retourna. Il fit signe aux autres de continuer à avancer. Une colonne noire s'élevait dans le ciel, s'épaississant au fil des secondes. Le feu gagna en fureur rapidement, et de gigantesques flammes s'échappèrent des fenêtres. John sentit presque leur chaleur réchauffer son cœur. C'en était bel et bien terminé de ce cauchemar. Mike Reed avait sûrement rejoint son frère en enfer. Et probablement que les deux autres l'avaient accompagné. Il se remit à courir et reprit la tête du groupe.

Très vite, leur progression devint difficile. Les enfants étaient essoufflés. Sally était à bout de forces. À chacun de leurs pas, ils s'enfonçaient jusqu'aux genoux. La neige semblait absorber toute l'énergie qui subsistait en eux.

Telle la flamme d'une bougie, qui finit par consumer la cire dont elle est faite, ils arrivèrent au bout de leur réserve d'espoir. Et leur horizon se teinta à nouveau d'obscurité. Ils n'avaient rien à manger. Ils étaient épuisés. Et leurs vêtements ne leur suffiraient pas pour passer la nuit dehors. Les flocons leur fouettaient la peau, et, sans interruption, le vent leur chantait doucement que la mort viendrait bientôt.

Ce n'est qu'une grande dame froide sans visage… Elle porte un long suaire noir que je fais flotter dans l'air glacé… Vous ne la verrez pas arriver… Ne vous inquiétez pas… Vous ne souffrirez pas…

Tim pleurait, Sam ne tarderait pas à le rejoindre. Ted n'était plus que l'ombre de lui-même. Son regard était sombre et vide, sa démarche mécanique. La seule chose qui l'animait était une lutte instinctive, cruelle, pour sa survie. Ashley avait le cœur si lourd qu'elle s'arrêtait par moments, parce que ses jambes refusaient de poursuivre. Son corps était submergé de peine. Après sa mère qui avait basculé dans la folie, son père avait disparu. Elle n'avait rien pu faire.

Elle ne savait même pas comment il était mort, ni s'il l'était vraiment. Ce poids qu'elle portait devenait trop lourd.

Malgré leur fatigue extrême, ils trimaient et parvenaient encore à avancer, mètre après mètre. Certains chutaient, se relevaient. Les pauses étaient de plus en plus fréquentes. Derrière eux, la colonne de fumée s'élevait au loin, au-dessus des forêts. Parfois, une explosion retentissait. Ils avaient peut-être parcouru trois kilomètres à flanc de montagne quand John repéra un abri naturel : une faille inclinée à quarante-cinq degrés dans la roche ocre. Elle était assez large pour que tous s'y réfugient. Wes avait gardé la boîte d'allumettes, mais où trouver du bois sec dans cette neige ? Ils se rendirent à l'évidence : ils devraient se passer de feu et se contenter de faire une longue halte avant de se remettre en chemin. S'ils décidaient de camper pour la nuit dans cette excavation, la grande dame au suaire noir s'inviterait près d'eux, tandis que le vent leur fredonnerait une dernière berceuse. Elle poserait ses longs doigts froids sur leurs paupières. Et les fermerait à jamais.

Au fond de cette grotte, ils se blottirent les uns contre les autres pour se tenir chaud, et ils crurent un moment qu'ils pourraient rester là. Mais quand la chaleur de l'effort dû à la marche s'effaça, le froid s'empara à nouveau d'eux, et ils furent contraints de se remettre en route. Les flocons avaient cessé de tomber, mais s'ils ne trouvaient pas un véritable abri avant le coucher du soleil, cette nuit serait peut-être la dernière.

Après presque une heure de marche forcée, de pleurs et de souffrances… ce qu'ils aperçurent, plus bas dans la plaine enneigée, au-delà des forêts de pins, ne pouvait être qu'un mirage. Des habitations. Cela ressemblait à un petit village, composé de maisons modestes et de mobile homes.

Ils se mirent alors à dévaler la pente à travers les arbres, le cœur gonflé par une joie si intense que personne ne souffla mot. Ils haletaient, comme portés sur leurs jambes par une force extérieure, comme si la main de Dieu les avait recueillis dans sa paume pour les déposer dans un lieu sûr, loin des ténèbres et de la mort qui les guettait.

Ils franchirent la lisière des forêts et continuèrent sans s'arrêter, poussés par cet élan surnaturel. La pente de la montagne s'était adoucie, et ils avançaient sur la plaine immaculée. Il leur restait peut-être un kilomètre pour atteindre le village quand l'attention de John fut attirée derrière eux. À l'orée du bois qu'ils venaient de quitter, une silhouette noire jaillit d'entre les arbres.

15

John fit demi-tour et cria aux autres :

– Courez jusqu'au village ! Ne vous retournez pas !

Il plissa les yeux et reconnut le tueur que Reed appelait Josh. Le colosse était mal en point, ses vêtements avaient brûlé en partie et son crâne était d'un rouge vif. Il progressait en boitant. Il tenait une arme à la main. John ne le laisserait pas les rattraper. Plus personne ne s'en prendrait à sa famille. Plus personne ! Une haine sourde s'éleva en lui. Il se rua vers le géant carbonisé, poussant un cri de rage. Il le tuerait de ses mains, lui arracherait les yeux, lui dévorerait le cœur… Wes, qui fermait la marche, se retourna et vit le tueur. Ce dernier pointa son arme vers eux. John bondit sur Wes.

– Couchez-vous !

Il plongea sur le policier et le plaqua dans la neige au moment où le coup de feu claquait. John sentit sa jambe droite comme traversée par la foudre. Il tenta de se relever mais la douleur l'en empêcha. Il se tourna vers le groupe.

– Courez ! Ne vous arrêtez pas !

Wes se remit debout et aida John à se redresser.

– Rejoignez les autres, Wes. Je ne peux pas aller plus loin, dit-il à bout de souffle.

– Courage, John. Je ne vous abandonnerai pas là !

Le tueur se rapprochait encore, revolver au poing. Son crâne ravagé par des brûlures laissait voir sa chair. Il était à moins de cent mètres d'eux à présent. Ses vêtements n'étaient plus que des haillons consumés. Son énorme carcasse continuait d'avancer vers eux en boitant.

John jeta un œil vers l'arrière et constata que ses enfants, Sally et Ash l'avaient écouté. Ils s'éloignaient, tant bien que mal, vers le village. Quand John se retourna vers le tueur, il le vit lever son arme et les aligner, Wes et lui, dans son viseur. Il pressa la détente. Clic. Son chargeur était vide. Un flot d'injures incompréhensibles sortit de sa bouche, il jeta son arme dans la neige et glissa sa main dans les lambeaux calcinés de sa veste pour en sortir un poignard. Il poussa alors une espèce de grondement animal, semblable à celui d'un ours, et chargea droit sur eux.

John et Wes demeurèrent figés sur place, paralysés face à cette montagne de muscles qui leur fonçait dessus. Le tueur n'était plus qu'à une vingtaine de mètres. Ils n'avaient aucune chance de lutter au corps-à-corps avec cette masse de haine. Dix mètres. Wes leva ses poings devant lui, prêt à se battre. Cinq mètres. La face cramoisie du colosse se fendit d'un sourire hideux. Il se dirigea vers John d'abord, en prenant son temps. Il ricana, appréciant la mise à mort à laquelle il allait se livrer. John recula et s'écroula sur le dos dans la neige. Wes tenta de le relever mais il tomba à son tour. Le rictus du meurtrier s'élargit. Deux mètres. Il leva sa lame au-dessus d'eux.

Des coups de feu s'élevèrent. Deux balles firent voler en éclats la moitié gauche du crâne du tueur. Quatre autres le frappèrent en plein thorax alors qu'il arborait toujours son sourire ignoble. Il lâcha son poignard en encaissant encore cinq nouveaux projectiles dans le ventre et les jambes.

Mais il ne s'écroula pas immédiatement. Non, il resta debout, pantelant au-dessus d'eux, pendant un moment qui parut à John durer une éternité. De sa gorge sortaient des vociférations rauques, accompagnées de jets de sang. Un ultime coup de feu retentit. Le reste de sa tête fut pulvérisé en l'air et retomba en une pluie rouge dans la neige derrière lui. Il s'écroula aux pieds de John, qui rampa en arrière.

Wes se retourna et vit approcher deux chevaux, à deux cents mètres de distance environ. Ils sortaient du sous-bois, à l'est du village, et avançaient vers eux. La robe du premier était noire, celle du second était pie. Des mustangs. Leurs cavaliers, deux jeunes hommes à la peau cuivrée et tannée par le froid, les montaient à cru. Leurs cheveux, noués en une longue tresse brune, volaient dans leur dos au gré du vent. Ils rangèrent leur fusil dans un étui qu'ils portaient en bandoulière. Arrivés à leur hauteur, ils stoppèrent leurs chevaux et échangèrent entre eux des mots que John et Wes ne comprirent pas. Celui qui chevauchait le mustang à la robe noire leur demanda :

– Pourquoi cet homme vous poursuivait-il ?

John hésita. C'était absurde, il ne trouvait pas de réponse sensée à cette question.

– Nous… nous avons été enlevés par cet homme et ses complices. Nous leur avons échappé.

Il désigna, au loin, l'hôtel. Les deux jeunes Amérindiens scrutèrent l'horizon dans la direction du doigt de John. Ils se regardèrent et échangèrent encore quelques mots dans leur langue.

– Venez avec nous au village. On a un médecin. Il s'occupera de votre blessure et vous donnera de quoi aller mieux, dit l'autre cavalier, celui qui montait le mustang à la robe noire et blanche.

Wes se releva avec difficulté, encore abasourdi. Il prit le bras de John, le passa au-dessus de ses épaules, et ils suivirent les deux cavaliers. Au loin, à l'entrée du village, des chiens aboyaient. Sally et les enfants échangeaient avec des femmes qui étaient sorties de leur maison. Des gamins couraient autour d'eux. Une joie indescriptible envahit le cœur de John. Dans ses yeux, des larmes se formèrent et roulèrent sur ses joues creusées par la faim, la peur et le froid. Son regard resta fixé sur l'entrée du village. Sally souriait, ou il devinait qu'elle souriait, à cette distance. Il parcourut encore une centaine de mètres et se sentit partir. Il se demanda comment il avait pu tenir jusque-là. Son corps s'allégea un peu plus… de tout ce qu'il traînait derrière lui, de cette masse d'horreur indicible, de ces tonnes de souffrance et de désespoir, de ces paquets de haine… Il n'avait plus à porter tout ça.

À l'entrée du village, il aperçut Tim qui s'était agenouillé face à un chien. Il lui parlait en passant sa main sur son col. L'animal était assis face à lui. Ses oreilles étaient dressées. Il l'écoutait. Sur cette dernière image, John perdit connaissance.

16

Une douleur cuisante au niveau de sa cuisse droite le fit revenir à lui. Il suait à grosses gouttes. Bouger la tête pour se rendre compte du lieu où il se trouvait lui demanda un tel effort qu'il abandonna tout autre mouvement. La pièce était une petite chambre. Il était allongé sur un lit, sous des couvertures de laine aux couleurs bariolées. Il passa la main sur sa blessure et sentit une bande enroulée sur sa jambe. Par la fenêtre, une plaine enneigée s'étendait au loin. Des flocons virevoltaient dans le vent. Il se rappela la fuite de l'hôtel, l'incendie, le tueur et les deux jeunes Amérindiens qui leur avaient sauvé la vie.

On frappa à la porte. Une femme imposante, au visage très large et à la peau mate, apparut dans l'entrée. Ses yeux en amande, d'un noir de jais, l'observèrent avec attention.

– Vous vous sentez mieux ? dit-elle avec un sourire étonnamment gracieux.

– Je ne sais pas, bredouilla-t-il bêtement.

– Je m'appelle Winona.

Il la regarda d'un air ahuri.

– Et vous, vous vous appelez John Gardner, reprit-elle.

Comme il restait muet, à la fixer de ses yeux hagards, elle continua :

– Notre médecin s'est occupé de retirer la balle de votre jambe. Comment vous sentez-vous ?

– J'ai très mal.

Elle lui sourit. Il y avait quelque chose de maternel dans ce sourire.

– C'est normal, dit-elle. Ce n'était pas une petite opération. Cela aurait pu empirer si on ne vous…

– Où sont ma femme et mes enfants, s'il vous plaît ? l'interrompit-il.

Elle fit un geste d'apaisement de la main.

– Ne vous inquiétez pas. Ils sont ici, au village. Ils se remettent, comme vous.

Elle ajouta :

– Cela fait deux jours que vous dormez.

Il se redressa d'un coup, affrontant une douleur intense. Il sortit du lit.

– J'aimerais les voir. Pouvez-vous m'accompagner près d'eux, s'il vous plaît ?

Il s'aperçut qu'il n'était vêtu que d'un caleçon long et d'un T-shirt.

– Bien sûr. Je vais vous chercher vos habits. Nous vous les avons retirés pour vous soigner et vous aliter.

Elle lui adressa un dernier sourire avant de refermer la porte. Les yeux de John parcoururent la pièce. L'ameublement était des plus modeste. Une table de bois et une chaise rudimentaires étaient disposées dans un coin ; dans un autre, une armoire en aggloméré. En s'asseyant sur la chaise, on pouvait écrire en contemplant cette vue majestueuse sur la plaine. Un portrait d'un vieux chef indien était accroché au mur, en face de lui. Son regard empreint d'une sérénité profonde donna à John l'impression qu'il veillait sur lui.

La chambre, les meubles, le portrait au mur… Ses yeux allaient et venaient autour de lui, il avait l'impression que rien de tout cela n'était réel. On tapa à la porte. Winona entra et déposa sur le lit ses vêtements lavés et repassés. Elle lui sourit et se retira pour réapparaître quelques secondes plus tard avec une béquille.

– Ce sera mieux si vous marchez avec ça.

John se ressaisit et lui rendit un vague sourire en prenant la béquille qu'elle lui tendait.

– Vous avez sûrement faim. Je vous apporte quelque chose.

Elle repartit avant qu'il ait le temps de répondre. Elle laissa la porte entrouverte. Une délicieuse odeur de cuisine s'insinua dans la chambre. Elle réapparut avec un plateau qu'elle déposa sur la table. *Est-ce que tout cela est un rêve ?*

– Goûtez un peu de mon ragoût de bison. Il vous faut bien ça pour vous retaper. Vous êtes maigre comme un clou.

– C'est très gentil, merci.

Le fumet qui s'échappait du bol en terre cuite provoqua un gargouillement dans l'estomac de John. Elle lui fit un clin d'œil.

– Vous entendez ça ? Votre ventre parle pour vous, lança-t-elle en riant alors que John se relevait avec difficulté en s'aidant de la béquille.

– Merci, c'est très gentil, répéta John, encore incertain de la réalité de ce qu'il vivait.

Il s'installa sur la chaise et rompit la miche de pain posée à côté du bol. Ses doigts tremblaient. Winona resta sur le pas de la porte et le regarda engloutir le repas en l'espace de deux minutes.

– Alors ?

– C'est le meilleur ragoût de bison que j'aie jamais mangé.

Il se demanda s'il avait déjà dégusté un tel plat.

– Donnez-moi ça, je vais vous resservir.

Elle ressortit avec le bol vide et revint presque aussitôt après l'avoir rempli.

– Tenez. Régalez-vous.

Il ne se fit pas prier. Non, il était certain maintenant de n'avoir jamais mangé de ragoût de bison. Il n'avait même jamais mangé quoi que ce soit d'aussi délicieux. Il en avait presque oublié Sally et les enfants. Winona s'empressa de récupérer le bol une fois qu'il l'eut terminé.

John lui fit un signe de la main.

– Je vous remercie, Winona. C'était vraiment très bon mais je dois aller retrouver ma famille.

– Oui, bien sûr. Je vais vous y conduire.

La douleur intenable se propagea dans sa jambe et irradia dans tout son corps quand il se leva pour enfiler son pull et son jean. Il serra les dents, attrapa la béquille et suivit Winona.

Ils traversèrent ce qui devait être l'artère principale du village, la seule voie suffisamment déneigée pour permettre à un véhicule d'y circuler. Des enfants couraient derrière un pneu en riant. Quelques rares voitures recouvertes d'une épaisse couche de neige étaient stationnées sur les avancées de terrain qui bordaient les maisons. De jeunes gars bricolaient le moteur d'un pick-up au fond d'un garage en écoutant du rock sur un vieux transistor. Ils regardèrent passer John sur sa béquille du coin de l'œil. La rue ne laissait voir aucune devanture commerciale, seulement des habitations dont certaines étaient des gourbis en dur. John aperçut un cercle de tipis, plus loin, excentré du village.

Winona bifurqua à leur droite et longea une allée qui les conduisit à une maison tout aussi modeste et basique que les autres. Des chiens de traîneau aboyaient derrière une clôture grillagée. L'Amérindienne grimpa les marches du perron et tapa trois coups à la porte. Une femme – vêtue comme Winona d'une combinaison polaire – ouvrit la porte et adressa à celle-ci un sourire complice en guise de bonjour. Elle salua John en inclinant la tête. Il lui répondit en imitant son geste.

– Entrez, lui souffla Winona, ma sœur Chanda ne parle pas l'américain.

John franchit le seuil, sentant le regard de Chanda peser sur lui. Il suivit Winona dans un living-room identique à celui qu'il venait de quitter. Mais ici, les étagères en aggloméré étaient remplies de bibelots traditionnels et d'instruments servant aux cérémonies, au lieu de livres. Les murs blancs apportaient beaucoup de lumière dans la pièce, en plus de la réverbération de la neige, dehors. La baie du salon donnait sur une véranda où deux hommes étaient assis autour d'une table de jardin et buvait un verre. John reconnut, de dos, l'agent Wesley Colbert. L'autre homme était peut-être l'époux de

Chanda. Tim accourut vers son père. Il se ravisa avant de lui sauter au cou en voyant la béquille. Il stoppa net en faisant la moue.

– Ne t'inquiète pas, champion, ce n'est rien.

– Tu as mal ?

– Est-ce qu'un Gardner peut avoir mal, fils ?

Tim lui répondit par un sourire fatigué, mais un sourire quand même. Ted, Ashley et Samantha sortirent d'une pièce attenante et s'approchèrent sans un mot. Il leur ouvrit les bras et les embrassa tous les trois. Samantha ne put retenir ses larmes. Chanda tira la porte coulissante de la véranda et parla tout bas à l'homme qui accompagnait Wes. L'Amérindien, d'une quarantaine d'années, très maigre, à la peau sombre et au visage impénétrable, se retira et invita John à rejoindre Wes dans la véranda. Chanda referma la baie en regardant le sol.

– John, est-ce que ça va ? demanda Wes.

– Je crois que ma jambe va mettre un bout de temps avant de guérir.

Les yeux de John se portèrent un instant vers le téléphone fixe de l'habitation, posé sur la table. Wes devina sa pensée.

– Je n'ai appelé personne, dit-il.

John s'assit en face de lui. Wes reprit :

– Votre fils Ted m'a raconté ce qui s'est passé durant votre isolement à Eagle Nest.

Un frisson courut le long de l'échine de John.

Wes reprit :

– J'ai pris la décision de ne pas chercher à établir de rapport sur ce qui vous est arrivé là-haut, dans votre lodge. Je ne parlerai pas non plus des raisons qu'a pu avoir Mike Reed pour justifier votre enlèvement, et de toutes les horreurs qu'il a commises. Tout ce que j'espère est que ce fou dangereux est mort, avec son autre sbire, celui qui…

Il fit une pause, serra les dents.

– … celui qui a tué sous nos yeux votre comptable, Ray McDowell.

– Mais, Wes… vous avez été enlevé, vous aussi. Il vous faudra bien expliquer ce qui s'est passé.

– Officiellement, je n'ai jamais été enlevé. Ce sera beaucoup plus simple pour vous, comme pour moi.

John resta sans voix. Wes continua :

– Il y aura évidemment une enquête. La chaîne radio locale parle déjà de l'incendie de l'hôtel. Je ne sais pas si Mike Reed en était le propriétaire. Si c'est le cas, et s'il est bien mort comme je le suppose, après avoir entendu Ashley, alors il est possible que mes collègues parviennent à identifier son corps.

Wes fit une brève pause et reprit :

– Mais soyez tranquille, ils ne feront aucun rapprochement entre votre enlèvement, commandité par Mike Reed, et la disparition de son frère Stanley et de ses deux complices. Il leur sera impossible de faire ce rapprochement pour la bonne et simple raison que ces trois détenus ne se sont jamais évadés, le rapport de l'administration pénitentiaire fédérale faisant état de leur disparition lors de l'accident du véhicule de transfert.

John resta interdit un moment, fixant Wes sans réaliser vraiment ce qu'il entendait.

– Pourquoi cette décision, Wes ? souffla-t-il après un instant de vide dans son esprit.

– D'abord parce que vous m'avez sauvé la vie. Et ensuite parce que vous n'êtes, légitimement, coupable d'aucun crime. N'importe quel père aurait agi comme vous l'avez fait. Vous avez tué ces hommes pour sauver votre famille. La dissimulation de ces actes, commis en situation de légitime défense, n'est pas, à mes yeux, condamnable. Vous n'aviez pas le choix. Et je suis convaincu qu'aucun juge ne vous aurait condamné pour cela.

John ne trouva aucun mot pour exprimer ce qu'il éprouvait. Le remercier aurait presque été absurde. Alors, il garda le silence, ressentant une profonde libération, et peut-être de la joie aussi. Deux émotions qui n'avaient pas leur place ici. Car elles étaient obscurcies par le poids de la culpabilité. Jack était mort et avait emporté avec lui les meurtres d'Owen, de

Christine et de Nataly. Ted avait caché ces faits à Wes, du moins le meurtre d'Owen, le seul dont Ted avait connaissance. Du point de vue de l'agent Colbert, John ne pouvait donc être condamnable pour avoir tué ces trois hommes.

De son propre point de vue, c'était une autre histoire. Il avait sauvé sa famille. Oui. Rien à dire là-dessus. Mais qu'en était-il de la manipulation implacable qu'il avait exercée sur Jack ? Qu'en était-il des meurtres que ce dernier avait commis sous son influence ? Il devrait vivre avec ça. Porter ce poids sur sa conscience. Un poids qui s'ajouterait aux regrets et aux fautes qu'il avait accumulés au cours de sa vie de dirigeant.

– Je ne sais pas comment vous montrer ma gratitude par des mots, Wesley, finit-il par répondre au policier. Mais soyez sûr que je saurai le faire de façon concrète dès que nous aurons rejoint la civilisation. Maintenant, je vous prie de m'excuser, mais je dois aller voir ma femme.

Wes se leva et l'aida à se redresser. Il lui ouvrit la baie de la véranda et l'accompagna à l'intérieur.

Chanda guida John jusqu'à une chambre et se retira. Il poussa la porte et entra. C'était quasiment la même chambre que celle dans laquelle il s'était éveillé, chez Winona. Sally était alitée. Elle ouvrit les yeux et l'observa tandis qu'il s'approchait. Son visage était sans expression. John s'assit sur le bord du lit et la serra dans ses bras. Il passa sa main sur sa joue et plongea son regard dans le sien. Il trouva qu'elle avait repris des couleurs.

– John, murmura-t-elle. Ta jambe…

– Ce n'est rien. Je ne souffre pas. Je vais garder cette béquille quelque temps, voilà tout. Et toi, comment te sens-tu ?

– Encore très fatiguée.

– Est-ce que tu as mangé ?

– Un peu.

– Tu as goûté leur ragoût de bison ?

– Oui.

– Est-ce que le médecin t'a donné quelque chose ?

Elle le regarda dans les yeux.

– John, quand rentrons-nous à la maison ?

Il prit sa main et la serra.

– Le plus tôt possible, ma chérie.

Il déposa un baiser sur son front.

– Ce policier est un homme bon, John.

– Est-ce qu'il est venu te parler ?

– Oui. Mais je n'ai rien raconté à propos d'Eagle Nest.

– Il t'a posé des questions ?

– Non… Il n'est pas resté longtemps.

Elle fit une pause. Une larme glissa sur sa joue.

– Il m'a simplement dit qu'il comprenait.

Il y eut un bruit derrière eux. John se retourna. Chanda se tenait sur le seuil. Elle disparut et referma la porte quand John croisa son regard.

– Chanda est étrange, dit John.

Sally sourit.

– Elle est venue me parler.

– Elle t'a parlé ? Pourtant, Winona m'a dit qu'elle ne parlait pas notre langue.

– Elle est venue dans un de mes rêves, murmura Sally.

– Que t'a-t-elle dit ? lui demanda-t-il tout bas.

– Je ne me rappelle pas ses mots, c'était très curieux. Cela ressemblait à un chant, un rituel, à l'intérieur du rêve. Je crois qu'elle a voulu me guérir. Je ne sais pas comment c'est possible, mais… je crois qu'elle y est parvenue.

Elle serra sa main.

– Le vent, John, je ne l'entends plus.

17

Winona tapa à la porte de la chambre, approcha son oreille et attendit un instant. Elle entrouvrit le battant et passa sa tête à l'intérieur.

– Monsieur Gardner, dit-elle à mi-voix, les voyant tous les deux endormis.

John ouvrit les yeux.

– Je suis désolée de vous réveiller, mais quelqu'un veut vous parler.

Il saisit la béquille et sortit de la chambre sans bruit. Avant de refermer la porte, il jeta un dernier regard à Sally. Elle dormait profondément. Son visage était serein, sa respiration lente et régulière. Un sourire effacé, presque imperceptible, se dessinait sur ses lèvres.

Il rejoignit le salon derrière Winona. Les enfants étaient assis dans le canapé. Wes était installé dans un fauteuil. Chanda et son époux étaient à la table du coin cuisine. Tous écoutaient la radio. On parlait de l'incendie. Le chef des pompiers disait qu'ils n'avaient rien pu faire, que les réserves de fuel au sous-sol avaient été la cause principale de la propagation du feu, que le bâtiment entier avait été réduit à un parterre de cendres. Des habitants de la ville voisine se demandaient pourquoi il y avait tant de policiers. Un adjoint au maire expliquait que des personnes étaient peut-être mortes dans l'incendie, qu'il fallait attendre que les pompiers et la police scientifique fassent leur travail.

Winona fit un signe à John et lui désigna la véranda. Un homme était assis à la table de jardin. John passa la porte-fenêtre et s'avança vers l'inconnu. Winona n'avait pas fait les présentations. John lui tendit la main maladroitement.

– Bonjour, je suis John Gardner.

Le vieil Amérindien détourna son regard de la plaine et observa John un bref instant. Ses longs cheveux gris étaient tressés et ornés de turquoises et de plumes d'aigle. La peau parcheminée de son visage était une carte. Elle retraçait l'histoire d'un homme qui a découvert la sagesse au cours d'une vie. Ses yeux bruns étaient l'expression même de la patience et de la bonté.

Il lui tendit sa main ridée et lui indiqua la chaise à côté de lui. John s'assit. Le regard du vieil homme retourna vers l'horizon blanc.

– Je m'appelle Loup qui voit l'Homme, de mon nom d'Indien navajo. Mais si vous préférez, appelez-moi Travis. Travis Grant est mon nom de citoyen américain.

– Travis était aussi le prénom de mon père, dit John, ressentant une émotion qu'il croyait avoir oubliée.

– Je suis le chef de cette tribu, reprit le vieux sage. Les États-Unis nous ont attribué cette petite parcelle de dix mille acres en 1975. Nous vivons en paix, et heureux, ici. Loin de la folie du monde que l'on dit civilisé. Nous n'avons jamais vraiment compris l'homme blanc, et nous sommes heureux qu'il nous considère parfois comme des simples d'esprit, ou des sauvages. Nous sommes heureux d'être ce que nous sommes. Et nous savons que nous le resterons, très longtemps encore.

Le vieux chef fit une pause et se tourna vers lui.

– Et vous, John Gardner, êtes-vous heureux, là où vous êtes ?

John s'éclaircit la voix.

– Je ne sais pas si je peux l'affirmer. Plus aujourd'hui, en tout cas.

– Un homme et sa famille traqués par un autre homme armé ne peuvent se dire heureux que difficilement.

– En effet.

– Pourquoi cet homme vous pourchassait-il ?

– Nous avons été enlevés et séquestrés. Nous nous sommes enfuis.

– Pourquoi vous a-t-il enlevés ?

John hésita.

– Je ne sais pas. Sans doute dans le but de demander une rançon contre notre libération.

– Votre fortune s'est retournée contre vous.

Le vieil homme marqua une pause et continua :

– J'ai un cousin qui est dans le Nord, à l'ouest du Montana, avec sa tribu du peuple Ksanka. Il a eu, un jour, affaire à votre compagnie. Vous êtes bien le chef de la T&J Gardner, n'est-ce pas ?

– J'en suis le directeur et président, en effet.

– Mon cousin et sa tribu ont dû quitter leur village, car il se situait sur l'une de vos zones de déforestation.

– Je me souviens de lui, dit John. « Soleil Calme ».

Le visage du vieux chef s'éclaira à peine.

– Oui. Soleil Calme est mon cousin.

– Si j'avais pu faire autrement à l'époque… Mais je me rappelle qu'une forte compensation leur a été allouée par l'État du Montana.

Le vieil homme lâcha un rire méprisant.

– Aucune compensation ne vaut une prairie, une rivière, unc forêt où vos cnfants ont grandi.

Loup qui voit l'Homme observa John l'espace de deux secondes. Ce dernier garda le silence. L'Indien reporta son regard vers l'horizon.

– Et aujourd'hui, vous venez sur nos terres, pourchassés par un fou dangereux qui manque de vous occire. Vous avez eu de la chance de nous trouver sur votre chemin.

John acquiesça.

– Nous avons eu beaucoup de chance. On serait sans doute morts si vos cavaliers ne l'avaient pas tué.

– La dernière fois qu'un Gardner a croisé un Indien dans les bois, c'était pour le chasser, lui et les siens, de leur lieu de vie. Et aujourd'hui, vous croisez encore la route d'un Indien dans les bois. Et il vous sauve la vie, à vous et à votre famille.

John releva les yeux du sol et croisa ceux de Loup qui voit l'Homme. Une lueur lointaine brillait au fond de deux lacs obscurs.

– Je suis heureux de cette rencontre, John Gardner.

Il appela Winona, lui adressa quelques mots dans leur langue. Elle revint, une poignée de secondes plus tard, avec une bouteille et deux verres qu'elle remplit et se retira.

Loup qui voit l'Homme leva le sien, et John trinqua avec lui.

– C'est le grand créateur qui vous a amené, reprit le vieux chef. Il a bien fait les choses, comme toujours. Il sait apprendre aux hommes. Aujourd'hui, le pardon éclaire mon cœur. Et je l'en remercie.

Il brandit son verre vers le ciel et le but d'un trait. John l'imita et rendit le même hommage à la divinité.

Loup qui voit l'Homme reprit après un moment de recueillement :

– Dites-moi, j'ai toujours voulu savoir... Dites-moi ce qui vous pousse à vouloir toujours plus. Plus de richesses, plus de terres, plus de possessions, plus de pouvoir. Pourquoi ?

– Je suppose que c'est parce que nous sommes conditionnés, dès notre naissance, à la compétition. Nous sommes tous formatés pour être efficaces, productifs. L'argent et le pouvoir ne sont que les récompenses de celui qui se dépasse, qui dépasse les autres. Ceux qui ne rentrent pas dans cette course sont exclus de la société. Il n'y a pas de demi-mesure. C'est être le meilleur, ou ne pas être.

Loup qui voit l'Homme resta pensif un moment, le regard perdu au loin.

– Mais qui vous pousse ainsi ?

– Nos parents. Le système. L'ensemble de la société.

– Vous n'avez donc pas le choix.

– Non.

– N'avez-vous pas un dieu à prier, ou des divinités, pour vous guider et vous enseigner la sagesse ?

– L'argent est le seul véritable dieu que nous vénérons.

Loup qui voit l'Homme s'esclaffa.

– Et qu'est-ce que votre dieu Argent vous apporte lorsque vous lui faites offrande de votre raison ?

– L'illusion des plaisirs qu'il nous procure. L'aveuglement.

– Vous reconnaissez donc être aveugle, John Gardner ?

– Je l'étais encore hier.

– Vous ne l'êtes plus ?

– J'ai pris la décision de ne plus l'être.

– Voilà une réponse de chef, dit Loup qui voit l'Homme en tapant sur l'épaule de John, voilà une réponse qui me plaît.

Il remplit leurs verres.

– Je réparerai le tort que ma compagnie a causé à votre cousin, Soleil Calme.

Le vieil Indien porta son whisky à ses lèvres et lui jeta un coup d'œil malicieux.

– Allez-vous lui céder une partie de votre fortune ?

John sourit.

– S'il préfère des terres, il les aura.

– Il préférera des terres.

– C'est à moi de vous poser une question, dit John.

Le vieux chef hocha la tête sans détacher son regard de la plaine.

– Quel est le secret des Indiens ? Je veux dire, votre peuple semble si invulnérable. Si paisible. Malgré tout le mal, toutes les injustices que vous avez subies.

Loup qui voit l'Homme s'éclaircit la voix et répondit :

– Dans le cadre du programme fédéral de relogement des années cinquante et soixante, beaucoup d'entre nous ont quitté leur réserve. Le gouvernement américain a pensé qu'il résoudrait la question indienne en nous relogeant dans les grandes villes. Ils ne pouvaient plus tuer les Indiens. C'était une pratique qui n'avait plus cours dans les années cinquante.

Alors, on s'est retrouvés dans des chambres d'hôtel miteuses, au cœur de ces maudites villes. Avec tristesse, on repensait à nos tipis, à nos plaines ondoyantes, aux arbres et aux rivières. Il n'y avait plus rien de tout ça là où nous nous trouvions. Il n'y avait plus de vie, plus d'harmonie. Nulle part. Seulement la folie, la confusion. Et toutes ces choses qui remplissaient les magasins. Toutes ces choses inutiles. Au lieu de nous diviser, le programme de relogement a eu l'effet inverse. Lorsque nous croisions un autre Indien dans la rue, un lien se formait. C'était très fort. C'était comme pour éviter de se noyer dans cet océan inconnu, incompréhensible. Nous avons créé des organisations, comme le Mouvement des Indiens d'Amérique. Et petit à petit, nous avons quitté les villes et sommes repartis vivre là où nous étions nés, dans la nature sauvage. Nous avons acquis des droits, et le gouvernement nous a restitué des terres. Nous n'avons jamais pu nous adapter. Parce que nous avons préservé ce lien qui nous unit à la Terre. C'est ce lien notre secret, John. C'est quelque chose de très simple. Nous aimons la Terre pour ce qu'elle est. Ce qu'elle nous donne, nous le lui rendons. Nous marchons pieds nus lorsque le soleil de l'été réchauffe l'herbe. Nous nous baignons dans les rivières. Et l'hiver venu, nous coupons quelques arbres pour nous réchauffer. Juste ce qu'il faut pour ne pas avoir froid. Voilà notre secret, John. Nous sommes parfaitement heureux comme cela. Nous n'avons besoin de rien d'autre.

– Et vous trouvez la force de pardonner à ceux qui vous ont pris vos terres.

Loup qui voit l'Homme sourit et répondit :

– Imaginez un fou, qui ne sait plus ce qu'il fait. Il surgit chez vous, vandalise votre maison, s'empare de ce que bon lui semble et ressort en courant et en bondissant comme un dément. Vous le voyez partir, au loin, et disparaître.

John se représenta la scène en comprenant parfaitement ce que voulait exprimer le vieux sage.

– On ne peut que pardonner à un homme qui n'est pas conscient de ses actes, conclut Loup qui voit l'Homme.

John savoura une gorgée de whisky. Il ne trouva rien à ajouter. Une profonde sensation d'apaisement se diffusait en lui. Ils terminèrent leurs verres dans le silence. Le ciel s'était encore éclairci. Des rayons de soleil perçaient et venaient éclairer les parois des sommets au loin. Un aigle décrivait de grands cercles au-dessus des bois.

– Le printemps arrivera en avance cette année, dit Loup qui voit l'Homme.

Un moment plus tard, ils se levèrent et allèrent rejoindre les autres pour le repas.

18

L'après-midi s'écoula dans une quiétude inconfortable. Le contraste avec ce qu'ils venaient de vivre était brutal. Le repas avait été copieux, et les heures passèrent dans cette apesanteur encore chargée de tension. Aucun d'eux ne réalisait que tout était terminé, qu'ils étaient arrivés au bout du voyage. Chacun avait laissé derrière lui une partie de lui-même. Il fallait maintenant abandonner l'idée de la retrouver. Oublier cette peau desséchée, et toute la souffrance qu'elle contenait. Le reptile ne se retourne pas vers sa mue. Il ne tente pas de l'enfiler à nouveau. C'est un vieux costume qui a fait son temps. La métamorphose fait partie de la vie. Et parfois, cette dernière se montre particulièrement cruelle. Elle vous arrache à vos repères, déchire vos certitudes, pour vous emplir de peur et de vide. Elle se complaît à mettre votre chair à vif. Ne vous retournez pas. N'essayez pas de recoller les morceaux, c'est inutile, ça ne tiendra pas. Gardez votre regard loin devant. Et avancez.

Le soir venu, Loup qui voit l'Homme invita tout le village à prendre part à une grande fête dans la salle commune. Il y eut des chants, des danses, des conteurs qui dessinèrent avec leurs yeux et leurs mains des épopées au-dessus des flammes, des rires, de l'alcool, des pleurs, de la chaleur humaine, de l'alcool encore, beaucoup de chaleur humaine, et enfin de la joie peut-être, ou quelque chose qui s'en approchait. On oublia presque… du moins, jusqu'à l'aube. Un jour gris se leva et éclaira la plaine. Le soleil poursuivit sa course en filigrane derrière un voile maussade.

John appela d'abord son avocat, Dean Stanton, pour lui faire état de la situation. Ce dernier l'informa que le FBI avait été chargé de l'enquête sur leur disparition depuis deux jours. C'était la compagne de Randy Shelton, le gardien de River Creek, qui avait prévenu la police. À plusieurs reprises, elle avait tenté de joindre Randy sur son numéro de téléphone du travail mais, là aussi, il ne décrochait pas. Elle s'était alors rendue à River Creek et n'avait pas trouvé Randy à son poste. Dans tous ses états, elle s'était mise à fouiller dans son bureau et, en sortant pour monter jusqu'à la maison, où elle pensait le trouver, avait remarqué des traces de sang à demi effacées sur le bitume de l'entrée. Les éléments relevés dans la résidence des Gardner par la police, quelques heures plus tard, ne laissaient pas de place au doute : il s'agissait d'un enlèvement. Le FBI, seul compétent pour traiter ce genre d'affaires, avait alors pris les choses en main.

John contacta ensuite le pilote du jet pour qu'il vienne les récupérer à l'aéroport de Mack Mesa. Il demanda à Dean Stanton d'informer, de façon sommaire, le FBI des faits dont ils avaient été victimes, et de les prévenir qu'ils avaient échappé à leurs ravisseurs. John prendrait lui-même contact avec l'agent chargé du dossier dans les jours suivants.

Ils quittèrent le village peu avant midi à bord de véhicules tout-terrain loués avec un chauffeur et rejoignirent l'aéroport. Samantha courut dans une boutique pour aller s'acheter un nouveau Smartphone. Un médecin s'occupa de la plaie de John avant qu'ils embarquent dans le jet à destination de Portland.

Ted, Samantha et Tim entouraient Ashley, qui ne cessait de pleurer. La douleur était si grande qu'elle pensait ne pas arriver à la surmonter. C'était comme un mur qui se dressait devant elle et la coupait de son horizon. En plus de cette profonde affliction, elle était terrifiée par les formes imprévisibles que pouvait prendre cette souffrance. Cela remuait au fond de son ventre, comme si elle pouvait en accoucher, à tout moment.

Elle rompit le silence dans lequel elle s'était réfugiée depuis qu'ils avaient quitté le village indien et chuchota dans l'oreille de Ted :

– Je ne veux pas qu'on se sépare. J'ai peur, Ted. Peur de rester seule.

Des larmes froides roulèrent sur ses joues. Ted l'enveloppa de ses bras.

– On va faire comme on avait prévu. Pas de soucis, d'accord ?

Le jet prit de la vitesse sur la piste. Ils furent plaqués dans leur siège. Ted la serra contre lui. L'appareil s'éleva dans le ciel gris et entra dans la couche de nuages.

– Je vais parler à mon père et lui demander si Sam et Tim peuvent venir avec nous dans ton loft.

Il se tourna vers sa sœur. Tim était en train de s'endormir sur les cuisses de Samantha.

– Sam, on va parler à papa de ce qu'on avait dit, pour aller vivre chez Ashley. C'est d'accord ?

– Oui, lui répondit-elle. Je n'ai vraiment pas envie de rester à la maison.

– On pourra faire venir Lucy pour nous aider, dit Ted.

Ashley essuya ses larmes du dos de la main.

– Qui est Lucy ? demanda-t-elle.

– C'est la nurse de Tim. Elle ne vient plus depuis l'année dernière. Mais on pourra lui proposer de travailler au loft. Je pense que c'est faisable.

– Il faudra négocier ça avec papa, dit Sam. C'est pas gagné.

L'avion passa au-dessus de la couche nuageuse et la cabine fut inondée de lumière. Tim se frotta les yeux, se redressa et alla se coller contre un hublot. Il était toujours émerveillé de voler au-dessus des nuages. C'était comme un océan de coton qui s'étalait à l'infini, dans toutes les directions. En proie à une soudaine excitation, il se tourna et demanda à son frère :

– Ted, tu peux mettre *Peter Pan* sur le grand écran, s'il te plaît ?

Pour la première fois depuis longtemps, Ted vit un sourire naître sur le visage d'Ashley.

– Chaque fois qu'on prend l'avion, c'est pareil, dit Ted tout bas à Ashley. Monsieur exige son *Peter Pan*.

N'obtenant pas de réponse de son frère, Tim fronça les sourcils et croisa les bras en le dévisageant.

– Regarde-le, dit Ted à Ashley. Tu peux imaginer cet énergumène chez toi, avec nous ? Ça pourrait très vite devenir compliqué, je te préviens.

Le sourire d'Ashley grandit.

– C'est pas cool, Ted ! protesta Tim. Vous riez de moi, et je sens que tu ne veux pas mettre mon film. Vraiment pas cool.

– Ted…, dit Samantha en levant le nez de son Smartphone, fais ce qu'il demande, sinon ça va être l'enfer.

– Qu'est-ce qu'on fait, Ash ? lui demanda Ted.

– Allez, quoi…, implora Tim.

– J'aime bien *Peter Pan*, dit Ashley en faisant un clin d'œil à Tim. Ça me dirait de le regarder, moi aussi.

– Oui ! s'écria Tim.

– OK, dit Ted en se levant.

Il revint avec la télécommande.

– C'est parti pour *Peter Pan*.

Il mit le film en route.

À l'avant de l'appareil, Wes était endormi. John et Sally étaient dans leur cabine, enlacés dans leur siège deux places. Le jet vira légèrement, les rayons de soleil glissèrent sur le revêtement blanc écru du compartiment.

– Comment te sens-tu ?

– J'ai l'impression que tout cela est un rêve, répondit Sally, que nous allons nous réveiller quelque part dans un lieu sordide, enfermés, à la merci d'un de ces monstres… et ça me fait peur.

Il la serra contre lui.

– C'est terminé. Nous rentrons à la maison.

– Mon Dieu, John, souffla-t-elle, j'ai la sensation que je ne pourrai plus jamais être heureuse.

Il passa la main dans ses cheveux.

– Nous surmonterons cette épreuve, crois-moi. Ne te mets pas en tête que tu n'y arriveras pas, d'accord ?

Elle hocha la tête, des larmes au coin des yeux.

– J'ai pris une décision importante, lui confia-t-il à mi-voix.

Il marqua une pause.

– Je vais vendre le groupe.

– John, tu ne peux pas faire ça.

– Je vais le faire, Sally. Pour nous. Pour les enfants.

– Mais, John…

– J'en ai assez de passer à côté de ma vie de père, de cette course incessante après les contrats, pour gagner toujours plus d'argent. Je ne suis jamais à la maison, près de vous. J'en ai assez de cette vie. Je veux que nous formions une vraie famille, Sally.

– John…

Elle prit le visage de son époux dans ses mains et plongea ses yeux dans les siens.

– Nous avons assez de biens pour dix générations de Gardner, si ce n'est plus, ajouta-t-il. Je ne laisserai plus rien ni personne se mettre entre nous et notre bonheur. Plus rien.

– John…

Elle se blottit contre lui. Il l'entoura de ses bras et la serra tendrement.

– Sois sûre que nous oublierons tout ça, ma chérie. Nous serons même plus heureux qu'avant, tu verras.

– Oui, lui dit-elle tout bas, sentant que ses larmes s'étaient réchauffées, et son cœur aussi.

– Tu te souviens de cette propriété qu'on avait vue au lac Tahoe ?

– Si je m'en souviens…

– Elle sera parfaite.

– Oui, dit-elle, faisant un effort pour projeter des images heureuses dans son esprit.

Tout était confus. Mais cette masse obscure qui pesait sur son cœur venait de s'alléger. Cette maison au bord des eaux émeraude du lac Tahoe agirait comme un talisman. Elle repousserait les forces maléfiques qui avaient pris possession de sa famille. Elle serait le plus merveilleux des écrins pour leur bonheur. Tim adorait nager. Et Samantha avait trouvé le lac divin. Avec ces images en tête, elle se laissa aller à poursuivre ce rêve et, peu à peu, elle s'assoupit, contre la poitrine de John. Un moment plus tard, elle sentit qu'il s'était endormi. Sa respiration était devenue profonde et lente. Peut-être rêvait-il, lui aussi, de cette maison et du lac magnifique.

John marchait à travers une forêt enneigée, parmi des sapins immenses aux branches alourdies de poudreuse. Il n'avait aucune idée de la direction à suivre et, bien qu'il fût perdu, il n'avait pas peur. Lorsqu'il levait ses yeux vers le ciel, les étoiles scintillaient, très haut, entre les ramures blanches. Ses jambes s'enfonçaient dans la neige, mais il n'avait pas froid. L'assemblée silencieuse des arbres semblait l'observer. Au bout d'un moment, la lune apparut, et il arriva dans une clairière. Au centre de celle-ci se dressait un grand rocher au sommet duquel il aperçut une silhouette animale. John se rapprocha. C'était un superbe loup au pelage blanc. John s'avança encore, son pas s'accéléra et son cœur commença à battre plus fort. C'était comme si cet endroit était le but ultime de cette errance. Comme s'il avait toujours voulu venir ici. Le loup descendit du rocher en quelques bonds agiles et marcha dans sa direction. John s'arrêta et mit un genou dans la neige. Il attendit que la bête s'approche. Il n'avait pas peur. Il savait qu'elle ne lui ferait pas de mal. Dans la clarté de la lune, il put voir les yeux paisibles de la bête. Des yeux d'un noir aussi profond que l'espace au-dessus d'eux. L'animal émit une sorte de hurlement très bref, pour le saluer peut-être. Tout autour de sa tête majestueuse, son poil était orné de perles turquoise, et des plumes d'oiseau pendaient à son col. John tendit la main et la passa sur son dos puissant. Le loup se laissa faire. Puis l'animal se retourna et le laissa là. Il marcha d'un pas tranquille vers la forêt. John fut frappé par une profonde tristesse, comme si un ami de toujours venait de l'abandonner. Mais avant que le loup ne quitte la clairière, il s'arrêta et se tourna vers lui et, comme pour l'inviter à le suivre, se remit en chemin. L'espace d'un instant, plein de silence et de pureté, John sentit que c'était ce qu'il devait faire. Alors, sans se poser plus de questions, il se releva et suivit le loup dans la forêt.

Épilogue

Parmi l'amas des cendres de l'hôtel que les agents techniques fédéraux investirent, des restes humains furent trouvés, mais seul un corps était en état d'être identifié : celui de Mike Reed. Cependant, le légiste ne parvint pas à déterminer les causes exactes de sa mort. Son crâne faisait état d'un enfoncement de l'os frontal qui pouvait avoir été causé par le choc d'un objet contondant projeté par un tiers. Mais cette même blessure avait pu avoir été entraînée par une chute ou par l'impact d'un objet quand le bâtiment, dévoré par le feu, s'était effondré.

L'enlèvement, la séquestration, les actes de torture et de barbarie subis par la famille Gardner, et perpétrés par les hommes de main de Mike Reed, n'étaient qu'une série de crimes qui s'ajoutaient à l'interminable liste d'infractions dont Mike Reed était l'instigateur et, pour certaines d'entre elles, l'auteur. Les polices d'État de Washington, de l'Oregon, de la Californie et du Nevada, ainsi que le FBI, l'avaient dans leur collimateur depuis plus de huit ans. Reed était aussi insaisissable qu'une anguille. Il était le propriétaire de plus d'une vingtaine de maisons, et changeait constamment de résidence. Ce qui lui permettait de repérer sans difficulté une surveillance montée – souvent de façon très maladroite – par les forces de l'ordre locales. Les agents fédéraux avaient eu beaucoup de mal à observer ses faits et gestes, eux aussi. Ce fut une véritable délivrance quand le légiste annonça que le corps rabougri et calciné retrouvé dans les décombres était sans le moindre doute celui de Mike Reed.

Finalement, l'enquête sur le rapt de la famille Gardner passa au second plan. Ils étaient sains et saufs. Reed était mort. Tout cela n'était qu'une heureuse conclusion. John expliqua que la balle qu'il avait reçue dans la jambe avait été tirée par l'un des hommes de main de Reed alors qu'ils étaient encore séquestrés dans l'hôtel. Les agents ne cherchèrent pas plus loin. Par ailleurs, la famille Gardner sortait déjà d'une épreuve très difficile après les dix-huit jours d'isolement passés dans leur lodge du Montana, en plein blizzard. Aussi, le bureau fédéral se montra peu insistant lors de la suite des auditions. À aucun moment le village des Navajos ne fut mentionné.

Steven Riley, Jenny Mills, Phil Sewell, Owen et Christine Horton furent déclarés disparus par le bureau du shérif de Kalispell.

Les corps de Jack Murray et de Ray McDowell ne furent pas retrouvés.

Wes réintégra la patrouille de Kalispell après un congé supplémentaire de dix jours. Officiellement, il les avait passés auprès de sa mère qui était encore souffrante.

Il retrouva Mia un soir pour aller faire un bowling. Ils allèrent ensuite déguster une grillade au *Montana Club*. Wes cacha l'enlèvement à Mia. Quant à son enquête et à sa certitude que les Gardner dissimulaient des faits, il lui avoua qu'il s'était engagé sur une fausse piste. Mia le trouva évasif à ce sujet, mais ne chercha pas à en savoir davantage. Ils passèrent une soirée passionnante, à se découvrir au fil de discussions incessantes. Deux jours après, ils se donnèrent rendez-vous pour un cinéma, cette fois. Wes l'invita à manger chez lui après le film. Mia insista pour faire la cuisine. Il apprit, ce soir-là, comment réussir parfaitement un clafoutis aux pommes, et d'autres choses tout aussi délicieuses au cours de la nuit qu'ils passèrent ensemble.

Ils se revirent ensuite très souvent. Leur complicité se changea au fil des semaines en quelque chose de plus intime, à laquelle ils ne s'attendaient pas. Wes fut chamboulé dans sa petite vie confortable de trentenaire. Mia se sentait heureuse, tout simplement. Elle avait sans cesse une nouvelle idée de « truc à faire à deux ». Ainsi, Wes s'essaya avec elle au saut à parachute en tandem. Elle l'initia aux joies du paintball en équipe de trois, avec son cousin Terence. Puis ce fut une excursion en canoë sur le lac de Flathead. Un concours de pâtisserie qu'ils faillirent remporter. Un tournoi de Scrabble à Spokane, avec bière à volonté, qui se termina quasiment en rixe collective. Wes la suivait dans tous les nouveaux défis qu'elle lui lançait et, en moins de deux mois, il put constater à quel point il avait été transformé par cette petite bombe qui avait littéralement explosé dans sa vie. Quand Wes lui proposa un week-end à Portland pour voir du pays et, accessoirement, faire connaissance avec sa mère, Mia accepta aussitôt. La rencontre entre Lisa Colbert et Mia Gray fut évidemment mémorable, et l'entente entre les deux femmes, immédiate. « Mon fils, ne cherche pas plus loin, cette petite est pour toi. »

Quatre mois plus tard, ils emménagèrent dans une grande et belle maison près de Kalispell. Wes en fit l'acquisition grâce à la somme d'argent colossale dont John Gardner lui avait fait don. Il avait d'abord voulu refuser cet argent, mais John n'avait pas eu de peine à le faire changer d'avis, au nom de l'amitié franche et loyale qui les unissait à présent. Ce n'était en rien une forme de corruption, des liens authentiques s'étaient noués entre eux après ce qu'ils avaient vécu. La mère de Wes regrettait que son fils ait décidé de construire son nid à mille kilomètres de Portland. Wes était tombé sous le charme de Kalispell, et puis, Mia et lui y travaillaient. Cela dit, avec la petite fortune qu'il avait placée, ils auraient tout à fait pu profiter d'une retraite anticipée.

Le projet de Ted d'emmener Sam et Tim vivre avec eux dans le loft d'Ashley ne fut évidemment pas validé par leur père. Ce dernier leur proposa, à la place, d'accueillir Ashley dans la nouvelle propriété du lac Tahoe, qui était pour le moment en travaux d'aménagement. John sentait qu'il avait une responsabilité envers Ashley. Jack n'était plus là pour sa fille. Il lui paraissait évident que c'était à lui que revenait le devoir paternel. Ash avait encore besoin d'un père, d'une famille. Le lien avait été tranché trop tôt, trop brutalement. La plaie était à vif. Pour Gina, rien ne s'arrangeait. Son état empêchait toute visite. Et même si Ashley avait pu la voir, cela n'aurait fait que raviver le mal. Elle était tétanisée rien qu'à l'idée de prendre son téléphone pour appeler l'hôpital et demander des nouvelles de sa mère. Seul le temps pourrait dissoudre cette douleur. Tout était encore trop proche.

John s'arrangea avec l'architecte pour qu'une extension soit prévue dans la propriété de Crystal Lake. Ashley y profiterait d'un atelier de peinture et de tout le matériel dont elle aurait besoin. Elle ferait bientôt partie de la famille. Cette nouvelle vie en Californie lui ferait oublier. Leur ferait oublier à tous.

Mais le processus de réparation était encore loin d'être accompli, et River Creek restait chargée de souffrance. Ses pièces résonnaient des échos sanglants du lodge, comme si une porte interdite, au détour d'un couloir obscur, communiquait avec Eagle Nest. Sally avait des nuits très difficiles au cours desquelles ses rêves se voyaient entrecoupés de moments effroyables. Des failles noires s'ouvraient soudain, et il en jaillissait des horreurs sans nom et sans visage, qui dévoraient sa lumière fragile et l'attiraient à nouveau dans les ténèbres et la peur. La porte d'Eagle Nest s'entrebâillait, et le mal s'y engouffrait. Le blizzard se remettait à hurler et à charrier ses flocons rouge sang. Il frappait aux portes et aux fenêtres. Il venait chercher ce qui lui était dû. Ce qu'ils avaient refusé de lui donner.

C'était à se demander s'il n'y avait pas quelque chose d'autre que les images hallucinées d'un cauchemar. Est-ce que leur esprit était arrivé à une frontière entre ce souvenir et ce qui pouvait être réel ? L'expérience sensorielle de la peur ne naît pas du vide. Quelque chose de concret se dissimule toujours à sa source. Pouvaient-ils avoir emporté ce *quelque chose* d'Eagle Nest ? « Sally… ma chérie, tu fais encore un de tes cauchemars… N'aie pas peur, je suis là, viens. » Non. Ils n'avaient rien ramené avec eux, bien sûr. Ils n'avaient qu'à ouvrir les yeux et sortir de leur rêve pour être rassurés.

Alors, peut-être que cette chose-là les avait suivis.

John songeait fréquemment aux cinq corps qu'ils avaient inhumés au pied des montagnes. Les images surgissaient et accaparaient son mental. De plus en plus souvent. Leurs visages parfaitement conservés, lisses, blancs comme la neige, et alignés dans leur bâche de plastique noir au fond de leur crypte de glace. Il lui arrivait de les entendre aussi, au détour de ce couloir qui menait à Eagle Nest. Leurs voix éraillées s'élevaient comme un chant lugubre.

Ils l'appelaient.

John... John...

D'une façon atroce, il se sentait parfois très proche d'eux. Au cours de la nuit, il se réveillait en sueur. Il était glacé. Tremblait de tous ses membres. Se levait pour aller prendre une douche brûlante. Lorsqu'il se recouchait, le lit était aussi froid qu'une tombe.

Et leurs appels inlassables continuaient... *John... John...* Et le hantaient jusqu'au lever du jour. Ses insomnies ne faisaient qu'augmenter au fil des semaines.

Bon Dieu, ce qu'il pouvait redouter ces images qui l'assaillaient dans son sommeil, et même parfois au cours de la journée. Au fond de leur caveau de glace, il voyait leurs paupières closes par le gel... *s'ouvrir.* Leurs globes oculaires, entièrement blancs, le fixaient. Leur bouche était béante, mais aucun son n'en sortait. Et durant d'interminables secondes, ils restaient comme ça, figés dans leur rigidité stupide de cadavres congelés. Ils l'observaient en silence. Ils attendaient. Ils l'attendaient.

Une nuit, alors qu'il errait dans la maison, il se demanda ce qu'aurait fait oncle Jeffrey s'il avait été là, avec eux, à Eagle Nest. Parmi les appels incessants des morts qui résonnaient dans sa tête, la voix de Jeffrey se fit entendre. Un lointain murmure d'abord... qui s'intensifia peu à peu. *Johnny, mon petit Johnny... Tu ne penses tout de même pas que je les aurais laissés faire, ces salauds.*

John hésita, puis demanda tout haut :

– Mais, et Jack alors... ? Est-ce que tu aurais fait comme moi ?

Avais-tu le choix, Johnny ? Est-ce que la T&J Gardner Company avait le choix ? Allons, pose-toi les bonnes questions...

– Je vais vendre le groupe, Jeffrey.

Que dis-tu ?!

– Je vais tout vendre... C'est terminé !

Tu es devenu fou, c'est ça ?!

– Au contraire, je suis parfaitement lucide.

Petit morveux... J'ai toujours dit à ton père que tu n'étais pas à la hauteur. Tu vois... je ne m'étais pas trompé.

John serra les dents et donna un coup de poing dans le miroir, devant lui. Ses phalanges s'écrasèrent sur la surface argentée et brisèrent le verre. Son sang se répandit sur le reflet incohérent de son visage. Ce n'était plus qu'un homme fragmenté qu'il voyait en face de lui.

Mais avait-il vraiment existé comme une personne entière ? Ou était-il seulement l'illusion d'un homme, un être composé de toutes pièces par les circonstances de son existence de dirigeant ? Personne n'avait jamais entendu ce qu'il avait au fond de lui. Ce qu'il était réellement. La vie l'avait bâillonné.

À tel point qu'à cet instant il ne savait plus qui il était, ni ce qu'il devait faire.

Si tu vends le groupe, je reviendrai te botter le cul, petite lopette, tu m'entends ?!

– Va au diable, Jeffrey !

Il s'arracha à son reflet et s'éloigna du miroir, tout tremblant de peur et de rage. Il descendit se servir de l'alcool, erra encore de pièce en pièce, laissant derrière lui une traînée de gouttes de sang. Il entra dans la bibliothèque et s'assit dans un fauteuil. Depuis la fenêtre, les ombres des arbres dansaient sur les étagères emplies de livres. Il avait froid. Sa respiration était courte. Il fallait qu'il se calme. Il avait juré à Sally qu'il ne boirait plus. Mais il avait besoin d'un autre foutu verre. Bon sang, c'était pourtant simple ! Il allait liquider ses sociétés. Et ce n'était pas le fantôme, ou Dieu sait quoi, de Jeffrey qui allait l'en empêcher.

Tonton Jeffrey a raison, Gardner... Tu n'es qu'une petite tapette... Et dire que je me suis fait découper en morceaux par un putain de loser...

Il serra les dents et resta planté au fond du fauteuil, comme un chêne dans la tempête.

John... Owen et moi... on voudrait tant te revoir... On a passé un si agréable séjour à Eagle Nest...

Il ne bougea pas d'un pouce, serrant son verre de whisky dans la main.

Quel lodge merveilleux, John... Ça manque un peu de vie, depuis que vous êtes partis... Mais quel endroit divin...

Il garda le regard rivé sur la fenêtre. Sur les branches des arbres. Ses mâchoires étaient serrées à fond. Comme un étau. Il resta comme ça, statufié, les yeux écarquillés, tandis que les voix sifflaient dans ses oreilles, tentaient de le faire basculer dans la folie... Il se maintint dans cette immobilité jusqu'à ce que les lueurs de l'aube éclaircissent la pièce. Les morts n'aimaient pas le jour. Aussi, ils se turent, comme ils avaient l'habitude de le faire dès que le soleil se levait.

Il n'avait pas bougé. Son verre d'alcool était encore à demi plein, dans son poing gauche. Ses yeux hagards ne s'étaient pas détachés de la fenêtre. Sa main droite agrippait l'accoudoir du fauteuil. Il se relâcha et amorça un mouvement pour se mettre debout. Son corps était pétri de douleurs et de crampes.

Il se traîna jusqu'à l'escalier et remonta dans la chambre.

Sally était endormie. Il se glissa sous les draps en évitant de faire remuer le lit. Et il put trouver le sommeil, lui aussi, dans le silence. Enfin.

Les travaux d'aménagement de la propriété de Crystal Lake furent achevés trois mois plus tard. Le soleil de juin réchauffait les rochers au bord des eaux limpides du lac Tahoe. Le terrain comptait trois cents acres, dont une plage de sable blanc dans une crique paradisiaque. La maison était immense, très claire, bâtie dans un style moderne. Elle était pourvue d'une piscine couverte, d'une salle de sport et d'une salle de jeux aussi. De gigantesques fenêtres déversaient des flots de lumière, augmentant la sensation d'espace et de sérénité à travers les pièces. Les murs végétaux invitaient la nature à l'intérieur et les baies vitrées, qui s'effaçaient sur une simple commande depuis une tablette, ouvraient les pièces à l'extérieur. L'impression de liberté et de communion avec la nature était saisissante. Ashley avait repris la peinture dans son nouvel atelier. Ted aimait beaucoup le dernier tableau sur lequel elle travaillait depuis un mois. Elle se trouvait hésitante devant la toile, et cela la frustrait. Mais d'un autre côté, cette hésitation la poussait à sortir peu à peu de sa dépression en se consacrant à son art. Ted avait eu, lui aussi, une période difficile quand ils avaient quitté Portland, mais il se remettait assez bien. Samantha et Tim étaient constamment fourrés ensemble. Sam s'était mise en tête de materner son jeune frère. Le psychiatre avait expliqué à Sally que sa fille faisait une sorte de transfert affectif sur son cadet, et que cela l'aidait beaucoup à récupérer elle-même après le traumatisme important qu'elle avait subi. Quant à Tim, il était simplement enchanté par cette nouvelle demeure, et toutes les promesses d'aventures et de jeux qu'elle laissait entrevoir. Le médecin restait très vigilant à ce que lui confiait l'enfant et à son comportement. Il était assez préoccupé par la phobie du sang que Tim avait développée depuis les faits.

L'idée de John de quitter Portland pour le lac Tahoe portait quand même ses fruits. Même si Sally continuait à faire des cauchemars, la plupart de ses nuits étaient calmes, et ses journées s'écoulaient dans la douceur et la tranquillité de cette nouvelle maison emplie de lumière. Peu à peu, les cicatrices se refermaient. Il fallait désormais laisser faire le temps.

John avait délégué la gestion du groupe au directeur de la succursale de Portland, le très efficace Bill Mitchell. La T&J n'avait pas trouvé repreneur pour le moment, ce à quoi John s'attendait. Le secteur du bois avait fait son temps dans le Montana. Toutefois, le monopole du groupe et ses activités adjacentes lui promettaient encore de beaux jours. Le fait que John le vende en totalité, sans diviser ses sociétés, n'allait pas non plus accélérer les choses.

Mais il n'était pas dans l'urgence. Du moins, il ne l'était plus. Le repos avait eu un effet très positif sur son état. Sa blessure à la cuisse s'était bien cicatrisée. Il marchait à présent sans difficulté, et n'avait plus repris un verre d'alcool depuis cette nuit au cours de laquelle oncle Jeffrey l'avait sermonné. Le mieux-être de Sally s'était stabilisé. Il ne craignait plus qu'elle se coupe à nouveau du monde pour retourner dans sa bulle. Le psychiatre qui la suivait était confiant, lui aussi. Sur son état à lui, le médecin était tout aussi serein.

– Monsieur Gardner, vous êtes solide comme un roc. Je ne me fais aucun souci pour vous.

Chaque nuit, vers une heure du matin, John descendait jusqu'au ponton. Il montait dans le bateau, jetait les amarres, et s'en allait sur les eaux tranquilles du lac. Arrivé au milieu de celui-ci, il coupait le moteur et jetait l'ancre. Puis il demeurait un moment à se laisser bercer par le roulis. Il passait le reste de la nuit sur une banquette, à contempler les étoiles, et à tenir des discussions avec les morts qui, désormais, habitaient son esprit.

Ils avaient beaucoup de choses à dire. Leurs propos pouvaient parfois être incohérents, mais bien souvent ils étaient intéressants. C'était pour cette raison qu'il partait en bateau jusqu'au milieu du lac, en pleine nuit, pour être en mesure de tenir de vraies discussions, sans craindre de réveiller tout le monde dans la maison. Évidemment, il avait évité de parler au médecin de ces échanges nocturnes. Le psychiatre se serait inquiété. Pour John, il n'y avait là rien de mal. Du moins, il s'y était fait. Et puis, hormis les frères Reed, qui se plaisaient à le tourmenter avec des insanités que nous n'évoquerons pas ici, les défunts restaient, si l'on peut dire, de bonne compagnie. Ils se faisaient même attachants. Ces derniers temps, ils insistaient pour qu'il concède à venir séjourner à Eagle Nest. Ils disaient que cela renforcerait le lien subtil et fragile qui les unissait à lui. John leur avait promis qu'il réfléchirait à la question. Toutefois, il avait bien conscience qu'il lui serait difficile de convaincre les enfants et Sally de retourner dans le lodge. Il leur avait alors proposé de les rejoindre seul. Les morts lui avaient répondu qu'ils n'étaient pas pressés, qu'ils attendraient le temps qu'il faudrait. Ils préféraient que toute la famille se joigne à lui, pour des raisons évidentes de convivialité. John ne pouvait que leur donner raison sur ce point. Seul, dans cette immense maison… non, ce n'était pas envisageable. Il attendrait.

Ils attendraient.

Avant tout, un grand merci à toi, qui as lu ce roman, et qui lui as donné vie dans ton imagination. J'espère qu'il t'aura fait passer de bons moments.

Merci également aux blogueuses.eurs actifs sur la toile, qui lisent et publient leurs retours. La littérature indépendante ne pourrait pas exister sans vous.

Sans oublier Moonlight, mon éditeur.

Du même auteur

L'Essence des ténèbres

Tréfonds

Avides

Et merci à ma petite muse…

Printed by Amazon Italia Logistica S.r.l.
Torrazza Piemonte (TO), Italy

39297876R00360